LE CLUB DE L'ENFER

DU MÊME AUTEUR

La Gorge, Plon, 1995.
Mystery, Orban.
Sans portes ni fenêtres, Orban.
Ghost Story, Pocket.
Julia, Pocket.
Koko, Robert Laffont.

PETER STRAUB

LE CLUB DE L'ENFER

Traduit de l'anglais (États-Unis)
par Michel Pagel

PLON

Titre original

The Hellfire Club

Ouvrage publié sous la direction de
Patrice Duvic

ISBN Plon : 2-259-18431-6.
ISBN édition originale : Random House, New York, 0-679-40137-7

Pour Benjamin et Emma

Les hallucinations sont aussi des faits.
Louis Althusser
L'Avenir dure longtemps.

SHORELANDS, JUILLET 1938

Agnes Brotherhood, hésitante, déposa balai, seau et serpillière devant la porte de la Maison de Pain d'Épice à neuf heures et demie du matin, alors que l'unique occupante du cottage, la poétesse Katherine Mannheim, aurait dû se trouver dans la cuisine du rez-de-chaussée, en train de dévorer les tartines grillées accompagnées de thé noir qui constituaient son petit déjeuner. La femme de chambre choisit une clef du lourd trousseau qu'elle portait à la ceinture et la glissa dans la serrure. La porte, déjà ouverte, pivota d'elle-même. Plus incertaine que jamais, Agnes se mordit la langue et se risqua à entrer.

Les mains sur les hanches, elle cria le nom de la poétesse. Nul ne lui répondit. Sur le sol de la cuisine, elle découvrit avec consternation une énorme tache de café qui, en séchant, avait formé une épaisse pellicule brune. Elle s'y attaqua à la serpillière. Quand son ouvrage l'eut emmenée à l'étage, elle aéra les chambres vides et changea les draps du lit défait mais inoccupé de Katherine Mannheim.

Comme elle partait pour Raiponce et ses deux terribles occupants, l'un, une véritable fouine sans le sou, l'autre, un crapaud adipeux au visage grêlé par la petite vérole et aux mains baladeuses, Agnes désobéit à un des commandements de Shorelands : elle ne ferma pas à clef la porte de la Maison de Pain d'Épice.

Une heure après le déjeuner, Mr Austryn Fain, le romancier, emporta une bouteille réfrigérée du meilleur puligny montrachet de Shorelands jusqu'à cette même porte. Il frappa, tourna la poignée, se glissa à l'intérieur, et explora toutes les pièces avant de rapporter le vin à la Poivrière. Là, il en but la moitié puis dissimula le reste dans un placard, afin de le soustraire aux attentions de son collègue, Mr Merrick Favor, l'autre occupant des lieux.

Le soir, après le dîner, la maîtresse de Shorelands — Georgina Weatherall —, suivie par une délégation d'invités anxieux, traversa la pelouse du Manoir puis remonta le sentier de la Maison de Pain d'Épice. Éclairant la serrure à l'aide de sa torche électrique, elle déclara que la porte n'était pas fermée à clef. Mr Fain, qui se tenait juste derrière elle, se demanda comment elle pouvait en être aussi sûre après un simple regard. Georgina ouvrit à la volée, pénétra d'un pas décidé dans la Maison de Pain d'Épice et alluma toutes les lumières.

Les arrivants trouvèrent une partie de la garde-robe de Miss Mannheim dans son placard ; sa brosse à dents et ses affaires de toilette dans la salle de bains, à l'étage ; la photographie de deux fillettes, des crayons, des plumes et une bouteille d'encre sur le bureau de la chambre — ainsi que quelques livres empilés près du lit fait par Agnes le matin-même. Sur le couvre-lit, un peignoir en soie gris ardoise était déchiré au niveau des bras. Georgina le souleva entre deux doigts, fit la moue, puis le laissa retomber.

— J'ai le regret de vous apprendre que Miss Mannheim a fait le mur, annonça-t-elle d'une voix où ne perçait nul regret.

Aucun manuscrit, même inachevé, ne fut jamais découvert, pas plus que la moindre note. Agnes Brotherhood ne devait souffler mot de ses sinistres soupçons qu'au début des années 1990, quand elle reçut dans sa chambre d'invalide, au premier étage du Manoir, un meurtrier et son otage.

LIVRE PREMIER

AVANT L'AUBE

En un temps juste avant notre temps, un enfant égaré qui se nommait Pépin Petit s'éveilla dans la nuit noire.

1

À trois heures du matin, Nora Chancel — sur le point de s'égarer — s'éveilla de ses habituels cauchemars avec son habituel frisson et, pour la millième fois, observa ce qui l'entourait. La nuit. Une pièce inconnue où elle distinguait à peine deux meubles pouvant être des chaises, une longue table surmontée d'un miroir, d'invisibles tableaux encadrés, une incroyable machine effilée tout droit sortie de l'œuvre de Rube Goldberg, et un canapé bas recouvert de tissu à rayures. Non seulement ce décor ne lui était pas familier, mais il présentait un aspect inquiétant. Où qu'elle pût se trouver, elle n'était pas en sécurité.

Nora se redressa sur un coude. Sa main chercha le pistolet non déclaré que lui avait donné un neurochirurgien du nom de Harwich, lequel s'en était retourné en un monde dont ni lui ni elle ne se souvenaient vraiment. Dan Harwich lui manquait, mais elle ne voulait pas y penser. (Ce bon vieux Dan Harwich lui avait dit un jour : *Une balle dans la tête vaut mieux qu'une balle dans le ventre.*) Les doigts de Nora explorèrent le drap, se glissèrent sous un oreiller après l'autre jusqu'à la couture du matelas. Elle se retourna sur le dos et s'assit, venant tout juste de remarquer la musique qui lui parvenait en un écho lointain.

De la musique ?

La silhouette sombre qui la contemplait, dans le miroir, était la sienne. Le présent lui revint en une série d'identifications presque instantanées. Elle était dans sa chambre à coucher, entourée de ses chaises, de ses tableaux, de son canapé à rayures, et du cyclorameur inutilisé de son mari.

Une fois encore, Nora Chancel venait d'assassiner les démons du passé en fuyant le sommeil — chez elle, sur Crooked Mile Road, à Westerholm, Connecticut, une charmante petite ville, considérée par ses habitants comme absolument *cool*, merci bien, hormis pour le démon actuel qui y avait assassiné plusieurs femmes. Un jour — bientôt, elle l'espérait —, cela prendrait fin. Son mari passait des heures à le lui assurer. Dès que le FBI et la police de Westerholm auraient fait leur travail, la vie retrouverait ce que l'on considérait comme son cours normal. Le démon serait un individu ordinaire, qui vendait des appareils anti-moustiques à la quincaillerie, taillait les haies et nettoyait les piscines de Mount Avenue, venait dépanner le chauffe-eau d'un client le matin de Noël en refusant tout pourboire. Il vivrait avec sa mère, bricolerait sa voiture à ses moments perdus et, lors des fêtes du quartier, se distinguerait devant le barbecue. Tout ce que lui souhaitait Nora, c'était qu'une demi-douzaine de policiers corpulents se relaient pour lui sauter à pieds joints sur les côtes jusqu'à ce qu'il se noie dans son propre sang. Détentrice de connaissances poussées, nécessairement secrètes, en matière de démons, elle n'entretenait aucune illusion quant à la manière dont il convenait de les traiter.

La musique, en bas, devait être un quatuor à cordes.

Davey tentait de régler ses problèmes en prenant d'interminables notes sur un bloc jaune. Il ne pouvait ou ne voulait pas accomplir le seul acte qui réglerait presque tous ses problèmes : s'opposer à son père. À moins qu'il ne fût allongé sur le canapé du living, à écouter du Beethoven et à boire du kummel, la boisson favorite de son auteur favori. Le kummel sentait les graines de cumin, et Hugo Driver avait dû empester le carvi — un détail que ses biographies ne mentionnaient pas.

Davey, lui, empestait souvent le carvi les nuits où il se couchait tard. La précédente, deux heures du matin avaient sonné lorsqu'il était enfin monté ; celle d'avant, trois heures et demie. Nora le savait car, ces deux nuits-là, ses cauchemars familiers l'avaient fait jaillir de son sommeil et chercher un pistolet automatique qu'elle avait jeté dans des latrines lors d'une éclatante journée de juin, vingt-trois ans auparavant.

L'arme gisait, rouillée, au fond de ce qui devait être à présent un champ au Vietnam. Dan Harwich avait divorcé et s'était remarié — deux événements dont Nora s'estimait en partie responsable — sans qu'il ait jamais quitté Springfield, Massachusetts. Il aurait tout aussi bien pu rouiller sous un champ, lui aussi. On ne tombe pas amoureux de cette manière-là deux fois ; on ne fait jamais deux fois les choses de la même manière, sinon en rêve. Les rêves n'abandonnent jamais. Tels des tigres, ils se contentent d'attendre patiemment que se présente la chair fraîche.

2

Davey connaissait lui aussi Natalie Weil. La moitié de Westerholm connaissait Natalie Weil. Deux ans plus tôt, quand elle leur avait vendu leur maison de Crooked Mile Road, avec trois chambres à coucher et living au sous-sol, Natalie était une petite blonde à l'allure sportive, plus jeune que Nora d'une dizaine d'années. Elle avait un sourire éclatant, de jolis plis aux coins des yeux et un ex-mari appelé Norm. Elle fumait trop. Quand elle parlait, ses mains décrivaient des spirales. À l'époque où Nora et Davey vivaient encore aux Peupliers, sur Mount Avenue, avec Alden et Daisy, les Chancel de la génération précédente, Natalie Weil avait deviné quelle tension régnait dans la grande maison, et invité ses clients reconnaissants à dîner — chez elle, sur Redcoat Road. Là, ils avaient mangé du *chili* et du *guacamole*, bu de la bière mexicaine, et regardé d'un œil des combats de catch sur le câble, tandis que leur hôtesse les régalait d'une description de la ville où avait grandi le nouvel époux de Nora.

— Vous comprenez, Davey, vous êtes de Mount Avenue : la vision que vous avez de cette ville a cinquante ans d'âge. Autrefois, tout le monde s'habillait avant le dîner, restait marié pour la vie et évitait les Juifs. Oubliez tout ça ! De nos jours, on est tous divorcés, ou en train de divorcer, on déménage sans hésiter quand notre employeur nous le demande, et on ne pense qu'au fric... Oh, mon Dieu, c'est Ric Flair ! Un de ces jours, je vais me ridiculiser en lui envoyant une lettre de fan bien gratinée. Et en plus, on a trois synagogues qui ne désemplissent pas. Tu me serais fidèle, mon petit Ric, si je te le demandais gentiment ?

Après leur avoir vendu la maison de Crooked Mile Road — payée par Alden et Daisy Chancel —, elle les avait emmenés déjeuner à l'Auberge du Général Sherman, les avait encouragés à remplir le plus vite possible leur domicile de bébés, et était sortie de leur existence. De temps à autre, Nora apercevait des mains décrivant des spirales, tandis que Natalie remontait Post Road dans son énorme Lincoln rouge, en compagnie de clients potentiels. Six mois plus tôt, elles s'étaient croisées alors que l'agent immobilier jetait des pizzas surgelées dans un caddie déjà rempli de bière mexicaine et de Coca-Cola light, si bien que pendant dix minutes, elles avaient refait connaissance. Oui, avait dit Natalie, elle voyait quelqu'un, mais non, ça ne donnerait rien. Ce mec était un vrai pruneau. Et comment, qu'elle appellerait Nora : ce serait génial d'échapper au pruneau.

Il y avait deux nuits, Natalie Weil s'était volatilisée. Sa chambre à coucher avait été trouvée aspergée de sang. Son corps n'y avait pas été abandonné, tel celui des quatre autres femmes, mais elle était certainement morte, elle aussi. Comme elle, les premières victimes étaient des divorcées, qui travaillaient et vivaient seules. Sophie Brewer était courtier en assurances, Annabelle Austin, agent littéraire, Taylor Humphrey, propriétaire d'une agence de chauffeurs et Sally Michaelman, gérante d'une société de luminaires. Toutes avaient entre quarante-cinq et cinquante ans.

Peu après leur installation dans leur nouvelle maison, les jeunes Chancel y avaient fait poser un système d'alarme. A cause des deux premiers meurtres, les soirs où Davey rentrait tard, Nora avait pris l'habitude de taper le code qui l'enclenchait et de verrouiller toutes les portes avant d'aller se coucher. Depuis la mort de Taylor Humphrey, elle se servait du clavier dès la tombée de la nuit.

Nora avait appris l'assassinat de Sally Michaelman par une jeune femme toute de blanc vêtue, qui faisait la queue deux places devant elle à une caisse de Waldbaum's, le supermarché où elle avait vu Natalie Weil pour la dernière fois. Au début, elle l'avait remarquée parce que ladite personne était spécialement bien maquillée et portait une tenue de toile ample coupée à la perfection, pour faire ses courses à dix heures du matin. On l'imaginait fort bien déambulant parmi d'élégantes colonnes, dans une publicité pour un parfum du nom d'Arsenic, ou quelque chose comme ça. Vêtue d'un short trop large et d'une vieille chemise bleue enfilés après son footing matinal, Nora s'était penchée afin de voir les articles posés sur le tapis roulant par la gravure de mode : trente boîtes de nourriture pour chat haut de gamme et deux bouteilles d'eau minérale, bientôt rejointes par une troisième.

— Sa femme de ménage a appelé la mienne, disait la jeune femme à celle qui la suivait, elle aussi âgée d'une vingtaine d'années, et non moins apprêtée. Incroyable ! C'est la vieille de chez Michaelman. Et dire que j'y étais seulement la semaine dernière pour acheter un... tu vois de quoi je parle ?

— Le machin dans ton entrée, juste derrière la porte.

— Le même que le tien. Sa femme de ménage n'a pas pu entrer, et avec tout le... (Elle avait accroché le regard de Nora, roulé de grands yeux, et plongé la main dans son caddie pour déposer un paquet de pruneaux sur le tapis roulant.) On se croirait dans le Bronx.

Nora se rappelait la vendeuse de chez Michaelman, bien qu'elle en ignorât le nom. Celle qui l'avait convaincue d'acheter l'halogène du living. Une femme simple, séduisante et sympathique, qu'elle avait immédiatement considérée comme une amie possible. Sa première impulsion avait été de défendre cette excellente personne contre les deux idiotes imbues d'elles-mêmes, mais qu'avaient-elles fait, sinon appeler Sally « la vieille de chez Michaelman » ? Sa seconde impulsion, presque simultanée et teintée d'affolement, avait été de se demander si elle avait bien fermé la porte de communication avant de monter en voiture.

Le cadavre sanglant de ladite excellente personne lui était apparu, pour se changer aussitôt en un tout jeune soldat allongé sur une civière, éventré, dont les yeux éberlués trahissaient la fuite de la vie. Ses genoux s'étaient liquéfiés, et elle avait baissé la tête, respiré profondément, jusqu'à ce que les deux jeunes femmes se soient éloignées.

Le mourant et d'autres qui lui ressemblaient peuplaient ses cauchemars les plus anodins. Les plus terribles étaient bien pires.

3

Nora chassa le cauchemar, un des pires, et sortit du lit. Voulant paraître plus détendue que Davey n'allait sans doute l'être, elle se massa le front puis s'essuya les mains sur sa chemise de nuit. Une fois dans le couloir, elle constata que la musique ne sonnait plus comme un quatuor à cordes mais possédait un aspect plus sauvage, plus chaotique ; Davey écoutait une des symphonies de Mahler qu'il lui avait apprise à aimer.

Aucune femme n'aimant pas la musique classique n'aurait pu rester mariée à Davey Chancel, qui s'y réfugiait chaque fois qu'il avait un problème. Nora, l'orgueil des Curlew, avait décidé de l'épouser à sa deuxième demande, six mois après leur première rencontre, un an après Springfield et ses retrouvailles avec Dan Harwich auxquelles elle refusait de songer.

Elle dépassa d'un pas léger un carton empli de livres publiés par Chancel House et atteignit l'escalier qui menait à la porte d'entrée — près de laquelle une lueur rouge brûlait, rassurante, au-dessus du clavier du système d'alarme. Elle descendit les marches en silence et vérifia que la porte était bien fermée à clef. Lorsqu'elle s'engagea dans le deuxième escalier, celui du living, la musique se fit plus distincte, mêlée de voix assourdies. Une bande originale de film. Davey, qui ne regardait jamais que les informations, avait allumé la télévision. Tandis qu'elle franchissait les derniers degrés, sa compassion se changea en colère. Encore ! Alden avait encore humilié son fils publiquement.

Elle ouvrit la porte du living. Surpris, mais apparemment pas déprimé, Davey leva vers elle des yeux écarquillés. Il portait un léger peignoir de soie thaïlandaise par-dessus son pyjama, et tenait un crayon au-dessus d'un carnet de notes ouvert. L'étonnement qui marquait son visage fit écho à celui de son épouse.

— Ah, c'est toi, chérie, dit-il. Je t'ai réveillée ?

— Ça va ?

Nora entra et jeta un coup d'œil à l'écran. Un vieil homme en haillons agitait un bâton devant une caverne. *Souviens-toi qu'il te faut être brave, Pépin ! Tu dois faire preuve de courage !*

Davey actionna la télécommande, coupant le son.

— Je ne pensais pas que c'était trop fort, désolé. (Aussi délicat qu'un chat, dans la lueur de l'halogène, il déposa l'ustensile sur le carnet et considéra son épouse avec ce qui ressemblait à une sincère contrition.) On a eu un ennui, aujourd'hui, un problème que papa m'a chargé de régler, alors il faut que je me tape ça.

— Ce n'est pas à cause de la télé. Je me suis juste réveillée.

Il inclina la tête de côté.

— Comme la nuit dernière ?

Cette question n'était peut-être pas entièrement motivée par l'affection.

— Avec l'histoire de Natalie, tu sais... (Nora s'interrompit et fit un grand geste de la main.) Toutes les nanas de Westerholm ont du mal à dormir, en ce moment.

Elle se retourna vers la télévision. Un garçon de huit ou neuf ans, dépenaillé, un balluchon sur l'épaule, traversait un marécage. Des arbres monstrueux, aux branches tordues s'élevaient au milieu d'une brume miroitante.

— Et la plupart n'ont rien à craindre, comme toi.

La veille, Davey avait établi la liste des raisons qui faisaient que son épouse ne devait pas s'inquiéter : elle ne vivait pas seule, ne dirigeait pas d'entreprise, n'ouvrait pas la porte aux inconnus, et s'il se présentait un individu douteux, elle pouvait toujours déclencher le signal d'alarme en appuyant sur le bouton, au-dessus du clavier. En fait, quoique cela fût demeuré délicatement sous-entendu, sa réaction n'était-elle pas exagérée ? Ne laissait-elle pas ses vieux problèmes la gouverner à nouveau ?

— Je me demandais où tu étais, dit-elle.

— Eh bien, maintenant tu le sais. (Il tapota le carnet à l'aide du crayon et parvint à sourire. Acculé à un choix, il opta pour la gentillesse.) Tu peux regarder avec moi, si tu veux.

Elle s'assit auprès de lui, sur le canapé. Davey lui tapota le genou et se concentra sur le film.

— Qu'est-ce que c'est ?

— *Le Voyage dans la nuit*. Tu faisais tellement de bruit que je me suis levé. En regardant le programme, j'ai vu que ça passait. Il faut que je le voie, de toute façon, alors autant que ce soit tout de suite.

— Il faut que tu prennes des notes sur *Le Voyage dans la nuit* ?

— On a quelques problèmes avec les héritiers de Driver.

Il pointa la télécommande sur l'écran et monta le son. Au loin, dans le marais brumeux, des loups hurlaient. Plus impressionnée qu'elle ne l'eût souhaitée, Nora regarda le garçon cheminer entre les arbres tordus.

— Ça va s'arranger, ajouta Davey.

Un instant, il lui prit la main. Elle pressa la sienne, ramena les jambes sous elle et lui posa la tête sur l'épaule. Il se tortilla pour lui signaler qu'elle ne devait pas s'appuyer contre lui.

Nora s'éloigna un peu et s'adossa au canapé.

— Quel genre d'ennuis ?

— Chut.

Il se pencha pour ramasser son crayon.

Alors, comme ça, il ne fallait pas qu'elle parle ? Elle le distrayait ? Voilà qu'il était obligé de se lever en plein milieu de la nuit pour prendre des notes sur la version cinématographique du *Voyage dans la nuit*, le premier roman d'Hugo Driver, best-seller et pierre angulaire de Chancel House — la maison d'édition fondée par Lincoln Chancel, grand-père de Davey et ami intime de Driver. Davey, qui tirait une très grande fierté de cette association, avait lu le livre au moins une fois par an depuis l'âge de quinze ans. Tout être moins charitable que Nora eût dit qu'il était obsédé par *Le Voyage dans la nuit*.

4

Le premier roman d'Hugo Driver obsédait bien des gens. L'une des fonctions de Davey, à Chancel House, consistait à répondre aux demandes de photos, de documentation pour devoirs scolaires ou thèses, et aux lettres concernant l'écrivain, qui affluaient. Ces missives provenaient de lycéens, d'agents de change, de routiers, de travailleurs sociaux, de secrétaires, de coiffeurs, de cuisiniers, d'ambulanciers, de gens qui signaient du nom d'un personnage du roman, ainsi que de célèbres aliénés ou sociopathes. Léonard Gimmell, l'instituteur qui avait tué les quatorze élèves de sa classe de neuvième durant une excursion dans les Smoky Mountains, écrivait une fois par semaine, depuis une prison d'État du Tennessee. Teddy Brunhoven, qui avait assassiné le chanteur d'un groupe de rock en vogue devant un studio d'enregistrement de la Cinquante-Cinquième Rue, se manifestait quasi quotidiennement depuis une cellule de la prison d'État de New York. Tous deux continuaient de justifier leurs crimes par de complexes et laborieuses références au roman. Parmi les responsabilités que lui attribuait son père, telles que les mots croisés et l'organisation des pots, répondre au courrier des fans d'Hugo Driver était celle que Davey préférait.

À deux reprises, Nora avait commencé *Le Voyage dans la nuit*, mais elle n'avait pu dépasser le chapitre où le jeune héros succombe à la maladie et se réveille dans un paysage censé symboliser la mort. On sentait venir trolls ou arbres parlants — et les romans de *fantasy* l'ennuyaient.

S'il révérait également *Le Voyage au crépuscule* et *Le Voyage vers la lumière*, les suites moins populaires du *Voyage dans la nuit*, Davey avait voté contre la vente des droits d'adaptation au cinéma de ce dernier. À la sortie du film, un an plus tôt, il avait refusé d'aller le voir. Ce ne pouvait être qu'un échec, une trahison. Il était possible de tourner de bons films avec des romans de deuxième ordre, mais ceux qui s'inspiraient de grands livres laissaient derrière eux d'embarrassants remugles. Que cette règle fût vraie ou non dans l'absolu, elle s'appliquait au *Voyage dans la nuit*. Malgré des effets spéciaux à quarante millions de dollars et une pléthore d'acteurs célèbres, le film avait été accueilli par des critiques sévères et des salles vides. Il avait disparu au bout de deux semaines, laissant dans son sillage la puanteur prédite par Davey.

5

Contrainte au silence, Nora se vautra sur le canapé et observa le désastre. Tout cet argent avait acheté une forêt peu convaincante, des vêtements déchirés et beaucoup de brouillard. Le garçon dépassait les derniers arbres et se retrouvait au bord d'une plaine désolée. Ici et là, des rochers en plâtre surgissaient d'une brume argentée. Des loups hurlaient dans le lointain.

Penché sur son carnet, Davey grimaçait, à l'instar d'un étudiant studieux prenant des notes lors d'un cours qui l'ennuie. Son sérieux et sa concentration accentuaient sa ressemblance fortuite avec son épouse. À quarante ans, il possédait toujours les grands yeux clairs et la peau presque translucide qui avaient attiré cette dernière lors de leur rencontre, tout en lui inspirant de la répulsion. Une fois accoutumée à cette ressemblance inattendue, Nora avait eu pour première pensée cohérente que la version masculine de leur visage était bien trop belle. Celui qui la possédait devait être terriblement fat. Toute une vie de compliments, d'affection et d'admiration avait dû le rendre égoïste, superficiel. À ces défauts rédhibitoires s'ajoutait son âge : les hommes de dix ans de moins qu'elle étaient encore des bébés aveugles et ambitieux, auxquels il restait tout à apprendre. Pour finir, une aura d'aisance financière et d'insouciance nimbait Davey Chancel. Le père de Nora, ouvrier fondeur et syndicaliste, assurait que ces gens-là étaient l'ennemi. Rien de ce que sa fille avait vu ou vécu ne lui avait prouvé le contraire.

Elle avait fini par apprendre que seul le dernier de ces *a priori* était correct. Davey appartenait à une famille riche, mais il n'était pas assez sûr de lui pour être fat. Il n'avait pas été flatté toute sa vie, mais critiqué sans pitié. C'était un être réfléchi, curieusement vulnérable. Son ambition était de faire plaisir à d'autres gens en publiant de bons livres. Il possédait une qualité que d'aucuns auraient considérée comme un défaut, voire une tare, mais selon Nora, il s'agissait d'un trait de caractère, non d'un problème. Il était imaginatif — et l'imagination, de l'avis général, était une Excellente Chose. En outre, il avait besoin d'elle. Qu'on eût besoin d'elle l'avait séduite.

— On dirait qu'ils ont délibérément bousillé le bouquin. Le moindre détail est raté. (Il lui lança un coup d'œil exaspéré.) Chaque fois qu'on en arrive à un passage important, ça tombe carrément à plat. Regarde : tu vas comprendre ce que je veux dire. (Nora voyait le garçon cheminer péniblement dans le brouillard.) Le rythme est mauvais, le ton est mauvais. Ce passage-là devrait être quasiment *exalté*. Tout ça devrait être empli d'une sorte de rayonnement. Au lieu de connaître des émotions profondes, le gamin a l'air d'aller se chercher un sandwich. Je parie que d'ici cinq minutes, on va voir Prince Soir.

Nora n'avait aucune idée de qui était Prince Soir. En fait, elle crut que Davey avait dit : « Prince Noir ».

— Il va piétiner comme ça une éternité, et pendant ce temps-là, les Pierres de Layr ont l'air complètement artificielles. (Il prit une autre note.) Tu as vu Bon Ami, non ? Quand tu es arrivée ?

Elle supposa que Bon Ami était le vieillard en haillons.

— Je crois, oui.

— Ça prouve bien que j'ai raison. Bon Ami, celui de Driver, est un aristocrate héroïque qui a renoncé au monde. Là, c'est un ermite pouilleux. Quand il dit à Pépin d'être brave, on n'a pas l'impression qu'il en sache plus qu'un autre sur la bravoure. Alors que dans le livre... mais tu le sais aussi bien que moi.

— Naturellement.

Sans jamais proférer de vrai mensonge, Nora laissait Davey croire qu'elle avait achevé le roman lors de sa deuxième tentative, et découvert alors qu'il s'agissait d'un chef d'œuvre.

— Bon Ami transmet le message central de son existence — que la bravoure doit être recréée quotidiennement. C'est seulement parce qu'il le sait que Pépin peut l'apprendre. Dans cette parodie, la scène fait carrément artificiel. Tiens, voilà Prince Soir. Complètement raté, bien sûr.

Un gros animal au pelage tacheté, un chien ou un loup, bondit sur un rocher, face au garçon. Par couples, d'autres chiens, ou d'autres loups, apparurent sur d'autres rochers. Pépin leva les yeux vers les bêtes avec une absence d'expression qui tentait de passer pour de la détermination.

— Non, mais qu'est-ce que c'est que ça, je te demande un peu ? Tu vois ? On n'a pas la moindre idée que c'est pour ça que Pépin doit *vraiment* assimiler la leçon sur la bravoure. Il doit prouver son courage à Prince Soir et il est complètement terrifié. Tu aurais peur d'un gros toutou comme ça, toi ?

— Probablement, dit Nora.

— Prince Soir est effrayant, il a des crocs comme des rasoirs, c'est une créature magique, qui suscite toute l'émotion qu'on aurait dû ressentir au début de la scène. On sait qu'on est censé rencontrer un être dangereux, et qui est-ce qui débarque ? Rintintin.

Aux yeux de Nora, l'animal perché sur le rocher ressemblait tout à fait à un loup. On l'avait nourri juste avant de tourner la scène, mais au cas où, son dompteur devait être derrière la caméra, avec un fusil à cartouches soporifiques. Prince Soir constituait le meilleur élément du film. Totalement réaliste, il était bien plus impressionnant que ce qu'il représentait. Si le garçon montrait aussi peu d'émotion, c'était qu'il avait trop peur pour jouer la comédie. Intelligent, ce gamin.

Soudain, Nora se rendit compte que Davey avait raison : le loup n'était qu'un chien. Elle en avait fait le Loup de Westerholm, l'inconnu qui avait emporté le cadavre de la charmante, amusante et désespérée Natalie Weil, après avoir assassiné quatre autres femmes. L'enfant qui jouait Pépin Petit n'était ni intelligent ni effrayé : c'était juste un mauvais acteur. En le regardant, elle avait vu sa propre peur.

— Naturellement, il ont foutu les dialogues en l'air, continua Davey. Prince Soir ne demande pas « Comment t'appelle-t-on, mon garçon ? » Il le sait déjà. Ce qu'il demande, c'est « Chemineras-tu avec nous cette nuit, Pépin Petit ? ».

À son corps défendant, Nora tendait à ignorer la sauvagerie de l'inconnu pour se concentrer sur la réalité. L'inconnu flânait çà et là, dans les jolies rues bordées d'arbres de Westerholm, et il distribuait des souvenirs. Il était semblable à la guerre.

L'animal, dans le film, ouvrit sa longue gueule et demanda :

— Viendras-tu avec nous cette nuit, Pépin Petit ?

— J'imagine qu'ils considèrent ça comme un progrès, remarqua Davey en se frappant le front.

Nora estima que si le meurtre commençait à lui inspirer de précieuses leçons morales, il était temps de partir. Jour après jour, Westerholm prouvait que Natalie Weil avait été charitable quand elle en avait évoqué les ambitions. Leo Morris, leur avocat du fait qu'il était celui d'Alden et de Daisy, avait loué la totalité du *Queen Elizabeth* pour y organiser une réception lors des seize ans de sa fille. Un de leurs voisins avait installé une baignoire en or massif dans sa salle de bains et invitait régulièrement ses visiteurs à s'y plonger.

Depuis au moins un an, une impression grandissait en Nora, mais reculait devant toutes les objections qu'on pourrait lui opposer — et aussi devant le rejet assuré de son mari. À présent, elle revenait sous la forme d'une conviction. Ils n'avaient plus rien à faire ici. Il fallait vendre la maison et quitter Westerholm. Alden et Daisy en feraient une maladie, mais Davey gagnait assez d'argent pour acheter un appartement à New York.

Oui, se dit Nora, il est temps de se réveiller. C'était simple, c'était vrai, c'était confondant. La manœuvre serait ardue, constituerait un risque, une épreuve, mais si elle-même parvenait à conserver cette impression de nécessité, leur qualité de vie s'en trouverait améliorée.

Elle jeta un coup d'œil à Davey, craignant presque qu'il n'eût entendu ses pensées. Il la considérait avec une incrédulité choquée.

— C'est pas impensable, ça ?

— Quoi donc ?

Il ouvrit de grands yeux.

— Il faut que tu relises le livre. Ils ont coupé l'histoire de Paddy pour passer directement au Champ de Vapeur. Ce qui fait qu'on perd toute la première série de questions et de réponses, sans compter les rats. C'est dingue.

— Tu n'as qu'à l'imaginer sans les rats.

— C'est comme *Le Magicien d'Oz* sans les singes volants. Comme *Le Seigneur des anneaux* sans Sauron.

— Comme *Huckleberry Finn* sans Pap ?

— Exactement, déclara Davey. On ne peut pas changer ce genre de choses. On ne peut pas.

On verra ça, se dit Nora.

6

Un peu plus tard, elle s'éveilla vaguement, la tête sur les genoux de Davey. Un homme aux larges épaules, aux yeux cernés et à la barbe héroïque franchissait une gigantesque porte en bois, portant le garçon entre ses bras. La bande sonore, violons flamboyants et trombones hurlants, applaudissait. L'histoire touchait à sa fin. Nora se souvint d'avoir ressenti de la résolution, mais ne put se rappeler ce qu'elle avait résolu. Avec le souvenir de sa propre détermination, des forces nouvelles lui revinrent. Elle avait résolu d'agir. *Il était temps de se réveiller*. Davey et elle allaient tourner le dos à Westerholm et parcourir les soixante kilomètres cruciaux qui les séparaient de New York. Il était temps de redevenir infirmière.

Ou autre chose, à défaut, songea-t-elle. Sa dernière expérience en tant qu'infirmière était une substance radioactive trop brûlante pour être manipulée. Avant les ultimes semaines, cette radioactivité s'était manifestée par des cauchemars, des maux d'estomac, de soudaines explosions de colère, des dépressions — l'apparition occasionnelle des allègres démons. Pas plus qu'elle, Davey n'avait associé ce torrent d'affections à son emploi à l'hôpital Norwalk avant le dernier mois, quand elle était elle-même devenue radioactive. Un acte fort peu réfléchi mais néanmoins nécessaire l'avait pour un temps attiré l'attention de la police sur elle. Naturellement, elle n'avait commis aucun crime. Sa conduite, quoique impulsive, avait été morale. Après avoir accepté de « prendre une année sabbatique » — à la consternation générale, bien entendu —, elle avait signé une demi-douzaine de papiers et quitté l'hôpital, trop malheureuse pour passer chercher son dernier chèque à la caisse.

L'acte moral mais impulsif de Nora avait tout d'abord ressemblé à un enlèvement. Le fils d'un notable, un bébé d'un an, avait été hospitalisé pour une jambe cassée et des contusions au niveau du torse. Une chute dans l'escalier, affirmait la mère, qui n'y avait pas assisté — contrairement au mari. Tout à fait, confirmait le mari, individu mielleux vêtu d'un complet de financier. Il avait la peau luisante, comme huilée, et un sourire d'une étonnante blancheur. J'ai quitté le gamin des yeux une seconde, et quand je me suis retourné, boum, j'ai failli avoir une attaque. Une demi-heure après l'admission de l'enfant aux urgences, les deux parents s'étaient éclipsés. Trois heures plus tard, un lapin en peluche sous le bras, le souriant papa avait fait son grand retour. Il avait pénétré dans la chambre particulière et en était ressorti au bout d'un quart d'heure, plus onctueux que jamais, exhibant toutes ses dents. Nora s'était alors rendue auprès du bébé et l'avait trouvé presque inconscient.

Lorsqu'elle avait rapporté ses observations, on lui avait dit que le père ne pouvait être en cause. C'était un magicien, un génie de la finance, trop noble pour battre son propre enfant. Le lendemain, le père et la mère étaient arrivés à huit heures. Le père était parti au bout d'une demi-heure. La mère était rentrée chez elle à midi. À dix-huit heures, alors que Nora quittait son service, le père était revenu seul. Quand elle s'était inquiétée du bébé, le lendemain, elle avait appris qu'un malaise mystérieux l'avait saisi la veille au soir, mais qu'il se remettait. Une nouvelle fois, elle avait communiqué ses soupçons à ses supérieurs, et une nouvelle fois, elle avait subi une rebuffade. À ce moment-là, deux ou trois autres infirmières partageaient son avis en secret. Les parents étaient revenus en début de matinée, et lesdites employées avaient remarqué que le magicien de la finance paraissait simplement *jouer un rôle* de père éploré.

Lors de sa visite suivante, le même soir, Nora, après avoir passé une heure à haranguer en vain les administrateurs, s'était plantée dans la chambre jusqu'à ce qu'il exigeât d'être laissé seul avec son bébé. Elle s'était alors absentée le temps de passer trois coups de téléphone — le premier à une amie qui dirigeait la crèche Jack et Jill, dans South Post Road, à Westerholm, le second au chef du service de pédiatrie, le troisième à Leo Morris, son avocat. *Je suis en train de sauver la vie de cet enfant*, avait-elle déclaré. Ensuite, elle était retournée dans la chambre. Le magicien, irrité, avait assuré qu'il déposerait une plainte et était parti fort en colère. Nora avait emmailloté l'enfant, l'avait emmené à la crèche Jack et

Jill pour le confier à son amie, puis était retournée affronter la tempête qu'elle avait soulevée. Quatre mois plus tard, le tapage s'était apaisé, quand la femme du magicien avait déclaré à la presse qu'elle demandait le divorce en raison des violences régulières que son mari leur faisait subir, à elle et à leur fils.

— Il y a au moins une chose de réussie, concéda Davey. Le Chevalier Vert ressemble vraiment à Pépin adulte. Mais on ne comprend pas que Pépin, lui, s'en rend compte.

Sur l'écran, des manipulations électroniques rajeunissaient le barbu, éliminaient les rides, raccourcissaient les cheveux, faisaient apparaître les joues — ne laissant qu'une ombre de duvet autour d'un visage presque identique à celui du garçon.

— Le texte est nécessaire. *Son salut se trouvait en lui-même. Pépin avait découvert la grande vérité cachée derrière son voyage dans les ténèbres insondables. La vie et la mort palpitaient sous ses mains, et ses mains leur commandaient.*

Davey avait récité ces mots sans émotion mais sans hésiter.

— Oh, bien entendu, dit Nora. Absolument.

Durant moins d'une seconde, les traits de l'enfant brillèrent sous ceux de l'homme, puis revinrent les cheveux broussailleux, la barbe mal taillée et les rudes lignes du front, des pommettes. Le chevalier portait Pépin sur un flanc de colline herbu. Derrière eux, tel un mirage, s'élevait une porte colossale, sombre. Devant, dans la vallée, des chênes aussi fins que des allumettes dissimulaient à demi une ferme blanche.

Nora leva la tête vers Davey et le trouva non pas en train de regarder l'écran mais de l'observer elle, avec une certaine inquiétude.

— C'est plutôt joli, remarqua-t-elle.

— Et donc complètement raté. (Les yeux de son mari s'assombrirent.) Ce n'est pas le Val du Mont. Est-ce que cet endroit-là a l'air de receler un secret ? Le Val du Mont n'est pas joli, mais il renferme le grand secret.

— Bien sûr.

— C'est toute l'histoire, conclut Davey, dont les yeux s'étaient enfoncés dans les orbites.

— Je ferais mieux de retourner au lit. (Nora se redressa sans aucune aide.) C'est bientôt la fin, de toute façon, non ?

— Si jamais ça en a une.

Sur l'écran, le barbu devenait peu à peu transparent. Quand Nora se leva et fit un pas hésitant vers la porte, il disparut totalement. Le garçon se mit à courir vers la ferme, puis le générique de fin défila sur son image.

Nora avança encore d'un pas. Davey lui lança un coup d'œil rapide, impénétrable.

— J'arrive dans un petit moment, dit-il.

Elle remonta les escaliers, vérifiant une nouvelle fois par réflexe que la porte était bien verrouillée, l'alarme branchée. Tandis qu'elle se glissait entre les draps, sentait sa transpiration nocturne mouiller sa chemise de nuit, elle réalisa qu'il lui faudrait convaincre Davey que son désir de quitter Westerholm n'avait rien à voir avec Natalie Weil ni avec le loup humain.

Une demi-heure plus tard, il entra dans la chambre et suivit le mur en aveugle jusqu'à la salle de bains. Nora ouvrit les yeux sans avoir eu conscience de s'endormir, quittant un rêve dans lequel Dan Harwich la contemplait avec une tendresse étonnante, totale. Elle se retourna et enfonça la tête dans l'oreiller. Un long moment, son mari se brossa les dents en laissant couler l'eau. Il se lava la figure, s'empara d'une serviette et marmonna sur un ton de reproche quelques mots qu'elle ne distingua pas. Tout comme sa mère, lorsqu'il était seul ou qu'il ne se savait pas observé, il tenait des conversations à sens unique avec un être imaginaire — ce qui, selon Nora, ne revenait pas exactement à parler tout seul. La lumière de la salle de bains s'éteignit et la porte s'ouvrit. Davey gagna le lit à tâtons, trouva le bout du matelas et repoussa la couette, sous laquelle il s'allongea de tout son long, aussi loin de sa femme qu'il le pouvait sans tomber du lit. Elle lui demanda s'il se sentait bien.

— N'oublie pas le déjeuner, demain, répondit-il.

Une fois, durant sa période de radioactivité, Nora avait oublié un repas aux Peupliers. Elle jugeait d'ordinaire inutilement agressive la manière dont Davey lui rappelait cette vieille erreur. Cette nuit-là, toutefois, la remarque lui inspira un moyen de mettre sa résolution en pratique.

— Je n'oublierai pas, assura-t-elle.

Elle pouvait servir leur cause en se rapprochant de Daisy Chancel ; adoucir le coup avant même qu'il ne tombât.

7

Quelques minutes après qu'ils furent passés sur la terrasse des Peupliers, le lendemain, en début d'après-midi, Nora quitta son mari et Alden, qui contemplaient le Sund éclaboussé de soleil. Elle n'avait rencontré qu'une résistance de principe en annonçant qu'elle montait voir Daisy, quoique Davey eût paru dépité de se retrouver seul avec son père si tôt après leur arrivée. Alden Chancel, lui, avait semblé satisfait, voire ravi. C'était un vieillard séduisant, demeuré très vert car il n'en avait toujours fait qu'à sa tête, et s'il avait sans nul doute désiré que son fils se marie, il n'avait jamais imaginé qu'il pût épouser une fille comme Nora Curlew.

Nora traversa vivement le salon, passa dans l'entrée carrelée de marbre et commença à monter le large escalier. Sur le palier, elle marqua une pause devant l'immense miroir. Au lieu de son jean habituel, elle avait enfilé après son jogging un pantalon blanc et un chemisier en soie bleu marine qui lui semblaient parfaits pour un déjeuner aux Peupliers.

Elle tapota sa chevelure sans y apporter d'amélioration notable et gagna le deuxième étage. Une porte se ferma. L'Italienne, Maria, la petite femme aux cheveux gris qui remplaçait depuis plusieurs décennies la célèbre Helen Day — dite la Porteuse de Tasse, qu'on appelait aussi parfois plus mystérieusement O'Dotto —, sortit du studio de Daisy, un plateau vide en main. La Porteuse de Tasse, que Davey adorait, avait confectionné des desserts légendaires, millefeuilles et îles flottantes. Maria était quand même compétente. Selon Nora, elle préparait d'excellents repas français ou italiens.

La domestique lui sourit et agita son plateau comme pour dire : *Eh bien ! Nous voilà !*

— Bonjour, Maria. Comment va Mrs Chancel, aujourd'hui ?

— Très bien, Mrs Nora.

— Et vous-même ?

— Tout pareil.

— Vous pensez que je vais la déranger ?

Maria secoua la tête, toujours réjouie. Nora frappa à deux reprises, puis poussa la porte.

Assise au bout d'un long canapé couleur crème, face à une table basse et à une cheminée en brique, Daisy leva les yeux de son livre et adressa à l'arrivante un éclatant sourire de bienvenue. Le bureau en chêne blanc posé au bout du canapé, telle la barre d'un T majuscule, n'accueillait qu'une machine à écrire électrique et un pot de crayons jaunes ; sur la table basse reposaient un grand vase garni de lis de Casablanca fraîchement coupés, un paquet de cigarettes légères, un briquet en or, un cendrier en pierre rempli de mégots, des piles de livres, ainsi qu'un grand verre avec de la glace dans un liquide rouge pâle. Les stores blancs en aluminium, mi-clos, qui gardaient la pièce du soleil, apparaissaient vert menthe dans l'ombre qu'ils projetaient.

— Nora, quel plaisir, ma chérie ! Entrez donc. Où est votre verre ?

— J'ai dû le laisser sur la terrasse.

Nora pénétra dans l'atmosphère de parfums floraux et de fumée de cigarette qui était celle de Daisy.

— Non, inutile, déclara cette dernière en glissant une carte postale dans son livre. L'Italienne va aller le chercher.

— Non, non, je ne...

Mais Daisy s'était déjà penchée pour saisir une petite clochette, qui rendit un tintement absurdement feutré.

— Maria, appela-t-elle sans élever la voix.

Comme si elle avait attendu derrière la porte, la domestique entra.

— Mrs Chancel ?

— Vous voulez bien aller chercher le verre de Nora ? Il est sur la terrasse.

Maria acquiesça et s'éclipsa, refermant le battant derrière elle.

Daisy tapota le canapé et reposa son livre — *Le Voyage vers la lumière*, deuxième roman posthume d'Hugo Driver — sur la table basse.

— Je ne vous dérange pas ?

Au milieu des années cinquante, jeune mariée et plus légère de vingt kilos, Daisy avait publié deux romans chez un concurrent de Chancel House. Depuis, elle était toujours censée travailler sur un troisième.

Nora avait presque — mais pas tout à fait — cessé de croire à cette œuvre, dont elle n'avait aperçu nulle trace lors de ses rares visites en ce studio. Davey refusait depuis longtemps d'en parler, et Alden n'y faisait que de vagues allusions. L'attitude de Daisy durant les dîners, rigide, distraite, suggérait qu'au lieu de travailler, elle avait englouti les martinis préparés par l'Italienne. À une époque, pourtant, il avait bel et bien dû exister un livre ; qu'elle continuât à feindre d'écrire signifiait qu'il avait toujours de l'importance à ses yeux.

— Pas du tout, répondit-elle. J'étais juste en train de relire Driver. C'est un auteur tellement riche d'inspiration. Moi, en tout cas, il m'inspire. Je ne comprends pas pourquoi le public n'a jamais aimé *Le Voyage vers la lumière*. (Elle lança à Nora un sourire mystique et gratifia le roman d'un tapotement approbateur de ses doigts épais. Sa main dériva pour s'emparer du verre et le porter à ses lèvres. Elle avala une longue gorgée, puis une autre.) Vous n'êtes pas de ceux qui trouvent que *Le Voyage vers la lumière* est un échec colossal, n'est-ce pas ?

Elle reposa le verre, s'empara des cigarettes et du briquet.

— Je n'y ai jamais songé en ces termes, assura Nora.

Daisy alluma une cigarette, inhala, puis chassa la fumée d'un geste de la main alors même qu'elle la soufflait.

— Non, bien sûr. (Elle jeta le paquet sur la table.) Vous ne le pourriez pas, avec Davey à la maison. Je me rappelle quand il l'a lu pour la première fois. (On frappa à la porte.) Votre potion. Entrez, Maria.

La domestique apportait le Bloody Mary. Quand elle le tendit à Nora, son regard étincelait. Elle était ravie de voir Daisy heureuse.

— Quand le repas sera-t-il prêt ?

— Dans une demi-heure. Je fais la mayonnaise pour la salade de homard.

— Faites-en beaucoup. Davey adore votre mayonnaise.

— Mr Chancel aussi.

— Mr Chancel aime tout ce qui ne dérange ni son sommeil ni ses affaires, répliqua Daisy, qui ajouta, après une hésitation : Pourriez-vous nous rapporter des verres d'ici un quart d'heure ? Celui de Nora me paraît bien léger. Et que Jeffrey ouvre le vin juste avant que nous descendions.

Nora attendit que Maria eût quitté la pièce, puis se retourna et découvrit Daisy qui l'observait à travers une brume de fumée, un demi-sourire aux lèvres.

— À propos d'Hugo Driver, est-ce que ses héritiers se sont plaints ? (Sa belle-mère haussa les sourcils.) Davey s'est levé en plein milieu de la nuit pour regarder *Le Voyage dans la nuit*, le film. Il dit qu'Alden l'a chargé de régler un problème.

— Un problème ?

— Il a peut-être employé le terme « ennui ».

À ces mots, Daisy cessa de faire la grimace, logea sa cigarette au coin de sa bouche et ramassa son verre. Elle hocha la tête à plusieurs reprises avant de reprendre la cigarette en main, de souffler la fumée et de boire une nouvelle gorgée d'alcool.

— J'apprécie toujours vos visites à ma petite cellule, dit-elle en se passant la langue sur les lèvres.

— Vous avez connu Hugo Driver ?

— Oh, non. Il était mort avant notre mariage. Alden l'a rencontré deux ou trois fois je crois, quand il venait en visite ici. En fait, Driver dormait dans cette chambre-ci.

— C'est pour ça que vous l'avez choisie ?

Nora explora du regard la longue pièce étroite, tentant de l'imaginer telle qu'elle avait été dans les années trente.

— Peut-être, admit Daisy en haussant les épaules.

— Et vos propres textes ? Ils sont du même genre que ceux de Driver ? C'est sur ce type de choses que vous travaillez ?

— Je m'en souviens à peine moi-même.

— Je crois que je suis un peu curieuse.

— Je crois que moi aussi.

— Est-ce que vous avez jamais fait lire à quelqu'un ce que vous avez écrit ?

Daisy se redressa pour contempler les étagères qui jouxtaient la cheminée, révélant à Nora des cheveux blancs raides et fins, le dessin d'une joue proéminente. Elle tourna ensuite vers sa visiteuse un regard impénétrable mais nullement vague.

— Il y a très longtemps, mon agent a lu un ou deux chapitres, mais au fil des années, on... on s'est perdu de vue. Et ça a beaucoup changé depuis. Plusieurs fois. On peut même dire que ça a changé complètement à plusieurs reprises.

— Votre agent ne vous a pas été très utile.

Les lèvres de Daisy s'étirèrent en un bref sourire sans joie.

— Je le lui ai pardonné quand il est mort. C'était le moins que nous puissions faire tous les deux.

Elle acheva son verre, tira sur la cigarette, et souffla un fin pinceau de fumée qui rebondit sur le vase à la manière d'un nuage poussé par le vent.

— Et depuis ?

Daisy inclina la tête.

— Est-ce que vous seriez en train de me demander de lire mon manuscrit, Nora ? Excusez-moi. Je devrais dire : est-ce que vous me proposez de le lire ?

— Je pensais juste... (Nora prit de son mieux l'air apaisant. Sa belle-mère continuait de l'examiner avec des yeux qui semblaient avoir rétréci de moitié.) Je me demandais juste si... si une lectrice pourrait vous être d'une quelconque utilité. Je n'ai rien d'un critique.

— Je n'aurais rien à faire d'un critique. (Daisy se pencha et écrasa son mégot.) Ça serait peut-être intéressant. Un regard nouveau, et tout ça. Je vais y réfléchir.

On frappa à la porte. Maria entra, avec un plateau chargé de deux grands verres. Elle emporta celui qu'avait vidé Daisy et en posa un second près de celui de Nora, encore presque plein.

— Je vous donnerai un bocal de mayonnaise pour emporter chez vous, Mrs Nora.

L'intéressée remercia.

— Comment vont les hommes, en bas, Maria ? demanda Daisy.

— Très bien.

— Pas de cris ? Pas de menaces ?

Nora avait rarement observé cette facette de sa belle-mère. Maria sourit et secoua la tête.

— Est-ce qu'ils parlent de choses intéressantes ? (Le sourire de la domestique se figea.) Oh ! je vois. Eh bien, s'ils posent la question, ce qui ne sera pas le cas, vous pourrez leur dire que nous, nous ne parlons *que* de choses intéressantes.

Nora comprit soudain, comme en une révélation, que l'Italienne était au monde l'être le plus proche de Daisy, laquelle la surprit à nouveau en lui adressant un clin d'œil.

— N'est-ce pas, ma chère ?

Cette Daisy joyeuse et ironique avait surgi immédiatement après qu'on lui avait proposé de jeter un coup d'œil à son manuscrit.

Nora répondit qu'en effet, c'était intéressant, et Maria lui sourit chaleureusement avant de s'en aller.

— De quoi croyez-vous qu'ils soient en train de parler, en bas ?

— Vous voulez que le cœur d'un éditeur se mette à faire *tip tap, tip tap,* comme un chevreau qui traverse un pont ? Montrez-lui un beau crime bien juteux, ce qu'il appellerait un « crime vrai ». (Daisy eut un nouveau sourire dépourvu de gaieté et but une gorgée de son deuxième apéritif.) Vous n'aimez pas ce terme ? Je crois que je vais commettre un crime vrai. Juste après que j'aurai commis un roman basé sur des faits réels. *Tip tap, tip tap, tip tap.* (Elle ouvrit la bouche, leva les yeux au ciel et se posa la main sur le cœur, mimant l'extase.) Je sais ! Je vais commettre un crime vrai en écrivant un roman sur Hugo Driver. (Elle pouffa.) C'est peut-être ce que je fais depuis toutes ces années ! Si ça se trouve, Alden va me donner un million de dollar et je vais filer à Tahiti !

— Si ça se trouve, je viendrai avec vous, dit Nora.

Il serait amusant d'aller à Tahiti avec cette Daisy Chancel-là.

La vieille femme agita un index boudiné.

— Oh, que non ! Oh, que non ! Vous ne pouvez pas laisser Davey tout seul.

— Je suppose que non.

— Non, non, non, appuya Daisy. Pas question.

— Bien sûr que non, conclut Nora. Vous êtes vraiment en train d'écrire un roman basé sur des faits réels ?

Sa belle-mère jubilait, comme si elle détenait des secrets tellement extraordinaires qu'elle aurait pu y faire éternellement allusion sans jamais les dévoiler. Nora remarqua ses yeux brillants, un peu voilés, et comprit qu'elle allait lui laisser lire son manuscrit.

8

— Bien sûr que toutes les femmes de Westerholm ont peur, dit Alden. C'est ce qu'on attend d'elles.

— Comment ça : c'est ce qu'on attend d'elles ? demanda Nora.

— Vous croyez que je défends le meurtre ?

— Non, j'aimerais juste savoir ce que vous voulez dire.

Alden parcourut les convives du regard.

— Quand Nora pose les yeux sur moi, elle voit le diable.

— Un diable *basé sur des faits réels* : dit Daisy.

— Je crois que je ne comprends pas non plus, papa.

— Alden veut qu'on le prenne pour un diable authentique... celui du crime vrai...

Daisy avait atteint le point où elle s'exprimait avec un soin exagéré.

— Le diable aussi, remarqua Nora, irritée.

— Exactement, approuva Alden. Partout où passe ce type, il fait sensation. Toutes les semaines, quand il reçoit le *Westerholm News*, il se voit à la Une.

Il se resservit de salade de homard et fit signe à Jeffrey — qu'on appelait généralement « le neveu de l'Italienne » — de remplir les verres de vin. Le domestique sortit la bouteille du seau à glace, l'essuya à l'aide d'une serviette blanche, puis alla servir Daisy. Lorsqu'il s'approcha de Nora, elle posa la main sur son verre. Il lui fit une grimace assez comique avant de rejoindre l'autre bout de la table.

Elle n'avait jamais su que penser de lui. Grand, âgé de quarante-cinq à cinquante-cinq ans, dépourvu d'accent, les cheveux brun clair raréfiés sur le sommet du crâne, il faisait un bien improbable parent de Maria. D'après ce qu'avait compris Nora, l'Italienne l'avait présenté à ses patrons quelque dix ans auparavant, quand Alden avait parlé d'engager quelqu'un pour répondre au téléphone, ouvrir la porte, faire les courses. Jeffrey avait l'œil intelligent et une attitude gracieuse, réservée, qui n'interdisait pas l'humour. Parfois, il ressemblait à un ganster. Nora le regarda proposer du vin à Davey, se détourner pour remettre la bouteille dans la glace, puis rejoindre son poste au bord de la terrasse. Vêtu d'un costume noir près du corps et d'une chemise tout aussi noire, il avait aujourd'hui son « look gangster ».

— En général, tu es... plus original... que *ça* dit Daisy en abattant sa fourchette sur la table au rythme de ses paroles, ce qui rappela à Nora sa théorie personnelle au sujet de Jeffrey.

Il avait été engagé pour prévenir et réparer les bêtises de Daisy.

— Je n'ai pas terminé, ma chérie.

— Alors fais-nous vite profiter de tes lumières, je t'en prie.

Alden sourit à l'assemblée. Ses dents parfaites étincelaient, ses cheveux blancs luisaient, son teint rouge assombrissait son large visage, légèrement bronzé. Avec son blazer et sa chemise neigeuse, au col ouvert sur un foulard en cachemire, avec ses yeux brillants mais dépourvus d'expression, les profonds sillons qui entouraient sa bouche, il ressemblait tout à fait au genre de personne susceptible d'engager un homme du genre de Jeffrey. Nora réalisa à quel point il lui était antipathique.

— Pensez au nombre d'exemplaires que vend le *Westerholm News*. Aujourd'hui, il y a des gens qui le lisent alors qu'ils ne l'avaient encore jamais ouvert. Et ce n'est pas seulement vrai de notre petite feuille de chou. Les journaux à scandales de New York se mettent au garde-à-vous dès qu'une brave femme se fait massacrer dans son lit. Vous croyez que les vendeurs de systèmes d'alarme du comté de Fairfield ressentent la crise habituelle du mois d'août ? Et les armuriers ? Sans parler des fabricants de clôtures ou de lampadaires et des serruriers ? Des journalistes de télévision, des photographes de *People* ?

— N'oubliez pas les éditeurs, ajouta Nora.

— Absolument. Combien de livres à propos de Westerholm sont-ils en cours d'écriture, à votre avis ? Quatre ? Cinq ? Pensez à tout le papier qui servira à les fabriquer. L'encre, le pelliculage pour les couvertures. Pensez aux disquettes, aux ordinateurs, aux cahiers, aux fax. Au papier pour les fax. Aux crayons.

— D'accord, c'est une industrie, dit Davey.

— Une saleté d'industrie sanglante, si vous voulez mon avis, ponctua Daisy.

Sa belle-fille l'applaudit silencieusement.

— La Deuxième Guerre mondiale en était une aussi, répliqua Alden. Et le Vietnam. Pardonnez-moi, Nora. (Nora ne pensait pas qu'elle lui pardonnerait.) Ah, si vos yeux étaient des pistolets ! Mais les commandants d'unité avaient-ils, oui ou non, un quota de cartouches à tirer par jour — pas officiellement, bien sûr, mais un chiffre précis néanmoins ? Est-ce qu'on n'a pas utilisé un nombre incroyable d'uniformes et de véhicules, là-bas ? Est-ce qu'on n'a pas construit des bases, vendu de la bière et acheté des tonnes de nourriture ? Il y avait bien quelqu'un qui fabriquait les sacs à cadavres. Je sais que je flirte avec le danger, Nora, mais j'adore quand vos yeux lancent des éclairs.

C'était avec elle qu'il flirtait, pas avec le danger. Elle tourna les yeux vers son mari, et le trouva en train de contempler sa serviette, sur ses genoux.

— J'adore aussi quand vos yeux lancent des étincelles, Alden, dit-elle. Ça vous rajeunit tellement.

— En vérité, Nora, vous êtes la personne la plus âgée à cette table. (Autant pour Davey que pour Daisy, elle se força à se détendre.) Vous avez vécu des épreuves que nous ne connaîtrons jamais et c'est ce qui vous rend si belle. J'ai admiré toute ma vie les jolies femmes. Ce sont elles qui sauvent l'humanité. Là-bas, la simple vision de votre visage a dû aider un tas de gars à tenir le coup.

Elle ouvrit la bouche, la referma, puis soutint le regard de son beau-père.

— Vous êtes vraiment trop gentil.

— Vous avez dû produire un effet considérable sur les jeunes hommes qui passaient entre vos mains.

— Je trouve que votre point de vue appauvrit tout, lâcha Nora. Désolée. C'est répugnant.

— Si je pouvais, d'un claquement de doigts, faire que vous ne soyez jamais allée au Vietnam, vous m'y autoriseriez ?

— Ça me rendrait aussi jeune que vous, Alden.

— Il y a des bénéfices de toutes sortes. (Alden sourit à la cantonnade.) Y a-t-il un autre point que je puisse éclaircir ?

Durant un moment, nul ne parla.

— Il est temps que j'aille retrouver ma cellule, annonça enfin Daisy. Je me sens un peu fatiguée. Ç'a été très agréable de te voir, Davey. Nora, je vous donne des nouvelles.

Alden jeta un coup d'œil à sa belle-fille avant de repousser sa chaise et de se lever. La seconde d'après, Davey l'imitait.

Daisy s'aggripa au dossier de son siège et se tourna vers la porte.

— Vous remercierez Maria, Jeffrey. La salade de homard était succulente.

Le sourire courtois du domestique le fit ressembler plus que jamais à un deuxième couteau déguisé en valet. Posément, il alla ouvrir la porte à sa patronne.

9

Alden et Davey se rassirent.

— Ta mère ira très bien après sa sieste, déclara le premier. Je ne sais pas ce qu'elle fait dans son studio, mais j'ai l'impression qu'elle travaille beaucoup, ces derniers temps.

Davey hocha lentement la tête, comme s'il ne savait que penser de cette opinion.

Alden but une gorgée de vin, fixant Nora.

— Daisy et vous avez des projets ?

— Pourquoi cette question ?

Davey chassa ses cheveux de devant ses yeux, qui passèrent de son épouse à son père.

— Disons que c'est une impression.

— J'aimerais bien la voir plus. Qu'on fasse les magasins, qu'on déjeune ensemble certains jours, des choses comme ça.

Le regard de son beau-père donnait à Nora le sentiment de mentir à un supérieur.

— Formidable, dit-il, et Davey se détendit sur sa chaise. Je suis sincère. Que mes deux femmes s'amusent ensemble me réjouit.

— Maman a travaillé dur.

— Si tu veux mon avis, il se prépare quelque chose, là-haut. (Alden regarda Nora d'un air presque complice.) Vous n'avez pas eu cette impression ?

— Je ne l'ai pas vue travailler, si c'est ce que vous voulez dire.

— Daisy est comme Jane Austen : elle dissimule tous les indices. Pendant qu'elle écrivait ses deux premiers livres, je ne l'ai même jamais vue devant sa machine à écrire. À dire vrai, parfois, j'avais une voix dans la tête qui me chuchotait : *Et si elle me menait en bateau ?* Et puis un jour est arrivé un paquet, envoyé par un de mes concurrents. Elle l'a emporté dans son studio, et quand elle en est ressortie, elle m'a donné un livre. L'année d'après, il s'est produit la même chose. Alors, je l'ai laissée en faire à sa tête. Bon Dieu, Davey, tu le sais aussi bien que moi. Tu as grandi au milieu de ce système insensé.

Davey acquiesça puis regarda Nora, comme si lui aussi s'était interrogé sur les informations secrètes qu'elle pouvait détenir.

— Toute ma vie, j'ai côtoyé des écrivains, et ce sont des êtres fantastiques — certains d'entre eux, en tout cas —, mais je n'ai jamais compris ce qu'ils font ni comment ils le font. Ce sont de vrais bébés. Ils braillent, ils pleurent, ils mettent en pelote les nerfs de tout le monde, et puis ils produisent une grosse crotte et on leur dit que c'est génial.

Alden éclata de rire, très satisfait de lui-même.

— Est-ce que ça vaut aussi pour Hugo Driver ? Est-ce que c'était un bébé braillard ?

— Nora... intervint Davey.

— Bien sûr que oui. La seule différence, avec Driver, c'est que tout le monde trouvait son caca plus parfumé que celui des autres mouflets.

Alden ne paraissait plus aussi ravi de sa métaphore.

— Daisy m'a dit que vous l'aviez vu une ou deux fois. Quel genre d'homme était-ce ?

— Je n'en sais rien. J'étais gamin.

— Il a bien dû vous laisser une impression. C'était l'auteur le plus important de votre père. Il a même séjourné dans cette maison.

— Eh bien, au moins, je sais de quoi Daisy et vous avez parlé, là-haut.

Nora ignora la remarque.

— En fait, Driver est responsable de...

— Driver a écrit un livre. Il y a des milliers de gens qui en font autant tous les ans. Il se trouve que le sien a eu du succès. Si ça n'avait pas été lui, ç'aurait été quelqu'un d'autre. (Il s'efforça de prendre un air d'autorité neutre.) Sans vouloir vous froisser, Nora, vous avez beaucoup à apprendre sur le monde de l'édition.

— Vraiment ?

Davey se recoiffait avec les doigts.

— Ce que tu dis est vrai, mais... (Son père le figea d'un regard. Pourtant, il continua :) Mais c'était une collaboration classique. Il y avait une synergie incroyable.

— Je suis trop vieux pour la synergie, rétorqua Alden.

— Tu ne m'as jamais dit ce que tu pensais de lui personnellement.

— Personnellement, je pensais que c'était une connaissance de mon père.

— C'est tout ?

Alden secoua la tête.

— C'était un petit mec sans rien de remarquable, qui portait un costume en tweed voyant. Il croyait ressembler au prince de Galles, mais en fait, il ressemblait à un pickpocket. (Davey paraissait trop choqué pour parler ; Alden poursuivit.) Hé, j'ai toujours trouvé que le prince de Galles aussi ressemblait à un pickpocket. Driver était un auteur de grand talent. Ce que je pensais de lui quand j'étais enfant n'a pas d'importance. Le genre d'homme qu'il était n'en a pas non plus.

— Hugo Driver était un écrivain exceptionnel, articula Davey en regardant son assiette.

— Je n'en disconviens pas.

— Il était vraiment génial.

Alden eut un sourire dépourvu de sens, prit en bouche un nouveau morceau de homard et le fit suivre par une gorgée de vin. Son fils vibrait de ressentiment réprimé.

— Tu sais ce que j'en pense : un grand éditeur ne lit jamais les livres qu'il publie. Ça fausse le jugement. Pendant qu'on en parle, est-ce qu'on a quelque chose pour notre ami Leland Dart ?

C'était là le plus enthousiaste de leurs avocats, l'associé de Leo Morris dans le cabinet Dart & Morris.

Davey assura qu'il y travaillait.

— Pour tout dire, je me demande si notre ami Leland n'essaie pas de bouffer à tous les râteliers.

— Est-ce que ça a un rapport avec les héritiers de Driver ? s'enquit Nora.

— S'il te plaît, Nora, non, dit Davey.

— Non, quoi ? Je suis devenue invisible, d'un seul coup ?

— Vous savez ce qui est intéressant, chez Leland Dart ? demanda Alden, qui se sentait visiblement tenu de sauver la conversation. En dehors de sa grande splendeur, et tout ça ? Ses relations avec son fils. Je n'y comprends rien. Tu comprends, toi ? Je parle de Dick, bien sûr — je crois que j'ai à peu près saisi ce qui s'est passé avec l'aîné, Petey, mais Dick, c'est un mystère. On se demande s'il fait réellement quelque chose dans la vie.

Davey avait retrouvé sa bonne humeur.

— Je crois qu'il ne fait rien du tout. On l'a croisé, il y a un mois ou deux, tu te rappelles, Nora ? Chez Gilhoolie, juste après l'ouverture.

Nora se rappelait, et à présent, l'image du consternant individu dénommé Dick Dart l'amusait également. Dart avait fréquenté la même université que Davey, deux classes en dessous. On le lui avait présenté au bar d'un restaurant qui avait remplacé une pizzeria médiocre dans le centre commercial Waldbaum. Hommes et femmes, jeunes et moins jeunes, s'entassaient autour du long bar qui séparait la porte d'entrée de la salle. Les menus plastifiés posés sur les nappes à carreaux rouges faisaient de la publicité pour des boissons telles que Mudslides et Thés Glacés Long Island. Tandis que Nora et son mari se frayaient un chemin dans la foule, un homme de haute taille, à l'allure un peu maladive, s'était tourné vers Davey, lui avait posé la main sur le bras et s'était adressé à lui avec un étrange mélange d'arrogance et de modestie. Il portait un costume de belle coupe légèrement froissé, sa cravate était desserrée, ses cheveux clairs lui tombaient sur le front, et il paraissait avoir bu un nombre plus que suffisant de Mudslides. Il avait dit quelque chose comme : *« Je suppose que tu vas prétendre ne plus te rappeler nos virées nocturnes. »*

Tandis que Davey se défendait, l'inconnu avait renvoyé la tête en arrière et observé tour à tour les deux époux, comme s'ils avaient offert un spectacle amusant. Nora avait supporté des compliments ironiques sur ses traits « décidés » et ses cheveux « superbes ». Après avoir dit à son mari qu'il devait revenir seul, un de ces soirs, pour discuter de leurs anciennes virées, Dart les avait relâchés, non sans assurer qu'il *adorait* le parfum de Nora — laquelle n'en portait pas. Plus tard, à leur table, elle avait déclaré à Davey que s'il fréquentait le moins du monde ce languissant imbécile, elle le forcerait à dormir dans le garage. Laisse tomber, avait-il répondu.

Dart essaie juste de te séduire. Il pique ses répliques dans les vieux films de Peter O'Toole. Plutôt dans ceux de George Sanders, avait rectifié Nora, qui se demandait s'il était possible de parvenir à ses fins en faisant mine de mépriser la personne à séduire.

Au milieu d'un repas insipide, elle s'était tournée vers le bar, et Dart lui avait adressé un clin d'œil. Lorsqu'elle avait demandé à son mari ce que ce vieux copain faisait dans la vie, elle avait appris avec stupéfaction qu'il était avocat au cabinet de son père.

Davey répéta au sien ce qu'il avait expliqué à Nora chez Gilhoolie : que Dick ramassait les miettes tombant de la table des meilleurs clients de Dart & Morris. Il assurait aux riches veuves qu'il emmenait déjeuner dans des restaurants français huppés que son père protégeait leur patrimoine d'un gouvernement fédéral devenu socialiste.

— Pourquoi continue-t-il ?

— Il doit aimer les déjeuners, supposa Davey. Et j'imagine qu'il s'attend à hériter du cabinet.

— Ne parie pas trop là-dessus, prévint Alden. (Nora sentit un petit vent frais avec une telle netteté qu'il eût fort bien pu venir du Sund.) Le vieux Leland est trop malin pour ça. Il tire les ficelles du parti républicain dans cet État depuis l'époque d'Ernest Forrest Ernest, et il ne laissera pas son gamin aux commandes de Dart & Morris. Vous verrez. Quand il prendra sa retraite, il dira à Dick qu'il n'a pas encore assez d'expérience, et il engagera un vieil escroc distingué dans son genre.

— Pourquoi dire ça à Davey ? demanda Nora.

— Pour qu'il comprenne mieux nos estimés avocats, dit Alden.

— La femme de Leland aura peut-être d'autres idées sur l'avenir de Dick, suggéra sa belle-fille.

Il eut un sourire éclatant.

— La femme de Leland... Je me demande ce qu'elle ressent quand elle voit son fils courtiser les femmes que son mari séduisait il y a quarante ans. Leland les a emmenées au lit pour qu'elles lui confient leurs affaires, et Dick leur fait du charme pour qu'elles ne les lui retirent pas. Vous croyez que notre ami Dick couche avec elles, comme son papa autrefois ? Ça ferait de lui un bien étrange jeune homme, vous ne trouvez pas ?

Davey contempla le Sund sans répondre.

— Je suppose que d'après vous, ces femmes lui sont reconnaissantes, reprit Nora.

— La première fois, peut-être, admit Alden. Je n'imagine pas Dick leur donnant matière à beaucoup de reconnaissance.

— On ne le saura jamais, conclut Davey avec un sourire étrange, toujours tourné vers le Sund.

Alden inspecta les assiettes vides, comme s'il cherchait des restes de homard.

— Nous avons tous terminé ?

Davey acquiesça, et son père releva les yeux vers Jeffrey, qui alla posément ouvrir la porte. Nora le remercia en passant devant lui, mais il fit mine de ne pas l'entendre. Quelques minutes plus tard, elle monta dans la petite Audi rouge de son mari, un bocal de mayonnaise sur les genoux, et tous deux quittèrent Mount Avenue pour rejoindre le centre ville de Westerholm, plus récent et moins élégant.

10

Davey n'avait pas ouvert la bouche de toute la longueur de Churchill Lane, plus de deux kilomètres.

— Il y a quelque chose qui ne va pas ? demanda Nora.

Elle posait souvent cette question depuis leur mariage, et les réponses qu'elle recevait, quoique non évasives, n'étaient jamais tout à fait honnêtes. Comme beaucoup d'hommes, Davey avait des sentiments fréquemment dépourvus d'étiquette.

— Je ne sais pas, lâcha-t-il, ce qui était mieux qu'une négation.

— Ce qu'a dit ton père t'a surpris ?

Il la contempla avec méfiance durant un quart de seconde.

— Si quelqu'un m'a surpris, c'est toi.

— Pourquoi ?

— Mon père prend plaisir à exagérer. Ce n'est pas pour ça qu'il faut l'attaquer.

— Tu trouves que je l'ai attaqué ?

— Tu as dit qu'il était répugnant. Qu'il appauvrissait tout.

— C'est ses idées que je critiquais, pas lui. Par ailleurs, ça lui a plu. Il adore les joutes verbales.

— Il va avoir soixante-quinze ans. J'estime qu'il a droit à plus de respect, surtout de la part de quelqu'un qui ne connaît rien à l'édition. Sans parler du fait qu'il s'agit de mon père.

Le feu, au carrefour de Post Road, passa au vert, et Davey s'écarta des chênes qui bordaient le pont de pierre, au bout de Churchill Lane. Soit parce qu'il n'y avait personne en face, soit parce qu'il avait oublié, il ne mit pas son clignotant. Nora comprit soudain qu'il n'avait pas signalé la manœuvre parce qu'il n'avait aucune intention de tourner dans Post Road, en direction de la maison.

— Où vas-tu ?

— Je veux voir quelque chose.

À l'évidence, il ne comptait pas lui dire quoi.

— Ça va peut-être te surprendre, mais j'ai eu l'impression que ton père m'attaquait.

— Il n'a rien dit de personnel. C'est toi qui as fait des attaques personnelles.

Nora fit le compte du nombre de manières dont elle s'était sentie attaquée par Alden Chancel et choisit la plus anodine.

— Il adore parler de mon âge. Il m'a toujours trouvée trop vieille pour toi.

— Il n'a jamais rien dit sur ton âge.

— Il a dit que j'étais la personne la plus âgée à la table.

— Il plaisantait, Nora, bon sang ! Et à ce moment-là, au cas où tu ne l'aurais pas remarqué, il était en train de te faire un compliment. En fait, il n'a pas arrêté de t'en faire.

— Il flirtait avec moi et j'ai horreur de ça. C'est sa méthode pour rabaisser les gens.

— Tu es dingue. Tous les types de sa génération font ce genre de compliments poussés aux femmes. Pour eux, c'est comme offrir un bouquet de fleurs.

— Je sais, dit Nora, mais c'est ça qui est dingue.

Davey secoua la tête. Sa femme s'appuya au dossier de son siège et regarda défiler de splendides maisons. Alden avait raison sur un point : devant chaque propriété se trouvait une plaque métallique portant le nom d'une agence de sécurité. Nombreuses étaient celles à promettre une *intervention armée.*

Davey lança à Nora un bref regard furieux.

— Et encore une chose. Je ne devrais pas avoir à y revenir, mais apparemment, tu m'y obliges. (Elle attendit.) Ce que ma mère fait dans son studio ne regarde qu'elle. Tu n'as absolument rien à y voir. (Un autre regard furieux.) Juste au cas où tu n'aurais pas compris ce que t'a dit papa. Et je l'ai même trouvé plein de tact.

Plus déprimée qu'elle ne souhaitait le montrer, Nora inspira et expira longuement tandis qu'elle préparait sa réponse.

— Tout d'abord, je ne la dérangeais pas, Davey. Elle était contente de me voir et j'ai pris plaisir à sa compagnie. (Dans le coup d'œil que lui jeta son mari en retour, elle lut qu'il voulait la croire.) En fait, j'ai eu l'impression d'être avec quelqu'un de totalement différent de ce qu'elle était au déjeuner. Elle s'amusait. Elle était drôle.

— C'est parfait, mais je ne veux pas qu'au bout du compte, tu la laisses encore plus mal en point qu'elle ne l'est déjà.

Un instant, Nora le considéra en silence.

— Tu crois qu'elle ne travaille plus du tout, hein ? Et ton père aussi. Vous êtes persuadés qu'elle fait semblant depuis des années, et vous entrez dans son jeu parce que vous voulez la protéger, ou quelque chose comme ça.

— Ou quelque chose comme ça. (Un peu de son amertume initiale marquait la voix de Davey.) Tu n'as jamais entendu l'expression : « Ne fais pas de remous » ? (Il la regarda avec une ironie triste.) Tu crois qu'elle monte là-haut pour travailler ? C'est ça ?

— Je crois qu'elle écrit quelque chose, oui.

— Je suis sûr que c'est très agréable pour vous deux, minauda-t-il.

— Tu n'aimerais pas que ta mère et moi soyons, peut-être pas amies, mais plus proches qu'en ce moment ?

— Elle n'a jamais eu d'amis. (Il médita une seconde.) J'imagine que la Porteuse de Tasse était son amie, autant qu'il est possible de l'être, mais depuis qu'elle a démissionné, il n'y a plus eu personne. J'en ai été bouleversé. Je ne pensais pas qu'Helen partirait un jour. Je la prenais probablement pour ma vraie mère. L'autre, en tout cas, ne passait pas tellement de temps avec moi.

— J'aurais aimé que tu la voies avec moi. Elle avait l'air un peu... insouciante.

— Un peu bourrée, oui. Surprise, surprise. (Davey poussa un soupir si triste que sa femme eut envie de l'entourer de ses bras.) Mais bien sûr, elle a une bonne raison.

Alden, songea Nora — mais son mari n'aurait jamais rendu le Grand Éditeur responsable de l'état de sa mère. Elle inclina la tête et l'interrogea du regard.

— L'autre. Celui d'avant moi, celui qui est mort. C'est évident.

— Oh, oui, acquiesça Nora, qui le vit soudain comme elle l'avait vu une centaine de fois : assis dans le living, sous une lampe de chez Michaelman, avec entre les mains *Le Voyage dans la nuit*, fixant des pages qu'il lisait et relisait parce que, tout comme Leonard Gimmel et Teddy Brunhoven, les meurtriers, il y trouvait le code de sa propre existence.

— Tu y penses beaucoup, n'est-ce pas ?

— Je ne sais pas. Peut-être. (Il l'observa pour tenter de savoir si elle le critiquait.) C'est un peu comme... y penser sans y penser, je crois.

Elle hocha la tête mais ne répondit pas. Un instant, il parut sur le point d'en dire plus, puis sa bouche se referma, son regard s'altéra et l'instant fut passé.

L'Audi s'arrêta à un stop, devant un bouquet d'arbres envahis de liserons qui masquaient presque le panneau. De l'autre côté de la route, une conduite intérieure Mercedes grise roulait vers le carrefour. Tandis que Davey mettait son clignotant pour tourner à gauche, le nom de la rue résonna dans l'esprit de Nora. Il les avait emmenés à Redcoat Road, et ce qu'il voulait voir, c'était la maison dans laquelle le loup avait pris la vie de Natalie Weil avant d'en faire disparaître le cadavre.

11

Au bord de l'allée se dressait un poteau métallique soutenant la plaque bleu vif d'une agence locale de sécurité plus chère que celle des Chancel. Natalie avait remarqué les points communs entre elle-même et les premières victimes : elle avait investi dans de la technologie de pointe.

Davey descendit de voiture et arpenta le bas-côté broussailleux en direction de l'allée. Nora l'imita. Elle regrettait son Bloody Mary et l'unique verre de vin bu au déjeuner. Le soleil du mois d'août lui brûlait les yeux. Son mari se posta face à la maison, frôlant la plaque de l'agence de sécurité.

Le bâtiment s'élevait à l'écart de la route, derrière une cour qu'obscurcissait l'ombre de chênes et d'érables, entre lesquels s'étendaient monticules herbus et blocs de granit. Les rubans jaunes officiels délimitant le lieu du crime s'enroulaient autour des arbres et barraient la porte d'entrée. Une voiture noire et blanche de la police de Westerholm, ainsi qu'une conduite intérieure bleue anonyme, étaient rangées près du garage.

— Tu voulais venir ici pour une raison particulière ? demanda Nora.

— Oui.

Davey lui jeta un bref coup d'œil puis se retourna vers la maison. Vingt ans plus tôt, on l'avait peinte en ce brun-rouge bien particulier, plat, celui des panneaux d'information dans les parcs nationaux. Le domicile des Chancel était de la même teinte, mais la peinture n'avait pas encore commencé à s'écailler. Les deux bâtiments partageaient aussi le même style architectural, façade massive et rangée d'ouvertures sous le toit.

Un visage blanc, au-dessus d'un uniforme sombre, regardait par la fenêtre de la chambre qui surmontait le garage.

— Ce flic est dans la pièce où elle a été tuée, remarqua Davey en commençant à remonter l'allée.

Le visage s'éloigna du carreau. Davey arriva à l'endroit où le ruban jaune s'enroulait autour d'un érable, au bord du chemin, puis filait droit vers la maison et le garage. Il s'appuya d'une main contre l'arbre.

— Pourquoi fais-tu ça ? demanda Nora.

— J'essaie de t'aider.

Le policier, arrivé près de la fenêtre du salon, les observa un instant, avant de se poser les mains sur les hanches et de faire volte-face.

— C'est peut-être dingue, mais est-ce que tu crois que tu as voulu venir à cause de ce dont tu parlais en voiture ? (Davey lança à Nora un regard incertain.) L'autre. L'autre Davey.

— Je t'en prie, dit-il, nouvelle manifestation de la tendance des Chancel à protéger les secrets des Chancel.

Le policier ouvrit la porte d'entrée et se dirigea vers eux à travers les ombres inondant la pelouse de Natalie Weil.

12

Nora était certaine que la fascination de Davey pour *Le Voyage dans la nuit*, l'histoire d'un enfant arraché à la mort par un certain Chevalier Vert, remontait à son enfance. Avant lui, il y avait eu un autre David Chancel, le premier fils d'Alden et de Daisy, mort subitement dans son berceau. Ni malade ni anémié, il n'avait présenté aucun signe avant-coureur : il était mort, tout simplement. Lincoln Chancel avait sauvé la famille en suggérant, voire en exigeant, une adoption. Son insistance pour avoir un petit-fils constituait un élément crucial de la légende transmise à Nora par Davey. On avait trouvé un bébé à adopter dans le New Hampshire ; Alden et Daisy s'y étaient rendus en avion, avaient obtenu la tutelle de l'enfant, lui avaient donné le nom du premier et l'avaient élevé à sa place.

Davey avait porté les habits du défunt, dormi dans son berceau, bu dans son biberon, agité son hochet, pris son médicament. Une fois assez grand, il s'était amusé avec les jouets mis de côté pour le bébé fantôme. Comme s'il avait pu prévoir qu'il mourrait avant les quatre ans de l'enfant, Lincoln Chancel avait acheté des cubes, des balles, des lapins et des chats en peluche, des chevaux à bascule, des trains électriques, des gants de base-ball, des bicyclettes de tailles différentes, des dizaines de jeux de société, et bien d'autres choses. Lors des anniversaires, ces cadeaux avaient été tirés de leurs paquets et solennellement offerts. Davey avait fini par comprendre qu'il s'agissait des présents d'un grand-père mort à un petit-fils mort.

Depuis la nuit où, ivre, il avait déclamé cette histoire en titubant à travers le living, Nora le voyait sous un jour qui n'avait en définitive rien de surprenant ni de troublant. Il s'imaginait toujours sous l'impitoyable surveillance d'un alter ego invisible — s'imaginait que le véritable David Chancel l'appelait à la rescousse — ou à rendre des comptes.

13

Le policier contourna un rocher gris et s'avança, considérant Nora avec un mélange d'intérêt personnel et de réserve officielle. Elle ne comprenait pas comment elle avait pu prendre son costume bleu et son élégante cravate rouge pour un uniforme. Il avait la tête massive, carrée, l'air désillusionné, et une épaisse moustache brune incurvée vers le bas. Lorsqu'il fut assez près, Nora vit les fils gris qui parsemaient cette moustache à la

Tartare, et elle constata que ses yeux brun foncé étaient à la fois sérieux, contrariés, compatissants et, au fond, totalement détachés — d'une manière qu'elle supposait réservée aux policiers. Cet homme lui rappelait un peu Dan Harwich, ce qui la conduisit à en attendre un minimum de compréhension et d'ouverture d'esprit. Physiquement, toutefois, il ne ressemblait guère au chirurgien ; large et massif, doté d'épaules puissantes et d'un ventre proéminent, c'était un terrier, non un lévrier.

— Vous avez un problème ? demanda-t-il, ce qui correspondait aux attentes inconscientes de Nora. (Quand elle secoua la tête, il se tourna vers Davey.) Si vous n'êtes amenés ici que par la curiosité, monsieur, je vous serais reconnaissant, à vous et à cette dame, de vous en aller.

— Je voulais revoir la maison de Natalie. Je m'appelle Davey Chancel, et voici ma femme, Nora.

Cette dernière s'attendait à ce que le policier répliquât : *Je vous croyais frère et sœur*, comme cela arrivait parfois. Ce ne fut pas le cas.

— Vous êtes parents des Chancel de Mount Avenue ? Comment s'appelle leur propriété, déjà ? Les Peupliers ?

— Je suis leur fils, répondit Davey.

L'homme s'approcha et tendit une grande main que son interlocuteur serra.

— Inspecteur principal Holly Fenn. Vous connaissiez Mrs Weil ?

— C'est elle qui nous a vendu notre maison.

— Et vous étiez déjà venus ici.

— Natalie nous a invités une ou deux fois, dit Nora, pour s'inscrire dans la conversation avec Holly Fenn.

C'était un maçon, un tourbier, aussi irlandais que Matt Curlew. Au premier coup d'œil, on comprenait que ce type était réel. Il posa sur elle un regard complexe. Elle se racla la gorge.

— Cinq fois, corrigea Davey. Peut-être six. Vous n'avez toujours pas retrouvé le corps ?

Le *trait de caractère* de Davey — celui qui avait conduit Nora à s'interroger longuement sur lui avant leur mariage — était qu'il déformait la vérité. Il ne mentait pas au sens exact du terme, pour en tirer avantage, mais, ainsi qu'elle avait fini par le comprendre, dans un but esthétique, afin d'embellir la réalité.

Il continuait de hocher la tête, comme s'il avait fait le compte de leurs visites. Quand sa femme se livrait à la même opération, elle obtenait le chiffre trois : ils étaient venus une fois boire un verre, une semaine après avoir commencé à chercher une maison, une seconde pour dîner, et une troisième, en coup de vent, pour prendre les clefs de la maison de Crooked Mile Road.

— C'est une ou deux fois, ou six ? demanda Fenn.

— Six, affirma Davey. Tu ne te rappelles pas, Nora ?

Elle se demanda s'il avait rendu visite à Natalie Weil sans elle, puis chassa cette pensée.

— Oh, si, bien sûr, dit-elle.

— Quand êtes-vous venus ici pour la dernière fois, Mr Chancel ?

— Il y a environ quinze jours. On a mangé mexicain et on a regardé du catch à la télé... exact, Nora ?

— Mmm.

Pour éviter de regarder l'inspecteur, elle se tourna vers la maison et découvrit qu'elle ne s'était pas trompée, finalement : un policier en uniforme les observait bien par la fenêtre de la chambre à coucher.

— Vous étiez des amis de Mrs Weil ?

— On peut dire ça.

— Elle n'avait pas l'air d'en avoir beaucoup.

— Je crois qu'elle aimait bien être seule.

— Pas assez, à mon avis. Sans vouloir vexer personne. (Fenn fourra les mains dans les poches et recula d'un pas, comme pour mieux contempler le couple.) Mrs Weil était méticuleuse en ce qui concernait son travail, elle consignait tous ses rendez-vous dans un agenda, mais nous avons moins de chance avec sa vie privée. Vous allez peut-être pouvoir nous aider.

— Bien sûr, dit Davey. Si vous voulez.

— Comment ? demanda Nora.

— Qu'y a-t-il dans le bocal ?

Elle baissa les yeux sur le récipient qu'elle tenait encore en main, oublié.

— Oh, là-dedans ! (Elle éclata de rire.) De la mayonnaise. C'est un cadeau.

Davey lui lança un regard de reproche.

— Je peux la sentir ? demanda Fenn.

Interloquée, Nora ouvrit le bocal et le lui tendit. Il se pencha, sortit les mains de ses poches, les posa autour des parois en verre, et huma.

— Ouais, c'est de la vraie. C'est difficile à faire, la mayonnaise. Ça a toujours tendance à tourner. Pour qui est-ce ?

— Pour nous.

Les mains du policier quittèrent le bocal.

— Est-ce que vous avez déjà rencontré d'autre amis de Mrs Weil, dans cette maison ?

Il s'adressait toujours à Nora, qui secoua la tête. Au bout d'une seconde, durant laquelle elle fut elle-même tentée de humer la mayonnaise, elle revissa le couvercle du récipient.

— Non, jamais, dit Davey.

— Vous lui connaissiez un petit ami ? Quelqu'un avec qui elle serait sortie ?

— Rien de tel, assura-t-il.

— Et vous, Mrs Chancel ? Il arrive que les femmes révèlent à une amie des choses dont elles ne souffleraient pas mot à leur époux.

— Elle parlait parfois de son ex-mari. Norm. Mais ça n'avait pas l'air d'être le genre de type à...

— Mr Weil se trouvait chez lui, à Malibu Beach, en compagnie de sa nouvelle femme, quand l'ancienne a été tuée. Il s'est recyclé dans la production cinématographique. Nous pensons qu'il n'a rien à voir là-dedans.

La description faite par Natalie n'avait pas fait penser à un producteur de cinéma vivant à Malibu Beach. En outre, l'attitude d'Holly Fenn n'évoquait nullement l'idée que se faisait Nora de la procédure policière normale.

— J'imagine que vous n'avez aucune idée de ce qui a bien pu se passer, demanda-t-il, sans la quitter des yeux.

— Nora croit qu'elle n'est pas morte, s'immisça Davey, ajoutant une imaginaire guirlande à son œuvre.

Sa femme se tourna vers lui mais il ne lui rendit pas son regard.

— Eh bien, en fait, il est évident que je n'en sais rien, se justifia-t-elle. Quelqu'un s'est introduit dans la maison, c'est ça ?

— C'est une certitude. Probablement une connaissance. (Fenn se tourna vers le bâtiment.) Le système d'alarme est très récent. Vous l'avez remarqué lors de votre dernière visite ?

— Non, dit Davey.

Nora contemplait le bocal de mayonnaise. Son contenu rappelait quelque fluide corporel répugnant.

— Cette plaque est pourtant difficile à manquer.

— En effet, approuva Davey.

— Le système a été installé il y a un peu plus de deux mois.

Nora releva la tête pour trouver les yeux du policier posés sur elle. Elle se hâta de détourner le regard.

— Tu es sûr que ça ne fait que quinze jours qu'on est venu, Davey ? s'entendit-elle demander.

— Peut-être un peu plus.

Fenn se détourna. Elle espéra qu'il allait les laisser partir : il devait avoir deviné qu'ils lui mentaient.

— Vous croyez pouvoir entrer un moment ? En général, nous ne faisons pas ce genre de choses, mais cette fois-ci, j'ai besoin de toute l'aide possible.

— Aucun problème, assura Davey.

L'inspecteur s'effaça et tendit le bras vers la porte.

— Vous n'avez qu'à passer sous le ruban.

Davey se pencha. Fenn sourit à Nora et ses yeux se plissèrent. Il ressemblait à un courtois shérif de ville-frontière en costume moderne.

— D'où êtes-vous, inspecteur Fenn ? demanda-t-elle.

— De Bridgeport. Et appelez-moi Holly. Tout le monde m'appelle Holly. Vous n'êtes pas obligée d'entrer, vous savez. Il y a pas mal de sang, là-dedans.

Nora tenta de paraître aussi endurcie que possible, ce qui n'était pas facile avec un bocal d'un litre de mayonnaise entre les mains.

— J'ai été infirmière au Vietnam. Du sang, j'en ai probablement vu plus que vous.

— Et vous volez au secours des enfants en péril, termina le policier.

— C'est plus ou moins ce que je faisais au Vietnam, dit elle en rougissant.

Il sourit à nouveau et souleva le ruban pour qu'elle le franchît plus aisément. Davey, près d'un parterre d'hortensias gigantesques, les contemplait avec contrariété.

14

Holly Fenn était de ces hommes qui enflent quand on les observe dans des espaces étroits. Il emplissait la quasi-totalité de la cage d'escalier. Ses épaules, ses bras et même sa tête paraissaient deux fois plus gros que la normale. L'énergie tendait le tissu de sa veste, faisait onduler ses cheveux brun foncé sur sa nuque. La maison de Natalie sentait la poussière, les fleurs fanées, la vaisselle sale, le souffle et le corps de bien des hommes, ainsi que les mégots jetés dans les corbeilles à papier. Davey émit un son dégoûté.

— Ça pue salement, admit Fenn.

Une affiche représentant un village portuaire aux bâtiments chaulés était accrochée au mur où, chez Davey et Nora, s'appuyaient les étagères accueillant les volumes publiés par Chancel House. Trois hommes, debout à l'entrée du salon, se tournèrent vers les arrivants. Le policier en uniforme que Nora avait confondu avec Holly Fenn passa dans le hall. Les deux autres portaient costumes gris identiques, chemises blanches et cravates noires. Ils étaient dotés de visages fins, dédaigneux, et se tenaient côte à côte tels des pions de jeu d'échecs. Nora perçut de vagues remugles de sang coagulé.

Davey monta la dernière marche. Dans la faible luminosité, ses yeux et ses sourcils sombres, anormalement marqués, faisaient paraître son visage blafard et informe.

Fenn présenta les Chancel à l'agent Michael LeDonne, ainsi qu'à Mr Hashim et à Mr Shull, du FBI. Hashim et Shull, en fait, se ressemblaient assez peu : le premier était jeune, lourd, semblable aux catcheurs de Natalie, le second grand et blond. C'étaient leurs postures et leurs expressions qui créaient la ressemblance, ainsi que leur air commun d'autorité suprême.

— Mr et Mrs Chancel étaient des amis de la victime, et je leur ai demandé de bien vouloir faire le tour de la maison, pour le cas où ils remarqueraient quelque chose d'utile.

— Faire le tour, dit Mr Shull.

— Faire le tour, répéta Mr Hashim, qui se pencha pour examiner la pointe de ses chaussures cirées de frais. Pas de problème.

— Ravi que nous soyons tous d'accord. Mike, vous pourriez peut-être débarrasser Mrs Chancel.

L'agent LeDonne prit le bocal et l'examina de près.

— Ils sont venus ici récemment ? demanda Mr Shull, qui contemplait lui aussi le récipient.

— Suffisamment, répondit Fenn. Jetez un coup d'œil partout, messieurs-dames, mais surtout, ne touchez à rien.

— Faites comme dans un musée, ajouta Mr Shull.

— C'est ça, ponctua Mr Hashim.

Nora les dépassa pour entrer dans le salon. Mr Shull et Mr Hashim lui donnaient envie de toucher à tout. De la cendre de cigarette striait la moquette brune. Un trou perçait le canapé beige. Des magazines et une pile de journaux couvraient la table basse. Deux romans de Dean Koontz étaient rangés sur la tablette en brique, au-dessus de la cheminée. Aux murs pendaient les girouettes et les morceaux d'épaves que Natalie n'avait pas tant collectionnés que récupérés. Les agents du FBI suivirent Nora d'un œil morne. Elle lança un regard hostile à Mr Shull, qui cilla. Sans changer d'expression, elle tourna sur elle-même pour observer toute la pièce, laquelle lui sembla à la fois imprégnée et totalement privée de la présence de Natalie Weil. Mr Shull et Mr Hashim avaient raison : ils se trouvaient dans un musée.

— Natalie a passé des coups de fil, cette nuit-là ? demanda Davey.

— Aucun, répondit Fenn.

Tandis qu'elle entrait à pas lents dans la pièce voisine, Nora réalisa qu'elle n'avait pas envie de visiter cette maison, pas le moins du monde. Pourtant, voilà qu'elle se retrouvait dans la cuisine. Davey flâna devant les placards, secoua la tête en passant près de l'évier, et marqua une pause pour observer les photos punaisées à un tableau en liège, non loin du réfrigérateur. En mémoire de Natalie, Nora se força à regarder autour d'elle et s'aperçut presque aussitôt que, malgré son manque d'enthousiasme, un changement s'était produit en elle. Dans le salon, une atmosphère d'habitude et de malaise lui avait voilé les yeux.

À présent, le voile envolé, elle apercevait partout la trace des décisions et des goûts de Natalie. Les plans de travail en bois étaient éraflés là où elle tranchait le pain de campagne qu'elle aimait grillé, au petit déjeuner ; des sacs en plastique de chez Waldbaum occupaient la poubelle en compagnie de paquets de cigarettes écrasés. Des pots de confiture entamés s'entassaient autour du grille-pain. Des verres sales répandant une vague odeur de bière reposaient près de l'évier, empilés sur des assiettes où l'on distinguait encore de la confiture séchée, des miettes de pain et des fragments de viande. Un sachet empli de raisins pourris était posé sur un plan de travail, près de trois bouteilles de vin. Quoi que Norman Weil et sa nouvelle épouse fussent en train de boire sur leur terrasse de Malibu, au bord de la plage, ce n'était certainement pas du vin rouge Firehouse Golden Mountain Jug à $9,99 le litre.

Près de la porte de derrière, se trouvaient des poubelles bleues pour produits recyclables contenant des bouteilles vides de vin et de Corona, plus une de Stolichnaya. Une autre accueillait des piles de journaux new-yorkais ou locaux, ficelés, ainsi que des paquets de *Time, Newsweek, Fangoria et Wrestlemania*[1].

— J'aimerais bien que mes hommes examinent le lieu du crime avec autant d'attention que vous. (Nora sursauta et découvrit Holly Fenn appuyé à la porte ouverte du couloir.) Vous remarquez quelque chose ?

— Elle mangeait des toasts à la confiture pour le petit déjeuner. Elle négligeait un peu les travaux ménagers. Elle vivait pour pas très cher et elle avait des goûts plutôt simples. On ne l'aurait pas cru en la voyant.

— Autre chose ?

Nora repensa à ce qu'elle avait vu.

— Elle aimait les films d'horreur, et j'avoue que ça me surprend un peu. Je ne saurais dire pourquoi.

Fenn eut un sourire presque imperceptible.

— Attendez de voir la chambre. (Nora crut qu'il allait faire un parallèle entre les victimes de meurtres et les films d'horreur, mais il s'en abstint.) Quoi d'autre ?

— Elle buvait du vin bon marché, mais de temps en temps, elle se payait de la bonne vodka. Nous ne l'avions jamais vue boire que de la bière.

— Continuez à chercher, encouragea Fenn en hochant la tête. Elle s'approcha du réfrigérateur et retrouva sur la porte la demi-douzaine d'aimants qu'elle se rappelait avoir vus deux ans plus tôt. Un Dracula grimaçant et un monstre de Frankenstein aux bras écartés ornaient le compartiment congélateur. La grande porte était décorée d'une banane à demi épluchée, d'un hippie avec de petites lunettes rondes et un pantalon à pattes d'éléphant tirant sur un joint presque aussi gros que lui, d'une petite cuiller emplie de poudre blanche et d'un Hulk Hogan miniature.

Fenn, sur le pas de la porte, regardait Nora, les yeux brillants.

— Ces trucs-là sont là depuis des années, assura-t-elle.

— C'est original, apprécia le policier. D'après votre mari, vous ne croyez pas à la mort de Mrs Weil.

— J'espère qu'elle n'est pas morte.

1. *Fangoria* est consacré au cinéma d'horreur, *Wrestlemania* au catch professionnel américain. *(N.d.T.)*

Nora s'approcha du tableau en liège couvert de photos, impatiente. Elle sentait toujours le sang lui chauffer les joues et elle aurait aimé que l'inspecteur la laissât en paix.

— Natalie se droguait ?

— Oui, bien sûr, rétorqua-t-elle en lui faisant face. Davey et moi, on n'arrêtait pas de venir ici sniffer de la coke. Après, on fumait des joints en regardant nos catcheurs préférés à la télé. On n'avait aucun souci à se faire, parce que la police de Westerholm n'est même pas capable d'attraper les gamins qui défoncent les boîtes aux lettres.

En le voyant reculer, elle se rendit compte qu'elle avait fait deux pas vers lui. Il leva les mains, paumes visibles. On eût dit des gants de baseball.

— Vous avez des problèmes avec votre boîte aux lettres ?

Nora lui tourna le dos et se posta devant les photos. Natalie Weil, parfois seule, parfois non, lui souriait. Elle avait fait de nombreux essais de coiffure, se laissant pousser les cheveux jusqu'aux épaules, les tondant, se faisant des mèches, se teignant en un blond plus clair. Une Natalie aux cheveux longs était assise sur un banc rivé au pont d'un navire de croisière, souriante, entourée d'enseignants et de vendeurs retraités, aux cheveux blancs, ravis, en short et en T-shirt.

Sacrée droguée, songea Nora. Elle passa à une série de photos de Natalie en maillot de bain pêche, alignées au bas du tableau, parfois séparées par de grands espaces vides. Prises dans la chambre à coucher, elles la montraient perchée sur le lit, les mains derrière le dos. Nora, que la présence de Holly Fenn à l'entrée de la pièce mettait mal à l'aise, vit enfin réellement le maillot de bain : un de ces vêtements que les femmes n'achètent jamais pour elles-mêmes, et qui ne peuvent se porter que dans l'intimité. Elle n'en savait même pas le nom. Celui-là remontait les seins, comprimait la taille et s'évasait au niveau des hanches. Une profusion de sangles et de boutons faisaient ressembler celle qui le portait à un cadeau de Noël pour voyeur. Nora considéra avec plus d'attention le bracelet de Natalie. Elle reconnut la courbe inimitable et l'acier d'une paire de menottes.

Refoulant sa consternation, elle rejoignit le policier.

— Vous devez trouver ça extrêmement pervers, remarqua-t-il.

— Vous trouvez ça comment, vous ?

— Je pense que ce sont des jeux inoffensifs.

Il s'écarta. Elle sortit dans le couloir.

— Inoffensifs ?

Nora se tourna vers la chambre en songeant que les Chancel avaient peut-être raison, finalement : les secrets devaient rester secrets. Les victimes de meurtres se retrouvent dénudées, soumises à des jugements impitoyables. Ce qu'on croyait ne partager qu'avec une seule autre personne était... Elle s'immobilisa.

— Vous avez une idée ?

Elle se retourna.

— C'est un homme qui a pris ces photos.

— Si c'est sa sœur, c'est un peu dommage.

— Mais il n'y en a pas une seule de lui.

— Exact.

— Vous croyez qu'il n'y en a jamais eu ?

— À savoir : est-ce que je crois qu'à certains moments, c'était lui qui était sur le lit et elle qui tenait l'appareil ? Oui, je pense que ça a dû se produire. Je t'ai prise en photo, maintenant c'est ton tour. Et que sont devenues les photos de l'homme ?

— Ah ! s'exclama Nora en se rappelant les espaces vides, au bas du tableau.

— J'adore ces petites illuminations.

Cette petite illumination-là donna la nausée à la visiteuse.

— Je suis curieux d'apprendre ce que vous savez de ses amants.

— J'aimerais bien en savoir quelque chose.

— Je suppose que vous n'aviez pas remarqué ces photos la dernière fois.

— Je ne suis pas allée à la cuisine.

— Et la fois d'avant ?

— Je ne me rappelle pas si j'y suis allée ou non. Si oui, je n'y ai certainement rien vu de tel.

— Voilà venu l'instant où je dois vous poser la question suivante : vous êtes-vous jamais joints, votre mari et vous, aux jeux de votre amie ? Si vous répondez oui, je ne le dirai pas à Slim et Slam, là-bas. Vous avez des photos de Mrs Weil chez vous ?

— Non. Bien sûr que non.

— Votre mari est séduisant. Un peu plus jeune que vous, non ?

— En fait, nous sommes nés le même jour, apprit-elle à l'inspecteur, mais pas dans la même décennie.

Le policier sourit.

— Vous savez probablement où est la chambre.

15

Par la porte ouverte, Nora aperçut une myriade de taches brunes disposées en arc de cercle qui maculaient un mur ivoire. En dessous, au seul coin visible du lit, on eût dit que de la peinture couleur rouille avait été déversée sur les draps.

— Vous n'êtes pas obligée d'entrer si vous ne vous en sentez pas capable, dit Fenn derrière elle, mais ça pourrait vous faire reconsidérer votre théorie sur la mort de Mrs Weil.

— Ce n'est peut-être pas son sang, répondit-elle, maudissant son mari de lui avoir mis de telles paroles dans la bouche.

— Ah ?

Elle se força à entrer. Du sang séché couvrait la presque totalité du lit. Tout autour, taches et traînées parsemaient la moquette. Les draps avaient été lacérés, ainsi que les oreillers, d'où surgissaient, sous de larges lambeaux de coton, de petits morceaux de mousse évoquant des entrailles animales. Tout cela était triste et sordide. Si la tristesse n'avait rien de surprenant, l'impression de décadence serrait le cœur de Nora.

Davey, qui se tenait dans l'angle le plus éloigné, près de l'agent LeDonne, releva les yeux vers elle et secoua la tête. Elle se retourna vers Fenn, qui haussa les sourcils.

— Vous avez trouvé un appareil-photo ? Est-ce que Natalie en avait un ?

— On n'en a pas trouvé, mais Slim et Slam disent que toutes les photos qu'on a vues ont été prises avec le même appareil. Un modèle A.L.I.

— A.L.I. ?

— Appuie Là, Imbécile. Un truc sans réglage, comme un petit Olympus ou un Canon. Avec fonction zoom.

En d'autres termes, l'appareil en question était semblable au leur et à ceux de la plupart des habitants de Westerholm. La chambre paraissait étouffante, surchauffée, désespérante. Un malade mental qui aimait habiller les femmes en jouets sexuels avait fini par pousser ses fantasmes jusqu'à leur conclusion logique et utilisé le lit de Natalie Weil en guise de table d'opération. Nora se demanda s'il avait fréquenté ses cinq victimes en même temps.

Elle était heureuse de ne pas être flic. Il fallait réfléchir à trop de choses, dont une bonne moitié ne servait à rien. Mais ce qu'il y avait de pire, dans le fait de se trouver ici, c'était exactement cela : s'y trouver.

Il fallait qu'elle dise quelque chose. Ce qui sortit de sa bouche fut :

— Est-ce qu'il y avait des photos chez les autres ? Du genre de celles de la cuisine ?

Elle entendit à peine la réponse négative de l'inspecteur, tout comme elle avait à peine entendu sa propre question. Traversant plusieurs mètres de moquette épargnés par le sang, elle s'approcha de quatre longues étagères chargées de livres. À cinquante centimètres d'elle, Davey lui lançait des regards de bête en cage. Nora voulut se réfugier dans les titres des ouvrages, mais n'y trouva aucun asile. Plus tôt, Fenn avait fait une remarque à propos de l'amour de Natalie pour les romans d'horreur, et la preuve de ce goût se trouvait là, classée par ordre alphabétique des noms d'auteurs. Ces volumes avaient des titres tels que *Les Rats*, *Vampire Junction* ou *Le Crâne d'argent*. Ou encore *Soif de sang*, *La Maison des damnés*, *Les Livres de sang*, et *Les Cerveaux des rats*. Natalie possédait plus de romans de Dean Koontz que Nora n'en savait exister, tous ceux de Stephen King, de *Carrie* à *Dolores Claiborne*, tous ceux d'Anne Rice, de Clive Barker et de Whitley Strieber.

Comme en transe, la visiteuse explorait les étagères, découvrait une Natalie Weil qui se distrayait avec des histoires de vampires, de membres tranchés, de monstres tentaculeux ayant mauvaise haleine, de cannibalisme, de tueurs psychotiques et de violence aveugle, dégradante. Voilà une lectrice qui recherchait la peur, mais une peur sans danger, tout juste de l'angoisse. Elle était semblable à un fanatique des montagnes russes pour qui celles qu'on trouve dans les fêtes foraines locales valent bien celles où les wagonnets exécutent des loopings et dévalent si vite les pentes qu'on en a les yeux rouges. Dans tous les cas, c'est un tour de manège.

Au bout de l'étagère du bas, Nora trouva les noms de Marletta Teatime et de Clyde Morning près d'un corbeau à l'air maussade : le logo familier de Blackbird Books, la petite collection de fantastique de Chancel House, qui serait bientôt une chose du passé. Alden avait attendu de ces auteurs des bénéfices automatiques, réguliers, mais ils l'avaient déçu. Les couvertures criardes, parsemées de têtes tranchées et de poupées mutilées, revenaient des distributeurs quelques jours à peine après la publication. Davey insistait pour conserver la collection, qui réussissait tout de même à gagner un peu d'argent, en partie parce que Teatime et Morning ne touchaient jamais plus de deux mille dollars par livre. (Il suggérait parfois avec humour que les deux écrivains n'étaient en fait qu'une seule et même personne.) Alden refusait d'entendre l'argument de son fils selon lequel il condamnait les romans en refusant de les promouvoir ; ce qu'il y avait de beau, dans l'horreur, c'était que ça se vendait tout seul. Quand Davey affirmait qu'on traitait ces livres comme des orphelins, son père répondait : parfaitement. Et tels des orphelins, ils devaient se débrouiller seuls.

— Mrs Chancel ? interrogea Holly Fenn.

Un autre titre se détachait sur l'étagère du bas. *Le Voyage dans la nuit*, posé de guingois, dépassait entre deux des véritables encyclopédies qu'écrivait Stephen King, comme si Natalie l'avait glissé n'importe où avant de courir ouvrir la porte.

— Mrs Chancel ?

Elle regarda à la lettre D, mais la maîtresse des lieux ne possédait aucun autre roman de Driver.

— Désolé de ne pas vous avoir été plus utile, s'excusa Davey, dont la voix résonnait comme si elle provenait du fond d'un puits.

— Ça ne coûtait rien d'essayer, conclut Fenn, en quittant l'embrasure de la porte.

Le policier se dirigea vers la sortie après avoir jeté un nouveau coup d'œil angoissé à Nora, qui le suivit, LeDonne sur les talons. Tous quatre rejoignirent en file indienne le salon, où Slim et Slam leur firent face, abandonnant automatiquement tout signe d'individualité.

— Excusez-moi, dit soudain Davey, il faut que j'y retourne.

Fenn aplatit sa masse contre le mur pour le laisser passer. Nora et les deux policiers le virent retraverser le couloir pour entrer dans la chambre. LeDonne interrogea du regard son supérieur, qui secoua la tête. Au bout de deux secondes, Davey ressortit, plus déprimé que jamais.

— Vous aviez oublié un détail ? demanda l'inspecteur.

— Il m'a semblé avoir vu quelque chose... je ne pourrais même pas vous dire quoi. Mais...

Davey écarta les bras, secoua la tête.

— Ça arrive, approuva Fenn. Si ça vous revient, n'hésitez pas à me passer un coup de fil.

Quand les visiteurs firent demi-tour pour descendre l'escalier, les deux agents du FBI se séparèrent et détournèrent les yeux.

16

— Qu'est-ce que tu croyais avoir vu ?

— Rien.

— Tu es retourné dans la chambre. Tu avais quelque chose en tête. Dis-moi quoi.

— Rien. (Il la regarda de côté, si éprouvé qu'il en était blafard.) C'était une idée stupide. J'aurais dû rentrer directement chez nous.

— Pourquoi ne l'as-tu pas fait ?

— Je voulais voir la maison. (Il marqua une pause.) Et je voulais que toi, tu la voies.

— Pourquoi ?

Il attendit une seconde avant de répondre.

— Je me disais que ça t'empêcherait peut-être de faire des cauchemars.

— C'est une idée plutôt bizarre, commenta Nora.

— D'accord, c'était une idée à la con. (Il éleva la voix.) C'était l'idée la plus nulle de l'histoire du monde. En fait, toutes les idées que j'ai jamais eues dans ma vie étaient nulles. On est d'accord, maintenant ? Bien. Alors, on peut passer à autre chose.

— Davey.

— *Quoi ?*

— Tu te rappelles quand je t'ai demandé si quelque chose n'allait pas ?

— Non. (Il hésita, puis poussa un nouveau soupir, et son coup d'œil suggéra l'imminence d'une confession.) Pourquoi est-ce que quelque chose n'irait pas ?

Nora rassembla ses pensées.

— Tu as dû être surpris par ce que ton père a dit d'Hugo Driver.

Il la regarda comme s'il avait tenté de se rappeler les paroles d'Alden.

— Il a dit que c'était un écrivain exceptionnel.

— C'est toi qui as dit que c'était un écrivain exceptionnel. (Après une seconde de silence, elle ajouta :) Je parlais de son attitude.

— Oui, tu as raison, admit Davey. Ç'a été une surprise. Je crois qu'il m'a un peu choqué. (Pour Nora, les quelques secondes qui suivirent s'emplirent d'une tension chargée d'espoir.) Je suis préoccupé, je devais être énervé... je n'ai pas envie de me disputer, Nora.

— Alors, tu n'es plus en colère contre moi.

— Je n'étais pas en colère. Je me sens un peu paumé, c'est tout.

Deux heures en compagnie de ses parents l'avaient retransformé en Pépin Petit. S'il avait besoin d'un Chevalier Vert, elle se portait volontaire. Elle qui cherchait un emploi, elle en avait un tout trouvé. Elle pouvait aider Davey à endosser sa personnalité d'adulte. À obtenir le poste qu'il méritait dans la boîte. Ses autres projets, devenir l'amie de Daisy, déménager à New York, n'étaient que des éléments de ce dessein plus général, plus vrai. *Commence tout de suite*, s'enjoignit-elle.

— Qu'est-ce que tu aimerais faire à Chancel House, Davey ?

Une nouvelle fois, il parut se forcer à réfléchir.

— Diriger une collection.

— Alors, c'est ce que tu devrais faire.

— Eh bien, oui, mais papa, tu sais...

Il lui lança un regard résigné.

— Tu n'es pas comme ce type ignoble qui invite les vieilles dames à déjeuner. Tu n'es pas Dick Dart. Quel poste aimerais-tu le plus obtenir ?

Il se mordit la joue, avant de déclarer ce qu'elle soupçonnait déjà.

— J'aimerais bien diriger Blackbird Books. Je crois que je pourrais en faire quelque chose de bien, mais papa va arrêter la collection.

— Pas si tu l'en empêches.

— Comment ?

— Je ne sais pas exactement. Mais il faut que tu lui apportes un projet. (Elle réfléchit un instant.) Procure-toi tous les chiffres sur Blackbird Books. Apporte-lui des graphiques, des prévisions. Fais la liste des auteurs que tu veux publier. Rédige une plaquette de présentation. Dis-lui que tu t'occuperas de ça en plus de ton travail courant. (Il se tourna vers elle, bouche bée.) Je t'aiderai. On va mettre au point quelque chose qu'il ne pourra pas refuser.

Il se détourna un instant, la regarda à nouveau et gonfla les poumons.

— Bon, d'accord, on peut essayer.

— Blackbird Books, nous voilà ! conclut Nora.

Elle se rappela avoir vu des romans de Clyde Morning et de Marletta Teatime dans la chambre de Natalie. Ceux-là n'avaient pas été rangés par ordre alphabétique, mais au bout de l'étagère du bas.

— Ça peut marcher, tu sais, dit Davey.

Nora se demanda s'ils étaient isolés du fait qu'ils étaient bien meilleurs ou bien pires que les autres romans d'horreur. Peut-être le plus important était-il qu'ils aient été publiés par Blackbird Books — donc par Chancel House.

— Une fois, j'ai pensé qu'on pourrait faire une série de classiques. Des œuvres qui sont dans le domaine public.

— Bonne idée, approuva Nora.

Comme elle rassemblait ses souvenirs, il lui sembla que tous les Blackbird Books vus sur l'étagère paraissaient neufs, dépourvus de marques, comme tous achetés le même jour et jamais ouverts.

— Si on peut mettre au point un projet sérieux, il sera bien obligé de nous écouter.

— Davey... (Nora était emplie d'espoir ; la question lui échappa avant qu'elle ne pût la retenir.) Est-ce qu'il t'arrive de penser à quitter Westerholm ?

Il releva le menton.

— Sans mentir, quitter ce trou, j'y pense à peu près tous les jours. Mais rassure-toi : je sais ce que vivre ici représente pour toi.

L'éclat de rire de sa femme l'époustoufla.

LIVRE DEUX

UNE SOURIS NOMMÉE PADDY

La première chose que vit Pépin fut l'extrémité d'une queue, pas plus grosse que quatre crins tressés. À la recherche du reste de l'animal, il la suivit autour des rochers, à travers les hautes herbes, décrivant de grands cercles, escaladant ou dévalant des flancs de coteaux. Quand il atteignit enfin l'extrémité de cette longue, longue queue, il y trouva attachée une minuscule souris. Qui paraissait morte.

17

Quoique Davey parût morose, distrait, les cinq jours suivants furent presque les plus heureux qu'eût jamais connus Nora. Dans son souvenir, une seule autre période surpassait celle-là : plusieurs semaines, au Vietnam, durant lesquelles elle avait été trop occupée pour songer à autre chose qu'à son travail. *Ainsi, c'est ça, le bonheur*, s'était-elle dit en y repensant.

Son premier mois à l'hôpital d'évacuation l'avait à ce point bouleversée qu'au début du suivant, elle ne savait plus de quoi elle avait besoin pour supporter la réalité. D'herbe, peut-être. D'alcool, sans conteste. Au rythme de vingt à trente opérations chirurgicales par jour, elle avait appris le débridement et l'irrigation — éliminer les chairs nécrosées et désinfecter les blessures. Elle avait vu des vers dans des cages thoraciques, des amputations, des parasites de toutes sortes et des pseudomonas. Elle avait particulièrement haï ces derniers, agents d'une infection bactérienne qui recouvrait les victimes de brûlures d'une sorte de boue verte. Durant ce mois-là, elle avait oublié l'essentiel de ce qu'on lui avait enseigné à l'école d'infirmières, et appris à assister les médecins au cours d'opérations ultrarapides, clampant les vaisseaux sanguins et coupant là où on lui disait ce couper. Le soir, ses bottes laissaient des empreintes sanglantes sur le sol. Elle ne se trouvait pas dans un hôpital mais dans une usine à chair. L'idéaliste Nora Curlew de naguère se voyait rejetée sans cérémonie, à l'instar de vêtements devenus trop petits, et ce qu'on apercevait de la nouvelle ressemblait à un automate dépourvu d'âme.

Ensuite, il s'était produit un miracle temporaire. Nombre de patients mouraient pendant ou après leur opération, mais les blessés continuaient de hurler sur leurs couches. Quant à Nora, elle était toujours épuisée, mais pas autant qu'auparavant, et les soldats dont elle s'occupait s'étaient individualisés. Elle leur dispensait des soins rapides, précis, indispensables, qui leur permettaient souvent de survivre. Tandis qu'elle berçait un jeune homme agonisant, il lui arrivait de sentir passer en lui des particules de son propre être, apaisantes, rassurantes. Elle avait appris à se concentrer au milieu du chaos. Chaque opération devenait un drame durant lequel le chirurgien et elle accomplissaient les actes nécessaires et inventifs qui bannissaient, ou à tout le moins contenaient le mal. Certains de ces actes étaient élégants. Parfois, le drame tout entier se peignait d'une rigoureuse et bouleversante élégance. Nora savait reconnaître les différentes sortes de chirurgiens, piliers de rugby ou pianistes virtuoses, et chérissait les compliments qu'ils lui adressaient. Le soir, trop énervée, trop épuisée pour dormir, elle fumait de l'herbe avec les autres et participait au jeu du jour — cartes, volley-ball ou échange d'insultes.

Après sa cinquième semaine au Vietnam, un neurochirurgien du nom de Chris Cross avait été muté, et un nouveau, Daniel Harwich, avait pris sa place. Cross, un blond jovial, de type mésomorphe, toujours en train de raconter une histoire drôle et doté d'un amour immodéré pour la bière, avait été un pilier — mais de grand talent. Il travaillait en athlète, avec d'étonnants éclairs de grâce, et Nora avait décidé que, tout bien considéré, elle n'observerait sans doute jamais de meilleur chirurgien. L'unité entière avait déploré son départ ; quand son remplaçant s'était révélé être un ahuri filiforme aux cheveux ondulés, avec des culs de bouteilles devant les yeux et apparemment pas la moindre trace d'humour, on avait formé le cercle autour de la mémoire du capitaine Cross et poliment cantonné l'intrus à l'extérieur. Une solide petite infirmière, Rita Glow, avait cependant accepté de travailler avec ce clown. Pourquoi pas ? C'était du charcutage, de toute façon. Tandis que Nora poursuivait son travail sous la direction des deux autres chirurgiens de l'unité, un authentique pilier et un pianiste qui tenait de Chris Cross quelques tendances bastringue, elle avait découvert que l'ahuri Dan Harwich travaillait douze heures par jour comme tout le monde, qu'il traitait plus de patients, en se plaignant moins et en faisant moins de drame.

Un jour, Rita Glow lui avait affirmé qu'elle devait absolument le voir opérer : il était extraordinaire, un vrai danseur de claquettes. Le lendemain matin, elles avaient échangé leurs services afin que Nora se retrouvât en face d'Harwich, devant une table d'opération. Entre eux reposait un jeune soldat paralysé, dont le dos ressemblait à de la viande hachée. Harwich avait déclaré qu'ils devaient ôter des fragments d'obus des vertèbres du garçon. C'était à la fois un pilier et un pianiste, doté de mains étonnement vives et sûres. Au bout de trois heures, il avait recousu le dos du blessé avec les points les plus rapides et les plus nets qu'elle eût jamais vus.

— Maintenant que je suis échauffé, on va faire quelque chose de difficile, avait-il dit en relevant les yeux vers Nora.

Au bout de trois semaines, elle couchait avec Harwich ; au bout de quatre, elle en était amoureuse. Alors, les cieux s'étaient ouverts. Des corps broyés, torturés, s'étaient entassés dans l'hôpital, et le personnel avait travaillé soixante-dix-huit heures d'affilée. Nora et Harwich avaient rejoint leur lit en rampant, couverts du sang d'autrui. Ils avaient fait l'amour, dormi une demi-seconde, puis recommencé toute la séquence. Ils étaient bombardés, parfois pendant les opérations, parfois en plein milieu de la nuit, ce qui revenait souvent au même. Tandis que la clarté de la période précédente partait en lambeaux, chacun des soldats que voyait défiler Nora s'imprimait en détail dans sa tête. Plus tout à fait saine d'esprit, elle avait enfermé la terreur et la panique dans un placard intérieur.

Au bout de trois mois, elle avait été violée par deux lourdauds sans cervelle alors qu'elle sortait faire une pause. Le premier l'avait frappée à la tempe, jetée à terre, et s'était laissé tomber sur elle. L'autre lui avait emprisonné les bras sous ses genoux. Au début, elle avait cru qu'ils la prenaient pour une Viêt-Cong, mais elle avait vite compris qu'en fait, ils la prenaient pour une femme vivante. Le viol avait été un brouillard de claquements sourds et réguliers, de coups, d'énormes mains puantes plaquées sur sa bouche. Ç'avait été comme se faire ôter le souffle, tandis que des animaux lui déchiraient les parties intimes en poussant des grognements. Durant cette épreuve, Nora avait franchi l'anus du monde. De manière tout à fait littérale. L'intestin du monde avait un début et une fin, et elle avait alors été propulsée à travers l'anus, en compagnie du reste des excréments. Des démons ricanants avaient surgi des ténèbres.

Le deuxième lourdaud s'était retiré d'elle, le premier lui avait lâché les bras, et ils s'étaient enfuis. En entendant leurs pas, elle avait compris qu'elle se trouvait désormais de l'autre côté, avec les démons. Elle les avait alors rassemblés et rangés dans un récipient intérieur tout juste assez vaste pour les contenir.

Nora n'avait rapporté la chose à Harwich que plusieurs heures plus tard, quand elle avait vu le sang qui tachait ses vêtements, cru qu'il était sien, et qu'elle s'était évanouie. Son amant avait admis sans enthousiasme qu'elle refusât de rapporter l'incident mais, à la faveur d'une pause, l'avait suivie hors de la salle d'opération afin de lui remettre le pistolet d'un officier défunt. Elle l'avait conservé aussi près d'elle que possible jusqu'à sa dernière matinée au Vietnam, et l'avait alors jeté dans les latrines des infirmières. Même quand Dan Harwich était rentré en Amérique, jurant qu'il écrirait (il l'avait fait) et qu'ils avaient un avenir ensemble (ils n'en avaient pas), la présence de l'arme sous son oreiller avait continué d'aider

Nora à repousser les cauchemars du viol, jusqu'à ce qu'elle fût quasi capable de croire qu'elle l'avait oublié. Durant des années, après la guerre, elle avait vécu comme si elle avait réellement tout oublié — jusqu'à trouver une sorte de bonheur statique et provisoire à Westerholm, Connecticut. Là, les cauchemars ordinaires, quoique terribles, mettant en scène des soldats morts ou mourants, avaient été peu à peu supplantés par d'autres, bien pires.

Bien plus tard, Nora avait parfois songé à cette période exaltante, avant que la guerre ne s'abattît sur elle, et conclu : *Le bonheur se présente quand on regarde ailleurs ; c'est un produit dérivé, sans importance propre.*

18

Chaque soir, cette semaine-là, Nora et Davey se plongèrent dans les Blackbird Books, jonglant avec les chiffres et tentant de mettre au point un projet qui convaincrait Alden. Davey demeurait sombre, réservé, mais il paraissait reconnaissant à sa femme de son aide. Afin de se faire une idée de la collection, Nora lut *La Tombe qui l'attend*, de Marletta Teatime, et *Les Liens du sang*, de Clyde Morning. Les époux établirent une liste des auteurs susceptibles de signer avec des Blackbird Books revitalisés, et Davey en sonda les agents. Il s'avéra que l'attrait principal de la série était son appartenance à Chancel House, mais que la maison d'édition lui avait encore moins consacré d'attention qu'ils ne le pensaient.

En 1977, l'année de sa création, la collection avait publié douze livres de poche inédits, dus à des auteurs alors inconnus. En 1979, la moitié d'entre eux étaient partis à la recherche de promotion, d'à-valoir plus importants et d'éditeurs plus compétents. À cette époque-là, c'était Merle Marvell, un directeur littéraire adjoint, qui s'occupait de la série. Sa secrétaire, que partageaient deux de ses collègues, se chargeait des corrections pour quinze dollars le livre. (Alden refusait de gaspiller de l'argent chez un véritable correcteur.) Les Blackbird Books avaient opiniâtrement refusé de pondre des œufs d'or, et vers 1981, tous les auteurs des débuts s'étaient enfuis, ne laissant que Teatime et Morning, lesquels venaient de publier leurs premiers livres. Merle Marvell n'était plus simple adjoint. Il avait acheté pour d'autres collections un premier roman qui avait reçu un prix important, puis un autre qui s'était inscrit sur la liste des best-sellers. Ensuite, il n'avait plus eu assez de temps pour le fantastique. Depuis lors, les deux piliers de la série envoyaient leurs manuscrits et touchaient leur argent. Ni l'un ni l'autre ne passait par un agent. En guise d'adresse, ils avaient des boîtes postales — Teatime à Norwalk, Connecticut, Morning à Manhattan. Leur numéro de téléphone n'avait jamais été enregistré. Il ne demandaient jamais d'avance plus importante, de déjeuners ni de campagnes de promotion. Clyde Morning avait remporté le British Fantasy Award en 1983, Marletta Teatime avait été nominée pour le World Fantasy Award en 1985. Ils avaient continué de produire un roman par an jusqu'en 1989, date à laquelle tous deux avaient cessé d'écrire.

— Chancel House a publié ces gens-là pendant plus de dix ans et tu ne connais même pas leur numéro de téléphone ?

— Ce n'est pas le plus bizarre, assura Davey.

Ils dévoraient une pizza à la saucisse et aux champignons, livrée par un gnome en casque spatial qui, à y regarder de plus près, s'était révélé être une adolescente avec un casque intégral. Ils avaient fait de la place sur la table en empilant papiers, listings et feuilles arrachées à des blocs officiels, pour y poser une bouteille de cabernet sauvignon Robert Mondavi, Réserve Privée, et deux verres.

— Le plus bizarre, c'est ce que j'ai trouvé aujourd'hui sur une étagère de la salle de conférence.

Tel le Davey de naguère, il haussa les sourcils et sourit, ménageant ses effets. Nora lui trouva une mine superbe. Elle aimait sa manière de manger la pizza, avec un couteau et une fourchette. Elle-même prenait une part en main et y mordait, tirant de longs fils de mozzarella : Davey traitait la pizza comme du filet mignon.

— Qu'as-tu trouvé sur cette étagère ?

— Rappelle-toi : je t'ai dit que les manuscrits qui arrivent sont consignés dans une sorte de registre. Maintenant, ça se fait sur ordinateur. Le résultat des lectures figure sous le titre : refusé et renvoyé ou accepté, avec la date. Je me suis demandé si on avait refusé des livres de Morning ou de Teatime, alors je suis remonté jusqu'en 1989, l'année où on a tout informatisé — et j'ai trouvé Clyde Morning. Il a soumis un roman intitulé *Spectre* en juin 1989, et le manuscrit n'a jamais quitté la maison. Il n'a jamais été ni refusé, ni accepté. Il n'y avait même plus de directeur de collection, à l'époque, ce qui fait que personne n'était responsable.

— Qu'est-ce qu'il est devenu ?

— J'y arrive. Je suis descendu au service fabrication. Évidemment, personne ne se rappelait rien. Les manuscrits sont conservés pendant un ou deux ans après la publication, ne me demande pas pourquoi, puis transmis au directeur littéraire, qui les renvoie à l'auteur. J'ai regardé tout ce qu'il y avait en stock, mais je n'ai pas trouvé *Spectre*. Un assistant m'a alors rappelé que, parfois, on se sert des étagères de la salle de conférence comme d'un débarras. C'est une sorte de service des lettres mortes.

— Et tu es allé dans la salle de conférence... (Il hocha la tête, souriant de toutes ses dents.) et tu... tu as trouvé le livre ?

— Tout juste ! Et non seulement je l'ai trouvé...

Elle le contempla avec stupéfaction.

— Tu l'as lu ?

— Je l'ai feuilleté. C'est un peu brouillon, mais je crois que c'est publiable. Il faut que je voie si c'est encore disponible — et, tout bêtement, si Clyde Morning est toujours vivant... mais ça pourrait être le premier titre de notre nouvelle collection.

Elle aima ce « notre ».

— Alors, on est presque prêt.

— Je vais tenter le coup lundi. (Il n'avait pas besoin de préciser davantage.) Il est encore de très bonne humeur, le lundi après-midi. (On était vendredi soir.) Il y a un agent qui m'a rappelé, ce matin, pour tâter le terrain à propos d'un ou deux auteurs qu'à mon avis, on pourrait avoir sans se ruiner.

— Salaud, lâcha-t-elle. Tu gardes ça pour toi depuis que tu es rentré à la maison.

— J'attendais juste le bon moment. (Il acheva sa pizza.) Tu veux qu'on discute encore du projet, ou bien on a autre chose à faire ?

— Comme fêter ça ?

— Si tu es d'humeur.

— Je sens que je ne vais pas tarder à l'être.

— Eh bien, en ce cas...

Il lui lança un regard presque incertain.

— Viens avec moi, mon grand, dit-elle. On fera la vaisselle après.

Vingt minutes plus tard, allongé, les mains croisées sur le ventre, Davey contemplait le plafond.

— Je n'ai pas dit que ça faisait mal, chéri, soupira Nora, juste que c'était désagréable. J'étais sèche, mais je suis sûre que c'est temporaire. J'ai rendez-vous chez le toubib la semaine prochaine pour discuter du traitement hormonal. Vois le bon côté des choses : je n'ai probablement plus à m'inquiéter de tomber enceinte.

— J'ai des préservatifs. Toi, tu as ton... machin. Évidemment qu'on n'a pas à s'en inquiéter.

— J'ai quarante-neuf ans, Davey. Mon corps est en train de changer. Il y a fatalement une période d'adaptation.

— Une période d'adaptation ?

— C'est tout. Le médecin dit que tout se passera bien si je mange sainement et si je fais de l'exercice. Il faudra sans doute aussi que je prenne des œstrogènes. Ça arrive à toutes les femmes, et c'est mon tour.

Il tourna la tête vers elle.

— Tu lubrifiais, la dernière fois ?

— Oui, répondit-elle en tentant de ne pas soupirer.

— Alors, pourquoi est-ce que tu ne lubrifies pas cette fois-ci ?

— Parce que cette fois-ci, c'est comme ça.

— Mais tu n'es pas une vieille femme. (Il roula sur lui-même et enfouit à demi son visage dans l'oreiller.) Je sais ce qui ne va pas. Je suis trop excité, ou quelque chose comme ça, et ça t'a douchée.

— J'entre dans la période de la ménopause, Davey. Bien sûr que non, ça ne m'a pas douchée. Je t'aime. On s'est toujours merveilleusement entendu au lit.

— On ne peut pas s'entendre merveilleusement au lit avec quelqu'un qui se réveille presque toutes les nuits en gémissant.

— Ça n'a...

La remarque qu'elle allait faire n'aurait pas été constructive. Pas plus qu'il ne l'aurait été d'ajouter qu'on ne pouvait pas s'entendre au lit avec quelqu'un qui n'y venait pas ou qui le quittait pour s'inquiéter de son travail, d'Hugo Driver, ou de quoi que ce soit d'autre.

— Disons souvent et n'en parlons plus, reprit-il pour répondre au commentaire informulé de sa femme. Tu es trop jeune pour être ménopausée. Quand ma mère l'a été, elle avait plein de cheveux blancs, plus de cinquante ans, et elle est devenue une vraie garce. Elle a été impossible, comme enragée, pendant au moins un an.

— On peut réagir différemment. Il n'y a pas à en avoir peur.

— Les femmes ménopausées n'ont plus de règles. Toi, tu as eu les tiennes il n'y a pas longtemps.

— Pendant plus de quinze jours. Et ensuite pas du tout pendant six semaines.

— Épargne-moi les détails répugnants.

— Les détails répugnants, ça me regarde, d'accord. Mais tout va bien se passer. C'est *temporaire*.

— Je l'espère bien.

Qu'espérait-il temporaire ? La ménopause ? Le vieillissement ? Elle se rapprocha de lui et lui posa le bras en travers des épaules. Il se détourna. Nora lui embrassa la nuque et glissa l'autre main sous lui. Comme il ne tentait ni de se dégager ni de la repousser, elle l'attira contre elle. Il ne résista qu'une ou deux secondes, avant de se tourner vers elle et de l'enlacer. Elle sentit la chaleur de sa joue contre la sienne.

— Oh, chéri, souffla-t-elle.

Lorsqu'elle se recula, elle vit les larmes qui inondaient le visage de Davey. Il les essuya puis la serra avec force.

— Ça ne va pas, commenta-t-il.

— Ça va s'arranger.

— Je ne sais même pas quoi faire.

— Essaie d'en parler, suggéra Nora, qui ravala juste à temps les mots : *pour changer*.

— Je crois que je suis obligé.

— Bien.

Il avait à présent l'air hésitant, presque gêné.

— Tu sais que ces derniers temps, je suis préoccupé. C'est à cause de cette histoire, dix ans avant que je te rencontre. (Il contempla le plafond, et Nora se prépara, avec une résignation coutumière, à entendre une histoire qui devrait autant à Hugo Driver qu'au passé de Davey.) J'étais dans une mauvaise passe, parce qu'Amy Randolph avait fini par me larguer.

Nora savait tout d'Amy Randolph, une belle et destructrice poétesse-photographe-scénariste-peintre que Davey avait connue à l'université. Il avait perdu sa virginité avec elle, qui avait perdu la sienne avec son propre père. (À moins que cela ne fût une nouvelle enjolivure.) Après la fac, ils avaient fait un voyage en Afrique du Nord. Amy avait flirté avec tous les hommes séduisants qu'elle rencontrait et piqué de terribles colères lorsqu'ils répondaient à ses avances. Finalement, le couple avait été rapatrié d'Algérie et s'était installé dans un appartement de Greenwich Village. Amy n'avait cessé de fréquenter les hôpitaux, dont deux fois pour tentative de suicide. Elle photographiait des cadavres et des drogués. Le sexe ne l'intéressait pas. D'après ce que Davey avait confié une fois à Nora, Amy était tellement brillante qu'il avait été incapable de la quitter, par crainte de perdre sa conversation. Elle avait fini par l'en priver tout de même, en emménageant chez une femme plus âgée, une émigrée roumaine qui publiait un journal intellectuel. Davey n'avait jamais expliqué à sa femme ce qu'il avait ressenti en perdant Arny, ni parlé de ce qu'il avait fait entre cette rupture et leur propre rencontre.

— Quoi que ce soit, ça ne peut pas avoir été plus étrange que de vivre avec Amy, remarqua Nora.

— Ça, c'est ce que tu crois.

19

— C'était environ un mois après le départ d'Amy. En fait, je crois que j'étais content pour elle. Certains avaient l'air de penser que ça aurait dû m'ennuyer, mais je ne voyais pas pourquoi. Elle n'avait jamais aimé faire l'amour, de toute manière, alors je ne me serais pas usé à essayer de deviner avec qui elle le faisait, mais avec qui elle *ne le faisait pas*, ce qui aurait été ridicule. Au bout d'un mois, j'ai repeint l'appartement, mis des nouveaux posters aux murs, acheté une excellente chaîne stéréo et un tas de nouveaux disques. Si je trouvais quelque chose qui me rappelait Amy, ça partait à la poubelle. Une ou deux fois, quand elle m'a appelé, je lui ai même raccroché au nez. Parce que c'était bel et bien fini.

— Tu était très en colère, remarqua Nora.

Davey secoua la tête.

— Je ne me rappelle pas avoir été en colère. C'est juste que je ne voyais pas l'intérêt de lui parler.

— D'accord.

Nora tendit le bras pour ramasser son chemisier et son soutien-gorge au pied du lit. Elle jeta le second dans le panier à linge sale et enfila le premier.

— Je ne lui en voulais pas, reprit son mari. Tout le monde me disait que j'aurais pu, mais je ne lui en voulais pas. On ne se fâche pas contre les fous. (Nora capitula et hocha la tête.) En tout cas, je me sentais un peu bizarre. Le soir, en revenant du boulot, quand j'ai eu fini de retaper l'appartement, j'ai relu Hugo Driver — les trois livres. Ensuite, j'ai relu *Le Voyage dans la nuit.* J'avais l'impression d'être Pépin.

En d'autres termes, songea Nora, il avait l'impression qu'Amy l'avait tué.

— Je ne supportais pas d'être tout seul, mais j'avais très peu de copains, parce qu'avec Amy, c'était difficile. Je ne voyais pas mes parents, qui la détestaient et qui n'arrêtaient pas de me répéter que j'avais de la chance. Ç'a été une période très étrange. Quelquefois, je passais toute la nuit devant la télé. Ou bien j'écoutais un morceau de musique en boucle pendant un week-end entier.

— Je parie que tu t'es défoncé, devina Nora.

— Eh bien, oui... Amy détestait la drogue, alors maintenant que j'étais libre... tu vois ? Il y avait un mec au service courrier, Bang Bang, qui vendait des trucs — papa ne le savait pas. Un jour, je l'ai vu sortir de son bureau, je l'ai regardé, il m'a regardé, et je l'ai suivi dehors. J'ai acheté de la coke et de l'herbe, et j'en ai bien pris pendant un an. Au boulot, je restais très sérieux, mais dès que j'arrivais chez moi, bon Dieu ! Je me servais un gin Bombay *on the rocks*, je sniffais deux gros rails, je me roulais un joint et je m'éclatais jusqu'à l'heure d'aller au lit. Certaines fois, je ne me couchais même pas. J'avais trente ou trente-et-un ans. Je n'avais pas besoin de beaucoup de sommeil. Juste une douche, un coup de rasoir, un peu de collyre, une ou deux gouttes, des vêtements propres, et hop ! au turf !

— Et un jour, tu as rencontré une *girl scout*, devina Nora.

— Tu es sûre que tu tiens à le savoir ?

— Pourquoi est-ce que tu ne dis pas simplement : « Nora, un jour, pendant que je déconnais avec la drogue, je me suis fait une nana un peu tarée et elle m'a rendu dingue » ?

— Parce que ce n'est pas si simple. Pour comprendre ce qui est arrivé, il faut que tu saches dans quel état j'étais, mentalement. Sinon, ça n'a aucun sens.

Nora songea que tout ce qu'il avait à dire, strictement authentique ou non, serait instructif. Peut-être avait-il été un voyou du dimanche.

— Il n'y a pas qu'une histoire de fille, hein ?

— En fait, ça concerne Natalie Weil. (Il s'assit dans le lit et tira le drap au-dessus de son nombril.) Je ne t'ai pas dit la vérité, l'autre soir, Nora. Ça, c'est la véritable raison pour laquelle je voulais entrer chez Natalie.

Elle ramena les jambes contre la poitrine, se pencha en avant et attendit.

20

— Un matin, au bureau, je me sentais plutôt mal, parce que j'avais passé une nuit blanche. J'ai sniffé un peu de coke dans les toilettes et je me suis mis à saigner du nez. Il a fallu que je reste assis sur les chiottes, la tête penchée en arrière, avec du P.Q. sur le nez. Ça a fini par s'arrêter, et j'ai décidé d'aller affronter ma journée de travail.

« Je suis sorti du boxe. Un petit mec se dirigeait vers les lavabos. Je me suis essuyé les mains sur une serviette. Le mec se recoiffait. Quand j'ai vu sa gueule dans la glace, j'ai failli avoir une attaque.

— C'était une fille.

— Comment tu le sais ?

— Tu as failli avoir une attaque.

— Elle travaillait au service illustrations. Elle avait les cheveux courts et portait des vêtements d'homme. C'est tout ce que j'en savais. J'ignorais même son nom de famille. Elle s'appelait Paddi.

Davey regarda Nora comme si ce détail avait eu une importance cruciale.

— Patty ?

— Paddi. Deux « d », et « i » à la fin. Bon. J'ai recommencé à saigner du nez. J'ai épongé le sang avec une autre serviette. Paddi a fait deux petits tas de coke sur le lavabo, devant elle. « Essaie ça », elle m'a dit. On était en plein milieu des chiottes ! J'ai sniffé la poudre à même le lavabo, et bingo ! je me suis tout de suite senti nettement mieux. « Tu piges ? » elle m'a demandé. « Faut toujours prendre de la bonne qualité. » Quand je me suis enquis de quelle planète elle venait, elle a souri et elle a répondu : *« Je suis née dans un village, au pied d'une haute montagne. Mon père est forgeron. »*

« J'ai cru tomber dans les pommes. C'était une citation du *Voyage dans la nuit.* J'ai enchaîné : *« J'entreprends de longs voyages, et il m'arrive de me perdre. Je poursuis un but qui est plus grand que moi : sauver les enfants des ténèbres. »* Et elle a complété : *« Je conquiers ma peur. »*

« On s'est regardé pendant une seconde en souriant, et puis je l'ai mise à la porte avant que quelqu'un arrive. Elle m'a attendu dans le hall. Elle m'a dit : « Je m'appelle Paddi Mann. Et toi, tu es Davey Chancel, des célèbres Chancel de Chancel House. Ça te dit de m'offrir un verre, ce soir ? »

« Normalement, les femmes entreprenantes me mettent mal à l'aise, et en plus, on n'est pas censé sortir avec les collègues, mais elle citait Hugo Driver ! Je lui ai dit de me retrouver à six heures et demie chez Hannigan, un bar du coin, mais elle n'a pas voulu. Elle a décidé qu'on irait au Club de l'Enfer, sur la Deuxième Avenue, parce que c'était super, et qu'on s'y retrouverait à sept heures et demie, parce qu'elle avait des trucs à faire avant. J'ai dit que ça me convenait. Elle s'est approchée tout près de moi, elle a levé la tête et elle a murmuré : *« Son salut se trouvait en lui-même. »*

Sa femme avait déjà entendu ces mots mais ne se rappelait pas en quelles circonstances.

— Tu sais quoi ? J'avais l'impression qu'elle pouvait m'apprendre des choses. Qu'elle détenait les secrets que je devais découvrir.

— Bien sûr, dit Nora. Tu devais découvrir le moyen de te procurer de la meilleure coke que celle de Bang Bang.

Il était rentré chez lui pour enfiler un jean, un pull noir et un blouson de cuir avant de gagner à pied la Deuxième Avenue. Le Club de l'Enfer se trouvait entre la Huitième et la Neuvième Rue, dans l'East Side. Davey avait atteint l'angle de la Deuxième Avenue et de la Neuvième Rue une ou deux minutes après sept heures et demie, et avait descendu la première, ce qui l'avait fait passer devant un fast-food, un restaurant mexicain, puis un café. S'approchant de ce dernier, il avait regardé par la devanture et découvert quelques hommes, agglutinés autour d'un long bar sombre. Quand il avait voulu pousser la porte, il avait découvert le nom de Morley, juste en dessous de sa main.

Il avait réussi à manquer le club. Rebroussant chemin, il avait examiné les enseignes des divers établissements sans plus trouver celui qu'il cherchait.

Trois téléphones publics s'alignaient non loin de là. Le premier n'avait qu'un fil tranché en guise de combiné, le second n'émettait pas de tonalité, et le troisième avait permis à la pièce de Davey de s'enfoncer presque intégralement dans la fente avant de l'y coincer.

Dégoûté, il était allé attendre au coin de la rue que le feu passât au rouge. Observant le bloc sur toute sa longueur, il avait enfin remarqué un étroit escalier de pierre, avec des rampes en fer forgé, entre Morley et un magasin de luminaires. Les degrés menaient à une porte en bois sombre, trop élégante pour le quartier. Au centre du panneau supérieur, s'inscrivait une plaque de cuivre, légèrement plus grande qu'une carte de visite.

Le feu était passé au rouge, mais au lieu de traverser, Davey avait rejoint l'escalier et contemplé un bâtiment en grès de quatre étage, pris entre deux immeubles résidentiels. De chaque côté de la porte ouvraient deux fenêtres pourvues de rideaux. Du bas des marches, la plaque n'était pas lisible. Davey en avait monté deux pour déchiffrer les mots CLUB DE L'ENFER, et juste en dessous, PRIVÉ. Montant les derniers degrés, il avait ouvert la porte. À l'autre bout d'un hall minuscule, s'en dressait une deuxième, d'un noir luisant. Trois commandements étaient peints sur une plaque en bois blanc, juste au niveau des yeux :

PAS DE QUESTION
PAS DE JUGEMENT
PAS D'HÉSITATION

Davey avait poussé la porte noire et pénétré dans un large couloir, recouvert d'un long tapis à fleurs qui se poursuivait jusque sur une volée de marches. À sa gauche, une vieille femme tenait le vestiaire, près d'un passage conduisant dans un bar à l'éclairage tamisé. De l'autre côté de cette entrée, un large fauteuil en cuir était posé près d'une fougère en pot luxuriante. Un réceptionniste aux cheveux blancs, installé derrière un bureau noir laqué, s'était tourné vers l'arrivant avec un demi-sourire diplomatique. Afin d'éliminer les préliminaires, Davey avait jeté un coup d'œil dans le bar et y avait vu des hommes en costume, d'allure aisée, assis autour de tables ou debout par groupes de trois ou quatre. Quelques femmes se trouvaient parmi eux, mais Paddi n'en faisait pas partie. Juste avant que le réceptionniste ne s'adressât à lui, il avait aperçu — ou cru apercevoir — un homme nu, couvert jusqu'aux extrémités de tatouages élaborés, près d'une femme tout aussi nue, à la tête rasée et au corps enduit d'une poudre ou autre cosmétique d'un blanc terne.

— Puis-je vous aider, monsieur ?

Surpris, Davey s'était retourné vers l'homme et avait éclairci la voix.

— Oui, merci. Je dois retrouver ici une certaine Paddi Mann.

Jetant un nouveau coup d'œil vers le bar, il avait eu l'impression que les occupants des lieux s'étaient déplacés pour masquer le couple surréaliste.

— Vous avez bien dit Miss Mann, monsieur ?

Davey ayant répondu par l'affirmative, le réceptionniste lui avait demandé de s'asseoir et l'avait regardé s'installer dans le fauteuil en cuir, lequel ne permettait d'observer rien de plus provocant que de larges portes en acajou et une série de scènes de chasse sur le mur d'en face. Le vieil homme avait ouvert un tiroir et sorti un microphone datant d'au moins quinze ans, qu'il avait placé juste devant sa bouche, avant d'articuler : « Un visiteur pour Miss Mann. » Ces paroles avaient résonné dans le bar, les étages, et derrière les portes en acajou.

Une de ces portes s'était ouverte, livrant passage à une Paddi souriante, moins agressive et plus sophistiquée qu'au bureau. Le costume sombre qu'elle portait paraissait plus onéreux que la plupart de ceux de Davey. Ses cheveux luisants tombaient délicatement sur son front et ses oreilles.

Elle avait demandé à son invité la raison de sa tenue.

Il avait expliqué qu'il croyait la retrouver dans un bar.

Les bars étaient répugnants. Pourquoi croyait-il donc qu'elle l'avait invité à son club ?

Il n'avait pas compris. Si elle préférait, il pouvait rentrer mettre un costume.

Elle lui avait dit de ne pas s'en faire, et suggéré un échange.

Otant son blouson de cuir, il le lui avait tendu. Paddi s'en était enveloppée si vite, après s'être débarrassée de sa veste, qu'il avait à peine eu le temps de remarquer qu'elle portait des bretelles.

— À toi, avait-elle dit. (Il craignait de déchirer les coutures aux épaules, mais le vêtement le serrait à peine.) Tu as de la chance que je les aime larges.

Elle avait rouvert la porte en acajou, laquelle menait dans une salle où chaises et canapés étaient disposés devant une baie vitrée. Davey avait aperçu plusieurs nuques mâles, un bras blanc gesticulant, des journaux et des magazines sur un long présentoir en bois. Un serveur en veste et nœud-papillon noirs, à la tête rasée, tenait un plateau vide et un carnet de commandes.

Paddi avait mené son compagnon à deux fauteuils confortables, près du mur de droite couvert de livres. Entre les sièges se trouvait une table ronde où reposait une enveloppe de grande taille portant le logo de Chancel House. Le serveur s'était matérialisé près de la jeune femme. Elle avait commandé son ordinaire, Davey un double martini *on the rocks*.

Quand il lui avait demandé ce qu'était son ordinaire, elle avait répondu : « Un *Top and Bottom* : moitié porto, moitié gin. » C'était, assurait-elle, une boisson d'étranger.

Comme il s'interrogeait sur ce que recouvrait cette catégorie, Davey avait remarqué que le propriétaire du bras nu aperçu depuis le couloir était un homme d'âge moyen, assis dans un fauteuil en cuir, au centre de la salle. La partie médiane de son corps n'était pas visible mais nul vêtement ne masquait son torse flasque ni ses jambes croisées, épaisses et blanches. Une lanière de cuir lui entourait le cou. Il en partait une chaîne — « Une vraie chaîne, » dit Davey à Nora, « comme on en mettrait une à un chien de cent kilos aimant dévorer les bébés » — dont un type barbu en costume trois pièces tenait l'extrémité. Ce dernier avait lancé au visiteur un regard signifiant : « ça vous dérange ? » Davey avait détourné les yeux et constaté que si la plupart des individus présents étaient vêtus de manière conventionnelle, un homme plongé dans le journal portait des bottes de moto, ainsi qu'un pantalon et une veste en cuir noir ouverte sur une poitrine où s'épanouissait un réseau intriqué de cicatrices.

Il s'était demandé comment Paddi avait pu s'offusquer de sa tenue, alors qu'au moins un membre du club ne portait strictement rien.

— Ici, les gens portent ce qui leur convient le mieux, avait-elle dit. Toi, ce qui te convient, c'est un costume.

— Certains doivent avoir des tas de problèmes quand ils quittent le club, non ?

— Il y en a qui ne quittent jamais le club.

— C'est réel, ou tu inventes tout ? demanda Nora.

— C'est aussi réel que ce qui est arrivé à Natalie.

Paddi travaillait pour Chancel House parce que cette maison avait publié *Le Voyage dans la nuit*. Son emploi lui procurait un lien privilégié avec le livre qu'elle aimait entre tous. Et puisqu'elle abordait le sujet, elle avait sorti de la grande enveloppe une feuille d'épais papier glacé, en laquelle Davey avait reconnu l'envers d'une maquette de couverture.

— Une idée à moi, avait-elle annoncé en la retournant pour dévoiler un dessin que son compagnon n'avait pas identifié immédiatement.

Quand ç'avait été chose faite, il s'était demandé pourquoi pareille pensée ne lui était jamais venue. Paddi avait dessiné une couverture pour une édition commentée du *Voyage dans la nuit*. (Sa maquette était basée sur la fameuse édition du roman destinée à l'armée.) Les centaines de milliers d'Américains fanatiques de Driver ne pourraient s'empêcher de l'acheter. Les lettrés reconstitueraient l'écriture du livre par ses variations successives et discuteraient le sens des changements apportés au texte. C'était une idée géniale.

— Mais il y avait un problème, poursuivit Davey. Pour faire ça correctement, on avait besoin du manuscrit.

— Et en quoi était-ce un problème ? s'enquit Nora.

Le problème, d'après Paddi, était que le manuscrit semblait avoir disparu. Hugo Driver était mort en 1950, sa femme en 1952, et leur unique enfant, un professeur d'anglais à la retraite, avait déclaré dans une interview, lors du vingtième anniversaire de la parution du livre, n'avoir jamais vu les manuscrits de son père. D'après lui, ils n'étaient jamais revenus de Chancel House.

Davey avait assuré qu'il tenterait de découvrir où était passé celui du *Voyage dans la nuit*. Lincoln Chancel l'avait probablement enfermé dans un coffre de banque, quelque part. Il ne pouvait être perdu. Un document aussi important n'aurait pu passer entre les mailles du filet : c'était tout de même l'original du premier roman publié par Chancel House.

— Compte tenu des rumeurs qui circulent, ce serait embêtant de ne pas le retrouver, avait remarqué Paddi.

— Quelles rumeurs ?

— Celles qui prétendent qu'Hugo Driver n'en est pas le véritable auteur.

Qui lui avait raconté ça ? Elle savait bien ce que ça valait. Ça se produisait chaque fois qu'apparaissait un grand auteur : une bande d'envieux tentait de le démolir. Davey avait disserté ainsi jusqu'à être à bout de souffle. Il avait alors pris une profonde inspiration et déclaré qu'après tout, c'était parfaitement normal. *Le Voyage dans la nuit* était un livre tellement brillant que les envieux ne pouvaient l'accepter. Ça arrivait tout le temps. Quelque part, quelqu'un était encore en train de dire que *Tendre est la nuit* avait été écrit par Zelda Fitzgerald.

— C'est bien Zelda Fitzgerald qui a écrit *Tendre est la nuit*, avait dit Paddi. Pardon : je rigole.

Davey lui avait demandé si elle croyait à toutes ces conneries.

— Non, pas du tout, avait-elle répondu. Je suis d'accord avec toi. On devrait sortir un timbre-poste Hugo Driver. Je trouve même qu'on devrait mettre sa photo sur les billets de banque. Une des raisons pour lesquelles j'aime ce club, c'est que je le trouve très *driverien*. Pas toi ?

Davey supposait que si.

Aimerait-il le visiter un peu plus ?

— Je me demandais quand on allait en arriver là, dit Nora.

21

Après le palier, en haut de l'escalier, elle ne l'avait pas entraîné dans le couloir obscur mais lui avait fait franchir une nouvelle volée de marches. Une version encore plus étroite du même escalier montait vers le troisième étage, mais Paddi avait cette fois emprunté le couloir, identique à celui du niveau inférieur. Davey avait l'impression de la suivre à travers une forêt, la nuit.

Soudain, elle avait disparu, et il avait réalisé qu'elle s'était glissée par une porte ouverte. Les stores étant baissés, la pièce était encore plus sombre que le corridor. Après qu'ils se furent déshabillés, sa compagne l'avait guidé jusqu'à un futon. Davey s'était plaqué contre elle, aussi brûlant qu'une brique chauffée au four, tandis qu'elle était aussi glacée qu'un caillou pris au fond d'un fleuve. Il l'avait serrée avec force, sentant des mains fraîches courir le long de son dos. Au moment de l'orgasme, il avait crié de plaisir. Ils étaient restés un temps allongés en silence, puis ils avaient parlé. Lorsqu'il était apparu que ni lui ni elle n'avaient d'autre liaison, Davey s'était endormi.

Il s'était réveillé une heure plus tard, affamé, étourdi, ignorant où il se trouvait. En se rappelant qu'il était allongé par terre, quelque part à l'Est de Greenwich Village, il avait brutalement eu la certitude honteuse que Paddi lui avait volé son argent. Quand il s'était assis, sa main avait touché une épaule féminine. Baissant les yeux, il avait distingué une tête sur l'oreiller. L'oreiller ? Il ne se souvenait pas d'un oreiller. Un drap couvrait les deux amants.

— On devrait aller manger un morceau, avait-il suggéré.

— Je vais m'en occuper. Il n'y a pas autre chose que tu aimerais faire, avant ?

En s'étendant auprès d'elle, il avait eu encore une fois l'impression d'être aussi chaud qu'un four, alors que sa partenaire lui paraissait tout juste sortie d'un cours d'eau. Il s'était abandonné à ses sensations.

Bien longtemps après, ils s'étaient retrouvés allongés, à contempler le plafond. Davey avait oublié où il se trouvait. Un léger bourdonnement aigu résonnait dans ses oreilles, et la femme à son côté lui paraissait d'une beauté absolue. Paddi avait roulé sur le flanc, ramassé quelque chose qui ressemblait au micro d'un antique téléphone, et commandé des huîtres, du caviar, d'autres denrées dont il n'avait pas compris le nom, ainsi que ce qui lui avait paru être une grande quantité de vin.

Bientôt, deux filles étaient entrées, chargées de plateaux ronds où reposaient un certain nombre de plats couverts, qu'elles avaient réparti autour du futon. Deux bouteilles ouvertes et quatre verres avaient fait leur apparition près de l'épaule gauche de Davey. Les arrivantes avaient souri à Paddi, étendue sur le drap, sans accorder un regard à son compagnon. Une fois délestées du dernier plat, elles s'étaient redressées et avaient gagné la sortie.

— Vous voulez ? avait demandé l'une d'elles.

— Oui, avait répondu Paddi.

Une lumière rose tamisée s'était répandue dans la pièce, et les deux filles avaient franchi la porte à reculons.

Des œufs de vanneau, des pâtes, des champignons sautés fumants, de l'anguille, de la friture, de juteuses aiguillettes de canard, des lamelles de rôti de porc, de petites choses bouillantes ressemblant à des pizzas couvertes de basilic frais et de lamelles de tomate luisantes, dans une enveloppe translucide croustillante, des sphères odorantes qui devaient êtres des boulettes de viande et avaient goût de scotch pur malt, des raisins, des clémentines ; un excellent bourgogne blanc et un bordeaux rouge encore meilleur. Paddi, qui ne faisait que picorer, avait posé un plat après l'autre devant Davey, lequel avait goûté à tout. Ensemble, ils avaient vidé la moitié de chaque bouteille. La jeune femme avait amusé son amant par des anecdotes sur le service illustrations et des ragots à propos de divers employés de Chancel House. Elle avait cité Hugo Driver et s'était étonnée de l'amitié qui liait l'auteur et Lincoln Chancel. Davey savait-il où avait débuté cette improbable association ?

— Bien sûr, avait-il répondu. À Shorelands, la fameuse propriété du Massachusetts. Ils occupaient le même cottage.

Selon lui, la maîtresse des lieux, Georgina Weatherall, qui savait que le grand-père de Davey était sur le point de créer une maison d'édition, les avait logés ensemble dans l'espoir qu'ils s'aideraient mutuellement. C'était exactement ce qui s'était produit. Driver avait dû montrer le manuscrit du *Voyage dans la nuit* à Chancel, lequel s'en était servi pour faire la fortune de l'écrivain et augmenter la sienne.

— C'est vraiment comme ça qu'ils se sont connus ? demanda Nora. Dans une sorte de colonie de vacances pour écrivains ?

— Shorelands était une propriété privée dont l'hôtesse aimait à croire qu'elle encourageait le génie, mais dans l'ensemble, oui, c'est à peu près ça. De toute façon, que Georgina Weatherall ait eu ou non une idée derrière la tête, elle a logé Driver avec mon grand-père, et les choses se sont mises en place. Ni l'un ni l'autre n'était encore allé à Shorelands, si bien qu'ils ont dû passer pas mal de temps ensemble, comme les nouveaux, à l'école.

Un homme d'affaires milliardaire et un écrivain sans le sou ? Nora doutait que Lincoln Chancel, qui rachetait impitoyablement les sociétés en faillite, se fût jamais senti dans la peau d'un nouveau, à l'école.

— Qui d'autre se trouvait à Shorelands, au même moment ? Je parie qu'après, ils ont tous regretté de ne pas avoir été logés avec ton grand-père. Il y est retourné ?

— Certainement pas, dit Davey. Tu n'as jamais vu la photo ?

Il s'était mis à rire.

— Qu'y a-t-il de si drôle ?

— Je viens de me rappeler quelque chose. Il y a une photo du séjour de mon grand-père à Shorelands, avec tous les invités, assis sur la pelouse. On y voit Georgina Weatherall, Hugo Driver, et tous ceux qui étaient présents cet été-là. Mon grand-père est coincé dans un fauteuil de jardin minuscule, et il a l'air sur le point d'étrangler quelqu'un.

Davey était demeuré avec Paddi toute la nuit, goûtant une grande variété de boissons apportées par des femmes que parfois il voyait, parfois non. De temps à autre, il entendait de la musique dans les étages inférieurs, surprenait les pleurs ou les éclats de rire qui retentissaient dans tout le bâtiment.

Ensuite, et, lui avait-il semblé, sans transition, il avait verrouillé la porte de son appartement, douché, rasé et vêtu de neuf. Il n'avait pas souvenir d'être rentré chez lui ni d'avoir fait sa toilette. D'après sa montre, il était huit heures du matin. Il se sentait reposé, sobre, les idées claires. Mais comment était-il rentré ?

22

Il avait poussé les portes du Chancel Building avec deux rendez-vous en tête, l'un déjà fixé, l'autre encore à mettre au point. Avant de quitter les lieux, il devait voir son père afin de lui parler des manuscrits d'Hugo Driver et de l'édition définitive du roman ; le soir, il retournerait au Club de l'Enfer. Il était prêt à ces deux rencontres. Son père recevrait favorablement une idée qui ne pourrait qu'apporter du prestige à sa maison, et Davey apporterait la bonne nouvelle à Paddi. Si Alden avait pris en charge le manuscrit du *Voyage dans la nuit*, Davey avait l'intention d'en prendre en charge la renaissance.

Ses tâches routinières avaient dévoré la matinée jusqu'à onze heures, après quoi il avait dû participer à une réunion. Ensuite, il avait monté deux étages pour se présenter au bureau de son père. La secrétaire lui avait appris qu'Alden était parti déjeuner et ne serait pas de retour avant trois heures et demie.

À trois heures vingt-cinq, Davey avait réitéré sa démarche.

D'abord impatient, Alden s'était vite intéressé au projet. Oui, il serait possible de publier en format poche une telle édition, destinée aux étudiants. Oui, on pourrait se servir de la couverture de l'édition destinée à l'armée, qui avait très bien marché. Quant au manuscrit, n'avait-il pas été renvoyé à Driver ?

Davey avait répondu que d'après une assistante du service illustrations, celle qui lui avait présenté ce projet, le fils de l'écrivain l'estimait toujours à Chancel House. Quand il avait nommé ladite assistante, son père avait déclaré : « Paddi Mann. Intéressant. Je sors d'une réunion où on a discuté d'une de ses idées : utiliser deux couvertures différentes sur la nouvelle édition de poche du *Voyage dans la nuit*. Une fille intelligente, cette Paddi Mann. » Mais en ce qui concernait le manuscrit : si l'unique héritier de Driver ignorait où il se trouvait, peut-être était-il perdu.

Durant les deux heures suivantes, Davey avait examiné les manuscrits oubliés dans la salle de conférence, exploré les placards à balais et les petits bureaux sans fenêtre où travaillaient les correcteurs. Il ne s'était arrêté qu'en constatant qu'il ne lui restait plus que vingt minutes avant de retrouver Paddi.

Un vague brouhaha de conversations provenait du bar, et Davey avait jeté un coup d'œil par le passage voûté, aussi machinalement qu'il avait lu les trois commandements sur la porte intérieure. Un instant, il avait cru reconnaître Dick Dart, mais l'homme en question s'était perdu dans la foule. Dick Dart ? Pouvait-il être membre du Club de l'Enfer ? Leland l'était-il ?

La voix du réceptionniste l'avait contraint à se détourner du bar.

— Puis-je vous aider, monsieur ?

Davey avait pris place dans le fauteuil, près de la fougère, le vieil homme avait ouvert son tiroir, sorti et positionné avec soin son lourd micro, puis prononcé son appel. Paddi avait franchi la porte en acajou. Elle avait son *look* Club de l'Enfer, bien qu'elle semblât porter les mêmes vêtements qu'au bureau. Ils avaient commandé les mêmes consommations au même serveur que la veille. Davey avait rapporté le résultat de ses recherches. Paddi lui avait assuré qu'il était d'une importance cruciale de mettre la main sur le manuscrit. N'existait-il pas quelque part un fichier consignant toutes les entrées et sorties ?

— Si, avait opiné son compagnon, mais il n'a été créé qu'un mois ou deux après la fondation de la maison. Avant, les choses étaient moins formelles.

— On va trouver une idée, avait dit Paddi. Réfléchis. Qu'est-ce que tu as oublié ?

— L'entrepôt du sous-sol. Je crois que personne ne sait ce qu'il y a dedans. Mon grand-père ne jetait jamais rien.

— D'accord. Qu'est-ce que tu as envie de faire, ce soir ?

Plusieurs nouveaux films étaient sortis. Pourquoi ne pas aller voir un film ?

— Sinon, on peut aller là-haut. Ça te dirait ?

— Oui, avait-il répondu, ça me dirait énormément.

23

Après s'être rhabillés, ils avaient quitté la chambre, enlacés. Il semblait à Davey que sa vie avait subi un changement fondamental. Ses jours et ses nuits avaient été inversés. C'était maintenant sa personnalité diurne, celle qui s'ennuyait à Chancel House, qui n'était qu'un rêve de sa personnalité nocturne plus aventureuse, laquelle s'épanouissait sous la tutelle de Paddi.

Ils s'étaient écartés l'un de l'autre en haut de l'escalier, trop étroit pour qu'ils l'empruntent de front. Paddi était passée la première, et il lui avait posé les mains sur les épaules. Sa chemise, en remontant sur son poignet, avait dévoilé sa montre en or carrée, ce qui lui avait permis de constater qu'il était à peine plus de six heures. Il s'était demandé ce qu'ils allaient faire en atteignant la rue : l'existence du monde extérieur lui semblait à peine croyable.

Il avait suivi sa compagne jusqu'au bas des escaliers, à travers la réception déserte, puis dehors, dans un univers bien trop lumineux. Des bruits perçants, tonitruants, emplissaient l'air. Des taxis couleur feu de broussailles filaient sur la Deuxième Avenue. Un adolescent ivre, vêtu d'un jean et d'une chemise en denim trois fois trop grande, dodelinait de la tête, appuyé à un parcmètre ; son épiderme dégageait des vapeurs toxiques de sueur, de bière et de tabac, qui flottaient jusqu'aux narines de Davey.

— Davey...

— Oui ?

— Continue de chercher le manuscrit. Il est peut-être à la maison de Westerholm.

Un bus aussi gros qu'un avion s'était arrêté le long du trottoir, déplaçant des milliers de mètres cubes d'air et pulvérisant une couche de gravillons. Davey avait pressé les mains sur les oreilles. Paddi lui avait adressé un signe de la main avant de s'éloigner.

Alden devait avoir jeté un coup d'œil dans le bureau inoccupé et l'avoir vu explorer une pile de manuscrits oubliés — certains tellement anciens qu'il s'agissait de copies-carbone —, car lorsque Davey avait regardé pardessus son épaule, son père se dressait derrière lui. Où diable était-il les deux dernières nuits ? Sa mère avait tenté de le joindre pour l'inviter à passer le week-end dans le Connecticut, mais ce foutu gamin ne répondait jamais au téléphone. Qu'y avait-il ? S'était-il trouvé une nouvelle petite amie ou bien courait-il les bars ?

Davey avait répondu qu'il se sentait d'humeur peu sociable. Il ne lui était pas venu à l'esprit que ses parents pussent l'appeler. Après tout, il voyait son père tous les jours.

Il était attendu aux Peupliers pour le week-end, à compter du vendredi soir. Alden s'était détourné et était sorti du petit bureau où régnait la tristesse commune à tous les locaux inoccupés prévus à l'usage de gens fébriles et productifs.

Le trophée de Paddi ne faisait pas partie des papiers abandonnés là. Davey avait pris l'ascenseur jusqu'au sous-sol.

À quatorze heures vingt-cinq, il avait quitté l'entrepôt, les mains noires, le costume et le visage maculés de poussière. Il avait trouvé des cartons emplis de lettres d'auteurs décédés à des directeurs littéraires décédés, des photos de groupes d'inconnus en costume élégant, portant la moustache à la Adolphe Menjou, une pipe d'écume, un shaker à cocktail en argent noirci, avec un fouet du même métal, mais il n'avait pas trouvé le trophée.

Deux heures avant de rejoindre Paddi à l'adresse qu'elle avait inscrite sur un papier et lui avait glissé dans la poche, il était retourné au sous-sol pour continuer son exploration. Il avait mis au jour une caisse de soixante-dix-huit tours d'Artie Shaw et un chapeau de chasseur qui devait faire la paire avec la pipe. Au milieu d'une pile de vieux catalogues, il était tombé sur des exemplaires des deux romans de sa mère, qu'il avait mis de côté. Une enveloppe en tissu, fermée par un ruban, lui avait révélé un tirage de la photo décrite à Paddi, qu'il s'était également réservé. Le précieux manuscrit du *Voyage dans la nuit* refusait toujours d'apparaître. Les dernières paroles de la jeune femme lui étaient revenues en mémoire, et il s'était promis de jeter un coup d'œil circonspect aux placards et au grenier des Peupliers, le dimanche, avant de rentrer en ville.

24

Tous les week-ends que passait Davey chez ses parents comprenaient un élément de catastrophe, aussi mince fût-il. Parfois, Daisy venait dîner trop ivre pour se tenir sur sa chaise, voire un tout petit peu moins, ce qui provoquait souvent une crise de larmes avant la fin du potage. Il arrivait que des accusations flottent à travers la table, certaines tellement voilées que Davey ne comprenait pas toujours qui on accusait, ni de quoi. Même les week-ends les plus paisibles étaient entachés d'une sensation d'oppression, par toutes les choses mystérieuses mais essentielles que l'on taisait. Celui-là avait été un désastre intégral.

Le neveu de l'Italienne, Jeffrey, s'était intégré depuis peu au personnel. À l'époque, sa présence semblait relever d'une inutile affectation de la part d'Alden. Jusqu'à son arrivée à Westerholm, le vendredi soir, Davey s'était attendu à une version masculine, plus jeune, de Maria, un individu souriant et chaleureux, doté d'un solide physique de ténor perpétuellement affolé. Après avoir franchi la porte d'entrée en compagnie de son père, il avait constaté que Jeffrey était un homme de haute taille, d'âge moyen, vêtu d'un costume gris ajusté. Le domestique n'avait montré aucun signe d'affolement en les saluant d'un signe de tête avant de continuer sa traversée du couloir pour rejoindre la cuisine. Un grand nombre de pensées et de jugements informulés se lisaient sur son visage, et il avait les paupières tombantes. Davey avait cru à quelque éditeur étranger, que son père avait attiré dans sa toile. Puis Alden les avait présentés, et ils avaient échangé un regard, selon le jeune Chancel, de méfiance mutuelle.

Le dîner du vendredi n'avait rien eu d'exceptionnel. Alden avait dominé la conversation, Daisy était en tout point tombée d'accord avec lui, et Davey n'avait pas ouvert la bouche. Quand il avait cependant mentionné la nouvelle édition du roman de Driver, son père avait changé de sujet. Après le repas, Alden avait émis la suggestion que Davey aille se coucher : pour être franc, il n'avait pas l'air très en forme. Aux environs de vingt-deux heures et malgré le café, le jeune homme dormait profondément dans son ancien lit.

À sa grande surprise, il ne s'était pas éveillé avant onze heures, le samedi matin. Quand il avait quitté sa chambre, une demi-heure s'était écoulée. Le claquement irrégulier d'une machine à écrire, une odeur de tabac et le léger bourdonnement d'une radio filtraient par la porte du studio de Daisy. Un instant, il avait envisagé de retourner chercher les livres trouvés au sous-sol du Chancel Building, mais il avait décidé d'en faire la surprise à sa mère lors du brunch du dimanche, selon son intention d'origine.

Maria lui avait versé du café brûlant, avait révélé des toasts dorés sur un présentoir en argent, et lui avait demandé s'il désirait une petite omelette. Il avait répondu que les toasts et la confiture lui suffiraient, avant de s'enquérir de son père. Mr Chancel était sorti faire des courses. Ensuite, parce que la cuisinière semblait sur le point de s'en aller, Davey l'avait interrogée au sujet de Jeffrey.

Jeffrey était le fils de sa belle-sœur. Oui, son travail chez les Chancel lui plaisait beaucoup. Et avant de venir ici ? Eh bien, avant de venir ici, il avait fait un tas de choses. L'université. L'armée. Oui, officier au Vietnam.

Quelle université ?

Maria avait tenté de se rappeler. Harteford ? Haverford ? avait suggéré Davey, stupéfié. Dans le Massachusetts, avait-elle précisé en écorchant terriblement le nom de l'État. Une affreuse possibilité s'était présentée au jeune homme. *Harvard* ? Peut-être, c'était bien possible, avait-elle admis, avant de défaire son tablier et de laisser son interlocuteur à ses conjectures.

Comme il avait au moins une heure à tuer avant l'arrivée de l'un ou l'autre de ses parents, il avait fouillé le sous-sol — sans résultat. De retour au rez-de-chaussée, il avait vu Alden sortir divers produits, dont du scotch et de la vodka, de sacs aux couleurs de Waldbaum ou d'un marchand de spiritueux.

— Ce n'est pas Jeffrey qui s'occupe de ces choses-là ? avait-il demandé.

— Jeffrey a pris son week-end, avait répondu son père. Comme toi. Qu'est-ce que tu foutais en bas, pour ressortir aussi sale ?

— Je cherchais des vieux bouquins.

Au cours du déjeuner, Alden avait renoncé à son monologue coutumier pour interroger son fils au sujet de Frank Neary et de Frank Tidball, qui créaient depuis bien longtemps les mots croisés édités par Chancel House. Durant plusieurs décennies, ils n'avaient été en rapport qu'avec le prédécesseur de Davey, un aimable vieil alcoolique du nom de Charlie Westerberg. Peu après que ce dernier fut parti en titubant vers une retraite douillette, Neary et Tidball avaient pris un agent, si bien que leurs travaux leur étaient désormais payés un peu plus cher. L'essentiel de l'augmentation constituait la commission de l'agent, mais Alden n'avait jamais cessé de se plaindre de cette insurrection à Davey. Une demi-heure durant, ce dernier avait dû défendre les deux vieux faiseurs de mots croisés contre son père qui les prétendait en baisse de forme et voulait les remplacer. Sa véritable motivation, bien qu'il ne l'eût jamais admise, était ce qu'il avait découvert peu après le départ de Westerberg : les deux hommes partageaient un appartement à Rhinebeck. Mais Neary et Tidball seraient plus difficiles à remplacer qu'il ne l'imaginait. Rares étaient les jeunes, dans leur métier, et la plupart adoptaient des innovations qui ne conviendraient pas aux clients de Chancel House, lesquels n'avaient que faire de définitions relatives aux chansons des Moody Blues ou aux films de Cheech et Chong.

Durant cette discussion, Daisy avait joué avec sa nourriture, souriant à intervalles irréguliers pour manifester son attention. Dès que Maria avait commencé à débarrasser, elle avait présenté ses excuses d'une voix de petite fille et était retournée à l'étage. Alden avait posé à Davey quelques questions sur Leonard Gimmel et Teddy Brunhoven — les meurtriers l'avaient toujours intéressé —, avant d'aller regarder un match de baseball à la télévision. Un quart d'heure plus tard, il serait endormi dans son fauteuil. Davey avait remercié Maria pour le déjeuner et était monté au grenier.

Les combles des Peupliers étaient divisés en trois sections inégales. L'ancien appartement de la bonne, la plus petite, consistait en trois pièces entourant une salle de bains et un escalier étroit, à un bout de la maison. Ce misérable logement était inoccupé depuis le début du règne d'Helen Day. (Les parents de Davey en avaient fait construire deux autres, plus grands, au-dessus du garage — un pour la Porteuse de Tasse, l'autre pour d'éventuels invités —, où logeaient désormais Maria et son neveu.) On avait posé du parquet et fait des travaux d'isolation dans la portion centrale du grenier, aussi vaste qu'une salle de bal de palace, sans l'aménager. C'était là que les cadeaux de Lincoln Chancel au premier David avaient été entreposés à l'intention du second, raison pour laquelle ce dernier ressentait toujours en ces lieux la sensation étrange et oppressante d'être un imposteur. La troisième partie, où l'on pénétrait par une porte ouvrant sur la seconde, avait été aussi parquetée mais pas aménagée non plus.

Retenant métaphoriquement son souffle pour se garder de l'atmosphère de la grande salle, Davey s'était avancé dans un bric-à-brac de vieilles chaises, de lampes brisées, de caisses empilées et de canapés mités, afin de s'assurer que l'appartement de la bonne était aussi désert que dans son souvenir.

Les trois petites pièces ne renfermaient que des toiles d'araignée, des murs blancs couverts de salpêtre et des sols gris poussière. Le visiteur avait effectué un nouveau passage rapide au centre du grenier pour aller inspecter la section inachevée. Enfin, il n'avait pu remettre plus longtemps l'exploration de la salle principale, encombrée de meubles victoriens.

La vieille oppression lui était revenue sous diverses formes, tandis qu'il soulevait des coussins moelleux ou se penchait pour inspecter des penderies. Un vague ressentiment l'habitait. Pourquoi perdait-il ainsi son temps ? Qui était Paddi pour l'envoyer fouiner comme un voleur dans la maison de ses parents ?

Il en était là de ses pensées dépitées quand il avait entendu des pas dans l'escalier menant à l'appartement de la bonne. Tel un cambrioleur sur le point d'être pris, il s'était figé, l'esprit vide. Sur la pointe des pieds, il s'était rué vers l'interrupteur qui jouxtait l'escalier principal, avait éteint, et s'était accroupi derrière un paravent chinois au lourd cadre en bois.

Les pas avaient atteint l'appartement quelques secondes plus tard. Ils avaient résonné sur le plancher. Jetant un coup d'œil sur le côté du paravent, Davey avait vu apparaître une ligne lumineuse sous le battant qui séparait les trois petites pièces du reste du grenier. Il s'était reculé. Les pas avaient progressé vers la porte. Davey s'était recroquevillé sur lui-même et couvert la tête de ses mains. Un javelot de lumière avait jailli dans sa direction, puis toute la salle s'était illuminée.

— Qui est là ? avait demandé une voix inconnue.

Comme les pas se rapprochaient encore, Davey avait soudain bondi sur ses pieds, les poings levés vers l'ombre qui pivotait pour lui faire face, laquelle avait poussé un petit cri de surprise et frappé sans attendre. Le coup avait propulsé la main droite de Davey contre son nez, tandis que du sang giclait sur ses vêtements et qu'une vague de douleur éclatante obscurcissait le monde. Sa tempe avait heurté le cadre du paravent.

Une main l'avait rattrapé par les cheveux et relevé sèchement, douloureusement.

— Qu'est-ce qui vous a pris de faire ça ?

Le visage de Jeffrey le contemplait, consterné.

— Je ne vous ai pas reconnu, avait dit Davey.

— Vous m'avez attaqué. Vous avez jailli comme...

— Comme un diable de sa boîte. Je suis désolé.

— Moi aussi, avait assuré Jeffrey.

Davey s'était aggripé au pied d'un grand lampadaire et avait renversé la tête en arrière. Un peu de sang visqueux coulait dans sa gorge.

— Je crois que vous m'avez fait peur, avait-il expliqué. Comment avez-vous su qu'il y avait quelqu'un ? Je pensais que vous aviez pris votre week-end.

— J'ai vu la lumière s'allumer depuis ma fenêtre.

Davey avait récupéré son mouchoir dans sa poche et s'en était épongé le visage avant de le plaquer sous son nez.

— Dites donc, Jeffrey.

— Oui ?

— Vous avez fait Harvard ?

— Si c'est le cas, j'espère que personne ne le saura jamais.

Davey avait dégluti. Tout son visage lui faisait mal.

Il avait passé une demi-heure à nettoyer les taches de sang du plancher, puis s'était lavé les mains et la figure, et endormi à même les couvertures, un linge froid sur ses ecchymoses. Il s'était éveillé à temps pour se doucher et se changer avant de descendre dîner. Il avait le nez enflé et une bosse pourpre sur la tempe droite. Lorsqu'il avait expliqué qu'il s'était cogné contre la porte de sa chambre, Alden avait remarqué :

— C'est marrant, quand on a des enfants, personne ne parle du nombre de mensonges qu'on va être obligés d'écouter durant les trente ou quarante années suivantes.

— Oh, Alden, avait murmuré son épouse.

— S'il s'est fait ça en se cognant dans une porte, il a dû y mettre du sien.

— Est-ce que quelqu'un t'a frappé, chéri ? avait demandé Daisy.

— Si tu tiens à le savoir, Jeffrey et moi avons eu un petit malentendu.

Alden avait éclaté de rire.

— Si Jeffrey te donnait un coup de poing, tu serais bon pour une semaine d'hôpital.

À midi et demi, le lendemain, Davey avait descendu les deux romans de sa mère dans la salle à manger, et les avait placés sous sa chaise. Son père avait levé un sourcil, mais Daisy n'avait rien remarqué. Sans qu'on le lui eût demandé, Maria leur avait servi à tous un Bloody Mary.

Après cela étaient venus une bouteille de barolo et un bouillon de poule où flottaient des lambeaux d'œuf, des pointes de persil, de la sauce au basilic et du vermicelle. Davey avait bu un demi-verre de vin et englouti nerveusement le potage. Des ravioli maison, aux champignons et au gorgonzola, avaient suivi la soupe, et de tendres filets de bœuf accompagnés de croquettes de pommes de terre avaient suivi les ravioli. Maria avait annoncé qu'en l'honneur de Mr Davey, elle avait préparé un *zabaglione*, qui serait servi quelques minutes plus tard. Prenaient-ils des repas aussi gargantuesques tous les week-ends ? Mangeaient-ils ainsi tous les soirs ? Il n'était guère étonnant que Daisy semblât plus boursouflée que jamais, quoique Alden lui parût ne pas changer du tout. Davey avait remarqué que dans son souvenir, l'Italienne n'était pas aussi bonne cuisinière, ce à quoi son père avait répondu :

— *Vin ordinaire*[1], mon garçon.

1. En français dans le texte. *(N.d.T.)*

Le bref silence qui avait suivi avait paru constituer le moment idéal pour offrir son cadeau.

— J'ai quelque chose pour toi, maman.

— C'est très gentil.

Peu soucieux d'apprendre à Alden qu'il avait exploré le sous-sol du Chancel Building, Davey avait dit avoir trouvé les deux livres sur le Strand, la semaine précédente, et espérer qu'elle serait contente de les revoir. Il s'était levé pour poser l'humble paquet sur la table.

Daisy s'en était emparée, en avait arraché les volumes, avait souri en découvrant leurs jaquettes, et les avait ouverts. Ses yeux avaient alors semblé se renfoncer dans leurs orbites, disparaître derrière la bande rouge apparue sur son visage à l'instar d'un masque. Elle avait posé les livres au bord de la table et s'était détournée.

— Il sont vraiment en bon état, avait commenté Davey, qui la croyait toujours ravie du cadeau.

Elle avait inspiré et laissé échapper un son effrayant, qui s'était vite changé en lamentation. Repoussant sa chaise, elle s'était enfuie de la pièce, alors que l'Italienne entrait avec des bols de *zabaglione* sur un plateau d'argent. Interloqué, Davey avait ouvert le premier roman et découvert une dédicace rédigée d'une main plus ferme et plus assurée que celle de sa mère : *Pour l'amour de ma vie, Alden, de la part de sa Daisy éblouie.*

25

À huit heures du soir, le jeudi précédent, un paquet plat glissé sous le bras, Davey se tenait devant un restaurant à l'enseigne de La Semence du Dragon, sur Elizabeth Street, incertain, regardant alternativement l'établissement et le papier qu'il avait en main. Une rangée de canards en cuir, couleur mélasse, était pendue au-dessus de la devanture. Les chiffres noirs, près du menu scotché à la porte, formaient bien le nombre 67, écrit par Paddi sur le papier.

Une délicieuse odeur de canard rôti et de nouilles frites l'avait accueilli quand il était entré. Après être demeuré quelques instants sur le seuil afin d'observer la salle, il s'était assis à l'unique table libre.

Tous les clients l'avaient ignoré. Il avait regardé autour de lui, cherchant la porte qui devait mener à un escalier, et en avait aperçu une à chaque extrémité du mur du fond, la première marquée TOILETTES, l'autre PRIVÉ. L'instant d'après, il était sur ses pieds.

Deux serveurs en veste noire et chemise blanche l'observaient, à l'autre bout de la pièce. Un troisième avait posé un plat de nouilles devant quatre hommes impassibles, en costume, puis s'était dirigé vers lui.

Davey avait tenté de le chasser d'un geste.

— Je sais qu'il y a marqué « privé », mais ce n'est pas grave.

— Si, c'est grave.

Il avait posé la main sur le bouton de porte. Celle du serveur l'y avait rejointe avant qu'il n'eût pu ouvrir.

— Vous vous asseyez.

L'homme l'avait entraîné jusqu'à sa table, forcé à reprendre sa chaise. Davey avait posé son paquet sur les genoux et envisagé de courir à la porte. Jetant un coup d'œil autour de lui, il avait constaté que tous les clients le regardaient à la dérobée.

Le serveur était revenu, porteur d'une théière et d'une tasse pas plus grosse qu'un dé à coudre, sur un plateau. Il les avait posées devant Davey et s'en était allé, révélant un petit homme en blouson, derrière lui, qui avait enfourché une chaise retournée et croisé les bras sur le dossier, avant de se parer d'un horrible sourire.

— Vous rigolo.

— J'ai été invité.

Davey avait exhibé le papier où Paddi avait noté l'adresse, et l'avait tendu à l'inconnu.

Ce dernier l'avait examiné, les yeux plissés. Son regard plongé dans celui de Davey, puis était revenu au feuillet. Sans transition, il avait éclaté de rire.

— Venir, avait-il dit en se levant.

Il était allé jusqu'à la porte d'entrée, était sorti, et avait fait signe à son visiteur de le suivre. Se déplaçant ensuite d'un pas sur la gauche, il avait désigné la devanture de La Semence du Dragon. Au bout d'un moment, Davey avait compris ce qu'il lui montrait.

Dans un renfoncement, entre le restaurant et une boutique de souvenirs de Chinatown, placée selon un angle qui ne permettait pas de la remarquer si on en ignorait l'existence, se trouvait une porte en contre-plaqué, sur laquelle on avait bombé le nombre 67 à la peinture noire.

L'homme, souriant, avait tapoté de l'index la poitrine de son compagnon.

— L'entrent, mais l'ressortent pas.

Davey avait remis le paquet sous son bras et frappé à la porte. Une voix faible lui avait dit d'entrer.

Il s'était retrouvé au pied d'un escalier d'immeuble.

— Verrouille derrière toi, lui avait lancé la voix.

Après avoir monté un étage, il avait franchi une autre porte et pénétré au sein d'un grand loft plongé dans la pénombre, né de la suppression de la plupart des cloisons d'origine. Quelques ampoules de faible puissance illuminaient des fresques murales assez grossières ; il lui avait fallu un certain temps pour y reconnaître l'illustration de passages du *Voyage dans la nuit*. D'épais rideaux couvraient les fenêtres. Au loin, un canapé à haut dossier et deux fauteuils reposaient devant un encadrement de cheminée en bois sculpté, fixé à un mur dépourvu de conduit. De fines cloisons délimitaient deux autres pièces. Comme Davey s'avançait dans la semi-obscurité, une porte s'ouvrit. Paddi la franchit, nue, sans la moindre gêne.

— Qu'est-ce que c'est que cet endroit ?

— C'est chez moi, avait dit la jeune femme, qui n'était pas nue, finalement, mais portait un collant couleur chair.

Elle lui avait souri, s'était approchée du canapé, et, avant de s'asseoir, y avait pris une élégante chemise d'homme à col cassé, qu'elle avait enfilée, n'en boutonnant que le bas, si bien que le vêtement lui faisait comme une mini-robe blanche.

— Qu'est-ce que tu as sous le bras ?

— J'ai eu un peu de mal à te trouver.

Les jambes de Davey s'étaient enfin débloquées et lui avaient permis de se diriger vers elle.

— On dirait que tu as aussi eu du mal à trouver le manuscrit. À moins que ce ne soit ça ?

— Non.

Paddi avait changé de position, ramenant les jambes sous elle. Elle avait tapoté le canapé à trois reprises.

Davey avait réalisé qu'il se tenait juste en face d'elle, et il s'était s'assis comme on le lui ordonnait. Les pieds de sa compagne s'étaient glissés sous sa cuisse, comme pour chercher la chaleur.

— Tiens, avait-elle dit en se tournant pour prendre sur un plateau un verre empli de glaçons et d'un liquide rouge sombre, qu'elle lui avait tendu.

Il avait bu une gorgée, puis rejeté la tête en arrière, choqué par le goût fort, désagréablement sucré.

— Qu'est-ce que c'est que ça ?

— Un Top and Bottom. C'est bon pour ce que tu as.

Davey avait laissé son regard errer à travers le loft en désordre. Des passages voûtés menaient à des pièces invisibles, d'où dérivaient des voix quasi inaudibles.

— Tu comptes me montrer ce qu'il y a dans ce paquet ?

— Oh, s'était exclamé Davey, qui avait totalement oublié la chose — et la lui avait tendue.

Défaire les nœuds n'avait pris que quelques secondes. Bientôt, l'emballage s'était déplié sur les genoux de Paddi à la manière d'un cadre autour du cadre, et la jeune femme observa la longue photographie, bouche bée.

— Shorelands, juillet 1938.

— Et là, c'est ton grand-père.

Lincoln Chancel avait le nez marqué de verrues et de pustules, les bajoues retombant sur le col, les sourcils presque joints en un froncement féroce au-dessus d'yeux flamboyants, et les mains crispées sur les accoudoirs de son siège. La rage mettait à rude épreuve les boutons, les coutures et les œillets de son costume sur mesures. On aurait dit qu'il avait avalé une poignée de clous.

Davey considérait ce phénomène avec le mélange d'étonnement, de respect et de crainte que son grand-père faisait invariablement naître en lui. Durant cinquante ans, cet homme avait tout renversé sur son passage, dévorant des vies humaines — de Bridgeport, Connecticut, à New York et Washington, D.C. vers le sud, Boston et Providence vers le nord. Avant qu'une attaque foudroyante ne l'abattît dans un salon privé de l'hôtel Ritz-Carlton, plaintes et procès avaient plané au-dessus du grand homme. Après sa mort, la quasi-totalité de la pyramide complexe édifiée par ses soins s'était effondrée. Il n'en avait subsisté qu'un hôtel à Rhode Island, une usine de tissage en difficulté, à Lowell, Massachusetts — lesquels avaient bientôt déposé leur bilan —, ainsi que sa dernière babiole : Chancel House.

— Il n'a vraiment pas l'air content.

— C'est le seul qui regarde l'appareil, avait signalé Davey, qui venait de remarquer ce détail. Tu vois ? Tous les autres regardent un des membres du groupe.

— À part elle.

Paddi avait délicatement tapoté le verre au-dessus d'une jeune femme de petite taille, d'une beauté radieuse, vêtue d'un ample chemisier blanc, d'une cravate desserrée et d'un pantalon. Assise par terre, près de Lincoln Chancel, perdue dans ses pensées, elle contemplait la pelouse.

— Oui, avait dit Davey. Je voudrais bien savoir qui c'est.

— Tu en connais beaucoup ?

— À part Driver et mon grand-père, seulement elle. (Il avait désigné une grande femme au menton de bouledogue et au nez charnu, assise très droite dans un fauteuil en osier, les yeux fixés sur Lincoln Chancel.) Georgina Weatherall. Hugo Driver et elle regardent tous les deux mon grand-père.

— Ils se demandent sans doute ce qu'ils pourraient en obtenir.

— Ah ?

— Il y a eu un ou deux livres sur Shorelands. Georgina voulait accaparer l'attention. Tout le monde se moquait d'elle derrière son dos.

— Elle ne devait pas être ravie de la présence de cette fille.

Davey avait montré un gentleman barbu, dégingandé, vêtu d'un costume en tweed trop grand, qui observait la jeune femme, les lèvres tellement pincées qu'elles ressemblaient à du fil de fer.

— Pas très amical, ce sourire, avait remarqué Davey. Je me demande qui c'est.

— Austryn Fain, lui avait appris Paddi. En 1938, il venait de publier un roman, *La Haie maudite.* C'était censé être génial, et tout ça, mais d'après ce que j'ai compris, ç'a été oublié très vite. Il s'est suicidé en janvier 1939, en s'ouvrant les veines dans sa baignoire.

— Georgina ne pouvait pas l'aider ?

— Elle l'a laissé choir comme une vieille chaussette. Mais regarde ce type-là, Davey. Il s'appelait Merrick Favor. Il a été assassiné environ six mois après que cette photo a été prise.

Paddi désignait le visage large et séduisant d'un homme portant blazer bleu déboutonné et pantalon blanc, qui se tenait juste derrière Georgina. Tout comme Austryn Fain, il souriait à la jeune femme assise sur la pelouse.

— Assassiné...

— Merrick Favor était ce qu'on appelle une étoile montante. Son premier roman, *Buissons ardents* avait eu d'excellentes critiques quand Scribner's l'avait publié, en 1937, et on disait que celui sur lequel il travaillait était encore meilleur. Un matin, sa nana est venue chez lui, après avoir essayé de l'appeler pendant deux jours, et comme elle n'arrivait pas à lui faire ouvrir la porte, elle est entrée par une fenêtre. Elle a fait le tour de la baraque, et elle a failli tomber dans les pommes.

— Elle a trouvé le corps ?

— La maison avait été dévastée, et il y avait du sang partout. Favor avait été poignardé à mort. Son cadavre était dans la baignoire. On n'a jamais identifié les assassins. Son roman en chantier avait été réduit en lambeaux.

— Shorelands n'a pas tellement porté chance à ces gens-là, avait constaté Davey. Qu'est-ce qui est arrivé à celui-là ?

Il désignait un jeune homme aux cheveux longs, aux lunettes de corne, au nœud-papillon tombant, à la veste de velours, au regard doux, au nez court et à la bouche spirituelle, qui semblait concentrer toute son attention sur le séduisant Merrick Favor.

— Creeley Monk. Encore une bien triste histoire. Un poète. Son deuxième livre s'appelait *Le Champ inconnu*, et la seule raison pour laquelle on s'en souvient, c'est qu'un tas d'écoliers ont été obligés d'apprendre le poème titre.

— Oui, avait approuvé Davey, j'ai récité ça à l'école. *Le champ inconnu, ce champ inconnu que je croyais connaître / Aux jours de l'enfance, ma route à présent me ramène où tu dois être.*

— Creeley Monk s'est suicidé aussi. Il s'est fait sauter la tête avec un fusil de chasse. À peu près au moment où on assassinait Merrick Favor.

Davey contemplait Paddi avec incrédulité.

— Ce mec s'est fait sauter le caisson quelques mois après avoir quitté Shorelands ? (Elle avait acquiescé.) Deux des invités de cette année-là se sont suicidés...

— C'est encore mieux que ça. Il y en a trois. Celui-là, celui qui ressemble à un maçon. Il s'est flingué aussi.

Paddi tapotait la poitrine d'un individu corpulent, trapu, vêtu d'un pull à col roulé bleu assez lâche, qui tentait de sourire à la fois à l'appareil-photo et à Lincoln Chancel.

— Il s'appelait Bill Tidy, et il avait publié un livre intitulé *Nos poêlons*, sur son enfance dans le sud de Boston. Ça doit être le seul prolétaire que Georgina ait jamais invité à Shorelands. *Nos poêlons* est une œuvre magnifique, mais elle a été épuisée presque tout de suite, et n'a été réimprimée qu'à la fin des années soixante. Je ne peux pas l'affirmer, mais je crois que Tidy a eu beaucoup de mal à se remettre au travail en rentrant à Boston. Quoi qu'il en soit, il a sauté par la fenêtre de son appartement, du quatrième étage. En janvier 1939.

— En...

— Entre l'assassinat de Favor et le suicide de Monk, qui se sont suivis de près, et deux jours avant que Fain ne mette fin à ses jours. Ça ressemble un peu à une malédiction, hein ?

— Bon dieu ! On dirait qu'ils ont payé pour le succès de Driver.

— Tu devrais écrire un livre sur le sujet, avait suggéré Paddi.

— Je croyais que tu en avais déjà lu un.

— J'ai lu pas mal de choses sur Shorelands, parce que je m'intéresse à Hugo Driver, mais ces informations sont très dispersées. En fait, presque tout le monde se fout de ce qui s'est passé là-bas après la fin des années trente. Au début de la guerre, tout était fini. Georgina buvait, prenait du laudanum, et ses anecdotes commençaient à sentir le ranci. Elle racontait que Marcel Proust avait empuanti la Maison de Miel avec ses poudres contre l'asthme, ce qui est une jolie histoire. Manque de pot, Proust n'a jamais quitté la France. Georgina a fini par se retirer dans sa chambre à coucher et elle est morte vers 1950. Le domaine a périclité jusqu'à ce qu'il soit racheté par une association de préservation des sites.

— Qu'est-ce qui est arrivé à la fille assise par terre, près de mon grand-père ?

— Elle est censée avoir disparu pendant son séjour, mais ce n'est pas très clair.

Les personnages de la photo posée sur les genoux de Paddi, son grand père et le Grand Auteur, Austryn Fain et Merrick Favor, Creeley Monk, Georgina Weatherall et Bill Tidy, ainsi que la jeune femme pensive, semblaient à Davey aussi familiers que ses anciens camarades de classe. Il voyait en eux avec une telle clarté qu'il ne comprenait pas comment, jusqu'à cet instant, il n'avait pas remarqué l'élément le plus évident du cliché. Il n'avait jusqu'alors noté que la fureur assez comique de Lincoln, mais l'élément le plus évident du cliché, c'était la cause du malaise général.

Comme si elle avait été munie d'une bande originale, la photo hurlait que l'éditeur avait fait des avances vulgaires à la charmante personne assise à ses pieds, laquelle l'avait vivement, cruellement, remis à sa place. Tandis qu'elle se refermait sur elle-même et que Chancel bouillait, les autres prenaient parti.

— Tu sais quoi ? avait dit Davey. Je ne sais rien de toi. Je ne sais pas où tu es née, qui sont tes parents, quelle école tu as fréquentée, si tu as des frères et sœurs, rien de tout ça. C'est comme si tu étais descendue d'un nuage. Où vivais-tu avant d'arriver dans la boîte ?

— À des tas d'endroits.

— Où es-tu née ?

— Tu as vraiment envie de jouer à ça, hein ? D'accord. Je suis née à Amherst, Massachusetts. Mes parents s'appellent Charles Roland et Sabina. Ma mère enseigne l'allemand dans un lycée, et mon père a enseigné l'anglais à l'université. J'ai fait l'école des beaux-arts de Rhode Island. Après, je suis allée en Europe et j'ai pas mal voyagé, mais je me suis quand même installée à Londres, pour peindre et prendre d'autres cours. Au bout de deux ans, je suis rentrée et j'ai habité Los Angeles, où j'ai fait quelques maquettes pour des magazines semi-pros, et lu tout ce que je pouvais trouver sur Hugo Driver. C'est comme ça que j'ai appris ce qui concerne Shorelands. Au bout d'un moment, je suis venue à New York pour travailler chez Chancel. Je suis entrée, j'ai montré mes travaux à Rod Clampett, et il m'a engagée.

— J'aurais dû deviner, pour les beaux-arts de Rhode Island, avait acquiescé Davey.

Rod Clampett, le directeur artistique de Chancel House, sortait de la même école et aimait à en engager les anciens élèves.

— Tu ne crois pas qu'il y a sous cette histoire de Shorelands une énorme conspiration qu'on ne fait qu'entrevoir ? avait demandé Paddi.

Davey avait éclaté de rire.

— Si tu cherches une sinistre conspiration, c'est sûr que Lincoln Chancel est un bon client. Je suis persuadé que c'était un escroc de la plus belle eau. C'est un peu le grand secret familial — la chose dont on ne parle jamais. Au cours de son ascension sociale, le père de mon père a de toute évidence poignardé dans le dos tous ceux qu'il a croisés, et volé des deux mains chaque fois qu'il en a eu l'occasion. Il a construit une fortune immense, mais au prix d'un tas de crimes.

Il se tut un instant, un sourire dépourvu de sens accroché aux lèvres, tandis que les ombres rassemblées au centre du loft semblaient s'épaissir. Comme il baissait la tête, ses yeux étaient tombés sur la photographie de Shorelands. Brusquement, Lincoln Chancel s'était dressé devant lui, lui propulsant vers l'âme sa fureur, sa rage et sa frustration.

Paddi lui avait caressé la joue d'un doigt frais, puis s'était levée, lui avait tendu la main, et l'avait entraîné à travers la pièce.

— Elle a insulté mon grand-père, non ? Cette fille qui a disparu.

— C'est peut-être ton grand-père qui l'a insultée, elle.

À reculons, elle l'avait attiré vers une fresque sur laquelle Prince Soir montait la garde devant l'entrée obscure d'une caverne. Elle s'était approchée de cette dernière et, au lieu de se cogner, y avait pénétré. Davey l'avait suivie à travers l'ouverture.

Et voilà, dit-il. C'était la fin de l'histoire.

26

— Ça ne peut pas être la fin. (Nora s'efforçait de ne pas hurler.) Qu'est-ce qui s'est passé ?

— C'est dur à raconter.

Davey n'avait pas fini de parler de Paddi Mann. Il avait juste fini d'en parler de cette manière-là.

— Tu te rappelles ce qu'on a vu dimanche ? Où on est allé ? (Nora acquiesça, redoutant presque ce qui allait suivre. Il ne l'aida pas.) Et voilà.

— Est-ce que tu as fini par trouver le manuscrit ? Qu'est-ce qui est arrivé à Paddi ? Oh non ! Tu ne vas pas me dire qu'elle a été assassinée, hein ?

— Je n'ai jamais retrouvé le manuscrit. De toute façon, mon père m'a annoncé qu'il renonçait à l'édition commentée du *Voyage dans la nuit*.

— Ça a dû bouleverser Paddi. (Comme Davey se remettait à lisser le couvre-lit, Nora fit une autre tentative.) Elle s'était tellement impliquée dans ce projet.

Davey acquiesça, baissant les yeux et avançant les lèvres, comme il le faisait lorsqu'il était dans une situation délicate.

— Raconte-moi ce qui est arrivé.

— On a passé ensemble la soirée du jeudi, celle où je lui ai donné la photo. Le vendredi, je ne l'ai pas vue du tout. Quand je suis rentré chez moi, toute la coke que j'avais prise m'a rattrapé, et j'ai dormi deux jours complets. Un vrai coma. Je me suis réveillé juste à temps pour me doucher et me changer avant de retourner au boulot.

— Où Alden t'a informé qu'il refusait ton enfant chéri. Et il fallait que tu annonces la nouvelle à Paddi.

— Quand je suis arrivé au quinzième étage, elle traînait dans le couloir, comme si elle avait su ce qui allait se produire. On n'a pas eu trop le temps de discuter avant que j'aille voir mon père, si bien qu'elle a demandé « sept heures et demie ? », ou quelque chose comme ça. J'ai acquiescé et je suis entré dans le bureau de papa. Comme elle était encore là quand je suis ressorti, je lui ai annoncé la mauvaise nouvelle. Elle n'a pas dit un mot. Elle a juste tourné les talons et elle est partie. Alors, à sept heures et demie, je suis allé chez elle.

« Quand je suis arrivé au loft, je ne l'ai pas vue, si bien que j'ai un peu visité. Je pensais qu'elle dormait, ou qu'elle était dans la salle de bains. J'ai regardé ses livres. Tu sais ce que c'était ? Uniquement des romans de Driver. Du grand format, du poche, des éditions étrangères, des éditions illustrées.

— Ce n'est pas tellement surprenant, remarqua Nora.

— Attends. Ensuite, bien sûr, il a fallu que je franchisse le passage dans la fresque pour aller explorer la seule autre pièce que je connaissais. Je suis donc entré dans la caverne. Et puis au bout d'un petit siècle, j'ai récupéré l'usage de mes membres et j'ai réalisé que, finalement, je n'allais pas m'évanouir.

Il se tourna vers Nora, qui se contenta de lui rendre son regard. Voilà qui sonnait comme une invention.

— C'était un véritable abattoir. Il y avait du sang partout. J'avais une trouille pas possible. J'étais quasiment sûr qu'on ne pouvait pas saigner autant sans mourir, et je serrais les dents, parce que je m'attendais à trouver un cadavre. Je suis passé de l'autre côté du lit. Il y avait une gigantesque tache de sang par terre et sur le mur, jusqu'à mi-hauteur. Ça m'a presque fait vomir, parce que j'avais eu la certitude de la trouver là. J'ai même regardé sous le lit.

— Pourquoi n'as-tu pas appelé la police ?

Et pourquoi est-ce que j'ai envie de croire ça ? Il est en train de décrire la chambre de Natalie.

— Je ne savais pas où était le téléphone. Je ne savais même pas s'il y en avait un !

Davey explora nerveusement la chambre du regard, ouvrit et referma la bouche à plusieurs reprises, comme s'il avait tenté de ravaler cette remarque.

— Tu n'avais pas peur que l'assassin soit encore là ?

— Si j'avais pensé à ça, Nora, j'aurais eu une crise cardiaque aussi sec.

— Où as-tu trouvé le corps ?

— Je ne l'ai pas trouvé.

— Où était-il, alors ? Il devait bien être quelque part.

— C'est ce que j'essaie de t'expliquer. Personne ne l'a trouvé. Il n'était pas là.

— Tu veux dire que c'est comme pour Natalie ? Le cadavre avait disparu, là aussi.

Il acquiesça.

— Comme Natalie.

Nora tenta de retrouver la maîtrise d'elle-même, la perception d'un monde sensé.

— Mais il ne peut pas vraiment y avoir de rapport, hein ?

— Qu'est-ce que j'en sais ?

Elle essaya à nouveau.

— J'imagine que Natalie ne t'a jamais cité Hugo Driver, qu'elle ne t'a pas envoyé à la recherche de vieux manuscrits...

Nora se rappela soudain les livres aperçus dans la chambre de la disparue et laissa sa phrase en suspens.

— Non, en effet, répondit Davey sans relever la tête.

Le silence qui suivit parut à son épouse extrêmement lourd.

— Qu'est-ce que tu as fait quand tu as compris qu'elle n'était pas là ?

Il prit une profonde inspiration et regarda par-dessus l'épaule de Nora.

— J'étais trop effrayé pour rentrer chez moi, alors j'ai marché jusqu'au centre ville et j'ai pris une chambre d'hôtel sous un faux nom. Vers midi, le lendemain, j'ai appelé Rod Clampett et je lui ai demandé si Paddi était au bureau. Il m'a répondu qu'il ne l'avait pas vue de la journée, mais qu'il lui demanderait de me passer un coup de fil quand elle arriverait. Bien entendu, elle n'est pas arrivée.

— J'imagine que tu ne pouvais pas réellement partir à sa recherche, soupira Nora. Cela dit, excuse-moi, Davey, mais pourquoi m'as-tu raconté tout ça ?

— Il faut que je me lève et que je bouge un peu. Tu pourrais faire du café ou quelque chose comme ça ?

— Je pourrais faire du déca, proposa-t-elle en consultant le radio-réveil posé auprès du lit.

Il était deux heures du matin. Elle prit une robe de chambre jaune pâle sur le canapé, l'enfila et serra la ceinture. Davey, toujours au lit, avait le regard dans le vague. Un instant, il se changea en un être que Nora n'avait encore jamais vu, inefficace, et qui serait toujours dépassé par la vie. Puis il releva les yeux vers elle et fut à nouveau son époux, Davey Chancel, qui tentait de paraître moins soucieux qu'il ne l'était.

— Tu sais où est le peignoir en soie bleue, Nora ? demanda-t-il. Le thaïlandais.

— À la patère de la salle de bain, répondit-elle avant d'aller faire du café.

27

Davey but une gorgée de French Roast décaféiné et fit la grimace en le trouvant trop chaud.

— Une goutte de kummel n'irait pas mal avec ce moka java, tu ne crois pas ?

Nora secoua la tête, puis changea d'avis.

— Pourquoi pas ?

Il s'approcha du buffet et en sortit une bouteille de kummel Hiram Walker, le seul que Nora eût trouvé lors de sa dernière visite chez le caviste. Il fit la grimace en regardant l'étiquette, pour lui signifier qu'elle aurait dû aller dans un autre magasin, voire jusqu'en Allemagne, afin de se procurer une marque convenable, puis remplit sa tasse à ras bord. Passant derrière sa femme, il versa un bon centimètre d'alcool dans la sienne. Une odeur capiteuse de cumin et de fleurs emplit la cuisine.

— Eh bien ? demanda Nora.

— Oui.

— Oui, quoi ?

Elle but un peu de ce qui lui évoquait un contrepoison avec un arrière-goût fortuit de café.

— Oui, il y a autre chose, mais ça me gêne un peu de t'en parler.

Elle avala une nouvelle goutte de la mixture, qu'elle trouva moins abominable qu'auparavant.

— Je ne t'ai pas tout dit, à propos de ma dernière visite au loft de Paddi.

— Oh, non.

— Ce n'est pas quelque chose que j'ai *fait*, Nora. Je ne suis coupable de rien du tout.

Alors pourquoi en as-tu autant l'air ? se demanda-t-elle.

— Bon, d'accord, c'est quelque chose que j'ai fait. (Il but une gorgée et renversa la tête en arrière, comme si, tel un oiseau, il avait dû agir ainsi pour déglutir, puis il baissa les yeux et entoura sa tasse de ses mains.) Je t'ai dit que j'avais regardé sous le lit.

Nora eut soudain le sentiment que ce qu'il se préparait à dire allait changer à jamais ce qu'elle éprouvait pour lui. Elle songea alors que son récit au sujet de Paddi Mann avait d'ores et déjà changé la manière dont elle le considérait.

— J'y ai vu quelque chose.

— Quelque chose ? répéta-t-elle.

— Un livre. *(C'est tout ?* songea Nora. *Pas de tête tranchée, pas de million de dollars dans un sac en papier ?)* Quand je l'ai récupéré, je me suis dit qu'elle l'avait peut-être même laissé pour moi. Qu'est-ce que c'était, à ton avis ?

— Le Livre des Morts égyptiens ? Le... euh... le machin de Lovecraft, là... le *Necronomicon ?*

— *Le Voyage dans la nuit.* Une édition de poche.

— Excuse-moi, mais ça ne me paraît pas si étonnant que ça.

Davey soutint le regard de sa femme et but une nouvelle gorgée de son café amélioré.

— N'est-ce pas ? Je l'ai ouvert. Je me disais qu'il y avait peut-être un message pour moi, ou quelque chose dans ce genre-là, à l'intérieur. Mais il n'y avait rien, à part ce qui était censé y être. Et son nom.

— Son nom, répéta Nora, qui avait le sentiment d'être un écho.

— Sur la page de garde. En haut. Paddi Mann.

— Elle avait écrit son nom dessus ?

— Exactement. J'ai fourré le bouquin dans ma poche et je l'ai emporté. Quelques jours plus tard, j'ai essayé de le retrouver mais je n'ai pas été fichu de remettre la main dessus.

— Il est tombé de ta poche.

— Et voilà : c'est parti, déclara-t-il en reposant sa tasse. Ne bouge pas. Je reviens tout de suite.

Il se leva et sortit de la cuisine, resserrant nerveusement les pans de son peignoir. Nora l'entendit remonter dans la chambre. Un placard s'ouvrit et se referma. L'instant d'après, Davey revenait, un livre de poche noir familier à la main. Comme s'il n'avait guère eu envie de s'en séparer, il se rassit et le tint devant lui à deux mains, avant de le présenter à sa femme.

— Je suppose que ce n'est pas...

Nora se rendit compte qu'elle n'avait pas plus envie de recevoir l'ouvrage que lui de le lui donner. Elle le prit tout de même. Sur la page de garde un peu jaunie, écrit en petites lettres bien formées, au stylo-bille, se trouvait le nom de PADDI MANN. En dessous, Davey avait apposé sa signature.

— Alors, il a refait surface, constata-t-elle.

— Et où ? Je te le donne en mille.

— Comment veux-tu que je le sache ?

Elle reposa le livre, songeant qu'elle n'avait finalement pas très envie de l'apprendre, et espérant sans savoir pourquoi qu'elle n'en aurait pas besoin. Elle se prépara à une nouvelle invention de son mari.

— Dans la chambre de Natalie Weil.

— Mais... (Nora ouvrit la bouche puis la referma. Incapable de supporter plus longtemps l'expression de Davey, elle baissa les yeux vers ses doigts, posés au bord de la table, comme si elle s'était préparée à jouer du piano.) Le livre, le même livre.

— Le même. Je l'ai vu quand on est entré, et une fois que le gros flic nous a raccompagnés, j'y suis retourné, tu te rappelles ? J'ai ouvert le bouquin et j'ai failli tomber dans les pommes. Ensuite, je l'ai mis dans ma poche.

— Qu'est-ce qui t'a poussé à y retourner ? Tu te doutais que...

— Bien sûr que non. Je voulais juste le regarder de plus près.

Il haussa les épaules.

— Tu ne sais pas comment il est arrivé là ?

— Ce n'est pas moi qui l'y ai mis, si c'est ce que tu veux dire.

— Tu n'as jamais donné un exemplaire du *Voyage dans la nuit* à Natalie ?

— Tu veux que je te le confirme par écrit ? demanda-t-il avec une exaspération non feinte. (Nora songea que ce ne serait peut-être pas inutile.) Quelqu'un me l'a pris. Il a tué Paddi et il a laissé le bouquin à mon intention. Ensuite, il me l'a volé. C'est la même personne qui a tué Natalie et qui a laissé le livre dans sa chambre.

— C'est le loup qui a tué Paddi Mann ? demanda Nora, trop désorientée pour s'exprimer clairement.

— Prince Soir ? Qu'est-ce qu'il a à voir là-dedans ?

— Non, désolée, je parlais de notre loup à nous : le Loup de Westerholm. (Elle agita le main devant elle, comme pour effacer un tableau noir.) C'est comme ça que j'appelle ce type. Celui qui a assassiné Natalie et les autres.

— *Notre* loup. (Il paraissait troublé. Nora craignait que ce trouble n'eût pour cause l'usage qu'elle avait fait d'un animal sacré d'Hugo Driver.) Oui, c'était le même type. D'accord. C'est fatalement ça. Il ne ressemble pas tellement à Prince Soir, cela dit.

— On ne peut pas tout rapporter à Hugo Driver.

— *Le Voyage dans la nuit* se rapporte à Driver. Et Paddi se passionnait pour lui.

Elle l'avait mis sur la défensive.

— Ce que je veux dire, Davey, c'est qu'il n'a pas pu laisser l'exemplaire du *Voyage dans la nuit* de Paddi Mann chez Sally Michaelman, Annabelle Austin, ou aucune des autres. Et peut-être qu'il ne te l'a pas volé. Il l'a probablement trouvé.

Davey secoua vigoureusement la tête.

— Je parie qu'il y a un lien entre les femmes qu'il tue et certains aspects du livre. En fait, c'est évident.

— Comment ça ?

— À cause de Paddi, répondit-il. Paddi était à l'évidence Paddy, tu ne crois pas.

— Paddi était Paddi ? Je ne comprends pas.

— Dans le roman. La souris. La souris Paddy qui parle du Champ de Vapeur à Pépin Petit. Bon Dieu, tu ne te rappelles vraiment rien. Paddy est... Des fois, je me demande si tu as seulement lu *Le Voyage dans la nuit.*

— J'en ai lu des bouts.

— Tu m'as menti. (Il la contemplait avec une stupéfaction sans bornes.) Tu m'as dit que tu l'avais terminé et tu mentais.

— J'ai sauté des pages, avoua-t-elle. Je suis désolée. Je sais que c'est important pour toi...

— *Important ?*

— Mais ça ne t'inquiète pas un peu qu'un homme qui a tué cinq femmes ait...

— Ait quoi ?

— Qu'il ait, d'une certaine manière, un rapport avec toi ? Je ne sais pas comment le dire mieux, parce que je ne comprends pas.

Un éclair douloureux explosa sur la droite du front de Nora, propulsant une flèche brûlante dans sa pupille. Elle s'appuya au dossier de sa chaise et se posa la main sur les yeux.

— Je n'arriverai jamais à dormir, déclara Davey. Je crois que je vais descendre au living, mettre un peu de musique.

Nora attendit d'être invitée à l'accompagner, afin de pouvoir refuser. Elle l'entendit repousser sa chaise et se lever.

Il lui conseilla d'aller s'allonger. De prendre de l'aspirine.

Elle baissa la main. Davey inclina la bouteille brune carrée au-dessus de sa tasse, où il versa plusieurs centimètres du liquide ambré qui puait le cumin.

— Tu disais avoir apporté le manuscrit que tu as trouvé dans la salle de conférences — le bouquin de Clyde Morning. Ça t'ennuierait que j'y jette un coup d'œil ?

— Tu as envie de lire du *Clyde Morning* ?

— Je veux lire le premier des nouveaux Blackbird Books, dit Nora, mais son mari n'accueillit cette réplique conciliante que par un froncement de sourcils et un haussement d'épaules. Tu pourrais me le donner ?

Il inclina la tête et roula de grands yeux.

— Si ça t'amuse.

Il passa dans son « bureau ». Elle l'entendit parler tout seul tandis qu'il ouvrait sa mallette. Quand il revint à la cuisine, il tenait maladroitement une pile de feuillets étonnamment mince, maintenue par des élastiques.

— Tiens. (Il posa le manuscrit sur la table.) Tu me diras ce que ça vaut.

— Tu ne fais pas confiance au grand Clyde Morning ?

Déjà à la porte, Davey se retourna, la regarda en feignant de la plaindre d'être abandonnée, puis il s'enfuit.

Elle ôta les élastiques, tapota le bas du manuscrit sur la table, puis observa le numéro inscrit dans l'angle supérieur droit de la dernière page. Quelque miracle d'art narratif qu'eût réalisé l'espoir de Blackbird Books dans *Spectre*, il l'avait comprimé en 183 pages.

De l'étage inférieur montait le son étrange de Peter Pears chantant un opéra de Britten que Nora avait bien souvent entendu, mais dont elle ne retrouvait plus le titre. La voix semblait provenir d'un univers inhumain situé entre terre et paradis. *Mort à Venise*, voilà ce que Davey écoutait. Elle ramassa le mince manuscrit, l'emporta au salon, alluma la lampe que lui avait vendue Sally Michaelman, et s'étendit sur le canapé pour lire.

LIVRE TROIS

AU CŒUR DE LA NUIT

Enfin, l'enfant abandonna toute espérance et dut admettre que ce ténébreux pays était la mort, que jamais il ne le quitterait. Perdant pour un temps la raison, la volonté, il se mit à sangloter de peur et de désespoir.

28

Le lendemain matin, tôt, Nora tourna le dos au Sund de Long Island, courut sur le pont de bois voûté de Trap Line Road, et arriva aux cinq hectares de marais boisés qui constituaient la Réserve Naturelle Pierce A. Gordon. L'air était frais et, derrière elle, des mouettes sautillaient le long de la plage jonchée d'algues. Elle avait atteint la moitié de son parcours. Il lui restait à redécouvrir les plaisirs du « Refuge à Oiseaux », comme les habitants de Westerholm appelaient la réserve. Durant un peu moins d'un quart d'heure, elle jouit de l'illusion de traverser un paysage identique à celui des grandes étendues du Michigan, où Matt Curlew l'emmenait pêcher, le week-end, quand elle était enfant. Ce quart d'heure était le jardin secret de son jogging matinal, et après sa première nuit quasiment blanche depuis des années, elle ne songeait qu'à en profiter en cessant de penser, de s'inquiéter, ou de quoi que ce fût qui l'avait occupée durant les quatre heures précédentes. Les arbres familiers l'entouraient, abritant cardinaux et geais criards. Un coup d'œil à sa montre lui apprit qu'elle avait déjà cinq minutes de retard par rapport à son temps habituel.

Le récit démentiel de Davey l'avait plus affectée qu'elle ne voulait bien l'admettre. Dans le passé, les accrocs qu'il faisait à la vérité servaient à lui ajouter un peu d'humour ou de couleur, quand leur raison d'être n'était pas la vantardise pure et simple. Quoique extrêmement colorée, l'histoire de Paddi Mann semblait dissimuler plus qu'elle ne révélait. Même si son mari avait tenté de souligner à quel point il avait été séduit, il en avait trop fait.

D'autre questions la troublaient. Elle avait lu une vingtaine de pages de *Spectre* dans un tel tourbillon de doute et de colère que les mots avaient immédiatement disparu de sa mémoire.

De quel droit Davey exigeait-il qu'elle s'intéressât à un auteur de seconde zone ? Pour lui faire plaisir, elle avait absorbé nombre de connaissances sur la musique classique. Elle savait faire la différence entre Maria Callas et Renata Tebaldi, reconnaître cinquante opéras dès leurs premières mesures, et différencier Horowitz de Ashkenazy dans les *Nocturnes* de Chopin. Pourquoi aurait-elle dû s'incliner devant Hugo Driver ?

À ce point, sa conscience l'avait contrainte à admettre qu'elle avait bel et bien menti à Davey au sujet du *Voyage dans la nuit*. Abandonnant le manuscrit, elle était descendue et avait marqué une pause à l'entrée du living. *Mort à Venise* jaillissait des enceintes. Elle avait poussé doucement la porte, espérant découvrir son mari assis, en train de prendre des notes, de contempler le mur, ou de faire quoi que ce fût qui le montrât au moins aussi éveillé qu'elle. Enfoui jusqu'au menton sous une couverture, les yeux fermés et les lèvres agitées par un souffle régulier, il était allongé sur le canapé. Comme elle l'avait prévu, le roi de la sensibilité avait chargé les deux CD de Britten dans la platine, s'était enroulé comme un bébé dans la couverture, et avait espéré qu'elle s'endorme avant lui.

C'était la goutte d'eau qui faisait déborder le vase. Nora était retournée au salon et avait mis la radio. Elle avait changé de station jusqu'à en trouver une qui diffusait du James Cotton, du blues *musclé*, du blues avec des *tripes*. Poussant le volume, elle s'était assise pour reprendre la lecture de *Spectre*.

Spectre était le deuxième sujet qu'elle souhaitait bannir de son esprit durant sa portion de parcours préférée. Au bout d'environ une heure de lecture, une hypothèse concernant Clyde Morning lui était apparue. Si elle se révélait exacte, elle s'avérerait peut-être importante pour Nora et Davey. Peut-être pas. Ensuite, le roman en lui-même posait problème. Comme elle l'avait craint, il s'agissait d'un livre très léger. On eût dit un simple plan, à peine étoffé par un auteur trop épuisé ou trop paresseux pour se rappeler le nom de ses personnages. George Carmichael, le protagoniste, devenait George Castairs à la page 15, puis retrouvait son nom d'origine à la page 35. Ensuite, il passait de l'un à l'autre, selon — d'après Nora — celui qui surgissait le premier dans l'esprit de Clyde Morning lorsqu'il s'installait devant sa machine à écrire.

Pire encore, des tics d'écriture alourdissaient le style. Trois personnages différents employaient l'expression : « Ce n'est que trop vrai ». Nombre de phrases commençaient par : « Vraiment », suivi d'une virgule. Les yeux de George Carmichael/Castairs étaient invariablement d'un brun profond et chaleureux, ses chaussures quadrillées d'éraflures. Ni le sens des mots ni la grammaire n'étaient à l'abri. Quand George dévalait les escaliers, le soleil frappait ses yeux d'un brun profond et chaleureux.

Quand il considérait avec amour sa bien-aimée, Lily Clark, lesdits yeux adhéraient à la robe de la jeune femme, à moins qu'ils ne s'envolassent à travers la pièce pour rejoindre ses lèvres de tigresse. À cinq ou six reprises, George et d'autres personnages usaient le cuir de leurs chaussures en arpentant le pavé ou en montant l'escalier quatre à quatre. Quand elle avait remarqué ces répétitions, Nora était allée chercher un crayon et avait apposé de légères marques dans la marge chaque fois qu'elle en trouvait une.

Lorsqu'elle avait achevé sa lecture, une pâle lumière oblique traversait les fenêtres de la façade. Elle était retournée chercher du café à la cuisine, et s'était alors aperçue qu'elle avait moulu du French Roast non décaféiné. La radio avait diffusé du blues toute la nuit, avant de passer au jazz tandis qu'elle lisait les dernières pages du manuscrit. Un saxophone ténor jouait une ballade avec une telle tendresse que chaque note semblait flotter à travers la peau.

— Scott Hamilton, avait annoncé le speaker. Avec *Chelsea Bridge*.

Scott Hamilton... est-ce que ce n'était pas un patineur artistique ?

Nora avait relevé les yeux du manuscrit, désorientée, incertaine. C'était comme si, avec le son du saxophone, quelque pensée secrète, qu'elle n'eût pu admettre en temps normal, s'était introduite en elle et y avait pris forme avant de s'échapper à nouveau. Carmichael/Castairs et Paddi Mann en avaient fait partie. Cette expérience lui avait donné l'impression curieuse d'être une visiteuse au sein de sa propre vie. Elle s'était levée, avait mis les mains sur les hanches, et opéré deux rapides rotations du buste à droite, puis deux à gauche.

Davey n'avait pas quitté le living de toute la nuit, mais elle ne lui en voulait plus. Après avoir gardé ses craintes en lui durant une semaine, il avait fini par se confesser. Même s'il n'y avait là-dedans que dix pour cent de vérité, ça restait une confession.

Nora était descendue jeter un coup d'œil à son mari. Le visage qui dépassait de la couverture était tendu par un rêve angoissant. Elle avait éteint la lumière et coupé la platine CD. De retour à l'étage, elle avait remis les élastiques autour de *Spectre*, à la fois totalement épuisée et parfaitement réveillée. Pourquoi ne pas profiter de ces heures supplémentaires pour aller courir, puis leur préparer le petit déjeuner avant que Davey ne parte pour New York ? Inspirée, elle avait enfilé un short, des chaussures de sport, un T-shirt et un pull en coton, puis s'était coiffée d'une casquette à longue visière et avait quitté la maison. Après quelques minutes d'échauffement sur l'herbe mouillée de rosée d'une pelouse qui lui paraissait étrange dans la lumière bleu-gris de l'aurore, Nora s'était élancée entre les maisons endormies de Fairytale Lane.

Des aiguillons de doute et d'inquiétude continuèrent de saper sa concentration tandis qu'elle courait à travers le paysage quasi hallucinatoire du Refuge à Oiseaux. Paddi Mann ne constituait pas un problème ;

pas plus que ne l'était vraiment ce que dissimulait Davey, quoi que ce fût. Ses secrets se révélaient toujours moins importants qu'il ne l'imaginait. Le problème était de savoir si elle devait ou non lui révéler ce qu'elle avait découvert fortuitement au sujet de Clyde Morning.

29

Nora ramassa le *New York Times* sur le pas de sa porte, entra, puis jeta un coup d'œil machinal à l'affichage du système d'alarme. Le voyant vert, allumé, prouvait que nul n'y avait touché depuis son départ. Elle emporta le journal au sous-sol et ouvrit la porte du living. Perdu dans un sommeil paisible, Davey avait la couverture enroulée autour des hanches, les yeux fermés, la bouche tout juste assez ouverte pour pouvoir se lécher les lèvres.

Elle s'agenouilla auprès de lui et lui caressa la joue. Il battit des paupières.

— Quelle heure est-il ?

Elle consulta la pendule digitale posée près de la platine CD.

— Sept heures dix-sept. Il faut te lever.

— Pourquoi ? Tu oublies qu'on est samedi.

— On est *samedi* ? Seigneur ! Je suis désolée. Je suis tellement dans les vapes que je croyais qu'on était lundi.

Il remarqua sa tenue.

— Tu es allée courir ? Si tôt que ça ? (Il s'assit et la fixa avec attention.) Tu as dormi un peu, au moins ? (Posant les pieds par terre, il se laissa aller contre le mur. Une vague odeur d'alcool émanait de lui.) Tu as l'air complètement excitée. Je ne pensais pas que *Spectre* serait aussi passionnant. En fait, d'après ce que j'en ai lu, ça m'a eu l'air assez poussif.

Le moment ne semblait pas bien choisi pour lui révéler une théorie au sujet de Clyde Morning.

— J'ai eu quelques idées, mais il faudra que je jette encore un œil au manuscrit avant d'en parler.

— Ah ? fit Davey en inclinant la tête de côté, méfiant.

— Je voudrais juste m'assurer d'une ou deux choses. Tu veux dormir encore ?

Il se frotta le visage.

— Je ferais aussi bien de me lever. Peut-être que je vais aller faire un golf avant le déjeuner. Ça t'irait ?

— Bonne idée.

Nora embrassa une joue duveteuse qui sentait légèrement la sueur refroidie, puis se redressa. Dans le salon, elle réalisa qu'elle tenait toujours le journal et le jeta sur une chaise.

Après une douche rapide, elle sortit de la cabine juste au moment où un Davey nu comme un ver pénétrait dans la salle de bains. Comme elle attrapait une serviette, il lui empoigna une fesse. Elle lui fouetta la poitrine du linge et le poussa vers la douche.

Séchée, elle s'enroula la serviette autour du torse et passa dans la chambre pour s'habiller. Peu après, tout nu, tout rose, Davey quitta la salle de bains en s'essuyant les cheveux et déclara :

— Le seul problème, quand on va au club de si bonne heure, c'est qu'il faut jouer avec un tas de vieux gentlemen qui me traitent tous comme un petit-fils attardé. Ils ne prêtent pas la moindre attention à ce que je dis.

Le téléphone, près du lit, sonna. Tous deux le fixèrent avec étonnement.

— Ça doit être un faux numéro, supposa Davey. Tu n'as qu'à les envoyer balader.

— Allô ? dit Nora en décrochant. (Une voix mâle qu'elle connaissait mais n'identifia pas prononça son nom.) Oui.

— Ici Holly Fenn, Mrs Chancel. Je suis désolé de vous déranger de si bonne heure, mais au milieu de l'affolement général, ici, il s'est produit quelque chose que vous pourriez peut-être nous aider à tirer au clair.

Davey apparut devant elle, vêtu d'un polo vert pâle, d'un caleçon et de chaussettes montantes bleues.

— C'est qui, le crétin de service ?

Elle posa la main sur le combiné.

— Holly Fenn.

— Je ne connais aucun Holly Fenn.

— Le flic. L'inspecteur.

— Ah, celui-là. Super.

— Allô ? s'impatienta Fenn.

— Oui, je suis toujours là.

— Si ça ne vous ennuie pas de rendre un petit service d'ordre civique à la police du quartier, votre mari et vous pourriez peut-être passer nous voir au poste. En tant qu'amis de Mrs Weil.

Davey prit un pantalon kaki dans une housse de pressing et jeta cette dernière, avec son cintre, vers la corbeille à papier — qu'il manqua.

— Je ne comprends pas, avoua Nora. Vous voulez nous parler de Natalie ?

Davey marmonna quelque chose en enfilant une jambe du pantalon.

— J'ai peut-être une bonne nouvelle pour vous, répondit Fenn. Il est possible que votre amie ne soit pas morte, finalement. LeDonne vient de la retrouver, elle ou une femme qui se prétend telle, dans Post Road. Vous pouvez être là assez vite ? Votre aide me serait précieuse.

— Bien sûr, ce serait extraordinaire. Pourquoi avez-vous besoin de nous ? Pour l'identifier ?

— Je vous mettrai au courant dès votre arrivée, mais c'est à peu près ça. Je vous conseille de passer par-derrière : c'est un peu la folie générale, ici.

— On arrive d'ici dix minutes, affirma Nora.

— Du fond de mon pandémonium, je vous suis reconnaissant, assura Fenn. Merci.

Il raccrocha.

Tenant toujours le combiné, Nora se tourna vers son mari qui, devant le porte-chaussures, hésitait.

— Je ne comprends toujours pas, dit-elle. (Il lui jeta un coup d'œil, émit un bruit de gorge interrogateur, et se pencha pour prendre une paire de mocassins.) Il veut qu'on passe au poste parce que l'agent qui était chez Natalie... LeDonne, c'est ça ? Parce que LeDonne a trouvé sur Post Road une femme qui prétend être elle.

Davey se redressa lentement, faisant la moue.

— Et alors ? Pourquoi ont-ils besoin de nous ?

— Je ne sais pas exactement.

— C'est idiot. Ils n'ont qu'à regarder son permis de conduire. À quoi bon nous impliquer là-dedans ?

— Je l'ignore. Il a dit qu'il nous expliquerait quand on arriverait.

— Ça ne peut pas être Natalie. Tu as vu sa chambre. On ne se relève pas d'un pareil bain de sang pour aller se promener.

— D'après toi, c'est pourtant ce qu'a fait Paddi Mann.

Le visage de Davey se para d'un rouge éclatant. Il se détourna pour enfiler ses mocassins.

— Je n'ai pas dit ça. J'ai dit qu'elle avait disparu. Natalie a été assassinée.

— Pourquoi es-tu gêné ?

— Je ne suis pas gêné, je suis furieux. Je savais les flics un peu obtus et incompétents, mais ça, ça dépasse les bornes. Ils ramassent une dingue qui se prend pour Natalie, et il faut qu'on perde notre matinée à faire leur travail pour eux. (Il marcha vivement jusqu'à la porte, plongea les mains dans ses poches, et lança à sa femme un regard méfiant.) J'espère que tu auras assez de bon sens pour ne rien raconter de ce que je t'ai dit cette nuit.

Nora s'aperçut qu'elle tenait toujours le combiné et le reposa.

— Pourquoi en parlerais-je ?

— Si seulement on avait le temps de manger un morceau, soupira Davey. Viens, finissons-en.

Quelques minutes plus tard, l'Audi filait sous les arbres bordant Old Pottery Road, et Davey se demandait à haute voix s'il devait avouer aux policiers qu'il avait trouvé l'exemplaire du *Voyage dans la nuit* de Paddi Mann chez Natalie Weil.

— Le problème, c'est que je l'ai emporté. Je parie que ça pourrait me valoir des ennuis.

Pour Nora, cette question représentait un nouvel exemple de l'étonnante faculté qu'avait Hugo Driver de créer des problèmes bien après sa mort.

— Il n'y a aucune raison d'en parler.

Son mari lui lança un regard blessé.

— C'est sérieux, Nora. Je ne devrais peut-être pas venir. Cette femme ne peut pas être Natalie, mais si jamais c'est elle...

— Si ça ne peut pas être elle, ça n'est pas elle. Et si jamais c'est Natalie, elle aura autre chose en tête qu'un exemplaire du *Voyage dans la nuit.*

— J'imagine. (Il soupira.) Tu disais que tu avais eu une idée, à propos de *Spectre.*

— Ah, oui, se rappela-t-elle. Pendant que je courais dans le Refuge à Oiseaux, quelque chose m'a frappée, au sujet du style, mais je peux me tromper. (Davey accéléra à l'approche du feu vert, au carrefour de Post Road, mit son clignotant et tourna, s'engageant aussitôt sur la file de gauche.) Tu te rappelles : tu disais pour rire que Clyde Morning et Marletta Teatime étaient peut-être la même personne ? Je crois que c'est vraiment le cas. (Il lui jeta un coup d'œil incrédule.) Le mois dernier, si tu te souviens bien, j'ai lu un roman de Marletta Teatime, *La Tombe attend.*

— *La Tombe qui l'attend*, corrigea Davey.

— Oui, c'est ça. Eh bien, j'ai remarqué de curieux tics d'écriture. Marletta faisait dire une ou deux fois « Ce n'est que trop vrai » à certains personnages, à la place de « Oui ». Qui emploie cette expression ? Les Anglais, peut-être, ou les Australiens, mais pas les Américains. Dans *Spectre*, les personnages n'arrêtent pas de le répéter.

— Clyde a visiblement lu les bouquins de Marletta.

— Il n'y a pas que ça. Marletta commençait une demi-douzaine de phrases par « Vraiment, ». C'est exactement pareil dans *Spectre.* Il y a aussi une histoire de chaussures. Dans le bouquin de Teatime, le jardinier, celui qui assassine le gamin, a les chaussures quadrillées d'éraflures. C'est comme ça qu'on s'aperçoit, plus tard, qu'il a pris la place d'un pasteur dans l'autre ville. Eh bien, dans *Spectre*, Morning n'arrête pas de dire que les chaussures de George Machin sont quadrillées d'éraflures. Ça n'est même pas une très bonne description.

— Tu es directrice littéraire, maintenant ? (Nora ne répondit pas.) Tu vois ce que je veux dire ? Je ne crois pas que ce soit une mauvaise description, c'est tout.

— D'accord. Regarde leurs pseudonymes. Morning et Teatime, Matin et Heure du Thé. C'est comme s'ils s'appelaient quatre heures et six heures.

— Oui, fit Davey. Peut-être que Morning a pris Teatime comme pseudonyme. Ça n'est pas totalement impossible.

— Merci.

— Avec deux noms, il pouvait sortir deux fois plus de romans. Dieu sait qu'il devait avoir besoin de fric. Il lui suffisait de créer la boîte postale de Marletta et un compte bancaire séparé. Personne n'a jamais rencontré ni l'un ni l'autre, de toute façon.

— Alors, si c'est le même auteur, ça ne pose pas de problème ?

— Pas si ça ne se répand pas, affirma Davey. Quand on publiera *Spectre*, on virera les « vraiment », les « Ce n'est que trop vrai » et les éraflures, voilà tout.

— La vérité engendrerait un peu de publicité, lui fit remarquer Nora.

— Et nous ferait passer pour des cons. Non merci. Le mieux est encore de laisser ça s'évacuer tout seul. J'aimerais bien pouvoir en dire autant de cette stupide histoire avec Driver.

— Quelle histoire avec Driver ?

— C'est tellement ridicule que je ne veux même pas en parler.

— C'est le problème dont t'a chargé ton père ?

Davey quitta Post Road et se dirigea vers l'immeuble en pierre qui abritait le poste de police de Westerholm. Le parking adjacent semblait inhabituellement encombré.

— En quoi ce film peut-il nuire à Chancel House ?

— Il ne peut pas, répondit Davey, las. Pas en lui-même. Ce qui se passe, c'est que deux foldingues du Massachusetts sont allées voir ce navet juste après avoir classé des papiers de famille dans leur sous-sol.

Davey traversa le parking public et s'engagea dans celui de la police, tout aussi bondé. Voitures et camionnettes stationnaient devant le poste.

— Regarde ! s'exclama Nora.

Elle désignait deux longues camionnettes portant le logo et le sigle de chaînes d'informations new-yorkaises.

— Juste ce qu'il nous fallait.

— Ces bonnes femmes ont trouvé de vieux papiers de famille ?

— Elles s'imaginent avoir les moyens de faire peur à mon vieux pour lui extorquer un gros paquet de fric. Leur avocat marron l'a quasiment admis.

Davey était arrivé au bout du parking sans trouver de place. Il contourna le bâtiment pour examiner celles réservées aux voitures de service.

— Je ne comprends pas, avoua Nora.

— Elles ont trouvé des notes censément prises par une de leurs sœurs. Quelque chose comme trois pages. Dans une valise.

Il se gara entre deux véhicules de police.

— Elles prétendent que leur sœur a écrit *Le Voyage dans la nuit* ?

Ce que prétendaient les dames du Massachusetts ne donnait apparemment pas matière à discussion, car il descendit de voiture sans attendre. Nora ouvrit sa portière, sortit, et vit l'agent LeDonne venir vers eux. Il avait l'air sous pression.

— Je ne bouge pas la bagnole, prévint Davey. C'est vous qui nous avez demandé de venir.

— Vous voulez bien m'accompagner à l'intérieur, je vous prie ? Mr Chancel ? Mrs Chancel ? Je vous conseille de marcher vite et de ne parler à personne avant d'arriver chez l'inspecteur Fenn. (Il s'immobilisa à soixante centimètres d'eux.) Suivez-moi d'aussi près que possible.

Il les considéra tour à tour, fit volte-face, et se mit en marche.

Quand ils franchirent l'angle du poste de police, Nora remarqua un détail qui ne l'avait pas frappée auparavant. À l'inverse de celles qui étaient garées dans le parking public, les voitures arrêtées devant la façade étaient occupées. Hommes et femmes regardèrent LeDonne mener ses compagnons vers le perron.

— On dirait que la moitié de la ville est là, remarqua-t-elle.

— Et c'est comme ça depuis l'aube, confirma le policier.

Ils franchirent vivement les trois longues marches. Nora sentit des centaines d'yeux avides les fixer derrière les pare-brise, puis les oublia en remarquant l'agitation qui régnait dans le poste. LeDonne soupira.

— Si ça ne tenait qu'à moi, on les bouclerait tous dans les cellules et on ne les laisserait sortir qu'un par un.

Il fit signe au couple de le serrer de plus près, puis plongea à l'intérieur. Davey entra derrière sa femme, lui posa les mains sur les hanches et poussa.

Comme Nora le savait depuis sa mésaventure avec le fils du milliardaire, la réception, où officiait un sergent, dominait un côté de l'entrée. De l'autre s'étendaient deux longues rangées de bancs en bois. Quelques pas devant elle, LeDonne se frayait un chemin à travers la foule qui venait de jaillir des bancs. Deux agents en uniforme, derrière le guichet, réclamèrent le calme à grands cris. Propulsée par son mari, Nora dépassa un micro tendu et se retrouva au beau milieu d'un brouhaha de questions et d'une vague humaine déferlante. Les voix lui martelaient les oreilles. Il lui semblait que Davey la soulevait de terre et la catapultait dans l'étroit sillage de LeDonne. Derrière elle, sur la droite, elle entendit une question sur la famille Chancel, mais la voix du journaliste s'éteignit quand les arrivants débouchèrent dans un large couloir où, d'un coup, ils se trouvèrent seuls.

— Le bureau de l'inspecteur Fenn est au bout, déclara LeDonne, en ayant l'air de promettre qu'une fois là-bas, ils obtiendraient réponse à toutes leurs questions.

Ils passèrent devant une série de portes aux vitres teintées. Derrière un large escalier métallique, il en ouvrit une autre, marquée INSPECTEUR PRINCIPAL FENN.

Un secrétaire, deux chaises en bois, un long bureau vert et une table grise poussée contre un mur de brique vert pâle meublaient la pièce. Bureau et table, tous deux métalliques, étaient encombrés de papiers. D'autres surgissaient du secrétaire ouvert. Une fenêtre étroite, derrière le bureau, donnait sur le parking, où l'Audi faisait figure d'intruse au milieu des voitures de police noires et blanches.

— Holly Fenn est bordélique, constata Davey en examinant les lieux, les bras croisés. Est-ce que c'est une surprise ? Pas vraiment.

Nora venait de s'asseoir sur une chaise bancale quand Fenn franchit la porte en coup de vent, tenant un épais carnet de notes à la manière d'une arme.

— J'imagine que les journalistes vous ont un peu asphyxiés, à l'entrée.

— On peut le dire, confirma Nora en riant. Qu'est-ce qu'ils fichent là ?

— Le grand patron s'est dit qu'on les maîtriserait mieux à l'intérieur du poste. (Il tendit la main à Davey, qui la serra.) Merci d'avoir fait aussi vite, Mr Chancel.

— Oui, mais pourquoi sont-ils venus ? insista Nora. Je ne vois pas comment ils peuvent déjà être au courant, pour cette femme qui prétend être Natalie.

Fenn s'immobilisa à mi-chemin de son bureau et se tourna vers elle.

— Vous voulez dire que vous ne connaissez pas la nouvelle ?

— Sans doute pas, admit-elle.

— Vous n'avez pas lu le journal, ce matin ?

Elle se revit en train de le jeter sur une chaise.

— Bon Dieu ! s'exclama Davey, en se prenant la tête à deux mains. Vous avez réussi ? Vous l'avez eu ?

— On dirait bien.

Un instant, Fenn parut presque satisfait de lui-même.

— Réussi quoi ? demanda Nora.

— À pincer notre assassin, lui apprit l'inspecteur. Il est en taule depuis dix heures, hier soir. À mon avis, Popsie Jennings a appelé le *Times* en personne. Vous connaissez Popsie, bien sûr.

Les deux Chancel connaissaient la célèbre Popsie Jennings, qui tenait une boutique de vêtements féminins dans la rue principale, *À la femme libérée*, et occupait un pavillon dans la propriété de son troisième mari, du bon côté de Mount Avenue, à environ quatre cents mètres des Peupliers. Popsie, petite blonde qui demeurait très robuste à plus de cinquante ans, dotée d'une voix de gitane et d'un penchant pour les jurons, avait l'air d'être née sur un yacht, et d'avoir été élevée sur un green, mais elle avait vécu sans se soucier des conventions, parfois même de manière tapageuse. La rumeur voulait qu'elle eût baptisé son magasin par référence à elle-même. On murmurait aussi qu'elle avait dans sa chambre à coucher deux peintures de George Stubbs représentant des chevaux, que lui avait données son premier mari, et qu'elle affirmait les trois bien montés — les tableaux dans leurs cadres, les chevaux et le premier mari.

— Il s'est introduit chez Popsie ? s'exclama Davey. Il a eu de la chance de ne pas se retrouver attaché à poil sur le lit, avec une bouteille de vodka entre les dents.

— C'est presque ce qui est arrivé, dit Fenn. Il est arrivé chez elle vers neuf heures, hier soir. Elle s'est méfiée et elle l'a assommé d'un coup de chenet. Pendant qu'il était dans les pommes, elle lui a attaché les mains et les pieds ensemble avec du ruban adhésif, et ensuite, elle est allée chercher son hachoir. Elle lui a dit qu'elle allait le castrer s'il ne se mettait pas à table.

— Eh bien ! s'exclama Nora. Elle était sacrément sûre de son coup.

— Sacrément furieuse, aussi.

— Alors ? demanda son mari. Qui est-ce ?

— Je suppose que vous le connaissez aussi. Richard Dart.

— Dick Dart ?

Davey s'assit maladroitement sur la chaise voisine de celle de Nora, à qui il lança un regard interloqué.

— J'étais à l'université avec lui. Son frère, Petey, était dans ma classe. Quand j'ai eu mon diplôme, Dick entrait en deuxième année. On n'a jamais été amis, ni rien, mais je le voyais de temps en temps, en ville. Je l'ai même présenté à Nora, il y a un ou deux mois. Tu te souviens, Nora ?

Elle secoua la tête, n'ayant pas encore assimilé le fait qu'elle avait déjà rencontré celui qu'elle appelait le Loup de Westerholm, et se demandant pourquoi ils ne parlaient pas de Natalie Weil.

— Où ça ?

— Chez Gilhoolie. Juste après l'ouverture.

Soudain, elle se rappela l'individu languissant et maniéré croisé dans cet affreux bar, celui qui l'avait complimentée sur son parfum alors qu'elle n'en portait pas. Ainsi, elle avait parlé à l'assassin, l'avait regardé dans les yeux, l'avait même effleuré. Voilà que le Loup se révélait être un antipathique étudiant attardé, et alcoolique par-dessus le marché. S'il se conduisait comme s'il avait détesté les femmes, c'était qu'il les détestait bel et bien. Pourtant, Dick Dart ne correspondait toujours pas aux vagues images mentales qu'elle s'était formées du meurtrier de Westerholm. Il était trop ordinaire par certains côtés, trop différent par d'autres. Mais peut-être eût-elle dû deviner que le Loup serait un homme ayant une très haute opinion de lui-même, à peine voilée.

— Je n'arrive pas à y croire, souffla Davey. Tu te souviens de lui, n'est-ce pas, Nora ?

— Il était affreux, mais je n'aurais pas cru qu'il l'était à ce point-là.

— Son père aussi a un peu de mal à y croire, déclara Fenn, qui passa derrière son bureau, posa brutalement son carnet et s'assit face à ses visiteurs. Leland nous a envoyé Leo Morris dès qu'il a appris ce qui s'est passé, et Leo nous emmerde depuis deux heures du matin. Il est encore dans la cellule de votre ami.

Quoique Leo Morris, l'avocat de la famille Chancel, celui qui avait loué le *Queen Elizabeth* pour l'anniversaire de sa fille, fût l'un des plus célèbres du Connecticut, il ne s'occupait que rarement d'affaires criminelles, si bien que Davey exprima sa surprise devant ce choix.

— Leo ne plaidera pas au tribunal — ils ont un jeune loup aux dents longues, pour ça —, mais il va préparer la défense en coulisses.

— Vous êtes sûr que c'est bien Dick Dart l'assassin ?

— C'est lui, affirma Fenn. Quand on l'a arrêté, il avait dans la poche de sa veste un porte-cigarettes en argent appartenant à Sally Michaelman. Elle avait cessé de fumer depuis dix ou douze ans, mais son mari lui avait fait ce cadeau deux ans avant leur divorce. En outre, quand on a fouillé l'appartement de Dart, on a trouvé un tas de choses. Des bijoux, des montres ou des bibelots appartenant aux victimes — certains, avec un monogramme. On vérifie pour les autres, mais je vous parie ce que vous voulez qu'ils viennent de chez ces femmes. Nom d'un chien ! Il a même piqué un livre sur Ted Bundy[1] chez Annabelle Austin — elle y avait inscrit son nom. J'imagine qu'il voulait y prendre des idées. En plus, Dart a conservé dans un album les articles sur les meurtres parus dans tous les journaux à cent bornes à la ronde. Pour couronner le tout, pendant que Popsie menaçait sa virilité, il a craché un détail que nous n'avons jamais communiqué à la presse.

— Quel détail ? demanda Davey, qui avait paru un peu inquiet quand le policier avait mentionné le livre.

— Je ne peux pas vous le dire, s'excusa Fenn.

— Qu'est-ce qui a donné des soupçons à Popsie ? s'enquit Nora.

— Dart n'avait pas vraiment de raison de venir la voir. Il l'appelle pour lui dire qu'il veut discuter de quelque chose, mais une fois arrivé, il se contente de bredouiller des incohérences à propos de l'inventaire de la boutique de fringues — ce qui ne le regarde pas. Ensuite, il dit qu'il serait intéressant de jeter un coup d'œil aux tableaux, que Popsie pourrait peut-être les léguer à un musée afin d'obtenir une réduction d'impôts. Il veut voir les toiles avant tout. Elle lui répond qu'il est bourré, qu'il ne mettra pas les pieds dans sa chambre ce soir-là, et qu'il ferait mieux de rentrer chez lui. En fait, ce qu'elle pense, c'est : *ce type est seul ; il a juste besoin de parler*. Elle a connu assez d'hommes pour s'apercevoir que celui-là n'est pas là pour le sexe, qu'il n'est pas sur la bonne longueur d'ondes. Elle décide de lui servir un dernier verre avant de le mettre à la porte. Elle se lève, elle passe près de lui, et elle s'aperçoit qu'il ne la rend pas

1. Célèbre tueur en série. *(N.d.T.)*

seulement nerveuse mais *vraiment* nerveuse. Elle s'arrête près de la cheminée. Et à ce moment-là, elle réalise une chose qui la pousse à ramasser le chenet et à lui en filer un coup sur le crâne.

— Quoi donc ? demanda Nora.

— Toutes les victimes étaient des clientes de Dart & Morris. Popsie avait elle-même envoyé Brewer, Austin et Humphrey au cabinet, et y avait été envoyée par Sally Michaelman. Elles n'étaient pas sur la liste des déjeuners de Dick, mais toutes le connaissaient. Elle a additionné deux et deux et, comme c'est Popsie, au lieu de s'affoler, elle s'est mise en colère et elle lui a défoncé le crâne.

— Est-ce que Natalie était une cliente de Dart ? interrogea Nora.

Fenn renversa la tête en arrière et contempla le plafond pendant deux secondes. Quand il se tourna à nouveau vers ses visiteurs, il paraissait presque gêné.

— Merci, Mrs Chancel, merci. Je dois commencer à me faire trop vieux pour ce métier de fous. Je suis tellement pris dans la panique ambiante que j'en oublie la raison de votre présence ici.

Il attira à lui son épais carnet et l'ouvrit à la dernière page. Nora découvrit que, loin de ressembler aux gribouillis prévisibles, les notes de Fenn étaient prises d'une écriture fine, presque calligraphiées. Il leva les yeux vers elle, puis les rabaissa sur le carnet.

— Laissez-moi vous expliquer un peu tout ça. LeDonne venait prendre son service plus tôt que prévu, à ma demande. Il remontait Post Road quand il a remarqué une femme à l'attitude étrange en face de la maison abandonnée qui abritait autrefois la crèche Jack et Jill, au milieu du bloc 13, juste après la vieille usine de meubles. Vous voyez ?

— Oui, répondit Nora, qui ressentit une vague inquiétude quand il releva les yeux.

— LeDonne s'est approché d'elle. Elle avait l'air considérablement éprouvée.

— Elle ressemblait à Natalie ? demanda son interlocutrice.

Fenn ignora la question.

— Elle a plus ou moins imploré d'être emmenée ici. Elle voulait à toutes forces s'éloigner de l'ancienne crèche. Quand LeDonne l'a fait monter en voiture, il a remarqué une ressemblance avec les photos qu'il avait vues, et il lui a demandé si elle était Natalie Weil. Elle a répondu que oui. Il l'a ramenée au poste, on l'a fait entrer dans le bureau du commandant et elle s'y est endormie presque aussitôt. On a téléphoné à son médecin, mais on n'a eu que la secrétaire, qui a dit qu'il rappellerait. On va la faire transporter à l'hôpital. Pour l'instant, elle roupille toujours sur le divan du commandant.

— Elle n'a pas expliqué ce qui lui était arrivé ? Elle s'est endormie comme ça ?

— En arrivant ici, elle dormait debout, je dois le préciser. LeDonne n'a jamais vu Mrs Weil. Moi non plus, et le commandant non plus. Aucun d'entre nous se sait à quoi elle ressemble. On dirait donc que vous pouvez nous aider à nouveau, tous les deux, si ça ne vous dérange pas.

— J'espère que c'est Natalie, dit Nora. On peut la voir ?

Holly Fenn contourna son bureau, un demi-sourire visible sous sa moustache.

— Allons faire une petite promenade.

— Hé ! intervint Davey en suivant sa femme et l'inspecteur. Quand Dick Dart s'est mis à table, qu'est-ce qu'il a dit à propos de Natalie ?

— Qu'il ne l'avait jamais vue.

— Il ne l'a jamais vue ?

Nora n'avait toujours pas bien séparé la disparition sanglante de Natalie des autres assassinats.

— Et vous le croyez ?

Davey s'immobilisa pour laisser Fenn arriver le premier à la porte.

— Bien sûr. (Le policier ouvrit la porte et se tourna vers eux.) Il a admis tout le reste. Pourquoi mentir pour une victime de plus ? Mais la vraie raison pour laquelle je le crois, c'est que Natalie Weil n'avait jamais fait appel à Dart & Morris.

— Il ne tuait que les clientes de son père, réalisa Davey.

— Ça y ressemble bien, hein ?

Fenn les invita à passer devant. Une fois dans le couloir, il les fit circuler entre des murs d'un vert terne où s'inscrivaient panneaux d'affichage et entrées de pièces encombrées de bureaux. Ils approchèrent d'une porte métallique ouverte, gardée par un policier en uniforme. De l'autre côté, on apercevait une rangée de cellules. Nora fut frappée par la ressemblance de ces dernières avec celles qu'on voyait dans les films. Avant de les avoir observées en réalité, toutefois, on n'imaginait pas à quel point elles étaient effrayantes.

— Votre ami Dart est là-dedans, les informa Fenn. Il y restera jusqu'à ce qu'on le transfère au centre de détention du comté. Leo Morris étant avec lui, ça risque de demander un moment. Il faut encore qu'on prenne sa photo et ses empreintes.

Nora imagina l'être mou et affecté, croisé chez Gilhoolie, enfermé dans un de ces enfers. Cette vision l'emplit d'horreur. Elle avança encore d'un pas, et la totalité des cellules lui apparut. Dans la plus éloignée, un homme était assis au bord de la couchette, tête basse. Un autre se tenait debout, le visage masqué par les barreaux. Ils ne parlaient pas. La visiteuse fut incapable d'en détourner le regard.

Davey et Holly Fenn dépassèrent la porte. Nora remarqua les cheveux gris ondulés de l'homme assis, et réalisa qu'il s'agissait de Leo Morris. Involontairement, elle jeta un coup d'œil au compagnon de l'avocat. Au même instant, il fit un pas de côté et devint Dick Dart, dont le visage s'éclaira. Elle sentit un choc électrique au creux de l'estomac. Dart se souvenait d'elle.

Il paraissait détendu, nullement inquiet. Ses yeux se rivèrent à ceux de Nora, dont la vue lui procurait visiblement un plaisir intense. Quand il cligna de l'œil, elle se força à se remettre en marche en se disant qu'il était ridicule de s'effrayer d'un clin d'œil.

Un peu plus loin dans le couloir se trouvait une porte marquée COMMANDANT. Nora se contraignit à chasser de son esprit l'image de Dart. Elle prit une longue et profonde inspiration.

— Voyons où nous en sommes, dit Fenn en ouvrant le battant.

Immédiatement, une jeune femme corpulente, en uniforme de policier, se glissa au-dehors.

— Messieurs dames, je vous présente Barbara Widdoes, annonça l'inspecteur. C'est le commandant de notre poste, et elle fait du bon boulot. Barbara, voilà les Chancel, des amis de Mrs Weil.

— C'est Holly qui m'a fait avoir ce job, précisa Barbara Widdoes en serrant la main des deux époux. Il est bien forcé de dire que je le fais correctement. Comment allez-vous ?

Elle était séduisante, dans le genre cordial et apprêté, avec des yeux bruns amicaux et des cheveux courts presque noirs, aussi fins que ceux d'un bébé. Au premier coup d'œil, Nora lui avait bien donné cinq ans de moins que dans la réalité. La femme qui se tenait devant elle approchait la quarantaine, mais faisait plus jeune en raison de sa totale absence de rides.

— En fait, mon travail consiste à sortir tout le monde du chemin de ce vieil ours. Et à louer mon divan aux vagabonds épuisés.

— On peut la voir ? s'enquit Fenn.

Barbara jeta un coup d'œil à l'intérieur. Elle acquiesça et fit entrer Nora, Davey et Holly Fenn dans son bureau.

Une couverture remontée jusqu'au cou, une vieille femme ratatinée était allongée sur un petit canapé fonctionnel posé contre un mur latéral de la pièce obscure. Elle avait les yeux renfoncés dans les orbites, les joues creuses. Nora se tourna vers l'inspecteur et secoua la tête.

— Je suis désolée. Ce n'est pas elle.

— Approchez-vous un peu, chuchota Fenn.

Quand ils eurent fait deux pas vers la dormeuse, Davey et son épouse en distinguèrent mieux les traits. À présent, la seconde comprenait pourquoi LeDonne l'avait prise pour Natalie. Elles présentaient de légères ressemblances : la forme du front, la sculpture du nez, le pli de la bouche...

— Dommage.

— C'est Natalie, affirma Davey.

Sa compagne secoua la tête. Il était aveugle.

— *Mais regarde* ! insista-t-il.

Instantanément, la femme ouvrit les yeux et se redressa, comme si elle avait été entraînée à s'éveiller d'un seul coup. Elle portait un ensemble bleu souillé, et ses pieds nus étaient noirs de poussière. Nora constata qu'il s'agissait bien de Natalie Weil, finalement, une Natalie qui la fixait, les yeux écarquillés de terreur.

— *Non ! Pas elle !*

Elle fit un pas en arrière, horrifiée.

La malheureuse poussa un cri strident, et Nora se retourna vers Holly Fenn, bouche bée. Davey reculait déjà vers la porte. Natalie ramena les jambes contre le torse, les entoura de ses bras et baissa la tête, comme si elle tentait de se rouler en boule.

— Barbara ? interrogea l'inspecteur.

— Je vais m'en occuper, répondit l'interpellée, qui alla prendre Natalie dans ses bras.

Fenn et les époux Chancel quittèrent la pièce.

— Désolé que vous ayez dû subir ça, s'excusa le premier. Vous estimez tous les deux qu'il s'agit de Natalie Weil ?

— C'est bien elle, admit Nora, mais qu'est-ce qui lui est arrivé ? Elle est tellement...

— Pourquoi a-t-elle réagi comme ça en te voyant ? interrogea Davey.

— Si je le savais...

— Nous allons la transporter à l'hôpital. Je vous recontacterai dès que j'aurai compris quelque chose, déclara le policier. Voyez-vous la moindre raison pour laquelle elle pourrait avoir peur de vous ?

— Non, aucune. Nous étions amies.

Fenn, qui semblait aussi perplexe que Nora, les guida à nouveau à travers le couloir, non pas vers la sortie, mais dans la direction qu'ils avaient suivie auparavant.

— Je peux vous demander de rester chez vous, cet après-midi ? J'aurai peut-être envie de tailler une petite bavette, un peu plus tard.

— Naturellement, dit Davey.

L'inspecteur ouvrit la porte de derrière du poste de police, et les Chancel retrouvèrent un soleil ardent, brûlant.

Davey demeura muet tandis qu'ils gagnaient la voiture. Il n'ouvrit pas plus la bouche en montant au volant et en démarrant.

— Davey ?

Il accéléra et prit la petite route qui s'éloignait du terrain vague et du fleuve. Rentrer par là serait plus long, mais Nora supposa qu'il désirait éviter la foule et les journalistes rassemblés devant le poste de police.

— Hé, Davey !

— Quoi ?

Une idée inattendue la frappa, et elle s'entendit interroger :

— Tu t'es déjà demandé ce qui est arrivé à tous les invités de Shorelands ? Merrick Favor et les autres, ceux dont cette fille t'a parlé ?

Il secoua la tête, presque trop furieux pour parler, mais trop méprisant pour se taire.

— Qu'est-ce que j'en ai à foutre, de ce qui s'est passé en 1938 ? Je crois que tu ferais mieux de ne pas commencer à me harceler, ni moi ni qui que ce soit, avec cette connerie de Shorelands. D'ailleurs, je crois que tu n'aurais rien dû faire de ce que tu as fait. Quoi que tu aies fait.

— Quoi que j'aie fait ?

Voilà qui la dépassait totalement.

Mais il refusa de rouvrir la bouche pendant le trajet. Lorsqu'ils furent de retour à Crooked Mile Road, il bondit hors de la voiture, entra dans la maison, courut au living et en claqua la porte.

30

En ce type de circonstances, Nora regrettait que son père ne fût plus de ce monde pour lui dispenser ses conseils sur l'esprit masculin. Les hommes se conduisaient parfois d'une manière que seuls d'autres hommes pouvaient comprendre. Pour autant qu'elle pût en juger, l'essentiel du savoir conventionnel sur le sujet était non seulement faux mais dépassé. Matt Curlew lui eût-il conseillé d'affronter son mari, ou bien de lui accorder la paix temporaire qu'il désirait ? La portion furieuse d'elle-même lui souffla qu'il n'eût pas manqué de signaler que, de nos jours, on voyait même des catholiques renoncer à un mariage raté. Matt n'aurait sans doute pas considéré Davey Chancel comme le gendre idéal. Quoi qu'il en fût, elle l'entendait recommander les deux modes d'action avec une même clarté : *Rentre là-dedans et oblige-le à vider son sac*, et *Laisse tomber ; donne un peu de temps à ce petit con*.

Nora se détourna de la porte : son père s'était parfois retiré dans l'atelier du sous-sol, d'une manière signifiant clairement qu'on ne devait le déranger qu'en cas d'urgence — mort ou incendie. Ce que faisait Davey n'était pas si différent.

Elle remonta pour lire l'article du *Times* consacré à Richard Dart. Sur la moitié inférieure de la Une s'étalait le gros titre : UN NOTABLE ACCUSÉ D'ÊTRE LE TUEUR DU COMTÉ DE FAIRFIELD, au-dessus de la photo d'un garçon souriant, aux yeux sombres, à peine reconnaissable. Sans doute un cliché pris à la faculté de droit, le jour de la remise des diplômes. D'après l'article, Dart avait trente-sept ans. Il avait fait ses études au lycée Mount Avenue de Westerholm, Connecticut, à l'Université de Yale, et à la Faculté de Droit du Connecticut. Depuis l'obtention de ses diplômes, il travaillait pour le cabinet Dart & Morris, fondé par son père, Leland Dart, figure importante du Parti républicain local et candidat malheureux au poste de gouverneur de l'État en 1962. La spécialité de Richard Dart au sein du cabinet était le droit des successions. Il avait été arrêté et interrogé après que Mrs Ophelia Jennings, soixante deux ans, veuve du yachtsman et éleveur de chevaux Sterling « Breezy » Jennings, l'avait assommé — s'étant convaincue de sa culpabilité au cours d'une visite tardive. Le chef de la police de Westerholm exprimait sa certitude que Richard Dart serait identifié comme le meurtrier de quatre femmes dans les termes suivants : « Nous tenons notre homme, et le moment venu, nous serons prêts à en fournir la preuve irréfutable. » Les policiers parlaient-ils réellement ainsi, ou bien les journalistes inventaient-ils ?

Leland Dart avait refusé de s'adresser à la presse, mais déclaré par l'intermédiaire d'un porte-parole que les accusations portées contre son fils n'avaient pas le moindre fondement.

Deux longues colonnes, en page 21, fournissaient les renseignements limités que les journalistes du *Times* avaient pu dénicher pendant la nuit. Le frère de Richard Dart, Peter, avocat dans un cabinet de Madison Avenue, s'affirmait convaincu de l'innocence de son cadet, rejoignant en cela plusieurs voisins des parents du suspect. Roger Struggles, un constructeur de bateaux au chômage, ami intime de l'accusé, avait déclaré à un reporter : « Dick est un type intelligent, décontracté, doté d'un grand sens de l'humour. Il n'aurait jamais fait une chose pareille. » Un patron de bar, Thomas Lowe, le décrivait comme « absolument charmant, dans le genre raffiné ». Mr Saxe Coburg, son ancien professeur d'anglais, aujourd'hui retraité, se rappelait un enfant qui « semblait beaucoup apprécier l'idée de mener à bien sa tâche en effectuant le moins d'efforts possible ». Dans son almanach scolaire, Dart avait exprimé le désir surprenant de devenir médecin, et choisi comme devise : *Quant à vivre, nos domestiques s'en chargent pour nous.*

A Yale, que son père et son grand-père avaient fréquentée avant lui, il avait été suspendu durant le second semestre de sa première année, pour des raisons demeurées secrètes, mais il avait réussi ses examens avec une moyenne de C. Sur les deux cent vingt-quatre élèves ayant obtenu leur diplôme de droit à la faculté, Dart était arrivé cent soixante-et-unième, et ce grâce au rattrapage. Il était immédiatement entré chez Dart & Morris. Le porte-parole du cabinet le décrivait comme « un élément unique, inappréciable, de notre équipe. Ses dons ont contribué à nos efforts pour fournir à nos clients des services juridiques hors pair ».

Cet avocat aux dons uniques habitait un trois pièces dans Harbor Arms, l'unique immeuble résidentiel de Westerholm, situé près du Yacht Club de Sequonset Bay, dans le quartier de Blue Hill. Ses voisins voyaient en lui un solitaire qui écoutait de la musique à fort volume lors des fréquentes nuits où il rentrait à deux ou trois heures du matin.

Ce fainéant boursouflé d'importance était parvenu à traverser la vie, sans parler de trois bonnes écoles, grâce aux relations de son père. Il avait choisi d'habiter un trois-pièces du Harbor Arms. Blue Hill était l'un des plus beaux quartiers de Westerholm, le Yacht Club n'acceptait que des membres du calibre d'Alden Chancel et de Leland Dart, mais le Harbor Arms, un ex-casino bâti dans les années vingt, était une horrible verrue en brique, dont on ne tolérait l'existence que parce qu'il fournissait des logements pratiques aux barmen, serveuses et autres petits employés du club. Que faisait donc Dick Dart dans ce taudis ? Peut-être y vivait-il afin d'irriter son père. Ses relations avec ce dernier étaient encore pires que celles de Davey avec le sien...

En un éclair coloré, Nora revit Dick Dart faire un pas de côté dans sa cellule pour la foudroyer d'un clin d'œil étincelant. Elle replia le journal, navrée d'avoir rencontré le meurtrier et heureuse de ne plus être appelée à le revoir. Quand le scandale éclaterait vraiment, quand le procès provoquerait le torrent d'encre et de papier qu'avait joyeusement prédit Alden, elle se promettait d'y prêter le moins d'attention possible.

Elle se demanda ce qu'elle ressentirait si elle avait réellement connu Dick Dart. Pourrait-elle concilier ses souvenirs et l'idée de ce qu'il avait fait ? Frissonnante, elle comprit pourquoi Davey était à ce point bouleversé. C'était le choc. Un type qu'il avait fréquenté tous les jours pendant deux ans venait de se révéler un criminel. Elle savait à présent ce qu'aurait dit le sage Matt Curlew : *Laisse-le méditer aussi longtemps qu'il le voudra, puis prépare-lui un bon petit déjeuner et fais-le parler*.

Elle jeta le journal sur la table de la cuisine pour faire griller du pain de mie, sortir du réfrigérateur le fromage blanc et casser quatre œufs dans un petit saladier. Elle les battit, puis moulut des grains de French Roast et alluma le gaz sous une bouilloire emplie d'eau. Cela fait, elle mit le couvert avant de placer le journal près de l'assiette de Davey. Elle déposait les toasts et la pâte à tartiner sur la table quand la musique, au sous-sol, s'interrompit. Se retournant vers la cuisinière, Nora battit à nouveau les œufs et les versa dans une poêle, alors que des pas montaient l'escalier puis se dirigeaient vers la cuisine. Avec une fort bonne idée de ce qu'elle allait découvrir, elle se força à sourire en se détournant. Davey lui jeta un coup d'œil inexpressif, regarda la table, et hocha la tête.

— Je me demandais si on allait déjeuner un jour.

— Je suis en train de faire des œufs brouillés, lui apprit-elle.

Il parut presque entrer à contrecœur.

— C'est le journal ?

— À la Une, précisa Nora. Il y a un article de fond à l'intérieur.

Il poussa un grognement et se mit à lire, tout en étalant de la pâte à tartiner sur un toast. Elle moulut un peu de poivre dans les œufs qui cuisaient et les remua.

Lorsqu'elle déposa les assiettes sur la table, Davey releva la tête.

— Le vrai nom de Popsie, c'est Ophelia ?

— On en apprend tous les jours.

— Exactement ce que je me disais, approuva-t-il, concentré sur son assiette. Tu sais, on n'en mange pas souvent, mais tu as toujours fait d'excellents œufs brouillés. Juste la bonne consistance. La seule autre personne à les réussir comme je les aime, c'était O'Dotto.

Nora s'assit.

— Pourquoi l'appelais-tu O'Dotto, si elle s'appelait Day ?

— Je ne sais pas. C'était comme ça.

— Et pourquoi la Porteuse de Tasse ?

Il la considéra avec la même gêne irritée qu'il avait manifestée en la rejoignant à la cuisine.

— Je peux lire, oui ?

— Désolée, dit-elle. Je sais que cette histoire t'ennuie.

— Il y a beaucoup de choses qui m'ennuient.

— Vas-y, lis.

Il posa le quotidien de manière que son regard pût passer du texte à son assiette sans lui faire risquer ce qu'il croyait risquer en croisant celui de sa femme. La bouilloire se mit à chanter. Nora se pencha pour verser le café moulu dans la cafetière, qu'elle emplit d'eau bouillante, coiffa de son couvercle et emporta à table. Davey était penché au-dessus du journal, un toast en main. Elle prit une bouchée d'œufs brouillés, s'aperçut qu'elle n'avait pas très faim, et observa la cafetière où noircissait l'eau, tandis que des fragments de grains dérivaient vers le fond. Au bout d'un moment, elle goûta à nouveau les œufs et fut ravie de constater qu'ils étaient encore chauds.

Son mari poussa un nouveau grognement.

— Putain ! Il ont interviewé ce vieux con cynique de Saxe Coburg. Il doit avoir au moins cent ans. Une fois, je lui ai demandé s'il avait jamais pensé à mettre *Le Voyage dans la nuit* au programme, et il m'a répondu : « Je fais confiance à mes élèves pour lire des âneries à leurs moments perdus. » Tu te rends compte ? Il portait la même veste en tweed tous les jours, et des nœuds papillons, comme Merle Marvell. Il lui ressemblait même un peu.

Merle Marvell, qui avait commencé sa carrière en s'occupant des Blackbird Books, était depuis dix ans le directeur littéraire le plus estimé de Chancel House. Davey avait pour lui une admiration entachée de jalousie. Marvell, à son avis, n'avait guère confiance en ses capacités. Les rares fois où elle avait rencontré le directeur, lors de cocktails ou de dîners aux Peupliers, elle l'avait jugé absolument charmant — une opinion qu'elle s'était abstenue de communiquer à son mari.

Elle lui toucha la main. Il toléra ce contact pendant une seconde avant de la lui retirer.

— Ça doit te faire très bizarre. Un mec que tu fréquentais à l'école et qui a commis tous ces meurtres.

Davey repoussa son assiette et se couvrit le visage de ses mains. Quand il les abaissa, il regarda dans le vague et poussa un long soupir.

— Tu veux qu'on parle de ce qui me préoccupe ? C'est à ça que tu veux en venir ?

— Je pensais qu'on allait y arriver, confirma-t-elle.

— Cette histoire de Dick Dart ne m'amuse pas. (Il ferma les yeux et plissa les paupières. Posant les mains au bord de la table, il croisa les doigts et regarda à nouveau dans le vague avant de se retourner vers elle — qui sentit une alarme se déclencher dans son cœur.) Mais si tu veux savoir ce qui me préoccupe vraiment, Nora, c'est toi. Je ne sais pas si notre mariage fonctionne. Je ne sais même pas s'il peut fonctionner. Il t'arrive quelque chose de franchement bizarre. J'ai peur que tu sois en train de perdre les pédales.

— Perdre les pédales ?

L'écho de l'alarme, en elle, venait de mourir.

— Comme avant, expliqua-t-il. Je sens que tout va recommencer, et je ne sais pas si je le supporterai. Quand je t'ai épousée, je savais que tu avais des problèmes, mais je ne pensais pas que tu deviendrais folle.

— Je ne suis pas devenue folle. J'ai sauvé la vie d'un enfant.

— Bien sûr, mais c'est la manière dont tu l'as fait qui était folle. Tu l'as carrément enlevé à l'hôpital et tu nous as fait vivre à tous un cauchemar. Il a fallu que tu démissionnes. Tu te rappelles, au moins ? Pendant à peu près un mois, plutôt près de deux, en fait, avant que tu ne couronnes le tout en enlevant ce gamin au lieu de passer par les circuits officiels, tu n'as pas arrêté de t'engueuler avec les toubibs, tu ne dormais presque pas, tu pleurais pour un oui pour un non, et le reste du temps, tu étais enragée. Tu te rappelles quand tu as cassé la télé ? Tu te rappelles les fantômes que tu voyais ? Et les démons, hein ?

Il continua d'évoquer certains excès commis durant sa période de radioactivité. Elle lui signala qu'elle avait suivi une thérapie, et qu'ils l'avaient tous deux estimée concluante.

— Tu as vu le Dr Julian deux fois par semaine pendant deux mois. Ça fait seize séances en tout. Tu aurais peut-être dû continuer un peu. Tout ce que je sais, c'est qu'en ce moment, tu vas encore plus mal, et que je ne le supporte plus.

Nora chercha un détail quelconque suggérant qu'il pût exagérer, plaisanter ou faire quoi que ce fût d'autre qu'exprimer ce qu'il prenait pour la vérité. Elle n'en trouva aucun. Davey était penché en avant, les mains sur la table, la mâchoire crispée, le regard décidé, dépourvu de crainte. Il en était enfin arrivé à dire tout haut ce qu'il s'était répété en privé dans le living, en écoutant du Chopin.

— Je voudrais que tu ne sois jamais allée au Vietnam, reprit-il. Ou que tu aies réussi à oublier tout ça.

— Super. On croirait entendre Alden. Je pensais que tu comprenais mieux que ça. C'est tellement con, ce principe de tout oublier.

— Devenir dingue n'est pas tellement malin non plus, rétorqua-t-il. Tu es prête à entendre la vérité ?

— Je maîtrise à peine mon impatience.

31

— Commençons par les points de détail, enchaîna-t-il. Est-ce que tu as conscience de ton état au milieu de la nuit ?

— Comment pourrais-tu savoir dans quel état je suis au milieu de la nuit ? Tu es toujours en bas à boire du kummel.

— Tu as déjà essayé de dormir près de quelqu'un qui gigote au point de faire remuer tout le lit ? Certains soirs, tu transpires tellement que les draps finissent trempés.

— Ça s'est produit une ou deux fois, la semaine dernière.

— C'est bien ce que je dis, approuva-t-il. Tu n'as pas la moindre idée de ce que tu fais réellement.

Nora hocha la tête.

— Admettons : j'ai passé plus de mauvaises nuits que je ne le croyais et ça t'a posé problème. Ça, je le comprends, mais à présent que Dick Dart est derrière les barreaux, je vais dormir mieux.

Davey se mordit les lèvres et s'appuya au dossier de sa chaise.

— Quand tu passes une de ces mauvaises nuits, est-ce qu'il t'arrive de chercher un flingue sous les oreillers ?

Nora demeura un instant trop abasourdie pour parler.

— Eh bien, oui, parfois, quand je fais un cauchemar vraiment terrifiant, je crois que ça m'arrive.

— Ça t'est arrivé de dormir avec un flingue sous l'oreiller ?

— À l'hôpital militaire, oui. Comment as-tu deviné ?

— Ça m'est venu une nuit où tu transpirais comme une malade et où tu farfouillais sous tous les oreillers du lit. Il y avait peu de chances pour que tu cherches un ours en peluche. Ce que je me demande, c'est ce que tu ferais de ton pistolet, si tu le trouvais.

— Qu'est-ce que j'en sais ? (Il attendait la suite. *Vas-y*, songea-t-elle. *Déballe-lui tout.*) Un nuit, j'ai été violée par deux types, et un chirurgien m'a donné une arme pour que je me sente plus en sécurité.

— Tu as été violée et tu ne m'en as jamais parlé ?

— C'était il y a longtemps. Tu n'as jamais voulu entendre plus d'un dixième de ce qui se passait là-bas. Comme tout le monde.

Estimant en avoir trop dit ou pas assez, Nora guetta la réaction de Davey. Elle y lut un mélange à parts égales de choc et de déception.

— Il ne t'est pas venu à l'esprit que j'avais le droit de savoir une chose pareille ?

— Oh ! bon Dieu, je ne t'ai pas caché délibérément un terrible et noir secret. Tu ne t'es pas non plus tellement pressé de me parler de Paddi Mann et du Club de l'Enfer, si on va par là.

— C'est différent, affirma-t-il. Ne me regarde pas comme ça, Nora, c'est différent, point final. (Ses yeux se rétrécirent.) J'imagine que certains de tes cauchemars ont trait au viol ?

— Les pires, oui.

Il secoua la tête, stupéfié.

— Je n'arrive pas à croire que tu ne m'en aies jamais parlé.

— Franchement, Davey, en dehors du fait que je n'ai pas envie d'y repenser tout le temps, je crois que je n'ai pas voulu t'embêter avec ça.

Il contempla le plafond, inspira à fond, puis expira lentement.

— Passons à la suite. Cette histoire de Blackbird Books n'est qu'un fantasme. Tu m'y as fait croire un moment, je te l'accorde, mais c'est complètement ridicule.

Elle eut le sentiment qu'il l'avait giflée.

— Comment peux-tu dire une chose pareille ? Tu vas enfin...

— Arrête. Mon père n'acceptera jamais un truc pareil. Si j'allais le voir comme on l'avait prévu, il me collerait au service courrier. Tout ça n'était qu'un rêve hystérique. Je me demande ce qui m'a pris. (Il se massa le front, les yeux fermés.) Question suivante : je ne veux pas, et j'insiste, *je ne veux*, en aucun cas, que tu harcèles ma mère pour qu'elle te montre son prétendu manuscrit. C'est hors de question.

— Je te répète que je ne la harcelais pas, répondit Nora. Si tu passais au problème suivant, pour peu qu'il y en ait un ?

— Oh, il y en a plusieurs. Et on parle toujours des broutilles, rappelle-toi.

Elle s'adossa à son siège et contempla Davey, frappée par l'ironie de la situation. Quand il faisait enfin preuve de l'assurance qu'elle avait tenté de lui inspirer, il s'en servait pour se plaindre d'elle.

— Je veux que tu témoignes à mon père le respect auquel il a droit. J'en ai plus qu'assez de ton impolitesse constante.

— Il faut que je la ferme quand il m'insulte ?

— Si tu tiens à le prendre comme ça, oui. Maintenant, pour ce qui est de quitter Westerholm : c'est de la folie. Tout ce que tu veux, c'est fuir tes problèmes, et en prime, détruire mes relations avec mes parents. Je ne te le permettrai pas.

— Westerholm ne nous convient pas du tout, Davey. New York est une ville bien plus intéressante, plus riche, plus animée, plus...

— Plus dangereuse, plus chère. On n'a pas tellement besoin de plus d'animation. New York, moi, j'y vais tous les jours. Tu as envie de voir des rues envahies par les sans abri, avec des pickpockets sous tous les porches ? Ça te rendrait encore plus dingue.

— Tu penses réellement que je suis dingue.

Il secoua la tête et leva les mains.

— Laisse tomber. On en arrive aux choses sérieuses. Parlons un peu de la manière dont Natalie Weil a réagi en te voyant. Elle a complètement flippé. Et ce n'était pas à cause de moi. Ce n'était pas à cause du flic. C'est parce qu'elle t'a vue.

— C'est parce qu'il lui est arrivé quelque chose, voilà tout.

— Il lui est arrivé quelque chose, en effet. Dans l'ancienne crèche où tu avais emmené le gamin le jour où tu avais décidé de jouer à Dieu. Tu veux me faire croire que c'est une coïncidence ?

— Tu crois que c'est moi qui l'ai emmenée là-bas ?

Devant l'absurdité pure et simple de cette idée, Nora oublia un instant de respirer.

— Il n'y a pas d'autre explication. Tu l'as enfermée dans ce bâtiment vide et tu l'y as laissée jusqu'à ce qu'elle se débrouille pour en sortir. Ce que je me demande, c'est si tu te le rappelles ou non. Parce que tu as eu l'air réellement surprise quand elle s'est mise à hurler, et je ne crois pas que tu sois si bonne actrice que ça, Nora. Tu as dû faire une sorte de crise psychotique.

— Je l'ai enfermée dans une baraque abandonnée ? J'imagine que c'est aussi moi qui ai répandu tout le sang dans sa chambre. Qu'est-ce que j'ai fait, encore ? Je l'ai torturée ? Affamée ?

— Ça, c'est à toi de me le dire. Mais vu sa réaction, vu son expression, je dirais : les deux.

— Tu me stupéfies.

— C'est réciproque.

Durant le silence qui suivit cet échange, Nora considéra son mari en songeant qu'il avait réussi, sans qu'elle sût comment, à devenir quelqu'un qu'elle ne connaissait pas du tout.

— Ça t'ennuierait de me dire pourquoi j'ai fait tout ça à Natalie Weil, que j'aime bien ? Et que, malgré ce que tu as dit à Holly Fenn, je n'avais pas revue depuis pas loin de deux ans ?

Pour la première fois depuis le début de la confrontation, Davey parut un peu gêné. Il médita un instant, et son malaise se changea en colère.

— Qu'est-ce que ça pourrait bien être, mon Dieu ? Je me le demande, tiens.

— *Moi*, je me le demande, reprit Nora. Ça crève peut-être les yeux, mais je ne vois pas.

— Est-ce que c'est vraiment nécessaire ? Au point où on en est ?

— Espèce de salaud. Tu veux que je devine ?

— Tu n'as pas besoin de deviner. Tu veux juste que ce soit moi qui le dise.

— Eh bien, dis-le !

Il inclina la tête en arrière et fixa sa femme comme si elle lui avait demandé de manger une cuillerée de terre.

— Tu es au courant pour moi et Natalie. Satisfaite ?

— Toi et Natalie Weil ? (Il acquiesça, las.) Tu avais une liaison avec elle ?

— Ça n'allait pas particulièrement bien, au pieu, tous les deux, hein ? Chaque fois qu'on couchait ensemble, tu n'avais pas envie, pour la bonne raison que tu entrais dans la Quatrième Dimension. Enfin, je ne sais pas dans quoi tu entrais, mais où que ce soit, il n'y avait pas beaucoup de place pour moi.

— Non, renvoya Nora, luttant pour contenir les vagues de rage, de nausée et d'incrédulité qui roulaient en elle. C'est toi qui me mettais mal à l'aise. Ton travail te stressait — du moins c'est ce que je croyais —, tu étais pétri d'angoisse, et ça a commencé à te poser des problèmes au lit. Après ça, tu t'es encore plus angoissé, et ça t'a posé encore plus de problèmes.

— Bien sûr. Tout est ma faute.

— Ça n'est la faute de personne ! cria-t-elle. Tu es en train de raconter que c'est à cause de moi que tu as couché avec cette salope de Natalie, et tu sais ce que c'est ? C'est infantile ! Ce n'est pas moi qui t'ai dit de la sauter. Tu y as pensé tout seul.

— C'est exact, tu n'es pas responsable. Tu fais à peine la différence entre la réalité et l'imaginaire.

— Je commence à la faire. Ça a démarré quand ? Tu t'es pointé chez elle un jour, et tu lui as dit : voilà, Natalie, ça ne va plus très bien entre cette vieille Nora et moi, est-ce qu'une partie de jambes en l'air te tenterait ?

— Si tu tiens à savoir comment ça a débuté, je l'ai croisée à la cafétéria, on a discuté, et je l'ai invitée à déjeuner. Après, ça s'est quasiment fait tout seul.

— Et c'était il y a combien de temps, ce merveilleux déjeuner ?

— Environ deux mois. Ce que je me demande, c'est comment tu t'en es aperçue, et quand tu as commencé à mettre au point ton projet délirant.

— Je m'en suis aperçue il y a seulement deux secondes ! hurla Nora.

— Natalie dira sans doute des choses intéressantes quand elle pourra parler. Parce que d'après ce que j'ai vu, tu lui as foutu une trouille de tous les diables.

— Elle a de bonnes raisons d'avoir peur de moi, mais à cause de ce qu'elle m'a fait, pas l'inverse.

Arrivés dans une impasse, ils s'étudièrent un instant du regard, puis une illumination frappa Nora.

— C'est pour ça que tu voulais aller chez elle, l'autre jour. Pour voir si tu n'y avais rien oublié. Tout ce que tu m'as raconté cette nuit n'était qu'un nouveau conte de fées à la Davey Chancel.

— D'accord, j'avais peur d'avoir laissé quelque chose là-bas. Si jamais j'avais vu quoi que ce soit, j'aurais pu dire que je l'avais oublié la dernière fois qu'on était passé la voir.

— Et à moi, tu m'aurais raconté une autre histoire. (Il haussa les épaules.) Comment est-ce que le bouquin de Paddi Mann est arrivé chez Natalie ?

Il sourit.

— En tout cas, ce n'est pas Dick Dart qui le lui a donné.

Nora avait envie de jeter tous les ustensiles de cuisine contre le mur. Soudain, dans un terrifiant éclair de clarté, elle se rappela Alden parlant de Dick Dart, sur la terrasse, disant quelque chose comme : *je me demande ce que ça fait à la femme de Leland de voir son fils courtiser les femmes que son mari séduisait il y a quarante ans*. Et il avait ajouté : *Ça ferait de lui un bien étrange jeune homme, vous ne trouvez pas ?* L'amant que Natalie appelait « Le Pruneau », c'était Alden. C'était probablement lui qui avait pris les photos affichées dans la cuisine. Davey, qui ne souriait plus, lança à sa femme un regard incertain, coupable, et elle sut qu'elle ne se trompait pas.

— Natalie avait une liaison avec ton père, c'est ça ?

Davey cligna des paupières, plus penaud que jamais.

— Ah... eh bien, oui. (Il se mordilla la lèvre inférieure.) C'est marrant que tu sois au courant.

— Je ne l'étais pas. Ça vient de me frapper.

— J'imagine qu'elle t'en a parlé pendant que ça durait. Tu ne l'as pas rencontrée au supermarché, il y a quelque temps ?

— C'est Alden qui lui a donné ces Blackbird Books, continua Nora sous l'effet d'une nouvelle révélation. Je me demandais pourquoi ils étaient séparés des autres, comme ça. C'était un cadeau de son amant, et elle les rangeait ensemble.

— Elle ne les a jamais lus, lui apprit Davey.

— Pas étonnant, compte tenu de sa vie trépidante. Est-ce qu'elle l'a largué quand tu es arrivé ? C'était un échange standard pour un modèle plus récent, ou quoi ?

— Tout était fini entre eux, et ça n'avait jamais été très sérieux.

— Contrairement à ta grande passion. Piquer la pétasse de ton père a dû te gonfler monstrueusement l'égo. Une sorte de victoire primordiale.

— Je n'ai pas su avant un moment, pour elle et mon père.

La jambe gauche de Davey se mit à tressauter. Il se mordit à nouveau la lèvre.

— Tu as eu droit à des comparaisons ? La longueur ? L'endurance ? Le genre de choses qui vous importent tellement, à vous, les mecs ?

— Oh, ta gueule, soupira-t-il. Bien sûr que non. Ce n'était pas très sérieux.

— Rien n'est très sérieux pour toi, hein ? Tu n'as aucune idée de tes propres sentiments. Tu te contentes de les repousser et d'espérer qu'ils s'en iront.

— C'était une passade, Nora. Ça arrive à des tas de gens, dans le monde entier. Mais si j'étais aussi aveugle que tu le dis, pourquoi est-ce que je t'en parlerais ? En tout cas, je m'inquiète à ton sujet. Je ne vois qu'une manière d'expliquer ton attitude, c'est celle que je viens de t'exposer. Et si tu perds vraiment les pédales, je ne sais pas quoi faire de toi.

— Mais je n'ai rien fait du tout ! Tu as eu une liaison en douce, tu m'as *trahie*, et ensuite, tu as essayé de me refiler ta culpabilité. Si je suis dingue, ça justifie ton infidélité.

— D'accord, admit-il, il y a peut-être une autre explication. Je l'espère, parce que je ne peux pas dire que celle-là me plaise beaucoup.

— Moi, je l'adore. Elle est remplie de tellement de confiance et de compassion.

— Donc, on attend de voir, c'est ça ?

— J'en ai plus qu'assez, s'emporta Nora, électrisée par la rage. J'en ai plus qu'assez *de toi*. Je suis furieuse que tu aies couché avec Natalie. Si tu me prouvais que tu commençais à comprendre qui je suis, je pourrais sans doute finir par te pardonner, mais ces conneries-là, c'est tellement pire que je...

Les mots lui manquèrent.

— Si je me suis trompé, je ramperai sur du verre pilé pour te présenter mes excuses.

— Alors là, tu ne peux pas savoir à quel point ça me console.

Davey se leva et quitta vivement la pièce sans la regarder.

32

Après que la porte du living se fut refermée, Nora desserra les poings et s'efforça de se détendre. L'ouverture de *Manon Lescaut* s'éleva. Davey allait se cacher, sans doute jusqu'à ce qu'un escadron de policiers débarque pour emmener son épouse, menottée, dans une maison de fous.

Il l'avait rapetissée, réduite à néant. Dans sa version de leur histoire, une criminelle irresponsable tourmentait un époux affectionné qui n'en pouvait mais. Elle n'était pas assez furieuse pour refuser d'admettre que leur vie sexuelle n'était pas parfaite, et elle savait que beaucoup de mariages, peut-être même la plupart, se remettaient d'une infidélité. Elle reconnaissait que ses terreurs nocturnes, apparemment bien pires qu'elle ne l'imaginait, pouvaient avoir joué un rôle dans la conduite de Davey. Elle était prête à assumer sa part de responsabilité. Ce qu'elle ne pouvait lui pardonner, c'était sa malhonnêteté.

Dès que leur différence d'âge était devenue une véritable différence, Davey avait commencé à s'affoler. Plusieurs étapes cruciales séparaient les quarante-neuf ans d'une femme des quarante ans d'un homme. C'était la ménopause qui effrayait son mari, pas les cauchemars ni une quelconque conduite irrationnelle.

Tout cela était d'un sordide achevé. Nora se leva de table et empila la vaisselle sale, résistant à l'envie de la balancer par terre. Elle mit les assiettes, les tasses et les couverts dans le lave-vaisselle, les poêles dans l'évier. Où irait-elle, si Davey la quittait ? Emménagerait-il aux Peupliers tandis qu'elle conserverait leur maison ? L'idée de vivre seule sur Crooked Mile Road lui donnait la nausée.

Elle se rappelait toutes ses activités depuis l'enlèvement de Natalie. Elle avait couru les magasins, fait le lit, la vaisselle, de la gymnastique ; elle avait lu. Elle avait téléphoné à des agents littéraires pour le compte de Blackbird Books. Le lendemain de la disparition, dans l'après-midi, alors que Davey la croyait en train de torturer sa rivale dans Post Road, elle avait rencontré Beth, la femme d'Arturo Landrigan, dans un café, *Alice's Adventure*. Quoique mariée à un individu tellement imbu de lui-même qu'il estimait devoir se laver dans une baignoire en or (« C'est comme de boire un grand vin dans une coupe en or, » confiait-il.), Beth Landrigan, âgée d'une cinquantaine d'années, demeurait simple, intelligente et sympathique. C'était une des rares femmes de Westerholm à offrir son amitié à Nora, l'obstacle principal étant la vague antipathie mutuelle que se portaient leurs époux. Davey considérait Arturo Landrigan comme un philistin, et Nora imaginait fort bien ce que Landrigan pensait de Davey. Les deux femmes avaient profité de leur rencontre fortuite pour passer ensemble une heure agréable à *Alice's Adventure*, et employé une bonne moitié de ce temps à parler de Natalie Weil.

Je suis peut-être réellement dingue, se dit Nora vingt minutes plus tard, tandis qu'elle roulait sans but à travers les avenues de Westerholm. Elle prit un nouveau virage, fit l'ascension d'une pente incurvée, et se retrouva soudain entourée de bien plus de voitures qu'elle n'en avait remarquées auparavant. Elle réalisa alors qu'elle avait pris la voie rapide en direction de New York. Une part d'elle-même avait décidé de s'enfuir et entraînait le reste. Elle avait parcouru environ vingt-cinq kilomètres. Encore quarante, et elle serait à New York. Encore une une demi-heure, et elle pourrait abandonner la voiture dans un garage de Roosevelt Drive. Elle avait deux cents dollars dans son sac et la possibilité d'en tirer d'autres à un distributeur automatique. Rien ne l'empêchait de descendre à l'hôtel sous un faux nom, d'y rester un jour ou deux, et de voir ce qui arrivait. *Si tu veux changer de vie, Nora*, se dit-elle, *tu n'as qu'à continuer tout droit.*

Il y avait donc pour le moment deux Nora au volant de la Volvo. L'une allait continuer de suivre la voie rapide, l'autre prendre la première sortie et retourner à Westerholm. Ces deux décisions semblaient tout aussi probables l'une que l'autre. La première était indéniablement plus attirante, quoique la seconde correspondît bien mieux à l'idée que la conductrice se faisait de son caractère. Mais pourquoi aurait-elle été condamnée à toujours suivre sa conception de ce qui était convenable ? Et pourquoi aurait-elle automatiquement supposé que rebrousser chemin était l'unique solution convenable ? Si elle voulait s'enfuir, il fallait aller à New York.

Elle décida de ne rien décider : elle verrait bien et ferait les comptes plus tard. Durant quelques minutes, elle fila sur la voie rapide avec une agréable sensation de liberté. Un panneau indiquant une sortie apparut, suivi par la sortie elle-même, sans que Nora réagît. Ses deux facettes jouissaient de leur partage pacifique du même corps. Dix minutes plus tard, un nouveau panneau flotta vers elle. Elle demeura sur la file de gauche et songea : *À présent, c'est réglé.* Quelques secondes après, alors que la sortie se profilait devant elle, elle mit son clignotant et se rabattit juste à temps pour quitter la voie rapide.

33

Nora rentra sa Volvo dans un garage vide. Être dispensée de donner des explications à Davey lui inspira un soulagement mêlé de curiosité quant à ce qu'il faisait. Elle le pensa tout d'abord chez ses parents, mais en s'approchant de la porte de communication, elle réalisa qu'Holly Fenn avait pu téléphoner pour donner des nouvelles de Natalie. La vision de son mari murmurant des paroles apaisantes à Natalie Weil lui donna envie de remonter en voiture et de foncer vers un pays lointain comme le Canada ou le Nouveau-Mexique. Ou bien chez elle, sa patrie perdue, la Péninsule Supérieure. Elle avait encore des amis à Traverse City, des gens qui l'accueilleraient et la protégeraient. Cette notion de protection évoqua automatiquement l'image de Dan Harwich, mais elle repoussa ce réconfort factice. Dan avait convolé en justes noces pour la seconde fois, et ni le marié ni la mariée ne seraient ravis d'accueillir Nora Chancel dans leur belle maison de Longfellow Lane, à Springfield, Massachusetts.

Elle jeta un coup d'œil dans le living, puis monta au premier en se demandant si Davey était parti à sa recherche. Il paraissait cependant plus probable qu'il eût été convoqué au poste de police. Si tel était le cas, il avait sans doute laissé un mot. Elle gagna la cuisine. En général, ils abandonnaient leurs messages sur la portion du plan de travail où reposait le téléphone, près d'un bloc-notes épais et d'un pot de stylos à bille. La première feuille du bloc portait les mots « champignons » et « lessive » : un début de liste de courses. Nora suivit alors une deuxième piste, mais la table du salon n'accueillait qu'une pile de magazines. Elle retourna ensuite à la cuisine pour examiner la table et le reste du plan de travail. Rien. Finalement, elle envisagea une dernière possibilité, la chambre, où elle ne trouva que les draps et les couvertures froissés de la nuit précédente.

Elle se dirigeait vers le salon en se demandant si elle n'aurait pas dû devenir la Nora irresponsable qui s'évanouissait à New York, quand le téléphone sonna.

Espérant malgré elle entendre la voix de Davey, elle décrocha.

— Je me suis décidée et je veux que vous le fassiez, dit une voix de femme.

— Vous avez fait un faux numéro.

— Ne plaisantez pas. (Nora reconnut alors sa belle-mère.) Je veux que vous le fassiez.

— Davey est là ?

— Il n'y a personne. Je peux faire un saut et vous l'apporter. Je suis restée seule avec ça pendant tellement longtemps que j'estime crucial que vous le lisiez. Je n'aurai pas de repos avant d'avoir votre avis.

— Vous voulez m'apporter votre livre ici ? s'étonna Nora.

— J'ai envie de sortir, répondit Daisy, se méprenant sur le sens de la question. Je n'ai pas quitté cette maison depuis je ne sais combien de temps. Je veux voir les rues, je veux tout voir ! Depuis que j'ai pris ma décision, je suis absolument *exaltée*.

— Vous êtes sûre ?

— Je vous bénis de me l'avoir proposé, je vous bénis des deux mains. Vous pourrez me le rapporter mardi ou mercredi, quand les hommes seront au bureau.

— Vous allez prendre le volant ?

Il y avait plusieurs décennies que Daisy n'avait pas conduit, fût-ce jusqu'au bout de l'allée. Elle éclata de rire.

— Bien sûr que non. Jeffrey va m'emmener. Ne vous inquiétez pas : il est totalement digne de confiance. Une vraie tombe.

Nora capitula.

— Vous devriez vous dépêcher. Je ne sais pas quand Davey va rentrer.

— Que c'est amusant ! s'exclama sa belle-mère avant de raccrocher.

Nora poussa un gémissement et se laissa aller contre le mur. Davey ne devait pas apprendre qu'elle allait voir le livre de Daisy. Toute cette affaire devait être conduite dans le plus grand secret, dans la nuit noire.

Daisy lui donnerait le manuscrit et le récupérerait quelques jours plus tard. Nora n'aurait pas besoin de le lire. Tout ce qu'elle aurait à faire, ce serait prodiguer à l'auteur les encouragements dont il avait besoin.

Elle se redressa et s'approcha de la fenêtre, peu enthousiaste à l'idée de traiter aussi légèrement sa belle-mère.

Lorsqu'elle estima que la voiture de cette dernière devait approcher de Crooked Mile Road, elle sortit et alla se poster au bout de l'allée. Une Mercedes venait dans sa direction. Daisy commença à ouvrir la portière avant même que le véhicule ne fût arrêté, et Nora recula d'un pas. L'arrivante bondit à l'extérieur et l'enlaça.

— Vous êtes géniale, ma chérie ! Vous êtes mon salut !

Elle se recula pour adresser un sourire radieux à sa belle-fille. Ses yeux étaient humides, vitreux. Des épis parsemaient sa chevelure blanche.

— Est-ce que ce n'est pas extraordinaire ? Est-ce que ce n'est pas pervers de notre part ? (Elle sourit à nouveau, puis se retourna pour pêcher devant la banquette arrière une grosse valise en cuir maintenue par des sangles.) Voilà. Je le remets entre vos mains de fée.

Elle tendit le bagage à la manière d'un trophée, et Nora en saisit la poignée. Quand Daisy lâcha prise, les dix ou douze kilos qu'il renfermait perdirent aussitôt de l'altitude.

— C'est lourd, hein ? sourit la mère de Davey.

— Il est terminé ?

— C'est à vous de me le dire, mais ça n'en est pas loin, pas loin du tout, et c'est pour ça que cette idée est tellement bonne. J'ai hâte d'entendre ce que vous en penserez. (Ses yeux s'agrandirent.) Seigneur ! Vous savez quoi ? (Sa belle-fille crut qu'elle avait lu l'aventure de Dick Dart dans le journal du matin.) Ils ont monté une forteresse hideuse sur Post Road, à la place d'une petite maison adorable.

— Ah, oui, acquiesça Nora.

Daisy parlait d'un supermarché en béton, qui occupait deux blocs de Post Road depuis presque dix ans.

— Je crois que je vais écrire une lettre de protestation. En attendant, Jeffrey va élargir mon horizon en me conduisant ici et là — et vous aussi, en me parlant de mon livre. Pendant que je fais du tourisme, vous allez plonger dans mon chaudron.

— Amusez-vous bien, Daisy, dit Nora.

— Il faut que vous vous amusiez aussi, corrigea sa belle-mère. Je pense que Jeffrey et moi ferions mieux de partir. Je vous appellerai ce soir afin de recueillir vos premières impressions. Il nous faut un mot de passe pour savoir si la voie est libre. (Elle ferma les paupières, puis les rouvrit et sourit.) Je sais : on va se servir de ce que vous avez dit quand j'ai appelé. Si Davey est dans la pièce, vous n'aurez qu'à répondre : « Vous avez fait un faux numéro ». Ça m'a l'air parfait. J'ai une sorte de don pour ce genre de choses. J'aurais peut-être dû me faire espionne. (Elle remonta en voiture et chuchota par la vitre ouverte :) J'ai hâte d'être à ce soir.

Nora se pencha pour savoir ce que pensait Jeffrey de tout cela. Le domestique avait le visage fermé, figé. Ses yeux n'étaient que deux fentes sombres, luisantes.

— Je ne veux pas vous paraître présomptueux, Mrs Chancel, dit-il lentement, en se penchant en avant, mais si je puis vous être utile, appelez-moi. Je m'appelle Deodato, et je dispose d'une ligne privée.

Nora recula tandis que la voiture démarrait. Daisy s'était tournée vers l'arrière, et sa belle-fille tenta de lui rendre son sourire jusqu'à ce que son visage ne fût plus qu'un pâle ballon, parfaite image de l'exultation, flottant au bout de la rue.

34

Nora hissa la valise sur le canapé et en déboucla les sangles. Griffé, cabossé, marqué de taches diverses, le bagage paraissait avoir quarante ou cinquante ans. Quand la fermeture à glissière en fut enfin défaite, le couvercle se souleva de plusieurs centimètres, tandis que gonflait la masse de feuilles qu'il recouvrait, comme si elle avait pris une profonde inspiration.

Des milliers de pages de taille, de couleur et de type différents apparurent. La plupart étaient des feuilles blanches standard pour machine à écrire, certaines jaunies par l'âge. Il y avait également d'autres feuilles standard, mais ivoire, grises, ocre, bleu ciel et roses. Le reste, environ un tiers de l'ensemble, consistait en pages arrachées à des carnets ou blocs-notes d'hôtel, en bons de commande et factures de Chancel House dont seul le verso était utilisé, et en papier à lettres décoré d'images de chiens et de chevaux.

Où dissimuler cette monstruosité ? Sans doute rentrerait-elle sous le lit. Nora s'agenouilla pour passer les bras sous la valise, la souleva du canapé et se releva en titubant, y voyant à peine par-dessus son fardeau. Une légère odeur de poussière et de naphtaline s'attachait à la masse de papier et de cuir.

La première feuille, qui flottait devant elle, finit par se révéler être une page de titre n'ayant jamais réussi à se décider. Au fil des années, Daisy avait envisagé un nombre de titres croissant, notant ses nouvelles idées sans rejeter les anciennes.

Dans la chambre, Nora s'approcha prudemment du canapé, puis déposa le bagage sur la jambe étendue d'un jean et un chemisier qu'elle avait prévu de repasser. Retenant son souffle, elle appuya une main sur le couvercle, tandis que de la seconde, elle repoussait le jean d'un côté, le chemisier de l'autre. Elle s'assit et contempla un instant la chose en regrettant de s'être proposée pour lire une épopée aussi peu maniable. Elle empoigna la valise par ses faces avant et arrière pour la poser au sol. Oui, ça rentrerait peut-être, et même sans doute, sous le lit.

Nora se tourna vers les fenêtres, sur sa gauche. Elle se leva, remonta autant qu'elle le put les vitres inférieures, puis retourna au canapé. Baissant les yeux vers le tas de papier irrégulier, à ses pieds, elle poussa un soupir, s'empara de soixante ou soixante-dix pages, passa le titre, ou le non-titre, et lut la décidace — tapée sur une feuille à en-tête jaunie de l'hôtel Sahara, Las Vegas, ornée d'un dessin idéalisé de la façade de l'établissement : *À la seule personne qui m'ait jamais apporté les encouragements dont a besoin tout écrivain, la seule qui m'ait tenu compagnie et sans le soutien de laquelle j'aurais depuis longtemps abandonné cette entreprise : moi-même.*

Sur la page suivante, également empruntée à l'hôtel Sahara, se trouvait un aphorisme attribué à Wolf J. Flywheel. *Le monde est peuplé d'ingrats, de crétins, de salopards, et les autres sont encore pires.*

Nora commençait à s'amuser.

PREMIÈRE PARTIE : Comment les salopards prirent le pouvoir.

Elle entama le premier chapitre. À travers un labyrinthe de ratures, de flèches renvoyant à des phrases en marge, et de mots remplacés, elle suivit les activités douteuses de Clementine et Adelbert Poison, qui habitaient un manoir gothique décrépit, Les Lierres, dans la ville de Westfall. Peintre dont la beauté fanée se distinguait toujours sous son embonpoint, résultat d'un mariage malheureux, Clementine buvait un peu, pleurait un peu, songeait au suicide, et entretenait des relations distantes, empreintes d'une étrange ironie, avec son fils Egbert. Adelbert gagnait ou perdait des millions en exploitant ceux que lui avait laissés son tyran de père, Archibald Poison. Il séduisait serveuses, secrétaires, femmes de ménage et hôtesses Tupperware. Chez lui, il adorait s'installer sur sa terrasse délabrée et contempler le Sund de Long Island au télescope, dans l'espoir de découvrir un bateau en train de sombrer ou un nageur de se noyer. Egbert était un invertébré sans volonté, qui passait le plus clair de son temps au lit. Un secret, vague mais honteux, peut-être plusieurs, polluaient l'atmosphère.

À la fin du premier chapitre, Nora releva la tête et se rendit compte qu'elle avait lu pendant une demi-heure. Davey n'était toujours pas rentré. Elle baissa à nouveau les yeux sur sa page, dont la dernière ligne était : *« Tu sais très bien que moi, je n'ai jamais voulu reprendre Egbert, » dit Adelbert.* Le reprendre ? Egbert ressemblait bien à quelque chose qu'on avait repris, comme un chien abandonné.

Le téléphone sonna. Espérant entendre la voix de son mari, Nora décrocha.

— Allô ?

— Super, super, vous n'avez pas dit « faux numéro », donc vous pouvez parler. (La voix de Daisy, légèrement pâteuse.) Qu'est-ce que vous en pensez ?

— Je pense que c'est intéressant, dit Nora.

— Allons. Ça ne suffit pas.

— Ça me plaît beaucoup. J'aime bien Adelbert et son télescope.

— Autrefois, Alden passait des heures à reluquer les filles en monokini sur les bateaux. Vous en êtes où ?

— À la fin du premier chapitre.

— Oh, fit Daisy, déçue. Qu'est-ce que vous avez préféré ?

— Eh bien, je dirais : le ton. Ce genre d'humour noir. C'est comme du Chas Addams, avec des mots.

— Ça, c'est parce que vous n'avez lu que le début, affirma Daisy. Ensuite, ça n'arrête pas de changer. Vous allez voir, vous allez vous régaler. Du moins, je l'espère. Allez-y, continuez. Mais jusqu'ici, ça vous plaît vraiment ?

— Beaucoup, affirma Nora.

— Youpi ! conclut sa belle-mère. Arrêtez de perdre du temps en discutant avec moi, et foncez !

Elle raccrocha. Nora retourna au canapé et entama le deuxième chapitre. Adelbert, auprès de qui se tenait une grande blonde osseuse, remplissait un registre d'hôtel sous un faux nom. Dans leur chambre, il ordonnait à sa compagne de se dévêtir. *On ne peut pas boire un verre, avant ?* demandait-elle. *Fais ce que je te dis*, enjoignait-il. La femme se déshabillait et l'enlaçait. Adelbert la repoussait. Quand elle lui faisait remarquer qu'elle les croyait amis, il tirait un revolver de sa veste et lui logeait une balle dans le front.

Nora relut la phrase. *Adelbert leva le revolver, pressa la détente, et logea une balle dans son front d'imbécile.* C'était là une nouvelle facette du personnage. Nora sourit en constatant que Daisy faisait d'Alden un meurtrier. Elle tuait les conquêtes de son mari.

Le téléphone sonna à nouveau. Nora poussa un soupir et alla répondre.

— Il faut que vous me laissiez plus de temps, Daisy.

— Qui est Daisy ? interrogea une voix mâle.

— Excusez-moi, se rattrapa Nora, je vous ai pris pour quelqu'un d'autre.

— C'est évident. Qui que ce soit, j'espère qu'elle vous donnera tout le temps dont vous avez besoin.

— Je suis désolée, Holly, commença Nora avant de se reprendre : Je veux dire inspecteur Fenn. En fait, je suis heureuse que vous appeliez. Vous devez avoir des nouvelles.

— C'est Holly, et je vous appelle justement parce que nous n'en avons pas encore. On a fini par arracher le médecin de Mrs Weil à son cours de golf, et il l'a bourrée de sédatifs avant de l'envoyer à l'hôpital de Norwalk. D'après lui, on ne pourra rien en tirer de cohérent avant lundi matin. Je me suis dit que j'allais vous mettre au courant pour que vous puissiez au moins passer une bonne nuit.

Elle le remercia et déclara :

— J'imagine que si je vous appelle Holly, il va falloir que vous m'appeliez Nora.

— C'est déjà le cas, dit-il. Je vous recontacterai lundi matin, vers neuf heures, dix au plus tard.

Nora sentit son dos se décrisper sous l'effet d'une vague de soulagement. Holly Fenn l'estimait innocente de ce qui était arrivé à cette truie de Natalie. Il voulait *éclaircir les choses*.

Elle retourna à l'épopée de Daisy. Adelbert se garait devant son manoir en ruine, entrait, et jetait violemment Egbert hors de son lit. Le jeune homme se relevait du plancher, se recouchait, et tirait les couvertures au-dessus de sa tête. Son père descendait et ordonnait à un domestique craintif d'apporter un martini bien tassé à la bibliothèque. Quand on lui amenait son verre, il était déjà plongé dans un volume intitulé *L'Histoire de la famille Poison en Amérique.*

Un nouveau chapitre, qui provenait apparemment d'une version bien plus ancienne du roman, commença. Sur les pages jaunies, les lettres dansaient de part et d'autre des lignes. Tous les « e » étaient penchés vers la gauche, tous les « o » ressemblaient à des impacts de balle. Après s'être battue avec le style, bien plus lourd que celui du début, Nora comprit qu'Adelbert lisait l'histoire de son père, juste après la naissance d'Egbert. Sympathisant nazi, Archibald avait gagné des millions en investissant dans l'armement allemand. Un problème personnel frustrant le distrayait cependant de ses efforts dissimulés pour consolider la puissance d'un groupe de millionnaires d'extrême droite et le changer en mouvement fasciste. Après avoir relu plusieurs pages trois fois de suite, Nora crut comprendre qu'Adelbert et Clementine avaient produit le petit fils qu'il désirait avec passion, mais soit l'enfant était mort, soit on l'avait confié à des parents d'adoption. Les tirades d'Archibald, consignées à loisir, n'avaient pas convaincu les parents de combler ce vide. Ordres et ultimatums n'ayant aucun résultat, le patriarche avait informé son fils qu'il serait déshérité s'il ne lui fournissait pas un héritier.

Tous ces détails étaient à moitié enfouis sous une furieuse explosion de points d'exclamation, de fautes de grammaire et de phrases bancales. Le fantasme d'Archibald, le Fascisme Américain, occupait des pages entières par des descriptions d'uniformes nazis et autres accessoires. Hitler faisait une apparition assez déroutante. Que le nouvel enfant fût repris ou adopté, voire ressuscité, n'était pas très clair.

Nora arriva à une feuille arrachée à un bloc du Ritz-Carlton. Elle en avait déjà parcouru trois paragraphes quand les deux premières phrases résonnèrent dans sa tête. Elle revint en arrière et les relut. Puis les relut encore. *Les chaussures d'Adelbert étaient quadrillées d'éraflures. Vraiment, Adelbert n'avait pas les chaussures d'un homme soigneux, et de telles taches ou puanteurs secrètes infestaient son caractère tout entier.*

— Mon Dieu, souffla-t-elle. C'était Daisy.

35

Elle releva les yeux, abasourdie. Non seulement Clyde Morning et Marletta Teatime ne faisaient qu'un, mais tous deux étaient Daisy Chancel. Quand les auteurs d'origine des Blackbird Books avaient quitté Chancel House, Alden les avait remplacés par sa femme, qui avait pondu des romans d'horreur à la chaîne, tandis qu'elle travaillait sur sa sinistre monstruosité. On n'avait jamais vu les deux piliers de la collection, on ne les avait jamais eus au téléphone, parce qu'ils n'étaient que des fantômes. *Spectre* avait atterri sur une étagère de la salle de conférences parce que Daisy, ayant perdu tout intérêt pour son travail, l'avait écrit fatiguée, ivre, ou les deux. Alden ne redonnerait jamais vie aux Blackbird Books, Davey avait raison sur ce point, bien qu'il ne sût pas pourquoi.

Nora se demanda comment il réagirait si elle lui communiquait sa découverte, puis réalisa qu'elle ne pouvait pas le faire. Elle savait exactement ce qui se produirait : il écumerait pendant vingt minutes, avant de descendre se cacher derrière Puccini. Il était plus urgent de décider si elle devait ou non en parler à sa belle-mère. À nouveau, deux Nora séparées habitèrent temporairement le même corps, lequel se leva et alla dans la cuisine se préparer un sandwich au jambon. Daisy, instable, pouvait tout aussi bien être ravie que furieuse de voir ses pseudonymes découverts. Nora emporta le sandwich dans la chambre et réalisa que Davey était parti depuis plusieurs heures. À tout le moins, il ne se trouvait pas à l'hôpital Norwalk, en train de roucouler à l'oreille de Natalie Weil. Elle résolut d'adopter précisément la même attitude que sur la voie rapide : attendre que la décision se prenne d'elle-même. L'état d'esprit de Daisy lui dicterait son choix.

Elle attaqua son sandwich et se mit à feuilleter le manuscrit, tentant de comprendre où allait l'histoire.

Au bout d'une heure, elle conclut que si l'histoire allait quelque part, c'était dans une direction propre à Daisy, inconnue du commun des mortels. Quand certaines scènes s'achevaient, elles se répétaient avec de légères variantes, comme si on avait omis d'en retirer la version précédente. Le ton oscillait sans cesse entre la sécheresse et l'hystérie. Par moments, l'auteur interrompait un passage de facture classique pour en insérer d'autres, rédigés à la main, composés de mots et de phrases décousus. Plusieurs scènes étaient coupées au milieu d'une phrase, comme s'il avait eu l'intention d'y revenir mais avait oublié de le faire. On ne trouvait rien qui ressemblât tant soit peu à un argument conventionnel. La totalité d'un chapitre était constituée par : *L'auteur va boire un dernier verre et aller se coucher. Vous devriez en faire autant, bande d'idiots.*

Après avoir suivi ces errances à travers un labyrinthe de flèches et de ratures, Nora commença à se sentir mal à l'aise. Elle décida de voir comment tout cela se terminait et tira les trente dernières pages de la pile. Tapées proprement sur du papier blanc neuf, elles étaient dépourvues de corrections, d'insertions ou de toute autre marque. Nora s'installa confortablement, se remit à lire, et ne tarda pas à se retrouver prise dans des barbelés.

La fin du livre décrivait une dispute entre Clementine et Adelbert, qui se poursuivait sur toute la durée de leur mariage. Selon les passages, ils avaient vingt, trente, quarante, cinquante ou soixante ans. Le site de la confrontation variait entre différentes pièces de leur maison, des compartiments de train, des salles de restaurant et des terrasses de café en diverses villes d'Europe. Ils paressaient sur la pelouse d'un parc londonien ou s'appuyaient au bar d'un rade de la Troisième Avenue, à deux heures du matin. Il s'agissait d'une compilation de toutes les occasions où ils avaient eu ladite querelle. Ce que Nora ne comprenait pas, c'était la nature même de cette dernière.

Clementine crachait des accusations, auxquelles Adelbert répondait par des remarques totalement hors de propos, la plupart relatives à la musique. *C'est moi qui ai sauvé ta fortune, espèce de salopard, et au lieu de me remercier, tu me balances des coups de pied dans les dents.* (Adelbert : *Je n'ai jamais tellement aimé Hank Williams.*) *Toute ton existence est basée sur un mensonge, et celle de notre fils aussi.* (Adelbert : *La mauvaise musique passe très bien sur les auto-radios.*) *Tu n'es pas seulement un imposteur, mais un imposteur couvert de sang.* (Adelbert : *La plupart des gens préfèrent aller voir un match qu'écouter une symphonie, et ils ont raison.*) Tout cela était imprégné de bile, d'une amertume découlant d'un sujet aussi familier aux deux protagonistes qu'il était inconnu à Nora.

Le dernier paragraphe abandonnait Clementine et Adelbert pour décrire une terrasse de restaurant dans les Alpes italiennes. Des verres étincelaient près d'assiettes blanches et de couverts luisants disposés sur des nappes roses. Un oiseau chantait dans le lointain, et un dîneur lui répondait en un écho parfait. Un blanc nuage de fumée de cigare s'élevait d'une table éloignée, puis se dissolvait dans l'air.

« Imposteur, » dit Clementine, et le soleil imbécile, n'ayant pas le choix, illuminait le monde emPoisonné.

Nora reposa la dernière page sur les autres au son qu'elle craignait entre tous : la sonnerie du téléphone.

36

— Dieu merci, je n'ai pas entendu les mots les plus détestables en ce bas monde : faux numéro. Est-ce que je n'ai pas été gentille ? Est-ce que je n'ai pas été l'image même de la maîtrise de soi ? Je suis réellement, authentiquement fière de moi. Je n'ai pas arrêté de tourner autour du téléphone, de décrocher et de raccrocher. Il m'est même arrivé plusieurs fois de composer les trois premiers chiffres de votre numéro, et puis de reposer cette saleté. Je vous avais promis des heures de paix et de tranquillité sans interférence de ma petite personne, et si je compte bien, il s'est écoulé trois heures et vingt-deux minutes, et donc, qu'est-ce que vous en pensez ? Dites-moi, parlez, discourez, Nora chérie, je vous en supplie, dites quelque chose.

— Bonjour, Daisy.

— Je sais, je suis trop nerveuse pour me taire et vous laisser parler. Non, mais écoutez-moi pérorer ! Vous en êtes où ? Qu'est-ce que vous en pensez ? Ça vous plaît, n'est-ce pas ?

— C'est vraiment quelque chose.

— Sans blague ? Continuez.

— Je n'ai jamais rien lu de pareil.

— Vous avez terminé ? C'est impossible : vous avez dû juste feuilleter.

— Non, assura Nora. Ce n'est pas le genre de livre qu'on feuillette.

— Qu'est-ce que vous voulez dire ?

— Eh bien, d'une part, c'est très intense. (Daisy émit un petit bruit satisfait, et son interlocutrice continua.) On est obligé de lire avec attention.

— Je l'espère bien. Continuez, Nora, parlez-moi.

— C'est vraiment une expérience.

— Quel genre d'expérience ? Soyez plus précise.

Désorientante ? Irritante ?

— Une expérience intense.

— Ah. Mais ça, je crois que vous l'avez déjà dit. Quel *genre* d'expérience intense ?

Nora tenta désespérément de trouver une réponse.

— Eh bien... intellectuelle.

— *Intellectuelle ?*

— On est obligé de réfléchir, quand on lit.

— D'accord. Mais vous n'arrêtez pas de répéter les mêmes choses. Tout à l'heure, quand vous disiez que ce n'est pas le genre de livre qu'on feuillette, vous avez dit « d'une part ». Vous deviez donc avoir une autre raison en tête. Qu'est-ce que c'était ?

Nora tenta de se le rappeler.

— Je crois que je pensais à l'état du manuscrit. (Un silence de mauvais augure salua ces paroles.) Vous voyez de quoi je parle : tous les changements, les ratures.

— Bien sûr : il faut le retaper, mais vous avez demandé à le voir, rappelez-vous, alors je vous l'ai donné tel quel, c'est bien évident, mais n'importe qui peut lire un livre une fois qu'il est publié, ce n'est pas du tout la question, je veux entendre vos remarques, et vous parlez de quelque chose qui n'a aucun rapport.

— Je suis désolée. Tout ce que je voulais dire, c'est que ça oblige à lire plus lentement.

— Oui, vous avez été très insistante sur ce sujet, aussi futile qu'il soit, et maintenant qu'on en a terminé avec ça, j'aimerais beaucoup pouvoir me détendre et me gorger de vos observations.

Nora sentait sa belle-mère lutter pour dominer son impatience.

— Il y a des passages très drôles, remarqua-t-elle.

— C'est gentil. Il y en a que je voulais rendre absolument désopilants. Pas tout le livre, cela dit.

— Bien sûr que non. Il renferme beaucoup de colère.

— Et comment ! Des tonnes de colère. Grrr.

— Et vous avez pris beaucoup de risques.

— Vous avez vu ça, merveilleuse enfant ? Mille bénédictions sur vous. Dites m'en plus.

— Ça m'a semblé très expérimental.

— Expérimental ? Qu'est-ce qui a bien pu vous paraître expérimental ?

— La manière dont vous répétez certaines scènes. Ou dont vous coupez certains passages avant la fin.

— Vous parlez des moments où les mêmes choses n'arrêtent pas de se reproduire, mais différemment à chaque fois, si bien que leur véritable sens finit par apparaître. Ou de ce que je fais quand n'importe qui doté d'un demi-cerveau est capable de comprendre ce qui va se passer, si bien que ce n'est pas la peine de l'écrire. C'est un roman, bon sang, pas un reportage.

— Non, vous avez raison, c'est un roman extraordinaire.

— Alors, dites-moi pourquoi il est extraordinaire.

Nora se précipita sur le commentaire le plus inoffensif qui pût être fait au sujet du livre.

— C'est audacieux. Osé.

— Mais qu'est-ce qui vous fait penser ça ? s'exclama Daisy.

— Eh bien, il y a des tas de bouquins qui commencent quelque part et qui racontent une histoire, point final. Vous, vous avez délibérément évité la linéarité.

— C'est aussi linéaire qu'un ourlet. Si vous ne voyez pas ça, vous êtes aveugle.

— Ne soyez pas autant sur la défensive, Daisy. Je suis en train de vous expliquer ce que j'ai aimé dans votre livre.

— C'est vous qui me mettez sur la défensive, avec vos bêtises. J'ai passé presque toute ma vie à travailler sur ce roman, et vous m'assenez qu'il n'y a même pas d'histoire.

— Ce que j'essaie de vous dire, Daisy, c'est qu'il est beaucoup plus riche que les livres qui se contentent de raconter une histoire, se défendit Nora.

— Quel est votre passage favori, pour l'instant ? demanda sa belle-mère, quelque peu apaisée.

Nora chercha quelque chose qu'elle avait aimé.

— Il y en a beaucoup. La scène où Adelbert assassine la femme. La manière dont vous présentez Egbert. Vos descriptions des vêtements d'Adelbert.

Daisy pouffa.

— Où en êtes-vous ? Qu'est-ce qui se passe ?

Nora tenta de se rappeler où en était l'action quand elle avait sauté des pages.

— J'en suis au moment ou Archibald s'extasie sur les uniformes nazis en parlant à Hitler, et en obligeant Clementine et Adelbert à lui faire un petit-fils.

— Le fantasme ? Vous n'en êtes qu'au fantasme ? Alors, vous ne pouvez pas avoir encore saisi le fil directeur, et vous n'avez aucune qualité pour en parler. Je vous confie mon âme et vous la piétinez avec vos gros pieds sales. Je vous donne un chef-d'œuvre et vous crachez dessus.

Nora, qui avait prononcé le nom de Daisy à intervalles réguliers durant cette tirade, fit un effort désespéré pour calmer son interlocutrice.

— Vous ne pouvez pas déformer comme ça tout ce que je dis, je ne vous mens pas, je comprends ce que vous avez mis dans ce livre, et je sais qu'il a vraiment quelque chose de spécial, parce que je sais aussi que c'est vous qui avez écrit les romans de Clyde Morning et de Marletta Teatime. Ça, c'est nettement plus audacieux, plus complexe.

Durant le long silence qui suivit, elle songea qu'elle avait peut-être renversé la situation, mais Daisy ne faisait que rassembler ses forces pour hurler :

— *Traître ! Judas !*

La communication fut coupée.

Nora reposa le combiné sur sa fourche et fit le tour de la chambre, les bras serrés autour du torse. Quand elle revint auprès du téléphone, elle s'assit sur le lit et composa le numéro des Peupliers. Elle entendit sonner trois fois, quatre fois, cinq. À la dixième, elle raccrocha, se laissa aller en arrière et poussa un gémissement. Puis elle se rassit et recomposa le numéro.

Après la deuxième sonnerie, Maria décrocha et lança un « allô » prudent.

— C'est Nora, Maria. Je sais que Mrs Chancel ne veut pas me parler, mais pourriez-vous lui dire que j'ai des choses importantes à lui communiquer ?

— Mrs Chancel ne veut pas, répondit la domestique.

— Dites-lui ce que vous voulez, mais convainquez-là de me parler.

Nora entendit le combiné heurter quelque chose, puis quelques paroles quasi inaudibles de Maria, suivies d'une série de hurlements.

— Mrs Chancel dit que vous pas de la famille, son fils de la famille, pas vous. Pas bon. Pas parler.

Elle raccrocha.

Nora se laissa retomber de tout son long sur le lit et contempla le plafond. Après un temps indéterminé, une minuscule consolation se présenta : Daisy ne parlerait jamais à Alden de ce qui s'était passé. De cette certitude surgit une consolation plus importante : si Daisy n'ennuyait pas Alden, Alden n'ennuierait pas Davey. Avec le temps, la question du roman disparaîtrait dans l'ordre établi. D'ici une semaine ou deux, les deux femmes pourraient se réconcilier.

Nora se leva pour rassembler les feuillets et les remettre dans la valise.

37

Toujours anxieuse, elle dériva jusqu'à la cuisine et passa l'éponge sur le plan de travail. Le problème était que quand une chose avait la possibilité de mal tourner, en général, elle ne s'en privait pas. Pour Daisy, le manuscrit se trouvait en territoire ennemi tant qu'il demeurait en possession de sa belle-fille. Cette dernière songea à tirer la valise de sous le lit et à la rapporter à Mount Avenue, mais cette perspective lui inspira aussitôt épuisement et désespoir.

Sans réfléchir, elle s'approcha de l'évier, ouvrit l'eau chaude, s'empara du flacon de savon liquide et commença à se laver les mains. Puis le visage. Quand elle eut terminé, elle recommença. Lorsqu'elle se frictionna les pommettes et l'arête du nez pour la quatrième fois, elle prit conscience de ses actes. L'eau chaude lui irritait la peau. Elle ouvrit le robinet d'eau froide, se rinça, et empoigna un torchon sec. Son visage la brûlait comme si elle l'avait passé au papier de verre. Tout en s'essuyant, elle se rendit compte qu'elle se sentait encore horriblement sale — non : pas *encore*, mais plutôt comme si un jour, très bientôt, elle allait *être* horriblement sale. Luttant contre l'envie de rouvrir le robinet et de recommencer à se laver, elle passa au salon, s'allongea sur le canapé, et ferma les yeux jusqu'à ce que la voiture de son mari, en pénétrant dans l'allée, la réveillât. Elle se demanda où il avait passé les neuf ou dix heures précédentes, puis décida qu'elle s'en moquait. L'Audi entra au garage.

Un problème intéressant se présentait : Davey allait-il se glisser dans le living en faisant comme si elle n'était pas là, ou bien monter la voir ? Il ouvrit puis referma la porte de communication. Ses pas l'emmenèrent vers l'escalier. Quoique lentement, il se dirigeait bien vers elle.

Quand il atteignit le sommet des marches, il jeta un coup d'œil dans la cuisine avant de se tourner vers le salon. Il la cherchait, ce qui était sans conteste bon signe. À moins qu'elle ne fît que se raccrocher aux branches. *Vas-y*, songea-t-elle, *raccroche-toi*. Davey entra dans la pièce. Ses yeux croisèrent ceux de sa femme, puis se détournèrent. Il se laissa tomber dans le fauteuil le plus éloigné d'elle. Ses bras retombèrent à ses côtés, et il ferma les yeux.

— Bienvenue, le salua-t-elle.

— La police a appelé ?

— Natalie est sous sédatif. (Davey restait vautré dans son fauteuil comme si on l'y avait jeté, les paupières closes.) Sois sympa, dis quelque chose.

Il ouvrit les yeux et se pencha en avant, croisant à nouveau le regard de Nora, mais baissant vite la tête.

— Quand je t'ai entendue partir, j'ai fait des bonds partout comme une balle de ping-pong. Finalement, je suis allé me balader en bagnole. J'ai pris l'autoroute sans savoir où j'allais. Il fallait que je réfléchisse. Je n'ai fait que ça : rouler et réfléchir. Quand je suis arrivé à New Haven, j'ai quitté l'autoroute, je suis allé sur le campus, et je m'y suis promené à pied pendant une heure.

— Eli, Eli, cita Nora[1].

Elle se demanda si Davey avait jamais eu des rapports avec Dick Dart à New Haven.

— Ne sois pas sarcastique, s'il te plaît, Nora. Je pensais à toi. Tout avait l'air tellement clair, ce matin. Et puis dix minutes après ton départ, j'ai commencé à me poser des questions. Est-ce que ça te ressemblait ? Tu peux être assez violente, mais je ne t'aurais certainement pas crue capable d'enlever et de torturer quelqu'un.

— Non, sans blague ?

1. Allusion aux dernières paroles du Christ sur la croix : *Eli, Eli, lama sabactani ?* (Mon Dieu, mon Dieu, pourquoi m'as-tu abandonné ?) *(N.d.T.)*

— J'ai réfléchi à ce que tu disais — que je reportais ma culpabilité sur toi. Mais toutes les pièces s'adaptaient tellement bien, toute l'histoire était tellement convaincante qu'elle paraissait fatalement vraie. C'était comme une des grilles de mots croisés que font Neary et Tidball ! Le seul truc qui ne collait pas, c'était toi.

— Tu t'es fait un grand débat tout seul ?

Il acquiesça.

— Plus j'y pensais, plus l'idée que tu aies pu kidnapper Natalie devenait ridicule. Je suis remonté en voiture, et j'ai traîné un peu dans New Haven. C'est vraiment une ville pouilleuse, dès qu'on s'éloigne de Yale. (Il releva les yeux, comme si cette phrase hors de propos l'avait libéré.) Je me suis complètement perdu. C'est dingue, non ? J'ai passé quatre ans là-bas, et ce n'est pas si grand. Tu sais ce qui est arrivé ? J'ai pris peur. J'ai cru que je n'allais jamais me retrouver. Je n'arrêtais pas de passer devant le même petit restau et le même petit bar, et j'avais l'impression d'être sous l'effet d'une malédiction. (Il s'essuya le front.) Au bout d'une heure, j'ai fini par voir la pizzéria où j'avais l'habitude d'aller, et j'ai su où j'étais. Sans blague, j'ai failli chialer de soulagement. J'ai retrouvé l'autoroute. J'avais encore les mains qui tremblaient. Il me semblait que mon existence tout entière était suspendue au-dessus de moi.

— Bonne réflexion, ponctua Nora.

Davey hocha à nouveau la tête.

— J'étais vraiment épuisé, et affamé. Quand je suis arrivé devant chez Cousin Lenny, je suis entré. J'ai pris un box et j'ai commandé des boulettes de viande avec de la purée. J'ai recouvert la viande de ketchup, comme un gosse, et pendant que je mangeais, une idée s'est déroulée en moi à la manière d'un parchemin géant : si je pouvais me perdre à New Haven, tu pouvais dire la vérité. Pourquoi toutes les pièces devraient-elles s'assembler, de toute façon ? Il y avait une chose de sûre : même si tu savais, pour moi et Natalie, tu n'avais pas pu la kidnapper. Ça ne te ressemble pas.

— Merci.

— Tu ne l'as pas fait, hein ?

— Je te l'ai dis trois ou quatre fois, ce matin.

— Mais j'étais tellement convaincu. Je... (Il secoua la tête, baissa les yeux, puis les releva. Des sentiments complexes, mais tous douloureux, les emplissaient.) Ça servirait à quelque chose que je m'excuse ?

— Essaie toujours.

— Je m'excuse de tout ce que j'ai dit. Je souhaite de tout mon cœur que tu me pardonnes. Et je suis désolé de m'être laissé embarquer dans ce truc avec Natalie Weil.

— Ce truc, communément, ça s'appelle un lit, remarqua Nora.

— Tu es furieuse contre moi, tu dois me mépriser et détester Natalie.

— Il y a de ça.

— Tu n'as pas dit qu'on pourrait éventuellement oublier cette histoire, ce matin ? C'est ce que je désire, Nora. J'espère que tu vas me pardonner. Tu veux bien me reprendre ?

— Tu es parti ?

— Dieu te bénisse, souffla Davey, ce qui, pour Nora, évoqua désagréablement sa mère.

Il quitta son fauteuil et s'avança. Elle se demanda s'il avait l'intention de s'agenouiller devant elle, au lieu de quoi, il lui baisa la main.

— Demain, on recommence tout. (Il lui posa la main sur la cuisse et commença à la lui caresser.) Qu'est-ce que tu as fait de ta journée ?

— J'ai failli aller à New York. (Elle éloigna sa cuisse.) J'ai bien failli ne pas revenir du tout. Et puis, j'ai fait demi-tour.

— Si tu n'avais pas été là à mon retour, je serais devenu dingue.

— Eh bien, je suis là.

Il l'embrassa sur le sommet du crâne.

— Il faut que j'aille dormir un peu. Je tiens à peine debout. Ça t'ennuie ?

— Bien sûr que non.

Il se dirigea vers le couloir, se détourna pour lui adresser un regard reconnaissant et un vague geste de la main, puis disparut.

Nora se laissa aller en arrière sur le canapé. S'il restait en elle des sentiments, ils ressemblaient aux petites carcasses noires et fragiles que laisse un incendie. Un jour ou l'autre, elles se changeraient sans doute à nouveau en sentiments.

38

La faim finit par la forcer à quitter le canapé. Sa montre lui apprit qu'il était dix-neuf heures cinquante. Davey dormait toujours. Nora songea qu'il se réveillerait sans doute aux environs de minuit, qu'il se déshabillerait maladroitement, et qu'il se remettrait aussitôt au lit pour achever de digérer ses boulettes de viande et sa purée — un nouvel exemple de sa tendance, en période de stress, à régresser à l'âge des tricycles. Une fouille des étagères de la cuisine mit au jour une boîte de soupe aux champignons. Nora fit tomber le cyclindre gris-brun figé dans une casserole, la posa sur un feu, et fit griller deux tranches de pain complet en attendant que le potage se liquéfie.

Dès qu'elle eut commencé à manger, l'aiguille de son cadran interne remonta, et une sensation de bien-être naquit en elle. Elle allait rendre son livre à Daisy, et tout serait dit. Elle se remettrait de Natalie Weil

— mais ne pourrait plus lui faire confiance. Ce qui ne serait pas nécessaire. Elle n'aurait plus jamais à revoir ce cafard blond ni à lui parler. Si elles se croisaient au rayon produits frais de chez Waldbaum, il ne faudrait qu'une nanoseconde aux jolies petites pattes de cafard de Natalie pour l'emporter à l'abri d'une montagne de papier-toilette et elle y resterait jusqu'à ce que Nora soit dans le parking. Ravie de cette image, elle avala la dernière cuillerée de soupe, broya le dernier morceau de toast, et se leva pour rincer la vaisselle.

Le téléphone sonna. Abandonnant sa tâche, elle se hâta d'aller décrocher avant qu'il n'eût réveillé Davey.

— Allô ? dit-elle.

Ce qui suivit lui gela l'estomac avant d'atteindre son esprit. Un homme à la voix empreinte d'une rage froide déclara quelque chose à propos d'une inimaginable trahison, d'une intrusion inqualifiable, d'une dévastation. Enfin, elle reconnut l'organe déchaîné d'Alden Chancel.

— Et ce que je ne comprendrai jamais, continuait-il, en dehors de l'incroyable orgueil qui vous fait imaginer que vous pourriez donner des conseils à un écrivain, c'est votre persistance à suivre une route que vous savez dangereuse. Est-ce que l'idée que votre insouciance pourrait avoir des conséquences ne vous a même pas effleurée ?

— Arrêtez de hurler, Alden, demanda Nora.

— Vous refusez d'écoutez plus sage que vous. Vous vous insinuez dans la vie des autres comme un termite et vous la dévorez. Vous êtes un monstre.

— Alden, je sais que vous êtes ennuyé...

— Je ne suis pas ennuyé, je suis furieux ! C'est vous qui allez être ennuyée !

— Daisy voulait que je lise son manuscrit, Alden. Elle a insisté pour me l'apporter et elle n'aurait pas accepté un refus.

— Ça fait des dizaines d'années qu'elle travaille sur ce putain de bouquin, mais jusqu'à ce que vous vous en mêliez, elle n'avait pas eu la moindre envie de le montrer à qui que ce soit. Daisy ne sollicite pas de commentaires sur ses travaux inachevés. Vous vous êtes imposée à elle comme vous vous êtes imposée dans cette famille, et vous lui avez inoculé un virus. Vous auriez aussi bien pu la tuer directement.

— J'essayais de lui venir en aide, Alden.

— En aide ? Vous lui avez plongé un couteau dans le cœur.

— Mais c'est complètement faux ! s'écria Nora. Quand Daisy m'a appelée pour savoir ce que je pensais de son livre, je lui ai dit que c'était un roman extraordinaire. Elle n'a pas arrêté de transformer toutes mes remarques en insultes.

— Et ça vous surprend ? Vous devez être idiote. Daisy sait très bien que son bouquin est un vrai bordel. Comment pourrait-il en être autrement ?

— Je ne sais pas si c'est un vrai bordel, et vous non plus, Alden.

— Vous êtes une petite grue destructrice. Vous méritez la cravache.

— *Alden !* cria-t-elle à nouveau. Si vous ne vous calmez pas et si vous n'essayez pas de comprendre ce qui s'est vraiment passé, vous allez...

Les cheveux aplatis d'un côté, les vêtements froissés, Davey entra dans la cuisine et contempla sa femme, bouche bée.

— C'est papa ? C'est à mon père que tu parles ?

Nora éloigna le combiné de son oreille.

— Il faudra que je t'explique, dit-elle à son mari. Ta mère a mal compris quelque chose, et maintenant, il pique sa crise.

— Mal compris quoi ?

La voix d'Alden rugissait dans l'écouteur.

— Il faut que tu me soutiennes, dans cette histoire, reprit Nora. Ils délirent complètement, tous les deux.

Alden beugla le nom de sa belle-fille, qui colla à nouveau le téléphone contre son oreille.

— J'ai une seule chose à ajouter avant de raccrocher, Alden.

— Laisse-moi lui parler, intima Davey.

— Non ! répondit-elle, avant d'enchaîner : Alden, je veux que vous vous calmiez et que vous réfléchissiez à ce que je vous ai dit. Je ne ferais jamais de mal à Daisy délibérément. Laissez les choses se tasser, je vous en prie. Je ne discuterai pas avec vous tant que vous ne voudrez pas entendre ma version de l'histoire.

— Je veux lui parler, Nora.

— J'entends mon fils, dit Alden. Passez-le moi.

Davey posa la main sur le combiné, que sa femme lui abandonna à regret.

— Il m'a traitée de termite. Et de grue.

Il lui fit signe de se taire.

— Quoi ? (Il s'empoigna les cheveux et se laissa aller contre le plan de travail. Tandis que ses doigts s'enfonçaient plus encore dans sa chevelure, il lança à Nora un douloureux regard incrédule.) Je sais ! Comment pourrais-je ne pas le savoir ? (Il ferma les yeux. Bien qu'il plaquât l'écouteur contre son oreille, Nora entendait toujours la voix d'Alden.) Eh bien, elle dit qu'elle voulait aider maman... je sais, je sais... oui, mais... D'accord. Très bien. Un quart d'heure. (Il raccrocha.) Oh, merde.

Il explora la cuisine des yeux, comme pour s'assurer que les placards, le réfrigérateur et l'éviter étaient toujours en place.

— On y va. Il faut que je me passe de l'eau sur la figure et que je me brosse les dents. Je ne peux pas sortir comme ça.

— Rappelle-le et dis-lui qu'on ira demain soir. On ne peut pas y aller maintenant.

— Si on n'y est pas dans un quart d'heure, c'est lui qui va venir.

— Ce serait mieux, affirma Nora.

— Si tu veux qu'il soit encore plus en rogne. (Davey traversa la cuisine et la contempla avec colère.) Où est ce putain de manuscrit, au fait ?

— Sous le lit.

— Oh, bon Dieu.

Il se hâta de sortir.

39

Lorsqu'ils atteignirent Post Road, Nora avait décrit ses entretiens avec Daisy avant et pendant sa lecture du livre. Quand ils arrivèrent devant la grille en fer forgé des Peupliers, elle avait achevé de relater le coup de téléphone ayant conduit au présent incident. Ce dont elle n'avait pas parlé, c'était du livre lui-même. Elle avait aussi laissé un autre détail de côté. La valise, dans le coffre, émettait des vapeurs toxiques.

— Elle t'a obligée, constata Davey.

— Si j'avais refusé, elle se serait mise à hurler d'entrée.

— On dirait qu'elle ne t'a pas laissé la possibilité de dire non.

— Exactement.

Il engagea l'Audi dans l'allée de la propriété. En contemplant la façade de pierre grise, Nora se sentit encore plus tendue qu'elle ne l'était d'ordinaire à la vue de la maison.

— On devrait pouvoir faire comprendre ça à papa, dit Davey.

— Il va falloir que ce soit surtout toi qui parles.

Lorsqu'ils descendirent de voiture, il leva les yeux vers l'édifice et se frotta les mains sur le pantalon. Durant deux secondes, ni Nora ni lui ne bougèrent.

— Est-ce que le bouquin valait quelque chose, par ailleurs ?

— Je n'en ai aucune idée, avoua Nora. C'est surtout une attaque furieuse contre Alden. Dans le roman, il s'appelle Adelbert Poison.

Davey ferma les yeux.

— Et elle, elle s'appelle comment ?

— Clementine.

— Clementine Poison ? Est-ce que j'y suis aussi ?

— J'en ai peur.

— Je m'appelle comment ?

— Egbert. Tu ne sors pratiquement jamais de ton lit.

— Finissons-en et rentrons à la maison. (Il alla ouvrir le coffre et, avec un grognement, se chargea de la valise.) C'est un véritable éléphant, ce manuscrit.

— Tu n'imagines pas à quel point, acquiesça Nora. J'étais sérieuse, tout à l'heure, Davey : il va falloir que ce soit toi qui parles, parce que si j'ouvre la bouche, Alden va me hurler dessus.

— Il va me hurler dessus aussi. (Il referma le coffre et emporta son fardeau vers le perron.) Que tu le veuilles ou non, Nora, tu ne peux pas rester dehors.

Ils montèrent les marches lentement. Davey appuya sur le bouton de sonnette cerclé de marbre qui jouxtait la colossale porte en noyer.

Maria ouvrit cette dernière avant qu'il n'eût retiré son doigt. De toute évidence, elle avait été postée dans l'entrée.

— Mr Davey, Mrs Nora. Mr Chancel dit vous aller à la bibliothèque.

Elle jeta un coup d'œil gêné à la valise.

— Est-ce que ma mère est avec lui ?

— Oh, non, oh, non, votre pauvre maman, elle peut pas quitter sa chambre.

La domestique s'effaça.

— Quand j'étais gosse, c'était toujours dans la bibliothèque qu'il me passait un savon.

Une tache humide deux fois plus large que la valise assombrissait le tapis du salon, au pied d'un piédestal abandonné par son vase vénitien. Une deuxième marquait le mur, près de la cheminée.

La porte de la bibliothèque était fermée.

— C'est parti, lâcha Davey en l'ouvrant.

Vêtu d'un costume bleu à fines rayures blanches passé pour l'occasion, Alden quitta un fauteuil en cuir rouge, à l'autre bout d'un tapis oriental aux bleus et aux rouges éclatants.

— Je pense que la première chose à l'ordre du jour est la restitution du manuscrit.

Davey se dirigea vers son père à la manière d'un homme armé d'un couteau suisse vers un tigre affamé. Alden reçut la valise et la déposa par terre. Il désigna un canapé en cuir, derrière une table basse au plateau également tendu de peau.

— Asseyez-vous.

— Papa...

— Assis !

Il contournèrent la table, s'assirent. Alden reprit place dans son fauteuil et avança le pied pour enfoncer un bouton fixé au sol, parmi les franges du tapis.

— Papa, toute cette histoire est...

— Pas maintenant.

La porte s'ouvrit, livrant le passage à Jeffrey.

— L'objet a été restitué, annonça Alden. Emportez-le dans le studio de Mrs Chancel et remettez-le lui en main propre.

Jeffrey se pencha, ramassa le bagage, puis l'emporta comme s'il s'était préparé à évacuer un animal crevé. Au passage, il lança à Nora un regard sombre, indéchiffrable. La porte se referma derrière lui.

— Tu n'as pas ton mot à dire, commença Alden à l'adresse de son fils. À moins, bien sûr, que tu n'aies encouragé ta femme ou ta mère dans leurs actes.

— Bien sûr que non, protesta Davey. J'avais dit à Nora de ne pas s'occuper des œuvres de maman. Je savais que quelque chose de terrible arriverait.

— C'est fait. À présent, il faut s'occuper des retombées. Ta mère est surexcitée. Quand je suis rentré, ce soir, je l'ai trouvée en larmes. Elle s'était cassé la voix à force de hurler, et il y avait des éclats de verre dans tout le salon. Maria avait trop peur pour nettoyer. Quant à Jeffrey, il devait avoir compris que son rôle dans cette malheureuse affaire allait lui valoir des ennuis, et il se terrait dans son appartement.

— Jeffrey ? interrogea Davey. Quel rôle a-t-il joué ?

Alden l'ignora.

— Bien entendu, il obéissait à une requête de sa patronne. Je lui ai parlé, et nous pouvons être sûrs qu'il ne sera plus jamais mêlé à la moindre transaction de cet ordre. De toute façon, rien de tout ça ne se reproduira plus.

— Qu'est-ce qu'il a fait ? demanda à nouveau Davey.

— Il l'a transportée en voiture, lui apprit Nora.

— Oui. Il a conduit Daisy à la maison que tu partages avec cette vipère.

— Ne l'insulte pas, s'il te plaît, papa. Il faut que tu comprennes ce qui est arrivé. Maman a appelé Nora et a insisté pour qu'elle lise le bouquin. Elle ne lui a pas laissé la possibilité de refuser.

— Vraiment ? (Exsudant le mépris, Alden se retourna vers l'intéressée.) Vous n'avez pas de libre arbitre ? Vous, vous n'avez pas l'excuse d'être payée par nous, sinon indirectement, et on ne peut pas dire que vous soyez l'amie de Daisy, puisqu'elle n'en a pas. Vous jouiez le rôle de la belle-fille dévouée, c'est ça ?

— D'une certaine manière, oui, répondit Nora. Je pensais vraiment que je pourrais l'aider, d'une façon ou d'une autre.

— Et vous lui avez suggéré de vous montrer ce qu'elle avait écrit, de manière à pouvoir lui en faire la critique ?

— Non : juste pour qu'elle ait quelqu'un avec qui parler de son livre. Un soutien.

— On voit ce que ça donne. Vous ne niez pas que l'idée soit de vous ?

— Je voulais me rendre utile.

— Je répète : l'idée était de vous ?

— Oui, mais Davey et moi en avions parlé, et j'avais accepté d'y renoncer. Aujourd'hui, Daisy m'a téléphoné pour me dire que je devais à tout prix lire son roman, qu'elle allait me l'apporter immédiatement.

— À ce moment-là, vous auriez pu répondre que vous étiez occupée, ou n'importe quoi d'autre.

— Elle n'aurait accepté aucune excuse. Si j'avais essayé de me défiler, elle se serait sentie terriblement insultée.

— Vous avez encouragé sa manie au lieu de l'étouffer. Mais cette mauvaise action n'est rien au regard de l'innommable obscénité qui vous fait prétendre que ma femme est l'auteur des romans de Clyde Morning et de Marletta Teatime.

— Quoi ? s'exclama Davey en se tournant brusquement vers Nora.

— C'est bien elle, confirma-t-elle. Dans son bouquin, il y a des chaussures quadrillées d'éraflures, et un tas de phrases qui commencent par « vraiment ».

— Pourquoi est-ce que tu ne m'en as pas parlé avant ?

— J'ai oublié, déclara-t-elle, sans mentir. Il y avait tellement d'autres choses que ça m'est sorti de l'esprit.

— Est-ce que tu commences à comprendre le genre de femme que tu as épousé ? interrogea Alden. Est-ce qu'un peu de lumière commence à t'entrer dans le crâne ?

— Il ne veut pas que tu le saches, commenta Nora. Il ne veut pas que qui que ce soit le sache.

— Fermez votre sale gueule, hurla Alden en la montrant du doigt. Non seulement ce mensonge est une insulte à ma femme, qui se considère comme une artiste et qui n'a même jamais *lu* un seul de nos romans d'horreur, mais en plus, il jette le discrédit sur ma maison d'édition et sur moi-même. Vous menacez notre réputation et la mienne propre. C'est scandaleux. Je ne le permettrai pas.

— Oh, bon Dieu, soupira Davey.

— Arrête de gémir et prête-moi un peu d'attention ! (Alden inspira.) Ton mariage était une erreur. Cette créature a apporté la discorde dans la famille dès son arrivée. Elle t'a fait un mal que tu ne soupçonnes même pas. (Il avait recommencé à crier, mais retrouva son emprise sur lui-même.) Peut-être avons-nous un goût commun pour les déséquilibrées.

— Je m'en vais, déclara Nora en se levant.

— Vous vous enfuyez toujours quand vous entendez la vérité, hein ?

— Je n'ai pas d'ordre à recevoir de vous. Allons-nous en, Davey.

Davey, qui ne paraissait qu'à moitié éveillé, commença à se lever.

— Reste assis, ordonna Alden. (Davey se rassit.) Je vais te faciliter les choses. Je te propose un choix. Si tu divorces et si tu remets un peu d'ordre dans ta vie, tu restes à Chancel House et sur mon testament. Si tu refuses de voir la vérité en face, si tu gardes ta femme, tu perds ton emploi et ton héritage. Il faudra que tu trouves le moyen de subvenir à tes besoins, si tu en es capable — et je suis désolé d'avoir à dire que j'en doute.

— Ce n'est pas un choix, remarqua Nora, c'est un ultimatum.

— En ce qui me concerne, vous n'êtes plus dans cette pièce. Réfléchis bien à ta décision, Davey. Tu préfères rester avec la malade mentale que tu as épousée ou bien mener l'existence que tu mérites ? Nous serions plus qu'enchantés de te reprendre avec nous.

— Tu es vraiment sérieux ? demanda Davey.

— Tu as une semaine pour me donner ta réponse. Je veux que tu fasses ce qui s'impose, et je crois que tu comprendras que j'agis au mieux de tes intérêts.

— Vous vous servez de votre argent comme d'un gourdin, intervint Nora. Si vous persistez dans ce projet sadique, vous allez perdre votre fils. C'est ça que vous voulez ?

L'éditeur se leva.

— Tu peux te retirer. Il faut que je monte m'occuper de ta mère. Obéissant, Davey se leva à son tour. Alden alla ouvrir la porte.

— Papa...

— Nous reparlerons de tout ça dimanche prochain.

— Ça, je vous jure que vous allez le regretter, prévint Nora.

Feignant de ne pas la voir ni l'entendre, l'éditeur tapota le dos de son fils quand ce dernier franchit le seuil. Nora réprima l'envie de lui gifler la main.

Maria, frissonnante, les mains crispées sur un chiffon blanc, se tenait dans un coin du salon. Elle se dirigea vers l'entrée.

— Mon fils est capable de sortir tout seul, lui lança Alden.

La domestique se figea en plein élan.

— Au revoir, Maria, dit Nora, mais l'Italienne était bien trop terrifiée pour lui répondre.

40

Ils sortirent dans la nuit noire. Davey descendit une marche du perron et se tourna vers la porte.

— On devrait peut-être y retourner.

— Pour quoi faire ? Il a prononcé son discours.

— Tu dois avoir raison. Il est trop furieux.

— Tu parles. Ça fait des années qu'il n'a pas été aussi heureux. Il croit t'avoir amené où il veut.

Davey secoua la tête et descendit le reste du perron en fouillant dans sa poche.

— Tu veux bien conduire ? Je suis un peu déboussolé.

Nora prit les clefs. Quand elle fut installée au volant et eut avancé son siège, elle vit que son mari, près d'elle, avait fermé les yeux — tellement abandonné qu'on l'eût dit inanimé.

— Allez, l'encouragea-t-elle. Il ne mettra jamais ses menaces à exécution. Il ne faut pas se laisser prendre à son bluff.

— Il ne bluffe pas.

Nora démarra et partit en direction de la grille dans un cocon d'obscurité. Au bout d'un moment, elle alluma les phares.

— Tu crois qu'il pourrait vraiment te chasser de sa vie à jamais ?

— Je n'en sais rien, gémit Davey.

— Bien sûr que non. Il essaie de t'avoir à l'influence, et cette fois-ci, tu ne dois pas le laisser faire.

Elle tourna dans Mount Avenue, accéléra, et la voiture s'élança tel un cheval nerveux.

— Qu'est-ce que tu racontes ?

D'ordinaire excellente conductrice, très sûre de ses gestes, elle donna un léger coup de volant qui fit franchir la ligne jaune à l'Audi. Elle retrouva la file de droite et s'obligea à se détendre.

— Ce que je raconte, c'est que te perdre est la dernière chose qu'il voudrait au monde.

Davey poussa un nouveau gémissement. Elle ne sut si elle devait l'attribuer à son désarroi ou à la manière dont elle traitait la voiture.

— Il fera ce qu'il a dit.

— Et alors ? Au bout de quinze jours, il pointera le bout du nez pour savoir comment tu vas. Si tu n'as pas retrouvé de travail, il te rendra l'ancien. Si tu acceptes, il t'offrira un salaire plus élevé ou un poste plus important.

— Suppose que non. Suppose que ce ne soit pas une stratégie.

Une étrange sensation de familiarité, aussi forte que celle du déjà-vu, s'empara de Nora. N'avait-elle pas lu un livre dont un personnage posait un ultimatum du même type ? Quelle scène, de quel roman ? Puis elle se rappela : Alden la faisait penser à Archibald Poison forçant Adelbert et Clementine à lui fournir un petit fils.

— Tu n'as pas de réponse, hein ?

— À quoi ?

— Et s'il est vraiment sérieux ?

— N'importe quel éditeur de New York t'engagera. Il y en a qui le feraient uniquement pour emmerder Alden. En fait... (Elle eut un sourire de côté. Davey s'était pris la tête à deux mains.) Prends ta semaine. Appelle les gens que tu connais chez vos concurrents. Accepte l'offre la plus intéressante, va trouver ton père dans son bureau, et démissionne. Ça le rendra dingue.

— Non, répliqua son mari. Pourquoi est-ce qu'on me donnerait du boulot ? Je supervise des recueils de mots croisés. J'envoie des circulaires pour le compte de la Société Hugo Driver. Par ailleurs, tu ne sais pas ce qui se passe dans l'édition. On ne démissionne plus. Ce n'est plus comme dans les années quatre-vingt, ou on n'arrêtait pas de rebondir ici et là.

— Arrête tes conneries. Passe quelques coups de fil et vois ce que ça donne.

Ils firent le reste du trajet en silence.

Nora tâtonna à la recherche de l'interrupteur, puis réalisa que Davey était resté dans l'Audi. Elle l'appela. Il descendit lentement de voiture. Quand elle ouvrit la porte de communication, il se mit en branle tel un zombie.

— Tout ira bien, assura-t-elle en luttant pour conserver son optimisme. (Elle referma la porte derrière eux, le vit se tourner vers le living.) Monte avec moi.

Il se traîna vers l'escalier. Nora le suivit jusque dans la cuisine, allumant les lumières au fur et à mesure.

— Je vais te préparer quelque chose, proposa-t-elle.

— Je n'ai pas faim.

Elle le vit retirer la bouteille de kummel de l'étagère, choisir un verre à cognac, l'emplir jusqu'à deux centimètres du bord. Il s'assit en face d'elle, posa le verre sur la table et le fit tourner à plusieurs reprises. Enfin, il releva les yeux.

— Tu te prends trop la tête, remarqua-t-elle.

— Il y a une grande différence entre nous, Nora. Ce n'est pas ton père.

— Dieu merci : mon père ne t'aurait jamais traité comme ça, répondit-elle, ce qui manquait peut-être de sagesse.

— J'oubliais que le grand Matt Curlew était parfait. D'après toi, mon père est une véritable ordure.

— Je n'ai jamais dit ça, protesta Nora. Je déteste la manière dont il te traite, c'est tout, et son ultimatum en est un parfait exemple. Il se sert du caprice de Daisy pour nous séparer.

— Merci bien. Des fois que je ne comprenne pas ce qu'il fait, il faut que tu me l'expliques trois ou quatre fois.

Il avala une gorgée d'alcool. Une délicate nuance de rose lui monta aux joues.

— Oh, Davey, il est possible que j'aie trop parlé, mais il m'a vraiment mise en colère. Et puis tu es resté tellement muet.

— Tu continues d'oublier que c'est mon père. Ce type qui, selon toi, m'a maltraité toute ma vie, il m'a envoyé dans les meilleures écoles d'Amérique — ce que le sacro-saint Matt Curlew n'a jamais fait pour toi —, il m'a donné du travail, et il me paie plus que je ne vaux. Il dirige une grande société — encore une chose qui le sépare de Matt Curlew —, et au cas où tu aurais oublié : tu vois cette table ? C'est lui qui l'a payée. Il a payé tout ce qu'il y a dans cette maison, y compris les ampoules et le P.Q. Je pense qu'il mérite un peu de gratitude, sans parler de respect.

— En d'autres termes, tu lui appartiens.

— Je ne lui appartiens pas : il m'aime. Et même si je n'apprécie pas certaines des choses qu'il fait, tu ne peux pas me demander de le haïr.

— Je ne veux pas que tu le haïsses, mentit Nora. Mais moi aussi, je t'aime, et je voudrais t'arracher à son influence. (Davey leva son verre et but.) D'une certaine manière, il a raison : il faut que tu choisisses entre lui et moi. Mais si tu le choisis, lui, tu me perdras pour de bon. Alors que si tu me choisis, moi, tu le récupèreras la seconde d'après.

— Je suis marié avec toi, pas avec mon père.

— Dieu merci, je commençais à m'inquiéter.

— Mais je ne veux vous perdre ni l'un ni l'autre. Je crois que tu es dingue d'imaginer qu'il changera d'avis.

— Il ne changera pas d'avis : simplement, il attendra une autre occasion.

— Qu'est-ce qui t'en rend si sûre ? S'il me jette et que je ne retrouve pas de boulot, on va être à sec d'ici trois mois. On fait quoi, après ? On va à la soupe populaire ? On mendie ?

— Il ne permettra pas que ça arrive. Tu sais qu'il...

— Et si je suis engagé par un autre éditeur, tu sais ce que j'aurai, comme salaire ? À peu près un tiers de ce que je touche en ce moment. On déménagerait, c'est vrai, mais tout ce qu'on pourrait se payer, ce serait un trou à rats dans un immeuble.

— Pourquoi serais-tu obligé de travailler dans l'édition ? Il y a un tas d'autres choses à faire.

— Tu ne lis pas les journaux, ma parole. D'accord, je pourrais peut-être me caser comme manutentionnaire, mais là, on n'aurait que la moitié du trou à rats.

— Je pourrais travailler, suggéra Nora. Comme ça, on aurait le trou en entier.

— Bon Dieu, j'ai l'impression d'être marié à Simplet.

— Mais tu vas les passer, ces coups de fil ?

Davey plissa les lèvres, les yeux fixés sur le réfrigérateur.

— En fait, il y a peut-être un autre moyen.

— Lequel ?

— Je pourrais lui dire que je retournerai vivre chez eux s'il te laisse rester ici aussi longtemps que tu le voudras. Je pense qu'il acceptera.

— On serait envahi par les avocats avant que tu n'aies fini de parler. Ces bons vieux Dart & Morris érigeraient un mur épais de deux mètres entre nous. Quel intérêt ?

— Une fois là-bas, je pourrai lui parler, et si je peux lui parler, je pourrai l'amadouer. Tôt ou tard, il écoutera la voix de la raison.

— Davey, *alias* le Cheval de Troie.

— Exactement.

Nora s'appuya au dossier de sa chaise et contempla son mari pendant ce qui lui parut être un long moment.

— Je savais que ça ne te plairait pas, reprit-il. Mais il faudra bien qu'il finisse par se calmer.

— Davey, ton père fait de son mieux pour refaire de toi un enfant, et tu veux l'y aider. Une fois que tu seras là-bas, il continuera ses assauts. Quand il en aura fini avec toi, tu porteras des couches, tu boufferas de la purée de carotte, et on aura divorcé.

— Tu as vraiment une haute opinion de moi !

Son visage était à présent d'un rose plus vif.

— Je sais ce qui se passe quand tu es avec lui. Tu deviens muet et tu fais tout ce qu'il dit.

— Pas cette fois-ci. (Il grimaça en regardant son verre, puis se tourna vers sa femme dans une attitude presque défiante.) Où as-tu pris ces conneries comme quoi ma mère aurait écrit les bouquins de Morning et de Teatime ? Dans l'horoscope ?

— C'est la vérité, affirma Nora. (Davey fit la moue.) Je lisais tranquillement quand je suis tombée sur les éraflures et une phrase commençant par « vraiment ». J'en suis restée baba.

— Pas autant qu'elle. Elle n'a même jamais lu ce genre de romans. Tu as entendu mon père ? Pourquoi aurait-elle fait ça, de toute façon ?

— Parce qu'Alden l'y a poussée. Il croyait se faire facilement un paquet de fric avec les romans d'horreur.

Davey eut une expression dégoûtée et contempla à nouveau son verre.

— Même si une idée aussi démente t'est venue, qu'est-ce qui t'a pris de lui en parler ? Tu n'avais pas idée de ce qui allait se passer ? Je ne comprends pas comment...

Il leva les mains, accablé.

— Elle était en train de m'incendier en prétendant que je crachais sur son chef-d'œuvre. Pour la calmer, je lui ai dit que c'était bien meilleur que ces bouquins-là. Je croyais la flatter.

— C'est malin, commenta-t-il. Tu balances une bombe au milieu du salon et tu t'attends à ce qu'elle prenne ça pour un compliment.

Nora s'écarta de la table.

— Je vais me coucher. Tu viens ?

— Je reste. Je ne pourrai pas dormir avant des heures.

— Mais tu passeras ces coups de fil ?

— Je n'ai pas besoin que quelqu'un d'autre me harcèle.

— Désolée. Je n'en parlerai plus, c'est promis. (Elle recula vers la porte.) À tout à l'heure, alors ?

— Je suppose.

Elle se força à sourire en quittant la pièce.

41

Environ une demi-heure après que Davey fut parti travailler, le lundi matin, Nora poussa un cri perçant et s'éveilla. Une sueur abondante la recouvrait, trempait les draps. Une petite flaque frémissait entre ses seins. Elle gémit, s'essuya le visage de ses mains, puis s'empara d'une partie sèche du drap, du côté de son mari, et s'épongea la poitrine.

— Foutredieu, jura-t-elle, une expression héritée de Matt Curlew.

Dès qu'elle eut chassé l'humidité, ses pores en laissèrent couler d'autre. Tout son corps irradiait.

— Oh, merde, jura-t-elle. Des bouffées de chaleur.

Elle ignorait qu'on pouvait en avoir en dormant. Un insecte se mit à lui courir sur la cuisse droite et elle releva la tête pour l'observer. Il n'y avait rien sur sa jambe, mais la sensation persista. Nora tenta de la chasser en se grattant. L'animal invisible parcourut encore quelques centimètres le long de sa cuisse et cessa d'exister. Elle se laissa aller sur les draps humides, en se demandant si les insectes fantômes étaient monnaie courante durant les bouffées de chaleur ou s'il s'agissait là d'une innovation de sa part. Quelques secondes plus tard, sa sueur devint froide, et la crise passa.

Elle se doucha et enfila par habitude un T-shirt bleu foncé, un short blanc et ses Nike : elle réalisa qu'elle s'était habillée pour courir. Elle passa dans la cuisine, but un verre de jus d'orange, et songea qu'elle connaissait au moins une personne assez simple pour ne pas s'offusquer de ce que d'autres considéreraient comme une question indiscrète. Attirant à elle l'annuaire du téléphone, elle chercha le numéro de Beth Landrigan. Ce ne fut qu'en entendant la sonnerie, à l'autre bout du fil, qu'elle se demanda si elle n'appelait pas trop tôt.

Le salut insouciant de Beth chassa cette crainte.

— Nora, quelle bonne surprise. Je pensais justement à vous. Notre déjeuner de la semaine dernière était tellement agréable qu'on devrait recommencer. Juste nous deux : pas de maris bruyants. Libérons-nous et allons au Château.

— Super, approuva Nora, j'adore le Château, et Davey ne veut jamais y aller.

— Arturo y passe pratiquement sa vie, mais il n'y va pas pour le déjeuner, donc on sera tranquille. Mercredi ?

— C'est dit. Midi et demi ?

— Vous pourriez attendre jusqu'à une heure ? J'ai un cours de japonais à onze heures et demie, le mercredi, et ça dure une heure.

— Bien sûr, acquiesça Nora. Des cours de japonais ? Je suis impressionnée.

— Moi aussi. Je commence à le parler comme si j'étais du coin... d'un coin d'Allemagne, malheureusement. De toute façon, vous ne m'appelez pas pour parler de mes difficultés linguistiques. Qu'est-ce qui vous amène ?

— Je voulais vous poser une question, et j'espère qu'elle ne va pas vous vexer.

— Allez-y.

— C'est en rapport avec la ménopause.

— Me vexer ? Vous plaisantez ? Toutes les femmes que je connais sont ménopausées, y compris moi. C'est la grande mode. Quelle est la question ?

— J'ai eu mes premières bouffées de chaleur, ce matin.

— Bienvenue au club.

— Il m'est arrivé une chose bizarre. En plein milieu, j'ai senti un insecte me courir sur la jambe, mais il n'y avait rien. Pourtant, je le sentais vraiment. Est-ce que ça vous est jamais arrivé ?

Beth éclata de rire.

— La première fois, j'ai failli sauter au plafond. On nous parle des bouffées de chaleur, on nous parle des suées nocturnes et d'un tas de choses déplaisantes, mais on ne nous prévient jamais, pour l'insecte.

— Je suis contente que ça ne soit pas trop original.

— Il y a même un nom pour ça. Je ne m'en souviens pas, mais ça ressemble à masturbation. Je devrais peut-être demander à mon prof comment ça se dit en japonais. Quoique en y réfléchissant, je ferais mieux de m'abstenir : il partirait en courant. C'est un intellectuel, mais il n'a probablement aucune idée de ce qu'est la ménopause.

— Il en sait sans doute plus sur la masturbation, remarqua Nora.

Les deux femmes rirent et discutèrent encore quelques minutes avant de se dire au revoir.

Ragaillardie par cette conversation, ravie d'une amitié en perspective avec une Beth Landrigan intelligente, drôle et équilibrée, Nora posa sa casquette sur ce qu'elle espérait être une tête tout aussi équilibrée et quitta la maison.

Trois quarts d'heure plus tard, alors qu'elle ouvrait la porte d'entrée, elle entendit sonner le téléphone et courut en haut des escaliers pour répondre. La transpiration fonçait son T-shirt et luisait sur ses jambes. Elle décrocha vivement.

— Allô ?

— Ici Holly, Nora. J'aimerais que vous passiez au poste tout de suite. C'est possible ?

— Natalie a dit quelque chose ?

— Il y a un tas de sujets dont nous devons discuter et celui-là en fait partie. Si vous n'avez pas de voiture, je peux envoyer quelqu'un vous prendre.

— Je viens de rentrer de mon jogging et je suis en nage. Laissez-moi le temps de prendre une douche et de me changer. J'arrive.

Il hésita.

— D'accord, mais il y a des gens, ici, qui vont devenir très nerveux si vous n'arrivez pas très vite. Alors essayez de vous dépêcher.

— Vous me parlez d'un ton terriblement... sec, Holly. Est-ce que je dois m'inquiéter ? Ma vie part tellement à vau-l'eau, en ce moment, que plus rien ne peut me surprendre.

— Ce n'est pas tout à fait aussi simple, répondit le policier. Faites ce que vous avez à faire et venez aussi vite que possible.

— Je serai là d'ici vingt ou vingt-cinq minutes.

— Passez par-derrière. C'est un vrai zoo, ici.

— D'accord, acquiesça Nora. À tout à l'heure.

Fenn raccrocha sans un mot.

42

Nora se gara à la même place que Davey la fois précédente, derrière le bureau de Fenn. À travers la fenêtre, elle aperçut l'arrière du crâne et les épaules de l'inspecteur, qui s'entretenait avec Barbara Widdoes, laquelle faisait les cent pas devant sa table de travail. Plusieurs autres personnes étaient présentes, silhouettes sombres, au fond de la pièce. Nora remonta en courant la rangée de véhicules de police. Elle avait enfilé un chemisier bleu, un jean et des mocassins marron. Ses cheveux mouillés lui collaient aux oreilles. Son cœur battait à tout rompre.

La porte de derrière s'ouvrit alors qu'elle remontait l'allée bétonnée. Un policier en uniforme, au physique de footballeur, aux cheveux roux et aux joues parsemées d'acné s'avança sur le seuil. Il regarda à droite et à gauche avant de tourner vers elle son visage grêlé.

— Mrs Chancel, c'est ça ? Je vais vous escorter jusqu'au bureau de l'inspecteur Fenn, et il va falloir faire vite. Les choses sont un peu compliquées, ici, aujourd'hui.

— Ici aussi, répondit-elle.

Il la considéra d'un regard neutre. Elle franchit la porte, derrière laquelle régnait une fraîcheur relative. Un brouhaha de voix chaotiques s'élevait à l'avant du bâtiment.

— Par ici, dit le policier, qui la précéda vivement dans le couloir aux murs cimentés.

Nora songea qu'elle passait énormément de temps à suivre des hommes. Dépassant le bureau de Barbara Widdoes, ils approchèrent de la porte métallique qui menait à la double rangée de cellules. L'image colorée de Dick Dart clignant de l'œil rappela à Nora de regarder droit devant elle, si bien qu'elle ne fit qu'apercevoir les agents en uniforme et les avocats qui encombraient le passage. Une conversation animée, quoique étouffée, occupait les hommes de loi, mais elle ne put ni ne voulut en déchiffrer les paroles. Le brouhaha, à l'autre bout du poste de police, s'intensifia, tandis qu'elle se hâtait à la suite de son guide. Enfin, ils arrivèrent au bureau de Fenn.

Le policier frappa et se pencha à l'intérieur.

— Mrs Chancel, annonça-t-il.

Plusieurs personnes se déplacèrent. Une chaise grinça.

— Faites-la entrer, ordonna Fenn.

Debout derrière son bureau, les bras ballants, il considéra Nora sans l'ombre d'un sourire — tout comme Barbara Widdoes, qui se tenait au garde-à-vous de l'autre côté de la table. L'arrivante sentit des cristaux de panique glacés lui perforer l'estomac. Deux hommes en costume noir et chemise blanche, dont l'un portait des lunettes de soleil à monture noire, s'avancèrent : Slim et Slam, les agents du FBI rencontrés chez Natalie Weil.

— Bonjour, Mrs Chancel, la salua Fenn. (Ainsi il ne l'appelait plus Nora.) Je crois que vous connaissez tout le monde. Barbara Widdoes, notre commandant, et les agents fédéraux assignés à l'affaire, Mr Shull et Mr Hashim.

C'était Mr Shull, le plus grand des deux, qui portait les lunettes. Elles lui donnaient un air vaguement baba-cool que Nora jugea soudain hilarant.

— Ravie de vous revoir, dit-elle, remarque qui fut accueillie par une seconde de silence.

— Je pense qu'on peut régler ça assez vite, reprit Fenn, qui redevint alors Holly. Essayons de faire un peu le point.

— Il serait temps, remarqua Mr Shull, pour lui-même ou pour Mr Hashim, lequel croisa les bras et regarda Nora prendre une chaise.

Holly s'assit. Barbara Widdoes se percha au bord de la chaise voisine de celle de Nora, serrant ses genoux et ses mollets boudinés. Les deux agents fédéraux restèrent debout.

Mr Shull plia ses lunettes et les glissa dans la poche poitrine de sa veste.

— Bien, Nora, continua Holly en souriant. Les personnes présentes dans cette pièce ont des divergences d'opinion sur plusieurs points, notamment à votre sujet, mais avec votre aide, nous allons peut-être arriver à un consensus. Il est important que vous soyez totalement franche avec moi. Vous pouvez essayer ?

— Qu'a dit Natalie ? demanda Nora.

Derrière elle, un des hommes du FBI émit un petit bruit de lèvres.

— Mrs Weil a dit beaucoup de choses, et nous allons en parler d'ici une minute. Je voudrais d'abord en revenir au moment où nous nous sommes rencontrés devant chez elle. Nous avons eu une petite discussion qui m'a fait penser que votre mari et vous pourriez m'aider. Vous vous rappelez ?

— Tout à fait, acquiesça Nora. On vous a dit qu'on était passé une ou deux fois chez elle.

— Six fois, si mes souvenirs sont bons. La dernière, quinze jours avant sa disparition.

Nora hocha la tête en maudissant Davey et ses mensonges de vantard.

— Voulez-vous vous en tenir à cette version, ou en avez-vous une autre ?

— Eh bien, la vérité, c'est que je n'étais pas entrée dans cette maison depuis plus de deux ans.

Barbara Widdoes abattit les mains sur ses genoux. Mr Hashim et Mr Shull passèrent lentement derrière le bureau de Holly.

— Ça correspond à ce que nous a dit Mrs Weil. Si vous aviez une bonne raison de m'induire en erreur quant à la nature de vos relations avec elle, j'adorerais la connaître.

Nora soupira.

— En fait, c'est Davey, mon mari, qui a dit que nous étions venus la voir si souvent que ça, et que nous avions dîné chez elle quinze jours plus tôt. Vous vous rappelez ? Il a prétendu qu'on avait mangé mexicain et regardé le catch à la télé. C'est exact, mais ça s'est passé un mois avant qu'on achète la maison, quand elle nous a bel et bien invités.

— Vous savez pourquoi il a dit une chose pareille ?

Elle poussa un nouveau soupir.

— Il a... comment dire ? Il a l'habitude de déformer la vérité. La plupart du temps, ça ne va pas au-delà de l'exagération... Il arrange un peu les faits.

— Si mes souvenirs sont bons, cet arrangement-là, vous l'avez cautionné.

— On venait de se disputer et je n'avais pas envie de l'irriter, particulièrement en le contredisant devant vous. D'ailleurs, quand j'y repense, il me semble que vous aviez compris qu'il mentait.

— Il n'y avait pas besoin d'être Sherlock Holmes, confirma Holly. De notre point de vue, ça vous rendait intéressants, tous les deux. C'est pour ça que j'ai décidé de vous faire entrer, pour voir si d'autres choses intéressantes se feraient jour.

— Et si on en arrivait au fait ? demanda Mr Shull. On pourrait peut-être abréger les amabilités.

— Au fait ? s'enquit Nora.

Il lui sourit.

— Il y a une chose que nous estimons tous déconcertante, reprit Holly. Ça concerne les indices trouvés sur les lieux, ainsi qu'une ou deux remarques que vous avez faites, vous ou votre mari. Vous vous rappelez qu'il a dit que vous ne pensiez pas que Mrs Weil était morte ?

— Je ne sais pas où il a pris ça. J'étais persuadée du contraire.

— C'était un commentaire remarquablement prémonitoire, non ?

— Pour être franche, je crois qu'il essayait juste de me faire passer pour une idiote.

— À cause de votre dispute ?

— Je le suppose.

— Pourquoi vous étiez-vous disputés ?

— Il trouve que je ne témoigne pas assez de respect à son père, et moi, je trouve que son père est un mufle. On tourne en rond.

— Tout ça n'a aucune importance, intervint Mr Shull. Si vous n'en arrivez pas au fait tout de suite, je prends l'interrogatoire en main.

— Nous y sommes, l'apaisa Holly. (Il sourit lui aussi à Nora, mais sans la méchanceté de l'agent fédéral.) Passons au moment où nous sommes arrivés à la chambre de Mrs Weil. Vous vous rappelez l'état de la pièce ? (Nora acquiesça.) Vous vous rappelez ce que je vous ai dit ?

— Que je n'étais pas obligée d'entrer si je ne le voulais pas.

— Et après ?

— Je ne m'en souviens pas, désolée.

— Je vous ai demandé si ça ne vous faisait pas reconsidérer votre idée quant à la mort de Mrs Weil.

— Je ne me rappelle pas, persista Nora.

— Ni de votre réponse ? À propos du sang, dans la chambre ?

— Non.

— Vous avez dit : « Ce n'est peut-être pas son sang. » Ça vous revient, maintenant ?

— Oui, c'est exact. Mais ça m'est juste venu à l'esprit à cause de Davey, de ce qu'il vous avait dit dehors. (Elle leva les yeux vers Mr Shull, qui lui rendit son regard en souriant.) Bien sûr que c'était son sang ; ça ne pouvait pas être autre chose. (Elle se retourna vers Holly Fenn.) Ça ne l'était pas ? C'était pourtant du sang.

— Oui, c'en était.

— De quelle sorte ?

— Animal, lui apprit Holly. Du sang de cochon, probablement. Vous voyez pourquoi votre remarque nous intéresse.

— Je crois, oui, mais vraiment, ce n'était qu'une bêtise.

— Nous sommes dans une situation embarrassante, Nora.

— *Vous* êtes dans une situation embarrassante, corrigea Mr Shull.

— Donc, quand vous disiez que ce n'était peut-être pas le sang de Mrs Weil, vous ne saviez rien qui pouvait vous le faire penser ?

— Rien du tout, mais toute cette histoire de disparition est très bizarre.

— Oui. Il est temps d'en arriver à la victime. Elle a raconté bien des choses contradictoires, mais elle nous a donné une information nouvelle.

Barbara Widdoes ouvrit la bouche pour la première fois.

— Vous saviez que votre mari et Mrs Weil avaient une liaison, n'est-ce pas ?

— Je ne l'ai appris que samedi après-midi.

— Comment ?

— Davey me l'a dit. Il était bouleversé par ce qui était arrivé à Natalie, et il m'a tout déballé.

— Vous niez avoir pris part à l'enlèvement et aux mauvais traitements subis par Mrs Weil ?

— Il n'est toujours pas certain qu'il y ait eu enlèvement, s'interposa Holly.

— Vous étiez dans mon bureau, samedi matin, répliqua Barbara Widdoes. Vous avez vu cette femme devenir hystérique quand elle a vu Mrs Chancel, et le rester jusqu'à ce qu'on la mette sous sédatif. Ce qui s'est passé est très clair à mes yeux, et devrait aussi l'être aux vôtres. Mrs Chancel a appris la liaison de son mari et enlevé la victime, avant de l'enfermer sur son ancien territoire : la vieille crèche. Je suis sûre que vous vous rappelez l'incident. Elle l'a séquestrée jusqu'à ce que Mrs Weil parvienne à s'échapper. Toutes ces coïncidences ne me plaisent pas. Les indices se recoupent, et je ne crois pas que Mrs Chancel doive être autorisée à quitter ces lieux : il faut lui lire ses droits et l'arrêter.

— On finit quand même par y venir, approuva Mr Shull.

— Vous voulez m'arrêter ? s'étonna Nora. Je n'ai rien fait à Natalie. Je ne traiterais pas mon pire ennemi comme ça. (Elle se tourna vers Holly Fenn.) Vous disiez qu'elle s'était contredite, non ? À mon sujet ?

— C'est exact, Barbara, remarqua Holly. Et ne l'oubliez pas, vous non plus, Mr Shull. La victime n'est pas loin de prétendre qu'elle a été enlevée par des petits hommes verts venus de l'espace. Elle dit que Mrs Chancel l'a forcée à sortir de chez elle et l'a enfermée dans l'ancienne crèche, mais cela nous apprend-il quoi que ce soit à propos du sang animal ? (Il rendit son regard à Nora.) Voilà où nous en sommes avec Mrs Weil. La première chose qu'elle a dite quand on l'a interrogée, ce matin, c'est que vous êtes allée la voir, que vous l'avez menacée avec un couteau, conduite jusque dans cet immeuble et enchaînée. Deux minutes plus tard, quand on a voulu lui faire répéter son histoire pour en prendre note, elle a déclaré qu'elle n'avait aucune idée de ce qui lui était arrivé. Elle avait beau fouiller dans ses souvenirs de la semaine dernière, elle ne voyait que du brouillard. Elle pensait être arrivée sur Post Road par ses propres moyens, mais était incapable de dire comment ou pourquoi. Alors, on a couché sur le papier tout ce qu'elle avait raconté, on le lui a relu, et on lui a demandé si c'était bien ce qui s'était passé. Elle a répondu qu'elle ne se rappelait pas. Elle s'est arrêtée un moment, et quand on a pu lui reposer des questions, on l'a interrogée à votre sujet. Elle s'est mise à pleurer, à dire que vous l'aviez emmenée à la crèche, et tout a recommencé à zéro. (Il interrogea Barbara Widdoes du regard.) C'est bien ça ? Je n'ai rien exagéré ?

— La victime est considérablement perturbée, Holly, mais elle n'arrête pas d'en revenir à cette accusation, et ça me suffit. D'ici un jour ou deux, elle sera capable de tout relier.

— Elle n'arrête pas d'en revenir à l'histoire de l'enlèvement, c'est vrai, mais elle n'arrête pas non plus de dire qu'elle a erré au hasard, toute seule. À moins que Mrs Chancel ne passe aux aveux et ne plaide coupable, nous allons être obligés d'aller en justice. Vous croyez vraiment que nous avons assez d'éléments ?

Barbara Widdoes jeta un coup d'œil à Mr Shull.

— Nous avons le plus vieux mobile du monde, Mrs Chancel a eu toutes les occasions possibles, et nous allons trouver des preuves d'ici dix secondes. Dans l'ancienne crèche où elle a emmené le gamin la première fois qu'elle s'est exercée au kidnapping. (Nora et Holly Fenn se mirent tous deux à protester, mais Barbara Widdoes se leva.) Passons à la phase suivante. Dès que nous aurons fait subir la procédure légale à Mrs Chancel, elle pourra appeler son avocat. En fait, il est sans doute déjà là. (Elle baissa les yeux vers Nora.) Vous êtes cliente de Dart & Morris, non ? Leo Morris attend qu'on établisse les chefs d'accusation contre Mr Dart, ce que nous allons faire dès que nous en aurons fini avec vous. Si vous voulez, je peux l'informer de votre situation et lui dire que vous demandez à le voir.

Nora pivota sur sa chaise pour se tourner vers Holly.

— Je ne rêve pas ? Je vais vraiment être arrêtée pour un crime que je n'ai pas commis ?

— Barbara est notre commandant. C'est elle qui décide. Mettez votre avocat sur le coup.

Sa situation s'imposa soudain à elle, improbable, désespérée, au point qu'elle renvoya la tête en arrière et ne put s'empêcher de rire. Ses compagnons la fixèrent avec des expressions variant de l'inquiétude au mépris.

— Ça ne va pas, Mrs Chancel ? demanda Barbara Widdoes.

— Si vous saviez tout ce qui ne va pas dans ma vie.

Holly contourna son bureau en consultant sa montre.

— Je vous prêterais bien mon téléphone pour appeler votre mari, mais nous manquons de temps. Je veux en avoir fini avec vous avant que l'histoire de Dick Dart n'échappe à notre contrôle. Quand on aura terminé, je vous emmènerai dans une des salles d'entretien. Vous pourrez téléphoner en attendant Leo Morris.

Nora se leva.

— Nous aussi, nous aurons besoin de passer un petit moment avec Mrs Chancel, intervint Mr Shull.

— Comment pourrais-je l'oublier ? (Holly posa la main entre les omoplates de Nora et la poussa en avant.) Si on n'en finit pas très vite, ça va prendre des heures. D'ici dix minutes, on va être en plein délire.

— On est déjà en plein délire, remarqua-t-elle.

Sans retirer sa main, il ouvrit la porte de l'autre, fit passer Nora dans le couloir et l'y suivit. Des éclats de voix et des piétinements retentissaient à l'autre bout du poste. Avant que Barbara Widdoes et les agents fédéraux ne fussent sortis du bureau, une véritable foule déboucha à l'angle du corridor. En tête, se trouvait l'agent LeDonne, précédant de quelques pas un Leo Morris qui considéra Nora avec une intense curiosité dépourvue de compassion. Près de l'avocat, Dick Dart, en costume gris et chemise blanche, sans cravate, l'aperçut à son tour et sourit.

— Qu'est-ce que c'est que ça ? lâcha Holly. Merde, ils le font passer par derrière pour éviter les journalistes. Je vais les renvoyer aux cellules pour qu'on s'occupe de vous d'abord.

LeDonne ralentit en découvrant l'inspecteur, et les deux hommes qui le suivaient le percutèrent.

— Ramenez-le en cellule, LeDonne. Je veux régler cette affaire avant la sienne. Ça vous convient, maître ?

Leo Morris inspecta Nora de ses yeux cernés, l'air sinistre. Elle tenta de reculer dans le bureau, afin d'échapper au sourire de Dick Dart, mais Barbara Widdoes se pressa contre elle et l'empoigna par les bras.

— La charmante épouse de Davey Chancel, constata Dart.

Nora ferma les yeux. Holly se tourna vers LeDonne.

— Remmenez-le et éloignez les journalistes.

Avant que l'agent ne pût répondre, un deuxième groupe envahit le couloir, aboyant des questions. Deux ou trois hommes munis de caméras vidéo se forcèrent un chemin jusqu'au premier rang.

— Arrêtez ! cria l'inspecteur. N'allez pas plus loin. LeDonne ! Attendez une seconde avant de raccompagner le prisonnier par derrière. Notre commandant va emmener ces messieurs dans son bureau. Mrs Chancel et moi attendrons ici.

Barbara Widdoes lâcha Nora et sortit du bureau, suivie des agents fédéraux. Il s'éloignèrent le long du couloir.

Holly éleva la voix.

— Que les journalistes retournent dans le hall. C'est intolérable. Me fais-je bien comprendre ?

— Nora-chou, susurra Dick Dart, toujours souriant.

Elle croisa ses yeux étincelants.

Leo Morris et Holly Fenn suggérèrent au prisonnier de se taire, en termes différents, mais il ne quittait pas Nora du regard.

— Quelle journée passionnante, remarqua-t-il.

Sur ces mots, il enroula le bras gauche autour du cou de LeDonne et arracha son revolver de son étui. La chose se déroula si vite que l'agent se retrouva à moitié étranglé, un canon sur la tempe, avant que Nora n'eût réalisé que Dart avait bougé.

LeDonne cessa de lutter, et Holly s'avança. Les journalistes se turent. Le doigt du prisonnier se crispa sur la détente.

— Allons, allons, soyez sage, conseilla-t-il.

L'inspecteur leva les mains.

— Vous êtes dans un poste de police, Mr Dart, déclara-t-il. Relâchez cet agent et rendez-lui son arme.

— Faites ce qu'il dit, conseilla Leo Morris, en un couinement haut-perché.

— N'est-il pas évident que je maîtrise la situation, Leo ?

— Pas pour longtemps, intervint Holly.

— Contre le mur !

L'inspecteur traversa lentement le couloir. Nora le suivit.

— Non, Nora. Vous, vous repassez cette porte.

Dart appuya plus fort le canon de l'arme sur la tête de LeDonne, qu'il fit avancer vers elle comme un pantin. L'agent était écarlate. La rage et la panique brillaient dans ses yeux. Nora interrogea du regard Holly Fenn, qui fit la moue et hocha la tête. Elle recula.

— On peut savoir à quoi vous jouez ? demanda l'inspecteur.

— Simple échange de prisonniers, répondit le meurtrier. Suivi par une évasion audacieuse et une fuite réussie. Quelque chose comme ça.

Holly ouvrit la bouche pour répondre. Avant qu'il n'en eût le temps, Dart propulsa LeDonne vers lui — et se matérialisa aussitôt au côté de Nora. Il lui enserra le cou d'un bras et lui pressa le canon sur la tempe, alors que l'agent heurtait son supérieur. Elle sentit le contact rude et froid du métal. Le souffle lui manquait.

— Prête ? interrogea-t-il. Bagages bouclés ? Passeport valide ?

Il l'entraîna dans le bureau de Holly, et en claqua la porte d'un coup de pied.

LIVRE IV

BON AMI

Le vieillard se tourna vers le garçon frissonnant et déclara : « Tu n'es pas entré sans but dans ma caverne. En ces ténèbres, tu apprendras la peur. »

43

Dick Dart renversa Nora en arrière sur son genou afin de pouvoir pousser le verrou.

— On va passer par la fenêtre. Si vous me causez le moindre problème, je vous descends sur place. C'est compris ? (Comme elle hochait la tête, il la propulsa à l'autre bout de la pièce.) Où est votre voiture ?

Elle désigna la Volvo à travers la vitre. Dans le couloir, Holly Fenn cria. Le bouton de porte s'agita violemment.

— J'ai un ange gardien très actif, remarqua Dart. Ouvrez la fenêtre, sautez, et mettez-vous au volant. Je suis juste derrière vous.

Nora glissa les mains, de très efficaces petites mains, sous la vitre, qu'elle releva. Elle passa la jambe gauche par l'encadrement et la vit se découper sur le gazon, la cuisse fine, gainée de denim bleu, la cheville, le pied étroit, dépourvu de chaussette, dans un mocassin de cuir brun tressé. Une jambe qui lui semblait totalement surréaliste, suspendue au-dessus de l'herbe. Qu'allait-elle bien pouvoir faire, à présent, cette drôle de jambe ?

La drôle de jambe se tendit vers la bordure verte qui séparait le bâtiment de l'allée bétonnée, et y atterrit quand l'arrière-train de l'otage passa par-dessus l'appui de la fenêtre. Maladroitement, Nora ramena à elle sa jambe droite. À peine se fut-elle écartée que Dick Dart se jetait la tête la première dans l'ouverture, le revolver pressé contre le torse. Il ramena les pieds sous lui en plein vol et atterrit si près d'elle qu'elle sentit les vibrations dans le sol. La forçant à pivoter, il lui enfonça l'arme dans le dos.

— Les clefs, ordonna-t-il. (Elle les tira de sa poche tandis qu'ils trottaient vers la voiture.) Montez et démarrez. *Vite !*

Il se glissait déjà sur le siège du passager. En nage, Nora quitta sa place de stationnement.

— Vous voulez que je prenne la petite route ?

— C'est un vrai veau, cette bagnole. Il va falloir en changer. Plus vite, plus vite. Au bout de la rue, prenez à gauche et foncez vers la I-95.

Nora ralentit à l'approche du panneau stop. Dart hurla et lui colla le revolver contre la tempe. Elle appuya sur l'accélérateur, grilla le stop, et tourna à gauche. Lui visant toujours la tête, Dart jeta un coup d'œil par la lunette arrière et poussa un cri joyeux.

— Ils ne sont pas derrière nous. Ces abrutis sont encore en train de parler à la porte ! (Il abaissa son arme et s'assena une claque sur le genou.) Ah ! Ils n'ont pas réussi à traverser le troupeau de journalistes. Ça prouve bien à quel point la presse de ce pays est à chier. (Il lui sourit. Des remugles de transpiration, d'huile, de mauvaise haleine et de saleté intime flottaient autour de lui.) Souriez. Vous êtes sur la route avec Dick Dart : c'est la grande aventure.

Roulant à cent à l'heure dans une rue bordée d'arbres totalement inconnue, qu'elle avait parcourue des dizaines de fois, Nora entendit à peine ces paroles. Elle avait les mains crispées sur le volant, les dents serrées, et il lui semblait que ses paupières avaient disparu. Elle grilla deux nouveaux stops. Où était donc la I-95 ?

— J'ai su que nous avions des points communs la première fois que je vous ai vue. Mon ange gardien veille sur moi, il me guide : il ne m'arrivera jamais rien de déplaisant. Qu'est-ce que vous branlez, bordel ? (Il lui enfonça le canon du revolver dans l'oreille.) Arrêtez-vous, merde !

Nora écrasa le frein. Ses mains tremblaient. Elle avait la gorge serrée.

— Où est-ce que vous allez ? C'est pas le moment de prendre l'itinéraire touristique.

Le métal lui meurtrissait l'oreille.

— Je ne me rappelle plus la route, avoua-t-elle.

— Chapeau pour le sang-froid ! (Il regarda par la lunette arrière, puis abaissa son arme.) Reculez jusqu'au stop, prenez à droite jusqu'à Station Road, et puis à gauche. On va vers New Haven.

Elle fit marche arrière et obliqua en direction de Station Road. Dans le lointain, des sirènes hurlaient.

— Appuyez sur le champignon, espèce de conne. Vous nous avez faire perdre au moins trente secondes. Foncez !

Nora enfonça l'accélérateur et la Volvo s'élança. Au stop suivant, elle frôla un van Dodge qui venait de s'engager dans l'intersection. Le conducteur appuya sur le klaxon et le laissa hurler.

— Connard, lâcha Dart. Attention ! Doublez-moi ceux-là !

Deux voitures roulaient devant eux. Les sirènes se rapprochaient. Un cycliste casqué pédalait vers eux au centre de l'autre voie.

— Et lui, je...

— Vous lui foncez dessus, à ce con !

Nora déboita, accéléra. Le conducteur du véhicule qu'ils dépassaient les contempla avec une surprise qui n'était rien auprès de la stupéfaction du cycliste. Quand elle klaxonna, ce dernier perdit deux des cinq secondes dont il disposait à agiter l'index en hurlant. Nora serra les coudes contre le torse, ses lèvres s'étirèrent à se déchirer, et une plainte de terreur aiguë lui échappa.

— Bye-*byeee*, chantonna Dart.

Le cycliste s'écarta brutalement et cessa d'être visible par le pare-brise une seconde avant que la Volvo dût le percuter. Nora se retourna. Elle eut la vision fugitive de l'homme et de la bicyclette, enchevêtrés au fond d'un fossé herbu, puis dépassa la deuxième voiture à cent vingt kilomètres à l'heure.

— J'espère qu'il s'est tordu le cou, ce connard, lâcha Dart. Bon boulot, ma petite. Mais si vous vous arrêtez au feu de Station Road, je vous fais sauter le mamelon droit avec une balle. Compris ?

La Volvo faisait l'ascension d'une petite côte. Au sommet, elle décolla un instant de la route avant d'y retomber lourdement. Dick Dart poussa un cri joyeux et agita le revolver. À deux blocs de là, au bout de la route déserte, le feu était rouge. Des véhicules franchissaient l'intersection dans les deux sens.

— Je ne peux pas faire ça.

— Pauvre bébé, il va vous manquer, ce mamelon. Et puis ça va faire mal. Mais vous savez quoi ? (Il lui caressa le sommet de la tête.) Je parie que ça va passer au vert avant qu'on arrive. Si je gagne, il faudra que vous me racontiez tout ce que vous avez fait à Natalie Weil.

— Si vous perdez, on va être transformés en sauce tomate.

Elle franchit un carrefour en trombe. Désormais, un seul bloc les séparait du feu.

— *C'est la vie*[1].

Un son grave résonna dans sa gorge de Nora. Elle tendit les bras, serra les coudes.

— Ralentissez un peu pour tourner.

Dart paraissait d'un calme absolu. Nora écrasa le frein. Sa poitrine heurta le volant. Son passager, vautré sur le siège, glissa jusqu'à ce que ses genoux se coincent contre le tableau de bord. La voiture s'engagea dans l'intersection en dérapant, juste au moment où le feu passait au vert. Dart reprit sa position d'origine et s'accrocha à la portière. Nora se cramponna au volant, redressa la Volvo.

1. En français dans le texte. *(N.d.T.)*

— Hourra ! Nora conserve son bout de sein. Personnellement, j'en suis ravi.

C'est lui qui en est ravi ? s'interrogea-t-elle, avant de déclarer :

— Il faut que je ralentisse. Regardez toutes ces bagnoles.

Nombre d'automobiles circulaient par groupes de deux ou trois sur les quatre voies rectilignes de Station Road.

— Doublez-les. Serrez les fesses et allez-y. Je ne rigole pas. On prend la voie rapide et on se casse de là. Ensuite, vous pourrez me parler de Natalie Weil.

Les quatre minutes suivantes furent un véritable chaos de klaxons emballés, de visages stupéfaits, de poings brandis, et d'accidents évités au dernier moment, quand les autres conducteurs réalisaient que non, la propriétaire du break qui arrivait en face d'eux n'avait pas l'intention de se rabattre. À plusieurs reprises, la persistance de Nora occasionna de petits dégâts aux pare-chocs des véhicules qui devaient se pousser afin de laisser passer ceux qui en faisaient autant pour la laisser passer, elle. Finalement, elle se rabattit d'un coup sur la droite, dans un nouveau concert furieux, et s'engagea sur la voie d'accès de la I-95. Ce qui lui apparut comme quatre files ininterrompues de voitures et de camions lancées vers Hartford et New Haven se profila devant elle. Elle ferma les yeux et conserva le pied au plancher. Quand elle les rouvrit, trois longues secondes plus tard, elle était sur le point de percuter l'arrière d'un trente tonnes pourvu d'énormes autocollants proclamant AU LARGE, CRÉTIN. Elle prit le large.

Une voiture de police de l'État, gyrophare et sirène en action, fonça vers eux, de l'autre côté du séparateur central, et les croisa en coup de vent.

— Si vous envisagez de poursuivre votre carrière criminelle, vous pourrez toujours trouver du boulot comme chauffeur pour évasions. Maintenant, on va rouler de manière un peu plus discrète, et passer chez Cousin Lenny.

C'était le restaurant où Davey s'était convaincu de l'innocence de sa femme en mangeant des boulettes de viande inondées de ketchup.

— Pourquoi là ?

— Tous les flics de l'État — que dis-je ? Tous les flics du nord-est cherchent votre tas de boue suédois. Si vous comptez devenir une spécialiste de l'évasion, Nora chérie, il va falloir vous mettre à réfléchir en conséquence. (*Je ne suis pas ta chérie*, songea-t-elle.) Allez ! Dites-moi ce que vous avez fait à Natalie Weil.

Il était appuyé à la portière du passager, un rictus aux lèvres.

— Comment savez-vous ça ? Vous étiez en taule depuis deux jours.

— Quand je ne discutais pas de mes petites manies avec l'ignoble Leo Morris, cette espèce de gros dégueulasse malhonnête aux yeux d'écureuil, je passais pas mal de temps en compagnie des jeunes et fringants policiers de Westerholm. Ils m'ont mis au courant de la deuxième histoire intéressante qui se déroulait au poste. J'ai entendu dire que d'après le commandant, vous aviez kidnappé Mrs Weil, alors que l'inspecteur principal vous croyait innocente.

— Il vous ont dit ça ? s'exclama Nora, interloquée.

— Si jamais j'avais tué quelques-unes des vieilles salopes les plus en vue de Westerholm, ce que j'ai nié formellement — mais à vous, je ne mentirai pas —, si jamais j'étais la célébrité en question, il ne fait aucun doute qu'il m'intéresserait de savoir que j'ai fait une émule. Et pas n'importe quelle émule, non, non : la délicieuse Nora Chancel, l'épouse du séduisant quoique mollasson Davey Chancel. Il va sans dire que j'en ai été honoré. Leo Morris, en revanche, n'a pas reçu la nouvelle avec autant de plaisir.

— Il est au courant ?

— C'est moi qui le lui ai dit. La perspective d'avoir à préparer votre défense ne l'enchantait pas. En fait, il ne vous aime pas tellement, ni votre mari ni le reste du clan Chancel.

— Leo Morris ?

— Ne nous écartons pas du sujet. C'est vrai, n'est-ce pas ? Vous avez tabassé cette petite conne. Vous l'avez séquestrée et vous lui avez fait des choses innommables.

Nora demeura muette un instant, puis déclara :

— Oui. Je l'ai tabassée. Ensuite, je l'ai enfermée dans une pièce répugnante et je lui ai fait des choses innommables.

— Qu'est-ce qu'elle vous avait fait, elle ?

— Elle a couché avec mon mari.

— Vous alliez la descendre ? interrogea Dart, moins badin qu'auparavant.

— Je ne pouvais pas me permettre de la libérer.

— Quelle aubaine ! Mon négatif, mon équivalent féminin ! Ça ne veut pas dire que je ne vous tuerai pas, mais je suis enthousiasmé.

— Pourquoi m'avez-vous fait sortir de prison, si vous comptez me tuer ?

— Si vous êtes sage, il est possible que je vous garde avec moi.

— Vous vous déplaceriez plus vite tout seul.

— Qu'est-ce que vous feriez si je vous laissais partir ?

— J'imagine que je prendrais de l'argent à un distributeur et que j'irais à New York. Que je trouverais un moyen de contacter Davey.

— Vous ne tiendriez pas une journée. Vous seriez encore dans la cabine proche du distributeur, en train d'essayer de convaincre cette chiffe molle de vous envoyer votre robe Ann Taylor préférée, que vous vous retrouveriez d'un seul coup encerclée par une centaine de flics. Il faut que vous appreniez à réfléchir de manière totalement différente. En attendant, je serai là pour vous éviter les ennuis.

— C'est ce que vous appelez éviter les ennuis ?

— C'est ce que j'appelle rester en liberté, corrigea-t-il. Et il y a une autre raison pour laquelle je veux vous garder avec moi un moment.

Nora sentit sa nuque se contracter. Jetant un coup d'œil de côté, elle découvrit Dart appuyé à la portière, les mains croisées sur un genou, les lèvres tordues par un sourire.

— Je ne vois pas ce que ça peut être.

— Contrairement à vous, j'ai un plan. Vous avez cette qualité... comment appeler ça ? Cette espèce de franchise rustique que je vois très bien ouvrir les portes voulues.

— Quelles portes ? Quel plan ?

Il porta un doigt à ses lèvres, toujours souriant.

— Je peux sans doute vous en révéler les lignes directrices. Nous allons dans le Massachusetts pour descendre deux vieux cons. Ah ! Voilà ce restau minable. Entrez au parking.

Nora mit son clignotant et changea de file. L'enseigne colossale : AUX BONS PLATS DE COUSIN LENNY flotta vers eux.

— Je peux vous poser une question ?

— Posez.

— Comment savez vous que je porte des robes Ann Taylor ?

— Nora, mon amour, je passe ma vie à discuter avec des femmes. Je sais tout.

— Je peux en poser une autre ?

— Tant que vous ne devenez pas ennuyeuse.

Elle s'engagea sur la voie d'accès au parking de Cousin Lenny.

— Holly Fenn m'a appris qu'un détail des meurtres n'a jamais été révélé à la presse. Qu'est-ce que c'est ?

— Ma petite signature. Je leur ai ouvert le ventre et j'en ai sorti l'essentiel des organes. Permettez-moi de vous dire qu'on en apprend nettement plus comme ça que dans les manuels d'anatomie. Très bien : garez-vous à l'autre bout. On va attendre que le donneur adéquat se manifeste.

Nora rejoignit une rangée de voitures en stationnement, au fond du parking. Une clôture en béton s'élevait devant une rangée de poubelles vertes, derrière lesquelles un pré s'étendait jusqu'à un lointain bouquet d'arbres.

— Garez-vous en marche arrière, intima Dart, histoire qu'on voie nos bienfaiteurs potentiels. Qu'on puisse peser les avantages et les inconvénients.

— Vous savez faire démarrer une voiture sans la clef ?

— Si je savais faire ça, on serait déjà dans une bagnole, en route pour Fairfield. Or, ce n'est pas le cas, n'est-ce pas, Nora chérie ? Non, non, non, non. Il nous faut les clefs de notre nouveau véhicule, et il nous est donc nécessaire de les prendre à son propriétaire. Nous choisirons de préférence un individu âgé que fera trembler la perspective d'être violenté. (Il se pencha et regarda des deux côtés, les mains sur le tableau de bord. La droite tenait le revolver, l'index passé sous le pontet.) Les archers du roy risquent d'arriver d'un instant à l'autre. Il faut trouver notre bienfaiteur sans tarder.

— Ne tuez personne, s'il vous plaît, implora Nora.

— Pauvre petite exécutrice ratée. Excusez-moi. (Il explora à nouveau le parking des yeux.) Tiens donc, qu'avons-nous là ? Une possibilité très nette. (Une longue Lincoln noire, conduite par un vieillard au crâne rond et chauve, se dirigeait vers eux sous le soleil. Près du chauffeur se tenait une jeune femme aux cheveux sombres, mi-longs.) Grand-Papa Gâteau et son trophée sexy. Deux pour le prix d'un.

— Tous les clients du restaurant entendraient les coups de feu.

— Et feraient mine de rien.

La Lincoln recula lentement pour prendre l'unique place libre dans une série de trois, celle du milieu.

— Voilà un homme qui aime son véhicule, remarqua Dart. (Il empoigna Nora par le poignet.) Sortez de mon côté.

Il la tira vers lui et glissa sa main armée dans la poche de sa veste.

— Vous me faites mal.

— Allons bon ! On a gros bobo ? (Il ne la lâcha pas, la laissant se tortiller pour descendre de voiture, puis il l'entraîna vers la Lincoln.) Si je me mets à courir, vous courez, compris ?

Elle acquiesça. Il la tira encore sur deux mètres, puis s'arrêta.

— Qu'est-ce que c'est que ce bordel ?

Le chauve considérait sa compagne avec une totale innocence. Elle faisait de grands gestes. Il souriait. Entraînant Nora, Dart s'approcha lentement de la Lincoln. La femme se donna une claque sur le front, ouvrit sa portière, descendit, et se révéla être une fille de quatorze ans, vêtue d'un pull blanc, d'un jean coupé à mi-cuisses et d'espadrilles à semelles compensées. Sans se soucier de refermer sa portière, elle se dirigea en sautillant vers l'entrée du restaurant. Le vieil homme, qui portait un costume en coton, une chemise blanche empesée et une cravate bleu marine, demeura paisiblement au volant.

— Allah est bon, béni soit son nom... (Dart entraîna violemment Nora jusqu'à la portière ouverte, se pencha et lança :) Bonjour.

Le chauve cligna de ses yeux bleus étincelants.

— Bonjour, monsieur. Vous pourriez m'aider ?

— C'est exactement mon intention, répondit Dart, la main toujours plongée dans la poche que tendait le revolver.

— Je ne me rappelle plus qui je suis. En outre, je n'ai aucune idée d'où je me trouve ni de la manière dont j'y suis arrivé. Vous savez si je suis bien dans ma voiture ?

— Eh non, mon vieux, celle-là, c'est la mienne, affirma son interlocuteur. (Il sortit la main de sa poche. Le bas de sa veste fit un bond en avant.) Mais je vous ai vu arriver, et je peux vous dire où est la vôtre.

— Seigneur ! Je vous présente mes excuses. Je ne comprends pas comment j'ai... j'espère que vous n'avez pas cru que je voulais la voler. (Le vieil homme descendit du véhicule et demeura en plein soleil, clignant des yeux, bienveillant.) J'ai une petite-fille. Ça, au moins, j'en suis sûr, et j'ai l'impression qu'elle était avec moi il n'y a pas longtemps.

— Elle est dans le restaurant, intervint Nora.

— Mon Dieu ! Je ferais mieux d'aller la chercher. Où est ma voiture, déjà ?

— À l'autre bout du parking, répondit Dart en jetant un coup d'œil à sa compagne. Cadillac rouge vif. Pouvez pas la rater.

— Une Cadillac ! Imaginez un peu...

Il prit la main de Nora et la poussa vers la portière.

— Bien du chemin à faire avant de dormir. Vous devriez récupérer votre bagnole avant d'aller chercher votre petite-fille.

— Oui. (Le vieillard fit quelques pas, puis se retourna en souriant.) Bien du chemin à faire avant de dormir. C'est du Robert Frost.

Dart monta au volant. Un instant, le chauve eut l'air déçu, puis le sourire lui revint, et il leur adressa un geste de la main avant de se remettre en marche vers une Cadillac rouge imaginaire.

La Lincoln se dirigea vers la voie rapide.

— Et il y a même le plein d'essence, s'exclama Dart, avant de se retourner vers Nora, furieux. Pourquoi avez-vous parlé de sa petite-fille à ce vieux zombi ?

— Je...

— Ne vous fatiguez pas, je le sais déjà. Il vous faisait pitié. Nous sommes les deux personnes les plus recherchées de la Terre, et vous perdez du temps à faire du social. (Il s'inséra habilement dans la circulation. De l'air frais s'échappait par les aérateurs du tableau de bord.) C'était tellement beau que je ne peux pas rester en colère. *Vous pourriez m'aider ?* J'ai failli m'évanouir. Et il m'a demandé si c'était sa bagnole. (Il renvoya la tête en arrière et lâcha une série d'éclats de rire aussi secs que des coups de feu.) Il me l'a carrément donnée ! (Autres rires.) Vous avez vu cette gueule d'abruti ? Ce vieux con a la tête aussi vide qu'une cassette vierge.

— C'est exact, admit Nora.

— Fouillez dans la boîte à gants. Essayez de savoir comment il s'appelle.

Nora ouvrit le vide-poches et contempla ce qu'il renfermait. Un portefeuille gonflé, en cuir noir luisant, était posé près d'une épaisse liasse de billets maintenue par un élastique.

— Vous n'allez pas tarder à être encore plus content.

— Pourquoi ? (Nora exhiba portefeuille et argent.) Oh, la vache, visez-moi ça. Combien y a-t-il ?

Elle étudia rapidement le rouleau qui distendait le compartiment porte-monnaie du premier : des billets de cent, de cinquante et de vingt dollars. Elle ôta ensuite l'élastique entourant la liasse.

— Une somme étonnante.

Dart lui hurla de compter. Elle effectua des additions par type de billets. Il y avait vingt mille dollars en coupures de cent, mille en coupures de cinquante, et cinq cents en coupures de vingt.

— Vingt-et-un mille cinq cents dollars ? Qui diable est donc ce type ?

Nora souleva un pan de cuir et observa le permis de conduire.

— Il s'appelle Ernest Forrest Ernest. Il habite Hamden.

Le meurtrier se mit à rire à l'énoncé du patronyme.

— C'est le grand Ernest Forrest Ernest ? (Il poussa un petit cri de joie incrédule.) Ce jour compte parmi les plus glorieux et les plus jouissifs de toute mon existence. Vous ne savez pas qui c'est ? (Il la regarda, frémissant de rire réprimé.) Non, vous n'êtes pas assez dans le coup. Votre beau-père le connaît certainement, en revanche. En présence du grand homme, Alden Chancel ferait dans son froc.

— Qui est-ce ?

— Il y a vingt ans, il était vice-gouverneur du Connecticut, et à présent, c'est un peu le grand patron du Parti républicain dans cet État. Le distingué tas de merde que je suis fier d'appeler mon père le révère. Que dire d'autre ? C'est un vrai dieu.

D'abord ténue mais de plus en plus forte, une sirène de police parvint à leurs oreilles. Dart jeta un coup d'œil dans le rétroviseur, lança à Nora un regard menaçant et tira le revolver de sa poche.

— Ils ne peuvent pas être déjà au courant pour cette bagnole.

Sa compagne serra les poings et se contraignit à ne pas hurler. Le dégoût, la haine et la peur l'inondaient. Elle se retourna, constata que le gyrophare se trouvait encore à quatre cents mètres d'eux, et inspecta alors Dick Dart, l'examina vraiment, pour la première fois, avec toute l'intensité de son mépris. De deux ans plus jeune que Davey, il en paraissait cinq de plus. Sa peau avait une vague coloration gris pâle. De nombreuses petites rides creusaient son front. Deux lignes verticales, à peine visibles sous un duvet sombre, lui traversaient la joue. Des vaisseaux sanguins lui parcouraient les pommettes, et des veines plus grosses, rouges et bleues, affleuraient à la base de son long nez charnu. Son foie avait fait bon nombre d'heures supplémentaires. Il avait un visage long, ovale, qu'elle eût trouvé séduisant, quoique assez peu remarquable, sans la détestable vanité qui l'imprégnait tout entier. Ses sourcils étaient arqués en permanence au-dessus d'yeux clairs et vifs. Ses cils évoquaient une rangée de patères. Il émanait de ses traits, à la manière d'une odeur, un mépris hautain des règles et de l'autorité, une malhonnêteté innée. S'ils avaient été lavés récemment, ses cheveux n'auraient pas déparé la tête d'un étudiant moyen : un peu trop longs, tombant en douces et naturelles ondulations sur ses tempes et son front. Ses mains larges et massives avaient été manucurées quelques jours plus tôt. Son costume gris, usé, avait visiblement coûté très cher. Il portait une Rolex en or. Toutes ses vieilles dames, sans exception, l'avaient jugé irrésistible.

— Qu'est-ce que vous faites ? Un inventaire ?

— Non, se hâta de répondre Nora. Je réfléchissais.

— Passez-moi le portefeuille et le reste du fric.

Elle avait oublié le portefeuille posé sur ses genoux et les billets qu'elle tenait en main. Elle tassa autant des seconds qu'elle le put dans le premier, et passa le tout à son compagnon, qui le répartit dans les poches de sa veste.

— Vous réfléchissiez à quoi, exactement ?

— Je me demandais pourquoi vous aviez été suspendu, pendant votre première année à Yale.

— Comment savez-vous... oh, le journal. Eh bien, j'avais tout simplement tabassé une grosse cochonne, en ville. Heureusement pour moi, c'était vraiment une cochonne, et ça ne m'a coûté que la suspension. (Il jeta un coup d'œil dans le rétroviseur.) Les voilà. Normalement, ils devraient chercher votre break de merde.

Nora prit son courage à deux mains.

Le hurlement aigu de la sirène se fit de plus en plus fort. Si Dart se mettait à tirer, elle s'accroupirait devant son siège. Pourrait-elle lui arracher l'arme ? Elle se rappela comment il avait sauté par la fenêtre et repoussa cette idée. Pour un individu en mauvaise forme physique, Dick Dart était étonnamment fort. Elle-même était en très bonne forme, et elle se savait incapable d'un pareil bond de chat.

La voiture de patrouille passa sur la file de gauche et les doubla à toute vitesse. Aucun des policiers qu'elle renfermait ne leur jeta le moindre coup d'œil. Quelques secondes plus tard, cinq véhicules séparaient la Lincoln du gyrophare et du bruit. Dart s'applaudit en poussant des « hourra » et des « youpi ».

— Eh bien, oui, on peut dire que j'ai réussi. (Il porta le canon du revolver à sa bouche.) Je tiens à remercier la direction de l'université, mon père et ma mère, tous mes collègues de bureau, vous vous reconnaîtrez, les gars, Leo, Bert, Henry, Manny, je n'aurais rien pu faire sans votre soutien, et je ne dois pas oublier de mentionner ces charmantes dames que sont mes clientes spéciales, Martha, Joan, Leslie, Agatha — J'adore vos yeux, Agatha ! —, cette chère JoAnne, qui ne manque jamais de commander le meilleur margaux de la carte des vins du Château, Marjorie, Phyllis, la pétillante petite Edna aux chevilles dodues, et la dernière mais non la moindre, l'enchanteresse Olivia, sur qui les taches de rousseur ressemblent à des grains de beauté. Je veux aussi remercier le Créateur des bienfaits dont il a comblé son humble serviteur, ainsi que la police de Westerholm, pour son assistance. Mais par-dessus tout, je tiens à exprimer ma reconnaissance à mon porte-bonheur, ma patte de lapin, mon trèfle à quatre feuilles, ma bonne étoile, mon otage et partenaire en matière de crime, la délicieuse Mrs Nora Chancel. Je n'aurais rien pu faire sans vous, chérie. Vous êtes une magicienne, le vent qui soutient mes ailes.

Il lui envoya un baiser à l'aide du revolver.

— Vous êtes encore plus dingue que je ne le croyais, remarqua Nora.

— La plupart des gens ne donnent jamais libre cours à leur véritable personnalité. Il ne pourraient jamais se laisser aller à faire ce que vous avez fait à Natalie Weil. La différence entre vous et moi, c'est que quand vous traitez quelqu'un de fou, vous estimez que c'est une insulte, alors que je prends ça pour un compliment.

— Je crois que je n'ai plus de véritable personnalité, avoua-t-elle.

— Je vous la ferai découvrir, assura Dart. Rappelez-vous : c'est vous la magicienne.

La véritable personnalité de Nora poussa un gémissement intérieur, et Dart eut son habituelle parodie de sourire humain en s'engageant sur la voie de décélération de la sortie de Fairfield.

44

Dart circulait dans des rues étroites, bordées de maisons à un étage qui s'élevaient sur de petites parcelles, avec des meubles de jardin, des piscines en plastique et des jouets d'enfants aux couleurs vives. Une lueur dansante s'alluma dans ses yeux.

— Il me revient la grave responsabilité de vous libérer de vos illusions, chère Nora.

À un stop, il tourna à droite dans la rue principale presque déserte qui menait au petit quartier des affaires de Fairfield.

— Vous finirez par voir ce que je vois, à travers mes yeux. Je sens... je sens... (Le meurtrier se gara en épi sur un parking, devant une quincaillerie. Il se pencha vers Nora, à dix centimètres du visage de laquelle il approcha la main, l'index et le pouce presque collés.) Vous en êtes à *ça*.

Son odeur la recouvrait comme une brume. Il baissa la main et se laissa aller en arrière, les yeux luisants, la bouche pincée. Elle tenta de ne pas montrer la répulsion qu'il lui inspirait.

— Je vais à la quincaillerie, annonça-t-il. (Un rayon d'espoir incandescent naquit en son otage.) Vous venez avec moi, Nora. Tout appel à l'aide, toute tentative d'évasion, sera réprimé avec la plus grande sévérité. (Il rayonnait toujours, comme si s'exprimer ainsi l'avait énormément amusé.)

J'ai quelques achats à faire, et je ne peux pas encore vous laisser seule dans la voiture. C'est une épreuve : si vous échouez, vous n'aurez certainement plus jamais à en affronter une autre.

— Vous pourriez aussi bien me laisser là, soupira Nora. Je n'irais nulle part. Comment le pourrais-je ? Je suis une des deux personnes les plus recherchées au monde.

— Vilaine fille. (Dart lui tapota le genou.) Le moment viendra où vous disposerez de diverses libertés, mais je dois d'abord avoir la certitude que vous n'en abuserez pas.

Il sortit et contourna la voiture pour ouvrir la portière du passager.

— Vous ne craignez pas d'être reconnu ? demanda Nora.

— Je ne suis venu ici qu'une seule fois. Par ailleurs, personne ne dispose d'une bonne photo de moi. (Il se pencha, souriant, et murmura :) Et si jamais un pauvre malheureux me reconnaissait, je dispose du puissant .38 de l'agent LeDonne.

Il la prit par le coude et l'entraîna dans le magasin.

L'intérieur frais, un peu sombre, rappela à Nora les boutiques de son enfance. Au fond, un homme en manches de chemise se tenait entre un comptoir en bois et un mur couvert de rayonnages où s'entassaient piles, tuyaux, ciseaux divers, rouleaux de papier collant, et une centaine d'autres articles. Entre le comptoir et l'entrée s'élevaient des rangées d'étagères et de bacs, aussi chaotiques que le mur du fond. Matt Curlew avait toujours erré comme en transe dans ce genre d'endroits. Contrairement à lui, Dick Dart traversa vivement les rayons, sélectionnant de la ficelle, deux tournevis différents, un rouleau de chatterton, une pince et un marteau. Il avait lâché Nora dès leur entrée dans le magasin, et elle le suivait docilement, observant ce qu'il achetait avec une inquiétude croissante.

— Vous pourriez poser tout ça sur le comptoir. Comme ça, je commencerais à faire le total, remarqua le caissier.

Quand il regarda Nora, ce qu'il lut dans ses yeux le fit reculer d'un pas.

— Excellente idée, approuva Dart en s'approchant de lui. Besoin de deux ou trois articles dans votre présentoir à couteaux. Vous me l'ouvrez ?

— Bien sûr.

L'homme jeta un nouveau coup d'œil à Nora mais, cette fois, ne parut rien voir d'alarmant. Tirant un gros trousseau de sa poche, il guida Dart vers la vitrine, avant de la déverrouiller et d'en faire coulisser un des panneaux de verre.

— Quelque chose en particulier ?

— Juste un ou deux bons couteaux.

— On n'a pas d'articles fantaisie, mais je peux vous proposer quelques bonnes lames allemandes, avec manche en bois de cerf.

— J'aime bien les beaux couteaux.

Il s'effaça. Dart repoussa un peu plus la vitre, et tendit la main vers un couteau de trente centimètres de long, à la lame incurvée et à l'épais manche noir.

— Ça, c'est du sérieux, approuva le vendeur.

Son client poursuivit son exploration, et sélectionna une lame de quinze centimètres qui se repliait au sein d'un manche sculpté dans un andouiller.

— C'est celui dont je vous parlais. Une pièce de collection.

— Il m'en faut encore un.

Dart se redressa pour examiner les petits couteaux, en haut de la vitrine. Tout en chantonnant, il faisait danser ses doigts au-dessus du panneau, sans le toucher. Au bout de quelques mesures, Nora reconnut la chanson qu'il fredonnait : *Someone to watch over me*[1].

— Voilà ! (Il se pencha pour s'emparer d'une petite lame à double tranchant, pourvue d'un manche noir utilitaire.) Vous auriez un fourreau pour celui-là ?

— Un étui de ceinture ? Ouais.

Le vendeur posa les couteaux ainsi qu'un étui en cuir noir près des autres achats, vérifia le montant de la taxe sur un tableau, et procéda à son addition.

— Eh bien, monsieur, ça vous fait deux cent vingt-huit dollars et quatre-vingt neuf *cents*. Liquide ou carte de crédit ?

— Je suis de la vieille école : le fric sur le tonneau.

Joignant le geste à la parole, le meurtrier sortit le portefeuille gonflé de sa poche et posa deux cent quarante dollars sur le comptoir.

Le commerçant émit un grognement et commença à emballer les articles.

— Les couteaux à part, demanda Dart.

— Vous ne vous en êtes pas trop mal tirée, Nora chérie.

Dart remontait une rue latérale en direction de la gare de Fairfield, le plus petit des couteaux dissimulé sous sa veste, dans l'étui pendu à sa ceinture. Les deux autres lames se trouvaient dans un sac, sur la banquette arrière, le reste des achats dans le coffre.

— Vous avez lancé un sacré regard à ce vieux crabe, cela dit. Il faudra faire attention, apprendre à vous maîtriser.

— Je me suis maîtrisée, objecta Nora. Qu'est-ce que vous faites ? On ne va quand-même pas prendre le train.

— Papa cherche quelque chose et, merveille des merveilles, je crois bien qu'il vient de trouver. Vous êtes une sacrée patte de lapin. (Il dépassa une voiture de sport bleue, aux vitres teintées, et se gara sur le trottoir, à côté d'un terrain vague.) Descendez et restez près de moi.

Elle le rejoignit à l'arrière de la Lincoln. Tandis qu'il fouillait dans le

1. Quelqu'un pour veiller sur moi. *(N.d.T.)*

coffre et en tirait un tournevis, Nora explora la rue du regard, en priant de voir arriver une voiture de police. Devant eux, à l'autre bout d'un long parking étroit, se dressait la gare. Dans la rue principale, au-delà du terrain vague, s'élevait l'entrée d'un restaurant, Euphemia's Diner, fleurie et protégée par un auvent à rayures vertes.

Dart rabaissa la porte du coffre sans la fermer.

— Restez entre moi et la rue. Que personne ne puisse me voir.

Il lui sourit et porta la main droite dans son dos.

— Qu'est-ce que vous allez faire ?

— Gagner un peu de temps. (Il la guida vers l'arrière de la petite voiture bleue.) Et vous, vous n'allez pas faire l'idiote, hein ?

— Non.

Dart s'agenouilla près du pare-chocs arrière. Il enfonça la petite lame qui brillait au creux de sa main dans un pneu. Quand le couteau ressortit, un sifflement se fit entendre, et le pneu commença à se dégonfler.

— Si quelqu'un passe, on est en train d'inspecter notre pneu crevé. Ne me regardez pas : surveillez la rue et prévenez-moi si quelqu'un arrive.

Il remit le petit couteau à sa ceinture. Nora descendit du trottoir pour lui servir de couverture.

— Je ne comprends pas ce que vous faites.

— Je change de plaques. Ce n'est plus aussi facile qu'autrefois. Tous ces imbéciles traitent leurs plaques comme des tableaux de maîtres. Ce sont les premières que je vois qui n'ont pas de cadre.

Le tournevis cliqueta contre du métal. Dart grogna, puis se remit à chantonner *Someone to watch over me*. La chaleur se déversait sur eux. Le véhicule de police que Nora appelait toujours de ses prières négligea d'apparaître.

— À celle de devant, maintenant. (Elle le suivit et resta debout sur la route au son d'un frottement métallique.) Vous voulez savoir un truc peu connu sur notre vieil ami Ernest Forrest Ernest ? Pendant la Deuxième Guerre mondiale, le grand homme ne détestait pas les nazis, mais naturellement, c'était un secret bien gardé. Par la suite, il a appartenu à un charmant petit groupe de milliardaires qui a tenté de promouvoir le fascisme ici même, dans notre bon vieux berceau de la liberté... Impeccable ! (Il fit deux pas pour rejoindre l'arrière de la Lincoln, dont il commença à dévisser la plaque.) Bien entendu, ils ne prononçaient pas le vilain mot qui commence par un « f ». Ils appelaient ça le Mouvement Américaniste. Ça a duré environ cinq minutes, jusqu'à l'arrivée de Joe McCarthy, qui les a mis dans sa poche et les a obligés à faire semblant d'être contents. Mais si je vous raconte tout ça... (Il mit en place la plaque de l'autre voiture, et la vissa.) C'est parce que le grand-père du petit Davey était derrière. (Nora se rappela les passages du livre de Daisy concernant le fascisme, dans le chapitre que l'auteur appelait le fantasme.) Lincoln Chancel était le dernier des salopards.

— C'est ce qu'il m'avait semblé comprendre.

Dick Dart la considéra avec une surprise amusée.

— Je ne crois pas que Davey sache le quart de ce qu'a fait le vieux.

— Il sait que ce n'était pas un saint.

Il se redressa, passa devant la Lincoln, et s'agenouilla tandis que Nora le protégeait toujours de la rue déserte. Elle réalisa qu'elle était venue à Fairfield une trentaine de fois, depuis deux ans qu'elle était mariée ; elle avait fait les boutiques de vêtements pour y trouver jeans et robes Ann Taylor, acheté des côtes de veau et des rôtis chez un excellent boucher, fort bien déjeuné ou dîné dans trois restaurants différents — et durant tout ce temps, n'avait pas aperçu l'ombre d'un policier.

— Nous assistons à une triste dégénérescence de la lignée Chancel, remarqua Dart. Lincoln n'aurait pas employé Davey comme cure-dents. C'était un dangereux enfant de salaud, alors que votre mari a moins de tripes qu'un ours en peluche. Alden est en quelque sorte à mi-chemin : c'est un escroc et une brute, mais pas un véritable escroc ni une vraie brute.

— Ça dépend des moments, corrigea Nora.

— Vous n'avez jamais rencontré l'original. Alden se prend pour une lumière, il fait beaucoup de bruit, mais je crois que son vieux lui a coupé les couilles.

Il se leva et lui fit signe de le suivre à l'arrière de la voiture de sport. Ils marchaient côte à côte, tel un couple ordinaire. Dart avait l'air d'un agent de change ou d'un avocat au sortir d'une nuit difficile, et elle probablement de son épouse.

La nouvelle plaque se mit en place.

— Si Alden n'avait pas hérité de Chancel House, que ferait-il ? Il a un excellent directeur littéraire, Merle Marvell, et un tas d'incapables. Un seul auteur, mort, Hugo Driver, maintient la société à flot. Ses royalties représentent à peu près quarante pour cent du revenu total de la boîte, et la presque totalité provient d'un unique roman : *Le Voyage dans la nuit*. Alden est une vraie catastrophe. En ce moment, il est en train de négocier la vente de Chancel House à un éditeur allemand — pour en tirer un gros paquet de fric avant de la voir couler. La seule raison pour laquelle les Allemands sont intéressés, c'est *Le Voyage dans la nuit*.

— Alden essaie de vendre ? Comment le savez-vous ?

— N'oubliez pas que ses avocats, c'est nous, chérie. Je m'occuperai de votre éducation pendant qu'on minera un peu Dart & Morris à la base. Avant de commencer, j'ai quelque chose à faire, mais ensuite, on se mettra aux cours de réalité. Bon, terminons-en avec ce pensum.

Il se leva, agita les bras, puis sortit un mouchoir froissé, pour le moins douteux, de la poche de son pantalon. Il s'épongea le front.

— Il vend la société ?

— Il essaie. (Dart entraîna Nora à sa suite et s'agenouilla devant la

Lincoln.) Je vais vous apprendre une chose que le petit Davey n'a jamais sue au sujet de son grand-père. Lincoln n'est pas né riche, vous savez, il s'est hissé tout seul au sommet. Il a commis un tas de mauvaises actions. Il a même assassiné quelqu'un, un jour.

— Ça, je n'y crois pas, déclara-t-elle, quoique ce qu'elle savait de Chancel ne rendît pas la chose impossible.

— Le vieux Lincoln était une vraie bête, chérie. Mon cher père, qui est au courant de la véritable histoire de votre famille depuis quarante ans, m'a dit dans un moment de sobriété imparfaite qu'un jour, Lincoln a mis un type en pièces — il l'a transformé en steak haché à mains nues. Il était mêlé à trop d'affaires louches, le scandale menaçait, et le seul moyen qu'il avait de s'en sortir, c'était de supprimer le type en question. Il lui a fixé un rendez-vous confidentiel, l'a annulé le matin même du jour où ils devaient se voir, et s'est pointé sans se faire annoncer aux environs de l'heure dite. Personne n'avait prévu son arrivée, et le type était tout seul. Lincoln s'en est tiré comme un chef. (Ayant achevé sa tâche en remontant la plaque avant de la Lincoln sur la voiture bleue, il conclut :) Bien : on en tient au moins pour une journée. Allons acheter une ou deux bouteilles.

45

Des voitures de police les dépassaient ou les croisaient, la plupart en silence, certaines avec sirène et gyrophare en action. Dart s'amusait à pointer le revolver vers conducteurs ou passagers des autres véhicules et à faire semblant de tirer. Hartford se dressait des deux côtés de la voie rapide surélevée. Nora, le pied au plancher, filait entre les grands immeubles de bureaux, à l'altitude où vole une mouette. Dick Dart, à moitié assis, à moitié appuyé contre sa portière, lui adressait son éternel rictus.

— Pourquoi avez-vous ouvert la fenêtre ? Qu'est-ce qui est arrivé à l'air conditionné ? Vous êtes du genre « sauvez la planète » ?

— Je ne tiens pas à ce que votre puanteur me fasse tomber dans les pommes.

— Ma puanteur. (Il ouvrit sa veste, se renifla les aisselles.) Vous devez souffrir d'un de ces dérèglements bien féminins...

— Vous détestez les femmes, hein ?

— Non. Je déteste mon père. Les femmes, je les adore. Comme elles sont physiquement plus faibles que les hommes, elles ont été obligées d'inventer mille manières de les manipuler. Certains de ces stratagèmes sont extrêmement retors. Un type qui ne comprend pas que les femmes sont incapables de droiture psychologique n'a pas la moindre chance. Un matin, il se réveille à côté d'un tiroir-caisse avec un solitaire et une alliance, et c'est le tiroir qui contrôle la baise. S'il en veut, il faut qu'il fasse marcher les cartes de crédit. S'il se plaint, elle le fait se sentir tellement minable et égoïste qu'il lui prépare son petit déjeuner pendant une semaine. Mais est-ce qu'on lui permet de dire non ? Pas question. Et puis réfléchissez à ça : elle a le droit de le battre, ce qui est très bien, parce qu'un abruti pareil mérite de l'être. Mais a-t-il le droit de la battre, lui ? S'il s'y risque, elle le fait fouetter par un tribunal en demandant le divorce, et elle lui prend tout son fric sans même coucher avec lui. Il est entièrement sous la coupe d'un être capricieux et amoral, doté d'une extraordinaire capacité à créer des ennuis. Vous vous rappelez le jardin d'Éden ? C'était super, jusqu'à ce que cette bonne femme débarque et chuchote : *allez, prends-en une bouchée, le Grand Patron a le dos tourné.* C'est pareil depuis. Si la femme est vraiment douée, ce pauvre imbécile a la corde au cou, est en état d'érection permanente, a une main étrangère dans sa poche-portefeuille et est convaincu en plus de diriger ses propres affaires. Il est tellement hors du coup qu'il est persuadé que son épouse est une charmante petite chose, pas très au fait des questions pratiques, mais absolument admirable — une véritable perle — parce qu'elle le supporte. Une fois par an, elle lui taille une pipe, et il est tellement content qu'il court lui acheter un manteau de fourrure. Tous ces manteaux qu'on voit dans les restaus, parce qu'elles refusent de les laisser au vestiaire ? Chacune de ces pelures, c'est une pipe : toutes les femmes présentes dans la salle le savent. Et il y a autre chose : plus la femme est vieille, plus le manteau coûte cher.

— Et vous prétendez adorer les femmes, remarqua Nora.

— Je n'invente rien. J'ai passé les quinze dernières années de ma vie à emmener mes Martha, mes Edna et mes Agatha au Château, à les écouter. J'ai entendu ce qu'elle m'ont dit, j'ai aussi entendu ce qu'elle disaient *réellement*, et parfois, Nora, plus souvent qu'on ne pourrait l'imaginer, c'est la même chose. Une femme de quatre-vingt-cinq ans qui s'est fait tirer trois fois la peau du visage, qui a eu deux maris, dont au moins un très riche, tous les deux morts, et qui vient de boire deux verres de vin en compagnie d'un séduisant jeune avocat, a de bonnes chances de baisser sa garde et d'expliquer comment elle a mené une vie longue et douillette sans travailler un seul jour. Une fois qu'elles comprennent que je connais la musique, elles commencent à s'amuser. En général, elles ne sont pas heureuses : elles ont été fascinantes, la gent masculine faisait la queue pour entrer dans leur chatte, si j'ose dire, et ça s'est arrêté quand elles ont vieilli. Leurs maris sont morts. Personne ne s'intéresse à ce qu'elles racontent. À part moi. Je pourrais les écouter toute la journée. J'adore leur voix posée, élégante, rauque, emplie de lames de rasoir sous-jacentes, mais par-dessus tout, j'adore leurs histoires. Elles sont tellement corrompues. Elles-mêmes ne savent pas à quel point : elles ne peuvent pas ; elles n'ont pas l'équipement moral nécessaire. Tout ce qu'elles regrettent, c'est que les beaux jours n'aient pas duré dix ans de plus, ce qui leur aurait laissé le temps de harponner un riche imbécile de plus, qui prendrait son pied en les entendant délirer sur sa grosse bite. J'adore leur allure — les cheveux tout raides, mais qui ont l'air doux et épais, le maquillage tellement bien appliqué qu'on voit à peine les rides, les mains couvertes de bagues pour cacher les taches brunes, les veines et les articulations déformées. Personne n'a le droit de dire que je n'aime pas les femmes.

— Vous couchiez avec vos vieilles ?

— Je n'ai pas couché avec une femme de moins de soixante-cinq ans depuis neuf ou dix ans. Non : soixante-deux, j'oubliais Gladys.

— Pourtant, les femmes, vous en avez tué, insista Nora.

— Ça n'avait rien de personnel.

— Pour elles, si.

— Je tuais des clients. Vous comprenez ? Chaque fois que j'en assassinais un, c'était une affaire juteuse de moins pour le vieux. Quand je me suis fait Annabelle Austin, l'agent littéraire, il a passé deux jours à prier qu'on descende les clients de quelqu'un d'autre, pour une fois. Si j'avais pu en abattre encore une dizaine, il se serait arraché les cheveux.

— Oui, mais parmi les clients, vous avez toujours choisi des femmes, d'un type bien précis. (Les yeux de Dart se firent plats, bidimensionnels.) Vous n'aimiez pas leur manière de vivre ?

— On peut dire ça comme ça, admit-il. Elles se prenaient pour des hommes.

Le ton qu'il employait donna une idée à Nora.

— Comment se conduisaient-elles envers vous ?

— Quand elles venaient au bureau, si je me pointais et que je leur faisais un compliment, elles se forçaient pour m'adresser la parole.

— Contrairement à vos vieilles dames.

— Je n'aurais jamais assassiné mes vieilles chéries... à moins qu'elles n'aient été les seules clientes restantes.

— Et moi ?

Les lèvres de Dart s'étirèrent lentement.

— Vous voulez dire : est-ce que je vais vous tuer ? (Nora ne répondit pas.) Nous en saurons plus après notre leçon de réalité, Nora-chou.

— Leçon de réalité ?

Il lui tapota le genou.

— Il y a un tas de motels dans le Massachusetts. Il nous en faut un avec un grand parking.

46

De l'autre côté de Springfield, Dart désigna un bâtiment à deux étages, couleur sable, aux baies vitrées munies de balcons blancs.

— Bingo !

L'édifice s'élevait au bout d'un parc de stationnement à moitié plein, de la taille d'un terrain de football. Un grand panneau bleu et jaune, sur le toit, annonçait CHICOPEE INN. Un chalet suisse, à l'enseigne de La Cuisine familiale, jouxtait le parking, sur la gauche.

— Rabattez-vous : il ne faut pas rater la sortie.

Nora coupa deux files et quitta la voie rapide.

— J'oubliais que je m'adressais à Emerson Fittipaldi, soupira Dart.

Après quelques centaines de mètres, elle s'engagea dans le parc de stationnement.

— Nous irons toujours au Chicopee, chérie. Et nous mangerons de la cuisine familiale. Vous aimez la cuisine familiale ? Les trucs du genre de la célèbre soupe aux lames de rasoir de maman ?

— Est-ce que je me gare à un endroit particulier ? demanda Nora, que l'angoisse épuisait.

— En plein milieu de toute cette merde. Vous avez un pseudonyme favori, ma chère ?

— Un quoi ?

Elle arrêta la Lincoln sur une place vide, au centre du parking.

— On a besoin de noms d'emprunt. Vous avez une suggestion, ou c'est moi qui choisis ?

— Mr et Mrs Hugo Driver. (Elle ferma les yeux et laissa son corps se détendre.) Les Driver.

— J'adore le concept, c'est tout à fait approprié, mais utiliser des noms connus est généralement une erreur. (Il se tourna et tenta d'atteindre les sacs sur la banquette arrière.) Merde.

Il s'agenouilla sur son siège et se pencha, touchant presque le toit de la voiture avec les fesses. Nora ouvrit les yeux. La poche qui contenait le revolver se balançait à trente centimètres de son visage. Elle estima l'énergie et la vitesse nécessaires pour s'en emparer. Elle se demanda si elle saurait s'en servir. Dan Harwich lui avait appris à manœuvrer le cran de sûreté du pistolet qu'il lui avait donné, mais les revolvers étaient-ils munis d'un cran de sûreté ? Et si oui, où ? À peine cette question lui était-elle venue que Dart réintégrait son siège, muni de deux sacs en papier brun. Il posa sur les genoux de Nora celui qui contenait les bouteilles.

— Vous prenez celui-là et celui qui est dans le coffre. Une dernière chose : essayez de vous retenir de lancer des regards angoissés à geler la moelle des os. Tout le monde préfère les visages heureux. Quand j'y repense, j'ai l'impression que je ne vous ai jamais vue sourire, alors que moi, je vous souris tout le temps.

— Vous vous amusez plus que moi.

— Souriez, Nora. Illuminez ma journée.

— Je ne crois pas que je puisse.

— C'est une répétition du merveilleux sourire que vous allez faire au crétin, à la réception.

Elle lui fit face, retroussa les lèvres et montra les dents. Il la dévisagea longuement.

— Faites appel à votre vieille ardeur, Nora-chou. Voyons un peu la créature flamboyante qui a tabassé Natalie Weil.

— Elle a trop la trouille pour sortir.

Il lâcha un soupir exaspéré.

— C'est un *projet*, dit-il, en faisant un signe de croix sur son cœur.

— Un projet ?

— À l'intérieur.

Il prit les clefs et descendit de voiture. Elle s'attendait à ce qu'il la tire à sa suite, mais il gagna l'avant du véhicule, avant de se retourner vers elle, les sourcils froncés. Nora sortit et regarda autour d'elle, ne vit que du flou. Elle s'essuya les yeux sur la manche et rejoignit Dart.

Un jeune homme aux cheveux tombant sur les épaules posa une bouteille d'un demi-litre d'Évian sur une étagère invisible, derrière son comptoir, sourit quand ils entrèrent dans la fraîcheur du hall, et se leva. Son léger blazer bleu était nettement trop grand pour lui, et il en avait retroussé le bas des manches. Un insigne argenté, sur son revers, annonçait qu'il s'appelait Clark.

— Bienvenue au Chicopee Inn. Que puis-je pour vous ?

— Il nous faudrait une chambre pour la nuit, répondit Dart. J'espère sincèrement qu'il vous en reste une. Ça fait deux jours qu'on est sur la route.

— Ça ne devrait pas poser de problème.

Le regard de l'employé passa des sacs qu'ils portaient à Dart et Nora, puis revint se poser sur les premiers. Son sourire disparut. Il se rassit, attira à lui un clavier d'ordinateur et tapa quelques caractères, comme au hasard.

— Une nuit ? Voyons ce que j'ai, et ensuite je vous demanderai quelques renseignements. (Il se renvoya ses cheveux en arrière d'une main, dévoilant une boucle d'oreille en or. Les touches cliquetaient.) La 326, au deuxième étage, avec un grand lit. Ça vous convient ?

Dart acquiesça. Nora s'appuya au comptoir et contempla le vert ardent, irréel, de la moquette.

— Vos noms et adresse, s'il vous plaît ?

— Mr et Mrs John Donne. 528, Flamingo Drive, Orlando, Floride.

À la requête du jeune homme, Dart épela Donne, puis Orlando. Il donna un code postal et un numéro de téléphone.

— Orlando, c'est là qu'il y a Disney World, non ?

— Pas besoin de quitter l'Amérique pour voir des endroits exotiques.

— Ouais, c'est vrai. Vous payez comment ?

— En liquide.

Les mains de Clark se figèrent sur le clavier. Il releva la tête et renvoya à nouveau ses cheveux en arrière.

— En ce cas, monsieur, le règlement exige que vous payiez d'avance. Le prix de votre chambre est de soixante-sept dollars et quarante-cinq cents, taxes comprises. Ça ira ?

— Le règlement, c'est le règlement, approuva Dart.

L'employé retourna à son ordinateur. Le bout de sa langue passa entre ses lèvres. Une jeune femme qui portait un blazer identique au sien franchit une porte derrière lui, et examina Dart du coin de l'œil, en longeant le comptoir pour gagner une autre porte, dans le mur de gauche.

— Je vais vous donner vos clefs et encaisser votre paiement.

Clark ouvrit un tiroir, d'où il sortit deux clefs à tête ronde. Il les glissa dans une petite chemise brune, en haut de laquelle il écrivit le nombre 326. Il se leva et poussa le tout de l'autre côté du comptoir. Dart y déposa cent dollars.

— Vous pouvez rapprocher votre voiture de l'entrée pour prendre vos bagages, proposa l'employé en contemplant le billet.

— On a tout ce dont on a besoin.

Il ramassa l'argent.

— Un instant, monsieur, continua-t-il, avant de passer la porte par laquelle était arrivée la jeune femme.

Dart se mit à fredonner *I found a million-dollar baby* [1].

Quelques secondes plus tard, Clark revint, adressa un sourire nerveux à son client, ouvrit son tiroir-caisse et rendit la monnaie.

— Il faut être vigilant pour faire de bonnes affaires, remarqua Dart en fourrant pièces et billets dans la poche de son pantalon.

— Oui. Je vous informe que nous n'avons ni restaurant ni service de chambre, mais nous servons un petit déjeuner continental gratuit, de sept à dix heures, dans le Salon Chicopee, juste sur votre droite. En face du parking, vous avez La Cuisine familiale, où l'on mange très bien. Les chambres doivent être libérées à midi.

— Montrez-moi juste le chemin de l'ascenseur. Vous avez devant vous des voyageurs épuisés.

— Après le salon, sur la gauche. Je vous souhaite une bonne nuit.

Nora se redressa d'un coup de reins. Dart s'éloigna du comptoir et ouvrit la marche en direction des ascenseurs. Elle le suivit d'un pas lourd,

1. J'ai trouvé une chérie à un million de dollars. *(N.d.T.)*

tentant de ne pas écouter les voix cajoleuses qui résonnaient dans sa tête. Les bouteilles se faisaient plus lourdes à chaque pas. Elle remarqua à peine la petite pièce ouverte, meublée de divans, de fauteuils et de tables, où se glissa son compagnon pour prendre un journal sur un présentoir. Il lui posa la main au creux des reins et la pressa d'avancer vers les ascenseurs, où il enfonça un bouton.

— Tous les petits oiseaux finissent par trouver leur branche.

À l'étage, au sein d'un couloir mal éclairé, Dart enfonça une clef dans la serrure de la chambre 326.

— Regardez, Nora. (Il fallut à l'interpellée un petit moment pour remarquer les trois trous ronds, bouchés avec du mastic et maladroitement retouchés à la peinture blanche sur la porte brune.) Des balles.

Nora entra. Tous les petits oiseaux finissaient par trouver leur branche. Il n'y avait pas besoin de quitter l'Amérique pour voir des endroits exotiques. Comme elle dépassait la salle de bains et le panneau coulissant d'un placard, elle entendit Dart fermer la porte et mettre le verrou. Une porte-fenêtre menant à un étroit balcon dominait le parking. Nora posa les sacs sur la table. Dart la frôla pour aller engager le loquet de sécurité de la porte-fenêtre et manœuvrer une tige métallique afin de tirer un rideau translucide. Il se débarrassa de sa veste, la pendit sur le dossier d'un fauteuil, et sortit ses couteaux.

— Regardez-moi ça. (Il désignait des taches décolorées sur l'abat-jour de la lampe.) Du sang. Cet endroit est fait pour nous.

Nora jeta un coup d'œil au lit immense qui occupait l'essentiel de la chambre.

Dart déballa ses emplettes de la quincaillerie et les disposa côte à côte sur la table. Il fit passer les ficelles de la première à la seconde position, après le rouleau de chatterton, et s'assura que tout était posé bien droit, dans un alignement parfait.

— J'ai oublié de prendre des ciseaux mais on s'en passera, déclara-t-il en positionnant avec soin les deux grands couteaux au bout de l'étalage. On commence ?

Elle ne répondit pas.

Il s'empara d'une bouteille de vokda, en ôta la capsule, et prit une gorgée d'alcool avec laquelle il se rinça la bouche, avant de l'avaler. Il reboucha alors la bouteille et la reposa sur la table.

— Déshabillez-vous, Nora-chou.

— Je n'en ai pas tellement envie.

— Si vous n'enlevez pas vos vêtements, je vais être obligé de les découper.

— Ne faites pas ça, s'il vous plaît.

— Quoi donc, Nora-chou ?

— Ne me violez pas.

Elle se mit à pleurer sans bruit.

— Ai-je parlé de viol ? Tout ce que je vous ai demandé, c'est de vous déshabiller.

Elle hésita. À travers ses larmes, elle le vit ramasser le plus grand des deux couteaux, celui que Matt Curlew eût appelé un égorgeur pour cochons de l'Arkansas. Quand il fit un pas vers elle, elle commença à déboutonner son chemisier. Une parcelle indépendante de son esprit s'étonna de la quantité de larmes qui surgissait de ses yeux. Elle posa maladroitement le chemisier bleu sur le fauteuil et observa la silhouette floue de Dick Dart, qui hocha la tête. Nora déboucla sa ceinture, déboutonna son jean, en abaissa la fermeture Éclair, et quitta ses mocassins. La haine et le dégoût pénétraient le nuage qui recouvrait ses sentiments. Elle émit un petit gémissement d'humiliation haut perché, baissa son pantalon, et en sortit une jambe après l'autre. Ayant plié le jean sur un des accoudoirs du fauteuil, elle attendit.

— Les sous-vêtements, ce n'est pas vraiment votre truc, hein ? Non, mais regardez-moi ce soutien-gorge ! C'est un Maidenform Sweet Nothings de base, non ? Du 85 B ? Vous devriez essayer un des nouveaux soutien-gorges pigeonnants. Pas ceux qui ont juste une armature : les tout nouveaux. Ça fait des miracles. Ça donne une très jolie courbe au dessus des seins. Eh bien ? Et si nous libérions nos mamelles ?

Nora ferma les yeux et passa les mains dans le dos pour dégrafer son soutien-gorge — comme l'avait dit Dart, un Maidenform Sweet Nothings, taille 85 B. Elle fit glisser les bretelles sur ses épaules, dévoilant sa poitrine, se débarrassa du sous-vêtement et le laissa tomber sur le fauteuil.

— Vous ne pendez pas vos vêtements, n'est-ce pas ? Vous avez... mmm... vous avez un fauteuil rembourré, avec des couches de T-shirts et de chemisiers drapés sur le dossier, et des jeans pliés sur le siège. Non, je retire ça. Pour vous, je vois un joli canapé, à peine visible sous toutes les fringues. Vous les prenez quand vous en avez besoin, vous les portez un moment, vous les jetez dans le panier à linge sale, et le cycle recommence.

C'était, de fait, très exactement ce que faisait Nora, quoique de manière moins systématique qu'il ne le suggérait.

— Et ça, Seigneur ! Une culotte Hanes Her Way — et violette, en plus, pour aller avec ce pauvre Maidenform blanc. Vous ne devriez pas acheter vos sous-vêtements au supermarché, Nora. À tout le moins, la culotte et le soutien-gorge devraient être assortis. Avec un corps comme le vôtre, vous seriez très bien en Gitano. Ils font de très jolis ensembles, pas chers du tout. Si vous voulez investir un peu plus, essayez Bamboo ou Betty Wear. Personnellement, je suis dingue de Betty Wear : c'est vraiment superbe. Tenez : rendez-vous service, et arrêtez de mettre à la poubelle les catalogues Victoria's Secret. Je sais que vous les trouvez vulgaires, mais si vous les regardiez avec au moins autant d'attention que le fait sans le moindre doute Davey, vous vous rendriez compte qu'ils sont très utiles. Et par-dessus tout, vous vous devez de jeter un coup d'œil à *Vogue*, de temps en temps. Excellent magazine. Je n'en rate pas un numéro. Je parie que vous ne l'avez jamais acheté.

— Si, une fois.

— Quand ? En 1975 ?

— Quelque chose comme ça, répondit-elle, les bras croisés devant la poitrine, les mains sur les épaules.

— Ça se voit, surtout à cause du slip Hanes Her Way. Vous devriez prendre soin de vous mieux que ça. Enlevez-moi cette horreur.

Elle glissa les pouces sous l'élastique de sa culotte, l'abaissa jusqu'à ses genoux, puis en sortit les jambes.

— Nora a un buisson bien touffu ! Mon Dieu, Nora, mais c'est une véritable forêt vierge. Qu'on me passe une machette !

Elle s'était peu à peu convaincue qu'un homme qui parlait ainsi à une femme ne pourrait la violer : un violeur ne conseillerait jamais l'achat de sous-vêtements Betty Wear, serait encore moins capable d'identifier un soutien-gorge Maidenform Sweet Nothings ou une culotte Hanes Her Way. Quand Dart reprit la parole, toutefois, il brisa le faible espoir de Nora qu'il voulût seulement la regarder.

— Asseyez-vous sur le lit, ordonna-t-il.

Elle marcha jusqu'au bord de la couche comme sur du verre brisé, s'assit les mains sur les épaules, les jambes serrées. En un éclair, l'image des genoux dodus et des gros mollets de Barbara Widdoes, au-dessus de ses lourdes chaussures, lui inspira la pensée étonnante que ladite Barbara était probablement lesbienne.

— Il faut que je vous immobilise un moment, continua le meurtrier. (Il prit un des rouleaux de ficelle et en coupa deux tronçons d'un peu plus d'un mètre, qu'il emporta vers Nora, avec le couteau et le rouleau de chatterton.) Ça risque d'être un peu inconfortable, mais ça ne fera pas vraiment mal. (Il s'agenouilla devant elle, la regarda bien en face, cligna de l'œil, et lui enroula un des morceaux de ficelle autour des chevilles.) Vous avez un joli corps. Peut-être un tout petit peu flasque. Et votre peau aurait besoin d'être hydratée.

Les liens mordirent la chair de Nora.

— Aïe, lâcha-t-elle.

— Si ça ne pince pas un peu, ce n'est pas assez serré, expliqua-t-il en confectionnant un nœud élaboré. (Il lui posa les mains sur les genoux et lui observa les seins.) Petits, et légèrement pendants, mais encore mignons, si vous voulez mon avis.

Il déroula environ un mètre de chatterton, et le coupa, avant de l'enrouler autour de la ficelle qui serrait les chevilles. Lorsqu'il se redressa, il posa le bout des doigts sous le menton de Nora et la força à relever la tête.

— Vous êtes du genre de celles qui croient pouvoir se passer de maquillage, si ce n'est un peu de rouge à lèvres de temps en temps, mais vous avez tort. Vous devriez essayer le Cover Girl Clean, ou peut-être le Maybelline Shine Free. C'est tout ce dont vous avez besoin : un peu de fond de teint. Plus un des derniers mascaras, comme le Cover Girl Long'N'Lush. Et il vous faut absolument un bon parfum. Vous avez un minuscule flacon de Chanel N° 5 sur votre coiffeuse, hein ? Vous en mettez une ou deux gouttes quand Davey vous emmène dans un endroit chic, c'est bien ça ? (Elle acquiesça.) Vous n'êtes pas vraiment le genre Chanel N° 5, mais personne n'a jamais été fichu de vous le dire. Si vous tenez à Chanel, vous devriez porter Coco — ou L'Air du Temps, si vous vous sentez plus féminine. Vous devriez en mettre tous les jours, *toute la journée*, quoi que vous fassiez.

Il lâcha le menton de Nora et passa derrière elle. Le lit s'inclina sous son poids.

— Mains, ordonna-t-il.

Elle passa les mains dans le dos. Il lui saisit les poignets et les attacha.

— C'est une honte. Je ne connais personne qui ait autant besoin d'une manucure. Et aussi d'une pédicure. En outre, vous devez absolument utiliser un vernis à ongles de bonne qualité. N'importe lequel. Il va falloir qu'on achète quelques produits de base. Une fois qu'on aura du dentifrice et ce genre de choses, je vous choisirai des accessoires féminins. Ça favorisera notre projet.

Elle l'entendit déchirer un morceau de chatterton puis le sentit le lui enrouler autour des poignets.

— Pourquoi faites-vous ça ? Vous sortez ?

— Je ne veux pas que vous filiez pendant que je me débarrasse des remugles de Westerholm. Vous voulez venir avec moi ?

— Non, merci.

Il eut un rire caquetant.

— Vous pourrez prendre un bain, après.

— Après quoi ?

Il lui tapota l'épaule et descendit du lit pour rapporter chatterton et couteau sur la table, où il les déposa à leur ancienne place, dans l'alignement des autres accessoires.

— Est-ce que nous allons tous les deux dormir dans ce lit ?

Dart regarda par-dessus son épaule avec une surprise feinte. Lentement, comme s'il avait réfléchi à la question, il se retourna face à Nora.

— Étant donné qu'il n'y a qu'un seul lit, je pense que j'avais dans l'idée... Et les lits jumeaux, ça fait tellement ringard... Mais si vous avez de grosses objections, j'imagine que je pourrai dormir par terre. (Sa voix traînante démentait ses paroles.) Ça vous ira ? (Elle acquiesça.) Très bien.

Il ôta sa chemise et la laissa tomber au sol. Après avoir quitté ses mocassins noirs à glands, il défit son pantalon et se pencha pour l'enlever. Il avait les bras et les épaules flasques. Des poils noirs et denses lui couvraient la poitrine. La bosse informe de son ventre tendait l'élastique d'un caleçon décoré de poissons volants.

— Mais je ne pense pas devoir affronter ce problème, ajouta-t-il en baissant ce dernier pour exposer une touffe de poils bruns bouclés et un long pénis, aussi gros qu'un concombre, parcouru de veines proéminentes.

Il jeta le vêtement sur le fauteuil, et sans la moindre gêne, s'approcha de la table pour prendre le rouleau de chatterton. Ses fesses plates étaient presque inexistantes. Ses cuisses et ses mollets lourds se prolongeaient par des pieds d'aspect étrangement primitif, tels ceux des dinosaures. Des touffes de poils noirs lui poussaient de part et d'autre de la colonne vertébrale, au creux des reins.

Après avoir déchiré dix centimètres de ruban adhésif, il revint vers son otage. Son pénis se balançait à la manière d'un pendule.

— On va s'arranger.

Soudain, il fut debout devant elle. Quand le concombre gris et strié, puant comme un marigot, arriva au niveau de ses yeux, elle se mit à trembler. Des larmes lui échappèrent. Il lui releva le menton, lui sourit par-dessus son ventre rebondi, et la bâillonna à l'aide du chatterton.

— Respirez par le nez. Paniquez pas.

Il lui posa les mains sur les épaules et la fit tomber en arrière sur le lit, avant de disparaître. Elle tenta d'inspirer par la bouche. Le ruban adhésif irritant lui colla aux lèvres. Son corps avait un besoin urgent d'oxygène. La douleur fulgurait dans ses épaules, et la ficelle lui brûlait les poignets, les chevilles. Elle roula de droite à gauche, s'étouffant, et songea enfin à respirer par le nez. Un vague ricanement s'éleva, puis la porte de la salle de bains se referma. Le pommeau de douche siffla, heurta la baignoire. La voix peu mélodieuse de Dart entonna *Them there eyes*[1]. Nora, étendue sur le couvre-lit, trop terrifiée pour pleurer, fit jouer ses poignets du centimètre que lui autorisaient ses liens.

Elle eut une soudaine vision d'elle-même, de dessus : nue, impuissante, ficelée comme un rôti prêt à être mis au four. On eût dit un cadavre sur un cliché de la police, une femme qui n'était plus rien, qu'un vide, pas même pitoyable. Certaines morts étaient peut-être préférables à la folie qui couvait en elle, mais pas celle-là.

Dart sortit de la salle de bains, les cheveux plaqués sur le crâne. Des rigoles humides ordonnaient les poils de ses jambes en lignes verticales.

— Quel tableau ! (Il déplia une serviette et commença à se la passer méthodiquement sur les bras, le torse, le ventre, les organes génitaux, les jambes.) Je reviens dans une seconde.

Il retourna dans l'autre pièce, puis réapparut avec une serviette sèche. Plutôt que de s'approcher du lit, il ferma la porte de la salle de bains, et recula un peu pour se refléter dans le miroir qui y était fixé. Il s'essuya

1. Ah, ces yeux ! *(N.d.T.)*

les cheveux jusqu'à ce qu'ils flottent autour de son crâne, puis se passa la serviette sur le cou, la poitrine, le pénis. Il saisit ce dernier à travers le tissu éponge et lui imprima plusieurs tractions brutales, tout en se manipulant les testicules. Lorsqu'il eut atteint un état d'excitation satisfaisant, il se tourna de profil, rentra le ventre, et se donna une petite claque d'encouragement, mi-gifle, mi-caresse, sur le sexe, lequel se dressa d'un centimètre supplémentaire. Dart avait oublié sa prisonnière. Son bien-aimé, le concombre, était tendu devant lui. Il l'empoigna avec force, et sa main exécuta des va-et-vient rapides, si bien que l'édifice se violaça tout entier, grossit encore et s'éleva, se courba. Satisfait, Dart fit face à son reflet. Excitée par la vision d'elle-même, la chose rigide et incurvée qui se dressait devant lui, couronnée par une protubérance bleu-rouge aussi grosse qu'une petite pomme, se figea. Il avait les yeux vitreux, la bouche ouverte. Nora le crut sur le point d'éjaculer. Comme il se soupesait les testicules en gémissant, elle songea : *Vas-y, décharge !*

Les yeux, dans la glace, croisèrent les siens.

47

Dart se rapprocha du lit.

— J'espère que vous appréciez la délicatesse que j'ai manifestée en me douchant. Je l'ai plus fait pour moi que pour vous, mais je ne voudrais cependant pas que des odeurs corporelles déplaisantes vous distraient de ce que la plupart des femmes considèrent comme une expérience très agréable.

Il se pencha sur Nora, lui enfonça le gland dans le ventre et le frotta de droite à gauche.

— Ça vous plaît ?

De sa main libre, il lui caressa un sein. Quand elle ferma les yeux, il lui pinça le mamelon. Elle émit un cri de protestation aigu à travers le chatterton qui la bâillonnait.

— Soyez at-ten-tive, chantonna-t-il, en lui manipulant sans douceur la pointe du sein entre le pouce et l'index. Je vais vous introduire... auprès de quelqu'un, et il serait impoli de votre part de fermer les yeux. (En souriant, il se hissa sur le lit et posa les genoux de part et d'autre du torse de son otage.) Nichons de Nora, je vous présente le Grand Patron.

Il se pencha pour faire passer le Grand Patron sur un mamelon après l'autre. Empoignant les seins à pleines mains, il les pressa autour de son membre dressé et exécuta quelques va-et-vient, avant de lâcher prise. Il s'avança un peu plus pour amener son bien-aimé à dix centimètres des yeux de Nora.

— On ne m'appelle pas Dick pour rien, n'est-ce pas [1] ? Vous n'en aviez encore jamais vu, des comme ça, hein ?

La chose évoquait un vestige tiré de la boue calcifiée de fouilles archéologiques, un article en solde trouvé dans un souk, une énorme racine sculptée. Grand-papa l'avait rapportée de ses voyages, l'avait montrée à grand-maman, et une fois que cette dernière avait cessé de hurler, l'avait montée au grenier pour l'oublier dans une malle. Sa texture variait entre la rugosité et une dangereuse douceur. Des veines la gonflaient ça et là. C'était un goître empli de cailloux. Était-ce ça que désiraient la plupart des hommes ? Davey serait-il prêt à échanger contre ça son membre si mignon ? Elle connaissait la réponse à cette question. Il en serait ravi.

Elle secoua la tête. *Non.*

— Vous allez connaître des endroits où votre petit mari n'aurait jamais pu vous emmener, Nora-chou.

Le meurtrier quitta le lit, s'approcha de la table, et y prit le plus grand des couteaux. Cela fait, il vint s'agenouiller devant sa victime et ôta le chatterton de ses chevilles. Plutôt que de trancher la ficelle, il défit méticuleusement le nœud. Quand ses jambes se libérèrent, Nora les serra sans attendre. Dart ricana et se leva.

— Remontez-vous un peu.

Comme elle hésitait, il lui posa la pointe du couteau sur la cuisse gauche. Elle prit appui des pieds sur le lit, se hissa jusqu'aux oreillers. Ses bras et ses épaules lui faisaient mal. Ses poignets la brûlaient. Dart la suivait, à genoux. Quand il arriva au niveau de son bas ventre, il jeta le couteau sur un oreiller, planta une main entre les cuisses de Nora, et fouilla jusqu'à la pénétrer du bout d'un doigt. Elle frissonna. Tout son corps devint glacé.

Dart se mit à fredonner et retira son doigt. Il s'allongea sur elle, lui écarta les jambes, entre lesquelles il s'agenouilla, puis se mit en position pour viser. Elle émit un son haut perché, étouffé par le chatterton. Son visage était inondé de larmes.

Dart lâcha un grognement. Il donna un petit coup de reins. Nora eut l'impression qu'il la déchirait. Elle voulut hurler, mais n'entendit qu'une légère plainte, dépourvue d'intensité. Son tortionnaire, souriant, s'appuya sur les coudes et lui posa le couteau sur la gorge.

— Ceci est un cours de réalité. Tout acte sexuel est un viol, pur et simple. Je mets ma queue dans votre chatte. J'ai connu des femmes que ça rendait folles de plaisir, mais c'était quand même un viol... (Il s'enfonça d'un centimètre.) Et vous savez pourquoi ? Parce que quand c'était fini, elles m'appartenaient. C'est ça, le secret.

Il se souleva, se retira un peu, puis s'enfonça au plus profond d'elle. Nora hurla à nouveau et roula de côté.

1. Dick : diminutif de Richard, mais aussi, en argot, *bite. (N.d.T.)*

Dart la repoussa sur le dos.

— Vous devriez vous détendre, sinon ça va saigner un maximum. Il faut vous agrandir, et vous n'y arriverez que si vous vous détendez. (Il se retira, plongea à nouveau, l'envahit.) Vous connaissez le secret ? (Nora s'était enfuie en elle-même, les yeux fermés, le corps tendu par le dégoût. Quand il la gifla, elle réalisa qu'il lui parlait.) C'est bien ce que je pensais. (Nouveau coup de reins.) Les femmes n'arrêtent pas de manipuler les hommes, elles sont plus malignes que tous les mâles de la terre, mais elles ont une faiblesse : il n'y a rien au monde qu'elle aiment autant que se faire sauter. (La voix de Dart semblait totalement détachée de ses actes, comme provenant d'une lointaine chaire professorale.) L'argent, les voitures, les manteaux de fourrure, les maisons, elles sont assez intelligentes pour savoir que ce ne sont que des jouets. Elles n'hésitent pas à tout bazarder en faveur d'un mec avec un braquemart assez gros pour les défoncer. Le problème, c'est que la plupart d'entre elles ne le rencontrent jamais, ce mec-là. Mais si jamais elles le trouvent, elle lui appartiennent. Tous les hommes essaient d'en arriver là, parce qu'au fond d'eux-mêmes, ils savent que c'est dans l'ordre des choses, et toutes les femmes souhaitent secrètement se faire défoncer, parce qu'au fond d'elles-mêmes, elles savent que c'est dans l'ordre des choses. Donc, c'est toujours un viol.

Nora ouvrit les yeux sur un curieux spectacle. Le haut du corps de Dart se balançait au-dessus d'elle. Sa face grêlée s'était durcie sous la concentration, et un autre visage, un visage secret, émergeait sous l'image publique. Ses lèvres s'étaient retroussées sur ses dents jaunes. Son nez s'était aiguisé, et une vague trace de poils lui assombrissait les joues. Elle ferma les yeux et entendit de lointains tirs d'artillerie.

Plusieurs éternités plus tard, son tourment devint plus intense et la ramena à la réalité. La sueur de Dart tombait sur elle à grosses gouttes. Il gémissait, les mains crispées sur les épaules de sa victime. Soudain, il se figea, et ses jambes se changèrent en barres de fer. Nora crut que son cerveau s'enflammait. Il se cambra, s'enfonça en elle à deux reprises, puis trois, quatre, cinq, avec une telle force qu'elle heurta de la tête le bois de lit.

Enfin, il se laissa tomber sur elle. Elle se sentait terriblement souillée, si sale qu'elle ne pourrait plus jamais être propre. Quand il s'écarta d'elle, elle eut l'impression qu'il lui avait brisé les os un à un. Jamais elle ne rouvrirait les paupières, jamais plus. Une main rampa sur sa cuisse.

— C'était bon pour vous, chérie ?

Il descendit du lit et passa dans la salle de bains. Tout était douloureux, partout. Elle avait peur d'ouvrir les yeux.

De petites voix chuchotaient, bavardaient. Ses démons l'avaient retrouvée. Ils aimaient bien la chambre 326, et pour le moment, ils aimaient aussi Nora, parce qu'elle venait encore une fois d'être propulsée à travers l'anus du monde, jusque dans la dévastation où ils fleurissaient. Elle les haïssait, les craignait, mais craignait encore plus ce qu'elle verrait si elle soulevait les paupières ; en conséquence, elle devait les supporter. Sa dernière crise lui avait enseigné que, s'ils ne désiraient pas être vus, on distinguait pourtant parfois ceux qui se présentaient pour transmettre une parcelle de connaissance démoniaque. Certains étaient de minuscules diablotins rouges, armés de fourches-cure-dents, d'autres avaient l'air de bêtes créées par des savants fous : blaireaux aux longues dents, pourvus d'une queue de rat, boules de poils aux yeux vifs et aux griffes acérées. D'autres encore évoquaient des taches ambulantes.

Une créature volante indistincte passa près de la tête de Nora, en chuchotant : *« Ce n'est pas un loup. »*

Connaîtrait-elle ces démons si elle avait été élevée dans une religion raisonnable, telle que le bouddhisme ?

La créature fit demi-tour et exécuta un deuxième passage. *« C'est une hyène. »*

« Tu appartiens à une hyène, » ricana une chose invisible, toute proche. Un éclat de rire métallique salua cette remarque.

« C'était drôle, hein ? C'était drôle, » chantait un autre démon. *« Et maintenant, te revoilà avec nous ! »*

L'essentiel de ce qu'ils racontaient était vrai, car s'ils avaient proféré des mensonges, ils n'auraient pas été des démons mais de stupides contrariétés.

Elle les entendait s'approcher en chuchotant à qui mieux mieux, véritables mitrailleuses, et elle se recroquevilla en elle-même, aussi étroitement que possible, bien qu'elle sût que les facétieuses créatures n'iraient jamais jusqu'à la toucher. Si elles le faisaient, son esprit se briserait en mille morceaux, et elle serait ensuite trop folle pour être intéressante.

Un démon qui ressemblait à un rat avec de petites ailes bleues et des lunettes de grand-mère murmura : *« Cette fois, tu ne pourras pas t'en sortir. C'est clair ? Tu es passée au travers, et maintenant, tu es de l'autre côté. C'est clair ? »*

Quand elle acquiesça, le démon-rat ajouta : *« Bienvenue au Club de l'Enfer. »*

— Ce n'est pas si grave que ça, remarqua Dick Dart.

Nora ouvrit les yeux, et les créatures se dispersèrent sous le lit, derrière les fauteuils, dans les tiroirs. La douleur se jeta à nouveau sur elle et s'étira telle un grand chat. Nu, souriant, recoiffé, Dart se tripotait machinalement, debout au pied du lit. Il tenait une serviette blanche humide. Le visage secret affleurait la surface du visage public. Le démon avait raison : c'était une hyène.

— Matez-moi un peu ça. Il faut que vous vous asseyiez, de toute manière, pour que je vous délie les poignets.

Elle secoua la tête.

Il l'informa sur le même ton léger que bon gré mal gré, elle allait s'asseoir. Il l'empoigna par un bras et la tira avec violence. Elle sentit la chambre tournoyer autour d'elle. Les yeux baissés, elle grimaça, au bord de l'évanouissement.

— Bien. Enlevons ça. (Dart récupéra le couteau sur l'oreiller et sectionna habilement le chatterton. Il l'arracha et travailla sur le nœud jusqu'à ce que la ficelle se desserre.) Maintenant, le bâillon. Je vais aller vite. Si vous poussez plus qu'un couinement, je vous plante le couteau dans le ventre. Pigé ?

Elle ferma les yeux. Les démons bavards se rassemblèrent autour d'elle. Il lui sembla que ses lèvres et une bonne partie de sa peau s'arrachaient avec le chatterton, mais elle parvint à ne pas gémir.

Il lui lança la serviette humide sur les jambes.

— Essuyez-vous. Il faut virer les draps. Je ne veux pas dormir dans ce bordel.

Obéissante, Nora se passa la serviette sur le haut des cuisses, puis elle réalisa que s'il voulait enlever les draps, elle allait devoir descendre du lit. Elle déplaça la jambe gauche d'un centimètre sans que ses divers maux ne s'amenuisent. Serrant les dents, elle mit les deux pieds par terre et se contraignit à se lever. La tête lui tournait. Une flèche douloureuse lui transperçait le bas-ventre.

— Un vrai petit soldat, apprécia Dart en ramassant son couteau. Pour prouver que je ne suis pas totalement mauvais, j'ai fait quelque chose pour vous. Essayez de deviner quoi.

— Je ne vois pas, marmonna-t-elle.

Il lui sourit et commença à tirer sur les draps.

— Je vous ai fait couler un bain, Nora-chou. Est-ce que ce n'est pas gentil de ma part ?

— Si.

À cet instant, elle avait plus envie d'un bain que de retrouver sa liberté.

— Allez vous y plonger.

D'un seul geste, il arracha la couverture et les draps ensanglantés, qu'il roula en boule avant de les jeter dans un coin.

Les genoux tremblants, Nora entra dans la salle de bains. La baignoire, de la taille d'un cercueil, était aux trois quarts pleine. Le porte-savon soutenait un minuscule flacon de shampooing en plastique et une savonnette de la taille d'un timbre poste. Deux poils noirs frisés adhéraient à cette dernière.

Nora sentit son estomac se contracter. Elle se tourna vers les toilettes juste à temps pour vomir une bile rosâtre. Arrachant une feuille de papier au distributeur, elle tituba jusqu'à la baignoire, ramassa la savonnette comme elle eût ramassé une araignée morte, puis jeta cette obscénité avec son emballage dans la cuvette, tira la chasse d'eau. Elle prit une autre petite savonnette sur une coupelle en forme de coquillage, près du lavabo, et entra enfin dans le bain, levant la jambe avec une délicatesse de cigogne.

Plaisir. Elle ne voulait plus jamais quitter la baignoire. Un nuage rose qui provenait du milieu de son corps flotta vers la surface. Nora s'explora délicatement. Elle saignait toujours, quoique assez peu, et était couverte de meurtrissures. Divers petits incendies faisaient rage sur le chemin de l'invasion qu'elle avait subie. Elle se savonna bras et jambes, et comprit qu'il lui faudrait ensuite se doucher, afin de chasser la pellicule sanglante déposée sur elle par l'eau du bain. Elle se penchait pour libérer la bonde quand Dart entra d'un pas léger. Se laissant à nouveau aller en arrière, elle s'enfonça jusqu'au cou dans l'eau sale. Ses genoux en émergèrent telles des îles.

— Vous êtes à l'aise ? (Il lui sourit largement puis s'examina dans la glace.) Je déteste la sensation qu'on a quand on ne s'est pas brossé les dents. Et ne pas être rasé ne me fait pas particulièrement plaisir non plus. En allant déjeuner, on passera voir s'il y a une boutique dans l'hôtel.

Il s'examina les yeux, puis fit volte-face, s'assit sur les toilettes, et lança à Nora un regard presque paternel.

— Je n'ai pas pu m'empêcher de remarquer que vous aviez connu un certain inconfort durant notre rencontre. (Il mit une emphase sarcastique sur ce dernier mot.) Afin de faciliter les choses, je vais faire comme avec mes vieilles chéries : acheter de la vaseline. La lubrification éliminera environ la moitié du problème, mais si vous ne vous détendez pas, vous allez continuer à avoir mal.

Nora ferma les yeux. Un démon voleta autour d'elle et siffla : « *Tu vas avoir mal.* »

Elle rouvrit les paupières.

— On s'embarque pour la grande aventure de la ménopause, n'est-ce pas ?

— Oui, admit-elle, surprise.

— Règles irrégulières, sécheresse vaginale ?

— Oui.

— Irritabilité ?

— Je suppose.

— Bouffées de chaleur ?

— Ça vient de commencer.

— Formication ?

— Qu'est-ce que c'est ?

— La sensation d'avoir un insecte qui court sur la peau. (Elle s'étonna elle-même en souriant.) Vous suivez une thérapie hormonale ? Vous devriez, mais il faudra faire des essais de dosage. (Elle referma les yeux.) Je vous suggère une douche et un shampooing avant de rendre visite à La Cuisine familiale. Il est temps de passer à l'étape suivante de votre éducation.

Il lui lança un dernier sourire de hyène et sortit. Comme en transe, Nora fit tourner un disque, au bout de la baignoire. Le siphon commença à remplir son office. Elle se leva, pataugea dans l'écume et ouvrit les deux robinets à la fois. Quand l'eau jaillit, elle abaissa le levier qui la dirigeait vers le pommeau de douche. Un liquide glacé lui fouetta la peau.

LIVRE V

PRINCE SOIR

Le gigantesque animal noir semblait lui sourire.
« Eh bien, à présent que tu connais ta peur, tu dois apprendre à t'y fier, bien sûr. »

48

— Bien sûr que c'est une question d'argent.

Dart reposa sa fourchette et sourit. Il l'avait emmenée dans la boutique de l'hôtel, où il avait acheté des brosses à dents et du dentifrice, un paquet de rasoirs jetables et de la mousse à raser, deux peignes, un bain de bouche, un déodorant, un polo noir avec MASSACHUSETTS écrit sur la poitrine, en petites lettres rouges, et un exemplaire de *Vogue*. Ses dents n'étaient plus aussi jaunes, et sans leur duvet, ses joues paraissaient presque roses. Nora n'avait guère entendu que la moitié de ce qu'il avait dit — et une moitié de cela s'était engloutie dans le bourdonnement démoniaque qui lui emplissait la tête.

— On est en Amérique ! Les affaires sont les affaires. Quand on voit que l'ennemi a de bonnes chances de se faire vachement plus de fric que l'allié, qu'est-ce qu'on fait ? On change de camp. Là, on a quatre ou cinq millions de dollars sur la table. Mettez en face une mesquine facture de peut-être dix mille, et le choix n'est pas bien difficile.

— Avec *Le Voyage dans la nuit*.

Ce titre, avec le nom de la jeune femme qui avait mystérieusement disparu de Shorelands, constituait l'essentiel de ce que Nora avait retenu des explications de Dick Dart.

— Absolument. Si on prouve qu'Hugo Driver a volé le manuscrit, les vrais héritiers récupéreront cinquante-quatre ans de royalties, sans parler de tous les bénéfices futurs. Si on prouve en plus que l'éditeur a participé à l'escroquerie, tout ce que lui a rapporté le livre s'ajoute au magot, plus une somme rondelette en dommages et intérêts. Pour couronner le tout, il y a les droits des éditions étrangères.

Nora avait les jambes en caoutchouc. Le centre de son corps lui communiquait des vagues de douleur régulières. Elle regarda son assiette. Près d'un nid de frites luisantes de graisse, un rectangle de fromage industriel coulait sur un toast, par-dessus un monticule de pâte blanchâtre.

— Alors, mon vieux a passé un accord avec ce Fred Constantine, l'avocat des vieilles dames. Constantine sait très bien qu'il est dépassé. Il a un petit cabinet à Plainfield, il se tape des divorces, des affaires immobilières. Il a soixante-cinq ans et il n'a pas mis les pieds dans un tribunal depuis sa sortie de la fac de droit. Imaginez son soulagement quand, après lui avoir fait pisser le sang pendant quinze jours, le grand Leland Dart lui suggère — lui *suggère !* — qu'on pourrait peut-être arriver à un arrangement. Youpi ! Si Mr Constantine acceptait un paiement de l'ordre de cent mille dollars, Dart & Morris condescendrait à accorder quelque assistance à ses pauvres clientes escroquées, lesquelles seraient sans doute ravies de recevoir cinquante pour cent des bénéfices finaux. Mr Constantine, qui n'a aucune idée de la somme en jeu, croit qu'il fait une excellente affaire.

Un morceau de frite reposait sur la langue de Nora à la manière d'un asticot. Elle le cracha dans sa main et le reposa sur son assiette.

— Comment peuvent-ils faire quelque chose comme ça ?

— Avec beaucoup de prudence. (Les yeux brillants, le meurtrier engouffra le reste de son premier cheeseburger et s'essuya les mains sur sa serviette.) Le mot magique ? Intermédiaires. Une fois que tout est en place, on est dans un château fortifié, à deux mille kilomètres de là, et permettez-moi de vous dire que le pont-levis est relevé.

— Je veux dire : comment peut-on faire des choses pareilles ?

Son deuxième cheeseburger arrêté à quelques centimètres de sa bouche, Dart détourna le regard et pouffa.

— Vous êtes vraiment touchante, Nora-chou. Je suis sincère. Les affaires sont les affaires, je vous dis. Comment s'appelle notre système économique ? Est-ce que ce n'est pas le capitalisme ?

Il secoua la tête, feignant l'incrédulité, et prit une énorme bouchée de cheeseburger. Une feuille de laitue bâilla à l'arrière du petit pain, et de la sauce rose dégoulina dans son assiette.

Nora ferma les yeux pour contenir une vague de nausée. Alden Chancel et Dick Dart réfléchissaient de manière identique. S'il lui avait été possible de s'amuser, elle aurait trouvé cette découverte amusante. Leland Dart, qui partageait la philosophie d'Alden, s'en servait pour justifier sa trahison envers son propre client. Selon toute probabilité, cette philosophie atteignait sa plénitude chez le malade mental qui détruisait joyeusement un cheeseburger, de l'autre côté de la table.

Nora se rappela un détail surpris sur la terrasse des Peupliers.

— J'ai entendu Alden dire à Davey que votre père essayait peut-être de manger à tous les rateliers.

Dart déglutit.

— Ces messieurs parlent de ça devant vous ?

— Davey prenait des notes sur le film du *Voyage dans la nuit*. Quand je lui ai demandé pourquoi, il m'a dit qu'il y avait un problème avec les héritiers de Driver. (Il lui semblait que cette nuit-là, dans le living, s'était déroulée de l'autre côté d'une énorme faille temporelle.) Un peu plus tard, il m'a vaguement parlé de deux vieilles dames du Massachusetts, qui avaient trouvé des papiers dans leur cave.

Elle se rendit compte qu'elle entretenait une conversation polie avec Dick Dart, au restaurant, comme si cela avait été tout naturel.

— Des notes sur le film. L'imbécile. Les sœurs de Katherine Mannheim n'ont jamais lu le livre, bien sûr. Elles se sont rappelé le film quand elles ont déniché les papiers, mais franchement...

— Je suppose que vous voulez les tuer.

Nora planta sa fourchette dans la pâte blanche et en transporta jusqu'à sa bouche un morceau de la taille des gommes qu'on trouve au bout des crayons. Apparemment, elle avait commandé un pâté au thon.

— Absolument pas. Les gens que je veux tuer sont ceux qui risqueraient de provoquer la chute de Chancel House. Nous allons défendre le nom d'Hugo Driver, ce qui me fait plaisir, parce que je l'ai toujours bien aimé. Pas pour les deux derniers bouquins, bien sûr, seulement pour le bon.

— Vous avez aimé *Le Voyage dans la nuit* ?

Que Dick Dart eût apprécié un roman quelconque la stupéfiait.

— C'est mon livre préféré, toutes catégories, déclara-t-il. Le seul roman que j'aie jamais vraiment aimé. Pour suivre mes vieilles dames, il a fallu que je fasse semblant de me pâmer pour Danielle Steel, mais c'était juste du travail. Agatha a eu un coup de cœur pour Jane Austen, alors je me suis tapé *Orgueil et Préjugés*. Quelle merde ! Il n'y a strictement rien, là-dedans. Mais je relis *Le Voyage dans la nuit* tous les deux ou trois ans.

— Étonnant.

Nora avala une autre bouchée de thon. Si on enlevait le fromage en plastique et si on évitait le pain, c'était mangeable, finalement.

— Étonnant ? *Le Voyage dans la nuit* est un sacré putain de bouquin tordu. Ça se passe entièrement dans l'obscurité. Pratiquement tout se déroule dans des grottes ou des souterrains. Tous les personnages mémorables sont des monstres.

On aurait dit un écho déformé de Davey. Pour la millième fois, elle écoutait un homme s'extasier sur ce livre. En lui demandant de faire des recherches sur l'affaire Chancel House, Leland Dart avait exploité la passion conventionnelle de son fils. Quand elle se rendit compte qu'Alden Chancel en avait fait autant avec Davey, elle sentit sa nausée s'amplifier.

— Je ne l'ai pas lu, avoua-t-elle.

— La femme de Davey Chancel n'a pas lu *Le Voyage dans la nuit* ? Vous lui avez menti, non ? Vous lui avez dit que vous l'aviez lu ?

Nora détourna les yeux pour fixer les deux couples âgés installés à des tables séparées, près de la devanture. Les grandes lettres inversées qui couvraient cette dernière s'étendaient au-dessus d'eux à la manière d'un rouge arc-en-ciel.

— Mais oui, bien sûr, vous lui avez menti. (Une autre explosion de rire détestable. Il revint à son deuxième cheeseburger.) J'imagine que vous n'avez jamais entendu parler d'un endroit appelé Shorelands ?

— Hugo Driver y est allé. Lincoln Chancel aussi. En 1938.

— Bravo. Vous vous rappelez qui d'autre y était, cet été-là ?

— Un tas de gens aux noms bizarres.

— Austryn Fain, Bill Tidy, Creeley Monk, Merrick Favor, Georgina Weatherall. Les bonnes. Plein de jardiniers. Et Katherine Mannheim. Est-ce que Davey vous a parlé d'elle ?

Nora réfléchit un instant.

— Elle était jolie. Et elle s'est enfuie.

— Elle a disparu dans la nature.

— Qu'est-ce qui lui est arrivé, à votre avis ?

— D'après ses sœurs, elle avait « le cœur fragile ». Elle était censée éviter de se fatiguer, mais elle refusait de vivre comme une invalide. Elle faisait du vélo, elle voyageait. Si elle avait vécu comme Emily Dickinson, elle serait peut-être encore de ce monde.

— Vous avez lu Emily Dickinson ?

Il eut une moue amère.

— Florence, une de mes vieilles dames, en était dingue. Il a fallu que je m'en envoie des pages et des pages. J'ai même été obligé de lire sa biographie. À côté de cette conne, Jane Austen écrit comme Mickey Spillane.

Il ferma les yeux et récita :

Il est, l'hiver, après midi,
Une certaine lumière Oblique —
Qui oppresse tel le Fardeau
En Cathédrale des Cantiques —

Douleur Divine, elle nous donne —
Nulle cicatrice ne voyons,
Mais une différence interne,
Où les Significations, sont —

Il rouvrit les yeux.

— Ce n'est même pas vraiment de l'anglais, juste le charabia qu'elle a inventé. J'ai lu page après page de cette poudre aux yeux pour faire plaisir à Florence, et maintenant, c'est coincé dans mon esprit, comme toutes mes autres lectures.

Les vers avaient déferlé sur Nora telle une série de vagues inexorables.

— C'est regrettable, déclara-t-elle.

— Vous ne savez pas à quel point. Quoi qu'il en soit, je pense que la mère Mannheim a cassé sa pipe, et que dans la confusion, Driver a subtilisé le manuscrit. *Le Voyage dans la nuit* a été publié l'année suivante, et comme par hasard, peu de temps après, la moitié de la planète l'avait lu.

— J'ai vu des soldats qui l'avaient emporté au Vietnam.

— Vous étiez au Vietnam ? Pas étonnant que vous ayez ce petit côté sauvage. Qu'est-ce que vous y faisiez ?

— J'étais infirmière.

— Ah, oui, je me rappelle certaine mésaventure avec un gamin, oui, oui, oui. (Elle regarda son assiette.) Nora ne montre pas ses sentiments. Très bien, revenons à nos moutons. Selon une procédure très inhabituelle — je répète : *très* inhabituelle —, Mr Driver a cédé le livre à son éditeur sous réserve que les royalties seraient versées à lui ou à sa femme, de leur vivant, tous les droits revenant ensuite audit éditeur, lequel acceptait d'en rétrocéder un pourcentage aux enfants de Driver, jusqu'à leur mort. C'est censé être un geste de gratitude, mais est-ce que ça ne vous semble pas un peu excessif ?

— Vous avez bien travaillé.

De son propre chef, la main de Nora détacha un autre morceau de thon et la porta à sa bouche.

— J'ai pris des tonnes et des tonnes de notes, lesquelles sont pour le moment indisponibles en raison de l'interférence de la flicaille locale. Heureusement, je me rappelle l'essentiel. Cet après-midi, j'aimerais notamment passer dans une bibliothèque pour continuer mes recherches, mais laissez-moi vous décrire notre mission. (D'un coup d'œil, il s'assura que la serveuse était toujours assise derrière son comptoir.) Vous savez que trois des scribouillards se sont foutus en l'air ? (Elle acquiesça.) Austryn Fain. Pas de femme, pas de petit Fain. Creeley Monk était un pervers : il n'a donc laissé ni veuve éplorée ni enfants affamés. Toutefois, la chance est avec nous, car pendant l'été 1938, Mr Monk partageait la vie d'un monsieur qui est toujours des nôtres, un médecin : Mark Foil. Le Dr Foil, béni soit-il, habite toujours Springfield, où il vivait avec notre poète. Je veux croire qu'il occupe la même maison, avec des monceaux de reliques de Monk. Malheureusement, je n'ai pas trouvé son adresse, mais une fois à Springfield, je suis sûr que nous la découvrirons.

— Et ensuite ? interrogea Nora.

— Nous téléphonons au monsieur. Vous lui expliquez que vous vous documentez pour écrire un livre sur les événements survenus à Shorelands en 1938. À votre avis, les autres invités, en particulier Creeley Monk, ont été injustement éclipsés par Hugo Driver. Comme vous êtes de passage à Springfield, vous sauriez extrêmement gré au Dr Foil de vous accorder une heure de son temps afin d'entendre ses souvenirs de cet été-là — tout ce que Monk a pu lui dire, lui écrire ou consigner dans son journal.

Même dans son état actuel, enveloppée par une gangue épaisse et résistante qui, si elle lui interdisait toute action, la protégeait de tout sentiment, Nora fut frappée par l'étrangeté avec laquelle l'obsession de cette créature rejoignait celle de Davey. Ce que Dart voulait lui faire faire paraissait aussi abstrait que les mots croisés concoctés par les deux vieillards de Rhinebeck. Elle remplit une case par une question.

— Et si Monk n'a jamais mentionné Hugo Driver ?

— C'est peu probable, mais ça n'a pas d'importance. Une fois que nous serons dans la place, il faudra que je tue le vieux. (La hyène, en Dart, montra les crocs.) Il nous aura vus, chérie, et si notre chance se maintient, il finira par additionner deux et deux. Notre étape suivante sera Everett Tidy, le fils de Bill, qui est professeur d'anglais à Amherst. Son nom dans un gros titre attirerait à coup sûr l'œil de Foil. Il faut donc effacer nos traces.

Une odeur de cigarette flottait vers eux. Nora se détourna et vit la serveuse approcher de leur table.

— On va faire les courses et aller à la bibliothèque tant qu'on peut encore se servir de la Lincoln, conclut Dart.

49

La rue principale, mais de quelle ville ? Dart entraîna Nora dans des magasins de vêtements féminins, chassa les vendeurs, et tenant sa compagne par la main, la fit circuler entre les rayons pour examiner robes, chemisiers, jupes. Là, un tailleur en lin couleur sable, la jupe aux genoux, la veste sans revers (« Votre costume pour l'interview », dit-il), dans la boutique suivante des escarpins marron et un gilet à manches courtes en soie crème. Non, elle n'avait pas besoin d'essayer ces habits : ils lui iraient parfaitement. Et ce serait le cas : il connaissait sa taille sans avoir besoin de poser de questions. Dans un hangar écumé par des étudiants aux sacs à dos gonflés, jeans et T-shirts pour eux deux, un pull en coton bleu foncé pour elle. Une boutique minimaliste, une conférence avec une autre vendeuse charmée, six soutiens-gorge Gitano blancs, six culottes Gitano blanches, six collants Gitano. Au coin de la rue, des tennis Reebok pour elle et lui.

Deux valises à roulettes en tissu noir. À la Pharmacie Centrale, une sélection rapide sous l'œil d'une moustache gris-blond avec de petites lunettes rondes : shampooings colorants L'Oréal, Noir de Jais et Blondeur Étoilée ; gel sculptant LaCoup ; serviettes Always ultra plus, avec protège-côté, la marque qu'elle utilisait, quoique Dart n'eût pas posé de question ; fond de teint Cover Girl Clean, Crémeux Naturel ; rouge à lèvres Cover Girl, Pavot ; ombre à paupière Maybelline Shine Free, Rose Coucher de Soleil (« Il ne brille pas, il luit, » affirma Dart) ; vaseline ; mascara Cover Girl Long'N'Lush ; shampooing et démêlant Vidal Sassoon Ultra Care ; savonnettes Neutrogena ; bain moussant et gel-douche Perlier ; papier émerisé et bâtonnet de buis Revlon ; vernis à ongle OPI ; un blush discret qu'elle ne put identifier avant qu'il ne le jetât dans le panier ; un flacon de Coco, de Chanel ; une fiole de bain de bouche Icy Cool Peppermint Scope ; des coupe-ongles Hoffritz, des ciseaux de manucure, des pinces à épiler, des limes à ongles. Derrière sa caisse digitale, sur laquelle la note dépassait les cent dollars, la moustache déclara :

— Monsieur, j'ai déjà vu des maris qui s'y connaissent, mais vous avez le pompon.

Retour à la voiture. Dart se gara devant une boutique à fenêtres en saillie, Farnsworth & Clamm, et entraîna Nora dans une salle à l'air conditionné, où une autre moustache souriante se dirigea vers eux entre de luisantes rangées de costumes pendus. Oui, murmura Dart, 46 extra long — celui-ci ; celui-là ; un blazer bleu à double-revers ; quatre chemises bleues et quatre chemises blanches, en coton, à col large, encolure 17, manches 36 ; huit caleçons taille 38 ; huit paires de chaussettes mi-longues noires ; une douzaine de mouchoirs, et aussi des cravates, s'il vous plaît. Retouches immédiates, si possible. Après avoir déposé Nora sur un fauteuil en cuir inconfortable, près du grand miroir, alors que surgissait des profondeurs un individu voûté avec un mètre-ruban autour du cou, Dart disparut dans la cabine d'essayage, y demeura le temps d'un clin d'œil et en ressortit vêtu d'un de ses costumes. Une autre silhouette voûtée se matérialisa pour emporter ce dernier, tandis qu'il enfilait à la hâte le numéro deux. Lui et son reflet arboraient un petit air satisfait. Les essayages terminés, il prit à son tour possession d'un fauteuil club. La moustache apporta une bouteille de vodka finlandaise dans un seau à glace et deux verres. Pour vous faire patienter, monsieur. Quand arriva la facture, Nora constata que Dart avait acheté pour six mille dollars de vêtements.

— La bibliothèque de qualité la plus proche ? demanda-t-il.

La Lincoln prit la direction du Temple de la Renommée du Basket-ball. Où qu'ils se fussent trouvés auparavant, Nora réalisa qu'ils étaient à présent à Springfield, là où le Dr et Mrs Harwich régnaient sur Longfellow Lane. Si elle échappait à Dick Dart, le médecin et sa femme l'abriteraient-ils dans leur sous-sol ? Réponse douteuse, question à revoir plus tard. Trois ans auparavant, une Nora semi-radioactive avait fait à Springfield ce qu'elle considérait comme une virée nostalgique, et s'était retrouvée dans un bar, puis dans un motel, avec un Dan Harwich d'humeur bizarre, amer, qui l'avait ensuite convaincue de venir chez lui. Vingt-deux heures trente. La Mrs Harwich de l'époque, Helen, qui avait réchauffé sa moitié de dîner au micro-ondes une heure plus tôt, et l'avait fait passer à l'aide de plusieurs vodka-tonic, s'était mise à hurler dès que l'invitée avait franchi la porte. Nora avait tenté une sortie, mais Harwich l'avait installée dans un fauteuil, sans doute pour qu'elle lui servît de témoin. Elle avait assisté à une bonne vieille scène de ménage, au terme de laquelle Helen les avait mis dehors, avec ordre pour Dan de revenir chercher quelques affaires le lendemain matin, avant de s'en aller pour de bon. Retour au motel, avec un Harwich ricanant, grimaçant. Le lendemain matin, il avait promis d'appeler le plus tôt possible — ce qui avait été deux jours plus tard. Un autre coup de fil au bout d'une semaine, un troisième après encore quinze jours. Ensuite, de brefs appels, par intermittence. Deux ans avaient passé quand était arrivé un faire-part de mariage accompagné d'une carte où on lisait : *Au cas où tu te poserais des questions*. La nouvelle Mrs Harwich se prénommait Lark et était née Pettigrew.

— À la bibliothèque, il faudra que j'aille aux toilettes, dit Nora.

Impeccable : Dart irait avec elle, parce qu'à la vérité, il fallait qu'il fasse pleurer Popaul.

Il se gara en face d'un long bâtiment de pierre qui évoquait la Cour suprême jusque dans son perron. Les toilettes des femmes, qui donnaient sur un couloir en marbre au premier étage, étaient aussi désertes que la salle de lecture du rez-de-chaussée. Dart y entra à la suite de Nora. Elle prit un des boxes, lui l'autre. Ils ressortirent ensemble, faisant sursauter une femme tremblottante, aux yeux globuleux, dont la bouche s'ouvrit et se referma telle une moule jusqu'à ce qu'ils eussent disparu dans l'escalier.

Sans brutalité, Dart poussa sa compagne sur une chaise, devant une longue table en bois. Il s'assit auprès d'elle, et ouvrit un gros volume intitulé : *Shorelands, refuge de génies*. Nora entendait de temps à autre des voix métalliques flûtées qui évoquaient des insectes, mais elle demeurait calme. Elle était au sein de la gangue, la gangue excluait les sentiments, elle était bien. Dart sourit à son livre. Elle attira à elle *Les Muses du Massachusetts*, de Quinn W. S. Dogbery, l'ouvrit, et en lut un paragraphe au hasard.

Étant donné la nature fantasque de la personnalité artistique, toute communauté telle que Shorelands crée le scandale. L'un dans l'autre, la colonie de talents créée par Georgina Weatherall suivit son petit bonhomme de chemin et produisit décennie après décennie des œuvres importantes. Pourtant, il y eut bien des problèmes. Certains y incluraient « l'étrange » disparition de la poétesse de second plan Katherine Mannheim, mais nous ne sommes pas du nombre. Cette jeune personne, durant son bref séjour, s'était aliéné aussi bien les employés que les autres invités. Il ne fait aucun doute que l'hôtesse se préparait à lui remettre son ordre de départ. Miss Mannheim désirait éviter une expulsion humiliante, et s'en alla de manière à entraîner un maximum d'agitation.

Les véritables scandales de Shorelands, comme on peut s'y attendre, sont d'une tout autre nature.

Dart jeta deux annuaires téléphoniques sur la table et tapota amicalement Nora dans le dos.

L'événement qui blessa le plus Georgina Weatherall fut peut-être la disparition, non d'une petite péronelle, mais d'une de ses œuvres d'art préférées, exposée dans la salle à manger : un dessin du symboliste Odilon Redon, superbe nu féminin à tête de faucon. Il ne fait aucun doute que l'amour de Georgina pour le Redon avait pour origine son titre, qui était aussi le nom d'une importante tradition de Shorelands. La plupart des tableaux exposés dans la salle à manger étaient plus traditionnels. Le dessin de Redon, qui mesurait trente centimètres sur vingt, était accroché en haut d'un mur couvert d'œuvres plus remarquables. Ce fut un invité passionné par l'artiste qui en remarqua le premier l'absence, en 1939. Une fouille immédiate des chambres et des cottages ne donna rien. Georgina Weatherall avoua plusieurs fois à ses invités, durant les années suivantes, qu'elle n'eût pas été surprise d'apprendre que Miss Mannheim l'avait emporté durant sa « fuite dans les ténèbres ». Il est possible que le fin mot de l'affaire ne soit jamais connu. Toutefois, on peut peut-être, sans manquer de charité, souligner la considérable valeur marchande qu'avait à l'époque et a encore ce dessin.

— Filons, décida Dart en empoignant Nora par le bras et en l'entraînant dehors, dans la chaleur et la lumière.

Trois voyages leur furent nécessaires pour emporter tous les sacs et les paquets dans le hall de l'hôtel.

— Clark, mon bon ami, pourriez vous prendre un moment pour nous aider à transporter ces objets de première nécessité dans notre charmante chambre ?

Le réceptionniste s'humecta les lèvres.

— Si ça vous fait plaisir.

Il se pencha dans le bureau, derrière lui, et adressa quelques mots inaudibles à la personne qui s'y trouvait. Sortant de derrière son comptoir, il observa Dart du coin de l'œil, et se dirigea vers les valises. Il était plus petit qu'on eût pu le croire. À peine plus d'un mètre soixante.

— Je m'occupe des valises. Aidez mon épouse.

— Si ça vous fait plaisir.

Clark se chargea d'autant de sacs qu'il le put. Le prétendue épouse en ramassa trois autres, n'en laissant qu'un sur le sol. L'employé interrogea du regard Dart, qui sourit, ouvrit la bouche et claqua des dents. Le jeune homme jeta un coup d'œil à Nora, puis se pencha, prit entre les dents les poignées du dernier sac, et le souleva.

Tous trois s'entassèrent dans l'ascenseur.

— Votre usage de l'expression « Si ça vous fait plaisir » m'intéresse, remarqua Dart. Ça a une signification, ou c'est juste histoire de dire quelque chose ? (Clark poussa un grognement et resserra sa prise sur les sacs. De la sueur lui perlait au front.) Est-ce que c'est aussi déplaisant que ça en a l'air ? On a l'impression que ce « Si ça vous fait plaisir » trahit un vague dédain pour l'interlocuteur. C'est bien ça, ou je suis parano ? (Le réceptionniste secoua la tête.) C'est un grand soulagement.

L'ascenseur atteignit le deuxième étage. Dart ouvrit la marche dans le couloir.

— Clark, mon vieux, mettez donc les sacs devant le placard et pendez les housses à costumes.

Il fit signe à Nora d'entrer. Clark se pencha pour déposer le sac qu'il tenait entre les dents, exhala un souffle irrégulier, et se débarrassa du reste de son fardeau. Parvenu à accrocher les cintres à la tringle du placard, il repassa dans le couloir.

Dart verrouilla la porte et se posta face à Nora, souriant. Assise, elle ramena les genoux contre la poitrine et courba le dos. Quand il s'écarta, elle releva les yeux. Il choisissait un tronçon de ficelle.

— Est-ce que je dois tout vous dire ?

Elle se débarrassa de ses chaussures. Ses doigts, qui n'avaient nul besoin qu'on leur dise quoi faire, commencèrent à déboutonner son chemisier. Dart alla chercher le sac à pharmacie dans la salle de bains tandis qu'elle se déshabillait. Il en tira les articles un par un et les disposa sur la table. Quand il fut satisfait de leur alignement, il sortit les ciseaux de leur étui en plastique et fit signe à Nora de le suivre dans la pièce voisine.

— Asseyez-vous sur les toilettes, ordonna-t-il.

Frissonnante, elle prit place sur la lunette. Son compagnon, tout en chantonnant, lui coupa la plus grande partie des poils pubiens et tira la chasse d'eau.

— Très bien.

Il la fit reculer, puis pivoter, telle une marionnette, lui planta une main entre les omoplates et la poussa dans la chambre, où il lui lia les mains derrière le dos et la bâillonna avec du chatterton.

Elle se retrouva à contempler le plafond blanc. Dart se hissa sur le lit.

— Vous voyez ? Ça sera moins désagréable, cette fois-ci.

Tournant la tête, elle le vit brandir le tube de vaseline.

Ce fut un peu moins douloureux que la fois précédente, mais tout aussi pénible.

50

— Gardez la tête droite. Il faut que vous coopériez, sinon vous allez finir par ressembler à un punk.

L'odeur du bain moussant imprégnait la salle de bains. Les cheveux de Nora, encore humides, étaient raides et plats. Dart approcha la tête de la sienne, afin que le miroir encadrât leurs visages.

— Dites-moi ce que vous voyez.

Elle voyait une version terrorisée d'elle-même, aux yeux hallucinés, à la peau parcheminée et à la chevelure mouillée, posant avec une hyène.

— Nous.

— Moi, je vois un couple de parfaits desperados, dit la hyène, dans la glace. Vous aviez besoin de moi pour vous ouvrir les yeux, et voilà que je suis arrivé. Ce n'est pas un accident, n'est-ce pas ?

— Je ne sais pas ce que c'est, mais...

Avant qu'elle ne pût ajouter : *j'aimerais que ce ne soit jamais arrivé*, les yeux de Dart s'illuminèrent.

— Vous faites ça avec votre cher époux, n'est-ce pas ? Vous mettre côte à côte pour vous regarder dans le miroir. Et je sais aussi pourquoi.

Elle n'avait pas besoin de lui dire qu'il avait raison ; il le savait déjà.

— Pourquoi ?

— Jusqu'à maintenant, je n'avais pas remarqué à quel point vous vous ressemblez. Je parie que ça a un joli petit pouvoir érotique — ça l'aide sans doute à bander. C'est comme faire l'amour avec la personne qu'on serait si on était du sexe opposé. Mais il n'est pas votre double masculin. Le plus grand risque qu'ait jamais pris Davey l'Ourson, c'est de coucher avec Natalie Weil, et il l'a pris uniquement parce que son vieux l'a tellement fait douter de sa virilité qu'il devait se la prouver. (Nora serra les dents pour ne pas l'admettre, mais elle était d'accord.) Votre véritable double masculin, c'est moi. La seule différence, c'est que je suis plus évolué. Ce qui signifie qu'au bout d'un moment, nous aurons des rapports sexuels fantastiques. (La hyène refit surface dans son visage.) En fait, Nora-chou, n'auriez-vous pas eu un petit orgasme, cette fois-ci ?

— Peut-être, admit-elle en songeant que c'était là ce qu'il voulait entendre.

Il la gifla assez fort pour lui renvoyer la tête en arrière. La marque rouge de ses doigts apparut sur la joue de Nora.

— Je sais que vous n'avez pas joui et vous aussi. Nom de Dieu ! Quand je vous ferai jouir, on vous entendra brailler dans le comté d'à côté. Merde alors.

Il donna un violent coup de poing dans la porte de la salle de bains, puis se détourna, et montra du doigt le visage de sa compagne, dans le miroir.

— Je vous fais sortir de taule, je vous achète des fringues, je vais vous faire la plus belle coupe de cheveux que vous ayez jamais eue, et ensuite, je vais suppléer aux insuffisances de votre mère, vous apprendre à vous maquiller, et vous osez me mentir ? (Elle se mit à trembler.) Il ne faut pas que j'oublie comment sont les femmes. Peu importe ce qu'un homme fait pour elle, elles le poignardent dans le dos à la première l'occasion.

— Je n'aurais pas dû mentir, admit-elle.

— Laissez tomber. Simplement, ne vous y risquez plus si vous ne voulez pas que je vous sorte les tripes du bide. (Il s'essuya le visage à l'aide d'une serviette, qu'il lui déposa ensuite sur les épaules.) Arrêtez de trembler.

Nora avait les yeux fermés. En un monde où les démons n'existaient pas, elle sentit un peigne passer dans ses cheveux.

— Ils vont être plus courts de trois ou quatre centimètres, mais ils auront un aspect totalement différent. Pour commencer, je coupe nettement mieux les tifs que le dernier coiffeur qui s'est chargé des vôtres. Ensuite, je sais à quoi vous devez ressembler, alors que vous n'en avez pas la moindre idée. Il est dommage que nous devions vous changer en blonde, mais ça ira tout de même, croyez-moi. Vous ferez dix ans de moins.

Il lui positionna la tête et commença à lui couper les cheveux à petits coups de ciseaux précis. Des touffes noires tombées sur la serviette, dérivèrent jusqu'aux seins de Nora.

— Ne bougez pas : je les enlèverai après.

D'autres cheveux atterrirent sur ses avant-bras, son ventre, son dos. Dart fredonnait : *There'll Be Some Changes Made*[1].

— Belle chevelure, apprécia-t-il. Épaisse, souple.

Elle ouvrit les yeux et contempla très exactement ce qu'il avait promis : la meilleure coupe de toute son existence. Dommage qu'elle fût exécutée sur un cadavre qu'on toilettait pour la mise en bière. Les mains de Dart voletaient autour de sa tête, ébouriffant, égalisant.

— Pas mal du tout, sans me vanter (Il lui ôta la serviette des épaules et s'en servit pour chasser les cheveux qu'elle avait sur le corps.) Eh bien ?

Nora lui reprit le linge et s'en entoura le torse. Il lui sourit dans le miroir. Elle passa les doigts à travers sa chevelure courte, vivante, la vit retomber en place. Hormis la marque rouge sur sa joue, presque disparue, l'unique problème de la femme qui se reflétait là était que sous le casque de cheveux superbement coupés, le visage était mort.

Dart ouvrit une boîte de shampooing colorant. Il en sortit un flacon

1. Il va y avoir des changements. *(N.d.T.)*

en plastique blanc muni d'un embout-verseur, et un cylindre de liquide ambré. Il coupa l'extrémité de l'embout.

— Vous ne serez pas aussi blonde que sur les photos, mais vous le serez tout de même.

Il enfila les gants en caoutchouc transparent accrochés à la notice d'instructions. Après y avoir transvasé le liquide ambré, il secoua le flacon.

— Penchez-vous au-dessus du lavabo.

Elle obéit. Il déversa le liquide dans ses cheveux et les lui frictionna vigoureusement.

— C'est terminé pour vingt-cinq minutes. (Il consulta sa montre.) Asseyez-vous là, que je puisse me servir du miroir.

Elle recula vers les toilettes en tirant sa chaise.

Dart se pencha en avant et commença à se couper les cheveux. Il obtint sur sa nuque un meilleur résultat que Nora ne s'y attendait, manquant seulement quelques mèches plus longues, qui chevauchaient leurs voisines.

— À quoi ça ressemble ?

— C'est bien.

— Dans le dos ?

— Bien.

Il renifla.

— Je suppose que ça veut dire que ça fait l'affaire. (Il ouvrit la boîte de shampooing colorant noir et en mélangea les ingrédients.) Je vais être obligé de fermer les yeux, alors je veux que vous mettiez la main sur moi. Si vous l'enlevez, je vous éclate le crâne contre la baignoire.

— Je la mets où ?

— Empoignez ce que vous voulez.

Elle s'avança un peu et, frissonnante de dégoût, lui posa la main sur la hanche. Dart se versa le liquide dans les cheveux.

— J'adorerais être une femme pour pouvoir m'occuper de moi-même. Autrement que comme ça, je veux dire.

— Vous aimeriez être une femme ? répéta Nora.

Il cessa de se frictionner.

— Je n'ai pas dit ça. (Elle eut la chair de poule.) Je n'ai pas dit que j'aimerais être une femme. Ce n'est pas ce que j'ai dit.

— Non.

La violence se concentrait autour du corps lourd de Dart, crépitait dans l'air. Il abaissa les mains et lui fit face.

— Je veux dire que j'aimerais pouvoir me rendre ce genre de service. Les femmes qui bénéficient de mon traitement spécial ont *énormément* de chance. Je crois que ce serait agréable d'être dorloté comme je vous dorlote. Ça a quelque chose d'étonnant ?

— Non, répondit Nora.

Il se retourna vers le lavabo et lui lança un regard brûlant. Elle lui reposa la main sur la hanche.

— Vous êtes emprisonnée par les petites conventions de merde qui inhibent les têtes vides comme votre mari. La vérité, c'est qu'il y a deux sortes de gens : les moutons et les loups. Si quelqu'un doit comprendre ça, c'est bien vous. (Il ôta les gants souillés.) Et voilà. (Nora abaissa la main et se tourna vers la porte.) Non, on reste là. Asseyez-vous au bord de la baignoire.

Elle obtempéra. Dart fronça le sourcil, jeta les gants dans la corbeille, s'inspecta dans le miroir, et s'installa sur les toilettes.

— On a un peu de temps à tuer. Posez-moi une question, et arrangez-vous pour qu'elle ne soit pas trop idiote.

Nora tenta d'en trouver une qui ne le mettrait pas en colère.

— Je me demande pourquoi vous habitiez le Harbor Arms.

Il leva un doigt en point d'exclamation.

— Excellent ! Tout d'abord, mes parents n'y viennent jamais — ça leur donne des boutons. Ensuite, tout le monde s'y moque de ce que font les voisins.

Durant un quart d'heure, il décrivit les avantages d'un immeuble où les colocataires fournissaient sans se faire prier drogues, sexe et ragots — les membres du Yacht Club tenaient tous pour acquit que leurs serveurs, les confidents de Dart, choisissaient de ne pas entendre leurs conversations privées.

Nora songea que si elle avait été vivante, l'essentiel de ce qu'elle eût ressenti pour cet être vaniteux et destructeur eût été du mépris. Puis elle se rendit compte qu'à ce moment même, elle en ressentait. Peut-être n'était-elle pas totalement morte, après tout.

— Maintenant, il est temps de virer ce truc visqueux de vos cheveux et de passer au démêlant.

— J'aimerais m'en occuper moi-même.

Il leva les mains.

— Parfait. Mettez un peu d'eau chaude, frottez bien, et rincez. Ensuite, prenez ce tube, au bord de la baignoire, et versez-vous tout sur la tête. On virera ça au bout de deux minutes.

Nora se massa le cuir chevelu jusqu'à ce qu'une couche de mousse blanche apparût sur son crâne, puis se rinça abondamment sous le robinet.

— Impressionnant, apprécia Dart.

Elle releva les yeux.

De l'autre côté du miroir, une noyée blonde de seize ans la contemplait. Des cheveux courts mouillés, à peine plus foncés que ceux de Natalie Weil, étaient plaqués sur son crâne.

— Je ne m'attendais pas à ce que ça rende aussi bien, commenta son compagnon. Mettez le démêlant.

Nora détacha le regard de celui de la noyée et dévissa le bouchon du tube, s'en versa le contenu sur le sommet du crâne en une longue coulée sinueuse. La jeune inconnue et elle se frictionnèrent ensemble les cheveux.

— À moi. (Bientôt, un Dick Dart aux cheveux noirs se sourit dans le miroir.) Il y a des années que j'aurais dû faire ça. Vous ne me trouvez pas superbe ?

Une aile de corbeau grasse était collée sur sa tête. Des plumes indisciplinées adhéraient à ses tempes et à son front.

— Superbe, admit-elle.

Il désigna le lavabo, et elle s'avança pour rincer le démêlant.

— Très bien : étape suivante. (Dart la poussa vers la chambre et la fit asseoir à la table.) Regardez-moi. Comme ça, ensuite, vous pourrez le faire toute seule.

Il ouvrit un miroir de poche et le lui donna. Lui appliquant un peu de fond de teint sur les pommettes, il l'étala de bas en haut à l'aide du pinceau, avant de lui allonger les cils au mascara et de lui peindre les lèvres.

— Quand j'aurai fini, vous vous nettoierez les ongles en enlevant les petites peaux et vous vous mettrez du vernis. Je suppose que ça, au moins, ça vous est déjà arrivé.

— Bien sûr.

Elle ne se rappelait plus quand elle s'était verni les ongles pour la dernière fois.

— La touche finale, conclut Dart en prenant une minuscule quantité de gel au creux de la main. (Derrière elle, il commença à lui masser le cuir chevelu. Il lui lissa les cheveux, les tapota, les tira, les sculpta.) Je m'impressionne moi-même. Allez jeter un coup d'œil dans la salle de bains. (Nora enfila son chemisier.) Vous n'allez pas en croire vos yeux.

Elle se posta devant le miroir et releva les yeux. Une femme au seuil de sa véritable maturité, la seconde, une femme qui aurait pu présenter des shampooings de luxe dans une publicité télévisée lui rendit son regard. Ses cheveux courts luisants avaient été sculptés en crêtes et pics artistiques. Elle avait une peau parfaite, la bouche bien dessinée et de grands yeux en amande, impressionnants. Elle était ce que les filles de vingt ans qui se nourrissaient d'eau minérale achetée chez Waldbaum voulaient devenir quand elles seraient grandes. Pour une raison inconnue, cette femme portait le chemisier bleu favori de Nora.

Elle avança le visage à quelques centimètres du miroir. Là, affleurant le masque de la blonde, elle aperçut ses propres traits. Quand elle recula, elle disparut à nouveau. Un rugissement de rage s'éleva dans la chambre.

Dick Dart, assis à la table, lisait le journal pris dans le salon du rez-de-chaussée, sur la moitié inférieure duquel était posée la bouteille de fond de teint Cover Girl ouverte. Il agitait le pinceau en direction d'un article, projetant des particules brunes sur la page.

— Vous savez ce que racontent ces imbéciles ? (Il tourna vers elle un visage qui semblait le fruit d'une photo truquée, la moitié gauche présentant une version plus jeune, dépourvue de rides, de la droite.) Je devrais les attaquer en justice, ces enculés.

Nora dépassa la rangée de sacs de provisions, posés devant les placards.

— Qu'est-ce qui ne va pas ?

— Le *Times*, voilà ce qui ne va pas. Ils n'ont rien compris. Ils se sont complètement plantés. (Elle s'assit sur le lit.) Vous savez ce que vous êtes, d'après ce torchon ? Une femme du monde. Si vous êtes une femme du monde, moi, je suis la reine de Saba. « Pour réussir son évasion, Dart a pris en otage une femme du monde de Westerholm, Nora Chancel, 49 ans, femme de David Chancel, éditeur-adjoint à Chancel House et fils d'Alden Chancel, l'actuel président de la prestigieuse maison d'édition. Ni David ni Alden Chancel ne sont à l'heure actuelle joignables. »

Il avait lu le texte d'une voix traînante et sarcastique, qui faisait sonner chaque mot comme un mensonge éhonté. Nora demeura muette.

— Si on en croit l'article, je suis l'unique criminel de Westerholm. Et vous savez de quoi ils me qualifient ? Allez-y, essayez de deviner.

— De meurtrier ?

— De *tueur en série* ! Est-ce qu'ils sont trop cons pour ne pas voir ce qui me sépare d'un psychopathe qui massacre des gens au hasard ? (L'indignation fit rougir le côté de son visage qu'il n'avait pas maquillé.) Ils m'insultent publiquement !

— Je ne comprends pas vraiment...

Dart pointa le pinceau vers elle à la manière d'un couteau.

— Les tueurs en série sont des nuls. Même Ted Bundy était un minable qui venait d'une famille totalement insignifiante de ploucs de Seattle.

Il respirait bruyamment.

— Je vois, dit Nora.

— Où est l'intérêt de parler de quelque chose si on raconte n'importe quoi ? Il faut rendre à César ce qui appartient à César. (Elle hocha la tête.) Et encore un autre mensonge : ils disent que j'ai été *accusé* d'être un tueur en série. Excusez-moi, mais quand ça ? J'ai été emmené au poste sur les dires d'une pute bourrée, j'ai passé environ douze heures avec Leo Morris, mais on ne m'a jamais accusé de quoi que ce soit. C'est de la diffamation. (Elle ne le quittait pas des yeux.) On travaille comme un fou, on prend des risques insensés, on accomplit des choses dont le connard moyen ne rêverait même pas, et eux, qu'est-ce qu'ils font ? Ils racontent des mensonges. Ça me rend fou furieux !

— Est-ce qu'ils ont la moindre idée d'où on est ? Et la voiture ?

— Pour ce que ça vaut, ils disent que le fugitif et son otage — otage, elle est bien bonne — se sont enfuis dans le véhicule de ladite otage, lequel a ensuite été découvert sur le parking d'un restauroute de la I-95. Ils sont probablement au courant pour la Lincoln du vieux salaud. Je comptais trouver une autre bagnole ce soir, de toute façon. (Il souleva le flacon de fond de teint et jeta le journal à Nora.) Un *tueur en série* !

Elle se laissa aller en arrière sur le lit, appuyée sur les bras.

— Qu'est-ce que vous allez faire ?

Il replongea le pinceau dans le flacon, positionna le miroir devant lui et se mit à travailler sur le côté droit de son visage.

— On va se changer et faire les valises. Demain matin, très tôt, on va attendre l'arrivée d'un voyageur fatigué, le tuer et lui voler sa voiture. Aller dans un autre motel. Il faudra qu'on localise le Dr Foil avant midi. Ensuite, on ira à Northampton et on rendra visite à Everett Tidy, le fils de ce pauvre Bill. (Il reboucha le flacon et se tourna vers elle.) Qu'est-ce que vous en pensez ?

Du cou au sommet du crâne, c'était un autre homme, plus jeune, qui aurait pu être médecin. Les infirmières auraient flirté avec lui, colporté des ragots sur son compte.

— Remarquable, apprécia-t-elle.

Il tendit la main vers les ficelles et le chatterton.

51

Nora réintégra son corps, à moins que ce ne fût lui qui la retrouvât. Le processus était assez obscur. Venue d'un univers indéfini, elle tomba dans un lit humide, qu'occupait déjà un lourd corps mâle transpirant des vapeurs alcooliques. Elle transpirait, elle aussi. Elle voulut s'essuyer le front, mais sa main n'atteignit pas son visage, retenue par un lien serré. Il s'agissait d'une ficelle qui courait sous le corps inerte de l'homme à côté d'elle. Nora se rappela qu'ils étaient reliés par les poignets, tandis qu'elle passait au sein de nuages successifs. Elle était de retour avec Dick Dart, et elle subissait pour la deuxième fois des bouffées de chaleur. Une grande variété de démons joviaux étaient accroupis autour du lit, ricanant, lançant des propos au débit sec et rapide.

Un homme assis sur une chaise, près de la fenêtre, presque invisible dans l'obscurité, croisa les jambes, la cheville sur le genou. En l'observant plus attentivement, elle constata que son père avait trouvé le moyen de la rejoindre en son enfer.

Papa, dit-elle.

Tu es dans de beaux draps, remarqua-t-il. *J'ai l'impression qu'en ce moment, quelques conseils de ton vieux papa ne seraient pas de trop.*

Ne le réveille pas. Tu parles trop fort.

Ce clown ne peut pas m'entendre. Si tu te rappelles bien, il a bu presque toute la bouteille de vodka. Il est comateux. Mais même s'il était sobre comme un chameau, il ne nous entendrait ni l'un ni l'autre.

Tu me manques.

C'est pour ça que je suis là.

Nora se mit à pleurer.

J'ai besoin de toi.

La seule personne dont tu aies besoin, ma chérie, c'est de Nora. Tu t'es perdue et à présent, il faut que tu te retrouves.

Je n'ai même plus de personnalité. Je suis morte.

Écoute-moi bien, ma puce. Ce tas de fumier t'a fait la pire chose à laquelle il a pu penser parce qu'il veut te briser, mais ça n'a pas marché, pas totalement. Oublie cette histoire de mort. Si tu étais morte, tu ne serais pas en train de me parler.

Pourquoi ? Tu es mort aussi.

Tu n'es pas aussi facile à tuer que Dick Dart le croit. Tu vas t'en sortir, mais pour ça, il va falloir tout supporter. C'est dur, et j'aimerais que ce ne soit pas nécessaire, mais il faut parfois avaler des pilules très amères.

La silhouette qui lui faisait face était devenue progressivement plus claire. À présent, elle distinguait sa chemise à carreaux ouverte sur l'éclat d'un T-shirt blanc, les rayures rouges verticales de ses bretelles, ses bottes de paysan. Ses cheveux blancs coupés court luisaient. Elle accrocha à la vision le cher visage familier, les yeux clairs, les pattes d'oie profondes et le front ridé. C'était Matt Curlew, fort, capable, équilibré. Il la contemplait avec un mélange de tendresse et d'autorité qui lui transperça le cœur.

C'est trop dur, dit-elle.

Tu peux le supporter. Il le faut.

Je ne peux pas.

Il croisa les mains sur sa jambe levée et se pencha en avant.

Bon, d'accord, je peux peut-être. Mais je ne veux pas...

Bien sûr que non. Personne n'a envie de tout supporter. Il y a des gens qui n'y sont même jamais obligés. On pourrait dire qu'ils ont beaucoup de chance, mais en vérité, ils n'ont jamais celle de perdre leur ignorance. Tu sais ce que c'est qu'une âme, Nora ? Une âme véritable ? Une âme véritable, c'est quelque chose qu'on façonne en traversant les flammes. En continuant à marcher et en se rappelant ce qu'on a ressenti pendant la traversée.

Je ne suis pas assez forte.

Cette fois-ci, il faut faire les choses correctement. La dernière fois que tu as été blessée comme ça, tu as fermé les yeux et essayé de te convaincre qu'il n'était rien arrivé. En toi, se trouvent beaucoup de portes que tu as refermées il y a bien longtemps. Ce qu'il faut, c'est les rouvrir.

Je ne comprends pas.

Contente-toi de te souvenir. Commence par ça : souviens-toi d'un été où tu avais neuf ou dix ans, et où je t'ai appris à faire des nœuds. Tu te rappelles la demi-clef ? Le nœud coulant ?

Avoir fait des nœuds à l'âge de dix ans ? La Nora actuelle n'avait jamais eu dix ans.

Tu étais assise sur la souche, dans le jardin, celle du chêne qui était tombé pendant le grand orage.

Puis elle se rappela : la surface lisse et blanche de la souche, elle-même, garçon manqué, qui jouait avec un morceau de ficelle trouvé dans le garage, son père qui s'approchait pour lui demander si elle voulait apprendre quelques nœuds fantaisie. Ensuite, le plaisir de découvrir comment une série de boucles apparemment aléatoire se changeait magiquement en un nœud. Absorbée par une de ces fascinations enfantines qui durent une saison puis disparaissent pour de bon, elle avait harcelé Matt pendant des semaines, fait l'intéressante à la table de la cuisine, impressionné divers garçons.

Je me rappelle.

Quel était le meilleur ? Tu t'en servais pour attacher Lobo.

La malédiction de sorcière ?

Le type qui me l'a appris l'appelait : la migraine de sorcière. Ça doit porter une dizaine de noms différents. Si on l'exécute bien, quiconque ne connaît pas le truc est incapable de le défaire. À ce que je vois, ton ami Dick Dart a tenté de poser une migraine de sorcière sur ton poignet, mais il n'est pas aussi doué pour les nœuds que pour les cosmétiques.

Nora contempla l'enchevêtrement qui ornait son poignet, aussi solide qu'un bracelet, aussi intriqué qu'un labyrinthe. Une partie de la chose, toutefois, ne présentait pas son apparence normale.

Tu peux te sortir de ça en deux secondes. Tu vois comment ?

Nora tira ici et là de sa main libre, desserrant un peu l'ensemble. Elle passa doucement l'extrémité de la ficelle sous une boucle, la fit tourner autour de son poignet, puis sous une autre boucle. Le nœud s'effondra en une masse lâche d'où elle pouvait aisément sortir la main.

Maintenant, rattache tout, en n'oubliant pas de reproduire son erreur stupide.

Mais je peux m'échapper !

Tu n'en as pas encore terminé, chérie. Il faut que tu restes un moment avec cet animal. Ensuite, tu pourras faire ce que tu dois.

Je ne sais pas de quoi tu parles.

J'aimerais pouvoir te garantir que tout se passera pour le mieux, mais personne ne peut promettre une telle chose. Ne t'inquiète pas pour le nœud : il va se nouer tout seul, sans oublier l'erreur.

Tu crois que c'est simple, je suppose.

Ça n'a strictement rien de simple. Va jusqu'au bout, chérie. Cette fois-ci, va jusqu'au bout.

Nora regarda la ficelle s'enrouler deux fois autour de son poignet, former une boucle, s'enrouler à nouveau, passer sous une de ses sections, puis au sein de la boucle, négliger la manœuvre essentielle, et enfin disparaître dans l'amoncellement de chanvre.

Je t'aime, Soleil. Tu es une sacrée fille, dit son père quand elle releva la tête.

Aide-moi, implora-t-elle, mais la chaise était vide.

52

Une pâle lumière grise filtrait au bord des rideaux. La dernière fois qu'elle les avait regardés, Nora n'avait vu que l'obscurité, aussi avait-elle dormi. Dart leur avait prévu une journée chargée, et elle était censée l'arrêter. Elle en serait incapable. Une épaisse membrane de caoutchouc transparent l'entourait, lui ôtant toute volonté, lui dérobant la faculté d'agir. Dans cette enveloppe, elle ne pouvait qu'obéir aux ordres et prononcer d'occasionnelles remarques. Matt Curlew l'avait visitée en rêve et lui avait montré que son compagnon ne savait pas exécuter la migraine de sorcière, mais il ignorait tout de la membrane.

Dart, allongé sur le côté, lui tournait le dos. À titre d'expérience, elle lui posa la main sur l'épaule. Il se tourna vers elle. Ses yeux injectés de sang étincelaient.

— Il faut qu'on parte tôt, aujourd'hui. Vous avez dormi ?

Son haleine sentait les pneus brûlés.

— Un peu, je crois.

Il s'assit et lui attira le poignet sur sa large cuisse.

— Je suppose que vous ne vous êtes pas fatiguée à essayer de défaire ce nœud pendant que j'étais dans le cirage.

— J'y ai touché, c'est tout.

— Oh, Nora, vous m'enthousiasmez. (Il ricana.) Ce nœud, quand on essaie de s'en sortir, il ne fait que se resserrer. Ça s'appelle l'énigme du diable. Regardez. (Il tira un morceau de ficelle, le passa sous un autre, et l'attache se défit.) Il faut deux mains pour faire ça. Si vous vous y risquez, vous vous couperez la circulation.

À condition que ce soit noué correctement songa-t-elle.

Au sein de la bulle, elle eut un pâle sourire. Dart consulta sa montre.

— Pour commencer, vous allez tout emballer dans votre valise, en ne laissant sortis qu'un T-shirt et un jean neufs. Je vais vous maquiller et vous coiffer. Ensuite, on ira surveiller le parking. (Il lui caressa la joue.) Sans me vanter, je vous ai embellie de mille pour cent. Vous ne trouvez pas ? Est-ce que vous n'êtes pas obligée d'admettre que celui qui vous a arrachée à la taule est génial ?

— Vous êtes génial, dit Nora.

Dart bondit à bas du lit et tourna sur lui-même.

— Je suis génial, je suis né génial, je serai toujours génial et je n'ai jamais fait d'erreur. Mesdames et messieurs, je vous demande d'applaudir très fort un homme qu'on peut réellement dire unique en son genre, le plus grand, le maestro, Mr RIIICH-ARD DART !

Sur un signe de lui, Nora claqua des mains à deux reprises.

— Emmenez votre joli petit cul dans la salle de bains et brossez-vous les dents. Videz-vous les tripes. Offrez-vous une miction voluptueuse. Pendant que j'en ferai autant, vous emballerez vos merdes. On n'a pas trop de temps.

Nora avait plié ses vêtements neufs dans la valise, glissé les boîtes de savon et de bain moussant pleines sur les côtés, fourré le bain de bouche au hasard, et commencé à disposer les accessoires de maquillage et de toilette au sommet de la pile. Après avoir rangé ses affaires deux fois mieux qu'elle en deux fois moins de temps, Dart cessa de s'admirer dans le miroir pour voir où elle en était.

— Votre mère ne vous a vraiment rien appris ? On ne met pas ce genre de produits dans une valise, pour l'amour du ciel !

— Où voulez-vous que je les mette ?

Il lui adressa un clin d'œil.

— J'ai une petite surprise pour vous. (Il ouvrit le placard, prit sur une étagère un sac à main en cuir noir avec un fermoir doré, et revint vers elle en esquissant un petit pas de danse.) Vous remarquerez que c'est un Gucci. En remerciement de votre inappréciable assistance.

— Je ne vous ai pas vu l'acheter.

— J'ai profité de la bienveillante inattention des vendeuses, lors de notre deuxième étape. Ça entrait merveilleusement bien dans le sac du premier magasin.

Nora entassa flacons, coffrets et récipients divers dans le sac à main, qu'elle ferma.

— Allons chercher notre victime, décida Dart.

53

— Un tas de gens croient que les représentants de commerce sont morts avec Willy Loman, mais le monde est rempli de types dont la banquette arrière est encombrée d'échantillons et de catalogues. Ils écument un territoire immense, deux ou trois États, tout le Nord-Est. Ils passent leur temps en bagnole, et quand il descendent dans des bouis-bouis comme celui-là, ils sont trop épuisés pour se battre.

Debout sur le balcon, non loin de Dart, Nora frictionnait ses bras nus. La condensation luisait sur les voitures vides, en contrebas, et les fenêtres de La Cuisine familiale étaient obscures. Les phares d'une conduite intérieure vert foncé, sur le côté du parking, illuminaient une jardinière en béton où fânaient des géraniums sur un lit de mégots.

— Cet abruti n'aura plus de batterie avant d'avoir sorti le cul du lit, remarqua Dart. Il y a des gens qui ne devraient pas avoir le droit de conduire.

— Vous êtes sûr que quelqu'un va arriver ?

— Dick Dart n'a qu'une parole, déclara-t-il d'une voix de stentor. Si Dick Dart vous promet quelque chose, vous pouvez être sûre que ça se réalisera. (Une voiture emprunta la sortie de la voie rapide.) Qu'est-ce que je vous disais ? (Il entraîna Nora dans la chambre, puis se retourna vers le véhicule, lequel dépassait l'entrée du parking.) Un minable qui cherche une chambre à cinq dollars de moins. (Lâchant sa compagne, il repassa sur le balcon.) Allez, les gars, bougez-vous un peu, j'ai pas toute la journée. (Il se souleva sur la pointe des pieds, tapotant la rambarde du bout des doigts.) Je ne me fais toujours pas à cette histoire de tueur en série. (Durant une ou deux minutes, il marcha de long en large sur le balcon.) Descendons les bagages.

Nora empoigna sa valise d'une main. De l'autre, elle pressa contre sa poitrine les sacs de la quincaillerie et du caviste. La housse à costumes était posée sur ces derniers.

Ils passèrent devant une réception déserte.

— Plus personne n'a le sens du service, dans ce pays. On se croirait presque au Nigéria.

Dart s'engagea dans la porte tournante, jura, poussa, et disparut, laissant Nora résoudre seule le problème de sa sortie. Deux pénibles passages lui furent nécessaires pour emporter tous les bagages. À une époque, elle se fût enfuie dans les profondeurs de l'hôtel, mais celle qu'elle était à présent n'en avait pas la force. Elle avait trop souffert, et la membrane transparente la protégeait des souffrances à venir.

Dart se tenait sous l'auvent.

— Venez ici, au cas où un de ces crétins daignerait tout de même se pointer à la réception. (Il tira les clefs de la poche de sa veste et les contempla un instant.) Ça coûte du pognon, mais bon, ce ne sont que des employés, ce n'est pas leur argent. (Il les jeta dans la jardinière en béton.) Ce truc-là est censé embellir le parking, et qu'est-ce que font les gens ? Ils s'en servent de cendrier. Déjà, ils fument, comme si on ne leur avait jamais dit qu'ils appellent le cancer du poumon, et en plus, ils écrasent leurs mégots dans une jardinière. N'importe qui peut arrêter de fumer. Moi, je fumais quatre paquets par jour, et j'ai arrêté. C'est juste une question de volonté. Et d'ailleurs, non, merde ! C'est juste une question de respect des autres. (Nora contemplait les formes sombres filant sur la voie rapide, découpées contre le ciel qui s'éclaircissait.) Est-ce que plus personne n'a de conscience professionnelle, dans ce pays ?

Comme elle regardait la voiture aux phares allumés, elle distingua une silhouette au volant.

— Allez, Nora. Je ne peux pas tout faire tout seul. Lancez un sort, croisez les doigts, tournez la clef, faites ce que vous faites d'habitude dans ces cas-là.

— Je ne fais rien du tout.

— Est-ce que... (Dart s'interrompit, cligna rapidement des paupières.) Si cet imbécile a oublié ses lumières, il a peut-être aussi laissé les clefs dans la bagnole.

Il quitta la protection de l'auvent, se pencha pour examiner avec plus d'attention le véhicule, puis courut vers ce dernier en tirant son revolver.

Nora se boucha les yeux à l'aide de la lourde housse, et attendit la détonation. Quand les pas de Dart cessèrent de résonner lourdement sur l'asphalte, elle entendit son rire obscène.

Elle rabaissa la housse. Debout derrière la portière ouverte, il lui envoyait un baiser.

— Nom de Dieu, Nora, vous méritez un bonus.

Elle se dirigea vers lui.

— Ta-da ! s'exclama-t-il en s'effaçant pour révéler un individu obèse, effondré sur le volant, la cravate desserrée, les quatre boutons supérieurs de la chemise arrachés. Crise cardiaque, non ?

— On le dirait bien, confirma Nora.

— Notre ami Gros Tas a au moins vingt-cinq kilos de trop, et sa bagnole empeste le tabac. (Dart toucha la joue flasque du cadavre.) Ce sac à merde a dû arriver une minute avant qu'on sorte sur le balcon, et il est mort sans pouvoir éteindre ses phares. Il n'a pas bougé d'ici. Posez ça et filez-moi un coup de main.

Il alla s'agenouiller sur le siège du passager, empoigna le mort à bras le corps, et le tira vers lui. Nora se pencha pour pousser. Ses mains s'enfoncèrent dans la chair molle.

— Bon Dieu, Nora, vous avez déjà manipulé des macchabées. Vous n'allez pas me lâcher maintenant. (Elle appuya l'épaule contre le flanc du cadavre.) Poussez !

L'obèse bascula sur le siège du passager.

Dart jeta les clefs par-dessus le toit de la voiture.

— Mettez les bagages dans le coffre.

Docile, Nora ouvrit la malle et étendit la housse à costumes sur boîtes et cartons. Elle s'installa ensuite sur la banquette arrière. Dart exécuta une marche arrière, pila, et gagna rapidement l'entrée de l'hôtel. La tête du mort roulait de gauche à droite. Ils entassèrent le reste de leurs bagages dans le coffre et derrière les sièges. Ayant jeté les couteaux à ses pieds, le meurtrier gagna la sortie du parking en ricanant. Il freina brutalement et se pencha vers le cadavre pour prendre son portefeuille dans la poche de veste.

— Visez-moi un peu ces cartes de visite. Entreprises Playtime, Boston ; Les Copines de Gumbo, Boston ; Satisfaction Garantie, Waltham. Qu'est-ce que c'est que ça ? Torride, Providence. Le Salon Réservé aux Adultes. (Dart se mit à rire.) Jumbo vendait des jouets sexuels ! Quel pied ! Comment il s'appelait ? (Il sortit un permis de conduire orné de la photo d'un visage bouffi, aux joues distendues et aux yeux rapprochés.) Nous avons le plaisir d'être en compagnie de Mr Sheldon Dolkis. Voyons un peu. Mr Dolkis a quarante-quatre ans, il pèse cent deux kilos et mesure un mètre soixante-dix. Il prétend avoir les yeux noisette et ne désire pas donner ses organes. Je pense que ce dernier point va se discuter. (Il serra la main droite du cadavre.) Ravi de te connaître, Shelley. On va faire la bombe. (Il reprit la voie rapide en direction du sud.) Il nous faut un motel familial pépère, évoquant les deux grands Norman de l'histoire : Rockwell et Bates. Un petit bureau miteux et une rangée de bungalows déprimants.

— Pourquoi ça ?

— On ne peut pas laisser notre ami dans la voiture. Shelley fait partie de la famille.

— Vous allez le *garder* ?

— Je vais faire nettement mieux que ça.

54

— Springfield est un endroit délicieux, remarqua-t-il. Écoute bien, à présent, Shelley. Même un minable comme toi a dû entendre parler du fusil Springfield, mais ton érudition va-t-elle jusqu'au Garand ? Une arme merveilleuse, pour son époque. Pendant deux cents ans, ces deux carabines ont été fabriquées à Springfield. C'est peut-être la seule ville d'Amérique qui ait un musée des armes. Ça, c'est un musée qui vaut le coup d'être visité. Bien sûr, aussi incroyable que ça paraisse, c'est aussi là qu'il y a le Temple de la Renommée du Basket-Ball. Il faut bien jeter une miette aux bouseux, de temps en temps.

« Je n'avais rien contre le basket quand les joueurs étaient des Blancs, mais vous avez vu ce qui s'est passé. Des phénomènes aux glandes détraquées ont pris le pouvoir, et maintenant, ce n'est plus que de l'exhibitionnisme. L'esprit sportif ? Ne me faites pas rigoler. Il n'y a pas d'esprit sportif dans le ghetto, et le basket, c'est juste le ghetto avec un gros salaire. Tout ça participe au déclin de la morale. Mon père... vous croyez que ça l'intéresse de savoir qui a écrit *Le Voyage dans la nuit* ? Pour lui, la bonne littérature, c'est un exemplaire de l'*American Lawyer* avec sa photo sur la couverture. Je voudrais que vous voyiez comment ça marche chez Dart & Morris — les notes gonflées, les vols en Concorde qu'on facture aux clients. Ce qui m'étonne, c'est que les avocats ne ressentent pas l'humour de la chose. Ils organisent ce qu'ils appellent une conférence, pendant laquelle ils s'envoient deux bouteilles de Dom Pérignon et du caviar à gogo, ils font payer cinq cents dollars au client, et ils ne trouvent même pas ça drôle. Pas étonnant que les gens les détestent. Par rapport aux autres, je suis un parangon de vertu. Mes vieilles dames, j'en prends soin. Si je leur facture le déjeuner, c'est que pendant, nous avons parlé travail. Il n'y a pas que Danielle Steel et Emily Dickinson, vous savez.

Ils roulaient au hasard dans les faubourgs de Springfield. Sans cesser de discourir, Dart scrutait les deux côtés de la rue à la recherche d'un motel.

— Prenez ce cher Shelley Dolkis. Il fournissait des godemichés et des poupées gonflables à des personnes trop faibles pour avoir des rapports sexuels avec d'autres personnes. Il y a une hiérarchie, même dans l'industrie du sexe, et il était tout en bas de l'échelle — niveau branlette. S'il pouvait parler, il dirait pourtant qu'il accomplissait un travail nécessaire. Si les gens n'avaient pas accès à ses produits, ils descendraient violer quelqu'un dans la rue.

— Vous avez sans doute raison, admit Nora.

— Ça se résume à avoir assez de couilles pour admettre qu'on est un pourri. Le type qui se présente au Sénat en disant vouloir le poste pour se taper ses secrétaires, se remplir les fouilles de pots-de-vin, se défoncer comme une bête, et nager à poil dans sa piscine avec deux stripteaseuses, c'est pour lui que je vote. Vous croyez que ce pays a été fondé sur la justice ? Il appartenait à des gens, et on le leur a volé. N'oublions pas un petit détail qui s'appelle la *Boston Tea Party*. Si on arrivait au Connecticut en 1750 et qu'on trouvait un joli lopin de terre, au bord du Sund, occupé par une demi-douzaine d'Indiens Pequots. Est-ce qu'on disait : dommage, je vais aller voir plus loin ? Non, on tuait les Indiens et on prenait le terrain. Vous avez vécu un ou deux ans à Westerholm. Vous y avez vu des Pequots ? Les mêmes choses n'arrêtent pas de se reproduire. Les livres d'histoire mentent, les profs mentent, et les politiciens, naturellement, mentent aussi. La dernière chose dont ils ont envie, c'est d'une population instruite.

— Oui.

— Je suis très heureux. Je suis quelqu'un de bien plus sensible que la plupart des gens ne le croient, et c'est une facette de moi que vous commencez à apercevoir.

— C'est vrai, admit Nora.

— Et voilà un endroit qui conviendra très bien à notre petite famille.

Une rangée de bungalows délabrés s'étendait au sommet d'une colline : des portes numérotées, alignées le long d'un trottoir en bois. Un néon, à l'entrée du parking, annonçait : HILLSIDE MOTEL.

— Hillside, remarqua Dart, qui se gara face au dernier bungalow. Comme l'étrangleur. (Il tapota la joue du cadavre.) Reste là un instant, Shelley. Nora et moi, on va prendre une chambre.

Un vieux Sikh encaissa vingt-cinq dollars et jeta une clef sur le comptoir, sans quitter son fauteuil ni détourner les yeux de la comédie musicale indienne assourdissante que diffusait le téléviseur posé sur son bureau.

— Ah, Nora, Nora, s'exclama Dart tandis qu'ils arpentaient des planches grinçantes pour rejoindre la voiture et Shelley Dolkis. Comme on dit dans les publicités pour bières : que demander de plus à la vie ?

— On s'interroge.

— Vous, moi, et un gros macchabée. (À l'aide de la clef, il ouvrit la porte du dernier bungalow.) Jetons un coup d'œil à notre demeure.

Une ampoule qu'entourait une boule en papier de riz illumina un lit muni d'une couverture jaune, une vieille coiffeuse, et deux chaises en plastique vert posées autour d'une petite table.

— Suicides et adultères, articula Nora, que traversa une vague étincelle de terreur : la personne enfermée dans la bulle n'était pas censée dire ce genre de choses.

Toutefois, la remarque n'avait pas déplu à son compagnon.

— Vous devenez plus intéressante chaque fois que vous prononcez un mot. Vous vous êtes fait violer, au Vietnam ?

Elle s'adossa au mur. *Davey n'avait pas été fichu de s'en apercevoir en deux ans de mariage, et Dick Dart l'avait senti au bout d'environ vingt-quatre heures.*

Il jeta un coup d'œil à l'extérieur.

— Quand on aura escorté Shelley dans ce petit nid douillet, je vous raconterai une histoire.

De retour à la voiture, il ouvrit la porte du passager et posa la main sur l'épaule de Dolkis — qui contemplait le toit du véhicule comme si on y avait projeté un film porno.

— Il est temps de faire quelques pas, mon vieux Shelley. Je vais le tirer vers moi, Nora chérie, et vous, vous allez le prendre par l'autre bras. (Il fit glisser la tête et les épaules du cadavre à la lumière.) Préparez-vous : il ne faut pas le laisser tomber. (Nora se pressa contre la voiture, penchée en avant. Le costume de Dolkis était du vert huileux des olives grecques, et il empestait le tabac.) Et hop... (Le corps se déporta de côté. Nora en empoigna le bras et s'arc-bouta.) Tirez un bon coup. (Le mort se souleva du siège, ses pieds heurtèrent l'encadrement de la portière, et sa bouche ouverte exhala un bruit léger.) Pas de discussion, Shelley. (Dart exerça une violente traction, et les pieds de Dolkis glissèrent hors du véhicule. Une des chaussures s'arracha.) En avant, marche !

Ils le traînèrent dans la chambre. Au pied du lit, le meurtrier lâcha le cadavre, qui glissa des mains de Nora et heurta du front le tapis en sisal. Dart le retourna sur le dos et tapota le ventre rebondi.

— Brave garçon.

Il dénoua la cravate en désordre, la jeta au loin, puis déboutonna la chemise et la sortit du pantalon. Une fine ligne de poils noirs faisait l'ascension de l'éminence que surmontait le sternum, puis plongeait dans le nombril. Dart déboucla la ceinture et défit le bouton du pantalon.

— Qu'est-ce que vous faites ? demanda Nora en s'asseyant sur une chaise.

— Je le déshabille.

Il baissa la fermeture Éclair, avant d'ôter la chaussure restante, les chaussettes qui couvraient les pieds grassouillets, et de tirer sur les jambes du pantalon. Le cadavre glissa sur quelques centimètres, puis le vêtement s'en arracha, révélant un caleçon blanc maculé de vieilles taches à l'entrejambe. Dans la poche gauche du pantalon, Dart trouva un mouchoir froissé et un trousseau de clefs qu'il jeta sous la table. De la droite, il tira un porte-monnaie en laiton et un flacon brun au sommet duquel était accrochée une cuiller en plastique.

— Shelley prenait de la coke ! Vous croyez qu'il la cherchait vraiment, son attaque ? (Il ôta le bouchon du flacon et regarda à l'intérieur.) Cet enfoiré n'en a pas laissé aux copains. (La petite bouteille roula sous la chaise de Nora.) Il faut que j'aille chercher deux ou trois trucs dans la bagnole.

Il sortit dans la lumière radieuse. Heureuse d'être impuissante, de ne rien ressentir, Nora l'entendit ouvrir le coffre, manipuler des sacs en papier. Il y eut un long silence, puis un geai hurla. La malle arrière se referma en claquant. Un individu très digne, aux allures de médecin, apporta divers bagages dans la chambre et se changea en Dick Dart.

Il retroussa son pantalon et s'agenouilla près du cadavre, où il aligna les sacs. Du premier, il sortit ses couteaux, du second une paire de ciseaux. Il tira du troisième la bouteille de vodka à moitié vide, en ôta la capsule, adressa un clin d'œil à Nora, et but une longue gorgée d'alcool qu'il fit circuler dans sa bouche avant de l'avaler. Il frissonna, en but une seconde, puis reboucha le flacon.

— C'est un anesthésique. Vous en voulez ?

Elle secoua la tête.

Il s'approcha du corps et en redressa le tronc.

— Donnez-moi un coup de main.

Quand le cadavre fut nu, sauf pour son caleçon, Dart explora les poches de sa veste : un stylo-bille, un peigne couvert de crasse, un carnet d'adresses noir. Il jeta ses trouvailles en direction de la corbeille à papiers, puis remarqua le porte-monnaie par terre, près de lui.

— Seigneur ! J'oubliais de compter le fric. (Il sortit les coupures.) Vingt, quarante, soixante, quatre-vingt, quatre-vingt-dix, cent, cent dix, et quatre billets d'un dollar. Prenez-les.

— Moi ?

— Une femme sans argent n'est pas complète. (Il remit les billets dans leur logement, ramassa quelques pièces de monnaie par terre et déposa le tout dans la main de Nora.) Nora-chou, auriez-vous la bonté d'aller à la salle de bains et d'arracher le rideau de douche ?

À l'entrée de la pièce, elle chercha l'interrupteur. Une lumière aveuglante jaillit, se refléta sur les murs, le carrelage blanc et le miroir. Un rideau translucide pendait au-dessus d'une baignoire en porcelaine blanche. Nora s'en saisit et tira : un par un, les anneaux en plastique se détachèrent de la tringle.

Lorsqu'elle emporta son butin dans la chambre, la lumière de la salle de bains illumina la moquette.

— Parfait.

Dart découpa le caleçon de Sheldon Dolkis et étendit le rideau de douche près de ce dernier, dont un pan de tissu couvrait encore le bas-ventre.

— Voyons comment notre camarade était monté. (Le meurtrier arracha le tissu.) Il devait se branler avec une pince à épiler.

Il posa sa veste sur le dossier d'une chaise, retroussa ses manches jusqu'à mi-biceps, et rentra sa cravate entre le troisième et le quatrième bouton de sa chemise. S'agenouillant, il glissa les mains sous le mort, grogna, et le fit rouler à deux reprises, la première pour l'amener sur le rideau, la deuxième afin de l'allonger à plat dos. Il le déplaça ensuite avec soin pour le positionner au centre de la feuille de plastique.

— Très bien. (Il se frotta les mains et jeta un regard affectueux à Dolkis.) Vous savez ce que je voulais devenir, quand j'étais petit ?

— Médecin, supposa Nora.

— *Chirurgien*. J'adorais couper. Vraiment. Et qu'a dit le grand Leland Dart ? « Je ne vais pas perdre du fric en t'envoyant dans une école de médecine qui te foutra dehors au bout d'un an. » Merci bien, papa. Heureusement, j'ai trouvé le moyen de devenir chirurgien malgré lui. (Il s'agenouilla et empoigna le couteau au manche taillé dans un andouiller.) Vous avez assisté à des millions d'opérations, non ? Observez. Dites-moi ce que je vaux. (Elle le regarda passer le couteau sous le sternum et le faire glisser sur le ventre, tranchant en deux la ligne de poils. Une graisse jaune moussa hors de la blessure.) Je suppose que même en vous racontant ses vieilles anecdotes de Yale, votre mari n'a jamais fait mention du Club de l'Enfer ?

55

Nora eut un petit mouvement de surprise.

— Vous avez fait ça très bien, remarqua-t-elle.

— Bien sûr, répondit-il, irrité. Je suis un chirurgien né. Quelle est la qualité principale d'un chirurgien né ? La passion de découper les gens. Quand j'étais gosse, je m'entraînais sur des animaux, mais je n'avais aucune envie de devenir véto. (Il ôta de grands demi-cercles de chair, de chaque côté de l'incision, puis préleva de la graisse et la laissa tomber sur le rideau de douche. En quelques secondes, il mit au jour le bas de la cage thoracique et le péritoine.) Vous voulez jeter un œil au foie de Shelley ? une vraie beauté, je parie. Et son pancréas ! Je vais regarder s'il n'a pas des calculs biliaires ou quoi que ce soit de ce genre, mais il faut d'abord que je me débarrasse de cette affreuse membrane, le grand épiploon. Regardez-moi un peu cette graisse. Ce mec aurait pu faire tourner une usine de savon pendant une semaine.

— Vous avez bien appris vos leçons.

— Les livres de médecine sont nettement plus passionnants que les bêtises que je lis pour mes vieilles chéries.

Il fendit l'épaisse membrane grasse, la replia, puis commença à sonder la cavité abdominale.

— Le Club de l'Enfer ? interrogea Nora.

— Vous avez entendu parler des sociétés secrètes de Yale, n'est-ce pas ? Mais celles qui sont *vraiment* secrètes sont bien plus intéressantes. Le Club de l'Enfer est une des plus anciennes. Autrefois, on ne pouvait y entrer que de père en fils, mais dans les années quarante, ils ont commencé à admettre des étrangers. Lincoln Chancel était copain comme cochons avec quelques vieux requins qui en étaient membres, et ils ont tourné le règlement pour faire rentrer Alden, si bien que Davey était éligible et qu'il s'est inscrit. Moi, j'y suis arrivé pendant ma deuxième année, donc on y a été ensemble un an. Oh, nom de Dieu, regardez-moi ça.

Il trancha des ligaments et sortit le foie du corps.

— Le lobe droit est deux fois plus petit que la normale. Quant à la couleur : un foie sain est rouge. Ce gros vaisseau, autour de la veine cave, il est en train de virer au noir. Et la texture ! Je ne sais pas ce qu'avait ce pauvre vieux Shelley, mais ses vices étaient en train de le tuer. (Dart posa le foie détaché sur la feuille de plastique et le trancha en deux.) Quel bordel. L'artère hépatique, on dirait un cure-dents... Je ne sais pas pourquoi Davey est resté au club. Son vieux pensait sans doute que ça l'endurcirait, mais ce n'était pas un endroit pour lui. C'était un endroit où on se laissait aller, où on se roulait dans la fange. Sexe, drogues et rock'n'roll.

Voilà qui était intéressant, même à travers la membrane protectrice. L'essentiel de ce qu'avait raconté Davey était faux.

— Où vous réunissiez-vous ?

— On louait un ou deux étages dans le North End. Quand les voisins devenaient curieux, on changeait d'immeuble. L'intérêt, quand on se joignait au Club, c'était qu'on pouvait faire ce qu'on voulait. Personne n'était autorisé à critiquer un autre membre. Pas de questions, pas d'hésitation, pas de jugement. Évidemment, on a eu une ou deux overdoses. Aucun problème : il suffisait de jeter les corps dans un terrain vague. Les gens de votre génération croient qu'ils ont inventé la drogue, mais par rapport à nous, vous étiez des enfants de chœur. Le hash, le LSD, la poudre d'ange, les amphétamines, l'héroïne, la benzédrine, de la coke et encore de la coke. Là, d'accord, le petit Davey se sentait dans son élément. Il passait trois ou quatre nuits sans dormir, en se poudrant le nez des deux mains, il n'arrêtait pas de délirer sur Hugo Driver, et puis il finissait par tomber. (Nora regardait les mains s'activer à l'intérieur du cadavre.) Je déteste l'odeur de la bile. Ceux qui croient que la merde sent mauvais devraient renifler un peu le truc qu'ils ont dans la vésicule.

Dart alla chercher un rouleau de papier-toilette dans la salle de bains afin d'éponger la tache brun sombre qui s'élargissait sur le rideau. Il trancha en deux le sac en forme de poire qu'était la vésicule de Dolkis, et croassa :

— Qu'est-ce que je disais ? Des calculs. Au moins dix. Si son foie ne le tuait pas avant, Shelley était bien parti pour une opération douloureuse.

Il enveloppa l'organe mutilé dans du papier-toilette et le mit de côté, mais la puanteur humide de la mort resta présente.

— Je veux jeter un coup d'œil au pancréas et à la rate. La rate est un organe superbe.

— Vous emmeniez des filles, au Club de l'Enfer ? demanda Nora.

— Tout femme qui y entrait devenait un gibier. Même la timbrée de Davey, Amy quelque chose, s'est pointée, une fois. Ça l'a rendue encore plus dingue. Et puis il a commencé à venir avec une autre nana. Amy était bizarre, mais celle-là, c'était carrément du délire. Vêtements d'homme. Cheveux courts. (Dart tranchait tissu conjonctif et canaux à coups de couteau rapides, précis.) Quand on voyait cette belle petite assise près de lui, on se disait : *Ouais, je me la taperais bien*, et puis, pour une raison qui m'échappe, on réalisait que non, ça n'était pas possible. En plus, le moindre truc qu'elle racontait sur elle-même était un mensonge. *Salut, vous.*

Il tenait un pancréas dégoulinant, long de trente centimètres, au bout duquel pendait une excroissance brun-gris de la taille d'une balle de golf.

— J'avais déjà vu des tumeurs, mais celle-là, c'est quelque chose. On devrait mettre ton corps en vitrine, Shelley. J'ai hâte de voir à quoi ressemble ton cœur.

— C'était une menteuse ?

— Vous avez remarqué que votre mari a tendance à enjoliver la réalité ? Cette fille-là était encore pire. Je suppose que le petit Davey a un faible pour les dingues.

Il déposa le pancréas malade et lança à Nora un sourire en coin.

— Comment s'appelait-elle ?

— Allez savoir. Même là-dessus, elle mentait. Comme vous vous en êtes peut-être rendu compte, quand les gens racontent des bobards, je le sens. C'était sûrement la meilleure menteuse que j'aie jamais rencontrée, mais c'était bel et bien une menteuse. D'après Davey, elle était allée à la fac de New Haven, et elle venait d'une petite ville du même coin, je ne sais plus laquelle. Chester, ou quelque chose comme ça. Peut-être Granville. J'ai vérifié. Elle n'avait jamais été inscrite à la fac, et aucune famille de ce nom-là n'habitait la ville en question.

— Ça n'aurait pas pu être Amherst ?

— Amherst ? Non, pourquoi ?

— Un jour, Davey m'a parlé d'une de ses anciennes copines, qui venait d'Amherst. Je me disais que c'était peut-être la même.

Dart regarda longuement Nora, droit dans les yeux.

— Il a dû connaître des centaines de follingues. Il est très mignon, après tout. Quoi qu'il en soit, il passait presque tout son temps avec celle-là. J'imagine qu'ils ne faisaient pas que parler d'Hugo Driver, mais chaque fois que je les ai vus ensemble, elle le harcelait pour qu'il convainque son père de faire je ne sais quoi avec *Le Voyage dans la nuit*. Elle était complètement obsédée par ce bouquin. Elle voulait lire le manuscrit, ou quelque chose dans ce goût-là. Je sais qu'il a essayé de lui faire plaisir, mais ça n'a pas marché. (Il donna un nouveau coup de couteau et mit à jour un organe pourpre, en forme de poing.) Étonnamment sain, par rapport à ce qu'il y avait à côté.

— Qu'est-ce qui est arrivé à cette fille ?

Il déposa la rate près du foie visqueux.

— Un soir, je suis allé dans notre pizzeria favorite, et qui est-ce que j'ai vu, au fond de la salle ? Davey et sa copine. Votre futur époux était rond comme un œuf. Moi-même, j'étais loin d'être à jeun, mais je ne lui arrivais pas à la cheville. Il m'a fait signe de les rejoindre, il m'a désigné, et il a dit : « Voilà ta réponse. » La fille n'était pas d'accord. Il fallait que ce soit eux deux, personne d'autre. J'étais la réponse. Non, je ne l'étais pas. Elle, elle était complètement claire. J'ai fini par comprendre qu'avant qu'il ne se soûle, elle voulait qu'il l'emmène quelque part, et qu'il était toujours décidé à le faire. Elle a répété plusieurs fois que ça pouvait attendre le lendemain, mais l'imbécile que vous avez épousé insistait pour y aller sur-le-champ — à Shorelands. Elle voulait voir à quoi ça ressemblait : elle le verrait cette nuit même. Je n'aurais qu'à conduire. Tout ça sans me demander si j'avais la moindre envie de sillonner le Massachusetts en pleine nuit.

« Comme elle ne voulait pas que je les emmène, j'ai bien sûr décidé de le faire. Je comptais informer Davey en chemin des inventions de sa nana. Là, on aurait eu droit à une scène intéressante, non ?

« Il était trop bourré pour se rendre compte qu'elle fulminait. Lui était hors d'état de prendre le volant, et elle n'avait pas son permis. Je résolvais le problème. « Ça ne vaut plus la peine », répétait la fille, mais il refusait de l'écouter. Bref, on est parti. Davey s'est endormi sur la banquette arrière. Sa copine s'est assise auprès de moi, mais elle n'ouvrait la bouche que pour m'indiquer le chemin. On a fait dans les cent cinquante kilomètres sur l'autoroute, Davey s'est réveillé, et il a commencé à sortir des citations du *Voyage dans la nuit*. J'aimerais bien avoir le truc dont on se sert pour scier les côtes, parce qu'avec le couteau, ça ne marche pas. J'ai coupé le cartilage et enlevé un bon bout de muscle intercostal, mais il va falloir que je brise les os à la main.

Dart empoigna une côte et tira, en poussant un juron. L'os incurvé se souleva progressivement, puis se cassa en deux.

— Je pense que ça va aller. (Il se remit à trancher des cartilages.) J'ai essayé de le couvrir avec la radio, mais tout ce que j'ai trouvé, c'est de la merde disco, et j'ai horreur de ça. Vous savez ce qui me plaît, à moi ? La vraie musique. Le genre de chanteurs qu'on n'entend plus. Donnez-moi un bon baryton et je suis un homme heureux. Ah, je commence à avoir une bonne vue du cœur.

« Et nous voilà perdus au milieu de nulle part, avec Davey en train de citer Hugo Driver, et la fille qui restait assise là, comme une statue de marbre. D'un seul coup, elle a eu envie de pisser. Ce qui m'a fait voir rouge, parce qu'on venait de dépasser une aire de repos. Comme si elle n'aurait pas pu se manifester avant ! Vous voulez un aperçu de son cerveau ? « Chaque fois que c'est possible, j'aime bien pisser dans les bois, comme Pépin Petit, parce que je *suis* Pépin Petit. », elle m'a dit. Vu que le moment me paraissait bien choisi pour révéler à Davey ce que je savais de cette garce, je ne me suis pas privé. J'ai été obligé de répéter deux ou trois fois, mais il a fini par piger. Sa copine était peut-être Pépin Petit, mais en tout cas, elle n'était pas qui elle prétendait être. En fait, d'un seul coup, même bourré, il a réalisé que le nom qu'elle s'attribuait ressemblait vachement à celui d'un *autre* personnage du *Voyage dans la nuit*. La fille n'a pas cillé. « Prends la prochaine sortie, que je puisse descendre, » qu'elle m'a demandé.

« Alors là, Davey s'est énervé : « Si tu me dis pas qui tu es réellement, tu peux descendre et tu remonteras pas, » il a gueulé.

« On était tellement en pleine brousse qu'il faisait noir comme dans un four. Je suis sorti de l'autoroute et on est arrivé à l'orée du bois. Davey a essayé de choper la nana, mais elle lui a échappé, et elle s'est s'enfuie entre les arbres. Il a commencé à m'engueuler. Maintenant, c'était ma faute si c'était une menteuse. Au bout de dix délicieuses minutes, j'ai fini par lui faire remarquer que sa copine prenait pas mal de temps pour ses petites affaires, et il est parti au galop. Il a couru comme un furieux dans la forêt pendant une bonne demi-heure, et puis il a dit : « Merde, on laisse tomber, on retourne à New Haven, et ce coup-ci, c'est moi qui conduis. » Il est monté au volant et il a démarré. D'un seul coup, cette connasse s'est matérialisée juste devant la bagnole, et puis elle a disparu. Notre héros s'est mis à pleurer. Il a sorti un gramme de sa poche, il en a sniffé à peu près la moitié, et puis on est parti.

— Il l'a laissée là ?

— Il s'est barré. À cent vingt à l'heure, jusqu'à cette bonne vieille université de Yale qui forme si bien les hommes, sans parler des chauffards.

— Qu'est-ce qui s'est passé ensuite ?

— Amy la dingue est sortie de l'asile, et Davey est retourné tout droit dans son giron. Il n'est jamais revenu au Club de l'Enfer. On peut dire qu'il nous a manqué à tous, bou-hou-hou.

— Est-ce qu'il y a un Club de l'Enfer à New York ?

Dart releva vers Nora des yeux étrécis.

— Précisément, oui. Dans les années vingt, un groupe d'élèves a décidé qu'il n'y avait aucune raison pour arrêter de s'amuser après la remise des diplômes. C'est plus formel qu'à New Haven — il y a des domestiques, un réceptionniste, on bouffe de la grande cuisine. Les cotisations sont assez élevées pour éloigner la canaille, mais l'esprit de base reste le même. Pourquoi ?

— Je me demandais si Davey y allait.

Les yeux de Dart se mirent à briller.

— J'ai peut-être croisé une ou deux fois ce chauffard sans tripes dans les couloirs sacrés. Bien entendu, je l'ai évité comme la peste.

— Bien entendu.

— Dites, mon cœur, vous me rendriez un service ? Le marteau que j'ai acheté à Fairfield est dans un sac, sur la banquette arrière. Quitte à casser les côtes, j'aimerais être un peu plus efficace.

Extrêmement amusé, il se leva et la regarda se diriger vers la porte, sortir. L'air était d'une douceur ahurissante. Elle se retourna. Dart se tenait sur le seuil, les avant-bras rougis jusqu'aux coudes, tels ceux d'un boucher, tenus loin du corps. Son visage et ses yeux irradiaient la joie.

— Vous devriez sentir l'air de dehors, dit-elle.

— Je préfère celui de dedans, répliqua-t-il. Mais c'est personnel.

Le soleil faisait miroiter le toit de la voiture. Nora se pencha dans le véritable four qu'était devenu le véhicule, et ouvrit un sac posé sur la banquette arrière encombrée. Le long manche en bois du marteau se glissa au creux de sa main. Son cœur fit un bond dans sa poitrine, et la chaleur lui monta au visage, sous son maquillage. Elle se rendit compte que l'épaisse membrane emplie de gaz d'échappement émotionnels ne l'entourait plus. Elle n'en avait pas remarqué la disparition, mais le fait demeurait. Dart eut un geste de courtisan pour lui faire signe de rentrer dans la chambre.

— Fermez la porte, ma chère. Ce n'était qu'une minuscule épreuve, mais vous l'avez passée avec les honneurs.

— Vous êtes marrant.

— N'est-ce pas ? (Il pointa un doigt rouge vers Sheldon Dolkis.) Venez près de moi. Vous êtes infirmière : vous pouvez m'aider. Agenouillez-vous sur un oreiller. Comme ça, vous ne vous ferez pas mal aux genoux. Qu'est-ce que je peux être prévenant ! Tenez, prenez-en un sur ce lit mité.

Nora obéit. Elle posa le marteau près de sa cuisse droite. Dart s'accroupit et désigna la cage thoracique béante du cadavre.

— L'aorte est complètement affaissée, et le tronc pulmonaire ressemble à un tuyau crevé. Je veux voir la veine cave supérieure, mais c'est un vrai bordel.

Il se pencha pour regarder entre les côtes, s'attendant visiblement à ce qu'elle l'imite.

Le cœur de Nora exécuta un saut de carpe. Elle ramassa le marteau en se demandant si elle allait vraiment oser agir. Puis elle planta une main au milieu du dos de Dart, pour s'appuyer, avant de lui abattre l'outil sur la tempe.

Il souffla le contenu de ses poumons et faillit tomber la tête dans le cadavre ouvert. Plongeant les mains au cœur de la cavité, il se rattrapa, tenta de se relever. Nora bondit sur ses pieds et le frappa derrière le crâne. Quand il s'effondra à genoux, elle renvoya le bras en arrière et assena un nouveau coup. Il bascula sur le côté.

Nora se pencha au-dessus de lui, le marteau levé. Son cœur battait à tout rompre. Elle haletait. Dart avait la bouche ouverte. Un filet de salive coulait de sa lèvre inférieure.

Mettant un genou en terre, elle prit les clefs de la voiture dans la poche de son compagnon. La seconde d'après, elle courait à la lumière du jour. Elle démarra, passa la marche-arrière. Par la porte ouverte, elle vit Dick Dart se redresser. Elle pila et tenta de passer la marche avant. Dans son affolement, elle mit le levier de la boîte automatique sur le point mort, si bien que lorsqu'elle accéléra, le moteur s'emballa, tandis que la Ford se contentait de rouler doucement dans le sens de la pente. Elle freina et jeta un nouveau coup d'œil dans la chambre. Dart titubait vers la porte.

La main de Nora reprit possession du levier et passa la marche avant. Celui qu'elle avait tenté d'assommer courait vers elle en agitant ses bras écarlates.

La voiture partit comme une flèche. La conductrice braqua d'un coup sec, et Dart fit connaissance avec le pare-chocs dans un impact audible. Telle la fille de son histoire, il disparut. Nora serra le volant entre ses mains tremblantes, et appuya sur l'accélérateur pour dévaler le flanc de colline.

LIVRE VI

MONSTRES FAMILIERS

Pépin comprenait la nature de sa tâche. Ce n'était pas le problème. Le problème, c'était que sa tâche lui paraissait irréalisable.

56

Rues, immeubles et feux tricolores défilaient autour d'elle. Les autres conducteurs klaxonnaient, pilaient. Les piétons hurlaient, agitaient les bras. Un long moment, Nora conduisit en sens interdit. Elle s'était échappée, elle était en train de s'échapper, mais pour aller où ? Elle roulait au hasard dans une ville dont elle ignorait tout, sursautant chaque fois qu'elle apercevait le visage de l'inconnue dans le rétroviseur. Cette inconnue, elle le supposait, cherchait la voie rapide, mais n'avait aucune idée de l'endroit où aller une fois qu'elle l'aurait atteinte.

Elle s'arrêta sur le bord de la route. Le monde extérieur était fait de grandes et belles maisons, posées au milieu de vastes pelouses, qui évoquaient d'énormes chats ou chiens accroupis. Elle eut l'impression d'avoir déjà vu cet endroit et d'y avoir vécu quelque chose de déplaisant. Pourtant, le quartier lui-même ne l'était pas, pas du tout, car il renfermait...

Des arroseurs projetaient des jets d'eau tout au long des pelouses. Nora se trouvait dans un cul-de-sac s'achevant en cercle devant la maison la plus imposante de la rue, un manoir en brique rouge à trois étages, avec une fenêtre en saillie, une porte d'entrée vert foncé et des parterres de fleurs aux couleurs éclatantes. Elle était arrivée dans Longfellow Lane, et la maison à la fenêtre en saillie appartenait au Dr Daniel Harwich.

Sa panique se changea en soulagement et elle redémarra. Elle avait déjà atteint le bout de la rue quand l'idée lui vint que Mrs Lark Pettigrew Harwich n'apprécierait peut-être pas la soudaine apparition d'une ex-maîtresse de son époux, aussi désespérée que fût ladite maîtresse. À cet instant, une grande tasse à la main, Dan Harwich émergea des profondeurs d'une pièce et se posta à la fenêtre pour inspecter ses terres. Un coup de poing frappa Nora au cœur.

Harwich jeta à la voiture un regard vaguement curieux, avant de boire une gorgée de café et de lever la tête vers le ciel. Il n'avait guère changé depuis leur dernière rencontre. La même compétence, la même intelligence mêlée de lassitude se lisaient sur son visage et dans ses gestes. Il se détourna et disparut dans la pièce. Derrière lui, se versant une tasse de café au sein d'une cuisine réaménagée, se terrait très probablement son épouse numéro deux.

Nora quitta le cul-de-sac en se demandant comment diable elle allait trouver un téléphone. Elle tourna à gauche dans Longfellow Street, sur une autre chaussée dépourvue d'arbres mais bordée de sortes de manoirs anciens ou modernes — quasi identique à la précédente, sinon qu'il s'agissait d'une véritable rue, non d'une impasse, et qu'aucune des nombreuses fenêtres en saillie n'abritait le Dr Daniel Harwich. Au croisement suivant, elle reprit à gauche : Bryant Street, une nouvelle enfilade de pelouses immenses et de solides bâtiments. Elle commençait à se dire qu'elle allait passer le restant de ses jours à parcourir ces rues identiques, à circuler devant ces maisons identiques.

Encore un carrefour, encore à gauche, dans Whittier Street, puis Whitman Street, encore une réplique de Longfellow Lane, la différence principale étant que le bloc s'achevait non par un cercle d'asphalte mais par une intersection marquée d'un stop. Juste à côté du panneau se dressaient le capuchon métallique et le rectangle noir d'un téléphone public.

57

À deux pas du canapé en chintz couvert de coussins, Nora sentit ses jambes se dérober sous elle. Elle s'effondra sur un centimètre, puis un autre, entraînant la main de Dan Harwich qui ne lui offrait aucune résistance. Puis un bras s'enroula autour de sa taille, une main lui empoigna l'épaule, et elle cessa de tomber.

Le médecin l'aida à se redresser.

— Je peux te porter le reste du chemin.

— Je vais y arriver.

Il relâcha son étreinte, et Nora contourna une table basse en bois, se laissa guider jusqu'au canapé.

— Tu veux t'allonger ?

— Ça va aller. C'est seulement la tension qui se relâche.

Elle se laissa aller sur les coussins. Harwich, accroupi devant elle, lui tenait les mains et l'observait avec attention. Sans cesser de la fixer, il se leva.

— Comment as-tu échappé à ce Dart ?

— Je lui ai tapé dessus à coups de marteau, et ensuite, je l'ai renversé avec la voiture.

— Où ça ?

— Devant un motel, je ne sais plus où. N'appelle pas la police. S'il te plaît.

Il la considéra en se mordant la lèvre inférieure.

— Je reviens tout de suite.

Nora passa la main dans son dos et pêcha un coussin rond et dur, brodé de tournesols d'un côté, d'une ferme de l'autre. Il y en avait encore trop derrière elle pour qu'elle se sentît à l'aise. Elle ne se rappelait pas avoir vu ce canapé ni cette profusion d'ornements lors de sa visite précédente. Le salon d'Helen Harwich avait été sobre, sombre, avec des sièges en cuir massifs sur un gigantesque tapis blanc.

À présent, la pièce ressemblait à l'idée que se faisaient les décorateurs des maisons de campagne anglaises — hormis pour le désordre. Des chemises sales occupaient le dossier d'un fauteuil à bascule. Une chaussure de sport retournée gisait près de l'ouverture donnant sur le couloir. La table sur laquelle Nora avait failli se fendre le crâne était couverte de vieux journaux et de verres sales, ainsi que d'un carton Pizza Hut vide.

Harwich revint avec un verre à whisky tellement rempli d'eau qu'il laissait derrière lui un sillage de gouttes brillantes.

— Bois-en un peu avant que tout soit par terre. Désolé.

Il s'accroupit devant elle et lui tendit le verre humide. Nora but une gorgée et chercha un endroit où le poser. Harwich le lui prit et le mit sur la table.

— Ça va laisser une trace, prévint-elle.

— Je m'en contrefous. (Il lui prit la main droite entre les siennes.) Pourquoi ne veux-tu pas que j'appelle la police ?

— Juste avant d'être enlevée par Dick Dart, j'étais sur le point d'être accusée d'une demi-douzaine de crimes. C'est assez amusant, compte tenu de ce qui s'est passé, mais je suis à peu près sûre que le kidnapping en faisait partie. C'est pour ça que je trouvais au poste de police.

Harwich cessa de lui presser la main.

— Tu veux dire que si tu vas chez les flics, ils vont t'arrêter ?

— Je crois bien.

— Qu'est-ce que tu as fait ?

Elle lui retira sa main.

— Tu veux savoir ce qui s'est passé ou tu préfères appeler le FBI pour qu'ils viennent me ramasser ?

— Le FBI ?

— Deux messieurs charmants, confirma-t-elle. Ils n'ont vraiment eu aucun mal à se convaincre que j'étais coupable. (Harwich se leva et gagna l'autre bout du canapé.) Si tu ne veux pas assumer ça, je vais m'en aller. Il faut que je trouve ce médecin. Si j'arrive à me rappeler son nom.

— Tu ne bouges pas d'ici, trancha Harwich. Je veux entendre toute l'histoire, mais on va d'abord voir si on peut régler le cas Dick Dart. (Il se leva et ramassa un téléphone portable sur la cheminée. Nora commença à protester.) Ne t'en fais pas, je ne parlerai pas de toi. Essaie de retrouver le nom du motel.

Il traversa la pièce pour tirer un annuaire de sous une pile de magazines et de journaux.

— Je n'y arrive pas.

— Est-ce qu'il y avait une enseigne ?

Harwich posa le doigt sur un numéro.

— Bien sûr, mais... (L'enseigne en question repassa devant ses yeux.) C'était le Hillside. Comme l'étrangleur, a dit Dart.

— Comme l'étrangleur ?

— L'Étrangleur du Hillside.

— Bon Dieu. (Le médecin composa le numéro.) Écoutez-moi bien, parce que je ne répéterai pas. Dick Dart, le meurtrier évadé, est descendu ce matin au Hillside Motel, à Springfield. Il est peut-être blessé. (Il coupa la communication et reposa le téléphone sur la cheminée.) J'imagine que tu te sentiras plus en sécurité quand Dart sera derrière les verrous.

— Tu n'as pas idée à quel point.

— Alors, raconte, l'encouragea-t-il.

Elle lui parla de Natalie Weil, d'Holly Fenn, de Slim et Slam, elle lui parla du livre de Daisy et de l'ultimatum d'Alden, elle lui décrivit la scène qui s'était déroulée au poste de police, l'accusation de Natalie, l'enlèvement, Ernest Forrest Ernest, le Chicopee Inn. Elle lui avoua que Dart l'avait violée. Elle lui parla de la bibliothèque et des magasins successifs, du maquillage. Elle lui parla de Sheldon Dolkis.

Tandis qu'elle racontait, Harwich se gratta la tête, plissa les yeux, fit les cent pas dans la pièce, se laissa tomber sur une chaise, la quitta d'un bond, émit des remarques compatissantes ou étonnées, mais réservées, puis finit par l'entraîner dans la cuisine. Après avoir empilé les verres et autres ustensiles sales dans l'évier ou autour, il leur confectionna une omelette. À table, il se pencha vers elle, le menton sur le coude.

— Comment fais-tu pour te mettre dans des situations pareilles ?

Nora reposa sa fourchette, l'appétit coupé.

— Ce que je veux savoir, c'est comment je vais m'en sortir.

Harwich inclina la tête de côté, haussa les sourcils, et leva les mains pour exprimer l'incertitude.

— Tu veux que je t'ausculte, vite fait ? Tu as besoin d'un examen.

— Sur la table de la cuisine ?

— Je pensais qu'on pourrait utiliser un lit, mais si tu préfères, je peux te conduire à mon cabinet. J'ai une opération cet après-midi, mais jusque là, je suis libre.

— C'est inutile, affirma-t-elle.

— Tu n'as pas beaucoup saigné ?

— Seulement un peu, et c'est fini. Qu'est-ce que je dois faire, Dan ?

Il soupira.

— Je vais te dire ce qui me stupéfie dans ton histoire. Cette bonne femme, cette Natalie Weil, t'accuse de l'avoir tabassée, affamée et Dieu sait quoi encore, et le FBI, sans parler de la plupart des flics de ton bled, la croient. Pourquoi est-ce qu'elle mentirait ?

— Va te faire foutre, Dan.

— Ne t'énerve pas, je pose juste une question. Est-ce qu'elle a quelque chose à gagner à ton arrestation ?

— Est-ce qu'on peut mettre la radio ? demanda Nora. Où la télé ? Il y aura peut-être quelque chose sur Dart.

Le médecin sursauta et alluma un transistor près du grille-pain chromé, au bout du plan de travail

— Je crois que je n'ai pas l'esprit du fugitif.

Il régla la radio sur une station ne diffusant que des informations. Un journaliste émettant d'un hélicoptère décrivait un ralentissement de la circulation sur une autoroute.

— L'esprit du fugitif ? répéta Nora.

— Je ne suis qu'un pauvre neurochirurgien surmené. J'ai perdu mes instincts guerriers il y a bien longtemps. Mais je ferais quand même mieux de planquer ta voiture.

— Pourquoi ?

— Parce qu'environ une minute après être arrivés au motel, les flics vont se mettre à chercher une vieille Ford verte avec une certaine immatriculation, et qu'elle est dans mon allée.

— Oh !

Le téléphone sonna. Harwich jeta un coup d'œil à l'appareil mural de la cuisine, puis à sa compagne, avant de se lever de table.

— Je vais répondre dans l'autre pièce.

Ne sachant plus que penser de lui, ni ce qu'il pensait d'elle, Nora se concentra sur la radio. Un présentateur annonçait aux habitants des comtés du Hampshire et du Hampden que la température ne descendrait pas en dessous de trente degrés pendant deux ou trois jours, au bout desquels il faudrait s'attendre à de gros orages. Dans la pièce voisine, Harwich éleva la voix.

— Bien sûr que je le sais. Comment pourrais-je l'oublier ?

Nora se leva et emporta sa tasse vers la cafetière. Assiettes et verres emplissaient l'évier. Des taches de couleurs différentes et de types variés marquaient le plan de travail. Soudain, elle entendit les mots « Richard Dart » sortir de la radio.

— ... les environs. La police de Springfield a découvert le corps mutilé d'un homme et des traces de lutte dans un bungalow du Hillside Motel, de Tilton Street. Les enquêteurs admettent la possibilité que le tueur en série évadé ait été blessé, et ils procèdent à une fouille complète de tout le quartier. La population locale est avertie que Dart est armé et extrêmement dangereux. Il a trente-huit ans, mesure un mètre quatre-vingt-cinq, pèse quatre-vingt-dix kilos, a les cheveux clairs et les yeux bruns. La dernière fois qu'il a été vu, il portait un costume gris et une chemise blanche. On ignore aussi où se trouve son otage, Mrs Nora Chancel, et si elle est ou non blessée. (Un sourire totalement dépourvu de joie aux lèvres, Dan Harwich rentra dans la cuisine et se figea en entendant le nom de Nora.) Mrs Chancel a quarante-neuf ans, mesure un mètre soixante-cinq et pèse environ cinquante kilos. Elle a les cheveux brun foncé et les yeux marron. La dernière fois qu'elle a été vue, elle portait un jean et un chemisier bleu foncé à manches longues. Quiconque apercevrait une personne correspondant à ce signalement doit immédiatement contacter la police ou l'antenne locale du FBI.

« La police n'est pas encore parvenue à identifier la dernière victime de Dart.

« Suite des nouvelles locales : le sénateur Mitchell Kramer dément avec véhémence les récentes accusations d'abus de... »

Harwich coupa la radio.

— Donne-moi les clefs. (Nora les lui tendit.) Tu mènes une existence plus aventureuse que moi.

Il eut un sourire, presque comme pour s'excuser.

— Je te cause des ennuis, remarqua-t-elle. Je vais m'en aller. Tu n'as pas à m'héberger par charité sous prétexte qu'on a été amis.

— On a été nettement plus que ça. Je mérite peut-être d'avoir des ennuis, de temps en temps. (Il lui sourit, ses yeux étincelèrent, et un instant, le Dan Harwich d'autrefois émergea sous sa version moderne, plus prudente et plus cynique.) J'en ai pour une minute.

— En attendant, essaie de réfléchir à ce que je dois faire, d'accord ? Tu peux ?

— J'y réfléchis déjà, affirma le médecin.

58

— J'ai l'impression que ta femme ne doit pas revenir d'ici un moment, remarqua Nora quand Harwich refit son apparition.

Il eut un haut-le-corps.

— Ne t'en fais pas pour elle. Lark n'a plus voix au chapitre.

— Je suis désolée. C'est arrivé quand ?

— La catastrophe a eu lieu le jour de notre mariage. Je crois que je me suis mis avec elle pour fuir Helen. Tu te rappelles Helen, j'imagine ?

— Comment l'oublier ?

— Ça doit être la seule fois de ta vie où on t'a mise à la porte, fit Harwich en riant. Pour finir, elle ne voulait plus habiter ici. Moi, si, alors j'ai acheté son départ. Et *acheté* est bien le mot qui convient, crois-moi. Deux millions au moment du divorce, plus dix mille dollars par mois de pension. Dieu merci, l'année dernière, elle a convaincu un autre imbécile de l'épouser. Au moins, quand moi je l'avais fait, j'avais couvert mes arrières. On était mariés sous le régime de la séparation de biens : elle avait deux cent cinquante mille dollars, ses vêtements, ses bijoux et sa voiture, point final. Dans l'ensemble, j'aurais dû avoir l'intelligence de ne pas convoler avec quelqu'un qui s'appelait Lark Pettigrew. Je l'ai laissée redécorer toute la baraque, et maintenant, je vis dans une maison de poupée. (Il lança à Nora un regard affectueux mais pitoyable.) C'est toi que j'aurais dû épouser, mais j'étais trop con pour m'en rendre compte. Pourtant, tu étais là, juste sous mon nez.

— J'aurais dit oui, assura Nora.

— La dernière fois ? Tu as débarqué ici comme si le Vietnam avait recommencé. Tu étais carrément en transe. Et de toute façon, je voyais déjà Lark. Ce que je voulais dire, c'est que j'aurais dû t'épouser à la place de cette misérable sorcière d'Helen.

— Pourquoi ne l'as-tu pas fait ?

— Je l'ignore. Et puis, tu sais quoi ? C'est probablement mieux comme ça. A priori, je ne suis pas très doué pour le mariage. (Il fit un grand geste du bras et éclata de rire.) Lark s'est barrée il y a environ trois semaines, et celle d'après, j'ai viré la femme de ménage. Le désordre ne me dérange pas. Cette maudite bonne femme n'arrêtait pas de remettre en ordre mes livres et mes papiers. Je suis désolé, mais je n'ai jamais compris pourquoi, moi, j'aurais dû m'habituer au système de classement de la femme de ménage. (Nora sourit.) Bon Dieu, qu'est-ce qui me prend ? (Il ferma les yeux un instant.) Il t'arrive un tas de trucs affreux, et au lieu de t'aider, je dis des conneries.

— Tu m'aides déjà, assura-t-elle. Tu ne sais pas à quel point je pense souvent à toi.

Il se pencha par-dessus le dossier de sa chaise et lui prit la main, la serra, puis la relâcha.

— Je crois que tu devrais au moins rester ici un jour ou deux, peut-être plus. Cet après-midi, j'ai mon opération, mais je reviendrai vers quatre ou cinq heures, j'irai acheter à manger, on verra s'ils ont piqué Dart, on discutera. Laisse-moi te dorloter.

— J'adorerais ça, avoua Nora. Tu vas vraiment me laisser rester ?

Harwich se pencha à nouveau pour lui prendre la main.

— Si tu fais seulement mine de t'en aller, je t'enferme au grenier. (Nora crut que son cœur s'arrêtait.) Je n'arrive pas à croire que j'ai dit ça. (Il lui serra une main qui eût voulu rétrécir à la taille d'un caillou.) Tu es un présent des dieux, Nora, tu me rappelles la vraie vie, tu comprends ?

— La vraie vie ?

— Ouais, même si je ne sais pas ce que c'est. Juré. (Il la lâcha et essuya ses yeux soudain emplis de larmes.) Excuse-moi. Je suis censé t'aider, et au lieu de ça, je dis n'importe quoi.

Il tenta de sourire.

— Ce n'est pas grave, le rassura Nora. Ma vie est bien plus compliquée que la tienne.

Il se frotta la base du nez du bout d'un doigt, et se retira en lui-même un moment, fixant sans les voir les assiettes empilées sur la table.

— Allons faire ton lit. (Il se leva. Elle l'imita, lui rendant son sourire.) Tu veux qu'on aille chercher tes affaires ?

— Pour l'instant, je voudrais juste me reposer.

— Ça me semble être une bonne idée, admit Harwich.

59

Après une incursion dans le placard à linge pour y prendre des draps imprimés cachemire aux taies d'oreiller assorties, parure si neuve qu'elle était encore dans son emballage d'origine, ils passèrent dans une chambre au papier peint bleu, à fleurs, et aux meubles en pin noueux disposés autour d'un tapis rose et bleu. Un fauteuil à bascule en bois laqué reposait devant la fenêtre. Harwich arracha les draps de leur emballage avant de jeter la couette bleu foncé à bas du lit.

— Le lit est confortable mais garde-toi de cette chaise. (Il désigna le fauteuil à bascule d'un signe de tête.) Une des inspirations de Lark : un truc à deux cents dollars qui fait des trous dans les pulls.

Il étendit un drap housse sur le lit. Nora en fit passer un des coins supérieurs sous le matelas, tandis qu'Harwich en faisait autant de son côté. Ils en fixèrent ensuite l'extrémité inférieure. Ensemble, ils mirent en place et lissèrent le drap de dessus, le bordant au bas du matelas.

— Souvenirs de l'hôpital, remarqua Harwich. Mon cœur, ne t'emballe pas.

Ils commencèrent à enfiler les oreillers dans les taies.

— Qu'est-ce que je vais faire, Dan ?

Le médecin plongea les mains dans ses poches et s'approcha de Nora, abandonnant aussitôt son attitude ironique.

— D'abord, il faut voir si la police retrouve Dart ou, encore mieux, son cadavre. Ensuite, il faut apprendre si tu es toujours recherchée par le FBI.

Il lui posa la main droite sur l'épaule.

— Tu ne crois pas que je devrais essayer de voir ce médecin ?

— Je ne suis pas assez bon pour toi ? demanda-t-il en tentant de prendre l'air vexé.

— Celui que Dick Dart voulait tuer.

— La seule chose que tu devrais faire, si tu tiens encore à Davey, c'est l'avertir que les avocats de Chancel House leur font un petit dans le dos. Ça résoudra peut-être tes problèmes avec le vieux.

Il sembla à Nora qu'elle avait tourbillonné dans une pièce humide et sombre, et que Dan Harwich venait d'y faire pénétrer le soleil et l'air frais.

— Si j'étais toi, reprit-il, je pressurerais son père au maximum. Ce vieux crabe de Northampton, Calvin Coolidge, avait raison : les affaires de l'Amérique, ce sont les affaires.

Nora ferma les yeux pour combattre une vague de nausée, et entendit le brouhaha des démons qui s'assemblaient.

— Ne me fais pas ça, articula-t-elle, je t'en prie.

Harwich lui entoura la taille d'un bras et la guida vers le lit.

— Désolé. Tu as besoin de repos et je te casse les oreilles.

— Ça va aller, assura-t-elle en lui serrant le poignet avec force, totalement partagée : une moitié d'elle même voulait que Harwich reste avec elle, l'autre qu'il quitte la pièce. C'est moi qui devrais m'excuser, pas toi.

— Allonge-toi.

Elle obéit. Il déboucla ses chaussures et les lui retira.

— Merci.

— Comment il s'appelle, ce toubib ?

Elle secoua la tête.

— C'était un nom irlandais.

— Ça réduit le champ de recherches. Ça ne serait pas O'Hara ? Michael O'Hara ? (Elle secoua à nouveau la tête.) Il est homo, ce type, non ? (Des pouces, il commença à lui masser la plante du pied droit.) Je ne vois pas plus de trois médecins homos dans cette ville, et ils sont tous plus jeunes que moi. (Ce qu'il lui faisait au pied se répercutait, se diffusait dans tout son corps.) Dart t'a donné son prénom ? (Elle hocha la tête.) Ça commence par quelle lettre ?

— M, répondit Nora sans hésiter.

— Michael. Morris. Montague. Max. Miles. Manny. Mark. Qu'est-ce qu'il y a, encore ? Monroe.

— Mark.

— Mark ? (Il lui pressa les pouces contre le pied gauche ; elle sentit une démangeaison remonter en sinuant jusqu'à son épine dorsale.) Mark. Avec un nom irlandais, et pédé en prime. Voyons. Conlon. Conboy. Congdon. Condon. Mulroy. Murphy. Morphy. Brophy. O'Malley. Joyce. Tierney. Kiernan. Boyce. Mulligan. C'est pas facile. Burke. Brannigan. Sullivan. Boyle.

— Attends ! Ça ressemblait à ça. Ça sonnait comme Boyle. (Elle retint son souffle, ferma les yeux, et un nom sortit de l'obscurité pour flotter vers elle.) Foyle. Il s'appelle Mark Foyle.

— Mark Foil ?

— C'est ça.

Harwich éclata de rire.

— Oui, mais tu pensais Foyle, f-o-y-l-e, c'est pour ça que tu croyais que c'était irlandais. Mark Foil est à peu près aussi irlandais que la reine d'Angleterre, et son nom s'écrit comme poil. Ou plutôt, selon ses propres termes, comme *escrime*[1].

Il avait prononcé cette dernière phrase sur un ton affecté.

— Tu le connais ?

— Foil la folle, confirma Harwich de la même voix minaudière.

— Il est vraiment comme ça ?

— Il ne pourrait pas se le permettre. Il est médecin généraliste depuis plus de quarante ans, et Springfield n'est pas la ville la plus évoluée du monde.

— Où habite-t-il ?

— Dans les beaux quartiers. Contrairement à nous, pauvres mortels, le Dr Foil contemple de grands arbres lorsqu'il regarde par ses fenêtres fumées. (Il lui tapota le pied.) Si tu veux le voir, je t'emmènerai chez lui. Mais je te préviens : c'est le genre vieille tante pleine de blé.

Le mot *tante* fit tressaillir Nora. Il était laid et totalement hors de propos, particulièrement dans la bouche de Dan Harwich, mais elle refoula sa réprobation.

— Tu crois qu'il n'aura pas le temps de me recevoir ?

— Foil n'a jamais eu le temps de me recevoir, moi, si ça peut te donner une idée. Bon Dieu ! Je voudrais que tu voies son petit copain. (Dans le couloir, le téléphone se mit à sonner.) Dormir un peu te ferait sans doute du bien.

1. Foil : fleuret. *(N.d.T.)*

— Je vais essayer.

Soulagé, il lui tapota le pied une dernière fois, franchit la porte en souriant et la referma derrière lui. Nora l'entendit courir au téléphone, qui devait se trouver dans sa chambre. L'instant d'après, d'une voix assez forte pour qu'elle l'entende, il s'exclama :

— D'accord, je sais, je l'ai fait, c'est vrai.

Elle songea qu'elle pouvait aussi bien prendre un bain. Sur l'étagère en marbre qui jouxtait l'antique lavabo de la salle de bains, étaient posées trois brosses à dents neuves, encore dans leur cercueil pastel transparent, et des flacons dispensant rince-bouche et pâte dentifrice à l'eau oxygénée. Nora se battit avec l'emballage d'une brosse à dents avant de parvenir à le déchirer. Au-dessus de la baignoire, des robinets modernes surgissaient du mur carrelé de rose. En cherchant les produits dont elle avait besoin, elle découvrit une bouteille de shampooing à moitié pleine et le flacon de démêlant assorti, tous deux pour cheveux secs ou abimés, entourés par un grand nombre d'échantillons ramassés dans des hôtels. Un vieux bonnet de bain reposait sur le pommeau de douche telle une sourdine sur le pavillon d'un trombone à coulisse.

Lark était sortie du lit de Harwich avant de sortir de chez lui. Sur une étagère, au-dessus des serviettes, Nora vit un stick déodorant, une demi-bouteille de bain de bouche, du collyre, un flacon d'aspirine presque vide, une feuille de papier émeri marquée au centre d'une blanche ligne d'usure, deux crèmes hydratantes pour la peau, et un grand flacon de parfum Je Reviens presque plein. Elle commença à sortir son T-shirt de son jean.

— Attends ! s'exclama quelqu'un derrière elle. (Elle poussa un cri aigu et fit un bond de deux centimètres.) Désolé, je ne voulais pas te...

Elle se retourna, la main sur sa gorge palpitante, et découvrit un Dan Harwich contrit sur le pas de la porte.

— Je croyais que tu m'avais entendu.

— Je m'apprêtais à prendre un bain.

— En fait, on devrait peut-être contacter Mark Foil tout de suite, expliqua le médecin. Au cas où Dart s'échapperait, aussi improbable que ce soit, il faut être sûr que Mark soit protégé.

— Très bien, acquiesça Nora, qui ne savait que penser de ce brusque revirement.

— On va peut-être pouvoir y aller ce matin.

Tout en lui paraissait accéléré, tels les battements de cœur de sa compagne. Souriant de manière presque insistante, il passa la porte de profil, invitation silencieuse à le suivre.

— Tu as vite changé d'avis.

— Tu sais quel est mon problème ? Je n'arrive pas à me débarrasser de mes préjugés stupides. J'ai l'impression que Mark Foil n'a pas d'estime pour moi, et je lui en veux. Une petite voix égoïste, dans ma tête, me dit que je suis un génie, alors qu'il n'est qu'un généraliste à la retraite

— pour qui se prend-il ? Qu'il aille se faire mettre. Je ne devrais pas laisser ce genre de conneries m'empêcher de me conduire correctement.

Nora le suivit dans une chambre à coucher immense, avec lit à baldaquin et téléviseur à écran géant. Le sol était jonché de vêtements épars.

— Qu'est-ce que Dart envisageait de dire à ces gens ? Comment comptait-il s'introduire chez eux ?

— J'étais censée écrire un bouquin sur ce qui s'est passé à Shorelands, cet été-là, en 1938. Tout le monde connaît Hugo Driver, mais les autres invités n'ont pas obtenu la notoriété qu'ils méritent. Quelque chose comme ça.

— Pas mal, apprécia Harwich. Si j'ai le moindre talent, en dehors de la chirurgie, c'est bien pour raconter des mensonges. Comment veux-tu t'appeler ?

Repoussant du pied une pile de chaussettes et de survêtements sales, il se dirigea vers une bibliothèque.

— Je n'en sais rien du tout, avoua Nora.

— Comment ça s'appelle, une nana qui écrit des bouquins ? Emily Eliot, tiens. Tu es ma vieille copine Emily Eliot, on a fait Brown ensemble, et maintenant, tu écris un truc sur... comment, déjà ? Shorelands. Voyons... Tu sors d'Harvard, tu as fait un peu d'enseignement, et tu as tout lâché pour devenir écrivain. (Il feuilletait un gros annuaire.) Il faut qu'on fasse de toi une citoyenne respectable, sinon Mark Foil n'acceptera même pas de te donner l'heure. Tu as publié un livre il y a cinq ans. Sur... mmm... Robert Frost ? Est-ce qu'il est allé à Shorelands ?

— Probablement.

— Tu es publiée par qui ? Chancel House, j'imagine.

— Et mon directeur littéraire est Merle Marvell.

— Qui ? Oh, je vois : un caïd de la maison ?

— Le plus grand, confirma Nora en souriant.

— Quand on ment, il faut être aussi précis que possible. (Il tourna une page et fit courir son doigt le long d'une liste de noms.) Voilà. Étant donné qu'il s'agit de Mark Foil, il peut très bien passer l'été dans les îles grecques, mais ça ne coûte rien d'essayer. Comment s'appelait son petit ami de l'époque ? Quelque chose Monk, comme Thelonious.

— Creeley.

Harwich composa le numéro et leva deux doigts croisés en attendant d'obtenir la communication.

— Allô, est-ce que je pourrais parler à Mark, s'il vous plaît ?... Ici, c'est Dan Harwich... Oui, bien sûr, bonjour, Andrew, comment allez-vous... ? Vraiment ? Merveilleux... Provincetown, comme vous avez de la chance... Eh bien, si vous pensez pouvoir... merci. (Il boucha le micro de la main.) Son copain dit qu'il vont passer le reste de l'été à Provincetown. Ça ne part pas très bien. (Il s'intéressa de nouveau au téléphone.) Bonjour, Mark, ici Dan Harwich. J'ai une de mes anciennes copines de Brown qui écrit des bouquins et qui est chez moi en ce moment, parce qu'elle fait des recherches pour un livre, et il se trouve qu'elle voudrait vous contacter... Exactement. Elle se nomme Emily Eliot, et elle a des références. Doctorat à Harvard... Un poète du nom de Creeley Monk ?... Oui, c'est ça. Elle s'intéresse aux gens qui se trouvaient avec lui à un endroit appelé Shorelands, et il faut croire qu'elle a vu votre nom quelque part... (Il s'adressa à Nora.) Il veut savoir comment tu as eu son nom.

Dart n'avait pas expliqué comment il avait trouvé la trace de Mark Foil.

— En me documentant sur Creeley Monk.

Le médecin transmit l'information à son interlocuteur.

— Non, elle a déjà sorti un bouquin. Sur Robert Frost... Oui, elle est à côté de moi. (Il tendit le combiné à Nora.) Emily ? Le Dr Foil veut te parler.

Quand elle lui prit le combiné des mains, il fit mine de manier une pelle. Une voix incisive, au débit saccadé, totalement différente de l'imitation efféminée qu'il avait faite, s'éleva :

— Qu'est-ce que c'est que cette histoire, Miss Eliot ? Dan Harwich n'a pas une seule véritable amie.

— Je suis une erreur de jeunesse, expliqua Nora.

— Il est impossible que vous écriviez un livre sur Creeley Monk. Plus personne ne se souvient de lui.

— Comme le disait Dan, je prépare un livre sur les événements qui se sont déroulés à Shorelands durant l'été 1938. Je pense que le succès d'Hugo Driver a injustement éclipsé l'œuvre des autres écrivains présents.

— Vous avez un éditeur ?

— Chancel House.

Il y eut un long silence.

— Pourquoi ne viendriez-vous pas ici, que je vous voie ? Nous quittons la ville ce matin, mais nous avons encore un peu de temps.

60

Un jeune homme mince et souriant, vêtu d'un costume gris léger et d'une chemise en soie noire, leur ouvrit la porte d'une maison en pierre perdue au milieu des chênes, et les salua. Harwich présenta son amie Emily Eliot à Andrew Martindale, qui regarda Nora droit dans les yeux. Son sourire s'élargit, et le mannequin diplomate qu'il incarnait se changea en un véritable être humain empli de curiosité, d'humour et de bonne volonté.

— C'est merveilleux que vous soyez venue, dit-il. Mark est passionné par votre projet. Je me demande si vous vous rendez compte de ce qui vous attend.

— Je lui suis très reconnaissante de bien vouloir me recevoir, assura Nora.

— Bien vouloir n'est pas le mot.

Martindale les fit entrer, puis tourna les talons. Un tapis persan aux couleurs violentes courait jusqu'à un large escalier en bois luisant, qui s'élevait au bout d'une rangée de colonnes blanches.

— Je vais vous conduire à la bibliothèque.

Au pied des marches, il ouvrit la porte d'une pièce tapissée de livres, deux fois plus vaste que la bibliothèque d'Alden Chancel. Dans un éblouissement de soleil, un homme aux cheveux blancs et au costume noir strict, qui parut étrangement familier à Nora, se tenait près d'un classeur ouvert sur une table cirée. Il sourit aux visiteurs par-dessus ses demi-lunettes noires et exhiba un épais volume relié en toile rouge.

— Tu disais que je trouverais, Andrew, et j'ai trouvé !

— On ne perd jamais rien, dans cette maison, plaisanta Martindale. Les choses se cachent jusqu'à ce que tu en aies besoin, c'est tout. Voici Dan et Miss Eliot, qui arrivent juste à temps pour partager ton triomphe. Désirez-vous une tasse de café ? Du thé, peut-être ?

Ces questions s'adressaient à Nora.

— Si vous avez du café prêt, j'en prendrai volontiers, répondit-elle.

L'homme aux cheveux blancs glissa le livre rouge sous son bras, ôta ses lunettes, les plia dans sa poche poitrine, et traversa la pièce à longs pas, la main tendue. Sa peau était aussi lisse que du mercure. Bien qu'il eût plus de soixante-dix ans, il n'avait pas dû changer de manière notable depuis la cinquantaine. Il serra la main de Harwich, puis consacra toute son attention, tout son intérêt et toute sa curiosité à Nora, laquelle eut le sentiment que d'un unique coup d'œil inquisiteur, il comprenait toutes les choses importantes la concernant, y compris une partie de celles qu'elle-même ignorait.

Harwich les présenta.

— Et si nous nous asseyions, que vous puissiez me parler de vous ?

Foil désigna un canapé douillet et deux fauteuils assortis, près de la fenêtre ensoleillée. Une table en verre avec des magazines empilés soigneusement était placée non loin des sièges. Nora prit place à un bout du canapé, Mark Foil près d'elle. Comme pour cesser de guider sa compagne, Harwich contourna la table et se vautra plus qu'il s'assit dans le fauteuil le plus éloigné d'elle.

— Vous manquez de sommeil, n'est-ce pas ? demanda Foil.

— Je ne dors pas autant que je le voudrais, répondit Nora, que la question surprenait.

— Et vous êtes extrêmement tendue. Pourquoi ça, si je puis me permettre ?

Elle jeta un coup d'œil à Harwich, qui la regardait d'un œil neutre.

— J'ai vécu des choses assez étranges durant les derniers jours, avoua-t-elle.

— En quoi ?

En contemplant le visage intelligent et amical, sous les cheveux blancs, Nora faillit admettre que sa présence était le fruit d'une imposture. Mark Foil remarqua son hésitation. Il se pencha en avant sans changer d'expression.

— Pour tout vous dire, je viens d'entamer ma ménopause, et j'ai l'impression de mon corps se révolte contre moi.

Foil se rassit normalement. Derrière lui, à son insu, Harwich sursauta.

— À part le fait que vous avez l'air nettement trop jeune, ça me semble une bonne explication, admit le vieux médecin. Vous voyez votre gynécologue ? Vous vous surveillez ?

— Oui, merci.

— Je suis désolé de vous paraître curieux. Je suis comme un vieux cheval. Mes réflexes sont plus forts que mon bon sens. Vous étiez avec Dan à Brown.

— C'est ça.

— Et comment était notre éminent neurochirurgien, à l'époque ?

Nora se tourna vers l'éminent neurochirurgien en question, et se demanda comment il avait été à Brown.

— Féroce et timide, dit-elle. En révolte perpétuelle. Ça s'est arrangé quand il est entré à la fac de médecine.

Foil éclata de rire.

— C'est merveilleux, la mémoire des vieux amis. Ça empêche d'oublier de quel cocon on est sorti.

— Il y a des vieux amis qui se rappellent même plus de choses qu'on ne le croirait possible, remarqua Harwich.

— Quand j'avais cet âge-là, je lisais Browning et Tennyson jusqu'à ce qu'ils me sortent par les oreilles. Je n'étais pas très à la page, j'en ai peur. Je suppose que mon amour pour l'œuvre de Creeley vient en partie du fait que, même s'il était bien plus doué que je n'aurais pu l'être, il n'était pas tellement à la page non plus. En médecine, pour être compétent, il faut être à la pointe du progrès, mais je ne crois pas que ce soit vrai pour l'art. Qu'est-ce que vous en pensez ?

Andrew Martindale, porteur d'un large plateau où reposaient trois tasses et une cafetière en argent, franchit la porte à reculons juste à temps pour entendre la dernière remarque de Foil. Il pivota et s'approcha de la table en verre.

— Tu ne vas pas recommencer ?

— Aujourd'hui, nous avons un docteur de Harvard, un écrivain professionnel à consulter. Qu'en pensez-vous, Emily ? Andrew et moi n'arrêtons pas de nous opposer au nom de la tradition et de l'avant-garde, et il ne veut rien entendre.

Martindale posa le plateau sur la table, manquant de heurter la pile de revues. Nora contempla tour à tour les deux hommes, et comprit qu'elle était perdue, totalement dépassée, sur le point d'être percée à jour. Les magazines *Avec, Lingo* et *Conjuntions*, qui représentaient quasi certainement les goûts littéraires de Martindale, auraient aussi bien pu être rédigés en urdu, pour ce qu'elle en savait.

— Soyez l'arbitre de notre différend, insista Foil.

— Vous ne devriez pas... commença Harwich.

— Non, non, tout va bien, intervint Nora. Je ne crois pas qu'on puisse arbitrer votre différend, et je ne crois pas que vous le souhaitiez, parce qu'il vous amuse beaucoup trop. En ce qui me concerne, j'aime tout autant Benjamin Britten que Morton Feldman, alors que chacun d'eux détestait sans doute la musique de l'autre.

Elle observa ses trois compagnons. Deux d'entre eux la considéraient avec une approbation bienveillante non dissimulée, le troisième avec une stupéfaction non moins visible.

Martindale sourit à la cantonade et s'éclipsa.

Comme s'ils avaient suivi les indications d'un metteur en scène, Nora, Foil et Harwich prirent chacun une tasse et burent une gorgée d'excellent café.

— Vous avez raison, nous apprécions nos éternelles disputes. Ce que j'aime chez Andrew, entre autres choses, c'est qu'il ne renonce pas à me mettre au goût du jour. Et bien que l'œuvre de Creeley ne soit pas réellement à son goût, il a soutenu mes efforts pour faire publier une édition intégrale des poèmes. (Foil sourit.) J'adorerais que votre travail me permette enfin de rendre justice à Creeley.

Nora eut envie de sortir de la maison en rampant.

— C'est sûrement Merle, votre directeur littéraire ?

— Je vous demande pardon ?

— Merle Marvell. À Chancel House. Ce n'est pas lui, votre directeur littéraire ?

— Oh, si, bien sûr, je ne savais pas que vous le connaissiez.

— On s'est vu une demi-douzaine de fois, mais je ne le connais vraiment que de réputation. Pour ce que j'en sais, c'est le seul employé de Chancel House qui aurait le courage d'entreprendre un projet pouvant se révéler assez peu flatteur pour Lincoln. En fait, je pense que c'est le seul véritable directeur littéraire de la maison. (Nora sourit, mais la conversation la mettait de plus en plus mal à l'aise.) Vous croyez que Chancel House acceptera de publier quelque chose qui jettera une lumière différente sur Hugo Driver ? Creeley n'en pensait déjà pas tellement de bien au départ, mais à la fin de l'été, il le haïssait littéralement.

— Je crois qu'ils seront d'accord pour présenter des opinions contrastées, dit Nora.

— Eh bien, en ce cas, je ne vois pas pourquoi je ne partagerais pas ça avec vous. (Foil reposa sa tasse sur sa soucoupe, et ramassa l'épais livre rouge.) C'est le journal qu'a tenu Creeley durant la dernière année de sa vie. Je l'ai lu quand j'ai rassemblé ses papiers, après sa mort. Que dis-je, lu ? Je l'ai étudié. Comme tous ceux qui survivent à des suicidés, je cherchais une explication.

— Et vous en avez trouvé une ?

— Est-ce qu'on en trouve jamais ? La veille de sa mort, il avait subi une déception, mais je n'aurais jamais cru que... (Le vieil homme secoua la tête, le souvenir de son échec au fond des yeux.) Ce n'est toujours pas évident. Quoi qu'il en soit, si vous avez envie de faire un peu dégringoler de son piédestal le prestigieux Hugo Driver, ceci vous sera utile. Ce type était une lavette. Pire. Creeley a eu du mal à en convaincre quelqu'un d'autre, mais c'était un voleur.

61

La circulation sanguine de Nora sembla se ralentir.

— Vous voulez dire qu'il a volé les œuvres d'autres écrivains ?

— Oh, non, ça ils le font tous, à commencer par Shakespeare. Je parle d'un vrai vol. À moins que vous ne pensiez que *Le Voyage dans la nuit* est un plagiat, mais si c'était le cas, je ne crois pas que Chancel vous soutiendrait. (Il sourit.) Au lieu de vous faire signer un contrat, on en mettrait un sur votre tête, Merle Marvell ou pas.

Harwich ricana. Nora le réduisit au silence d'un coup d'œil meurtrier.

— Alors, Creeley Monk l'a vu voler les autres invités ?

— Pas seulement Creeley, Dieu merci. Il vous intéressent tous, n'est-ce pas ? Tous ceux qui se trouvaient là-bas et tout ce qui s'est passé cet été-là ? (Elle acquiesça.) Voilà ce que je vous propose. (Il agita le livre.) Je vous décris une partie de ce journal. Vous poursuivez vos recherches pendant qu'Andrew et moi sommes au cap Cod. En rentrant, j'appelle Merle Marvell, et je lui demande ce qu'il pense de vous et de votre projet. Je le ferais bien tout de suite, mais nous n'avons plus tellement de temps. Étant donné que le neurochirurgien le plus... euh, coloré de l'État se porte garant de vous, je suis prêt à aller plus loin que je ne le ferais en temps normal, mais je veux me montrer aussi prudent qu'il est raisonnablement possible de l'être. Je suppose que vous n'avez pas d'objection.

Elle réfléchit un long moment, sous le regard des deux hommes, Harwich suant la colère et l'indignation, Foil très calme.

— Je pourrais peut-être vous envoyer mon manuscrit chapitre par chapitre. Si vous me permettez d'emprunter le journal, j'aurai plus de temps pour trier les informations. Je vous le rendrai à la fin de l'été.

Le vieux médecin secouait déjà la tête.

— Je suis seul dépositaire des papiers de Creeley. (Voyant que Nora se préparait à protester, il leva l'index.) Toutefois ! Dès que Merle m'aura confirmé que vous êtes bien qui vous prétendez être, ce dont je ne doute pas, je vous donnerai copie de toutes les pages relatives au sujet qui vous occupe. Sommes-nous d'accord ?

— Je pense que ce sera parfait, répondit-elle, tandis que Harwich lui lançait un regard noir.

— Très bien. (Une vitalité réprimée se fit jour sur ses traits. Nora comprit combien il avait toujours voulu rendre justice à son amant défunt.) Afin de vous faire comprendre quel genre d'homme était Creeley, je dois vous parler un peu de ses antécédents. (Il marqua une pause pour rassembler ses pensées.) Il est arrivé à l'École de Garand un an après moi. On était tous interchangeables — à part lui. Lui, il se remarquait autant qu'un coq dans un troupeau d'oies.

« Son père était patron de bar, sa mère une immigrée irlandaise. Ils habitaient un petit appartement, au dessus du bar, et il fallait qu'il prenne deux bus différents pour aller à l'école. Creeley arrivait avec des gros godillots de travail, un costume à rayures hideux, bien trop grand pour lui, et un col à la Buster Brown, assorti d'un nœud papillon en velours. Bien entendu, les plus grands l'ont tabassé, et ç'a été la fin du col à la Buster Brown, mais il a conservé le nœud papillon. Ça, c'était son idée à lui. Il avait lu que les poètes portaient des nœuds papillons en velours, et il savait déjà qu'il était poète. Il savait également, à l'âge avancé de quatorze ans, qu'il était attiré sexuellement par les hommes, mais il ne le montrait pas. Pour survivre, il y était obligé. En revanche, il ne voyait aucune raison de dissimuler quoi que ce soit d'autre.

« À partir de la deuxième année, il ressemblait aux autres. Parce qu'il ignorait la peur, parce que c'était un authentique personnage, il avait déjà sa place dans l'école. Tout le monde l'adorait. C'était remarquable. L'établissement n'accueillait que des philistins de base, et Creeley Monk, à lui tout seul, leur a fait — *nous* a fait — respecter une vocation littéraire. Durant sa troisième année, il a publié quelques poèmes dans des magazines nationaux.

« Je suis parti pour Harvard, et il m'y a rejoint un an plus tard. Il ne nous a pas fallu longtemps pour devenir intimes. Creeley et moi vivions ensemble pendant que je faisais la fac de médecine, et il est venu à Boston quand j'y ai été nommé en internat. Il a trouvé du travail : rédiger les catalogues d'une maison d'édition. Nous occupions des appartements séparés, dans le même immeuble, car il en avait décidé ainsi. Il ne voulait pas compromettre ma carrière. En dehors de cela, nous formions un couple, et quand je suis revenu ici, il est revenu aussi. Une nouvelle fois, nous avons loué deux appartements, et je me suis joint au cabinet de deux médecins plus âgés. Durant cette période, Creeley et moi avons vécu comme des gens mariés aux mœurs libres. Il m'aimait, et Dieu sait si je l'aimais, mais il était volage par nature, et il allait à Boston presque tous les jours. C'était comme ça.

« Il a commencé à publier dans tout un tas de journaux et de magazines, à donner des conférences, et à remporter quelques prix. En 1937, *Le Champ inconnu* est sorti, et j'ai le plaisir de vous apprendre que son auteur a été nominé pour le Prix Pulitzer. Georgina Weatherall l'a invité à Shorelands pour le mois de juillet suivant, et nous avons tous les deux considéré ça comme un signe.

« Finalement, il a été déçu. Aucun des auteurs qu'il admirait le plus n'était présent, et deux de ceux qui étaient là n'avaient même pas encore publié de livre : Hugo Driver et Katherine Mannheim. Il avait lu une nouvelle de Miss Mannheim dans un magazine littéraire, et l'avait bien aimée, mais il avait encore plus apprécié ses nombreux poèmes. Quand il l'a connue, elle s'est révélée étonnante. Il avait imaginé une petite chose fragile et désorientée : sa vivacité d'esprit et sa volonté constituaient une surprise. Et il y avait autre chose qu'il aimait chez elle. Je vous lirai un passage du journal à ce sujet. Hugo Driver, c'était une autre histoire. Creeley avait lu une partie de ses nouvelles dans de petits magazines, et les avait jugées médiocres. Même avant qu'il ne comprenne qu'il s'agissait d'un voleur, Driver le mettait mal à l'aise. Dans la première lettre qu'il m'a envoyée, il l'a décrit comme « déplaisant et désespéré », ce qui est devenu une plaisanterie régulière. Au bout d'un moment, dans son journal, il a appelé Driver « D&D », et puis c'est devenu « DD », et même Didie, comme pour une fille.

« Parmi les autres, il y avait à boire et à manger. Austryn Fain lui a fait l'effet d'être intelligent mais dépourvu de personnalité, une sorte d'arriviste qui passait le plus clair de son temps à courtiser Lincoln Chancel pour obtenir une grosse somme en échange de son prochain livre. Et puis, il y avait Bill Tidy. Creeley le respectait, et il avait adoré son livre, *Nos poêlons*. Ils avaient beaucoup en commun. Il est donc allé à Shorelands en espérant une sorte de fraternité d'esprit, mais Tidy s'est affublé d'une façade de prolétaire bourru et a refusé de lui parler.

« Et puis, il y avait l'étoile montante du moment, Merrick Favor. Il a tout de suite plu à Creeley, mais c'était sans espoir. J'ai compris ce qui allait arriver quand il m'a écrit, après son premier dîner au Manoir. Il avait vu Favor discuter avec Katherine Mannheim, dans un coin, et il avait cru me voir, moi ! »

Soudain, Nora réalisa qu'elle avait eu l'impression de connaître Mark Foil parce qu'il présentait une version plus âgée du séduisant écrivain figurant sur la fameuse photo.

— Oui, parvint-elle à dire.

— Je suppose qu'il me ressemblait vraiment, mais c'est tout ce que nous avions en commun. Favor était totalement hétéro, et en plus, c'était un homme à femmes. Austryn Fain et lui ont tous les deux dragué Katherine Mannheim, mais elle n'a pas voulu d'eux. Elle les tournait en dérision. Même Lincoln Chancel lui a fait des avances vulgaires et elle l'a démoli d'une phrase. Mais vous savez à quel point ce qu'on ne peut pas avoir est attirant. Creeley est tombé fou amoureux de Favor. Ça le rendait dingue, et il en jouissait.

— Ça ne vous dérangeait pas ? demanda Nora.

— Si ce genre de choses m'avait dérangé, je n'aurais pas supporté Creeley une semaine, encore moins toutes ces années. Il n'était pas conçu pour la fidélité. Vous connaissez la topographie de l'endroit, vous avez une idée de comment ils vivaient, de ce qu'ils faisaient de leurs journées ?

— Pas en détail, admit Nora. Ils occupaient des maisons séparées et ils dînaient ensemble tous les soirs, je crois.

Foil acquiesça.

— Georgina Weatherall habitait le manoir. Les invités se voyaient assigner des cottages éparpillés dans le bois qui entourait le parc. C'étaient des bâtiments de plain-pied ou à un étage, construits pour les domestiques, à l'époque où les anciens propriétaires en employaient toute une armée. Creeley était logé dans la Maison de Miel, l'un des plus petits cottages, isolé de l'autre côté de l'étang. Il ne disposait que de deux pièces minuscules et d'un lit à une place trop mou, ce qui le mettait de mauvaise humeur. Unique invitée du beau sexe, Katherine Mannheim occupait seule un des deux plus grands cottages, la Maison de Pain d'Épice, qui s'élevait au cœur de la forêt, bien loin du parc. Austryn Fain et Merrick Favor partageaient la Poivrière, tandis que Lincoln Chancel était installé avec Déplaisant et Désespéré dans le plus grand des cottages, Raiponce, qui était muni d'une tour latérale et s'élevait à mi-chemin entre la Maison de Pain d'Épice et le Manoir. Chancel s'était réservé la tour. Je suppose qu'il l'avait réquisitionnée.

— Je ne comprends toujours pas bien pourquoi Lincoln Chancel voulait aller là-bas, remarqua Nora, que ce détail venait de frapper. Il avait ses affaires, et il n'était pas obligé de passer un mois dans une sorte de colonie littéraire pour le bien de Chancel House.

Foil ouvrit la bouche, puis s'interrompit.

— Je ne m'étais jamais posé la question. De toute façon, rien ne l'obligeait à se soumettre à la sélection d'écrivains de Georgina. Cela dit, il n'a pas passé tout le mois là-bas : il n'est arrivé qu'au bout de quinze jours.

— La réponse est évidente, intervint Harwich. (Les deux autres attendirent qu'il poursuive.) L'argent.

— L'argent ? répéta Nora.

— Quoi d'autre ? Les Weatherall possédaient la moitié de Boston. Chancel était censé être riche comme Crésus, mais il me semble que tout son empire est parti à vau-l'eau pas longtemps après. Il cherchait des fonds pour démarrer sa maison d'édition.

— Pour en revenir à Shorelands, même les invités normaux n'avaient pas d'emploi du temps fixe, reprit Foil. Durant leur séjour, il pouvaient faire ce que bon leur semblait, à condition de ne pas quitter la propriété. S'ils voulaient travailler, les domestiques leur portaient un plateau-repas dans leur cottage. S'ils avaient envie de bavarder, Georgina tenait sa cour sur la terrasse. On pouvait se baigner dans l'étang, jouer au tennis. Le parc était renommé. Les hôtes s'y promenaient ou y lisaient, assis sur un banc. À six heures du soir, tout le monde se réunissait au Manoir pour l'apéritif, et à sept, on passait à la salle à manger. Laissez-moi vous lire un passage. Voilà ce qu'a écrit Creeley en rentrant au Pot de Miel, le premier soir.

Il ouvrit le livre rouge et le feuilleta jusqu'à la page qu'il cherchait.

Les dieux des chemins de fer m'ayant acheminé vers cette réunion tant attendue avec cinq heures de retard, repoussant ainsi la mort de mes illusions, j'ai été escorté en hâte par l'alarmante Miss W. — une apparition vêtue de couleurs discordantes, (pourpre, rouge, orange et bleu pastel) réparties sur plusieurs couches de foulards, de châles, de robe du soir, de bas et de chaussures, couverte également d'une profusion de bijoux monstrueux et d'un maquillage à l'avenant —, le long d'un chemin étroit à travers le parc, splendide au demeurant, jusqu'à un sentier encore plus petit, qui nous a finalement menés à mon domicile, la Maison de Miel, un nom qui, impressionnable que je suis, avait évoqué pour moi un certain charme rustique. En réalité, si elle est bien rustique, la Maison de Merde n'a aucun charme. Miss W. a désigné d'un doigt chargé de bagues une chambre-prison minuscule, une cuisine sordide, et le bureau miteux où je suis censé créer ! Créer ! Elle m'a « laissé à mes petites affaires » en croassant.

« Qui vois-je dès mon entrée en ce Bagdad qu'est le salon du Manoir, sinon le compagnon si raisonnable de mes jours, en grande discussion avec un adolescent de belle figure ? Le salut ! Il est arrivé pour me sortir de la Merde ! Voilà que descend Milady, affublée de chiffons encore plus voyants que les précédents, le museau luisant de peinture fraîche, et qu'elle se met à me présenter d'une voix stridente à mon bien cher MF — lequel se révèle être en fait son double quasi parfait, MF2, à savoir le chouchou de la critique littéraire de l'année dernière, Merrick Favor. Quant au gamin, c'est une jeune femme finalement guère androgyne, Katherine Mannheim, dont j'apprécie beaucoup les œuvres. J'ai aussi apprécié sa personnalité, son naturel, son bon sens, son absence de style très stylée, son esprit caustique, et peut-être surtout son empressement à exprimer sa consternation quant

à notre hôtesse et à son domaine. Elle plaisait aussi, hélas, à mon Favori, sans doute à cause des caractéristiques énumérées ci-dessus, à l'exception de la dernière — ledit Favori étant plus poli que je ne saurais le dire — mais surtout à cause de son physique. MF2 tolère mon intrusion, et nous discutons tous trois de nos projets du moment, moi déjà fasciné par 2, lui lorgnant la fille. 2 travaille sur un roman, bien sûr, moment auquel KM déclare qu'elle est en train de « non-écrire » un roman. Je lui demande ce qu'est la « non-écriture », et elle me répond que c'est comme l'écriture, mais à l'envers. Nous nous répandons en louanges sur Georgina, louanges que 2 — c'est adorable — prend au premier degré. Parmi les autres, je reconnais Bill Tidy, d'après ses photos — mal à l'aise, timide et hors de son élément : il faudra que je fasse bientôt cause commune avec lui —, et un haricot vert barbu qui doit être Austryn Fain. (Au dîner, je serai en face de lui, eh oui ! c'est bien Fain, dont j'ai le regret de dire qu'il s'agit d'une andouille sans talent, toujours prête à flatter Milady, au point de s'extasier sur sa pauvre collection d'œuvres d'art, laquelle consiste en un amoncellement chaotique de croûtes ignobles, qui masquent presque sa tableau favori, un joli Mary Cassatt, et la seule autre œuvre digne de ce nom, un impressionnant dessin d'Odilon Redon, qui a nettement ma préférence.) 2 partage les appartements de l'Andouille et fait mine de ne pas en être mécontent. L'Andouille, aussi peu psychologue que son compagnon, a comme lui des vues sur KM. Dans un coin, rôde une âme en peine qui se révélera plus tard être un certain Hugo Driver, dont il vaut mieux parler le moins possible. Invité à boire un verre, je marque un point pour le prolétariat en demandant un Spo-dee-o-dee, cocktail moitié vin rouge moitié gin, souvent servi à l'auberge paternelle. Quant à KM, elle prend un malin plaisir à délaisser le mousseux pour commander un Top and Bottom *meurtrier, mélange à parts égales de porto et de gin. On nous les sert en faisant la grimace.*

« Le dîner se compose lui aussi de doux et de raide en parts égales, car tandis que KM brille et que le magnifique 2 se montre résolument aimable, notre hôtesse ne cesse d'exalter l'âme germanique. Je détourne l'attention vers les tableaux. Mary Cassatt reçoit son dû, et les croûtes se voient portées aux nues, le détestable Fain se joignant à Miss W. dans cette tâche. Je fais une remarque au sujet du petit Redon, qui déplait à Milady, laquelle croasse qu'elle ne l'a exposé qu'en raison de la notoriété du peintre. Et que pense donc Miss Mannheim du merveilleux portrait qu'à fait Lockesly de ce paysan devant son bercail ? s'enquiert Georgina, qui cherche à redonner un ton convenable à la conversation. « Je pense, » dit KM, à « Aristote contemplant le buste de Mémère. » *« Oh, ma chère, » minaude Georgina, « vous voulez sûrement dire... » « Cette brebis a bien une tête à s'appeler Denise, » enchaîne KM, si bien qu'on en revient vite à la magnificence de tout ce qui est teuton.*

Mark Foil releva les yeux et lança à Nora un regard presque contrit.

— Creeley employait ce genre de style quand il était bouleversé ou mal à l'aise, et l'alcool encourageait toujours son côté cabot. Il ne mentionne qu'un seul Spo-dee-o-dee, une boisson qu'il ne consommait que pour choquer ceux qu'il estimait snobs, mais je suis persuadé qu'il en a bu au moins trois. Bien entendu, il a adoré que la fille commande un *Top and Bottom* : ça signifiait qu'ils étaient de la même famille. Ils parlaient souvent de leurs « boissons d'étrangers ».

— Boissons d'étrangers ? répéta Nora, surprise par cette nouvelle référence à Paddi Mann.

— Creeley tenait cette expression des musiciens qui venaient au bar familial, mais il voulait aussi dire qu'eux deux étaient des étrangers à Shorelands. La blague sur *Aristote contemplant le buste de Homère* a signé la fin de la jeune femme. En outre, Georgina n'était pas totalement obtuse : elle devait au moins sentir que Creeley la jugeait ridicule, si bien qu'il a lui aussi été mis à l'écart. D'où la situation qui s'est installée.

— Qu'a volé Driver ? demanda Nora.

Deux coups puissants furent frappés à la porte. Andrew Martindale entra en tapotant le cadran de sa montre, l'air satisfait.

— Trente-trois minutes : c'est le record du monde. Comment nous portons-nous ?

— Je parle trop, comme d'habitude, répondit Foil en soulevant sa manche pour consulter sa propre montre. On a encore pas mal de temps si on ne traîne pas en chemin.

Martindale gagna un fauteuil, à l'autre bout de la pièce, s'y assit, croisa les jambes, et attendit.

— Où en étions-nous ? s'enquit Foil.

— Au vol, dit Nora.

— Nous volions quelque chose ? intervint Martindale.

— Nous, non, mais Hugo Driver, oui. (Foil rouvrit le journal et en tourna les pages.) C'était quelques jours avant l'arrivée de Lincoln Chancel. Toutes sortes de malles, de cartons et même de meubles avaient été livrés à Raiponce et déposés dans la tour. Chancel avait insisté pour dormir dans son propre lit, si bien que ce dernier avait été déménagé en camion. On avait relégué l'ancien au sous-sol du Manoir. Chancel avait fait installer un téléscripteur pour se tenir au courant des cours de la Bourse. Dunhill lui avait envoyé une caisse de cigares. Un caviste avait posé un bar en acajou dans une pièce et l'avait garni de bouteilles. (Foil examina une page.) Voilà : la veille de l'arrivée de Chancel. En bon étranger, Creeley s'était envoyé de nombreux *Top and Bottom* en compagnie de Katherine Mannheim. Au milieu du dîner, il a dû quitter la table pour aller aux toilettes. Et qui trouve-t-il dans une situation délicate, au salon ? Ce bon vieux D&D, Hugo Driver, qui était sorti de la salle à manger sans que nul ne le remarque.

« Au début, je ne l'ai même pas vu, et je ne l'aurais probablement pas remarqué du tout s'il n'avait pas inspiré assez d'air pour gonfler un ballon, avant de heurter le pied du canapé. Quand je me suis tourné vers la source de ces bruits, j'ai

remarqué le sac brodé de KM qui glissait sur le dossier du canapé et s'immobilisait sur le siège en cliquetant. D&D, que je croyais encore à table, enveloppé dans son habituel désespoir nerveux, contournait le meuble en glissant quelque chose dans la poche droite de sa veste pied-de-poule miteuse. Il a rabattu la patte par-dessus et a essayé de me faire face. Quelle créature pitoyable ! Je me suis immobilisé, lui ai souri, et, d'une voix très calme, je lui ai demandé ce qu'il faisait. Je crois bien qu'il a failli s'évanouir. J'ai affirmé que s'il remettait l'objet volé en place sur-le-champ, je ne le trahirais pas. Ce désagréable fouinard a montré les dents et m'a informé que Miss Mannheim l'avait prié de lui rapporter une boîte à pilules se trouvant dans une poche intérieure de son sac, et que si je n'avais pas été fasciné par Rick Favor, j'aurais entendu leur conversation. J'avais vu KM murmurer quelque chose à D&D, lequel avait montré une joie désespérée devant une telle faveur, mais c'était tout. Il a produit la preuve de son innocence : une petite boîte à pilules en argent. Peu après mon retour des toilettes, à la fin d'un dîner qui louangeait Nietzsche et Wagner, je me suis introduit dans la compagnie parfumée de « Rick » (! !) et de KM, pour leur décrire ce que j'avais vu. KM a brandi la boîte à pilules, et 2 a insinué sans subtilité que j'avais imaginé le vol. J'ai imploré KM de regarder dans son sac, et lorsqu'elle l'a fait, j'ai vu, au contraire de 2, une expression amusée se peindre sur ses traits. « Qui vole mon sac vole des ordures, » a-t-elle remarqué. À présent remonté, ce cher 2 se préparait à prendre D&D d'assaut, mais il en a été empêché par KM, qui a dit que, non, rien ne manquait, du moins rien de valeur, et qu'après tout, D&D lui avait bien remis l'inestimable boîte, dont elle a alors sorti une minuscule pilule ivoire, qu'elle a logée tel un bonbon sous sa langue pointue.

— Mais quinze jours plus tard, alors que tout le monde courtisait Lincoln Chancel, Driver a glissé deux des pinces à sucre en argent de Georgina dans sa poche, et Creeley l'a vu faire, ajouta Foil. La première personne à qui il en a parlé a été Merrick Favor, lequel l'a traité de dégénéré, et lui a dit que s'il n'arrêtait pas de calomnier Hugo Driver, il lui casserait la gueule.

— En parlant de dégénérés, intervint Andrew Martindale sur son lointain fauteuil, vous savez que le malade mental qui s'est évadé de prison au Connecticut est en cavale à Springfield ? Dick Tart, c'est ça ?

— Dart, croassa Nora, avant de s'éclaircir la voix. Dick Dart.

— Il était dans un motel, à l'autre bout de la ville. Quand les flics sont arrivés, tout ce qu'ils ont trouvé, c'est un cadavre charcuté dans une des chambres. Aucun signe de Dart. Le journaliste disait que le corps ressemblait à un cours d'anatomie.

Nora sentit la chaleur lui monter au visage. Foil la regardait avec attention.

— Vous ne vous sentez pas bien, Miss Eliot ?

— Vous devez partir pour Provincetown et nous vous retardons.

— Arriver au cap Cod à l'heure, c'est moi que ça regarde. Vous êtes sûre que ça va ?

— Oui, c'est juste que... (Elle tenta d'inventer une explication raisonnable à sa détresse.) J'habite à Westerholm, dans le Connecticut, et je connaissais certaines des victimes de Dart.

Andrew Martindale parut compatir, Mark Foil s'inquiéter.

— C'est terrible, pour vous. Vous avez déjà rencontré ce Dart ?

— Brièvement, répondit-elle en tentant de sourire.

— Vous voulez qu'on fasse une petite pause ?

— Non, je vous remercie. Je voudrais entendre la suite.

Foil baissa à nouveau les yeux sur le livre ouvert entre ses mains.

— Voyons si j'arrive à vous résumer ça. Lincoln Chancel est arrivé à la date prévue, et il a immédiatement transformé Hugo Driver en une sorte de domestique, l'envoyant faire des courses et l'exploitant de toutes les manières possibles. Driver paraissait se glorifier de cet emploi, comme s'il avait espéré le conserver après la fin du mois. Le pauvre Creeley se retrouvait sur la touche. Merrick Favor avait mentionné ses accusations à une ou deux personnes, si bien que Katherine Mannheim et lui ont perdu la faveur de leur hôtesse. Elle encore plus que lui, en fait, parce qu'elle s'est très vite absorbée dans ce qu'elle appelait sa « non-écriture », et qu'elle a même manqué quelques dîners pour y travailler. Son attitude a été si mal perçue que tout le monde a pensé que Georgina ne tarderait pas à la mettre à la porte, comme elle l'avait parfois fait lorsqu'un invité l'avait énormément déçue.

« Un soir, ils ont tous participé à ce qu'on appelait « la cérémonie suprême », dans un endroit connu sous le nom de Vallon de Monty. Je n'en sais rien de plus, sinon que c'était ennuyeux. Tout ce qu'en dit Creeley dans son journal, c'est : « La cérémonie suprême, j'en bâille encore, ravi que ce soit terminé. » Mais le lendemain, les réjouissances ont commencé. Après le déjeuner, alors que Creeley se promenait dans les jardins, Merrick Favor est arrivé derrière lui et lui a tapé sur l'épaule. Creeley a failli tomber dans les pommes. Pendant une seconde, il a cru que Favor était énervé et allait le frapper. Au lieu de ça, l'autre s'est excusé. Hugo Driver était bel et bien un voleur, du moins il l'en soupçonnait fort. Ensuite, il s'est expliqué.

« Favor avait suivi Katherine Mannheim dans le parc, en espérant lui parler seul à seule, mais chaque fois qu'elle s'asseyait un instant, un des autres hommes surgissait d'une ouverture dans la haie et prenait place auprès d'elle. Le dernier avait été Driver. Favor les avait vus échanger quelques mots, après quoi elle s'était éloignée. Il se préparait à la rejoindre, quand Driver avait remarqué qu'elle avait laissé son sac à main ouvert sur le banc. Favor s'était figé pour observer la suite. Driver avait regardé autour de lui (Foil imita les mouvements de tête d'un homme craignant d'être observé), et s'était rapproché du bagage. D'où il se tenait,

Favor ne l'avait pas vu y fouiller, et D&D était assez malin pour ne pas regarder ses mains, mais ce qu'il faisait était évident. L'autre était presque sûr de l'avoir vu glisser quelque chose dans sa poche. Il avait donc quitté sa cachette pour interpeller cette sale petite fouine. Driver avait nié en bloc, ajoutant qu'il en avait assez de ces insinuations, et qu'il comptait s'en plaindre à Georgina. Et le voilà parti. Favor avait rapporté le sac à Miss Mannheim et lui avait fait part de ses observations. Après avoir exploré le sac, elle avait éclaté de rire, et déclaré : « Qui vole mes ordures vole des ordures. » La nuit suivante, elle a disparu. »

— Et juste avant, selon Favor, Driver lui avait volé quelque chose dans son sac, répéta Nora.

— Exactement. Elle n'est pas venue dîner. Georgina, irritée, était désagréable avec tout le monde, y compris Lincoln Chancel. Tard le soir, Creeley est allé se promener, et il a croisé Chancel et Driver près du cottage de Bill Tidy. Chancel a été extrêmement grossier avec lui : il lui a ordonné d'arrêter de fourrer son nez partout. Le lendemain soir, toujours pas de Katherine Mannheim, si bien qu'après le dîner, Georgina a mené tout son petit monde jusqu'à la Maison de Pain d'Épice, sous prétexte de savoir si son occupante n'était pas malade. Chacun sentait qu'à moins de trouver la jeune femme en proie à une fièvre de cheval et trop faible pour quitter son lit, Georgina allait la mettre à la porte sur-le-champ. Ils ne l'ont pas trouvée du tout. Elle s'était envolée entre l'après-midi précédente et ce soir-là. Creeley affirme que Georgina n'en a même pas paru surprise. Elle se conduisait comme si elle s'était attendue à découvrir la porte ouverte et le cottage désert. « J'ai le regret de vous apprendre que Miss Mannheim a fait le mur », a-t-elle dit simplement. Et les choses en sont restées là. Elle avait le numéro de téléphone d'une des sœurs de Miss Mannheim. Elle l'a appelée pour lui demander de passer prendre les quelques affaires demeurées au cottage. La sœur est arrivée le lendemain. Elle n'avait aucune idée où Katherine avait pu passer : elle n'était pas chez elle, à New York, et n'avait contacté aucun membre de sa famille. C'était quelqu'un d'imprévisible, à qui il était déjà arrivé de disparaître d'endroits où elle se sentait mal à l'aise. Mais sa sœur était très inquiète.

— Elle avait peur qu'elle ne soit morte, devina Nora.

— Vous avez entendu dire qu'elle avait le cœur fragile. Sa sœur craignait qu'elle n'ait eu une attaque en plein milieu de la forêt, si bien qu'elle a insisté pour appeler la police. Georgina était furieuse, mais elle a capitulé. Durant un ou deux jours, les flics de Lenox ont interrogé les invités et les domestiques de Shorelands. Ils ont fouillé le parc et les bois. Finalement, il est apparu clairement que la jeune femme s'était enfuie, et une semaine plus tard, l'été s'est terminé.

— Et ensuite, il y a eu toutes ces morts, dit Nora.

— Une véritable épidémie. Georgina devait penser que sa propriété avait besoin d'un coup de neuf, parce qu'elle a aussitôt fait procéder à un tas de rénovations onéreuses, mais ces drames ont jeté une ombre très nette sur Shorelands.

— À force, il va y en avoir une sur nous aussi, remarqua Andrew Martindale.

— Encore une minute. (Foil consulta sa montre et sauta un bon nombre de pages.) Je vais vous lire un passage de la fin, afin que vous en sachiez autant que moi sur la mort de Creeley. (Il releva les yeux.) Si vous apprenez quoi que ce soit qui pourrait l'éclairer un peu, j'aimerais beaucoup être tenu au courant. Je sais que c'est peu probable, mais je tiens tout de même à vous le demander.

— Je vous ferai part de tout ce que je trouverai, assura Nora.

— C'est tellement énigmatique. Voilà ce que Creeley a écrit dans son journal trois jours avant de se suicider :

D'un seul coup, un rai de lumière perce la dépression dans laquelle je me trouve depuis mon départ de Shorelands. Il semble qu'il y ait finalement de l'espoir, et il surgit d'une source très inattendue. On s'intéresse à moi en haut lieu ! Quelle bénédiction, si tout se passe comme prévu.

Et ensuite, ceci, le lendemain :

Rien, rien, rien, rien, rien. Terminé. Foutu. J'aurais dû le savoir. Au moins, je n'ai pas déliré devant MF. Qu'il est donc cruel de n'être écrit que pour être effacé.

— Voilà, c'est tout, il n'a plus jamais rien écrit. Je ne lui ai pas parlé, durant ces jours-là. Quand j'essayais de l'appeler, l'opératrice me disait que son téléphone était décroché, si bien que je le supposais en train de travailler. Je savais qu'il avait été malheureux durant très longtemps, et il était rassurant de le penser en plein boulot. Toutefois, il ne laissait jamais passer trois jours sans me dire au moins un mot. Le lendemain, comme je n'arrivais toujours pas à le joindre, je me suis rendu à son appartement après mon dernier rendez-vous. (Foil marqua une pause.) C'était une journée sombre et laide. Glacée. On avait eu un hiver terrible. Je crois bien qu'on n'avait pas vu le soleil depuis un mois. Je suis arrivé à son immeuble. Il occupait la moitié supérieure d'un duplex, avec une entrée séparée. Une fois sorti de voiture, j'ai grimpé sur un remblai de neige et j'ai observé ses fenêtres. Toutes les lumières étaient allumées. J'ai monté les marches du perron, et j'ai sonné à la porte. Ses voisins du dessous, les propriétaires, étaient sortis tous les deux, et j'entendais leur chien aboyer. Ils avaient un colley du nom de Lady — très nerveux, comme tous les colleys. C'est vraiment lugubre, un chien qui aboie dans une maison vide, vous savez. Creeley n'a pas répondu. Je me suis dit qu'il avait monté la radio pour couvrir les cris de l'animal, comme il était obligé de le faire plusieurs fois par jour. Il s'en moquait : il écoutait toujours de la musique en travaillant. Le seul problème du volume sonore était que parfois, il n'entendait pas la sonnette. J'ai insisté un peu, et puis, comme il ne descendait toujours pas, j'ai ouvert avec ma clef : j'avais l'habitude.

« Dès que j'ai mis les pieds dans le couloir, j'ai entendu la radio qui braillait « Let's Dance », le morceau de Benny Goodman. C'était un de ces concerts en direct, comme on en diffusait à l'époque. J'ai monté les marches en appelant Creeley. Lady devenait complètement dingue. Avant d'arriver en haut de l'escalier, j'ai senti quelque chose. J'aurais dû reconnaître l'odeur tout de suite. J'ai ouvert la porte du salon, mais il n'était pas là. J'ai hurlé son nom et coupé la radio. Ce bon Dieu de colley s'est mis à aboyer encore plus fort. J'ai frappé à la porte de la salle de bains, puis visité la cuisine. Ensuite, j'ai essayé la chambre.

« Creeley était sur son lit. Il y avait du sang partout. Partout. Il s'était servi du fusil de chasse que son père lui avait offert pour ses seize ans dans l'espoir de l'intéresser à des divertissements masculins. Je me suis retrouvé en état de choc. Carrément bloqué. Il m'a semblé que je restais là un bon moment, mais ça n'a pas pu durer plus de deux minutes. J'ai fini par appeler la police et j'ai attendu son arrivée comme un robot. C'est tout. Autant que j'aie essayé — et Dieu sait si j'ai essayé —, je n'ai jamais compris pourquoi il avait fait ça. »

62

— Eh bien, moi, je comprends pourquoi il a fait ça.

Harwich sortit de l'allée pour prendre Oak Street, et haussa les épaules à plusieurs reprises, comme s'il avait voulu chasser l'atmosphère des trente dernières minutes. Il se pencha pour s'observer dans le rétroviseur et lissa les boucles grises de ses tempes.

— Mark est un brave type, mais il refuse voir la vérité.

Nora désigna une allée, de l'autre côté de la rue.

— Arrête-toi là.

— Hein ? fit-il en se tournant vers elle.

— Je veux les voir partir.

— Tu veux... Oh, je comprends. (Il s'arrêta auprès de l'allée, qui s'étendait entre deux murs de pierre, et y pénétra en marche arrière.) Tu vois ? Tu crois que je ne comprends pas, mais je comprends tout.

— C'est bien, approuva Nora...

— Tu veux être sûre qu'ils s'en vont sans problème.

— Je suis contente que ça ne t'ennuie pas.

— Je n'ai pas dit que ça ne m'ennuyait pas. C'est juste que je suis quelqu'un de très serviable.

— Alors, dis-moi pourquoi Creeley Monk s'est suicidé.

— C'est évident. Ce type était au bout du rouleau. D'abord, c'était un fils d'ouvrier qui faisait semblant d'être de la haute. Dès l'instant où il est arrivé dans cette école, sa vie n'a été qu'une comédie. Pour couronner le tout, il n'a pas confirmé son succès initial. Shorelands était censé l'élever à un niveau supérieur, et personne n'a voulu de son deuxième bouquin. Une vague marque d'intérêt l'envoie dans les nuages, et quand ça ne marche pas, il se retrouve complètement démoli. Il sort le fusil du placard et il en finit. Simple.

Cette dissection habile et rapide comme l'éclair, telle celle d'un cadavre sous un scalpel, irrita Nora plus qu'elle ne l'aurait dû. Harwich réduisait le récit de Mark Foil au compte rendu d'une affaire classée.

— Tu t'en es bien sortie, poursuivit le médecin. Mais il y a quand même le petit problème du directeur littéraire qui se révèle faire partie de la famille. Tu as entendu ? On l'a rencontré une ou deux fois. Mark ne va pas tarder à savoir que ton bouquin n'est qu'un écran de fumée, et il va me poser un tas de questions.

— Ce n'est pas si grave. J'ai dit que j'avais un contrat et il s'avère que je n'en ai pas. J'écris le livre avant de le proposer à un éditeur.

— Ça me met quand même dans une position délicate. Tiens ! Les voilà, sains et saufs. (Il désigna de la tête une longue voiture grise, élégante, qui descendait Oak Street.) Une totale insouciance, comme d'habitude.

— Tu ne les aimes pas, hein ?

— Qu'est-ce qu'il y a à aimer ? explosa-t-il. Ces deux mecs vivent dans un monde où on s'occupe de tout pour eux. Ils sont tellement suffisants, tellement mignons, tellement satisfaits d'eux-mêmes, et ils se barrent au cap Cod dans la nouvelle Jaguar de Martindale pendant que ses patients grimpent au mur.

— Je le croyais à la retraite.

— *Mark* est à la retraite, sauf pour les événements importants, les commissions d'État et les comités nationaux. Pour autant que je le sache, Andrew, lui, a environ six emplois. Chef du service de psychiatrie ici, prof de psychiatrie là, chef de ceci et de cela, une grande clinique privée emplie de peintres et d'écrivains célèbres, plus ses livres. *Le Territoire mental du patient au bord de la folie, Le Texte de la psychanalyse, William James, L'Expérience religieuse et Freud*. J'oublie les autres.

Harwich sortit de l'allée, jouissant de l'étonnement de sa compagne.

— Je croyais... (Nora n'avait pas envie d'admettre ce qu'elle avait cru.) Comment peut-il se permettre de prendre un mois de vacances ? Oh, j'oubliais, on est en août : tous les psys vont au cap Cod.

— Exact, mais Andrew, lui, passe son mois de vacances à diriger une clinique de Falmouth. Et à écrire. Il est très occupé. (Le chirurgien lui lança un regard de côté, la jaugeant.) Toi aussi, tu devrais prendre des vacances, au lieu de te balader comme ça, alors que ton dingue est en liberté. Et il ne sert à rien de chercher ce Tidy.

— Qu'est-ce qui est arrivé à Katherine Mannheim, à ton avis ?

— Facile. Tout le monde a cru qu'elle s'était enfuie ou qu'elle était morte dans les bois. Personne n'a pensé que les deux pouvaient être vrais. Elle traverse la forêt en pleine nuit, en portant une valise trop lourde pour elle, un hibou lui fait peur, et vlan ! Deux flics demeurés font semblant de la chercher, et, surprise, surprise, ils ne la trouvent pas. Je ne suis jamais entré à Shorelands, mais je suis passé devant : cinq cents hectares de forêt vierge. Il aurait fallu une armée pour la trouver, et encore.

— Tu dois avoir raison, admit-elle, en regardant distraitement les maisons de banlieue se rapprocher les unes des autres, tandis que les propriétés rétrécissaient, et qu'y poussaient les balançoires, les piscines pour enfants et les bicyclettes qu'elle avait vues tandis que Dick Dart les emmenait à Springfield dans la voiture d'Ernest Forrest Ernest. Oh, mon Dieu ! (Harwich lui jeta un coup d'œil inquiet.) Je sais pourquoi Lincoln Chancel est allé à Shorelands.

— Le fric, je te dis.

— Pas vraiment. Il essayait de rallier Georgina Weatherall à sa cause fasciste, le Mouvement Américaniste. Chancel soutenait les nazis en secret. Il avait rassemblé une bande de milliardaires qui partageaient ses idées, mais ils ont été obligés de se tenir tranquilles pendant la guerre. Dans les années cinquante, je crois que Joe McCarthy les a récupérés en jouant de leur anticommunisme, et qu'ils n'ont pas pu faire autrement que d'accepter.

Le médecin la regarda avec suspicion.

— Je dois admettre qu'avec toi, on ne s'ennuie pas. Laisse-moi t'emmener dîner, ce soir. Je connais un chouette restaurant français, à la sortie d'Amherst. Ça fait une petite trotte mais ça vaut le coup : cuisine incroyable, chandelles, vins capiteux. Personne ne nous verra, et on pourra avoir une longue conversation.

— Tu as peur que quelqu'un nous voie ?

— Il ne faut pas te montrer. En attendant, je vais commander une pizza : il n'y a pas grand-chose à manger, à la maison. Tu peux faire la sieste pendant que je suis à l'hôpital. Ne réponds pas au téléphone et n'ouvre à personne, d'accord ? On va tenir le monde à l'écart pendant un moment, et refaire connaissance.

Nora s'appuya au dossier de son siège et ferma les yeux. Instantanément, elle se retrouva dans une clairière qu'entouraient de hautes pierres dressées. Devant un bureau en acajou sculpté, entre deux des monolithes, Lincoln Chancel comptait de l'argent qu'il disposait méticuleusement en piles. Il releva la tête et la regarda d'un air méchant. La scène suait le mystère et le chagrin. Nora remua et se réveilla sans avoir eu l'impression de s'endormir. Longfellow Lane défilait derrière les vitres tel un décor de cinéma.

— Pour l'instant, tu as besoin qu'on prenne soin de toi, disait Harwich.

Il appuya sur un bouton fixé à son pare-soleil afin de relever la porte du garage, et il se gara près de la Ford de Sheldon Dolkis. À peine descendu de voiture, il manœuvra un interrupteur mural, et le lourd panneau se rabaissa bruyamment. Quand il claqua sur le béton, une ampoule nue, au plafond, s'éteignit. Nora était presque trop épuisée pour bouger. La silhouette vague de Harwich passa devant le véhicule pour gagner l'autre côté du garage.

— Ça va ? demanda-t-il en ouvrant une porte de communication.

Une flaque de lumière grise effaça son torse et changea sa chevelure en un ébouriffement argenté.

— Je ne me rendais pas compte que j'étais aussi fatiguée.

Nora se força à quitter un siège au confort remarquable, et s'aperçut qu'une petite forme évoquant une hirondelle blanche s'était perchée sur le capot de la voiture. Non : pas un oiseau, mais une femme ailée, prête à prendre son essor. Cela signifiait quelque chose, mais quoi ? Ah, oui ! Sans blague ? Dan Harwich roulait en Rolls-Royce. C'était tout de même étrange : plus elle sombrait, plus elle voyait du luxe autour d'elle. La portière se referma avec le claquement rassurant d'une porte de chambre forte. Nora dépassa Harwich et pénétra dans la maison.

— Toute ta fatigue te retombe dessus, commenta-t-il, derrière elle.

Il lui posa sur l'épaule une main compatissante, la dépassa dans l'entrée étroite, lui donna un baiser léger, et lui fit traverser la cuisine pour rejoindre le salon — où elle demeura, gênée, au milieu d'un bâillement, tandis qu'il se hâtait de tirer une cordelette afin de rabattre d'épais rideaux devant la fenêtre en saillie.

— On va t'installer, dit-il, en la poussant délicatement jusqu'en haut de l'escalier.

Ils dépassèrent le placard à linge et pénétrèrent dans la chambre d'amis. L'ayant conduite jusqu'au lit, Harwich la laissa s'allonger et lui retira ses chaussures. Elle bâilla à nouveau, longuement.

— Dans la bagnole, tu as dormi dix minutes.

— C'est pas vrai, protesta-t-elle, infantile.

— Si, c'est vrai, répondit Harwich sur le même ton. Mais ce n'était pas un sommeil paisible. Tu faisais tout un tas de bruits prouvant que ça n'allait pas.

Il commença à lui masser la plante du pied droit.

— C'est super.

— Enlève ton T-shirt et déboutonne ton jean. Je t'aiderai à l'ôter.

— Non.

Elle agita la tête de droite et de gauche sur l'oreiller.

— Tu seras plus à l'aise. Ensuite, tu pourras te mettre sous les couvertures. Je suis médecin, ma vieille, je sais ce qu'il te faut.

Obéissante, elle s'assit et fit passer par-dessus sa tête le T-shirt blanc à col en V, le retournant dans la manœuvre. Elle le jeta vers son compagnon.

— Mignon, ton sous-tif, apprécia-t-il. Défais-moi ce jean.

Tout en protestant, elle se rallongea, défit le bouton, descendit la fermeture Éclair et baissa le pantalon sous ses hanches. Harwich en saisit les jambes et tira. Le vêtement glissa vivement sur les cuisses, les genoux, puis les pieds de sa propriétaire.

— Et la culotte assortie ! Une vraie gravure de mode. (Le médecin souleva draps et couvertures afin qu'elle pût se glisser en dessous, puis il la recouvrit et la borda.) Et voilà, ma grande.

— Quel mec, s'entendit-elle articuler, avant de rouvrir les yeux pour ajouter : Laisse-moi environ une heure, d'accord ?

Ses propres paroles lui paraissaient lointaines. Des bandes de couleurs molles s'échappaient lentement des rares objets visibles à travers les fentes de ses paupières — parmi lesquels Dan Harwich, qui se dirigeait vers la porte.

Le vaste cercle herbu délimité par les hautes pierres ressemblait à une scène de théâtre. Nora s'avança, tandis que Lincoln Chancel entourait de bandes de papier les liasses posées devant lui, qu'il plaçait ensuite une à une dans une sacoche, avec autant de soin que s'il s'était agi d'œufs frais. Il lança à sa visiteuse un regard acéré, mécontent, avant de reprendre sa tâche.

— Tu n'as rien à faire ici, dit-il, paraissant s'adresser à la sacoche.

Il était encore plus vilain que sur la fameuse photographie, ou sa laideur pouvait être imputable à la colère. Elle se révélait à présent absolue, au point qu'elle devenait impressionnante.

— Tu n'as aucune énergie. Un ou deux échecs, et te voilà à genoux, en train d'implorer. « Aide-moi, papa, je n'y arrive pas toute seule. » Pitoyable. Quand on te parle, tu n'entends que ce que tu sais déjà.

— J'ai compris pourquoi vous êtes allé à Shorelands, répliqua-t-elle, en masquant de son mieux sa peur et son impuissance.

— Considère-toi comme mise à la porte. (Il lui lança un coup d'œil triomphal, froid et féroce, sortit un gros cigare de sa poche-poitrine, en trancha l'extrémité d'un coup de dent, et en approcha l'allumette qui venait de surgir entre ses doigts.) Rentre chez toi. Ce n'est pas un travail de petite fille.

— Allez vous faire foutre.

— Je préférerais te foutre, toi. (Il lui sourit tel un dragon à travers un écran de fumée.) Encore que tu sois trop osseuse à mon goût. De mon temps, on aimait les femmes opulentes — féminines, comme on disait. Des nichons en obus, des fesses où on pouvait plonger les mains. Des femmes qui nous faisaient dresser le grand mât et qui n'en avaient jamais assez. Il y en a une autre sorte que j'aimais bien, aussi : les minuscules. Tous les hommes forts ont envie de se taper un petit machin comme ça. Quand on monte dessus, on a l'impression qu'on va leur casser les os ou les ouvrir en deux. Mais tu n'as pas ce type-là non plus.

— Le type Katherine Mannheim.

Il tira sur son cigare et souffla un rond de fumée tremblant qui dégageait une odeur de feuilles pourries.

— Celle qui a filé. (Au lieu de se déformer et de s'élever, le rond s'élargit et commença à dériver vers Nora.) Cette petite salope avait encore moins de manières qu'une pute.

La fumée flotta jusqu'au centre du cercle herbu, s'immobilisa, et se dissipa. Comme si son interlocutrice avait déjà obéi à son ordre et s'en était allée, Chancel claqua le fermoir de la sacoche au-dessus de la dernière liasse. Une question s'éleva dans l'esprit de Nora. *Que vous a-t-elle dit...*

— Que vous a-t-elle dit au moment où on prenait la photo ?

Il leva les yeux vers elle et referma les lèvres sur son cigare.

— Qui ça ?

— Katherine Mannheim.

— Je l'ai gracieusement invitée à s'asseoir sur mes genoux, et elle a répondu : « Déjà que je vois vos verrues, je ne tiens pas en plus à les sentir. » Tidy et ce connard de Favor se sont marrés. Même la pédale a souri, et aussi ce poseur avec un nom bizarre. Austryn Fain. Non mais, franchement, qu'est-ce que c'est que ce blaze ? (Il pointait vers elle son nez incroyable, telle une arme.) Tu ne sais rien du tout. Tu ne lis même pas les livres qu'il faut. Tire-toi. Va te perdre dans la forêt.

Elle poussa un cri, et découvrit dans l'ombre le visage rassurant d'Harwich, penché sur elle.

— Eh, ça fait mal, protesta-t-il en souriant. Tu m'as donné un coup de pied.

— Désolée. Cauchemar.

Une longue jambe frôla les siennes. Elle plissa les yeux.

— Tu fais toujours autant de bruit en dormant ?

— Sors de ce lit. Qu'est-ce que tu fous là ?

— J'essaie de te calmer. Allez. Il n'y a que moi. (Nora se laissa retomber sur l'oreiller.) Personne ne te fera de mal. Le Dr Dan est là pour s'en assurer. (Il se rapprocha d'elle et lui glissa sous la tête un bras couvert d'une manche de chemise en coton.) En tant que médecin, je considère que tu as besoin de te serrer contre quelqu'un.

— C'est vrai.

Elle lui fut reconnaissante de cette simple attention.

— Ferme les yeux. Je m'en irai quand tu dormiras.

Elle pivota entre ses bras et logea un coin d'oreiller entre sa tempe et l'épaule d'Harwich. Il caressa ses cheveux, puis un de ses bras nus.

— Ton opération, murmura-t-elle.

— J'ai le temps.

— Je n'arrive pas à dormir dans la journée, protesta Nora, qui se fit mentir en quelques secondes.

Lorsqu'elle rouvrit les yeux, Harwich lui passait une main chaude sur le bras et lui remontait les couvertures jusqu'aux épaules. Divers cadrans et indicateurs internes, pas entièrement subjectifs, l'informèrent qu'elle avait dormi durant une assez longue période. Quelle heure était-il ? Dick Dart avait-il été arrêté depuis qu'ils avaient quitté Mark Foil ? Le médecin lui entoura la taille d'un bras.

— Tu ne dois pas opérer bientôt ? demanda-t-elle.

— Ça m'a pris moins longtemps que je n'aurais cru.

— Ça s'est bien passé ?

— Oui, à part que le patient est mort. (Elle se tourna vers lui et le découvrit souriant, la tête appuyée sur une main.) Je plaisante. Barney Hodge a encore le temps de massacrer mille fois les greens du country club.

— J'ai dormi combien de temps ?

— Presque toute la journée. Il est dans les cinq heures et demie.

— Cinq heures et demie ?

— Je suis passé te voir en rentrant. Tu étais complètement dans le cirage, mais calme. Je commençais à me dire que tu refaisais la guerre à chaque fois que tu t'endormais.

— D'après Davey, c'est exactement ça.

— Pas chez moi. (Il se pencha et lui effleura le front des lèvres.) Ma maison te réussit.

— Toi aussi, dit-elle.

— J'aime à le croire.

Il lui releva le menton d'une main et l'embrassa doucement sur les lèvres.

— Tu es un hôte parfait.

— Et toi une parfaite invitée.

Il l'embrassa à nouveau, plus longuement, avec bien plus d'insistance.

— Je ferais mieux de sortir du lit avant qu'on fasse une bêtise, dit-elle, soulagée qu'il fût habillé, avant de remarquer son épaule nue, au-dessus du drap. Tu as enlevé ta chemise.

— Je suis plus à l'aise, ça évite de la froisser, et en plus, mettre une chemise avec toi, ça ne m'a pas paru gentil. (Il l'attira vers lui, et murmura :) Un slip non plus. (Elle se raidit.) Il n'y a que nous, ici. On n'a pas besoin de répondre au téléphone ni d'aller ouvrir la porte. Et si on passait un peu de temps ensemble ? J'ai envie qu'on se fasse des câlins. Tu es vraiment super, et puis on s'aime bien, non ?

— Attends, attends ! s'exclama-t-elle. Qu'est-ce que tu fais ?

Il lui sourit.

— Un des grands avantages de notre extraordinaire liaison, c'est qu'on finit toujours au lit. Toi, tu t'en vas par monts et par vaux pour tout mettre à feu et à sang, pendant que je reste dans mon trou et que j'épouse n'importe qui, sans doute par ennui, mais tôt ou tard, tu débarques dans ma vie comme une explosion et on recharge nos batteries. C'est pas vrai, peut-être ?

— La vache, fit Nora.

— C'est toujours pareil, sauf que cette fois tu es plus belle que jamais. Tu as un tas de soucis...

— Peut-on appeler ça des soucis ?

— Et tu viens tout droit ici, parce que tu sais que ta place est avec moi. On est dans une petite bulle de temps, juste nous deux. À l'intérieur, on s'aide, on se soigne. Quand on est guéri, on retourne à nos petits problèmes de merde.

— Je n'en suis pas sûre, dit Nora. Bouge pas : il faut que j'aille aux toilettes avant de prendre la moindre décision.

— Toutes les décisions ont été prises il y a bien longtemps, assura Harwich. Ça, c'est seulement les conséquences.

Une émotion puissante que Nora ne parvint pas à identifier s'empara d'elle, la fit sortir du lit et l'emporta vers la salle de bains.

— Je ne bouge pas, je t'attends, lança le médecin, mais elle l'entendit à peine.

Elle verrouilla la porte et s'assit sur les toilettes. La chaleur lui était montée au visage. Alors même qu'il lui faisait naître des larmes dans les yeux, le sentiment qui l'oppressait refusait de dévoiler son nom. Harwich voulait prendre soin d'elle, et elle en avait besoin. Voilà au moins qui paraissait exact.

— Mais je n'ai pas besoin de me faire sauter, chuchota-t-elle pour elle-même. Je n'ai pas besoin qu'il me baise.

Elle tira la chasse d'eau. Son regard explora les objets posés sur les étagères, le bonnet de douche pendu, l'épais peignoir d'hôtel, le shampooing et le démêlant, le parfum.

— Oh, bon Dieu, que je suis con, réalisa-t-elle.

Elle se leva, se lava les mains et s'enroula dans le peignoir, tout en voyant ses sentiments changer de position. Le plus fort de tous — ni l'humiliation, ni le chagrin, ni le regret, ni même le spectre de sa vieille tendresse pour Dan Harwich, mais la simple colère — la renvoya dans la chambre pour affronter le médecin.

— C'est pour protéger quoi ? s'enquit-il, parlant du peignoir.

— Le respect de moi-même, dit-elle. Aussi délabré soit-il.

— Oh, allons, Nora. Assieds-toi et parle-moi. Je veux t'aider.

— Tu m'as aidée, admit-elle en se dirigeant vers la chaise où il avait posé ses vêtements. (Le jean de Harwich reposait au sommet de la pile ; sa chemise sur le dossier, telle une veste.) Tu m'as ouvert ta porte, tu m'as nourrie et tu m'as permis de voir Mark Foil. Je t'en suis reconnaissante. Merci, Dan.

— Tu n'es pas reconnaissante, tu es furieuse. Je comprends, Nora. Tu as vécu une expérience terrible et tu en subis encore les effets. Tu crois que tu ne peux faire confiance à personne, et quand j'essaie de te réconforter, toutes tes alarmes internes se déclenchent. D'un seul coup, tu te dis que tu ne peux pas me faire confiance, à moi non plus. Je vois bien que c'est en partie ma faute.

À mi-chemin de la chaise, elle se retourna vers lui, croisant les bras autour du torse.

— Quelle partie, Dan ?

— Je considère trop de choses comme acquises.

— Ça, c'est un fait.

— Je veux dire : je ne croyais pas que tu pouvais te méprendre à ce point-là sur mon compte. Je te jure que je n'avais pas l'intention de te forcer à faire quoi que ce soit.

— Et un des avantages de notre liaison, c'est qu'on se retrouve toujours au lit. Alors, quand je me sentirai bien, en sécurité, tu m'aideras vraiment : en couchant avec moi.

— Il faut voir les choses en face, Nora : on finit bel et bien toujours au lit, et après, on se sent mieux.

— Tu te sens tellement mieux que tu te maries. Tu as des petites amies en permanence, hein, Dan ? Quand ton épouse finit par s'en apercevoir et par s'en lasser, le nom de sa remplaçante est prêt à inscrire sur l'accord prénuptial. La première fois que je suis venue ici, tu m'as ramenée pour qu'Helen me voie, pour lui donner une excellente raison de se barrer vite fait. Comme ça, tu pouvais épouser Lark. Tu ne pouvais pas m'épouser, moi : je suis trop dingue.

— Tu ne voudrais pas de ma vie. Elle n'est pas assez mouvementée pour toi. (Nora se détourna, alla jusqu'à la chaise, et enfila son jean sans regarder Harwich.) Je suis fou de toi. Je trouve que tu es une femme extraordinaire.

— Tu n'as pas la moindre idée de qui je suis. Je suis ton amour de vacances. (Elle boucla son jean et se débarrassa du peignoir. Qu'il se rince l'œil s'il en avait envie.) Le chaos que j'apporte dans ta petite existence égoïste et ennuyeuse te séduit, mais tu n'en veux pas trop. C'est zimboum-paf avec la petite bonniche un peu timbrée, mais quand la fête est finie, on retourne voir une fille de bonne famille. (Elle se battait avec son T-shirt, tentant de le remettre à l'endroit, mais, dans son agitation, ne réussissant qu'à faire passer l'ensemble du vêtement dans une manche.

Elle l'en retira, irritée, et parvint enfin à ses fins.) Comme celle qui a laissé ses affaires dans la salle de bains, celle qui t'a appelé deux fois ce matin, celle qui emporte des petits souvenirs des hôtels où vous allez quand vous partez en week-end ensemble.

— Toute la fiction du monde ne se trouve pas dans les romans, remarqua-t-il, émerveillé.

— C'est la même qui t'a appris qu'elle allait venir ici, tout à l'heure, quand tu as brusquement changé d'avis et décidé de me déménager chez Mark Foil. Tu t'es dit que tu pouvais bien éviter la troisième Mrs Harwich pendant un jour ou deux. Ce serait trop risqué de me garder ici beaucoup plus longtemps, non ?

Le médecin, assis dans le lit, les bras autour des genoux, la contemplait avec une expression légèrement perplexe, à moitié amusée. Il hésita manifestement avant de parler, comme pour s'assurer qu'elle avait enfin terminé.

— Tu veux bien arrêter de fantasmer et écouter la vérité ?

— La seule chose que je ne comprends pas, c'est pourquoi elle ne dort pas avec toi. Ça, ça m'échappe vraiment. Elle ronfle comme un cochon, ou vous vous réservez les grandes nuits d'amour dans ton lit pour après le mariage, histoire de conserver le symbole ?

Harwich prit une inspiration profonde, se pencha en avant et ouvrit les mains, les paumes vers le haut, image même de la raison bafouée.

— Le tableau que tu es en train de peindre est une pure invention. Ce n'est pas réel. Rappelle-toi que Dick Dart t'a tapé sur le crâne. Tant que tu garderas à l'esprit qui je suis, le vrai moi, et non le monstre que tu viens d'inventer, je serai aussi patient et aussi coopératif que possible. Tu ne peux peut-être pas l'accepter en ce moment, mais c'est la pure vérité.

Voilà qui rappelait à Nora ses vieux sentiments pour lui. Ces paroles raisonnables, ce regard droit, bon, affectueux, semaient le doute en elle. C'était *Harwich*, se répéta-t-elle. Trois ans plus tôt, elle s'était jetée à son cou. Pouvait-elle lui reprocher de l'avoir rattrapée ? Il avait raison : elle l'avait volontairement aidé à précipiter la ruine de son premier mariage.

— Dis m'en plus, demanda-t-elle.

— Je ne te reproche pas de m'en vouloir, pour Lark. Mais j'ai été honnête : je t'ai dit que je la voyais déjà la dernière fois que tu es venue. Je ne peux pas prétendre avoir été fidèle, parce que je ne l'ai pas été. D'accord ? J'avoue. Je suis volage. Je m'ennuie. J'ai besoin de ce que tu as, de cette... énergie. Mais sincèrement, je n'ai pas de nouvelle femme qui attend en coulisses. C'est la pure vérité.

— Alors, à qui sont tous ces produits, dans la salle de bains ?

Il détourna les yeux un instant, pensif, puis la regarda à nouveau en face.

— D'accord. Mais rappelle-toi que je ne suis absolument pas obligé de m'expliquer sur ce sujet ni sur aucun autre. Tu en es bien consciente ?

— Explique, alors.

Sa certitude et sa colère refluaient.

— Bon Dieu, Nora, je ne suis pas un moine. Et au cours de mon existence égoïste et ennuyeuse, il m'est apparu de temps à autre que certaines femmes préfèrent nettement disposer d'une salle de bains séparée. Alors, je mets des brosses à dents et d'autres trucs dans celle-ci, au cas où.

— Tu n'as pas changé d'avis sur notre visite à Mark Foil parce que ta nouvelle copine t'a dit qu'elle arrivait ?

— Je ne t'en veux pas de te méfier des hommes après ce qui t'est arrivé ces derniers jours. Et je sais que le fait de m'être mis au lit avec toi ne plaide pas en ma faveur, mais je te jure que je n'avais pas l'intention de t'obliger à coucher avec moi. J'espère que tu me crois.

Elle soupira.

— Honnêtement, Dan, j'ai failli...

Dans l'autre chambre, le téléphone sonna, une fois, deux fois. L'expression de Harwich passa de la diplomatie parfaite à l'irritation, avant de parvenir à une assez bonne approximation d'indifférence innocente. La sonnerie retentit une troisième fois.

— Tu ne réponds pas ?

— Ce dont on parle est plus important.

— C'est peut-être l'hôpital.

— C'est juste un emmerdeur, crois-moi.

Le téléphone lointain continua de sonner : une cinquième fois, une sixième... une neuvième, une dixième.

— Tu n'as pas de répondeur ?

Le médecin soutint le regard de Nora une ou deux secondes, sans expression.

— J'ai coupé celui de cette ligne-là.

— Pourquoi ? (Elle vit le calcul, l'agacement et une sorte de méfiance apparaître sur le visage de Harwich.) Pourquoi, Dan ?

Le téléphone cessa de sonner.

— Je suppose que ce n'était pas une si bonne idée que ça, admit-il. Mais après tout, personne n'est parfait.

— Espèce de salaud ! (Nora avait l'impression d'avoir reçu un coup de poing à l'estomac.) Répugnant petit menteur ! (La sensation s'intensifia.) Tu as presque failli me convaincre de retourner au lit avec toi.

— Fais-le. Quelle différence ? Ça nous regarde tous les deux. Que les autres aillent au diable.

— Tu crois encore avoir une chance, hein ?

— Réfléchis un peu. Je ménageais tes sentiments. D'accord, j'ai une copine. Je la connais depuis deux mois, et elle dort ici de temps en temps. Je ne sais pas encore si je vais l'épouser. Puisque je ne suis pas prêt à la laisser s'interposer entre nous, pourquoi le serais-tu ?

Elle le contempla avec une totale stupéfaction.

— Tu es vraiment le dernier des salauds. Je me demande ce que tu... Non, je le sais déjà.

— Tu sais ce que je pense de toi ? Non, j'en doute beaucoup. Mais ne perds pas de temps à te le demander : monte dans ta bagnole et fous le camp. Au point où on en est, je ne vois pas bien l'intérêt de prolonger la situation. Tire-toi. Content de t'avoir connue. Enfin, je crois.

Elle envisagea de lui jeter un objet lourd au visage, puis réalisa avec un triste sursaut, vaincue, qu'il n'en valait pas la peine.

— Tu veux bien répondre à une question ?

— Si tu insistes.

— Pourquoi est-ce que cette fille dort ici, et pas dans ta chambre ? Je ne pige pas.

— À cause des oreillers, si tu tiens à le savoir.

— Des oreillers ?

— Elle est allergique aux oreillers en plume, et ce sont les seuls sur lesquels je puisse dormir. Ceux-là sont en mousse. Pour moi, dormir sur un oreiller en mousse, c'est comme baiser avec une capote.

Elle se rendit compte qu'elle pouvait sourire.

— Je ne crois pas que ton troisième mariage ait beaucoup d'avenir, Dan.

Le regard du médecin se durcit. Sa bouche s'affina telle celle d'un lézard.

— La vérité, Nora, c'est que tu as toujours été un peu timbrée. C'était très bien au Vietnam — ça t'a sans doute aidée à t'en sortir —, mais ça ne marche plus du tout.

— Je commence à comprendre que tu as beaucoup en commun avec Dick Dart. (Elle longea le lit et se dirigea vers la porte. Harwich se poussa de quelques centimètres, feignant de chercher une position plus confortable.) Tout bien considéré, je préfère Dart. Il est nettement moins hypocrite.

— Tu vois ce que je veux dire ? railla-t-il, souriant, à présent qu'elle s'était éloignée.

Elle ouvrit la porte et le considéra aussi calmement que possible.

— Tu n'es pas un peu inquiet ?

— Et si tu t'en allais ? Il faut que je te dise de ne jamais revenir, ou tu as déjà compris toute seule ?

— Ma vieille Ford est garée terriblement près de ta voiture, conclut-elle en refermant le battant derrière elle.

Elle entendit ses cris, tandis qu'elle descendait l'escalier. Ils la suivirent dans la cuisine. Quand elle eut relevé la porte du garage et démarré, Harwich, nu comme un ver, arrivait à l'entrée de la maison — silhouette ridicule, avec du ventre, des jambes de cigogne et des poils pubiens grisonnants. Il hurlait, mais craignait trop d'être vu par les voisins pour sortir. Nora quitta le garage en marche arrière sans toucher à la Rolls.

63

— D-e-o-d-a-t-o, épela Nora.

Durant quelques secondes, le combiné ne lui transmit qu'un silence de mort, et elle regretta l'impulsion qui lui avait fait appeler le majordome des Chancel. Pourquoi s'était-elle imaginé qu'il n'irait pas immédiatement trouver Daisy — ou Alden, s'il était là —, voire la police ? Quand le besoin l'avait saisie de parler à un habitant de Westerholm, l'énigmatique Jeffrey lui avait paru constituer le meilleur candidat, quoique durant un instant de déraison, elle eût envisagé de s'adresser à Holly Fenn. Elle avait toujours envie de contacter le policier, ce qui était la preuve manifeste, s'il en fallait encore après Harwich, de son manque de discernement en matière de protecteurs. Une sonnerie retentit, et elle se rendit compte qu'elle n'avait pas réfléchi à ce qu'elle ferait si elle tombait sur un répondeur. Elle éloigna le combiné de son oreille.

— Allô, dit une voix métallique.

Était-ce celle de Jeffrey ? Nora visualisa une pièce remplie de flics munis d'écouteurs, penchés sur un magnétophone. Elle rapprocha le récepteur de son oreille, plus incertaine que jamais.

Une voix mâle, celle de Jeffrey, répéta le salut sous forme de question.

Elle se présenta en bredouillant.

Il y eut un temps de silence, puis :

— Nora. (Auparavant, elle ne l'avait jamais entendu prononcer son nom sans y accoler la particule « Mrs ». La plupart du temps, il ne l'avait appelée que « vous ».) Où êtes-vous ?

— Dans le Massachusetts.

Jeffrey hésita un instant.

— Vous préférez que ceci reste entre nous, ou vous voulez que je m'adresse discrètement à quelqu'un en particulier ?

— Je ne sais pas encore, avoua-t-elle, comprenant que ce « quelqu'un en particulier » signifiait Davey.

Le majordome avait du tact même lorsqu'il n'était pas de service.

Il pesa cette réponse.

— Est-ce que ça va ?

— Je crois que je n'en sais rien non plus. Je suis en train d'essayer de prendre une décision. Tout est tellement compliqué. (Elle combattit l'envie de fondre en larmes.) Je suis désolée de vous faire ça, Jeffrey, mais en ce moment, je ne me sens pas exactement en sécurité.

— Pas étonnant. Il y a un tas de gens qui vous cherchent.

— Je vous en prie, Jeffrey, ne m'obligez pas à poser beaucoup de questions.

Elle l'entendait presque réfléchir.

— Je vais essayer de vous dire tout ce que je sais, mais ne me raccrochez pas au nez, d'accord ? Personne ne nous écoute, je suis seul dans ma chambre, et si vous restez où vous êtes, il ne vous arrivera rien, du moins pour l'instant. Vous téléphonez d'une cabine ?

— Oui, répondit-elle, tandis que son angoisse s'intensifiait.

— Très bien. Vous avez bien fait d'appeler sur cette ligne. Toutes les autres sont surveillées.

— Mon Dieu, soupira-t-elle. Ils croient toujours que j'ai enlevé Natalie Weil.

— Ils en ont bien l'air. (Une ambiguïté demeura suspendue dans l'air, comme il hésitait.) D'après ce que j'ai compris, ce que raconte Mrs Weil n'a pas tellement de sens. (Il y eut un autre bref silence.) Pour ce que ça vaut, à mon avis, vous ne l'avez pas touchée.

— Comment va Davey ?

— Il subit beaucoup de pressions.

— Il habite chez ses parents.

— Oui. Et bientôt, il sera ici même.

— Avec vous ?

— Dans mon appartement. Dans ce qui *était* mon appartement. Jusqu'à hier, il vivait encore chez vous, du moins la nuit, mais avec tous ces événements, son père l'a persuadé de revenir ici. Il voulait reprendre son ancienne chambre, mais quand Mr Chancel a... mmm... temporairement modifié mes conditions d'emploi, il a accepté de s'installer à ma place.

— Alden vous a renvoyé ?

— Mr Chancel appelle ça une « suspension provisionnelle ». Il en était désolé. Ce mois-ci, nous toucherons notre salaire complet. Ensuite, si les conditions le permettent, nous reviendrons. Sinon, il nous donnera deux mois d'indemnités et des lettres de recommandation en béton.

— Nous ?

— Ma tante et moi. J'ai déjà emballé mes affaires. Nous partons dès qu'elle a achevé ses bagages.

Nora se rendit compte que certaines choses pouvaient encore la choquer.

— Mais où irez-vous ?

— Ma tante va habiter chez des cousins de Long Island. Je voulais l'emmener en voiture, mais elle refuse, alors je vais juste la déposer à la gare. Moi, je vais vivre quelque temps chez ma mère.

Elle n'avait jamais envisagé que Jeffrey pût avoir une mère. Il donnait l'impression d'être arrivé sur la planète pleinement formé, sans l'habituelle médiation d'un couple de parents.

— Il vous a mis à la porte, vous et Maria, pour que Davey puisse avoir vos appartements ?

— Mr Chancel nous a dit que ses affaires n'allaient pas aussi bien que prévu et que, pour le moment, il était contraint à quelques sacrifices.

Il semblait que l'affaire allemande dont parlait Dick Dart eût porté ses fruits. Parfait. Elle souhaitait la ruine de Chancel House. Un instant, son attention dévia des paroles de Jeffrey.

—... mais quand même. Merle Marvell pose une question sur cet endroit-là, à cette époque-là, et du jour au lendemain, on se retrouve suspendu, ou viré, ou je ne sais quoi.

— Excusez-moi, j'ai eu une absence. Qu'est-ce qui s'est passé ?

— Merle Marvell a demandé à Mr Chancel si la boîte avait engagé une femme pour écrire un livre sur... un certain sujet. Divers écrivains. On venait de l'appeler, lui, pour lui poser la question, et il trouvait ça étrange, car il n'avait jamais entendu parler d'une chose pareille.

— Attendez, attendez ! s'exclama Nora, qui tentait d'assimiler ce qu'elle venait d'entendre. Merle Marvell a dit à Alden que quelqu'un s'était renseigné à propos d'une femme censée écrire un livre ?

— Je suis désolé d'avoir mis ça sur le tapis. Je me demandais si... excusez-moi. Laissez tomber.

— Jeffrey...

— Ma tante m'arracherait les yeux si elle savait que je vous en ai parlé. Les Chancel ont toujours été très généreux avec nous. Bon, est-ce que je peux faire quelque chose pour vous ? Vous avez besoin d'argent ? Je dois aller dans le Massachusetts, de toute manière, alors je pourrais vous apporter tout ce qu'il vous faut.

— Écoutez... commença Nora. (Elle réalisa qu'elle aurait sans doute besoin d'argent ; toutefois, ce n'était pas le problème de Jeffrey ; son problème paraissait d'un ordre plus fondamental.) Est-ce que le livre de cette femme avait trait à un endroit appelé Shorelands ? À ce qui s'y est déroulé en 1938 ?

Le majordome attendit quelques secondes avant de répondre.

— C'est une question intéressante.

— C'est ça, n'est-ce pas ?

Une nouvelle fois, il pesa ses paroles.

— Comment le savez-vous ?

— J'espère que vous garderez ça pour vous, mais la femme en question, c'est moi, avoua-t-elle.

Jeffrey parvint à se remettre partiellement du choc.

— Celle qui prétendait écrire un livre sur Shorelands en 1938 ?

— Quelle importance est-ce que ça a pour vous ?

— Quelle importance est-ce que ça a pour *vous* ?

— C'est une longue histoire. Je crois que je vais vous laisser, à présent. Je commence à me sentir nerveuse.

— Ne raccrochez pas. C'est peut-être complètement à côté de la plaque, mais est-ce que vous avez entendu parler d'une certaine Katherine Mannheim ?

— Elle se trouvait à Shorelands, cet été-là, répondit Nora, plus décontenancée que jamais.

— Vous cherchiez des renseignements sur elle ? Est-ce que c'est à cause de Katherine Mannheim que vous avez inventé cette histoire de livre ?

— En quoi cela vous concerne-t-il, Jeffrey ? interrogea-t-elle.

— Il faut qu'on discute. Je vais passer vous prendre et vous emmener quelque part. Dites-moi où vous êtes : je vous trouverai.

— Je suis à Holyoke. Dans une cabine, à un carrefour.

— Où, précisément ?

— Euh... au coin de Northampton et Hampden.

— Je vois très bien où c'est. Allez dans un restaurant, ou dans une librairie, il y en a une au bout de la rue, mais attendez-moi. Ne vous enfuyez pas. C'est important.

Il raccrocha. Nora contempla un instant le combiné, puis le reposa sur sa fourche. Avec une conscience de son environnement toute relative, elle s'éloigna de la cabine et tenta d'assimiler ce qu'elle venait d'apprendre. Jeffrey avait entendu Alden s'entretenir au téléphone avec Merle Marvell. Mark Foil, qui n'était pas un imbécile, avait contacté Marvell pour s'informer sur « Emily Eliot », et le directeur littéraire, stupéfait, s'était empressé de téléphoner à son patron. Pourquoi Alden était-il chez lui ? Parce que le président de Chancel House devait affronter la tâche déplaisante de renvoyer deux employés de longue date ? Ou bien parce que Daisy n'était pas remise de sa crise, et que le grand éditeur devait assumer les conséquences du renvoi de ses gardiens ? Nora ne l'imaginait pas en train d'apporter verres d'alcool ou bols de soupe à son épouse éplorée... Mais bien entendu, ce petit malin d'Alden avait une fois de plus obtenu ce qu'il voulait. La faiblesse de Daisy avait forcé Davey à revenir aux Peupliers. Alden l'avait embobiné en jouant sur ses inquiétudes pour sa mère et l'hypothétique indépendance que lui procureraient des appartements au-dessus du garage. Il était facile d'obtenir ce que l'on désirait, pour peu qu'on ait une mentalité de chat sauvage.

Comprendre cela procurait à Nora une satisfaction qui s'évaporait cependant en grande partie devant l'autre mystère, celui de Jeffrey. Pourquoi diable s'intéressait-il à une obscure poétesse depuis beau temps décédée ?

64

Nora s'approcha lentement du bord du trottoir. Là, elle aperçut la vitrine de Unicorn Books et un auvent bleu marine portant les mots Dinah's Silver Slipper Café, côte à côte au milieu du bloc suivant. Comme s'il n'avait eu besoin que de cela, son estomac lui apprit qu'elle était affamée.

Elle contint cependant sa faim et s'engouffra dans la librairie, où elle chercha *Le Voyage dans la nuit*, ainsi que les volumes suivants, moins populaires. Ôtant les trois livres de poche de l'étagère, elle les emporta à la caisse.

— Driver, Driver, Driver, constata le libraire. Sombre, encore plus sombre, toujours plus sombre.

— J'en déduis que vous n'aimez pas, remarqua Nora.

Il fit le compte, et elle lui remit vingt des dollars de Sheldon Dolkis.

— J'ai quelques doutes sur *Le Voyage dans la nuit.*

— Quel genre de doutes ?

— Ce n'est pas mon truc, conclut-il en lui tendant le sac contenant les trois livres.

— J'aimerais en savoir plus sur vos doutes, insista-t-elle en combattant sa faim. Tout le monde n'arrête pas de me répéter qu'il faut que je lise ça.

— Les fans de Driver sont comme des membres de la secte Moon. Ils sont pires que des auteurs. Ils sont même pire que des *femmes* d'auteurs.

— Je connais deux personnes qui relisent ça une fois par an, remarqua Nora.

— Des tas de gens différents attrapent le virus. Il y en a beaucoup qui ne lisent jamais rien d'autre. Le bouquin leur plaît au point qu'ils veulent absolument le relire. Ensuite, ils se disent qu'il ont raté quelque chose, et ils se le tapent une troisième fois. À partir de là, ils prennent des notes, et ils en viennent à échanger leurs découvertes avec d'autres adeptes de Driver. Pour peu qu'ils soient branchés sur une messagerie informatique, c'est la fin de tout : ils n'en sortent plus. Ceux qui sont vraiment atteints laissent tout tomber et s'installent dans ces maisons de fous où chacun fait semblant d'être un personnage de Driver. (Le libraire poussa un soupir et détourna les yeux.) Mais je ne veux pas vous gâcher le bouquin.

Entre les murs pastel de Dinah's Silver Slipper, une jeune femme efficace escorta Nora jusqu'à une table proche de la devanture, lui tendit un menu d'un mètre de haut, et lui annonça qu'une serveuse allait arriver.

Nora aligna les romans devant elle. Les deux derniers faisaient chacun plusieurs centaines de pages de plus que le premier. Nora les retourna et lut les quatrièmes de couverture. *Le Voyage dans la nuit* était le chef-d'œuvre impérissable, célèbre dans le monde entier, objet de culte, et caetera, et caetera. De partout, des lecteurs, bla, bla, bla. Les manuscrits du *Voyage au crépuscule* et du *Voyage vers la lumière* avaient été découverts dans les papiers de l'auteur, bien des années après sa mort, et Chancel House ainsi que la famille Driver étaient ravis de procurer à ses millions d'admirateurs l'occasion de bla, bla, bla.

— Deux secondes, fit Nora. Les papiers de l'auteur ? Quels papiers ?

— Je vous demande pardon ? demanda une voix féminine inquiète.

Une fille en âge d'être étudiante, vêtue d'un chemisier bleu et d'un pantalon noir, se tenait auprès d'elle.

— Je vais prendre le thon grillé et un café glacé, s'il vous plaît.

Nora ouvrit *Le Voyage dans la nuit*, dépassa la page de titre, arriva à la première partie, intitulée « Avant l'aube », et commença à lire sans enthousiasme. La serveuse déposa un panier de biscuits apéritifs au bout de la table, et Nora les dévora jusqu'au dernier avant l'arrivée de son repas. Elle mangea d'une main, tenant son livre de l'autre. Les décors étaient en carton-pâte, les personnages plats, les dialogues affectés, mais cette fois, elle voulait continuer à lire. Elle se rendit compte qu'elle était intéressée malgré elle. L'auteur de ce livre détestable était un assez bon conteur pour la captiver. Une fois qu'elle le fut, les personnages, et les paysages de cavernes ou de forêts aux arbres tordus dans lesquels ils erraient ne paraissaient plus artificiels.

Elle connaissait la raison de sa colère — qui n'avait rien à voir avec *Le Voyage dans la nuit* ni avec l'influence néfaste d'Hugo Driver sur les lecteurs impressionnables. Davey retournait habiter chez ses parents. Il avait succombé à l'attraction gravitationnelle d'Alden.

Plus d'une heure s'écoula, durant laquelle elle consomma le thon grillé et presque un tiers du *Voyage dans la nuit*. Jeffrey approchait de la frontière du Massachusetts, et fonçait vers Holyoke pour passer la prendre et l'emmener quelque part.

LIVRE VII

LA CLEF D'OR

« TU LA TROUVERAS, PÉPIN, » DIT LE VIEIL HOMME. SA BARBE BALAYAIT LE SOL À SES PIEDS. « JE TE LE PROMETS. MAIS LA RECONNAITRAS-TU QUAND TU LA VERRAS ? ET T'IMAGINES-TU QUE RÉUSSIR À LA FAIRE TIENNE TE RENDRA HEUREUX ? »

65

Nora retourna sur le trottoir et s'assit face à Northampton Street sur un banc en fer forgé, à l'ombre d'un auvent. La Ford de Shelley Dolkis était garée sur un emplacement payant, de l'autre côté de la cabine téléphonique, à quatre ou cinq mètres de là. Quelques voitures passèrent dans la rue, mais aucune n'avait Jeffrey à son bord. À dix-sept heures trente, même en août, la plupart des habitants de Holyoke étaient déjà rentrés chez eux.

Nora avait oublié de remettre des pièces dans le parcmètre, lequel affichait le cercle rouge signalant une infraction. Elle n'avait aucune envie de remonter dans le véhicule. Soudain, pourtant, elle se rappela la valise, sur la banquette arrière, et courut à la Ford. Elle se pencha dans l'intérieur étouffant, s'empara du bagage, puis jeta les clefs sur un siège avant.

Elle commença par poser la valise près d'elle, sur le banc, puis la glissa en dessous, et se vota la médaille d'or de l'ingéniosité criminelle. Jeffrey n'arrivait toujours pas. Au bout de deux ou trois minutes, approcha un véhicule bleu foncé, aussi sobre qu'un corbillard. Nora se redressa, s'attendant à ce qu'il se garât derrière la Ford, mais il continua vers le carrefour de Northampton et d'Hampden, à trente kilomètres à l'heure. Le conducteur, un vieillard émacié portant lunettes de soleil et chapeau de paille, ne quittait pas la route des yeux.

À présent, les deux seules voitures visibles se trouvaient à un bloc de là et roulaient dans la mauvaise direction. Nora se détendit, ferma les yeux. Elle compta jusqu'à soixante avant de les rouvrir. Un pick-up couvert de boue, dont l'antenne radio s'ornait d'un fanion aux couleurs des Red Sox, arrivait en cahotant. Elle soupira, ouvrit son sac, et en sortit *Le Voyage dans la nuit*. Dans une maison en ruine, Pépin se cachait d'une sorcière qui se traînait de pièce en pièce, à sa recherche. La porte craquait, et il entendait les pieds velus de la vieille crisser sur le plancher vermoulu. Nora releva les yeux. Le vieillard au chapeau de paille s'était garé devant Dinah's Silver Slipper et s'en approchait à pas mesurés. Derrière lui, tel un paquebot suivant un remorqueur, venait une femme âgée, vêtue d'une robe imprimée aux couleurs vives. Nora se tourna de l'autre côté. Une voiture sur la portière de laquelle était inscrit POLICE D'HOLYOKE doublait le camion couvert de boue.

Nora se replongea dans le livre. « *Où est-il donc ? Où est donc mon tout beau ? J'ai envie de câliner mon beau petit garçon.* »

La voiture de police passa, et le cuir chevelu de Nora cessa de la démanger. Feignant de lire, elle suivit des yeux le véhicule, qui se dirigeait vers le bout du bloc. Il vira à gauche et exécuta un large demi-tour devant les roues du pick-up. Comme il venait lentement s'arrêter en face du corbillard bleu, elle rapprocha le livre de son visage et jeta un coup d'œil oblique aux policiers. Celui qui occupait le siège du passager sortit, traversa le trottoir et entra au Silver Slipper.

La police recherchait Nora Chancel, une femme aux cheveux brun foncé, qui ne se maquillait jamais. Elle ouvrit son sac à main, y trouva le poudrier Cover Girl, et s'examina dans le miroir. Bien trop de traits de ladite Nora Chancel surgissaient sous le déguisement. Elle appliqua une couche de fond de teint, et effaça ses rides les plus marquées. Après s'être remis du mascara et du rouge à lèvres, elle se tritura les cheveux, les ébourriffa, pour leur faire retrouver une approximation de la coiffure qu'avait réussie Dick Dart. Elle risqua un autre coup d'œil en direction des policiers et sentit la moitié de sa tension la quitter. Appuyés à leur voiture, ils buvaient du café.

Au loin, une sirène s'éleva, d'abord à peine audible, puis de plus en plus insistante, enfin matérialisée sous la forme de lointaines explosions jaunes et rouges, émises par la rampe lumineuse qui surmontait une voiture de la police de l'État. Nora fourra son sac à main sous son bras, se leva, et avança d'un pas. Un des policiers la regardait. Elle s'étira, fit pivoter son buste de gauche à droite, puis retourna s'asseoir. Où est le bouquin ? Trouve le bouquin. Il est là-dedans, quelque part. Elle tira un livre du fouillis que contenait son sac, l'ouvrit, et fit semblant de lire.

Le deux flics achevèrent leur café et allèrent jeter les gobelets dans la poubelle, au coin de la rue. Tout en redressant leur cravate, ils descendirent la rue pour s'approcher de la Ford. Lorsqu'ils passèrent devant Nora, celui qui l'avait regardée se tourna vers elle et lui fit un geste de la main signifiant : ne bougez pas.

Elle repoussa un peu plus la valise sous le banc et contempla l'arrivée flamboyante de la police de l'État.

La voiture s'arrêta de guingois devant la Ford, dans un crissement de pneus, et éteignit lumières et sirène. L'instant d'après, une autre débouchait en hurlant dans Northampton Street. Deux hommes puissamment bâtis, portant un chapeau à bord plat, quittèrent la première. Tandis que l'un commençait à interroger les policiers en uniforme, l'autre dépassait le véhicule suspect pour attendre ses collègues, qui coupèrent leur sirène en s'arrêtant près de lui, mais laissèrent leurs lumières allumées. Il s'entretint avec le conducteur, puis ce dernier descendit, imité par son partenaire, et compara l'immatriculation de la Ford avec le numéro qui figurait dans son carnet. Les arrivants contournèrent la voiture verte, courbés, pour regarder par les vitres. Tirant des gants de leur ceinture, ils ouvrirent les deux portières côté conducteur. L'un d'eux se pencha à l'intérieur et brandit les clefs. Il fit signe à ses collègues locaux, dont le plus jeune courut à son véhicule, puis il ouvrit le coffre et commença à explorer sacs et cartons.

Son partenaire retourna vers leur voiture et frappa à une vitre, qui s'ouvrit. Les mains sur l'encadrement, il se pencha pour discuter avec les deux hommes occupant la banquette arrière. Les premiers policiers de l'État arrivés sur les lieux s'entretenaient avec le second agent d'Holyoke, qui désigna l'autre côté de la rue, la Ford, puis sa propre voiture. Nora chercha d'une main la poignée de sa valise.

Le flic qui fouillait le coffre releva les yeux en souriant. Les portières de la deuxième voiture de police de l'État s'ouvrirent, livrant le passage à deux individus en costume noir, chemise blanche et cravate noire — l'un plus petit et plus brun que l'autre, qui portait de grandes lunettes de soleil. La valise était à demi sortie de sous le banc. Sa propriétaire se figea. Mr Shull et Mr Hashim, Slim et Slam, s'approchèrent lentement de la Ford, et inspectèrent la boîte que leur présentait l'homme hilare. Nora repoussa son bagage sous le banc et tenta de se fondre dans l'ombre de l'auvent.

Les coins de la bouche de Slim s'affaissèrent quand il regarda dans le carton. Il en montra le contenu à Slam, qui hocha la tête, puis il le rendit au policier — lequel se permit un dernier rictus avant de le reposer dans le coffre. Mr Hashim commença à explorer la boîte à gants de la Ford. Mr Shull s'éloigna un peu, les mains dans les poches, et contempla la chaussée de Northampton Street à travers ses lunettes à la mode.

Le flic qui lui avait montré le carton s'approcha de lui, reçut des instructions, puis adressa un signe à un de ses collègues de la première voiture. Après un autre bref échange, il appela l'agent local resté sur les lieux, lequel s'avança vivement pour lui répondre, hocha la tête, haussa les épaules, acquiesça à nouveau, puis se détourna et désigna Nora.

Son interlocuteur suivit son regard, posa une question, reçut un nouvel acquiescement, et planta les mains sur les hanches tandis que l'agent se dirigeait vers la femme assise sur le banc. Mr Shull releva la tête et contempla tour à tour ces derniers. Il s'approcha pour adresser quelques mots à Mr Hashim, lequel lança à Nora un coup d'œil sceptique à travers le pare-brise de la Ford.

Le policier qui s'approchait d'elle avait des yeux bruns inquiets, une fine moustache, et l'estomac qui commençait à déborder sur le pantalon. Elle déglutit pour se débloquer la gorge, se redressa, et s'aperçut qu'elle tenait toujours le livre ouvert, environ au milieu. Elle inséra un doigt entre deux pages, pour faire mine d'avoir été interrompue en pleine lecture.

— Bonjour, dit-elle.

L'agent arriva sous l'auvent. Il ôta sa casquette.

— Quelle chaleur. (Il s'essuya le front d'une main qu'il passa ensuite sur son pantalon.) J'aimerais vous poser quelques questions.

— Je ne vois pas ce que je pourrais vous dire.

— Laissez-moi poser les questions et on le saura. (Il remit sa casquette, sortit carnet et stylo-bille de la poche de sa chemise.) Depuis combien de temps êtes-vous ici, madame ?

— Je ne sais pas exactement.

Il posa le pied sur le banc, le carnet à plat sur la cuisse.

— Vous pourriez me donner une estimation ?

— Peut-être une demi-heure.

Il prit une note.

— Avez-vous remarqué la moindre activité à l'intérieur ou autour du véhicule que nous sommes en train d'examiner ? Avez-vous vu qui que ce soit s'en approcher ?

Nora fit mine de réfléchir.

— Mon Dieu, je ne crois pas.

— Pourriez-vous me donner votre nom et votre adresse, s'il vous plaît ?

— Oui, bien sûr. Aucun problème. Je m'appelle... (Son esprit refusait de lui fournir d'autre nom que Mrs Hugo Driver.) Dinah. (Shorelands ?) Dinah Shore.

Quand ces mots sortirent de sa bouche, elle eut le sentiment de pouvoir tout aussi bien tendre les poignets pour se faire menotter.

Le policier leva le nez de son carnet.

— Vous vous appelez vraiment Dinah Shore ?

— À l'école, on n'arrêtait pas de se moquer de moi, et j'ai supporté pendant longtemps un tas de mauvaises blagues sur Burt Reynolds, mais Dieu merci, ça c'est arrêté il y a quelques années.

Elle se contraignit à cesser de babiller.

— J'imagine, acquiesça le policier. Adresse ?

Où pouvait bien habiter Dinah Shore ?

— Boston. (Elle chercha un nom de rue de Boston.) Commonwealth Avenue. 400, Commonwealth Avenue. J'ai emménagé il y a à peine une semaine. La moitié de mes affaires est encore au garde-meubles.

— Je vois. (Une autre note.) Qu'est-ce qui vous amène à Holyoke, Dinah ?

— J'attends un ami qui doit passer me prendre.

— Vous n'avez pas de voiture ?

Bien sûr qu'elle avait une voiture. Tous les Américains en avaient une.

— J'ai un break Volvo, mais il est au garage. (Le policier la fixait, attendant que Dinah Shore, la Bostonienne, expliquât sa présence sur un banc public d'Holyoke.) Un ami m'a emmenée jusqu'ici, et un autre va venir me chercher. Il ne devrait pas tarder.

— Et ça fait longtemps que vous êtes là, Dinah ?

Qu'avait-elle dit ?

— Je ne sais pas trop. Peut-être trois quarts d'heure.

— Vous avez acheté vos livres chez Unicorn ?

Comment le savait-il ? Il désigna de la tête le sac en papier brun, près d'elle, sur lequel étaient imprimés le dessin d'une licorne et le nom de la librairie.

— Oh, oui, je savais que j'en avais pour un moment à attendre, alors j'ai fait un tour à la librairie, et ensuite, j'ai mangé un morceau au restaurant à côté.

— Chez Dinah ?

— C'est chez Dinah ? Ça, c'est une coïncidence.

Le policier la contempla un long moment.

— Alors, vous êtes allée chez Unicorn, vous avez jeté un coup d'œil, acheté un livre...

— Trois livres, corrigea-t-elle.

Elle détourna les yeux de son interlocuteur préoccupé. Une MG décapotable rouge, conduite par un homme coiffé d'une casquette Eton bleue, dépassait les voitures et les policiers qui bloquaient la moitié de la rue au niveau de la Ford. Un deuxième véhicule de la force publique locale venait d'arriver. Ses occupants, deux solides gaillards en veste de sport, s'entretenaient avec leurs collègues de l'État. Une dépanneuse tourna à l'angle d'Hampden Street et s'arrêta. La MG se gara le long du trottoir, de l'autre côté de la rue. Le cœur de Nora bondit dans sa poitrine : le visage du conducteur, sous la casquette, était celui de Jeffrey. Il observait la foule des représentants de la loi et leurs voitures. Une de celles de la police de l'État s'écarta, et la dépanneuse recula vers la Ford en émettant des bips sonores.

— Vous avez acheté trois livres, et vous avez mangé chez Dinah. Tout ça en quarante-cinq minutes ?

— En fait, c'est sans doute plus près d'une heure. Mon ami vient d'arriver.

Le policier se tourna.

— C'est lui, dans la MG ?

Elle leva la main et l'agita. Jeffrey regardait l'angle de la rue où elle était censée l'attendre.

— Jeffrey !

Il se tourna vers elle et découvrit une inconnue assise sur un banc, qui lui faisait signe, tandis qu'un policier les observait tour à tour. Comme il réalisait que cette blonde l'avait appelé par son nom, il se pencha par-dessus sa portière et la contempla avec attention. Nora pria qu'il ne prononçât pas son nom.

— Ce monsieur n'a pas l'air de vous connaître, remarqua le policier.

— Jeffrey est un peu myope.

Elle écarta les bras et haussa les épaules, pour indiquer avec bonne humeur qu'il lui était impossible de quitter le banc.

— Ah, enfin, je vous trouve, s'exclama le majordome.

Il ouvrit la portière et sortit une jambe du véhicule, mais elle lui fit signe de demeurer en place.

Le policier se retourna vers elle et reprit sa position.

— Où votre ami de Boston vous a-t-il déposée ?

— Au coin de la rue. Là où il y a tout le monde.

— Est-ce que vous avez remarqué si le véhicule se trouvait déjà garé là ?

— Oui. Je l'ai vu.

— Combien de temps êtes-vous restée à la librairie ?

— Peut-être cinq minutes.

— Ensuite, vous êtes allée chez Dinah. On vous a donné une carte et vous avez regardé le menu, exact ? Ensuite, quelqu'un a pris votre commande, exact ? Combien de temps ?

— Encore cinq ou dix minutes.

— Ce qui vous fait passer de quarante à quarante-cinq minutes chez Dinah. Pendant ce temps-là, vous avez déjeuné, et vous avez réussi à lire la moitié de votre bouquin ?

— Oh...

Nora leva le livre. Son doigt était toujours inséré entre les pages.

— Nous avons un gros problème, Dinah. (Il redressa sa casquette et mit les mains sur les hanches. Elle s'attendit à être arrêtée sur-le-champ. Il soupira.) Avez-vous la moindre idée de l'heure qu'il était quand votre ami vous a déposée au coin de la rue ?

Elle leva les yeux vers le jeune visage cynique.

— Vers quatre heures et demie, affirma-t-elle.

— Donc, vous êtes dans les environs depuis environ deux heures, n'est-ce pas, Dinah ?

— Je suppose que oui.

— Vous n'avez pas tellement la notion du temps, hein ?

— On dirait que non.

— On le dirait bien. C'est depuis deux heures que vous vous baladez dans ce quartier d'Holyoke. Durant tout ce temps, avez-vous vu une femme qui aurait, disons, dix ans de plus que vous, à peu près votre taille et votre poids, et des cheveux bruns qui lui descendent jusque sous les oreilles ?

— Vous la recherchez ?

— Elle portait peut-être un chemisier en soie bleu foncé et un jean. Un mètre soixante-cinq. Cinquante kilos. Yeux marron. Elle est sans doute arrivée dans la voiture qu'on vient de remorquer.

— Qu'est-ce qu'elle a fait ? demanda Nora.

— Essayons encore. Avez-vous vu la femme que je viens de vous décrire ?

— Non, je n'ai vu personne qui ressemble à ça.

Le policier retira son pied du banc et referma son carnet.

— Merci de votre coopération, Dinah. Vous pouvez partir.

— Merci.

Elle se leva, traversa le trottoir, et Jeffrey descendit de la MG. Lorsqu'elle posa le pied dans la rue, l'agent la rappela.

— Une dernière chose.

Elle se retourna, s'attendant presque à ce qu'il lui passât les menottes. Il secoua la tête et se pencha pour tirer la valise de sous le banc.

— Bonne chance dans toutes vos entreprises, Dinah.

66

Jeffrey resta muet jusqu'à ce qu'ils fussent sortis d'Holyoke et lancés sur la I-91. Les jambes étendues, le reste du corps très incliné en arrière, Nora avait l'impression d'être emportée non dans une voiture ordinaire mais dans quelque chose rappelant un tapis volant.

— Je me suis inquiété, là-bas.

Jeffrey changea de vitesse pour dépasser un van qui se traînait à peine quinze kilomètres à l'heure au-dessus de la limite de vitesse. Le tapis magique s'étendit et navigua dans le vent.

— Moi aussi.

— Je ne vous reconnaissais pas. Cette... transformation. C'est une sacrée surprise.

— J'en ai eu pas mal, des surprises, ces derniers temps.

— Je dois dire que si on se fie au résultat, toutes les femmes devraient se faire...

— Non. S'il vous plaît. Non. (Jeffrey parut décontenancé. Pour l'apaiser, elle ajouta :) Je vous remercie de ne pas avoir hurlé mon nom.

— Tout ce que je veux dire, c'est que ça fait plaisir de vous voir. En dehors de...

Il traça de l'index un cercle autour du visage de sa passagère.

— De ma transformation, compléta-t-elle.

— C'est un meilleur déguisement qu'un chapeau et une paire de lunettes.

— Dick Dart a des opinions bien tranchées en matière de cosmétiques. (Prononcer ce nom à haute voix comprima la poitrine de Nora.) Il est toujours en liberté.

— Vous en êtes sûre ?

— À peu près. Le flic qui m'interrogeait pendant que vous restiez si sage a dit qu'ils cherchaient une vieille aux cheveux bruns. Mais non, il ne l'a pas dit comme ça, ne faites pas cette tête-là. Si Dart leur avait parlé de ma nouvelle apparence, en ce moment, le FBI m'aurait déjà mise aux fers.

Jeffrey hocha la tête en changeant de file.

— J'ai fait la connaissance de Hashim et de Shull, ces deux marmousets humains. Charmant couple.

— Ils sont venus à Mount Avenue ?

— Pendant deux heures, hier et ce matin, pour mettre les téléphones sur écoute et interroger Mr et Mrs Chancel... ainsi que votre mari. (Il lui jeta un coup d'œil de côté, conscient d'aborder un sujet délicat.) Le vieux manoir a été plutôt agité, ces derniers jours.

Pour le moment, Nora évita de songer à Davey.

— Vous n'avez pas craint qu'ils vous reconnaissent ?

— Je l'aurais craint si eux m'avaient déjà vu. Mr Chancel m'a demandé de lui porter son déjeuner dans la bibliothèque, parce qu'il avait un tas de coups de fil à passer. Les marmousets étaient dans la cuisine, si bien que je les ai aperçus en passant devant la porte.

— Parlez-moi de Davey. Est-ce qu'il retourne vivre aux Peupliers à la requête du FBI ?

— Ou est-ce une idée de son père, c'est ça ? Un peu des deux. Les agents veulent bel et bien garder un œil sur lui, et Mr Chancel avait besoin de lui pour l'aider à s'occuper de sa mère. Pour être franc, je me suis effectivement demandé s'il ne se débarrassait pas de nous afin de l'obliger à revenir.

Il jeta un coup d'œil à Nora pour savoir s'il ne s'était pas montré trop critique à l'égard de son employeur.

— Vous pourriez allumer la radio, Jeffrey ?

— Désolé. (Il tendit la main vers le poste.) J'aurais-dû y penser plus tôt.

Avec un autre changement de vitesse délicat, le tapis volant dépassa une file de véhicules lents. Un annonceur à la voix mielleuse déclara que les comtés d'Hampden, du Hampshire et du Berkshire connaissaient une soirée magnifique, puis entra dans les détails.

— Comment va Daisy ? demanda Nora.

— Elle a découvert *Tous mes enfants*, et ç'a eu l'air de lui faire du bien. Un certain Edmund capture une certaine Erica à Budapest, et l'enferme dans une cave, mais ensuite, ladite Erica décide qu'elle veut rester kidnappée afin de se venger d'un certain Dmitri. Ma tante m'en a parlé. Je suppose que pour Mrs Chancel, votre histoire est similaire à celle de cette Erica. Vous êtes une héroïne romantique.

— Génial.

— Elle a réfléchi à ce que vous lui avez dit au sujet de son livre. Ma tante lui en a apporté des passages, qu'elle retravaille, au lit.

— Avant et après *Tous mes enfants* ?

— Pendant, aussi. Ça l'inspire.

— Est-ce qu'Alden l'aide ?

— Mr Chancel est interdit de séjour dans sa chambre. (Jeffrey s'interrompit. Apparemment, il n'avait plus rien à dire sur ses patrons.) Vous pourriez m'expliquer pourquoi vous avez prétendu écrire un livre sur Shorelands ?

— Dick Dart s'est chargé d'une mission. Il veut empêcher qui que ce soit de prouver qu'Hugo Driver n'a pas écrit *Le Voyage dans la nuit*, donc il lui faut éliminer tous ceux qui connaissaient les auteurs présents à Shorelands, cet été-là. L'homme à qui j'ai parlé est parti pour le cap Cod juste après avoir appelé Merle Marvell, si bien qu'il est en sécurité, mais il y en a un autre. Un professeur d'Amherst. Je dois entrer en contact avec lui assez vite : Dart a son adresse.

— Deux hommes, vous dites ? Les écrivains à qui ils étaient liés sont... ?

— Creeley Monk et Bill Tidy. Pourquoi ?

— Pas Katherine Mannheim ?

— Non, mais je crois que ce sont ses sœurs qui ont tout déclenché.

Jeffrey hocha la tête.

— Vous voulez bien tout me dire sur la mission de Dart, et aussi ce que vous savez sur Shorelands et *Le Voyage dans la nuit* ?

— Qui êtes-vous, Jeffrey ? En quoi cela vous concerne-t-il ?

— Je vous emmène voir quelqu'un qui répondra à la plupart de vos questions, et je ne veux rien dévoiler avant. Je peux vous parler de moi, si ça vous intéresse, mais je ne suis pas très important.

— Qui m'emmenez-vous voir ? (Une possibilité totalement imprévue vint à l'esprit de Nora.) Katherine Mannheim ?

Jeffrey sourit.

— Non, pas elle.

— Est-ce que c'est elle qui a écrit *Le Voyage dans la nuit* ?

— Sincèrement, j'espère que non. Je suis une des rares personnes qui ne craquent pas sur ce bouquin.

— Je n'avais même jamais sérieusement essayé de le lire avant il y a deux heures.

— Et alors ?

— Je ne dirai rien de plus avant que vous ne me parliez de vous, Jeffrey. Vous avez toujours été une énigme. Comment quelqu'un comme vous peut-il se contenter de travailler pour Alden et Daisy ? Vous êtes vraiment allé à Harvard ? D'où sortez-vous ?

— D'où je sors ? (Il parut soudain plus gêné qu'elle ne l'avait jamais vu l'être.) C'est nettement moins intéressant que vous ne le croyez. Après la mort de mon père, ma mère était incapable d'élever un enfant, si bien que je l'ai été par des parents de mon père, les Deodato de Long Island. Pendant un ou deux ans, j'ai été pas mal trimballé — Hempstead, Babylon, Rockville Centre, Valley Stream, Bay Shore. Je voyais ma vraie mère pendant les vacances, mais j'en avais un tas d'autres, et elle m'adoraient toutes. Je suis allé au lycée d'Uniondale. Ensuite, j'ai eu une bourse pour faire Harvard, ce qui était exceptionnel. J'ai passé un diplôme de langues orientales, j'ai appris à baragouiner le chinois et le japonais, et je m'en suis sorti avec les honneurs. Au lieu de continuer mes études, j'ai alors brisé les espoirs de tout le monde en m'engageant. Après avoir achevé mon école d'officiers et suivi un cours de vietnamien au Texas, j'ai joué sur quelques relations et ai été affecté à la police militaire de Saïgon. J'y ai fait un peu de bien, et le travail était intéressant. J'ai poursuivi les leçons de karaté que j'avais commencées à Cambridge.

« Quand je suis revenu, j'ai passé l'examen d'entrée de la police de Long Beach, et quoique ridiculement surqualifié, je l'ai eu. Un de mes oncles était inspecteur dans le comté de Suffolk, ce qui a pas mal aidé. Je suis resté dans la police pendant trois ans, j'ai repris des cours de japonais à Hofstra, des leçons particulières de calligraphie, j'ai passé ma ceinture noire, suivi un tas de cours de cuisine, et ensuite, je me suis plus ou moins effondré. J'ai donné ma démission. Je ne faisais rien, sinon tuer le temps sur la plage et fainéanter dans mon appartement. Au bout de six ou sept mois, j'ai sorti tout l'argent que j'avais en banque et je suis allé au Japon pour perfectionner mon usage de la langue et entrer dans un monastère zen. Il m'a fallu deux ans pour y être accepté — c'est une longue histoire —, et j'y suis resté environ dix-huit mois. C'était très satisfaisant, mais j'avais un problème : je n'étais pas japonais et je n'avais aucune chance de le devenir. Quand je suis parti, j'étais tellement fauché que j'ai été obligé de donner des cours de karaté sur un paquebot pour payer mon passage. Je n'avais aucune idée de ce que j'allais faire. J'ai décidé de prendre le premier job qu'on m'offrirait, et de m'y vouer aussi généreusement que possible. Quand ma tante m'a dit que les Chancel voulaient engager un majordome, je suis allé au Connecticut, et j'ai essayé de faire mon travail le mieux possible. »

Nora le contemplait bouche bée, avec une stupéfaction très nette.

— Et vous dites que ce n'est pas intéressant ? Mon Dieu, Jeffrey !

— Ce n'est qu'une série d'anecdotes. Spirituellement, je n'ai jamais progressé avant de m'installer chez les Chancel. De toute évidence, je n'ai pas de véritable ambition, si bien qu'aider cette famille était nettement plus satisfaisant qu'un tas d'autres choses que j'aurais pu faire.

Elle s'étonnait de la disparité entre ses fantasmes au sujet de son compagnon et la réalité. Entendant soudain de quoi parlait le présentateur, elle monta le son de la radio.

— Il faut que j'écoute ça.

Jeffrey parut surpris mais nullement vexé.

— Certainement.

Ce qui avait accroché l'oreille de Nora était le récit d'un incendie à Springfield.

— ... d'après notre envoyé spécial, on ne déplore encore aucune victime, quoique ses derniers bulletins précisent que le feu s'est étendu à plusieurs autres maisons du riche quartier résidentiel d'Oak Street.

— C'est lui, dit Nora.

— Lui ?

— Chut.

— Nous répétons : l'incendie du quartier d'Oak Street, à Springfield, semble de nature criminelle. Le feu a été signalé peu après dix-sept heures, cet après midi, par des voisins du Dr Mark Foil, chez qui le sinistre a débuté. Les habitants du quartier sont invités à appeler la ligne d'urgence des pompiers, où ils trouveront une description minute par minute des...

Nora coupa la radio.

— Vous savez qui est Mark Foil ?

— Je n'en ai pas la moindre idée.

— C'est le type qui a contacté Merle Marvell. (Comme son compagnon ne paraissait toujours pas comprendre, elle ajouta :) Raison pour laquelle Marvell a appelé Alden.

L'expression désolée qui passa sur le visage de Jeffrey lui assura que, cette fois, il comprenait.

— Vous pensez que c'est Dart qui a incendié cette maison ?

— J'en suis persuadée.

Jeffrey consulta sa montre, exécuta un rapide calcul mental, puis donna un coup de volant. Sans se soucier de mettre son clignotant, il coupa deux files relativement denses, juste à temps pour prendre la sortie numéro dix-huit. Des klaxons retentirent. La MG parcourut la voie de décélération dans un crissement de freins et brûla un stop pour tourner dans King Street, à Northampton.

Nora relâcha sa pression sur la poignée de la portière.

— Qu'est-ce qui vous a pris ?

Jeffrey se gara au bord de la route et coupa le moteur.

— Je veux que vous m'expliquiez pourquoi Dick Dart n'hésite pas à assassiner des gens et à incendier des maisons pour protéger la réputation d'Hugo Driver. Commencez par le début et terminez par la fin.

— Bien, chef, dit Nora.

67

Dès qu'elle eut commencé, Nora se rendit compte que parler à Jeffrey Deodato était très différent de raconter la même histoire à Harwich. Jeffrey écoutait vraiment. Lorsqu'elle eut terminé, il lui sembla que le récit, à l'origine aussi confus que le roman de Daisy, s'était, par la magie du conte, reformé en un ensemble cohérent, au moins pour son auditeur.

— Je vois, déclara-t-il, avec l'air de voir nettement mieux qu'elle. Donc, à présent que Dick Dart a fait tout ce qu'il pouvait pour atteindre le Dr Foil, il va s'en prendre à Everett Tidy. Et il a probablement une voiture.

— Les voitures lui tombent en quelque sorte dans les bras.

— On ferait mieux d'aller voir le professeur Tidy. Tout ce qu'il me faut, c'est un téléphone.

— Vous allez l'appeler ?

Jeffrey redémarra.

— Je vais appeler un ami à lui.

— Vous le connaissez ?

— Depuis toujours.

Il tourna à droite au bout du bloc et roula jusqu'à une cabine téléphonique.

— J'en ai pour une minute, affirma-t-il.

Il bondit hors de la voiture en cherchant de la monnaie dans sa poche. Nora le vit composer un numéro et prononcer quelques mots. Il lui tourna le dos, parla encore quelques instants, puis il raccrocha et revint sur ses pas.

— Qui était-ce ? demanda Nora.

Jeffrey sourit mais ne répondit pas. Il exécuta un demi-tour rapide et reprit King Street.

— Comment connaissez-vous le fils de Bill Tidy ?

— Je l'ai rencontré, il y a longtemps.

— Et où allons-nous, maintenant ?

— À Amherst, bien sûr.

Jeffrey pénétra dans un parking, qu'il traversa pour en rejoindre un autre, d'où il s'engagea dans Bridge Street, avant d'accélérer en direction de la lointaine parade de voitures et de camions qui défilait sur la voie rapide.

— Par pure curiosité, demanda-t-il, vous vous rappelez si Davey vous a donné le nom de la fille qui s'intéressait tant à Hugo Driver ? Celle qui travaillait peut-être pour Chancel House et qui était peut-être membre d'un certain Club de l'Enfer ?

— Paddi Mann.

— C'est bien ce que je craignais.

Il fallut quelque temps à Nora pour se remettre.

— Vous la connaissez aussi.

— Elle est morte, mais je la connaissais, oui. En fait, elle s'appelait Patricia, mais elle a changé ça en Paddi après avoir craqué sur Hugo Driver. La personne que nous allons voir à Amherst, celle qui connaît Everett Tidy, c'est sa mère, Sabina Mann.

— Comment connaissez-vous Sabina Mann ? s'emporta Nora, désespérée. *Pourquoi* la connaissez-vous ? Qu'est-ce qui se passe, à la fin ?

Jeffrey refusa de répondre.

Davey n'avait pas inventé toute l'histoire. Elle avait réellement eu lieu, mais cinq ans plus tôt, à New Haven. Ou bien ça s'était produit deux fois.

— Ne vous prenez pas la tête, recommanda Jeffrey.

— Vous ne voulez pas me dire comment vous les connaissez ?

— On va d'abord s'occuper d'Everett Tidy.

— Alors, dites-moi qui vous m'emmeniez voir à Northampton. De toute façon, je rencontrerai ce type dès qu'on aura quitté Amherst.

— Pas ce type : cette femme.

— Qui est-ce ?

— Il est temps que vous fassiez la connaissance de ma mère, dit Jeffrey.

68

En arrivant à Amherst, Nora inspecta distraitement une plaque de bronze, devant une maison en brique à deux étages, d'aspect douillet, et constata que cette dernière avait été la résidence d'Emily Dickinson. Elle entendit Dick Dart réciter : « Nulle cicatrice ne voyons. Mais une différence interne, Où les Significations, sont. » Sa bouche s'assécha, et la chair de poule lui envahit les bras.

Ils montèrent une côte menant à un quartier commerçant empli de librairies et de restaurants, dépassèrent un joli parc évoquant un lac de verdure, et se dirigèrent vers les vieux bâtiments rouges et bruns de la faculté d'Amherst.

Jeffrey prit une rue latérale, bordée d'élégantes vieilles maisons, certaines entourées de clôtures blanches, d'autres quasi dissimulées par des cours où poussaient des lis frémissants et de luxuriants hortensias. Il s'arrêta devant l'une d'entre elles, à peine visible derrière une profusion d'arbres et de fleurs.

Sa compagne le suivit le long d'un chemin bordé de lis roses et jaunes aussi hauts qu'elle. Trois marches de brique menaient à une porte en bois verni munie d'une cloche en laiton. Le parfum des lis imprégnait une brise que Nora sentait à peine. Quand le battant pivota, une grande femme aux cheveux gris, portant des lunettes demi-lunes et un ample chemisier jaune jonquille, lança un regard acéré à la visiteuse et enlaça Jeffrey.

— Espèce d'horrible individu, j'espère qu'un jour tu m'avertiras plus d'un quart d'heure avant quand tu décideras de me rendre visite. Je suppose que tu passes quelques jours chez ta mère : c'est la seule raison pour laquelle je te vois.

— Bonjour, Sabina. Lâche-moi avant de me casser quelque chose.

La vieille femme recula d'un pas et le saisit par les bras.

— Tu es très séduisant avec cette casquette.

— Et toi, tu es merveilleuse, mais tu l'es toujours.

— J'imagine que ta mère va bien. Elle est tellement occupée que je ne la vois jamais. Je sais qu'elle a fait le banquet du conseil d'administration, au début de l'été, et la réception chez le président, bien sûr, mais pour elle, ce n'est rien, de faire manger deux cents personnes, hein ?

— C'est du gâteau. Un tas de gâteaux.

— Et toi, comment vas-tu ? (Elle lui serrait toujours les bras.) Toujours satisfait de travailler pour tes inférieurs ?

— Je vais bien. Sabina, je te présente mon amie Nora.

Elle le lâcha et tendit la main à sa compagne.

— C'est vous, la mystérieuse personne qui doit voir Ev Tidy ?

Nora prit la main de Sabina Mann et croisa ses yeux intelligents, imposants, un peu plus bleus que l'eau d'un glacier.

— Oui, merci, j'espère que je ne vous cause aucun souci.

— Strictement aucun. Ev est venu tout de suite. Jeffrey sait qu'il peut obtenir tout ce qu'il veut. Le seul problème, c'est qu'il ne veut pas assez de choses. (Sabina procédait à une rapide estimation de l'âge, de la situation familiale et de la position sociale de son interlocutrice, ainsi que du rôle qu'elle jouait dans la vie de Jeffrey.) On m'a fait jurer le silence et le secret, Jeffrey refuse d'expliquer pourquoi, mais j'ai sans doute quand même le droit de vous demander si vous le connaissez depuis longtemps.

Nora songea qu'elle avait obtenu une note passable à son premier examen.

— Depuis deux ans, mais en fait, je le connais à peine.

La vieille femme poursuivit son estimation silencieuse, nettement plus troublée qu'elle ne voulait bien le montrer.

— Explorons ce que nous a dit notre ami commun. Je suppose que vous n'ignorez pas cet emploi ridicule qui lui plaît tellement, mais vous a-t-il parlé de...

— Allons, allons, Sabina.

— Fais-moi plaisir, chéri. Alors ? Notre ami vous a-t-il parlé de ses extraordinaires succès à Harvard ?

— Oui.

— Bien. Vous êtes au courant pour l'Étoile d'argent et l'Étoile de bronze qu'il a gagnées au Vietnam ? Et de son séjour dans un monastère japonais ?

— Non pour les premières, oui pour le second.

— Puisque vous êtes si privilégiée, vous devez savoir qu'il parle couramment le mandarin, le cantonnais et le japonais, mais je me demande s'il vous a raconté que...

— Je t'en prie, Sabina, c'est déloyal.

— Jeffrey vous a-t-il jamais dit qu'il a écrit deux pièces de théâtre et qu'elles ont été jouées à Broadway, ma chère ?

Nora tourna de grands yeux vers son compagnon.

— Sous pseudonyme, confirma-t-il. Ce n'était rien du tout.

— Maintenant, je sais quelque chose sur vous, Nora.

— Arrête, Sabina.

— Tiens-toi tranquille, Jeffrey. Puisque tu utilises mon domicile pour tes affaires, j'ai droit à tous les renseignements que je peux mettre au jour. Et ce que j'ai mis au jour, c'est que cette charmante jeune femme est employée à Chancel House, parce que l'odieux Mr Chancel est la personne à qui tu voulais le plus cacher ce secret-là. Je suis sûre qu'elle ne te trahira pas : elle partage mon opinion sur votre employeur et toute sa famille, y compris son étrange épouse, son inutile de fils et son impossible belle-fille. N'est-ce pas, ma chère ?

— Je ne savais pas que la belle-fille était aussi mauvaise que les autres, remarqua Nora.

— Elle ne l'est pas, c'est pour ça qu'elle est impossible. Son seul problème, c'est d'avoir été assez bête pour choisir un mari dans cette famille. Mais vous êtes comme Jeffrey, sous la coupe d'Alden. On ne peut donc pas s'attendre à ce que vous compreniez le sillage de destruction que les Chancel laissent derrière eux.

— Tu as terminé, Sabina ? demanda Jeffrey.

— J'ai intérêt. Everett n'a jamais aimé attendre.

69

Un homme trapu, à la barbe gris acier et aux courts cheveux argentés referma sèchement le livre qu'il tenait et releva les yeux, sourcils froncés.

— Vingt minutes, Sabina. Vingt bonnes minutes.

— Seulement un quart d'heure, Ev. Étant donné que je ne suis pas conviée à cette réunion, j'avais besoin de passer un peu de temps avec Jeffrey et son amie.

Une moitié de la grimace d'Everett Tidy disparut, sous l'effet de ce qui pouvait être de l'amusement.

— Aimerais-tu une tasse de thé, Jeffrey ? Nora ?

— Non, merci, dit Jeffrey.

— Oui, du Gunpowder, demanda Tidy.

— Du Gunpowder, donc.

Sabina referma la porte derrière elle.

Nora s'intéressa au fils de l'écrivain et s'aperçut qu'il l'étudiait. Sans la moindre gêne, il soutint son regard un instant, avant de s'adresser à Jeffrey.

— Salut, Jeffrey.

— Merci d'être venu aussi vite.

Tidy hocha la tête, tournant le livre entre ses mains comme s'il avait été surpris de l'y trouver encore. Il s'approcha d'un canapé en velours, posa le volume sur une table basse, et s'intéressa de nouveau à Nora. Un vent froid et sifflant, qui lui était aussi inhérent que les plis de son pantalon kaki et sa petite barbe en brosse, sembla souffler vers la visiteuse.

— Sabina m'estime impatient, remarqua-t-il. Cette perception erronée vient du fait que ma conscience des nombreuses tâches dont me détournent mes obligations me rend nerveux. (La température de sa brise personnelle baissa encore de quelques degrés.) Avant de prendre ma retraite, j'avais un logement de fonction à l'université, si bien que pendant vingt-deux ans, j'ai vécu dans une maison très agréable, avec suffisamment de place pour ma famille et ma bibliothèque. J'aurais pu la conserver, mais ma femme est morte, mes enfants sont partis, et d'autres membres de la faculté avaient nettement plus besoin d'espace que moi. J'ai donc acheté un appartement, et quand je ne suis pas en train de travailler à deux livres, un sur Henry Adams, l'autre sur mon père, je trie ceux que je possède en essayant de faire tenir dans trois pièces ce qui reste de ma bibliothèque. Il y a une demi-heure, Sabina m'a dit qu'une relation de Jeffrey souhaitait me parler d'une question de la plus haute importance. Une question qui concerne ma sécurité. (Il inspira, et sa poitrine se gonfla.) Eh bien, je suis là, et j'exige de savoir de quoi il est question.

— Ev, commença Jeffrey, il faut que vous sachiez...

— Je m'adresse à votre compagne.

L'abîme qui séparait l'expérience de cet homme et la sienne réduisit momentanément Nora au silence. Jamais elle ne pourrait le convaincre qu'on voulait le tuer.

Tidy consultait sa montre avec ostentation. Elle réalisa enfin pourquoi il était obligé de trier ses livres.

— Quand avez-vous emménagé dans votre appartement ?

Il baissa les bras avec une lenteur exagérée, comme s'il avait cru qu'un mouvement brusque pût effrayer son interlocutrice.

— Six semaines. Cette question a-t-elle un intérêt quelconque ?

— Si on vous cherchait à votre ancienne adresse, est-ce que les occupants sauraient où vous êtes ? Est-ce qu'ils connaissent votre nouveau logement ?

— Ça va continuer comme ça longtemps ? interrogea Tidy en se tournant vers Jeffrey.

— Répondez-lui, s'il vous plaît, Ev.

— Très bien. (Il s'adressa de nouveau à Nora, d'un ton sec.) Le professeur Hackett connaît-il l'adresse de mon immeuble ? Non. Et de toute façon, les Hackett passent le mois dans la vallée de l'Arno — le Casentino. Qui êtes-vous, et qu'est-ce que vous voulez ?

— Elle s'appelle Nora Chancel, lui apprit Jeffrey.

Tidy cligna plusieurs fois des paupières.

— C'est un nom qui me dit quelque chose.

— Vous avez regardé les infos, ces derniers jours ?

— Je n'ai pas la télévision. J'écoute la radio. (Il parlait à Jeffrey mais continuait d'observer Nora. D'un coup, il perdit sa rigidité.) Mon Dieu, Nora Chancel. La femme qui a été... Seigneur. Je n'avais pas encore relié ce nom à... Dieu du ciel ! Et dire que... Alors, c'est vous ?

— C'est moi.

Sabina Mann passa la porte à reculons, chargée d'un plateau, et s'immobilisa dès qu'elle se fut retournée.

— On dirait que je dérange. (Elle observa un à un ses hôtes.) Vous devez avoir une conversation passionnante.

Elle posa le plateau sur la table basse, et s'enfuit. Tidy n'avait pas quitté Nora des yeux.

— Est-ce que ça va ? Vous n'avez pas l'air blessée, mais je n'imagine même pas le traumatisme que peut provoquer une telle expérience. Comment vous sentez-vous ?

— Je ne sais pas exactement.

— Non, bien sûr que non. C'était une question stupide. En tout cas, vous avez échappé à ce type, et vous avez eu le bon sens d'appeler Jeffrey. Si j'avais des ennuis, c'est ce que je ferais également. Asseyons-nous.

Il tapota le canapé élimé, et Nora s'assit, un peu désorientée par ce changement d'attitude. Ayant ajouté du lait dans une tasse de thé, le fils de l'écrivain la lui tendit. Jeffrey se glissa dans un fauteuil moelleux, de l'autre côté de la cheminée. Tidy demeura debout, triturant sa barbe. Il n'y avait plus aucune trace de la brise polaire.

— Désolé de m'être montré brutal. J'en ai pris l'habitude quand je me suis aperçu que ça intimidait mes étudiants.

— Je suis ravie que vous acceptiez de m'écouter, assura Nora.

Il se percha au bord du canapé.

— Je suppose que ce que vous avez à me dire concerne l'homme qui vous a enlevée. Rappelez-moi donc son nom.

— Dart, obéit-elle. Dick Dart. Vous ne pouvez pas le connaître.

Il médita un instant sur la question.

— Non. En revanche, j'imagine que lui me connaît. Je ne me trompe pas en disant que c'est un meurtrier, n'est-ce pas ? Il n'y a aucun doute à ce sujet ?

— Non.

— Et il me veut du mal.

— Dick Dart veut vous tuer.

Tidy se redressa et considéra Nora de ses yeux bleus pénétrants.

— Je n'aurais jamais cru entendre un jour une chose pareille. Je n'y comprends rien.

— Est-ce que vous allez vous taire et la laisser parler, Everett ? intervint Jeffrey.

— Laissez-moi encore poser une question, et ensuite, vous me donnerez les détails éventuels. Est-ce qu'il y a un mobile, ou est-ce que ce type a juste tiré mon nom dans un chapeau ?

Visiblement, il se dominait, allant presque jusqu'à se mordre la langue.

— Il veut vous tuer parce que vous êtes le fils de Bill Tidy, lui apprit Nora.

Son interlocuteur porta la main à sa joue comme s'il avait reçu une gifle. Exerçant un effort colossal pour demeurer muet, il lui fit signe de poursuivre.

Lorsqu'elle eut terminé, il reprit la parole.

— Alors il croit que mon père tenait un journal, ce qui est le cas, qu'il y a parlé de son séjour à Shorelands, ce qui est encore le cas, et que ledit journal est en ma possession, ce qui est toujours le cas. Dites-moi, ai-je l'honneur d'être le premier sur la liste de Dart ? Sûrement.

— Vous êtes le deuxième. Il a commencé son œuvre cette après-midi, à Springfield, par un médecin du nom de Mark Foil. Foil a été longtemps le compagnon de Creeley Monk, et il s'occupe aujourd'hui d'en promouvoir l'œuvre. Je l'ai rencontré juste avant qu'il ne quitte la ville. Dart est arrivé un peu plus tard.

— C'est Dart qui est responsable de l'incendie de Springfield ?

— Il n'est pas très subtil, admit Nora.

Tidy demeura un instant parfaitement immobile.

— Puis-je vous demander pourquoi notre ami et vous-même n'êtes pas allés à la police avant de venir me voir ?

— Je ne peux pas m'adresser à la police.

Le fils de l'écrivain se tourna vers Jeffrey.

— C'est vrai ? Elle ne peut pas ?

— Laissez tomber, Ev, conseilla Jeffrey.

— Je ne pense pas que ce type ait la moindre chance de trouver mon appartement, mais je ne peux pas le laisser détruire la maison du docteur Hackett s'il croit que j'y habite toujours. Je n'ai besoin ni de donner mon nom ni de parler de vous. Il me suffit de dire que j'ai vu quelqu'un ressemblant à Mr Dart dans le quartier, et les flics feront le reste. Ensuite, j'aurai des choses à vous apprendre, si vous avez le temps.

— Très bien, concéda Nora.

Tidy se leva et la contempla un instant en se mordant la lèvre inférieure.

— Je ne laisserai pas Sabina entendre la communication, assura-t-il, avant de sortir rapidement.

— Je vous ai apporté un peu d'argent. (Jeffrey se leva et tira son portefeuille de la poche arrière de son pantalon, en s'approchant de Nora.) Trois cents dollars. Vous me les rendrez quand vous pourrez, mais prenez-les. Vous allez en avoir besoin.

Il lui offrit des billets qu'elle jugea fort nombreux.

Ainsi, elle en était là : elle, Nora Chancel, prête à accepter l'argent de Jeffrey. Elle n'en avait pas envie, mais ne pouvait guère faire autrement. La volonté des étrangers, certains bien intentionnés, d'autre non, gouvernait sa vie.

— Merci, dit-elle, un peu gênée, en acceptant les billets. Je vous suis très reconnaissante. (Elle ramassa son sac à ses pieds, l'ouvrit.) Je vous rembourserai dès que je pourrai.

— Il n'y a pas le feu. (Il jeta un coup d'œil vers la porte.) J'espère qu'Ev n'en dit pas trop.

Le battant se rouvrit au moment même où il cessait de parler. Tidy entra, lui lança un coup d'œil contrarié et referma la porte avec un soin théâtral.

— Il a fallu que je persuade Sabina de monter au premier avant de téléphoner. Elle n'est pas très contente de nous, j'en ai peur. (Il observa Nora refermer son sac, puis chercha son regard.) Ça vous ennuierait de m'accompagner quelque part ? Vous aussi, bien sûr, Jeffrey.

— Encore un voyage, remarqua Nora. Où ça, cette fois ?

— À la bibliothèque de l'université d'Amherst, où j'ai déposé les papiers de mon père. Elle est fermée, mais je dispose de toutes les clefs dont on a besoin. Il ne serait peut-être pas inutile que vous ramassiez ce plateau, Jeffrey.

Quand ils sortirent du salon, Sabina Mann était postée sur la première marche de son escalier. Everett Tidy ne la remarqua qu'en arrivant juste devant elle. Il se figea. Nora, qui marchait derrière lui, faillit le percuter. Jeffrey se posta à son côté, et il y eut un silence gêné.

— Sabina... commença Tidy, mais elle l'interrompit :

— Ils arrivent, ils confèrent, ils passent des coups de téléphone clandestins, et ensuite, ils s'en vont tous ensemble. On dirait une pièce de théâtre.

Jeffrey lui tendit le plateau. Elle descendit à regret de sa marche pour s'en saisir.

— Je promets de tout t'expliquer dès que possible.

— Dieu seul sait ce que ça veut dire. Je peux vous demander où vous allez, Everett, à moins que ce ne soit aussi un secret d'État ?

— Je conçois que toute cette histoire soit très mystérieuse pour vous, Sabina, et je regrette que nous soyons obligés de vous quitter sans vous fournir d'explications. Cependant, je...

— Pourquoi n'essayez-vous pas de me dire avec des mots simples où vous les emmenez ?

Tidy inclina la tête de côté.

— Comment savez-vous que je les emmène quelque part ?

— Vous avez vos clefs de voiture à la main.

— Il faut que nous allions à la bibliothèque de l'université, Sabina, répondit-il, très digne. Si vous voulez, je peux revenir d'ici une demi-heure.

— Ne vous donnez pas cette peine. Vous n'aurez qu'à m'appeler demain, si vous avez quelque chose à me dire. Tu reviens, Jeffrey ?

— Désolé : il faut que j'aille à Northampton, mais je promets de passer te voir très bientôt.

— Tu es l'être le plus exaspérant du monde. (Elle lança à Nora un regard où menaçait d'apparaître une nette désapprobation.) Je vous raccompagne.

70

Il y avait tant d'espace devant la longue banquette arrière que les deux hommes semblaient à Nora deux fois plus loin d'elle que dans une voiture ordinaire.

— Cette dame ne m'apprécie pas tellement.

— Ça ne vient pas que de vous, assura Jeffrey. Sabina n'est jamais très satisfaite de moi.

— Et votre tante n'est pas satisfaite de moi depuis que j'ai démissionné de la Société Emily Dickinson, dit Tidy.

— Votre tante ? Sabina Mann est votre tante ?

— Vous parlez vraiment trop, Ev.

Tidy lança à Jeffrey un coup d'œil effaré, puis se retourna vers la route.

— Excusez-moi, mais je pensais tout naturellement que votre amie savait qui vous étiez. Pourquoi se serait-elle adressée à vous, si...

— Ça suffit.

— Laissez-le parler, Jeffrey, nom de Dieu ! intervint Nora. Moi, je vous dis tout, et vous, vous me trimballez comme une marionnette. Je me fous que vous ayez la Médaille d'Honneur du Congrès ou même le Prix Nobel, vous entendez ? Vous n'êtes pas mon fils chéri. Je commence à en avoir vraiment, vraiment marre.

Ce qu'elle avait envie de faire, ce que chaque cellule de son corps lui hurlait de faire, c'était ouvrir sa portière et sauter de la voiture. Si elle n'en descendait pas très vite, elle allait être obligée de se déchaîner, d'arracher les yeux de ses compagnons et de mordre tout ce qu'elle pourrait mordre, car sinon, quelque chose d'encore pire lui arriverait.

— Je ne vous en veux pas d'être agacée, Nora.

— Arrêtez-vous.

— Je veux que vous réfléchissiez à deux choses...

— Je me fous de ce que vous voulez, Jeffrey. Laissez-moi partir.

— Calmez-vous et écoutez-moi. Si vous voulez encore partir après, très bien : vous pourrez le faire.

— Allez au diable !

Elle saisit la poignée de la portière.

— Vous étiez agacée aussi, tout à l'heure, n'est-ce pas ? C'est là que ça a commencé... quand nous étions seuls dans le salon.

Elle ouvrit. Avant qu'elle ne pût sauter, le majordome s'élança au-dessus de son siège et se jeta sur elle. Tidy, à l'avant, hurla quelque chose. Quoiqu'elle fût déjà penchée à l'extérieur, Jeffrey la saisit par la taille et lui fit réintégrer la banquette arrière, où il la maintint avec fermeté, malgré ses contorsions. Quand il eut claqué et verrouillé la portière, Nora lui donna un coup de poing dans le bras, mais il l'empoigna par les coudes et la contraignit à s'asseoir normalement.

— Lâchez-moi !

Leurs visages étaient à quelques centimètres l'un de l'autre. Elle tenta de lui donner un coup de pied dans la cheville, la manqua, et fit une nouvelle tentative. Elle l'atteignit à la jambe.

— Aïe, fit-il, tout en se rapprochant encore d'elle. Dites-moi pourquoi vous êtes furieuse. Ce n'est pas à cause de moi.

Elle frappa à nouveau, mais il s'était déplacé : le pied de Nora ne toucha que de l'air. Elle tenta de se servir de l'autre, et manqua également son coup. Jeffrey lui pressa les bras contre le torse et la plaqua à son siège.

— Allons. Dites-moi pourquoi vous êtes en colère.

— Lâchez-moi, hurla-t-elle.

— Je vous lâche.

Petit à petit, son étreinte se desserra, tandis qu'il s'écartait, et elle fut bientôt totalement libre. Elle leva la main droite, mais il était trop tard pour continuer à le frapper : elle avait commencé à réfléchir. Nora rabaissa la main et lança un regard noir à son compagnon. Il tripotait quelque chose, au niveau du plancher. Cela s'éleva brusquement et se changea en strapontin.

— Qu'est-ce que c'est que cette bagnole ? interrogea-t-elle en se laissant retomber en arrière. Un taxi ?

— Un authentique Checker cab, répondit Everett Tidy. (Il s'était arrêté au bord de la route et contemplait ses passagers, un bras posé sur le dossier de son siège.) Mon père en conduisait un, et je n'ai jamais rien voulu d'autre. J'ai celle-là depuis 1972. Est-ce que ça va ?

— Comment est-ce que ça pourrait aller ? demanda Nora. On n'arrête pas de me prendre en main et de me bourlinguer à droite et à gauche sans jamais me dire la vérité. Même avant l'arrivée du FBI, ma vie s'était déjà changée en catastrophe. Ensuite il m'est arrivé des choses horribles, et j'ai bien failli perdre la boule. On me ment, on ne cherche qu'à m'utiliser, et j'en ai assez de tous ces secrets, de toutes ces conspirations.

Elle cessa de vociférer et prit une profonde inspiration. Jeffrey avait raison : elle n'était pas en colère contre lui. Elle venait de se rendre compte qu'elle était encore furieuse contre Dan Harwich, ou sinon contre le véritable Dan Harwich, contre celui pour qui elle l'avait pris. La perte de ses illusions la faisait souffrir à la manière d'une blessure grave, et sa fureur était notamment due à la conscience d'avoir une part de responsabilité dans l'affaire.

— Excusez-moi, dit Tidy.

— Attendez un instant, reprit Jeffrey. C'est à cause de Dick Dart, n'est-ce pas ? Et aussi du déménagement de Davey. Vous avez été maltraitée, et il est parfaitement normal que vous ayez le sentiment de n'avoir aucun contrôle sur votre existence. Ce serait le cas de n'importe qui.

— J'imagine, oui.

Une autre illumination se fit en elle : son véritable ressentiment était lié à un aspect quasi impersonnel de ses épreuves. Dès le début, elle avait été forcée de se concentrer sur un sujet nettement plus important pour ceux qui l'entouraient que pour elle-même. Un cyclone avait démoli sa vie et l'avait emportée. Le cyclone s'appelait Hugo Driver, ou Katherine Mannheim, ou Shorelands, ou *Le Voyage dans la nuit*, ou tout cela à fois. Quoique Dick Dart, Davey Chancel, Mark Foil et les deux passagers du Checker fussent suffisamment intéressés par la chose pour ouvrir leur porte, fouiller dans leurs papiers, combattre des actions en justice, parcourir des centaines de kilomètres en voiture et risquer d'être arrêtés, c'était elle qui avait été emportée, alors qu'elle s'en moquait totalement.

— Jeffrey, je dois... commença Tidy.

— Attendez, Ev. Nora, je n'estime pas avoir le droit de parler pour ma mère, et j'ai donc dû vous cacher certaines choses jusqu'à ce que vous la rencontriez. Qu'est-ce que vous voulez faire ? Le choix vous appartient.

Elle s'appuya au dossier de la banquette.

— Je m'excuse de m'être énervée. Il n'y a qu'à tout oublier et à reprendre où on en était.

— Je suis désolé, mais je ne ferai rien de tel avant qu'on ne m'explique ce que c'est que cette histoire de FBI, objecta Tidy.

— Vous l'avez entendue dire qu'elle ne pouvait pas s'adresser à la police, et ça ne vous a pas choqué à ce point-là, si je me souviens bien, remarqua Jeffrey.

— Je veux savoir pourquoi le FBI est sur l'affaire. Je n'irai nulle part avant d'être mis au courant.

— Nora ? interrogea Jeffrey en posant sur le genou de sa compagne une des mains qui l'avaient récemment maintenue immobile.

Elle écarta sa jambe d'un mouvement brusque.

— Aucun problème : de toute façon, je n'ai rien à cacher. Vous voulez connaître toute l'histoire, professeur ? Très bien : je comprends. Vous voulez savoir si ma fréquentation vous compromet moralement.

— Allons, Nora, intervint le majordome. Ev ne fait que...

— Une de mes voisines a été kidnappée. On a cru qu'elle avait été assassinée mais ce n'était pas le cas. Quand elle a refait surface, elle a prétendu que c'était moi qui l'avais enlevée. C'est du moins une des choses qu'elle a prétendues. Elle n'est pas très rationnelle. Comme il s'est révélé que mon mari couchait avec elle, ce que j'ignorais totalement, le FBI l'a prise au sérieux. Y a-t-il autre chose que vous désiriez savoir ?

Tidy se gratta la tête.

— Je pense que ça suffira. Est-ce que nous allons toujours à la bibliothèque de l'université ?

— Je ne songerais même pas à aller ailleurs, soupira Nora.

71

Dans une salle monacale, au dernier étage de la bibliothèque d'Amherst, Nora fit profiter Everett Tidy de ce qu'elle avait appris sur Creeley Monk. Assis près d'elle, à une longue table en bois, il l'écouta avec un intérêt qui parut finalement le paralyser, le rendre incapable de regarder quoi que ce fût, sinon la vieille machine à écrire, au bout de la table, et la photographie pendue au mur — son père, assis devant la même machine à écrire.

Quand Nora eut terminé, il attira à lui un classeur et déclara :

— Je vous remercie de m'avoir fourni ces renseignements.

— De rien, répondit-elle, attendant de savoir ce que lui inspirait cette histoire.

— Mon père se méfiait effectivement de Creeley Monk, et je dois d'abord vous expliquer pourquoi. Il ne croyait tout bonnement pas que Monk soit réellement issu de la classe laborieuse de Springfield, fils de patron de bar, et ainsi de suite. Monk était allé à Harvard et il portait des costumes de prix, si bien que mon père, en grande partie autodidacte, a pensé qu'on se moquait de lui. Presque tout ce qui constituait Shorelands le mettait mal à l'aise. Il n'aurait même pas accepté l'invitation de Georgina s'il n'avait pas vu là un moyen de vaincre les difficultés posées par son deuxième livre. Il a su qu'il avait fait une erreur dès son arrivée, mais il s'est senti tenu de rester. Il n'était pas du genre à abandonner facilement.

— Je comprends, dit Nora.

— Ce livre était sa seule chance de gagner assez d'argent pour ne plus avoir à faire le chauffeur de taxi. Au bout de la première journée, il a appris la venue prochaine de Lincoln Chancel, probablement à la recherche d'écrivains pour sa nouvelle maison d'édition.

Elle avait envie d'aiguiller la conversation vers ce qui avait fait naître une telle émotion en cet homme discipliné, et qui était probablement en rapport avec Katherine Mannheim, mais une question au sujet de l'admirable Bill Tidy la troublait.

— Est-ce qu'il ne vous a pas plus ou moins abandonnés, votre mère et vous, quand il est allé à Shorelands ?

Le fils de l'écrivain secoua la tête avec véhémence.

— Il n'était pas question d'abandon. Nous avions une invitation permanente à Key West, où Boogie Ammons, un de ses vieux amis, tenait un petit hôtel. Mon père nous y a envoyés, ma mère et moi, quand il a été convié à Shorelands. Durant tout ce mois-là, nous avons vécu bien mieux qu'à la maison. Il nous manquait, bien sûr, mais comme il écrivait deux ou trois fois par semaine, nous avions une bonne idée de ce qu'il faisait.

— Vous avez conservé ses lettres ?

— La plupart, oui. Dans l'ensemble, elles sont assez neutres. Je n'ai eu le courage de lire son journal que des années après sa mort, et c'est là que j'ai appris à quel point il avait détesté Shorelands. (Tidy ouvrit le classeur et en sortit un volume relié en tissu vert foncé.) J'ai aussi compris à quel point il était mal dans sa peau. Vous ne voyez pas ce que je veux dire ? Il se trouvait en équilibre sur une sorte de fil de fer, et il pariait qu'il ne tomberait pas.

— Je crois que je ne vois pas, admit Nora.

Son interlocuteur hocha la tête.

— Imaginez sa situation. Il travaillait très dur sur un nouveau livre. Si tout avait bien marché, il aurait enfin pu se permettre d'écrire à temps complet. Lincoln Chancel était un vulgaire vampire, mais il représentait une porte de sortie. Mon père était tellement désespéré qu'il n'a pas pu s'empêcher de courtiser cet homme, en dépit de son sens moral. Malheureusement pour lui, un autre des invités était encore plus désespéré. Hugo Driver a rentabilisé le hasard qui l'a logé dans la même maison que Chancel, et il s'est changé en bernacle humaine.

— Votre père a dû l'envier, remarqua Nora.

— Oui, et il ne s'en est senti que plus mal. Il se défiait de son antipathie instinctive pour Driver. En conséquence, il ne s'est jamais joint au groupe de la terrasse, où Chancel apparaissait presque chaque après-midi, car Hugo Driver y venait aussi. Et parce que cette antipathie lui paraissait discutable, il se contraignait à ne pas porter de jugement lorsqu'il entendait des ragots. D'autant plus que la source desdits ragots lui semblait indigne de foi.

— Il considérait déjà Creeley Monk comme un menteur ?

— Monk lui faisait l'effet d'être exactement le genre de personne qui inventait des histoires sur les autres. Particulièrement si cela pouvait servir sa propre cause. En ce cas précis, auprès de Merrick Favor.

Nora vit enfin le moyen d'en arriver au centre de ses préoccupations.

— Que pensait votre père de Katherine Mannheim ?

Everett Tidy, curieusement, interrogea du regard Jeffrey, qui haussa les épaules. Il passa les doigt sur la tranche du livre posé devant lui, pesant visiblement ses mots.

— En grande partie pour les raisons que j'ai mentionnées, il a eu assez peu de contacts avec les autres invités, mais son isolement avait aussi une cause matérielle : Georgina l'avait logé dans la Maison du Trèfle, au cœur des bois, derrière le Vallon de Monty, tellement loin du Manoir que les braconniers s'en approchaient parfois en plein milieu de la nuit. Il en a même entendu le soir où Miss Mannheim a disparu.

Tidy se tut. Son interlocutrice attendit qu'il eût trouvé les mots pour dire ce qui l'avait enflammé.

— Le journal de mon père ne renferme rien qui puisse faire penser que Driver aurait volé un manuscrit à Miss Mannheim.

— Je vois, dit Nora, qui ne voyait absolument pas.

— Mais vous me demandez ce qu'il pensait de Miss Mannheim et cette information peut vous être utile — et à moi aussi, à travers vous. Je peux dire que toute ma vie a été hantée par ce qui s'est passé à Shorelands cet été-là. (La mystérieuse agitation de Tidy parut s'intensifier.) Il reste encore une grande question à aborder, peut-être aussi importante pour vous que pour moi. Si ça vous est possible, me communiquerez-vous toutes vos découvertes ?

— Bien sûr.

— Merci. À présent, venons-en à Katherine Mannheim. (Il semblait retarder délibérément l'étude de sa « grande question ».) C'était sans aucun doute une personne intéressante, séduisante, très indépendante. J'ai cru comprendre qu'elle pouvait se montrer délibérément impolie, mais ce qui a surtout frappé mon père, en dehors de son indépendance, c'est ce qu'il appelait sa sérénité.

— Sérénité ?

— Ça vous étonne, n'est-ce pas ? Il entendait par là un mélange d'assurance, de bonté instinctive, de courage et de compassion. Au début, l'ironie et la volonté de mépriser les conventions dont elle faisait preuve l'ont induit en erreur, mais au bout d'une semaine, il a commencé à entrevoir ses autres qualités. (Tidy ouvrit le journal.) Écoutez ceci :

J'ai beaucoup réfléchi à cette étrange jeune femme, Katherine Mannheim. Elle n'a jamais eu d'argent, et elle vit simplement, sans se plaindre. Alors qu'elle paraît bohème et insouciante, elle est totalement responsable. Elle écrit lentement, avec beaucoup de soin, et publie peu — mais ce qu'elle publie est brillant. Pour elle, la reconnaissance, les honneurs, les récompenses publiques, sont dépourvus d'intérêt. Je me demande si je me conduirais aussi bêtement que Merrick et Austryn, pour peu que je ne sois pas marié à ma chère Min.

— Min et Bill ? demanda Nora. Est-ce qu'il n'y a pas un film... ?

— C'était une plaisanterie familiale, confirma Tidy. En fait, ma mère s'appelait Leonie.

Même le monstrueux Lincoln Chancel, qui a trente ans de plus que Katherine et qui porte ses passions sur le visage, la désire. Merrick et Austryn sont attirés par sa personnalité, mais comme ils sont persuadés d'avoir envie de son corps, ils ne voient pas qu'elle est chaste. Et ce n'est pas une chasteté chaleureuse, mais glaciale, et déterminée.

— Katherine Mannheim n'avait jamais eu l'espoir de vivre vieille. Elle savait depuis toujours qu'elle avait le cœur fragile, mais elle refusait de mener une existence d'invalide, sinon en cette seule matière. À mon avis, elle considérait le vélo, la boisson et les longues promenades comme des activités potentiellement dangereuses, mais elle avait la certitude que l'acte sexuel pouvait la tuer. Et de toute façon, sa nature la destinait à la modestie.

— Votre père savait-il sur quoi elle travaillait ? s'enquit Nora.

— Pas du tout. Elle aurait dû l'expliquer durant ce que Georgina appelait « la cérémonie suprême », une sorte de tradition de fin de séjour, mais Katherine n'a pas joué le jeu.

— Qu'est-ce que c'était que cette cérémonie suprême ?

— Au bout de trois semaines de séjour, tous les écrivains se rassemblaient au crépuscule pour une sorte de bilan, dans le Vallon de Monty, au sein du cercle de pierres dressées qu'on appelait les Piliers du Chant. Le jardinier qui avait créé la clairière, Monty Chandler, avait remarqué un certain nombre de rochers aux extrémités plates, déterrés dans un pré voisin, qui mesuraient tous environ quatre mètres de haut. Il s'était donné beaucoup de mal pour les installer au sein de la clairière. Les invités s'asseyaient en cercle à l'intérieur de celui que formaient les pierres. Georgina prononçait un petit discours sur l'histoire de Shorelands. Ensuite, tous décrivaient l'œuvre sur laquelle ils travaillaient, la manière dont elle se développait, et ainsi de suite. On attendait bien entendu d'eux qu'ils rendent hommage à l'hospitalité de Georgina et décrivent de quelle façon Shorelands les avait inspirés. Ils étaient aussi censés se montrer drôles. Georgina Weatherall recherchait tout autant le rire que la flatterie. Comme on peut s'en douter, Katherine Mannheim a refusé de se prêter à la chose. (Il tourna quelques pages.) Voilà, c'est là.

Après l'hymne à l'hospitalité de Miss Weatherall, aux merveilles de Shorelands et à son propre talent prononcé par Merrick, est arrivé le tour de Katherine Mannheim. Elle a souri, avant de déclarer que, sûrement, nous comprendrions sa décision d'obéir à ses principes et de ne pas parler d'une œuvre inachevée. Ceux qui l'avaient précédée étaient plus courageux et moins superstitieux qu'elle, qualités pour lesquelles elle les admirait énormément. Quand à Shorelands, la magnificence en était telle qu'elle défiait toute description, mais Katherine tenait à souligner la qualité du service d'Agnes Brotherhood, la femme de chambre qui nettoyait sa cuisine et faisait son lit tous les matins. Après son départ, l'aide de Miss Brotherhood lui manquerait cruellement.

— Elle a refusé de parler de son œuvre et remercié la femme de chambre ? apprécia Nora. Elle savait qu'on allait lui demander de partir, non ?

— Ou elle le voulait, approuva Tidy. Georgina était furieuse. Voilà ce qu'en dit mon père :

Miss Weatherall a resserré ses épaisseurs de pourpre et de cramoisi autour de ses épaules. Son visage est devenu rouge vif sous son maquillage. Elle a marmonné qu'elle transmettrait les compliments de Miss Mannheim à la femme de chambre. Hugo Driver, qui devait parler ensuite, a commencé par louer la générosité de Miss Weatherall, puis il s'est étendu à loisir sur les repas, le parc, les conversations, si bien que lorsqu'il a terminé par un panégyrique de notre hôtesse — un génie pétri de toutes les qualités —, nul n'a remarqué qu'il ne s'était pas soucié d'évoquer ses écrits.

— En conséquence, conclut Tidy, nous ignorons totalement sur quoi l'un ou l'autre travaillait cet été-là.

— Driver a trouvé le moyen de se cacher derrière un écran de fumée, remarqua Nora.

— Peut-être parce qu'il n'avançait pas tellement, ce qui signifie qu'il était de plus en plus dépendant de Lincoln Chancel. Mais quand son tour est arrivé, mon père s'est adressé autant à Chancel qu'à Georgina Weatherall. Il a continué à entretenir des espoirs même après être rentré chez nous.

— Est-ce qu'il a terminé son livre ?

Tidy renifla, puis fit pivoter sa chaise pour faire face à la jeune femme. Ses yeux brillaient d'une intensité contenue.

— Je peux vous poser une question ? Savez vous ce qui est arrivé au roman sur lequel travaillait Merrick Favor ?

— Il a été détruit.

— Celui de mon père aussi. Déchiré en lambeaux, y compris la copie carbone.

Jeffrey ouvrit la bouche pour la première fois depuis leur arrivée à la bibliothèque.

— Qu'est-ce que vous voulez dire, Ev ?

Tidy leva les yeux vers la photographie de son père, avec ce que Nora estima être un relâchement momentané mais délibéré de sa parfaite maîtrise de soi.

— Voilà. Nous en arrivons à la grande question.

— Ne nous faites pas languir, insista Jeffrey.

— Je vais essayer. (Le fils de l'écrivain jeta un coup d'œil à Nora, puis contempla à nouveau le cliché.) Durant l'hiver qui a suivi son retour de Shorelands, mon père a dit à ma mère qu'il était sûr de finir son livre en deux à trois semaines s'il travaillait sans être interrompu. En conséquence, nous avons de nouveau été invités à Key West — où il devait nous rejoindre lorsqu'il aurait terminé, pour fêter ça. « Te faire enfin pondre ce bouquin vaut bien quelques hamburgers, » a dit Boogie Ammons. Un peu plus de quinze jours après, un policier est venu à l'hôtel pour apprendre à ma mère que mon père s'était suicidé.

« J'ai été incapable de lire ce qu'il avait écrit avant d'obtenir mon poste d'enseignant et d'avoir moi-même fondé un foyer. Un soir, quand tout le monde était au lit, je suis allé à la bibliothèque, j'y ai pris *Nos poêlons*, je l'ai rapporté chez moi, j'ai ouvert une bouteille de cognac et je ne me suis pas couché avant d'avoir terminé le bouquin. Ç'a été une expérience émotionnelle incroyable. Ensuite, il a fallu que je lise son journal. Quand je me suis senti assez fort pour affronter le dernier volume, j'ai découvert quelque chose de totalement inattendu. Une semaine avant notre départ pour la Floride, son agent l'avait prévenu qu'il avait été contacté par Lincoln Chancel, lequel désirait s'informer confidentiellement de sa situation. Chancel avait aimé ce qu'il avait entendu dire du nouveau livre, se demandait quand il serait terminé, et s'il lui serait possible de le publier. Mon père lui a écrit pour affirmer qu'il avait presque terminé le roman et qu'il était tout à fait d'accord pour le lui soumettre. Il n'en a pas touché le moindre mot à ma mère.

« Environ une semaine plus tard, il a reçu des nouvelles enthousiasmantes. Étant donné qu'il écrivait son journal pour lui-même, il n'y donne pas tellement de détails à ce sujet. Qu'est-ce que vous pensez de ça ?

J'ai quitté ma machine à écrire pour répondre au téléphone, et j'ai prononcé mon nom. Alors, il s'est produit un grand changement. Je dois recevoir une visite royale. Le Souverain viendra sans escorte. Je ne dois en parler à personne, et si je viole cette condition, fût-ce par des allusions, fût-ce avec ma femme, tout est annulé. Seuls Lui et moi devons être présents. Le grand événement doit avoir lieu dans trois jours. Je ne sais pas à quoi je m'attendais, mais ÇA, alors ÇA, c'est plus fort que tout.

Il leva les yeux vers Nora.

— Eh bien ?

— Tout à fait comme Creeley Monk, acquiesça-t-elle. Est-ce que la visite a été annulée ?

— Voilà la dernière chose qu'ait écrite mon père.

Annulation. Pas d'explication. J'ai de la peine à me traîner. Vais-je pouvoir continuer ? Ai-je le choix ? Je ne l'ai pas, mais comment continuer alors que je suis dans un tel état ?

— C'est exactement ce qui est arrivé à Creeley Monk quelques jours plus tard. Vous pensez que ça peut être une coïncidence ?

— Sans doute pas, dit Nora, mais ça signifierait...

— Que Monk a été contacté de la même manière que mon père. Ne semble-t-il pas probable que ç'ait aussi été le cas de Merrick Favor et d'Austryn Fain ? Ne semble-t-il pas encore plus probable que la personne qui a arrangé l'entretien privé avant de l'annuler ait été Lincoln Chancel ?

— Seigneur ! s'exclama Jeffrey. Vous croyez que c'était un piège ?

— Il aurait fallu plus qu'un refus de Chancel pour pousser mon père à jeter l'éponge.

Nora fixait Tidy, les yeux écarquillés. Elle lança un coup d'œil hagard à Jeffrey qui, de l'autre côté de la table, voyait à l'évidence depuis un certain temps où ils allaient en venir.

— Vous croyez que Lincoln Chancel a assassiné votre père et Creeley Monk. Et aussi Merrick Favor et Austryn Fain, déclara-t-elle.

— Je crois que Chancel l'a poussé par la fenêtre et qu'il a réduit son manuscrit en lambeaux, comme celui de Favor.

— C'est peut-être évident, mais je ne vois pas pourquoi.

— Je suppose qu'il avait quelque chose à cacher.

— La véritable origine du *Voyage dans la nuit.*

— Bien sûr, dit Jeffrey. Monk savait que Driver était un voleur. Il l'a dit à Merrick Favor, devant votre père et Fain, mais personne ne l'a cru. Ensuite, Favor leur a appris à tous les deux que Monk avait raison. Il était convaincu d'avoir vu Hugo Driver dérober quelque chose à Katherine Mannheim. Tout le monde savait que Driver avait du mal à écrire. Pourtant, six mois plus tard, il sort un livre extraordinaire, et il en abandonne les droits à Chancel House.

— C'est bien ça, confirma Tidy. Chancel était aussi impitoyable avec lui qu'avec n'importe qui. La seule chose qu'il devait prendre en compte, c'était la possibilité que Katherine Mannheim ait parlé de son œuvre aux autres invités.

— Il a fixé ces rendez-vous confidentiels, et puis il les a annulés, enchaîna Nora. Ensuite, il s'est pointé chez chaque auteur par surprise, et il a attendu qu'on lui tourne le dos.

Un instant, les trois personnes réunies dans la salle du dernier étage de la bibliothèque demeurèrent muettes.

— Et maintenant ? demanda Nora.

— J'ai l'impression que le reste vous regarde, conclut Tidy.

72

— Qu'est-ce que je suis censée faire ? interrogea Nora. Je ne peux pas prouver que le grand-père de Davey a assassiné quatre personnes il y a cinquante-cinq ans. Vous, moi et Everett Tidy, nous estimons que c'est probable, mais qui d'autre y croira ?

— À mon avis, Ev a voulu dire que vous devriez continuer ce que vous êtes en train de faire.

Le ciel était encore clair. Des champs d'un vert lumineux bordaient des deux côtés la longue et droite route de Northampton. Un vent chaud soufflait sur le visage de Nora et lui ébouriffait les cheveux, alors qu'il semblait dépasser Jeffrey sans le toucher.

— Et qu'est-ce que je suis en train de faire ?

— Vous franchissez les étapes une par une.

— Génial. Et après tout ça, croyez-vous que Katherine Mannheim ait écrit *Le Voyage dans la nuit* ?

— J'estime la chose plus probable que ce matin.

— Pourquoi est-il si important que je rencontre votre mère ?

— J'oublie toujours à quel point cette région du Massachusetts est magnifique.

Il refusait de se laisser entraîner.

— Très bien. Essayons un autre sujet. Que faisait votre père ?

— Il était cuisinier, ou peut-être devrais-je dire chef. Tous les membres de ma famille — de ce côté-là, en tout cas — étaient d'excellents cuisiniers. Mon arrière-grand-père était chef au Grand Palazzo della Fonte, à Rome. Son frère l'était à l'Excelsior. Bien qu'elle ait le handicap de ne pas être italienne, ma mère était aussi douée qu'eux. Avant la mort de mon père, mes parents comptaient ouvrir un restaurant. Elle adore toujours faire la cuisine.

— Et à présent, elle passe le temps en la faisant pour le banquet du conseil d'administration et la réception du président. (Jeffrey lui jeta un coup d'œil de côté.) Votre tante Sabina en a parlé.

— Vous avez bonne mémoire.

— Est-ce que Sabina est la sœur de votre mère ?

Jeffrey abaissa sa casquette Eton d'un demi-centimètre sur son front. Pour la première fois, la brise qui fouettait Nora sembla le toucher également.

— Je vois : pas de commentaire. Pourriez-vous au moins me parler de Paddi ?

— Je peux vous en dire une partie : le reste devra attendre. Vous vous rappelez l'opinion que Sabina a des Chancel ? Elle leur reproche un tas de choses, mais principalement ce qui est arrivé à sa fille. Avant de perdre les pédales, c'était une chouette gamine. Elle me ressemblait peut-être un peu, et c'est pour ça que je l'aimais bien. Patty — c'est comme ça qu'elle s'appelait, alors — était nettement plus jeune que moi, mais j'ai toujours apprécié sa compagnie. Bien entendu, je voyageais beaucoup, si bien que je n'étais pas là quand elle a découvert *Le Voyage dans la nuit*. Ce bouquin a complètement envahi sa vie. Elle a modifié son prénom. Parfois, elle faisait semblant d'être d'autres personnages du roman. Elle s'est enfoncée de plus en plus dans son obsession, au point de disparaître parfois de la maison pour rendre visite à d'autres fans de Driver. Elle a pris un tas de drogues, s'est disputée avec toute la famille. Sa personnalité tout entière a changé. Au bout d'un moment, elle a refusé de fréquenter quiconque était incapable de passer des jours et des jours à ne parler que de Driver et de son livre. À seize ans, elle est partie.

« Chaque nouveau fan la conduisait au suivant, et elle a dérivé dans ce monde parallèle malsain dédié à Pépin Petit. Elle vivait dans des communautés Driver — ce genre d'endroits où les gens passent leur vie à rejouer des scènes du roman. Personne ne savait où elle était. Deux ans plus tard, elle a réussi à se faire admettre à l'École des beaux-arts de Rhode Island, je ne sais pas comment, et Sabina lui a envoyé de l'argent, mais Patty a refusé de la voir. Elle est restée là-bas peut-être un an, puis elle a disparu à nouveau. Sabina a reçu une carte postale de Londres. Patty était dans une autre école de dessin, et vivait dans une autre communauté Driver. Encore des drogues. Ensuite, elle est allée en Californie — même situation —, et puis elle s'est retrouvée à New York, à faire la navette entre Greenwich Village et Chinatown, totalement submergée dans le monde dément de Driver. C'est sans doute à ce moment-là qu'elle est tombée sur Davey. De toute façon, elle a encore mis les voiles, et personne n'a plus eu de ses nouvelles avant qu'elle ne meure d'une overdose d'héroïne à Amsterdam, et que la police ne contacte Sabina.

Davey avait moins déformé la vérité que Nora ne l'avait cru.

— Merci de m'en avoir parlé, dit-elle, mais je ne comprends toujours pas pourquoi elle était à ce point obsédée par le manuscrit et par Katherine Mannheim.

— Arrêtez de poser des questions et parlez-moi de votre enfance, ou de votre rencontre avec Davey. Qu'est-ce que vous pensez de Westerholm ?

Il n'en dévoilerait pas plus.

— Je déteste Westerholm, j'ai rencontré Davey dans un bar de Greenwich Village, Chez Chumley, et mon père m'emmenait souvent à la pêche. Où vais-je dormir, ce soir, Jeffrey ?

— Il y a un vieil hôtel confortable, à Northampton. Vous pourrez y rester aussi longtemps que vous le désirez.

Quelques minutes plus tard, il passaient sous l'autoroute et arrivaient à Northampton par l'est. Des rangées de boutiques et de magasins d'alimentation bordaient les rues. Au bas d'une côte, les immeubles se firent plus hauts, plus larges, et la MG dut ralentir en raison de la circulation. Ils franchirent un pont de chemin de fer. Des jeunes arpentaient les trottoirs et se tenaient par groupes aux intersections. Jeffrey désigna le Northampton Hotel au bout d'une large rue sinueuse : un imposant bâtiment brun, pourvu d'une terrasse fleurie, devant une aile plus récente, toute de verre.

— Quand nous aurons terminé chez ma mère, je vous ramènerai ici, et on vous prendra une chambre. Durant les deux jours qui viennent, on parlera de ce que vous allez faire. On pourra probablement déjeuner et dîner ensemble la plupart du temps, si vous voulez.

— Cette grande cuisinière ne vous nourrit pas ?

— Ma mère n'est pas une très bonne hôtesse.

Nora contempla une jolie rue principale, avec ses lampadaires et ses restaurants vantant pizzas au feu de bois, poulet tandoori ou soupe de cerises froide ; ses galeries emplies d'art indien et de perles importées ; ses foules et ses groupes de jeunes, séduisants, en grande partie des femmes, chargés de sacs à dos, vêtus de jeans coupés à mi-cuisses et de débardeurs ou de T-shirts. *Qu'est-ce que je fous là ?* se demanda-t-elle.

— On y est presque, annonça Jeffrey en suivant un banc de jeunes femmes à bicyclette dans une rue plus calme, qui longeait une sorte de parc où des chênes très dignes voisinaient avec de vieux bâtiments en brique, reliés par un réseau d'allées.

Les cyclistes empruntèrent un chemin à l'entrée duquel était posée une plaque du Smith College. Jeffrey exécuta un demi-tour parfait devant un grand bâtiment brun à un étage, couvert de planches à clin, avec sur deux de ses côtés d'une véranda assez vaste pour y organiser un bal. On eût dit un petit hôtel pour touristes dans les Adirondacks. Un panneau, au bord du trottoir, portait l'inscription : CUISINE DIVINE.

Jeffrey se tourna vers Nora avec un sourire d'excuses.

— Laissez-moi entrer pour la préparer, d'accord ? Je reviens dans deux minutes.

— Elle ne sait pas que je viens ?

— Ça vaut mieux. (Il ouvrit sa portière et descendit à demi de voiture.) Cinq minutes.

— Très bien.

Il sortit tout à fait, claqua la portière et s'y appuya, fixant Nora. S'il avait été tenté d'ajouter quelque chose, il s'en abstint.

— Je ne vais pas m'enfuir, assura-t-elle. Allez-y, Jeffrey.

Il acquiesça.

— Je reviens.

Il parcourut la longue allée de brique, franchit le perron d'un bond, se retourna un instant, puis traversa la véranda et ouvrit la porte. Avant d'entrer, il ôta sa casquette.

Nora s'appuya au dossier de son siège, étendit les jambes et se mit à attendre. Un insecte vrombissait dans l'herbe, près du panneau. De l'autre côté de la rue, un chien aboya trois fois, sèchement, comme pour lancer un avertissement, puis se tut. Le ciel commençait à s'obscurcir.

Au bout de cinq minutes, elle se tourna vers la véranda, pensant voir Jeffrey ressortir. Quelque temps plus tard, elle regarda à nouveau, mais la porte restait close. Soudain, elle songea à Davey, qui était à l'heure actuelle en train de disposer ses CD sur les étagères de Jeffrey, ou quelque chose comme ça. Pauvre Davey, enfermé dans cette prison qu'étaient les Peupliers. Elle descendit de la MG et fit les cent pas sur le trottoir. Pouvait-elle l'appeler ? Non, bien sûr, c'était une très mauvaise idée. Elle se tourna à nouveau vers la véranda, et ressentit un choc électrique au creux de l'estomac. Une jeune Noire, extraordinairement belle, avec un foulard blanc sur les cheveux, la regardait depuis la grande fenêtre. Au bout d'un instant, l'inconnue se détourna et disparut. Celui d'après, la porte s'ouvrit enfin et Jeffrey apparut.

— Il y a un problème ? demanda Nora.

— Tout va bien. C'est juste qu'il est assez difficile d'attirer son attention.

— J'ai vu une fille, à la fenêtre.

Il jeta un coup d'œil par-dessus son épaule.

— Ce qui m'étonne, c'est que vous n'en ayez pas vu une bonne dizaine.

Elle le précéda sur des marches en bois légèrement élastiques, et traversa la véranda pour gagner la porte d'entrée.

— Permettez-moi, dit Jeffrey, en se penchant pour la lui ouvrir.

Nora pénétra dans une grande pièce. Contre le mur de droite, un ordinateur reposait en dessous d'un gigantesque calendrier. Un téléviseur à écran géant et deux canapés en velours élimé étaient poussés devant la paroi d'en face. Au fond, un large passage voûté conduisait à une pièce encore plus vaste, où des jeunes femmes en jean s'activaient au-dessus de plans de travail, tandis que d'autres transportaient gamelles et passoires débordantes. L'une de ces dernières était l'impressionnante Noire aperçue à la fenêtre. Une blonde très mince, d'une vingtaine d'années, qui regardait un dessin animé, leva les yeux vers la visiteuse.

— Salut !

— Bonjour, répondit Nora.

— Vous êtes la première femme que Jeffrey amène ici, lui apprit la blonde. On trouve ça mignon.

De l'autre côté du passage voûté, dix ou douze jeunes personnes coupaient des légumes et confectionnaient des boulettes de pâte, de chaque côté de deux plans de travail munis d'un billot de boucher. Casseroles et poêles en cuivre pendaient aux poutres du plafond. Devant deux fourneaux de restaurant, d'autres femmes, la plupart portant veste blanche et foulard sur la tête, s'occupaient de poêles crépitantes et de cocottes bouillonnantes. L'une d'elles remuait avec vigueur le contenu d'un fait-tout. Un réfrigérateur en inox, aussi gros qu'une Mercedes, s'élevait près d'une table à laquelle étaient assises deux jeunes femmes qui introduisaient des emballages dans un carton isotherme. Derrière elles, une longue fenêtre donnait sur un immense jardin où une fille en tablier bleu écossait des petits pois. Toutes ces inconnues avaient l'air d'étudiantes — ou du moins de ce que seraient les étudiantes si elles étaient toutes âgées de vingt-cinq ans, minces et exceptionnellement séduisantes. Certaines des cuisinières levèrent les yeux quand Jeffrey entraîna sa compagne vers celles qui étaient rassemblées devant le fourneau le plus proche.

Lentement, comme en l'éclosion d'une grande fleur, ces dernières s'écartèrent pour révéler en leur centre une femme trapue, vêtue d'une ample robe noire, portant une masse de colliers et de pendentifs, qui remuait une épaisse sauce rouge à l'aide d'une cuiller en bois. Ses cheveux gris acier étaient réunis en chignon, et elle avait un visage intimidant, sans rides. Elle regarda Jeffrey, jaugea Nora de ses yeux sombres, et se tourna vers la jeune Noire aperçue à la fenêtre.

— Tu sais ce qu'il faut faire, maintenant, Maya ?

— Les champignons d'Hannah, ensuite les autres, et puis tout va dans la casserole avec le veau de Robin, pendant cinq minutes, et ensuite, vlan, dehors.

— Bien. (Elle claqua des mains et s'éloigna de la cuisinière.) On va occuper utilement Sophie. Comment ça va, l'emballage ?

— On a presque fini celui-là, répondit une des filles assises à la table.

— Maribel, demande à Sophie de t'aider à tout porter dans la camionnette. (Une grande rousse aux lunettes rondes cerclées de corne se dirigea vers la voûte.) Jeffrey a choisi un jour chargé pour nous rendre visite. On a la Société asiatique à neuf heures, et juste avant, un banquet à Chesterfield, mais j'ai l'impression qu'on est dans les temps. (Elle procéda à une nouvelle rapide inspection de ses troupes, puis se tourna vers Nora.) Alors, voilà la dame dont nous avons toutes lu les aventures. D'après Jeffrey, vous voulez me parler de Katherine Mannheim.

— Oui, confirma la visiteuse, si vous pouvez m'accorder un peu de temps.

— Bien sûr. Allons nous asseoir dans l'autre pièce. (Elle tendit la main. Nora la prit.) Bienvenue. J'ai cru comprendre que vous risquez d'être obligée de vous cacher un certain temps. Si vous voulez, vous pouvez venir ici. Je n'ai pas de chambre à vous offrir, mais vous dormirez sur un canapé jusqu'à ce qu'on vous trouve quelque chose de mieux. J'ai toujours l'usage de deux bras supplémentaires, et dans l'ensemble, la compagnie est agréable.

— Je crois que je vais lui prendre une chambre au Northampton Hotel, intervint Jeffrey.

Sa mère n'avait pas quitté Nora des yeux.

— Faites ce que bon vous semble, bien sûr, mais si vous êtes dans l'embarras, vous pouvez toujours revenir ici.

— Merci. Je m'en souviendrai.

— Je serai ravie de venir en aide à l'épouse de Davey Chancel. (Nora jeta un coup d'œil surpris à Jeffrey.) J'en déduis que mon fils m'a laissé les explications.

— Oserais-je agir autrement ? confirma le majordome.

Sophie et Maribel s'étaient interrompues pour chiper des boulettes de viande à la suédoise sur un plat fumant.

— Chargez la camionnette, mes petits elfes, leur intima leur aînée. (Elles quittèrent la cuisine à la hâte, en mastiquant.) Allons à côté et asseyons nous. Je suis restée debout toute la journée.

Elle désigna le canapé sur lequel avait été vautrée Sophie, devant la télévision. Nora s'assit. Jeffrey mit les mains dans les poches et regarda sa mère éteindre le récepteur, puis prendre place au bout du divan et poser les mains sur les genoux.

— On ne nous a pas présentées. Je suppose donc que vous n'avez aucune idée de mon identité, en dehors de ma qualité de mère de cet individu.

— Non, et j'en suis désolée, avoua la visiteuse. Vous connaissiez Katherine Mannheim ? Et aussi les Chancel ?

— Naturellement. Katherine était ma sœur aînée. J'ai rencontré Lincoln Chancel à Shorelands, et avant que je n'aie compris quel homme il était, il m'a prise à son service. J'y étais encore alors que votre mari n'était qu'un enfant.

Nora se tourna vers Jeffrey, qui s'éclaircit la voix.

— Mr Chancel n'aimait pas la sonorité des noms italiens.

— Quand il m'a engagée, je m'appelais Helen Deodato, mais vous avez dû entendre parler de moi sous le nom d'Helen Day. Je m'y suis tellement habituée que, dans ma tête, je suis toujours Helen Day. Quand Alden et sa femme ont repris la maison, ils m'ont surnommée la Porteuse de Tasse.

LIVRE VIII

LA PORTEUSE DE TASSE

UN LONG MOMENT, PÉPIN DEMEURA ASSIS DANS LA CHALEUR ET LA LUMIÈRE CHANGEANTE DU FEU, SANS PARLER. IL CONTEMPLAIT LE VISAGE DE LA VIEILLE FEMME. APRÈS TOUT CE QU'ELLE LUI AVAIT DIT, SON MENTON POINTU ET LES MOUSTACHES BLANCHES QUI MARQUAIENT SA LÈVRE SUPÉRIEURE NE L'EFFRAYAIENT PLUS. PAS PLUS QUE LE CRÂNE DANS LEQUEL ELLE BUVAIT SON IGNOBLE POTION BRUNE, NI LE TAS D'OSSEMENTS, DERRIÈRE ELLE. IL ÉTAIT TROP INTÉRESSÉ PAR SON HISTOIRE POUR AVOIR PEUR. « JE NE COMPRENDS PAS, » DIT-IL. « VOUS ÊTES SA MÈRE MAIS IL N'EST PAS VOTRE FILS ? »

73

Durant d'interminables secondes, elle fut incapable de parler — et même de bouger. La vieille femme décidée qui se tenait devant elle, légèrement penchée en avant, ses larges mains plantées sur les genoux — avec ses colliers de pièces anciennes, de lourds maillons d'or, de perles en céramique, d'oiseaux ou de plumes en argent, et de pierres rouges et vertes brillantes —, estimait l'effet de sa révélation. Nora contemplait les sourcils noirs et drus, les yeux intelligents, le nez proéminent, les lèvres pleines, bien dessinées, et le menton rond d'Helen Day. La Porteuse de Tasse. O'Dotto — Day et O'Dotto, les deux moitiés de son vrai nom, qu'ignorait Davey, parce que son grand-père jugeait les patronymes italiens trop prolétaires pour être utilisés sous son toit.

— Tu aurais au moins dû lui dire un petit quelque chose, Jeffrey. Il est injuste de lui assener tout ça en même temps.

— Je ne voulais pas être injuste envers toi, répondit l'intéressé.

— Ne vous inquiétez pas pour moi, intervint Nora.

— Je ne m'inquiète pas.

— Ça fait juste beaucoup de choses à assimiler en même temps. Davey m'a tellement parlé de vous. Vous êtes légendaire. On s'extasie encore sur vos desserts.

— On aime le sucre, dans votre famille. Le vieux Mr Chancel était capable de dévorer un millefeuille entier à lui tout seul. Il m'arrivait d'en faire deux, un pour lui et un pour les autres. Le petit Davey était tout pareil. J'avais peur qu'il ne devienne obèse. C'est arrivé ? Non, j'imagine que vous ne l'auriez pas épousé s'il n'avait été qu'un gros tas de boyaux ambulant comme son grand-père.

— En effet.

— De toute façon, c'est l'hôpital qui se moque de la charité. (Helen Day parut songeuse.) J'ai dû manquer à Davey, quand les Chancel se sont séparés de moi. Le pauvre petit ! Avec ces deux-là comme parents, il n'a pas pu ne pas me regretter.

— Une fois, il m'a dit que vous étiez sa vraie mère, confia Nora.

— Sa vraie mère, il ne la voyait presque jamais. La plupart du temps, elle ne savait même pas s'il était à la maison.

— Et bien sûr, même elle n'était pas sa vraie mère. Vous deviez être aux Peupliers quand le premier enfant est mort.

Helen Day porta l'index à ses lèvres et jeta un long regard pensif à son interlocutrice. Elle acquiesça.

— J'étais là pendant la grosse colère, oui.

— Daisy et Alden ne voulaient pas d'enfant, n'est-ce pas ? Pas vraiment. C'est Lincoln qui les a poussés à adopter Davey.

Une autre pause méditative.

— Je dirais qu'effectivement, le vieux leur a fait comprendre qu'il voulait un héritier. On ne passait pas tellement de soirées calmes, à Mount Avenue, à cette époque-là. (Elle détourna les yeux, et son beau visage se durcit tel du ciment.) D'après Jeffrey, vous voulez me parler de ma sœur.

— Oui, j'y tiens beaucoup, mais pourrais-je d'abord vous poser quelques questions sur d'autres membres de votre famille ?

Helen haussa les sourcils.

— D'autres membres de ma famille ?

— Sabina Mann est-elle votre sœur ?

La vieille femme jeta un coup d'œil rapide à son fils.

— Il fallait qu'on voie Ev Tidy, expliqua-t-il. Son numéro est sur liste rouge, donc j'ai appelé Sabina, et je lui ai demandé de l'inviter chez elle.

— Ce qu'elle a été ravie de faire, j'en suis sûre. Je parie qu'elle n'a pas arrêté d'aller et venir avec des biscuits bon marché et des tasses d'Earl Grey.

— C'était du Gunpowder, et elle ne nous a interrompus qu'une fois. Je dois cependant admettre qu'elle était furieuse contre moi.

— Du Gunpowder, soupira Helen. Seigneur ! Enfin, ça lui passera. Vous vouliez parler de Shorelands à Everett à cause de son père, je suppose.

— C'est exact, confirma Nora.

— Et il vous a dit des choses intéressantes ?

— Il a eu quelques idées, dit Jeffrey.

Sa mère surprit le coup d'œil de mise en garde qu'il lança à leur compagne.

— Je ne serai pas indiscrète. Tout ça ne me regarde pas, sinon ce qui concerne ma sœur. Mais d'après ce que je me rappelle du père d'Everett, il n'avait sans doute pas grand-chose à dire sur Katherine. J'ai l'impression qu'ils se sont à peine parlé. Il n'y a certainement pas là-dedans de quoi exciter ces pauvres vieilles Effie et Grace. (Comme Nora paraissait désorientée, Helen Day ajouta.) Mes sœurs. Les deux idiotes qui ont vu le film et engagé un avocat.

— C'est exact, approuva Jeffrey. Bill Tidy n'avait aucune idée de ce qu'écrivait Katherine.

— Ça ne me surprend pas. Toute cette histoire est complètement dingue. À présent, je sais que la folie a contaminé le monstre qui vous a enlevée au poste de police. (Elle secoua la tête, dégoûtée.) Pour répondre à votre question : non, Sabina Mann n'est pas ma sœur, Dieu merci. Elle s'appelait Sabina Kraft, avant d'épouser mon frère Charles. Entérinant ainsi la rupture de toutes relations entre lui et moi amorcée au moment où il avait changé de nom.

— Pourquoi l'avait-il fait ?

— Charles détestait mon père. En renier le nom était simplement un moyen de le faire souffrir. Il s'en est chargé dès ses vingt et un ans. Cette honte a presque failli faire perdre à Grace et à Effie le peu de raison qu'elles avaient. Katherine s'en moquait, bien sûr. Pour elle, ça n'avait aucun sens. Tout sa vie, elle a vécu dans un autre monde.

Nora songea qu'Helen Day, qui n'avait apparemment pas protesté quand Lincoln Chancel avait modifié son nom à elle, était tout aussi particulière que sa sœur.

— Vous n'étiez pas proche de Charles ou de vos deux autres sœurs ?

— Je m'entendais nettement mieux avec les Deodato qu'avec ma véritable famille, si c'est ce que vous voulez savoir. C'étaient de braves gens, raisonnables, chaleureux, qui ont été ravis de s'occuper de Jeffrey quand il est devenu évident que, seule, j'en étais incapable. Je n'allais certainement pas confier mon petit garçon à Charles, sans parler de Sabina, et Grace et Effie étaient à peine fichues de s'occuper d'elles-mêmes. Alors que là, il y avait ce clan extraordinaire, plein de cuisiniers, de policiers et de professeurs de lycée. Je les aimais tous beaucoup, et mon mode de vie ne les dérangeait pas, si bien que j'ai toujours pu voir mon fils chaque fois que je l'ai voulu. Quand j'ai quitté les Chancel, j'ai su que je devais revenir dans cette région du Massachusetts. J'y avais ma maison, et c'est là que mon mari était mort. C'est le seul endroit au monde que j'aie jamais aimé. Jeffrey l'a compris.

— C'est vrai, confirma-t-il. Je le comprends toujours.

— Je sais bien. C'est juste que je ne veux pas que Nora me juge trop durement. À nous tous, nous avons quand-même fait du bon travail avec lui, vous ne trouvez pas ? Il a vécu un tas de choses intéressantes, même si, à cause de son côté Mannheim, les autres ont eu du mal à les assimiler.

Il y a beaucoup de moi, en lui, et beaucoup de Katherine, aussi. Mais il est nettement plus gentil qu'elle ne l'était. Ou que moi, d'ailleurs.

— Katherine n'était pas gentille ?

— Est-ce que je le suis ? À vous de me le dire.

— Vous êtes au-dessus de la gentillesse, répondit Nora. Je crois que vous êtes trop bonne pour être gentille.

De minuscules points lumineux s'allumèrent au fond des yeux de la vieille femme.

— Vous venez de décrire ma sœur Katherine. J'aimerais que vous vous rappeliez mon offre. Si jamais vous avez besoin d'un endroit sûr où aller, vous serez la bienvenue ici. Vous apprendriez à faire toutes sortes de plats, et vous mettriez un peu d'argent de côté. Nous fonctionnons selon un principe communautaire, et tout le monde fait sa part.

— Merci, dit Nora. Je suis presque tentée de signer tout de suite.

— J'aurais dû le prévoir, remarqua Jeffrey. Le célèbre Refuge pour Femmes, Salon Intellectuel et École de Cuisine Helen Day a encore frappé.

— Ne sois pas bête, lui reprocha sa mère. Nora me comprend. À présent, nous allons en arriver à Katherine, comme ça, vous pourrez cesser de trépigner.

— Alléluia, ponctua-t-il avant de s'asseoir face aux deux femmes, sur l'autre canapé.

— Est-ce que Katherine vous parlait de ce qu'elle écrivait ? s'enquit Nora.

— Je me rappelle qu'elle m'a lu quelques poèmes quand elle avait douze ou treize ans, et moi neuf ou dix. C'était un événement, parce qu'elle a toujours été très réservée sur le sujet. Mais pas sur ses opinions. Quand elle jugeait quelque chose stupide, elle le faisait savoir. Mais je la voyais tout le temps en train d'écrire ses poèmes, et un jour, je lui ai demandé si je pouvais les lire. Elle m'a dit que non, mais qu'elle allait m'en dire quelques uns — et elle l'a fait, deux ou trois œuvres courtes. Je n'en ai pas compris le premier mot, et je ne lui ai plus jamais posé la question.

— Mais ensuite ? Quand vous avez été adultes toutes les deux ?

— À ce moment-là, on ne se voyait guère qu'une fois tous les deux mois, et quand elle mentionnait son œuvre, c'était juste pour signaler qu'elle y travaillait. Elle m'a tout de même appelée pour m'annoncer qu'elle allait à Shorelands. Elle en était heureuse, et elle devait venir ensuite passer quelques jours avec moi. J'habitais déjà ici, et elle à New York — seule, bien sûr : un petit appartement de Patchin Place, dans Greenwich Village. J'y suis allée deux semaines après être rentrée de Shorelands. Je savais qu'elle était morte. J'espère que vous me croirez sur parole à ce sujet-là.

— Qu'est-ce qui lui est arrivé, à votre avis ? demanda Nora.

— Des années après, cette outre pleine de vent de Georgina Weatherall a fait semblant de croire que Katherine s'était enfuie en emportant un de ses tableaux et qu'elle avait changé de nom pour disparaître. Quelle histoire ! Katherine n'a jamais rien volé de toute sa vie. Pourquoi l'aurait-elle fait ? Elle n'avait jamais eu envie de rien. C'est juste que cette version rendait Georgina moins ridicule que si une de ses invitées était morte dans les bois, si profonds qu'on n'avait jamais pu retrouver le corps.

— Vous êtes sûre que c'est ce qui est arrivé ?

— Je l'ai su à la seconde même où j'ai rencontré cette bonne femme ridicule. Katherine avait dû la caresser à rebrousse-poil, et ce genre de personne ne supporte pas qu'on se moque d'elle. Que ma sœur provoque une pareille idiote et décampe une demi-seconde avant de se faire expulser aurait été tout à fait dans son caractère. Simplement, la malchance a voulu qu'elle meure durant cette petite plaisanterie, si bien que n'avons pas pu l'enterrer. Son cœur s'est rappelé à elle au mauvais moment, c'est tout.

— Comment Georgina a-t-elle su où vous contacter, après cette disparition ?

— Katherine lui avait donné mon numéro. Évidemment ! Dieu sait qu'elle n'aurait jamais donné celui de Charles, ou de Grace et Effie. Elle m'a toujours mieux aimée que n'importe lequel des autres. Je vais vous montrer quelque chose.

Elle se leva dans un entrechoquement de colliers et franchit le passage voûté. Nora et Jeffrey l'entendirent donner des ordres dans la cuisine, puis monter lentement un escalier.

— Que veut-elle me montrer, à votre avis ?

— Vous croyez que je suis capable de prévoir ce que va faire ma mère ?

— Qu'est-ce qu'elle reproche à Grace et Effie ?

— Elles sont trop normales. En outre, elles se sont scandalisées qu'elle travaille pour Lincoln Chancel. Elles la jugeaient trop bien pour ça. Mes tantes n'aiment pas tellement non plus ce qu'elle fait à présent. Elles estiment que ce n'est pas digne d'une dame.

— Je ne vois pas comment ça pourrait l'être plus, au contraire, dit Nora.

Jeffrey sourit.

— Vous ne connaissez pas Grace et Effie.

— Comment ont-elles retrouvé ce carnet qui a provoqué tous les problèmes ?

— Ma mère conservait les papiers de Katherine à la cave, ici même, mais quand elle y a fait aménager des chambres, il n'y a plus eu de place. Grace et Effie ont accepté de s'en charger : quatre cartons, qui renfermaient essentiellement des plans de nouvelles et de poèmes. Je les ai feuilletés, il y a longtemps.

— Pas de roman ?

— Non. (Il se retourna vers la voûte et la cuisine emplie de femmes.)

Par ailleurs, en dépit de ce qu'elle dit de Lincoln Chancel, ou même d'Alden et de Daisy, ma mère leur est toujours loyale. Ne parlez pas de ce dont nous discutions avec Ev Tidy, d'accord ? Ça ne ferait que la mettre en colère.

— J'ai vu le regard que vous m'avez lancé.

— Rappelez-vous : quand elle a cessé de travailler pour eux, elle leur a recommandé Maria, qui avait environ dix-huit ans et venait de débarquer en Amérique. Elle ne parlait pas un mot d'anglais, à l'époque, mais ils l'ont engagée tout de même. Et ils m'ont engagé aussi. Ma mère estime que les Chancel ont beaucoup fait pour notre famille.

— Je n'ai jamais compris pourquoi Alden et Daisy l'avaient renvoyée, remarqua Nora. Elle faisait presque partie de la famille.

— Je ne crois pas qu'ils l'aient fait. Elle a démissionné quand elle a eu assez d'argent pour créer son entreprise.

Les marches de l'escalier grincèrent.

— Davey m'a dit qu'ils l'avaient renvoyée. Ç'a été très douloureux, pour lui.

— Quel âge avait-il ? Quatre ans ? Il ne savait pas ce qui se passait réellement. (Jeffrey eut un petit sourire crispé, tandis que les pas de sa mère descendaient les degrés.) Dommage qu'ils ne l'aient pas envoyé à Long Island. Ça aurait pu lui faire du bien.

— Beaucoup de bien, approuva Nora, avant de se tourner vers la cuisine.

Helen Day, flanquée de trois assistantes, était penchée au-dessus d'un fait-tout en cuivre. Elle inspira profondément, médita, puis s'adressa à une jeune femme à l'air anxieux, laquelle alla vivement chercher une tasse de poudre brune, dont elle versa une pincée dans le récipient.

La fatigue de sa longue journée s'abattit sur Nora, qui sentit un énorme bâillement s'emparer d'elle.

— Ce n'est vraiment pas poli, remarqua-t-elle. Je suis désolée.

Helen franchit à nouveau le passage voûté, en s'excusant d'avoir tardé. Elle s'assit près de sa visiteuse et posa deux objets sur la surface de velours brun qui les séparait : une photographie encadrée, et une chemise si ancienne que la surface noire gaufrée en était devenue d'un gris irrégulier.

— Regardez cette photo.

Nora la ramassa. Deux fillettes en robe longue, la première âgée d'environ trois ans et l'autre, qui pouvait en avoir huit, souriaient au photographe dans un jardin ensoleillé. La plus jeune tenait une tasse et une soucoupe en porcelaine pour maison de poupée. Toutes deux, visiblement sœurs, avaient les cheveux sombres coupés à la Jeanne d'Arc et des traits agréables. L'aînée ne souriait que des lèvres.

— Vous devinez de qui il s'agit ? interrogea Helen.

— De Katherine et vous, répondit Nora.

— Je jouais à la dînette dans le jardin, et merveille des merveilles, elle m'a rejointe pour me faire plaisir. Mon père est sorti immortaliser cet instant, sûrement pour prouver plus tard à Katherine qu'elle avait bien été enfant. Et elle sait qu'il le fait pour ça, ça se lit sur son visage. Elle voit clair en lui sans effort.

Nora observa l'intense indépendance qui se lisait dans les yeux de la fillette. Cette enfant-là aurait vu clair en la plupart des adultes.

— Vous avez trouvé cette photo dans son appartement ?

— Non, j'y ai trouvé le manuscrit. La photo était sur son bureau, dans la Maison de Pain d'Épice, et c'est la première chose que j'ai vue quand j'y suis entrée. *Seigneur, regardez-moi ça !* me suis-je dit. Vous savez ce que ça signifie, n'est-ce pas ?

Nora n'en avait aucune idée, mais les yeux et la voix d'Helen Day indiquaient clairement ce que cela signifiait pour elle.

— Votre sœur se sentait proche de vous, dit-elle.

La vieille femme se renvoya en arrière dans un entrechoquement de colliers, et tendit un large index rose vers la gorge de Nora.

— En plein dans le mille. Elle se sentait plus proche de moi que de n'importe quel autre membre de la famille, sans exception. Quelle adresse et quel numéro de téléphone donnait-elle en cas d'urgence ? Les miens. Quelle photo emmenait-elle à Shorelands pour la mettre à la place d'honneur sur son bureau ? La mienne. Pas celle du gros Charles, n'est-ce pas ? (Le doigt étant toujours pointé vers sa gorge, Nora secoua la tête.) Non. Et pas non plus celle de ces deux andouilles qui n'ont jamais ouvert un livre, Grace et Effie, jamais de la vie. Au début, je n'ai pas compris pourquoi Katherine avait abandonné notre photo en partant, mais quand j'ai remarqué qu'elle avait aussi laissé son peignoir en soie et un paquet de livres, j'ai réalisé. Elle avait laissé tout ça à mon intention, parce qu'elle savait que j'en prendrais soin. Et je parie que vous devinez pourquoi ?

Une nouvelle fois, Nora donna la réponse que son interlocutrice voulait entendre.

— Parce que vous la compreniez mieux que les autres.

— Bien sûr. De toute sa vie, ils ne l'ont jamais comprise. Comme Jeffrey avec les Deodato. Je les adore, ce sont des gens merveilleux, mais ils n'ont jamais compris certaines des choses qu'il a faites. Des gens comme lui et comme ma sœur ne sont pas dans la droite ligne du parti. Ce n'est pas vrai, Jeffrey ?

— Peut-être bien, maman. Mais tu as toi-même dévié une ou deux fois de la droite ligne du parti.

— C'est exactement ce que je veux dire ! Il m'est arrivé de me faire traiter de folle. Par Charles, notamment. M'installer chez Lincoln Chancel ! Faire élever mon fils par quelqu'un d'autre, et même pas par lui, mais par des gens qu'il considérait comme ses inférieurs ! Tu dois être aussi folle que Katherine, il m'a dit. J'ai répondu qu'en ce cas, ce n'était pas si mal. Vous pouvez être sûre qu'il a changé de chanson quand Jeffrey a été admis à Harvard et qu'il y a brillé. Si les gens n'arrivent pas à vous comprendre, la première chose qu'ils font, c'est vous dire que vous êtes dingue. Grace et Effie sont encore persuadées que je le suis, alors que je me débrouille nettement mieux qu'elles. Elles étaient persuadées aussi que Katherine l'était. Elle les mettait mal à l'aise — tout comme moi, quand je suis entrée au service des Chancel. (Elle croisa les bras sur la poitrine, dans un fracas de perles et des pièces, et son regard se durcit.) Mes sœurs croient réellement que Katherine s'est enfuie avec le tableau, et qu'elle a vécu de l'argent de sa vente, après avoir changé de nom. Vous savez ce qu'elle m'ont dit ? Que Katherine n'était pas fragile du cœur : le Dr Montross avait fait une erreur quand elle était petite, et ensuite, on lui avait accordé un traitement de faveur. Elle a volé ce tableau, elle s'est enfuie, elle a changé de nom, et depuis, elle se moque de nous tous. Elles m'ont fait remarquer que Charles avait bien changé de nom, lui. Et moi ? Ce n'est pas Mr Day que j'avais épousé, n'est-ce pas ? J'ai répondu que je n'avais jamais changé mon nom, que mon employeur s'en était chargé, et que ce n'était pas un homme à qui on refusait une fantaisie. Tout ce que j'ai fait, c'est m'y habituer, et ce n'était de toute façon que mon nom d'épouse. Et tous ces textes, elles les trouvaient dingues aussi, mais ils ne l'étaient pas, n'est-ce pas, Jeffrey ?

— Absolument pas.

— Elle a été reçue à Shorelands. Personne n'a dit des autres invités qu'ils étaient fous. Et le Dr Montross n'était pas un charlatan. Katherine a eu un rhumatisme articulaire à l'âge de deux ans, et son cœur pouvait lâcher n'importe quand. Nous le savions tous. Elle est bel et bien morte. Mais Grace et Effie ont dit : on n'a pas retrouvé le cadavre, n'est-ce pas ? Malgré tous les policiers qui l'ont cherché ? Seulement, elle n'ont pas vu où ça s'est produit. On aurait pu y laisser vingt personnes pendant un mois, et elles n'auraient rien trouvé.

— Si elle voulait s'en aller, pourquoi a-t-elle traversé la forêt, et n'a-t-elle pas pris un chemin plus facile ?

— Elle ne voulait pas passer devant le Manoir, répondit Helen. Elle ne voulait pas être vue. Et puis, vous savez, elle est peut-être arrivée à la route. Elle s'est peut-être même fait prendre en stop et donner une chambre pour la nuit, ou bien elle est montée dans un train, mais son cœur a lâché, et elle est morte. Parce qu'elle ne m'a jamais contactée pour me demander ses affaires. Au bout de quinze jours, quand ni elle ni personne ne m'a appelée à ce sujet, j'ai su que j'avais raison.

— Mais votre frère et vos deux sœurs aînées n'étaient pas d'accord ? Ils la croyaient toujours en vie ?

— Pas Charles. Il était sûr que Katherine était morte, tout comme moi. Le Dr Montross avait dit à nos parents que si elle atteignait trente ans, ce serait un miracle, et cette année-là, elle en avait vingt-neuf.

— Et Grace et Effie ?

— Elle le savaient aussi, mais elles ont changé d'idée quand le livre est sorti, disant presque sans détour que Katherine avait volé le tableau dans la salle à manger. Pour elles, de toute façon, elle ne faisait jamais rien de bon. Elles n'ont pas eu une seule fois un mot gentil à son sujet avant de commencer à explorer ses papiers, dans le but de s'en débarrasser — des papiers que je leur avais confiés pour qu'elles les préservent —, et de lire quelques gribouillis qui leur ont rappelé un film qu'elles n'avaient même pas aimé. Elles la croient toujours folle, mais elles n'ont rien contre l'idée de se faire un peu d'argent grâce à elle. Les vieilles chouettes. Ce n'est pas Katherine qui a écrit ce livre, c'est Hugo Driver. Si vous voulez savoir ce qu'écrivait ma sœur, regardez dans cette chemise.

74

Avec une brusque poussée d'excitation, Nora ouvrit la chemise. Jeffrey se leva pour mieux voir.

PAROLES NON ÉCRITES
par
Katherine Mannheim
15 Patchin Place,
New York
(copie n° 2)

Elle tourna la page de titre pour découvrir un poème intitulé « Dialogue des derniers jours », abondamment corrigé à l'encre verte. La déception l'envahit. Ainsi, voilà ce qu'écrivait Katherine Mannheim ? Le poème se poursuivait sur la page suivante. Nora feuilleta le manuscrit et constata que l'œuvre occupait vingt-trois pages. Le « Second Dialogue », tout aussi raturé, en faisait vingt-six. Deux autres textes, de trente à quarante pages, achevaient le livre.

— D'après moi, il s'agit d'un unique poème, divisé en dialogues. Elle en avait deux copies, toutes les deux gribouillées. Elle a dû emporter la première à Shorelands, pour la retravailler. Je pense qu'elle en aurait tapé une troisième et dernière à son retour, en incorporant toutes ses corrections.

Katherine avait « non écrit » ses *Paroles non écrites* par une longue et minutieuse série de révisions.

— Vous avez trouvé ça sur son bureau ?

— Dans son appartement, juste à côté de sa machine à écrire, près d'un gros classeur empli de versions précédentes. Celle de Shorelands a été perdue avec tout ce qu'elle avait dans sa valise.

— Tu ne me l'avais jamais montré, remarqua Jeffrey.

— Tu ne viens pas très souvent, et je n'avais pas fini de l'étudier. J'ai toujours eu du mal à saisir ce qu'écrivait Katherine, et ça, c'est encore plus ardu que le reste, surtout avec toutes ces ratures. Au bout d'un an ou deux, j'ai commencé à défricher un peu le texte. J'ai compris, ou cru comprendre, qu'elle parlait de sa mort. De la manière dont elle avait toujours vécu avec la mort. Si on m'avait posé la question, j'aurais répondu qu'elle n'y pensait jamais, parce qu'elle n'en donnait pas l'impression. Katherine n'était pas du tout du genre à broyer du noir, mais bien sûr, elle y pensait tout de même en permanence. C'est pourquoi elle écrivait comme elle écrivait, et pourquoi elle a vécu comme elle a vécu. Ce que je crois, c'est que ma sœur Katherine était une sainte. Une vraie.

Nora releva les yeux du livre, étonnée.

— Une sainte ?

Helen Day sourit et jeta un coup d'œil à la photographie.

— C'était l'être le plus sensible, le plus intelligent et le plus dévoué que j'aie jamais connu, le plus profondément pur. Ce que le commun des mortels appelle religion ne la touchait absolument pas, même si nous avions reçu une éducation catholique. Mais on trouve plus de gens éclairés hors des églises qu'à l'intérieur. Katherine ne pouvait pas se permettre de se laisser déranger par les choses sans importance dont la plupart des gens s'inquiètent toute leur vie. Elle savait s'amuser, il lui arrivait de choquer des personnes aux idées vulgaires, mais elle était parfaitement lucide. Quand je reçois une nouvelle fille, ici, j'essaie de voir si elle a au moins une parcelle de ce qu'avait Katherine. Si c'est le cas, bienvenue à bord. Vous, vous en avez une partie.

— Un tas de gens ordinaires pourraient me juger un peu dingue, c'est vrai, admit Nora en songeant à ses joyeux démons.

— Ne les croyez pas. Vous avez été blessée, ça se voit, et ce n'est pas étonnant, compte tenu de ce qui vous est arrivé. Et vous voilà à errer dans le Massachusetts au lieu de rentrer dans votre foyer, si vous en avez encore un. (Elle regarda son fils.) Alden Chancel ne vous considère peut-être pas comme l'épouse idéale pour son héritier, mais vous êtes loin d'être folle. En fait, à mon avis, vous êtes de ceux qui comprennent plus de choses que la moyenne.

— C'est trop d'honneur, dit Nora.

— Vous voulez savoir la vérité. Quand je plonge dans mes souvenirs, j'ai l'impression que l'essentiel de ce que j'ai appris quand j'étais petite était faux. On nous nourrissait de mensonges, jour et nuit. Des mensonges sur les hommes et les femmes, sur la manière dont il convient de vivre, sur nos propres sentiments, et je me demande si les choses ont vraiment changé. Il est important de découvrir ce qui est vrai, et si vous n'étiez pas d'accord, vous ne seriez pas ici en ce moment.

Oui, songea Nora, *je pense effectivement qu'il est important de découvrir ce qui est vrai.*

Helen Day consulta sa montre.

— Il faut que je m'assure que tout est en ordre, avant de faire une apparition à la Société asiatique. J'espère que vous réfléchirez à tout ce que je vous ai dit.

— Merci d'avoir bien voulu me parler.

Tous trois se levèrent.

— Vous serez au Northampton Hotel ?

— Oui, répondit Jeffrey.

Helen n'avait pas quitté Nora des yeux.

— Si vous êtes encore debout vers dix heures, ce soir, vous voulez me passer un coup de fil ? Il y a quelque chose dont je veux vous parler, mais il faut d'abord que j'y réfléchisse.

— Quelque chose qui concerne votre sœur ?

La vieille femme secoua lentement la tête.

— Pendant que je réfléchis à mon problème, vous devriez réfléchir à votre mari. Vous êtes plus forte que Davey, et il a besoin de votre aide.

— Qu'est-ce que c'est que ce fameux problème ? demanda son fils.

Elle se tourna vers lui, et lui prit la main.

— Tu reviendras demain, Jeffrey, n'est-ce pas ? On aura le temps de discuter vraiment. Si tu arrives vers huit heures, tu pourras aussi nous servir de chauffeur. Il faut qu'on aille acheter une tonne de légumes.

— Tu veux que je conduise une des camionnettes, avec Maya et Sophie qui se foutront de moi à l'arrière ?

— Tu aimes ça. Reviens demain.

— Dois-je emmener Nora ?

Helen les avait lentement accompagnés jusqu'à la porte d'entrée. À cette question, elle lança à l'intéressée un regard aussi éloquent qu'un contact physique.

— C'est à elle de décider, conclut-elle en les faisant sortir dans la nuit chaude.

75

— Vous l'aimez bien, hein ?

— Comment ne pas l'aimer ? répondit Nora. Elle est extraordinaire.

Jeffrey leur faisait descendre la rue principale, où luisaient des devantures de restaurants, et où des badauds, par groupes de trois ou quatre, allaient et venaient entre les poches de lumière créées par les lampadaires.

— Je sais, mais elle déconcerte un tas de gens. Elle se fait une opinion au premier regard, et si on passe l'examen, on est invité. Sinon, c'est la douche froide. J'étais presque sûr que vous lui plairiez tout de suite, mais... (Il lui jeta un coup d'œil.) Vous comprenez pourquoi je ne vous ai pas beaucoup parlé d'elle auparavant ?

— Je pense que oui.

— Qu'est-ce que vous voulez faire ?

— Aller me coucher, répondit Nora. Ensuite, il n'est pas impossible que je passe le reste de mon existence à découper du céleri pour votre mère. Il faudrait que je change de nom, mais ce n'est pas un problème : tout le monde le fait. Au bout d'un ou deux ans, je deviendrais peut-être aussi psychologue qu'elle le croit.

Jeffrey lui lança un de ses éternels regards obliques.

— J'ai eu l'impression que vous n'étiez pas satisfaite, tout à l'heure. Déçue, peut-être.

— Eh bien, vous êtes déjà assez psychologue pour deux. Oui. Je crois que j'espérais trop. Je me disais que même si tout s'écroulait autour de moi, je pourrais au moins aider à prouver que votre tante est le véritable auteur du *Voyage dans la nuit*. À la place, tout ce que j'ai réussi à découvrir, c'est qu'Hugo Driver était un sale petit voleur. Mais il n'a pas volé *Le Voyage dans la nuit*, donc toutes nos déductions se révèlent fausses. Qu'est-ce que vos tantes ont trouvé, en fait ? Qu'est-ce que les a excitées à ce point-là ?

— Des phrases. Des descriptions de paysages, de champs, de brouillard et de montagnes. La plupart faisaient un peu penser à du Driver, mais pas assez pour justifier une action en justice. Il y avait quelque chose à propos de la mort et de l'enfance — de la manière dont un enfant peut considérer la mort comme un voyage.

— C'est logique de la part de Katherine Mannheim, mais ça ne prouve absolument rien à propos du livre.

— Il y a surtout deux phrases qui les ont mises dans tous leurs états. La première concernait un loup noir.

— Ça ne veut rien dire du tout.

— L'autre contenait les mots « la Porteuse de Tasse ». Ça, ça les a vraiment titillées.

Ils dépassèrent la façade de l'hôtel. Un guitariste jouait de la bossa nova sur la terrasse.

— Je ne comprends pas. C'est comme ça que Davey appelait votre mère.

— Vous avez vu leur photo à toutes les deux, petites filles. Ma mère porte une tasse. Après ça, Katherine a commencé à l'appeler la Porteuse de Tasse. (Il fit pénétrer la MG dans le parking et eut un sourire éclatant.) J'oubliais que vous n'avez pas lu *Le Voyage dans la nuit*.

— Je ne comprends toujours pas.

— Le livre VIII du roman s'intitule « La Porteuse de Tasse ». C'est ça qui a vraiment fait démarrer Grace et Effie. Ça, et le loup.

Il se gara sur un emplacement vide et coupa le moteur.

— Mais Davey donnait ce surnom à votre mère avant même de savoir lire. Comment a-t-il appris ça ?

— Il a dû voir la photo dans sa chambre, supposa Jeffrey. Il y allait parfois la chercher, quand Daisy et Alden le laissaient seul. S'il lui a demandé ce que c'était, elle a dû lui parler du surnom. C'est peut-être une des raisons pour lesquelles le roman est devenu tellement important pour lui, plus tard. Ça lui rappelait ma mère.

Nora comprenait, à présent, pourquoi Davey avait été aussi agacé quand elle lui avait demandé l'origine de l'expression. Jeffrey attendait patiemment qu'elle eût terminé de poser des questions pour descendre de voiture.

— Est-ce que la Porteuse de Tasse du livre évoque en quoi que ce soit votre mère ?

— Examinons la question. (Il cala son menton au creux de sa main.) Elle confectionne un brouet malodorant. Elle n'a pas d'enfant, mais elle élève ceux des autres. Dans l'ensemble, elle est assez effrayante. Je dirais qu'elle ressemble beaucoup à ma mère.

— Hugo Driver n'avait jamais vu la photo. Où a-t-il pêché ça ?

— Là, je donne ma langue au chat.

Dans l'air tiède du soir, ils se dirigèrent vers les marches de béton menant à l'entrée postérieure de l'hôtel, que les lampes baignaient d'une vive lumière blanche. Le visage à moitié dans l'ombre, sa casquette Eton vissée sur le crâne, Jeffrey ressemblait plus que jamais à un voleur de bijoux pour roman des années vingt.

— Il est possible que ça ne me regarde pas, remarqua-t-il, mais si ma mère vous pousse à appeler Davey, réfléchissez bien avant de le faire. Et si vous décidez de l'appeler, ne lui dites pas où vous êtes.

Il se détourna et la précéda dans l'escalier illuminé.

76

Une minuscule partie de l'esprit de Nora, méfiante, s'était attendue à ce que l'hôtel ne disposât plus que d'une unique chambre libre, mais Jeffrey ne s'était pas changé en Dan Harwich. Il était revenu de la réception avec deux clefs. Celle de Nora donnait accès à une chambre du quatrième étage, dominant la terrasse et le haut de King Street. Elle avait pris un long bain chaud, et, enveloppée d'un peignoir blanc, occupait désormais un fauteuil douillet. La radio diffusait la *Rhapsodie pour alto* de Brahms. Le conditionneur d'air bourdonnait en sourdine. Elle lisait le roman préféré de son mari pour ne pas être obligée de réfléchir à ce qu'elle allait faire ensuite.

Pépin Petit rencontrait personnage après personnage, dont il écoutait les récits. Certains étaient humains, d'autres monstrueux, mais tous excellents conteurs. Leurs histoires étaient colorées, passionnantes, emplies de danger, d'héroïsme et de trahisons. Certains disaient vrai, d'autres mentaient. Certains voulaient aider Pépin, mais même eux n'étaient pas toujours francs. D'autres voulaient le découper en petits morceaux pour confectionner de délicieuses boulettes de viande, et ceux-là ne mentaient pas forcément. La vérité que recherchait l'enfant était une mosaïque qu'il devait assembler avec le temps, au prix de grands risques. Presque tous les personnages du *Voyage dans la nuit* étaient parents, formant une unique et gigantesque famille querelleuse. Comme dans toutes les familles, les membres de celle-là avaient des souvenirs et des interprétations différentes des événements importants. On y trouvait factions, secrets, haines. Selon les uns, Pépin devait prendre le risque de pénétrer dans le Champ de Vapeur pour en apprendre les leçons ; selon les autres, il ne devait pas s'exposer à sa contamination. Certains affirmaient qu'au milieu des Pierres de Layr, il découvrirait une clef d'or vitale pour sa quête, d'autres qu'il y serait attaqué par des bandits prétendant disposer de l'objet en question.

Il était tout juste vingt et une heures trente, une demi-heure avant le moment où Helen Day avait demandé à Nora de l'appeler. Mais Nora voulait-elle appeler Helen Day ? Pas si la mère de Jeffrey ne désirait que lui faire prendre Davey en pitié. Elle avait déjà pitié de lui. La vieille femme, cependant, avait dit vouloir réfléchir à un problème avant d'en parler. Sans doute se demandait-elle si elle devait révéler à son interlocutrice une chose que cette dernière avait déjà devinée : que les Chancel, en fait, n'avaient jamais voulu d'enfant.

Nora pouvait aussi bien essayer d'avancer le plus possible dans *Le Voyage dans la nuit*. Si elle sautait quelques passages, elle aurait peut-être le temps de terminer la centaine de pages qui lui restaient. Elle avait aussi la possibilité de passer directement aux vingt-cinq dernières, pour savoir si Pépin arrivait au Val du Mont. La nuit où sa vie avait commencé à déraper, elle s'était réveillée à temps pour voir l'enfant courir en direction d'une ferme blanche, qu'elle avait commis l'erreur de déclarer jolie. *On s'en fout que ce soit joli* avait dit Davey, ou quelque chose d'approchant. *C'est complètement raté. Le Val du Mont n'est pas censé être joli. Est-ce que cet endroit a l'air de receler le grand secret ?*

À quoi donc ressemblait cet endroit primordial ? Prince Soir disait que c'était « l'antre maudit des esprits cruels révélés par les Pierres de Layr » ; la Porteuse de Tasse le décrivait comme « une terre dévastée, voleuse d'âmes, dont tu dois te garder ». Encore moins explicite, Bon Ami l'appelait « la cellule close où tu as enfoui tes peurs les plus profondes. » Nora sauta la plupart des pages la séparant de la fin du livre, et parcourut le texte des yeux, avant de trouver le paragraphe suivant :

La grande porte ne résista pas à la clef d'or, et révéla ce qu'il avait le plus craint, mais aussi ce qu'il avait le plus espéré : le véritable visage du Val du Mont. Tout en bas des montagnes rocheuses couvertes de neige, il découvrit un cottage biscornu, le triste refuge d'existences aussi inconfortables que la sienne.

Pépin était rentré chez lui.

Quelques minutes avant l'heure dite, elle prit l'annuaire de Northampton dans un tiroir et s'assit sur le lit pour téléphoner.

— Cuisine Divine, annonça une femme.

Nora demanda à parler à Helen. Le téléphone heurta une tablette. Elle entendit un bourdonnement de voix féminines joyeuses.

— Allô, ici Helen Day.

Elle déclina son identité et ajouta :

— J'ai l'impression que vous êtes en train de faire la fête.

— Une partie de mes elfes sont rentrés en avance de la Société asiatique. Je vais vous prendre sur un autre poste.

Nora attendit. Elle attira le téléphone plus près du lit, s'étendit en bâillant, et ferma les yeux.

— Vous êtes toujours là ? Nora ? Ça ne va pas ?

Le plafond d'une chambre inconnue était suspendu au-dessus de sa tête. Elle reposait sur un lit un peu trop mou à son goût.

— Nora ?

Le décor peu familier qui l'entourait redevint la chambre du Northampton Hotel.

— J'ai dû m'endormir une seconde.

— Je dispose d'au moins une demi-heure avant qu'on ait besoin de moi. Vous voulez parler un peu, ou vous préférez laisser tomber et vous rendormir ?

— Ça va très bien.

Elle bâilla aussi discrètement que possible.

— Je pense souvent à Davey. C'était un tel petit amour. J'aimerais entendre tout ce que vous pouvez me dire à son sujet. Comment est-il, à présent ? Comment le décririez-vous ?

— C'est toujours un petit amour, admit Nora.

— Et c'est une bonne chose ?

Elle ignorait à quel point elle devait être honnête, et à quel point pourrait être dure une description honnête de Davey.

— Je dois admettre qu'être un petit amour à l'âge de quarante ans présente quelques inconvénients.

— Est-ce qu'il est gentil ? Est-ce qu'il est bon avec les autres ?

À présent, Nora comprenait ce que voulait savoir Helen Day.

— Il est totalement différent de son père. Le problème, c'est qu'il n'est pas sûr de lui, qu'il s'inquiète énormément, et qu'il est frustré en permanence.

— Je suppose qu'il travaille pour Alden.

— Qui le tient sous sa coupe, confirma Nora. Il lui donne beaucoup d'argent pour s'occuper de tâches subalternes, si bien que Davey est convaincu d'être incapable de faire autre chose. Dès que son père élève la voix, il capitule et il se roule sur le dos comme un petit chien.

Helen demeura muette un instant.

— Est-ce que vous allez souvent aux Peupliers ?

— Au moins une fois par semaine. En général le dimanche.

— Quels rapports avez-vous avez Alden ?

— Tendus ? Orageux ? Il a donné le change pendant environ six mois, et puis il a commencé à montrer ce qu'il pense vraiment.

— Est-il au moins poli ?

— Plus maintenant. Il me méprise. J'ai fait une bêtise, et Daisy a piqué une vraie crise, alors Alden a convoqué Davey pour lui dire que s'il ne me quittait pas, il le renverrait de Chancel House et le rayerait de son testament. (La vieille femme ne réagit pas.) J'avais l'impression que vous aviez autre chose en tête quand vous m'avez demandé de vous appeler.

— Alden fait chanter Davey pour qu'il vous quitte ?

— C'est l'idée générale. J'ai essayé de convaincre mon mari que nous n'avions pas besoin de l'argent de son père, mais je ne crois pas m'y être très bien prise.

— Quelle bêtise avez-vous faite pour donner prise à Alden ?

— Daisy m'a convaincue de lire son roman. Quand elle m'a téléphoné pour en parler, elle est montée sur ses grands chevaux. Alden m'en a rendue responsable.

— C'est une brute intégrale. J'ai énormément de respect pour lui, mais il n'empêche que c'est une brute.

— Moi, je ne le respecte pas. Il ne voulait pas de Davey, mais il est incapable de le laisser partir. Il a toujours souffert de savoir que son fils n'est pas le véritable David Chancel, alors le faux ne trouve jamais grâce à ses yeux.

— C'est ce que je craignais, soupira Helen Day. Alden le fait payer.

— Lincoln en a fait autant, n'est-ce pas ? Il a forcé Alden et Daisy à lui adopter un petit-fils, et ils ont joué le jeu pour le fric. C'est ça que vous vouliez me dire ? Vous ne vouliez pas en parler devant Jeffrey.

Une nouvelle fois, la vieille femme attendit un long moment avant de reprendre la parole.

— J'aimerais pouvoir m'étendre sur ce sujet, mais c'est impossible.

— Je suis déjà au courant. Dans le livre de Daisy, il y a presque la même histoire.

— Daisy était furieuse contre eux deux.

— Elle ne voulait pas d'enfant non plus. Je m'étonne même qu'ils en aient fait un, la première fois.

— J'imagine que ça les a étonnés aussi.

— Vous étiez aux Peupliers quand le premier est né ? Vous avez vécu toute cette période ?

— Oui.

— La « grosse colère », comme vous dites.

— C'est exactement le mot qui convient. Du boucan toute la journée, des cris, des hurlements.

— Et vous pensez que Davey devrait apprendre pourquoi ses parents l'ont toujours traité comme ça. Qu'il représente le moyen qu'a trouvé son père pour ne pas être déshérité. (Silence.) Alden vous a fait faire une promesse, n'est-ce pas ? Il vous a fait promettre de ne jamais en parler à Davey ? (Une nouvelle illumination saisit Nora.) Il vous a demandé de partir, et il vous a donné assez d'argent pour monter votre entreprise.

— Il m'a donné la chance dont j'avais besoin.

— Et vous lui en avez toujours été reconnaissante, mais vous n'êtes tout de même pas très à l'aise.

— Il n'aurait pas dû jouer à son fils le tour de cochon que lui a joué son père, soupira Helen après une pause. Ça me rend très malheureuse.

— Et le premier enfant, est-ce qu'ils le voulaient ? Ils ont dû le faire uniquement à cause de Lincoln.

— Si vous devinez, je ne vous dis rien. Vous comprenez ? Continuez à deviner. Pour l'instant, vous vous débrouillez très bien.

— Donc, ils n'en voulaient pas. Comment est-il mort ?

— Je croyais que Daisy en avait parlé dans son livre.

— C'est vrai, mais elle a tout modifié. (Une pensée terrifiante s'insinua dans l'esprit de Nora.) Est-ce qu'elle a tué le bébé ? C'est terrible, de dire ça, mais elle est presque assez folle pour en être arrivée là, et Lincoln et Alden n'auraient eu aucun mal à étouffer l'affaire.

— La seule chose que Daisy Chancel ait jamais descendu, c'est une bouteille, affirma Helen. Qu'est-ce que vous feriez d'un enfant dont vous ne voudriez pas ?

— Vous avez confié le vôtre à des parents.

— Oui, mais que feraient la plupart des gens ?

— Ils le feraient adopter, répondit Nora.

— Exactement.

— Mais pourquoi inventer cette histoire de décès ? Ça n'a aucun sens.

— Continuez à deviner.

— Faire adopter son enfant, et ensuite, en adopter un soi-même ? Je ne sais même pas si c'est possible. Aucune agence ne donnerait un bébé à un couple qui s'est débarrassé du sien.

— Je ne vous le fais pas dire, appuya la vieille femme.

— Donc le premier est mort. Sans doute au berceau. À moins qu'Alden ne l'ait assassiné.

— Qu'a écrit Daisy dans son livre ?

— C'est très confus. Il y a un enfant, mais ensuite, il disparaît. Le personnage qui représente Lincoln n'arrête pas de tempêter, et la moitié du temps, il est en uniforme nazi. Lincoln Chancel portait des uniformes nazis ?

— Mr Chancel collectionnait les drapeaux, les uniformes, les écharpes et les brassards nazis. Après sa mort, Alden m'a demandé de tout brûler. Il faut que vous *deviniez*, Nora. Est-ce que vous croyez que le bébé est mort ?

— Je crois qu'il n'est pas mort, dit Nora. Je crois qu'il a été adopté.

— C'est une bonne déduction.

— Mais...

Brusquement, un passage du roman de Daisy se déroula en elle. Adelbert Poison, sur sa terrasse délabrée, en train de se disputer avec Clementine. Elle tenta de se rappeler ce qu'écrivait cette dernière à propos d'Egbert — en particulier un mot bien précis. Ce qui était réellement arrivé à Davey, la seule suite d'événements qui justifiât toute cette agitation, la frappa une fraction de seconde avant qu'elle ne retrouvât le mot en question : *reprendre*. Elle eut le sentiment qu'une bombe venait d'exploser dans sa poitrine.

— Oh, non, souffla-t-elle. Pas ça. Ils ont fait adopter Davey, et ensuite, Lincoln les a forcés à le reprendre. Il n'y a jamais eu de premier Davey. Le premier Davey, c'est Davey !

Après avoir exprimé ce qu'elle avait en tête, elle ne douta plus le moins du monde d'être dans le vrai.

— Ça m'a l'air d'une fort bonne déduction, confirma Helen Day. Les Chancel ont une imagination extraordinaire. Avec eux, les vérités ordinaires n'ont aucune chance.

Nora laissa s'exprimer d'elle-même l'idée qu'elle avait de leur crime.

— Ni l'un ni l'autre ne voulait d'enfant. Ils ont été obligé de le reprendre à cause du fric, mais ils auraient préféré qu'il meure.

— Et Alden n'a jamais cessé de le lui faire payer.

— Il n'a jamais cessé de le lui faire payer, répéta Nora en écho.

— J'avais raison. Vous comprenez plus de choses que la plupart des gens.

— Il lui ont menti toute sa vie. Quel âge avait-il quand ils l'ont récupéré ?

— À peu près six mois. L'autre famille ne voulait pas le rendre, mais Lincoln a forcé Alden et Daisy à aller dans le New Hampshire. Ils ont dit tout ce qu'il fallait dire, et ils ont eu l'enfant.

— Tout le monde le croyait mort. La seule personne à savoir la vérité, c'était vous. Ils ont eu peur que vous la disiez à Davey lorsqu'il aurait grandi, et ils vous ont chassée.

La vieille femme soupira.

— C'est une des pires choses qui me soient arrivées dans ma vie. Je pouvais voir Jeffrey quand je voulais, et je le savais confié à des gens qui l'aimaient, mais Davey était tout seul. Quand Mr Chancel est mort, ils se sont tout simplement mis à l'ignorer. Ce sont de braves gens, mais ils ne voulaient pas être parents.

Nora était encore secouée.

— Comment pouvez-vous dire que ce sont de braves gens, alors que vous savez ce qu'ils ont fait ?

— Il n'est pas si facile de juger quand on comprend. Alden a un cœur de pierre et c'est une brute, mais je sais pourquoi. À cause de son père. C'est la vérité pure et simple.

— Ça doit être ça, admit Nora.

— Vous n'avez pas connu Lincoln Chancel. Il avait plus d'énergie, de cervelle et de volonté que six hommes ordinaires réunis. C'était un *guerrier*. Certaines des choses pour lesquelles il s'est battu étaient mauvaises, injustes, et il se fichait de la loi, sauf s'il la trouvait de son côté, mais il ne traversait pas la vie timidement : il rugissait. Par moments, j'ai été plus furieuse contre lui que je ne l'ai jamais été contre qui que ce soit d'autre, mais il avait quelque chose de fascinant. J'ai toujours pensé qu'il ressemblait beaucoup à ma sœur, en négatif. Ni l'un ni l'autre n'était très gentil, mais s'ils l'avaient été, ils n'auraient pas été aussi impressionnants.

— Mais c'était un monstre.

— Il faut avoir un saint en soi pour être un monstre. Mr Chancel a fait beaucoup de mal, mais il n'avait pas une pierre à la place du cœur. Quand je suis allée à Shorelands, qui a fait le plus d'efforts pour retrouver Katherine, à votre avis ? Qui a convaincu Georgina de me laisser rester quatre jours ? Mr Chancel. Qui nous a accompagnés dans la forêt, moi et les policiers ? Il avait ses affaires, il avait son téléscripteur et ses coups de téléphones, mais il a plus fait pour retrouver ma sœur que n'importe lequel de ces écrivains.

— Je vois, dit Nora.

— Je l'espère. Il a constaté l'état dans lequel j'étais, avec mon mari décédé, mon fils confié à ma famille, et mon cœur brisé par la mort de cette pauvre Katherine. Il m'a proposé un emploi à un salaire double de celui que je touchais alors, plus le gîte et le couvert.

— Vous l'aimiez beaucoup.

— Il y a des choses qui ne s'oublient pas. S'il avait vécu, il aurait dit la vérité à Davey, je le sais.

— Est-ce que je dois le faire, moi ? interrogea Nora.

— Vous devez faire ce que vous jugez bon, mais vous êtes de toute façon le genre de personne à agir ainsi. Je veux juste que vous vous rappeliez que je ne vous ai rien dit. Je fais moi aussi ce que je juge bon, et je ne reviens pas sur mes promesses.

— Au fait, est-ce qu'il n'ont pas été obligés d'organiser un enterrement ? Il était censé y avoir un cadavre.

— Inhumation privée. Dans un cimetière, près de St Anselm. Juste Alden, Mr Chancel et le prêtre. Ç'a été très court, et la seule personne à pleurer pendant la cérémonie a été Mr Chancel, parce qu'Alden savait pertinemment qu'on n'enterrait que deux briques, enveloppées d'un linceul pour qu'elle ne se baladent pas dans le cercueil.

— Seigneur, quel démon, soupira Nora.

— Son père a été nettement moins poli quand il a découvert la vérité.

Helen Day la surprit en éclatant de rire.

77

Davey était dans l'appartement de Jeffrey, dont la ligne n'était pas sur table d'écoute. Si elle l'appelait, elle n'était pas obligée de lui révéler la fourberie de son père. Il la croirait, avec le temps, elle le savait, mais si elle lui assenait la révélation d'Helen Day alors qu'il était toujours sous la coupe d'Alden, il l'accuserait de mentir. Une fois la vérité acceptée, il serait obligé de quitter les Peupliers et Chancel House, de sortir à jamais de la vie de son père.

Nora tendit la main vers le combiné. Le plastique lui parut chaud, vivant. Elle retira sa main, puis la tendit à nouveau. La sonnerie se déclencha à la manière d'une alarme, et elle sursauta. *Davey.*

Elle décrocha.

— Allô ?

— C'est vous, Nora ?

Ce n'était pas Davey.

— C'est moi, confirma-t-elle.

— Ici, Everett Tidy. J'ai essayé de vous appeler plus tôt, mais c'était occupé. Il n'est pas trop tard pour parler un peu, n'est-ce pas ?

— Non.

— Il faut que je vous dise quelque chose. Je ne tiens pas à vous inquiéter, mais ça m'a un peu chamboulé. (Elle s'enquit de ce qui s'était produit.) J'ai eu deux coups de téléphone. Le premier d'un avocat, Leland Dart. C'est le père, non ? (Nora demanda ce que voulait l'homme de loi.) Il s'est excusé de me déranger, et puis il a expliqué qu'il représentait Chancel House. Il m'a demandé si je savais qu'il y avait une polémique à propos de l'authenticité d'une de leurs publications. J'ai répondu que je n'étais absolument pas au courant. Il m'a appris alors qu'il s'agissait du *Voyage dans la nuit*, et que, comme je le savais certainement, mon père avait naguère été en contact avec l'auteur, Hugo Driver. Il voulait savoir si j'étais en possession de papiers susceptibles de prouver que Driver était bien l'auteur du roman. Si je n'avais pas le temps de m'en occuper, il se ferait un plaisir d'envoyer un de ses employés à Amherst pour tout éplucher à ma place.

— Et qu'avez-vous dit ?

— Que rien de ce qu'avait écrit mon père ne prouvait quoi que ce soit sur *Le Voyage dans la nuit*, ni dans un sens ni dans l'autre. Avais-je tout examiné ? Oui, et il faudrait qu'il me croie sur parole : il n'y avait rien qui pourrait lui servir. Ensuite, il m'a demandé combien de volumes de son journal avait laissés mon père, et où je les conservais. Étaient-ils chez moi, ou bien en dépôt dans une bibliothèque ? J'ai répondu qu'ils étaient à la bibliothèque de l'Université d'Amherst. S'il envoyait un employé, accepterais-je de le laisser étudier les papiers ? Pas question. Alors, il a affirmé qu'il aurait peut-être besoin de correspondre avec moi, et il a voulu vérifier mon adresse. Il m'a lu celle de mon ancien domicile et il a essayé d'obtenir confirmation. J'ai déclaré qu'en ce qui me concernait, nous n'avions plus rien à nous dire.

— Bien, approuva Nora.

— Après, il a voulu savoir si j'avais abordé récemment cette question avec quelqu'un d'autre. J'ai dit que ça ne le regardait pas. Avais-je entendu parler d'une dénommée Nora Chancel ? Est-ce qu'elle était venue me poser des questions sur Hugo Driver ?

— Il s'est renseigné sur moi ?

— Exactement. J'ai dit que non, que je n'avais eu aucun contact avec vous, et j'ai ajouté que s'il voulait avoir une conversation raisonnable, il n'avait qu'à appeler à une heure raisonnable. Là, il m'a quasiment traité de menteur, et il a affirmé que vous étiez recherchée par la police, que je devais refuser de vous rencontrer, et que j'aurais de sérieux ennuis si j'ignorais ce conseil.

— Pourquoi est-ce que Leland Dart...

— Tout de suite après, il m'a informé qu'un de ses jeunes avocats se trouvait d'ores et déjà dans la région d'Amherst. N'accepterais-je pas de le voir ? Non, je n'accepterais pas. Il a argumenté encore un petit moment, et puis j'ai entendu du bruit.

— Du bruit ?

— En fond sonore. Des gens qui discutaient. Des voix. Et un tintement bizarre, que j'ai fini par reconnaître : celui que produit une caisse enregistreuse en imprimant un total.

— Une caisse ?

— Alors, je lui ai dit : « Vous m'appelez d'un bar ? », et il a raccroché.

— Oh, non !

— Vous pensez la même chose que moi ?

— C'était Dick Dart qui se faisait passer pour son père.

— J'ai pensé à toute la tension que subit cet homme. Quand on a un meurtrier comme fils, on est peut-être tenté de traiter une partie de ses affaires dans les bars. Mais après le deuxième coup de fil, il m'est venu à l'idée qu'il pouvait s'agir de Dick.

Vingt minutes à peine après que le prétendu Leland Dart lui eut raccroché au nez, Tidy avait été contacté par un certain capitaine Liam Monoghan, de la Police d'État du Massachusetts. Everett Tidy serait bientôt convoqué pour être interrogé, voire accusé de divers crimes, et s'il avait une chance au monde d'échapper à une telle humiliation, elle s'appelait Liam Monoghan. *Je crois que vous ignoriez que cette femme était recherchée par le FBI*, avait déclaré le policier. Et aussi : *Nous savons que Mrs Chancel a changé de tête. Nous pensons qu'elle se trouve dans la région de Northampton. Est-ce exact ?*

— S'il avait cité n'importe quelle autre ville, je n'aurais rien dit du tout, Nora. J'aurais pensé qu'il bluffait. Vous devez comprendre ma position. Je veux vous aider de tout mon cœur, mais je n'ai pas envie d'aller en prison. Cet homme m'a promis que si je ne coopérais pas, j'y passerais au moins une nuit, et si ça arrivait, je craindrais d'impliquer Jeffrey et sa mère.

— Dick Dart m'a coupé et teint les cheveux, professeur Tidy, mais les flics ne sont pas au courant. Ils ne pourraient l'être que s'il le leur avait appris.

Il y eut à l'autre bout du fil un silence presque aussi long que ceux d'Helen Day.

— Je ne crois pas que ce type était policier, déclara enfin Tidy.

— Qu'est-ce que vous lui avez dit ?

— Il a prétendu qu'il serait convaincu de ma totale probité dans l'affaire si je confirmais ou infirmais l'information selon laquelle vous étiez à Northampton. Il y avait des gens, au quartier général de la police de l'État, qui voulaient m'y faire passer la nuit si je continuais de faire obstruction à la justice. J'ai pensé que le mieux, pour causer le moins de mal possible, c'était de lui confirmer ce qu'il savait déjà. Je lui ai donc confirmé qu'à mon avis, vous comptiez aller à Northampton, mais que je n'en savais pas plus. Il m'a remercié de ma coopération et m'a informé qu'un policier passerait bientôt chez moi pour recueillir ma déposition. Je vous ai appelée dès que j'ai eu raccroché.

— Et aucun agent n'est venu à votre appartement.

— Non, mais je suppose que ça pourrait encore arriver. Qu'est-ce que vous en pensez ?

— C'était Dick Dart, les deux fois, affirma Nora. Quand il se faisait passer pour son père, il a acquis la certitude que je vous avais rendu visite. Il a passé le deuxième coup de fil pour essayer de vous soutirer d'autres informations.

— Je suis désolé, gémit Tidy. Je ne savais pas que je vous mettais en danger, Nora. Comment a-t-il su où vous étiez ?

— Il ne le savait pas, dit Nora. C'était juste une déduction. S'il s'était trompé, il n'aurait eu qu'à continuer à citer des villes jusqu'à ce qu'il tombe sur la bonne.

— Vous croyez que je devrais appeler la police ? La vraie ?

— Non, ne faites pas ça.

— Sauvez-vous, conseilla le fils de l'écrivain. Allez à Boston, et cachez-vous jusqu'à ce qu'il n'y ait plus de danger. Si vous pouvez y arriver cette nuit, appelez-moi, et je vous enverrai assez d'argent pour que vous teniez un moment. Demandez à Jeffrey de vous emmener.

— Je veux savoir si je suis encore recherchée, mais si c'est le cas, il est possible que je vous prenne au mot.

— J'ai une petite maison, dans le Vermont, c'est très joli en cette saison. Vous croyez que Dart va encore essayer de trouver mon adresse ? Ça m'ennuierait de le savoir à Northampton, mais je dois avouer que l'idée de sa présence ici, à Amherst, ne me réjouit pas non plus. (Il y eut un long silence, que Nora choisit de ne pas rompre.) J'ai appris une bien triste vérité, durant la dernière heure.

— Laquelle ?

— Il est extrêmement déplaisant d'avoir peur, conclut Tidy.

78

— Davey ? (Un silence choqué, que dominait une envolée de violons et de cuivres, se prolongea jusqu'à ce que Nora elle-même le rompît.) C'est moi, Davey.

— *Nora ?*

— Est-ce que tu peux me parler ?

— Où es-tu ?

Il s'exprimait d'une voix un peu traînante.

— Est-ce qu'on peut parler tranquillement ?

— Comment as-tu appris que j'étais ici ?

— Ça n'a pas d'importance. Est-ce que la ligne est sur écoute ?

— Qu'est-ce que j'en sais ? Non, je ne crois pas. Mon père s'est séparé de Jeffrey et de l'Italienne, c'est pour ça que je suis là.

Un *fortissimo* couvrit ses paroles.

— Baisse la musique, s'il te plaît, Davey, je ne t'entends pas.

Davey devait avoir une télécommande à la main, car le niveau sonore diminua instantanément.

— Alors, comment vas-tu ? reprit-il. Bien ? Ça a l'air d'aller.

— C'est un peu compliqué. Et toi, comment ça va ?

— Mal, dit-il. Je me ronge les sangs depuis que Dart t'a enlevée. Je croyais qu'il allait te tuer. Tu sais comment je l'ai appris ? La réceptionniste a vu ça à la télé, pendant sa pause. Elle m'a appelé, et je me suis rué au rez-de-chaussée. Il y avait une vingtaine de personnes autour de son bureau. Pendant une demi-heure, ils ont passé des reportages sur toi et sur Dick Dart, et ensuite papa m'a ramené à Westerholm. Depuis, on n'a rien fait d'autre que regarder les infos et discuter avec les flics. Et avec Mr Hashim et Mr Shull. Bon Dieu ! Qu'est-ce qu'on peut discuter avec eux ! Mr Shull est assez sympa, dans un genre un peu balourd. Tous les deux détestent cordialement Holly Fenn. Ils adoreraient l'écorcher vif. (Nora entendit des glaçons tinter contre du verre.) Fenn mériterait d'être cassé : il a vraiment merdé, sur ce coup-là. Hé, Nora, tu es sûre que ça va ?

— D'une certaine manière.

— Quand Mr Shull nous a dit que tu t'étais échappée, j'ai été super content.

— Content ?

— J'étais soulagé. Tu dois bien t'en douter.

— Est-ce que je peux rentrer à la maison, Davey ?

— Qu'est-ce que tu veux dire ?

Le ton soupçonneux de son mari déprima Nora.

— Est-ce que Natalie m'accuse toujours de l'avoir kidnappée ?

— D'après ce que j'en sais, elle ne dit plus rien du tout. Mr Hashim et Mr Shull te pensent coupable. (Davey hésita.) Natalie se défonçait pas mal. Tu le savais ?

— Non.

— Un flic a trouvé une réserve de coke scotchée à l'arrière d'un tiroir, dans sa chambre. Tu te rappelles les aimants, sur son frigo ? Ça aurait dû nous mettre la puce à l'oreille. (À nouveau, Nora entendit les cubes de glace s'entrechoquer dans le verre.) Tu es allée à Holyoke ?

— Oui, dit-elle.

— Tu es allée jusqu'à Holyoke, et tu as abandonné la voiture du mort ?

— Je n'en avais pas l'intention. Je suis allée manger un morceau au restaurant, et quand je suis ressortie, il y avait des flics partout.

— Tu es allée au restaurant ? Tu as mangé un morceau ? Tu fais quoi, là ? Une balade touristique ?

— Il faut bien que je mange de temps en temps, fit remarquer Nora.

— Oui, mais tu aurais pu rentrer. Ça te donne l'air tellement coupable, de te cacher comme ça.

— Rentrer où ? interrogea-t-elle. Aux Peupliers ? Je suppose qu'Alden hurlerait de joie en me voyant débarquer.

— Je voulais dire : rentrer affronter tes problèmes. Mon père n'a rien à voir avec ça. Il n'a rien fait de mal.

— Moi non plus, dit Nora, mais je parie qu'il se donne du mal pour te persuader du contraire. (Un autre cliquètement de glaçons.) Qu'est-ce que tu bois, Davey ?

— De la vodka. Est-ce que tu sais que Jeffrey a écrit des pièces qui ont été jouée au Public Theater ? Je lui ai demandé ce que c'étaient que ces affiches, dans son salon, et il m'a répondu qu'il avait écrit les pièces sous le nom de Jeffrey Mannheim. Mais je pense que ce n'est pas vrai : elles ont eu d'excellentes critiques.

— Jeffrey possède des ressources insoupçonnées, affirma-t-elle.

— C'est le neveu de l'Italienne, bordel ! Quelles ressources pourrait-il bien avoir ? (Davey but une nouvelle gorgée de vodka, bruyamment.) Bon, oublie papa. C'est vrai qu'il n'arrête pas de dire du mal de toi. Maman est encore pire. Elle croit que tu as combiné ton enlèvement avec Dick Dart. Elle aurait bien aimé y penser plus tôt. Mr Hashim n'est pas loin d'être d'accord.

— Génial.

— Je vais te dire, Nora : je me suis énormément inquiété pour toi, mais je ne comprends pas du tout ce que tu cherches à faire.

Voilà qui sonnait comme une accusation.

— J'essaie surtout d'éviter Dick Dart et la police, jusqu'à ce que je puisse rentrer à la maison sans danger.

— La police a trouvé un tas de vêtements neufs provenant d'une boutique de luxe pour hommes. Quand on les a interrogés, les vendeurs se souvenaient très bien de vous deux. Dart a essayé un certain nombre de costumes, et toi, tu es restée là, à le regarder. Ensuite, les flics ont fait tous les magasins de la rue, et ils se sont rendu compte que vous en aviez visité la moitié. Tout le monde se rappelait ce charmant couple d'amoureux.

— Dick Dart est un fou furieux. Tu crois que j'ai coopéré avec lui parce que j'en avais envie ? Je le déteste, il me révulse. Si j'avais fait quoi que ce soit pour attirer l'attention, il m'aurait tuée.

— Pas s'il ne te voyait pas, objecta Davey, comme quand il était dans une cabine d'essayage.

— Je ne me sentais pas très bien. Juste avant qu'on aille faire les courses, il m'avait violée, alors je ne pouvais pas réfléchir clairement.

J'avais l'impression d'être brisée, et je n'étais pas en état de jouer les héroïnes.

— Oh, Seigneur, non ! Je suis vraiment désolé, Nora.

— Au cas où tu te poserais la question, je ne l'ai pas aidé à me violer. J'étais trop occupée à essayer de ne pas m'évanouir. Par ailleurs, j'avais les mains attachées derrière le dos, et j'étais bâillonnée.

— Tu devais avoir une trouille de tous les diables.

— C'était encore pire que ça, mais je t'épargnerai les détails.

— Pourquoi ne me l'as-tu pas dit plus tôt ? interrogea Davey.

— Parce que tu ne m'as pas vraiment posé de questions. Tu n'as pas arrêté de parler de Jeffrey, et de la télé de ta réceptionniste. Et aussi parce que tu n'avais pas l'air de trop me plaindre. Maintenant, je sais pourquoi : tu t'imaginais que je m'amusais bien avec Dick Dart. Tu veux savoir comment je lui ai échappé ? Je lui ai cogné sur la tête avec un marteau. J'ai cru que je l'avais tué. Je suis sortie, j'ai démarré, et là, boum, finalement, il n'était pas mort, parce qu'il est sorti de la chambre en courant, et qu'il m'a foncé dessus. Je l'ai renversé avec la bagnole.

— Mon Dieu, mais c'est super !

— Ç'aurait été super si je l'avais tué, mais ce n'est pas le cas. Il est toujours en liberté, à la recherche de gens susceptibles de prouver que ton bien-aimé Hugo Driver n'a pas écrit *Le Voyage dans la nuit*. (Davey émit une protestation inarticulée, mais Nora l'ignora.) Il vient d'apprendre où je me trouve, et en ce moment, il doit être en train d'aiguiser ses couteaux pour réaliser un chef-d'œuvre sur ma personne.

— Où es-tu ?

— Si je te le dis, tu ne dois le répéter à personne. Tu ne dois même pas mentionner cette conversation.

— Bien sûr.

— Je suis sérieuse, Davey. Tu ne dois en parler à personne.

— Je ne dirai rien. Je veux juste savoir où tu es.

— Je suis à Northampton. J'ai pris une chambre au Northampton Hotel.

— Ne quitte pas une seconde.

Nora entendit son mari poser le combiné. Une porte de réfrigérateur s'ouvrit, et des glaçons cliquetèrent dans un verre. Du liquide coula d'une bouteille. Davey revint au téléphone.

— Qu'est-ce que tu fous à Northampton ?

— À ton avis ? Je me cache, c'est tout.

— Attends ! Est-ce que ça a un rapport avec Jeffrey ? C'est lui qui t'a dit que j'occupais son appartement ? Qu'est-ce que tu fous avec lui, nom de Dieu ?

— J'avais besoin d'aide, alors je l'ai appelé.

— Tu l'as appelé, lui ? C'est dingue.

— Je ne pouvais pas t'appeler, toi : toutes les lignes sont surveillées.

Et quand Jeffrey a su que j'avais posé des questions sur Katherine Mannheim, il a tenu à passer me chercher.

— Je suis complètement paumé. Jeffrey est un domestique, pour l'amour du ciel, le neveu de Maria ! Qu'est-ce qu'il peut bien avoir en commun avec Katherine Mannheim ? (Un clapotis, un tintement de glaçons.) Je commence à détester cette femme. J'espère qu'elle a eu une mort horrible. Pourquoi poses-tu des questions sur elle ?

— Dick Dart ne se contente pas d'acheter des vêtements neufs. (Nora expliqua la mission de Dart, ce à quoi son mari répondit par des onomatopées incrédules.) Je me fiche que tu le croies ou non, Davey, mais c'est la vérité. Quant à Jeffrey, c'est le neveu de Katherine Mannheim, parce qu'elle était la sœur de sa mère, Helen Day.

— Sa mère ? Helen Day ?

— Elle a rencontré ton grand-père à Shorelands, quand elle y est allée pour chercher Katherine. Son mari était mort, elle n'aimait pas son travail, et il l'a engagée.

Elle expliqua alors les rapports unissant Helen Day, Jeffrey et Maria.

— Est-ce que ces gens-là pensent que Katherine Mannheim a écrit *Le Voyage dans la nuit* ? interrogea Davey. Ça pourrait nous ruiner !

— Chancel House n'aura pas besoin d'un scandale à cause d'Hugo Driver pour avoir des tas d'ennuis. D'après Dick Dart...

— Il est expert en édition, maintenant ?

— Il sait des tas de choses sur Chancel House. Ton père est en train de couler la boîte, et il essaie de la vendre à une compagnie allemande. Cette histoire de Katherine Mannheim le rend dingue, parce que ça risque de faire échouer sa transaction.

— Il n'y a pas de transaction. Dart a tout inventé.

— Il m'a aussi raconté une autre histoire intéressante. À propos du Club de l'Enfer.

— Ah, fit Davey. Bon, d'accord.

— Ça veut dire quoi : bon, d'accord ?

— D'accord. Je ne t'ai pas tout à fait dit la vérité.

— Tu appartenais au Club de l'Enfer ?

— Il n'y avait pas de Club de l'Enfer, pas vraiment. C'était juste un nom, comme ça.

— Mais il a une branche new-yorkaise, n'est-ce pas ? insista Nora. Et tu en es membre.

— Ce n'est pas ça du tout. À t'entendre, on croirait que c'est un vrai club, alors que c'est juste un groupe de mecs qui se réunissent pour s'amuser. De temps en temps, ils engagent un bon cuisinier, du moins c'était le cas autrefois, et ils avaient bien un réceptionniste, et une dame au vestiaire. Ils y avait un bar, et on pouvait emmener les nanas dans des chambres, à l'étage. Je n'y suis allé qu'une ou deux fois, après Amy, et puis j'ai laissé tomber.

— Qui était la fille que tu as emmenée au Club de l'Enfer, à New Haven ?

— La même catastrophe ambulante qui a refait surface au service illustrations. À Yale, elle s'appelait Lena Ware. Chaque fois que je la voyais, elle lisait *Le Voyage dans la nuit*. Je pense qu'elle est venue à New Haven uniquement pour moi.

— Pourquoi ne m'as-tu pas dit que tu l'avais rencontrée deux fois de suite ?

— Ça aurait paru vraiment bizarre. Et puis je ne voulais pas te raconter que... tu sais... Dart te l'a probablement dit.

— Que tu l'as renversée avec ta voiture ?

— Je ne l'ai pas renversée, affirma Davey. Je l'ai cru, mais ce n'était pas le cas. Quand je l'ai revue à Chancel House, quelque chose comme deux ans plus tard, et qu'elle se faisait appeler Paddi Mann, elle m'a dit qu'elle était tellement furieuse contre moi qu'elle avait voulu me faire peur. J'adore Hugo Driver, mais elle, elle ne pensait qu'à ça. J'aurais voulu que tu voies ses copains. Tu sais qu'il existe des communautés Driver ? Elle m'a emmené dans la sienne, une fois. Un appartement, au-dessus d'un restaurant d'Elizabeth Street. C'était carrément bizarre. Tout le monde était défoncé en permanence, il y avait des pièces maquillées en cavernes, des gens habillés en loups, un tas de trucs comme ça.

— C'est ce que tu m'a décrit, n'est-ce pas ?

— Ouais. Et elle n'arrêtait pas d'essayer de me convaincre d'aller à Shorelands, parce qu'elle avait une théorie à la con, comme quoi le domaine se retrouvait dans *Le Voyage dans la nuit*.

— Comment ça ?

— À son avis, on ne pouvait pas comprendre le roman sans aller là-bas, parce que ça en faisait partie. Je sais que ça avait un rapport avec les décors, mais elle n'a pas précisé. Et c'était une idée complètement ridicule. J'ai lu un bouquin sur Shorelands, par un mec avec un nom bizarre, et je n'ai rien appris de neuf sur *Le Voyage dans la nuit*.

— Par pure curiosité, qu'est-ce qui s'est vraiment passé, la dernière fois que tu es allé chez elle ?

— J'ai trouvé le bouquin sous son lit, et j'ai vraiment cru qu'il lui était arrivé un gros pépin, parce qu'elle avait bel et bien disparu. Sa chambre était vide. Les autres fous de Driver qui vivaient là ne savaient pas où elle était allée, et ils s'en foutaient. Pour eux, ce n'était pas une femme : c'était Paddi Mann, la Paddy du roman. En partant, je me sentais tellement déprimé que je ne supportais pas l'idée de rentrer chez moi, alors je suis descendu à l'hôtel pour deux nuits. Quand on a emménagé à la maison, j'ai retrouvé le livre dans un carton entreposé aux Peupliers.

— Il était chez nous ? s'étonna Nora.

— Je l'ai ouvert, et j'ai vu le nom de Paddi. J'ai bien failli tomber dans les pommes. Chaque fois que cette fille refaisait surface, ma vie partait à vau-l'eau. J'ai rangé le bouquin dans les étagères du couloir. Le jour où j'ai rencontré Natalie à la cafétéria, elle m'a dit qu'elle n'avait jamais lu *Le Voyage dans la nuit*. Elle aimait les romans de terreur, mais Driver, pour elle, c'était de la *fantasy*, alors elle n'avait jamais essayé. Le lendemain, j'ai sorti un exemplaire du *Voyage dans la nuit* de la bibliothèque, et il s'est avéré que c'était celui-là.

— Oh, Davey, soupira Nora. (Son mari but une nouvelle gorgée d'alcool.) Donc, tu voulais le récupérer avant que les flics le trouvent.

— Ça, je te l'ai dit. Il y avait mon nom dessus, aussi.

— Et au lieu de dire : « Voilà, Nora, après qu'on a acheté la maison, j'ai donné le bouquin à Natalie », tu as inventé toute cette histoire pour me cacher ta liaison.

— Je sais, gémit Davey, j'avais peur que tu devines ce qu'il y avait entre nous. Pourquoi est-ce que tu me poses toutes ces questions, au fait ? Tu te fiches complètement d'Hugo Driver.

— Aujourd'hui, j'ai acheté ses trois romans.

— Sans blague ? Quand tu auras fini le premier, il faut que tu lises *Le Voyage au crépuscule*. C'est vraiment génial. Bon Dieu ! Ce serait super d'en discuter avec toi. Tu veux savoir ce que ça raconte ?

— J'ai l'impression que tu as envie de me le dire.

Comme toujours, lorsqu'il avait l'occasion de parler d'Hugo Driver, Davey devint plus confiant.

— Comme dans le premier roman, Pépin rencontre divers personnages et essaie de comprendre à travers leurs récits ce qui s'est réellement passé. Il apprend que son père à assassiné plusieurs personnes, et qu'il a presque failli le tuer, lui aussi, pour l'empêcher de le découvrir. De toute façon, au tout début du bouquin, il s'aperçoit que ses parents ne sont pas ses vrais parents, qu'ils l'ont juste trouvé dans la forêt, ce qui, d'une certaine manière, est un grand soulagement. Donc, il part à la recherche des vrais, et un Nellad, un monstre qui possède une mine d'or et qui ressemble à un homme, mais qui n'en est pas un, l'attaque à coups de griffes. La vieille femme qui soigne ses blessures apprend à Pépin que sa mère est bien sa mère. Ses parents l'ont abandonné dans la forêt quand il était bébé, mais elle est ressortie la même nuit, et elle l'a ramené. Il s'exclame : *« Ma mère est bien ma mère. »*

79

Pour la deuxième fois de la soirée, une immense révélation sembla se former autour de Nora, brumeuse, opaque, attendant le moment de s'épanouir au grand jour.

— Incroyable, remarqua-t-elle.

— C'est un roman de *fantasy*. Tu t'attendais à du réalisme ? (Les cubes de glace remuaient dans le verre ; la musique bourdonnait en fond sonore.) C'est vraiment étrange. Tu as vécu des choses terribles, et on se retrouve à parler d'Hugo Driver. Je suis pitoyable, tiens, je suis nul.

— Non, c'est intéressant, ce que tu dis. Qu'est-ce qui arrive dans le troisième ?

— *Le Voyage vers la lumière* ? Pépin apprend que si sa famille vit dans la forêt, au pied des montagnes, c'est parce que son grand-père était encore pire que son père. Il a essayé de trahir son pays, mais le complot a échoué, et il s'est enfui dans les bois avant qu'on apprenne quelle part il y avait prise. Les Nellads sont d'autres descendants de l'aïeul, et ils en possèdent tous les traits maléfiques. Ils sont tellement méchants qu'ils se sont changés en monstres. Le grand-père de Pépin a tué un tas de gens pour obtenir le contrôle d'une mine d'or, mais personne ne le sait non plus. Il faut reprendre la mine aux Nellads, Pépin doit révéler la vérité, et tout se termine bien.

Ce n'était pas seulement incroyable : c'était stupéfiant ; Hugo Driver avait structuré ses deux derniers romans autour des secrets les mieux gardés de la famille de son employeur. *Pas étonnant qu'ils aient été publiés après sa mort*, songea Nora, qui se demandait même pourquoi ils avaient été publiés tout court. Elle s'émerveilla du cynisme d'Alden Chancel : certain que personne, sinon lui-même et sa femme, ne comprendrait le code, il avait profité de la popularité de Driver. Son audace avait dû beaucoup l'amuser.

— Et ton père a publié ça, constata-t-elle, autant pour elle-même que pour Davey.

— Ça n'a pas l'air d'être son genre de bouquins, hein ? Mais tu sais à quel point il est fier de ne jamais lire les livres qu'il publie. Il dit toujours qu'il ne ferait pas aussi bien son travail d'éditeur s'il les connaissait vraiment.

Son mari disait vrai. Alden se flattait sans honte de ne jamais lire les productions Chancel House. Il ignorait le contenu des deux romans posthumes de Driver.

— Pourquoi est-ce qu'on parle de tout ça ? demanda Davey. Rentre à la maison, s'il te plaît, Nora. Reviens, et on arrangera tout. (Par ces mots, il venait d'exhiber sa propre clef d'or. Il voulait qu'elle revienne. Il ne l'abandonnerait pas face à Slim et Slam.) Je vais passer te chercher. Tu pourras terminer la nuit à la maison, et demain matin, je reviendrai pour t'emmener chez les flics. Tout le monde va être furieux contre moi, mais je m'en fous.

Il voulait qu'elle demeure chez eux, alors que lui retournerait aux Peupliers. Qu'elle revienne, mais seulement pour lui éviter de s'inquiéter.

— Tu n'es pas en état de conduire, Davey, remarqua Nora. Tu as bu.

— Pas tant que ça. Peut-être deux verres.

— Ou quatre.

— Je suis en état de conduire.

— Non, ne viens pas. Je ne veux pas rentrer avant d'être sûre de ne pas me faire arrêter.

— Et ne pas te faire tuer ? Est-ce que ce n'est pas un tout petit peu plus important ?

— Tout ira bien, Davey. (Nora se promit de quitter Northampton très tôt, le lendemain matin.) Écoute-moi. J'ai bien regardé les bouquins que j'ai achetés aujourd'hui, et il y a quelque chose que je ne comprends pas. La quatrième de couverture des deux derniers dit que les manuscrits ont été découverts parmi les papiers de l'auteur.

— Où aurais-tu voulu qu'ils soient ?

— Les papiers d'Hugo Driver n'ont pas été si faciles à trouver. C'est à peu près le seul écrivain de l'histoire à ne pas en avoir laissé un seul après sa mort.

— Écoute, ces romans ne sont quand même pas tombés du ciel.

La révélation suspendue au-dessus de Nora déferla en elle sous la forme d'une série d'images : un bébé abandonné dans une forêt, puis récupéré par sa mère ; un vieillard, le grand-père du bébé, revêtu d'un uniforme nazi ; Daisy Chancel soufflant la fumée de sa cigarette en caressant un exemplaire du dernier roman de Driver. *Vous n'êtes pas de ceux qui trouvent que* Le Voyage vers la lumière *est un échec colossal, n'est-ce pas ?*

Les deux derniers romans de Driver n'étaient pas tombés du ciel. Ils avaient jailli d'une machine à écrire industrieuse, juste après le palier du grand escalier des Peupliers. Vingt ans avant de demander les Blackbird Books à Daisy, Alden l'avait convaincue de lui pondre deux romans à la manière d'Hugo Driver. Il avait besoin d'argent, et la rusée Daisy, sachant qu'il ne lirait jamais les livres, avait réglé ses comptes, tout en sauvant Chancel House. Alden — Adelbert — était un imposteur de bien des manières. C'était donc là la véritable raison de son hystérie, de sa fureur contre Nora, lorsqu'elle avait découvert le véritable auteur des Blackbird Books.

— Qu'est-ce que tu mijotes ? demanda Davey. Je n'aime pas ça, je te connais, et je sais que tu as quelque chose dans ta manche. Cet après-midi, tu aurais pu rentrer à la maison, et au lieu de ça, tu apelles *Jeffrey* pour qu'il te ballade dans les Berkshires et qu'il te fasse rencontrer la Porteuse de Tasse. Tu poses un tas de questions sur Hugo Driver. Est-ce que tu essaierais d'aider les Mannheim à démolir mon père ?

— Non, Davey...

— Jeffrey est un espion. Il est venu ici pour fouiner partout et chercher la preuve que sa tante a écrit *Le Voyage dans la nuit*. Helen Day faisait sans doute le même boulot. Ils ne s'intéressaient qu'au fric. Seulement mon père a découvert le petit jeu de la Porteuse de Tasse, et il l'a fichue à la porte. Comme c'est un brave type, il a quand même engagé la moitié de sa famille.

— C'est faux. Ni l'un ni l'autre ne voulait rien de vous. Helen est convaincue que sa sœur n'a rien à voir avec *Le Voyage dans la nuit.*

— Tu ne comprends pas qu'ils se servent de toi ? Seigneur, c'est horrible ! Autrefois, j'adorais cette femme, alors qu'elle a menti à mes parents, qu'elle m'a menti à moi, et qu'elle te ment à toi. Toute sa putain de vie est un mensonge, et celle de Jeffrey aussi. Je vais venir tout de suite t'arracher à leurs griffes.

— Certainement pas, trancha Nora. Helen Day n'est pas une menteuse, et tu ne vas pas venir me chercher pour m'emmener chez les flics.

— Bouge pas, je reviens. (Le choc du téléphone sur le bureau, l'ouverture du réfrigérateur, le brimbalement des cubes de glace, le clapotis de la vodka.) Bon, Helen Day, qu'elle aille au diable ! Tu ne comprends pas que si c'est la sœur de Katherine Mannheim, c'est aussi celle des deux vieilles chouettes qui nous traînent en justice ?

— Elle n'a jamais aimé ses autres sœurs. Elle n'a rien à voir avec elles.

— Bien sûr, c'est ce qu'elle t'a raconté, et tu es tellement naïve que tu l'as crue. Qu'est-ce que c'est que cette histoire de « Day », d'ailleurs ? Elle ne pouvait pas s'appeler comme ça. Elle est venue ici sous un faux nom. Je suppose que ça n'a rien de louche ?

Nora expliqua comment et pourquoi le grand-père de Davey avait raccourci le nom italien.

— Ça reste une menteuse.

— Ce n'est pas Helen Day qui ment, dans cette histoire, Davey.

Elle regretta immédiatement de s'être laissé provoquer au point d'en arriver à dire une chose pareille.

— Oh, c'est moi, n'est-ce pas ? Merci beaucoup, Nora.

— Je ne pensais pas à toi.

— À qui, alors ? J'avais raison : tu as quelque chose dans la manche. Comment pourrait-il en être autrement, de toute façon ? Tu détestes mon père et tu voudrais le ruiner, tout comme les Mannheim ou les Deodato, ou quel que soit leur vrai nom. Je devrais raccrocher et dire aux flics où tu es.

— Ne fais pas ça, s'il te plaît. (Nora inspira profondément.) Tu as raison : je te cache quelque chose, mais ça n'a rien à voir avec *Le Voyage dans la nuit.*

— Ah, non ?

— Ce soir, j'ai découvert un secret à ton sujet, mais je ne sais pas si je dois t'en parler tout de suite, parce que tu ne vas pas me croire.

— Super. Salut, Nora.

— C'est la vérité. Helen Day connaît un détail sur toi, *un fait*. Elle s'est tue toute sa vie, mais maintenant, elle pense que tu dois être mis au courant.

Davey insulta et conspua Helen Day par plusieurs phrases bien senties, puis demanda :

— Si c'est tellement important, pourquoi est-ce qu'elle ne m'en parle pas elle-même ?

— Elle l'a promis.

— Alors pourquoi t'en parler à toi ? Reconnais que tout ça n'est pas tellement logique.

— Elle ne m'en a pas parlé, affirma Nora. Elle m'a fait deviner jusqu'à ce que je trouve la vérité. (Davey eut un rire las.) Pourquoi crois-tu qu'elle ait quitté les Peupliers ?

— Ce que mes parents m'ont dit à l'époque, répondit-il, après une ou deux nouvelles phrases incendiaires, c'est qu'elle avait décidé de s'en aller pour créer sa propre entreprise. J'imagine qu'elle l'a fait.

— Avec ses économies ? Tu crois qu'elle aurait pu mettre autant d'argent de côté ?

— Je vois. C'est mon père qui l'a payée pour qu'elle la ferme, c'est ça ? Son secret vaut au moins celui de la pierre de Rosette.

— Pour toi, *c'est* la pierre de Rosette.

— Je sais : le véritable auteur du *Voyage dans la nuit*, c'est moi. Dommage que le bouquin ait été publié avant ma naissance. Soit tu me craches ton prétendu secret immédiatement, soit je raccroche.

— D'accord, capitula Nora. Il faut juste que je trouve les mots pour le dire. (Elle réfléchit un instant.) Est-ce que tu te rappelles ce que faisait ta mère pendant que tu étais enfant ?

— J'ai l'impression qu'on va aller à Miami en passant par Seattle, là. Bon, très bien, je joue le jeu. Oui, je me rappelle. Elle restait dans son bureau et elle picolait.

— Non. Quand tu étais enfant, elle passait ses journées à écrire. Elle travaillait beaucoup, à l'époque, et pas seulement sur le bouquin qu'elle m'a demandé de lire.

— D'accord, elle a pondu ceux de Morning et de Teatime. Là-dessus, tu as raison. J'en ai feuilleté quatre ou cinq, et tous les trucs dont tu parlais y sont. C'est assez marrant, parce que j'y ai aussi trouvé des expressions que je l'ai entendue employer des milliers de fois. C'est juste qu'avant, je n'y avais pas fait attention. Dans le genre : « Plus triste qu'un chat de gouttière sous la pluie », « On a usé le cuir de nos chaussures. » C'est une des raisons pour lesquelles le vieux était tellement furieux contre toi. Il en a fait un peu trop, mais il ne veut pas que ça se sache. Je le comprends, d'ailleurs : ça ne serait pas très bon pour son image.

— Merci de l'admettre.

— Mais elle a écrit ces trucs-là dans les années quatre-vingt. Là, on parle des années soixante.

— Est-ce que tu as les deux derniers romans de Driver sous la main ?

— N'importe quoi ! Si tu prétends que ma mère a écrit les derniers Driver, tu es bonne à enfermer.

— Ce n'est pas ça, mentit Nora. L'important, c'est la différence de style.

— Je ne te suis pas bien.

— Rappelle-toi que je vais à Miami en passant par Seattle. C'est le seul moyen pour que tu me croies. Alors, fais-moi plaisir et va les chercher.

— C'est dingue, soupira Davey, qui posa néanmoins le récepteur, et le reprit quelques secondes plus tard. Bon Dieu, ceux-là, ça fait au moins quinze ans que je ne les ai pas lus. Alors ?

Nora avait sorti les deux livres de son sac. Elle ouvrit *Le Voyage au crépuscule*, sachant à peine ce qu'elle cherchait et n'ayant aucune certitude de le découvrir. Elle sauta une trentaine de pages et parcourut plusieurs paragraphes sans rien trouver d'intéressant.

— Qu'est-ce que tu veux tant me montrer ?

Quelques lignes, page 42, lui sautèrent aux yeux. « *Ce n'est que trop vrai* », *dit la créature ridée accroupie sur la branche.* « *Vraiment, mon cher enfant, ce n'est que trop vrai* ». Il fallait qu'elle amène Davey à remarquer cette phrase caractéristique de Daisy sans avoir l'air de la lui désigner.

— Page quarante-deux, dit-elle. Environ dix lignes en partant du haut. Tu vois ?

— Je vois quoi ? « *Il leva les yeux et se gratta la tête.* » Ça ?

— Un peu plus bas.

— « *Pépin pivota lentement sur ses talons, en se lamentant que le chemin fût si obscur, la forêt si profonde* », lut Davey. C'est ça ?

Cette phrase suivait celle où se trouvait la marque de fabrique de Daisy.

— Lis le paragraphe à haute voix, et ensuite, toute la page pour toi tout seul.

— Pas de problème.

Tandis qu'il s'exécutait, Nora feuilleta frénétiquement l'ouvrage au hasard.

— Et maintenant, je me fais toute la page en silence, c'est ça ?

— Oui.

Elle explora une nouvelle page et trouva un deuxième « Vraiment ».

— Bon, très bien, et qu'est-ce que ça veut dire ?

— Ça ne ressemble pas tellement au style de ta mère, hein ?

— Non, pas vraiment, dit Davey, qui paraissait mal à l'aise. Bien sûr que non, et c'est normal. Où veux-tu en venir, Nora ?

— Regarde page quatre-vingt-quatre, à peu près au milieu.

— Euh, le long paragraphe qui commence par : « *Tous les arbres semblaient s'être déplacés* » ?

Elle lui demanda à nouveau de lire ledit paragraphe à haute voix, puis toute la page en silence.

— J'ai un mauvais pressentiment.

— Fais-le, s'il te plaît.

Il obéit. Nora passa à la fin du livre et trouva, juste au dessus du dernier paragraphe, la preuve dont elle avait besoin : « *Pépin fut choqué de se rappeler que la veille encore, il se sentait aussi triste qu'un chat angora sous l'orage.* » Elle attendit que Davey eût achevé de lire la page 84.

— Tu me prends pour un imbécile, ou quoi ? s'emporta-t-il. Tu disais ne pas vouloir insinuer que ma mère avait écrit ça. Quelques misérables coïncidences ne prouvent rien. Tu commences à m'énerver sérieusement.

— Quelles coïncidences ? Tu as remarqué quelque chose ?

— J'en ai marre de tes petits jeux, Nora.

L'heure était venue de faire monter les enchères : elle devait lui révéler une partie de la vérité.

— Je ne crois pas qu'Hugo Driver ait écrit ce livre, dit-elle. Il est vraiment sorti de nulle part, non ? Il n'y avait pas de papiers. S'il y en avait eus, tu aurais bien fini par les trouver.

— Tu racontes n'importe quoi. Qu'est-ce que tu vas m'assener, maintenant ? Qu'Hugo Driver était ma mère habillée en homme ?

Nora s'en remit à une improvisation désespérée.

— Je crois que c'est Alden, l'auteur de ces bouquins.

— Oh, je t'en prie. Je n'ai jamais rien entendu d'aussi ridicule.

— Envisage au moins la possibilité. Il savait qu'il pouvait se faire un gros paquet de fric en deux temps trois mouvements s'il sortait des romans posthumes de Driver. Comme il n'y en avait pas, il a été obligé de les fabriquer. (Elle continua d'improviser.) Personne ne devait savoir que c'étaient des faux : il ne pouvait donc pas engager un nègre, ni même faire confiance à Daisy. Tu n'as jamais remarqué que ces deux-là sont différents du premier ?

— Bien sûr que si. Ils sont bons, mais pas comme *Le Voyage dans la nuit*. Il y a un tas d'écrivains qui ne réussissent jamais à égaler leur premier succès.

— Et c'est la même personne qui a écrit les deux derniers, exact ?

— Oui, et aussi le premier. Je peux t'assurer que ça n'est pas mon père.

— Comment s'appelle le monstre qui attaque Pépin à coups de griffes ?

— Il n'a pas de nom. C'est un Nellad.

— Ça ne te rappelle rien.

— Non. (Davey réfléchit un instant.) Ça sonne un peu comme Alden, si c'est là que tu veux en venir. (Il éclata de rire.) Tu insinues qu'il aurait mis son propre nom dans le livre ?

— Est-ce que ça ne lui ressemblerait pas de faire un pied-de-nez à tout le monde, comme ça ?

— Je dois te reconnaître une certaine originalité. Tout le monde essaie de prouver que Driver n'a pas écrit *Le Voyage dans la nuit*, et toi, tu dis que si, il a écrit celui-là, mais pas les deux autres. Ce qui est presque possible, Nora, je te l'accorde. Si tu ne te trompais pas totalement, tu pourrais bien avoir raison.

— Ça me fait vraiment penser à Alden. Lis la dernière page.

— Très bien. (Il demeura un instant silencieux.) Tu dis ça à cause du chat ?

Nora répondit qu'elle pensait à la page toute entière.

— À mon avis, c'est Alden l'auteur. Je n'avais même pas remarqué le chat mouillé avant que tu n'en parles.

— Moi, ça me fait plus penser à ma mère qu'à mon père, parce que lui n'a jamais rien écrit, à part des lettres.

— Je ne trouve pas que ça ressemble au style de ta mère.

— Mais bordel, tu n'as pas écouté ce que j'ai dit ! Je t'ai expliqué qu'il y avait des gens aussi tristes que des chats sous la pluie dans un ou deux des Blackbird Books, et qu'elle n'arrêtait pas d'employer cette expression quand j'étais petit. Ça lui arrive encore, parfois.

— Je ne savais pas.

— Mais ça ne peut quand même pas être vrai. Ma mère ?

— Alden a employé certaines de ses phrases favorites. Il ne lui ferait pas confiance à ce point-là.

— C'est à peu près la seule personne à qui il ferait confiance. Il faut que je regarde ça avec plus d'attention. (Elle l'entendit tourner les pages, le souffle court, buvant de temps à autre une gorgée.) C'est pas possible, hein ? Il y a un million de manières différentes d'expliquer... (Il émit un bruit à mi-chemin entre la plainte et le rugissement.) NON !

— Quoi ?

— Il y a un des villageois, juste là, page 53, qui dit : « *Vous pourriez bien me poser la question vingt-sept fois que ma réponse serait toujours la même.* » Vingt-sept fois. Ma mère disait ça tout le temps. C'était sa manière d'exprimer l'infini. Oh, merde !

— C'est elle qui a écrit ça ?

— Je crois bien, oui, soupira Davey. Bordel de merde ! Oui, c'est elle. Putain ! Pas étonnant qu'ils aient tellement flippé quand tu l'as accusée d'avoir pondu les bouquins d'horreur. Un truc pareil, ça pourrait couler la boîte.

— Je ne vois pas pourquoi, objecta Nora. Est-ce que ça ne ferait pas de la publicité à Daisy ? Si elle a vraiment écrit les romans, je veux dire.

— Tu es d'une naïveté incroyable. Si ça se répand, mon père sera accusé d'escroquerie, et *Le Voyage dans la nuit* deviendra immédiatement suspect. On va voir débarquer des avocats dans toute la baraque.

— Si ça se répand.
— Il vaudrait mieux pas. Il faut que ça reste un secret.
— Je suis sûre qu'il n'y aura pas de problème.
— Enfin, on est arrivé à Miami ! Si la Porteuse de Tasse savait que c'est ma mère qui a écrit ces bouquins, je ne suis pas surpris qu'ils se soient débarrassés d'elle après avoir acheté son silence. Putain !
— Tu n'as encore rien entendu, prévint Nora.

80

Comme elle le confia à Jeffrey, le lendemain matin, dans le restaurant qui jouxtait la terrasse, cette longue conversation avait encore duré une demi-heure, durant laquelle elle avait senti l'univers de son mari tourbillonner, vaciller. Elle avait déterré le passé de Davey, remis en question le thème central de son existence. Il avait protesté, nié, tenté de la tourner en ridicule — et raccroché au bout de dix minutes, pour ne redécrocher qu'après douze sonneries.

— Pense à ce que ta mère a écrit, avait insisté Nora. (Jeffrey, qui écoutait ce récit en étalant de la confiture de prune sur un croissant, secoua la tête ; au début, lui aussi avait douté des découvertes de la nuit.) Pense à ce qu'était ton grand-père, et à ce que ton père nous a fait, mais avant tout, pense à ce que Daisy a mis dans ce livre. C'est ton histoire. C'est un message pour toi.

Non, non, non. Helen Day mentait. Nora avait encore et encore rappelé à son mari l'enfant abandonné, puis retrouvé dans la forêt. *Ma mère est bien ma mère.*

— Si c'est vrai, je suis Pépin, avait conclu Davey, avec dans la voix la première note de l'émerveillement qui suit toujours les grandes révélations.

— Tu as toujours été Pépin, avait approuvé Nora, sans ajouter ce qu'elle se disait en elle-même : *Moi aussi.*

— Je me sens dans la peau de Leonard Gimmel ou de Teddy Brunhoven, avait-il ajouté. C'est un code, et je le déchiffre.

— Oui, c'est un code, et il t'est destiné.

— Elle voulait que je sache, même si elle ne pouvait pas me le dire.

— Exactement.

— Tu crois que je devrais aller trouver mon père ? Lui dire que je suis au courant ?

Pour la première fois depuis leur mariage, Nora avait conseillé à Davey de ne pas s'opposer à Alden.

— Il faudrait que tu lui expliques comment tu as compris, et je ne veux pas qu'on sache où je suis.

— D'accord. J'attendrai que ce soit possible.

Voilà qui était plus vague que Nora ne l'eût voulu.

— Tu me crois, au moins, hein ?

— Ça m'a pris un moment, mais oui, je te crois. Je pense qu'en fait, je devrais te remercier. Je sais que ça a l'air bizarre, mais je te suis reconnaissant, Nora.

C'est parfait, mais la reconnaissance ne suffit pas, s'était-elle dit quand la discussion avait péniblement atteint ce terme peu concluant.

Elle coupa un morceau de croissant croustillant et le porta à sa bouche. Moins d'un quart de la pâtisserie, sa deuxième, demeurait dans l'assiette, et elle avait encore faim. À trois tables de là, deux messieurs corpulents, en pardessus, savouraient un énorme petit déjeuner composé d'œufs brouillés, de bacon et de pommes de terre frites. Nora avait le sentiment qu'elle aurait pu dévorer leurs deux assiettées.

Derrière la devanture, sur sa droite, un grand jeune homme vêtu d'une chemise bleue nettoyait les dalles de la terrasse à l'aide d'un seau, d'un long balai et d'un tuyau d'arrosage. De petits ruisseaux étincelaient entre les pierres luisantes. Un autre garçon faisait claquer telles des voiles des nappes roses au-dessus des tables, avant de les lisser d'un revers de main. Le tableau était aussi banal que celui des deux hommes en train de déjeuner, mais pour Nora, il sembla soudain déborder de sens.

— Pour parler d'autre chose, vous croyez que c'est Dart qui a appelé Ev Tidy ? demanda Jeffrey. (Elle acquiesça et voulut prendre une autre bouchée de croissant, mais elle avait tout mangé.) Je vais vous rapporter quelque chose.

Il revint au bout de quelques secondes, avec une assiette chargée de viennoiseries, de pâtisseries et d'épaisses tranches de melon. Nora attaqua ces dernières au couteau et à la fourchette.

— Vous croyez qu'Ev risque quelque chose ?

— Il m'a laissé entendre qu'il se rendait dans sa propriété du Vermont.

Nora acheva les fruits et passa aux croissants. Elle se sentait aussi remplie d'énergie que si elle avait passé une paisible nuit de sommeil, et elle avait une bonne idée de la manière dont elle allait occuper les jours suivants.

— Le fait que Dart soit ici ne peut pas vous laisser indifférente, remarqua Jeffrey.

— Ça ne me laisse pas indifférente du tout. Je veux quitter Northampton ce matin-même.

— J'ai pensé à une adorable petite auberge, non loin d'Alford. Si ça vous tente, on passe voir ma mère, et ensuite, je vous emmène là-bas. C'est charmant, et les propriétaires sont des amis de mes parents. En plus, la cuisine est excellente.

Pour un moine, Jeffrey accordait une importance sybaritique aux repas.

— J'ai très envie de voir votre mère, mais après, si ça ne vous ennuie pas, je voudrais aller ailleurs.

— Rejoindre Ev dans le Vermont ?

— Ce n'est pas exactement ce que j'avais en tête. Est-ce qu'il n'est pas possible de louer les vieux cottages de Shorelands ?

Il acquiesça, perplexe.

— Vous voulez aller là-bas ?

Nora chercha une explication qui paraîtrait logique à son compagnon.

— Ça fait plusieurs jours que j'entends tout le monde en parler. Je voudrais voir à quoi ça ressemble.

Jeffrey croisa les bras et attendit.

Elle jeta un coup d'œil à l'extérieur. Le premier garçon balayait les dernières traces d'eau savonneuse, tandis que l'autre disposait les chaises autour des tables. Nora se rapprocha un peu de la vérité.

— Je suis dans une situation privilégiée. J'ai parlé à Mark Foil et à Ev Tidy, alors qu'ils ne se sont jamais vus. Foil sait ce que Creeley Monk a écrit dans son journal, et Tidy ce que son père a noté dans le sien, mais je suis seule à connaître le contenu des deux, et j'ai l'impression qu'il manque une pièce du puzzle. Personne n'a jamais essayé de rassembler tous les éléments. Je ne prétends pas en être capable, mais cette nuit, j'ai repensé à tout ça, et il m'a semblé que je devais au moins aller jeter un coup d'œil là-bas. Une moitié de moi-même n'a pas la moindre idée de ce qui se passe ni de ce qu'il faut faire, mais l'autre me dit : *va à Shorelands ou tu risques de tout rater.*

— Tout rater, répéta Jeffrey. Une pièce manquante. C'est moi qui délire, ou vous faites allusion à Katherine Mannheim ?

— Elle est au centre de tout. Je ne sais pas pourquoi, mais je me sens presque responsable pour elle. (Il releva brutalement la tête.) Personne n'avait la même opinion à son sujet. Elle était impolie, elle était impatiente, c'était une sainte, c'était une allumeuse, elle était franche, évasive, dévouée, frivole, folle à lier, parfaitement équilibrée... Elle va à Shorelands, elle déchaîne divers sentiments chez les uns et les autres, et elle n'en ressort jamais. Qu'est-ce qui en ressort, à la place ? Quelle est la seule chose qui soit vraiment sortie de Shorelands, cet été-là ? *Le Voyage dans la nuit.*

Jeffrey considérait Nora avec ce qui ressemblait à de l'intérêt mêlé de doute.

— À la manière dont vous dîtes ça, on croirait que le livre l'a en quelque sorte remplacée. (Il réfléchit un instant.) Ou bien qu'elle est dedans.

— Pas directement, pas du tout. Mais « La Porteuse de Tasse » est bien une de ses expressions. (Comme il ouvrait la bouche, Nora se hâta d'ajouter :) Je sais qu'on en a déjà parlé, mais ça me semble quand même une coïncidence colossale. Davey a vu la photo des deux sœurs dans l'appartement de votre mère, aux Peupliers, seulement Hugo Driver ne pouvait pas la connaître. C'est une partie de la pièce manquante.

— Si vous voulez jouer au détective, je vous aiderai. On peut séjourner là-bas. Il y a cinq ou six ans, un éditeur français, grand amirateur de Driver, qui voulait y passer une nuit, a eu du mal à s'y faire loger. Alden m'a demandé de m'en occuper pour lui, ce que j'ai fait. C'est le Shorelands Trust qui gère la propriété, et une partie du personnel d'autrefois occupe le Manoir, mais il y a des chambres à louer dans la Poivrière et Raiponce. J'ai retenu une des chambres de Raiponce pour le Français, qui a été enchanté. Tout comme Alden.

— Vous allez téléphoner ?

— Pendant que vous ferez vos bagages. Mais d'abord, je veux vous poser une question.

— Allez-y.

Nora s'attendait à tout, mais la question de Jeffrey se révéla plus innocente qu'elle ne l'avait prévu.

— Pourquoi avez-vous tenu à me révéler les secrets de famille ? Je suis arrivé tellement tard aux Peupliers que je ne savais même pas que Davey était censé avoir été adopté.

— Je ne voulais pas être la seule personne à le savoir.

Elle se retint juste à temps d'ajouter : *Au cas où il m'arriverait quelque chose.*

— Désolé d'entendre ça, conclut Jeffrey, avant de faire signe à la serveuse de leur apporter l'addition.

81

Quand le téléphone sonna, Nora était dans la salle de bains, à se demander si elle allait se maquiller. À la quatrième sonnerie, elle décrocha. Ce fut Jeffrey qui répondit à son « Allô ? ».

— J'espère que ça ne vous ennuie pas d'attendre une demi-heure. J'ai appelé ma mère pour lui dire que nous arrivions, et elle est dans tout ses états. Il semble que j'aie accepté d'emmener les filles au marché, ce matin, et que je sois déjà en retard. Ça ne prendra que quarante minutes, au pire, et dès qu'on sera rentré, je passerai vous chercher.

— Parfait, acquiesça-t-elle. J'étais justement en train de me dire que je serais plus en sécurité si je remettais mon déguisement.

— Votre... ? Oh, les peintures de guerre. Bonne idée. J'ai déjà annoncé notre départ à la réception, et je vous ai inscrite dans la Poivrière sous le nom de Mrs Norma Desmond. J'ai pensé que vous deviez en avoir marre de Dinah Shore.

Ils convinrent de se retrouver dans le hall quarante minutes plus tard. Jeffrey appellerait Nora dans sa chambre s'il revenait avant.

— Faites-moi plaisir, recommanda-t-il. Attendez-moi dans le hall, d'accord ? Je ne veux pas être responsable de tous les cadavres dans le placard de la famille Chancel.

Une demi-heure plus tard, quand Nora sortit de l'ascenseur, la jeune femme qui tenait la réception lui jeta un coup d'œil distrait, puis se remit à expliquer les tarifs de l'hôtel à un couple de vieillards énervés qui se plaignaient de la note. Une douce luminosité rosâtre baignait un hall par ailleurs désert. Nora tira sa valise à roulettes jusqu'à un fauteuil, près d'une table basse couverte de brochures, et s'assit pour feuilleter *Les 100 sites touristiques les plus populaires de notre belle région*. Le couple âgé argumentait toujours, mais c'était à présent la réceptionniste qui s'énervait. Le mari, un petit homme vêtu d'un blazer élégant, aux cheveux relevés en deux ailes blanches luisantes, expliquait à haute voix qu'il y avait *forcément* une erreur en ce qui concernait le téléphone, parce que ni son épouse ni lui n'utilisaient ce dernier dans les chambres d'hôtel. Pourquoi payer plus cher alors qu'on pouvait descendre utiliser la cabine publique du hall ?

La jeune femme prononça quelques mots.

— Impossible ! rugit le vieillard. Je viens de vous expliquer que nous ne téléphonons pas des chambres d'hôtel.

Sa compagne recula d'un pas, et la réceptionniste reprit la parole.

— Mais c'est une erreur ! cria l'homme. (Son interlocutrice s'éclipsa, et il se retourna vers son épouse.) Tu as recommencé, hein ? Trop flemme pour prendre l'ascenseur, et voilà le résultat : on a gaspillé *deux dollars*, je me retrouve à faire un scandale, et tout ça par ta faute.

La vieille femme se mit à pleurer, mais elle était trop effrayée pour s'essuyer les yeux.

Nora reconnut un écho d'Alden Chancel en ce petit dandy dominateur, et ne put supporter de rester dans la même pièce. Laissant sa valise près du fauteuil, elle traversa le couloir qui menait à la terrasse. À travers les vitres, elle aperçut une demi-douzaine de voitures, dont aucune n'était celle de Jeffrey, sur King Street. Le soleil faisait étinceler les dalles humides. Des lis jaunes bordaient les marches du perron. Elle poussa la porte pour sortir dans une matinée fraîche et lumineuse.

Lorsqu'elle atteignit le haut des marches, elle chercha la MG du regard, regrettant de n'avoir pu faire son jogging, ce matin-là. Ses muscles réclamaient de l'exercice. Son petit déjeuner semblait s'être transformé en un besoin de travail, de mouvement. Elle se retourna vers l'hôtel et vit le vieil homme cracher des invectives, tout en posant sa valise pour ouvrir la porte à son épouse. C'était un gentleman de la vieille école, auquel aucune courtoisie tyranique ne faisait défaut. Il s'était garé dans la rue parce qu'il craignait d'avoir à payer un supplément s'il utilisait le parking de l'hôtel. La main crispée sur la bride de son sac à main, Nora franchit le perron et fit quelques pas sur le trottoir, cherchant Jeffrey.

Ce dernier demeurait invisible. Elle jeta un coup d'œil par-dessus son épaule, et vit le couple descendre les marches à son tour. L'homme était rouge de colère. Elle le chassa de son esprit et se concentra sur le plaisir de marcher d'un bon pas par une belle matinée d'août, encore agréablement fraîche et imprégnée d'un parfum de lis.

Quand elle atteignit la rue principale, elle regarda sur la gauche, vers les boutiques qui s'étendaient en direction du campus Smith et du domicile d'Helen Day, s'attendant à voir surgir la MG dans la circulation fluide. La moitié des magasins, des deux côtés de la rue, n'étaient pas même ouverts, et aucun des rares véhicules ne ressemblait à celui qu'elle cherchait. Avec la soudaineté et la violence d'une crise cardiaque, une voiture de police apparut derrière une camionnette de boulangerie. Nora se força à demeurer immobile. Un long moment, le véhicule parut venir droit sur elle, et elle avala sa salive avec peine, mais il finit par redresser sa course, approchant sans hâte du carrefour. Elle feignit de chercher quelque chose dans son sac. La voiture arriva à sa hauteur, la dépassa, puis s'engagea dans King Street. Nora la regarda s'éloigner, à une allure toujours modérée, en direction de l'hôtel. Renonçant à l'exercice, elle décida d'aller attendre Jeffrey dans le hall.

En bas de la rue, le vieux dandy se tenait près d'une antique voiture de tourisme aux courbes douces, pourvue d'un marchepied et d'un radiateur massif que décoraient des insignes métalliques. Il ouvrit la portière du passager, et tendit la main à son épouse qui se hissa en tremblant sur le marchepied. Le véhicule de police les dépassa, et, tandis que le vieil homme contournait le sien pour se mettre au volant, caressant au passage son capot, s'arrêta devant l'hôtel. Deux agents en sortirent et montèrent les marches du perron.

King Street demeurait déserte. Quand Nora se détourna, les policiers traversaient la terrasse en direction des portes vitrées. Sans doute ne voulaient-ils rien de plus qu'un café et une part de tarte aux pommes. Elle se dirigea vers un cinéma, de l'autre côté de la rue. Le vieillard fit démarrer sa voiture extravagante, et s'éloigna du trottoir. Debout au milieu de la chaussée, Nora attendit qu'il la dépasse. Il s'arrêta devant elle, et sa vitre s'abaissa d'un centimètre. La vieille femme avait la tête basse. Lui se pencha en avant.

— Il y a des passages protégés pour les piétons, remarqua-t-il sur un ton ironique. Ils ne sont pas assez bons pour vous, ma jeune amie ?

— Je vous ai bien regardé, espèce de brute, lâcha Nora, et j'espère qu'un de ces jours, votre femme va vous tuer pendant votre sommeil.

Ladite femme releva la tête d'un coup. L'antiquité s'éloigna dans un grincement de boîte de vitesse. Un rire ou un cri jaillit par la vitre ouverte. Nora se hâta de traverser, et s'engagea sous l'avancée du cinéma et se réfugia à l'angle d'un mur et de la caisse. Elle regarda l'hôtel, où les policiers avait disparu, puis se retourna vers la voiture de collection, laquelle attendait en haut de la rue que le feu passât au vert. Un véhicule rouge familier, quoique ce ne fût pas celui de Jeffrey, contourna l'antiquité pour s'engager dans King Street, suivi d'une conduite intérieure bleue anonyme. *Ce n'est pas ça*, se dit Nora, *ça ne peut pas être ça*, mais l'Audi se dirigeait vers elle, et c'était bien « ça ». Elle reconnut les cheveux sombres et le pâle visage de Davey, qui se penchait sur son volant pour contempler le Northampton Hotel.

Elle s'éloigna un peu du mur, puis recula à nouveau. Son mari passa devant elle. La conduite intérieure le suivit jusqu'à l'hôtel. Les deux véhicules entrèrent dans le parking, où il disparurent.

Nora demeura dans son coin, priant que les policiers quittent l'établissement. Si Jeffrey arrivait, elle lui ferait signe et lui expliquerait qu'elle avait changé d'avis, que, finalement, elle retournait à Westerholm. Shorelands représentait le passé d'autres gens : elle devait s'occuper de son propre présent. Les enquêteurs demeuraient à l'intérieur. Elle croisa les bras, fixant les portes vitrées, au bout de la terrasse.

Des enfants couraient en tous sens sur les dalles, dans les jambes des garçons. Une des portes s'ouvrit. Un serveur sortit avec un plateau en équilibre sur un bras et un dessous de plat pliant dans l'autre main. Avant que le battant ne se fût refermé, Davey se rua à l'extérieur pour examiner les tables. Ne voyant pas ce qu'il cherchait, il traversa la terrasse et arriva au bord du perron.

Nora s'avança. Une deuxième voiture de police s'engagea dans King Street. Davey explorait le trottoir des yeux. Son épouse quitta sa cachette et se remit en marche vers la rue principale. Le véhicule l'ayant dépassée sans s'arrêter, elle se retourna pour voir la personne dont elle voulait attirer l'attention circuler à nouveau entre les tables. Les arrivants, au nombre de deux, firent demi-tour devant l'hôtel, et se garèrent derrière leurs collègues, avant de monter quatre à quatre les marches du perron, tandis qu'une troisième voiture de police, venue du bas de la rue, s'engageait dans le parking de l'hôtel.

Le seul espoir de Nora était que Davey revînt seul sur la terrasse. Comme elle remontait encore un peu la rue, elle le vit rentrer dans l'établissement. Les deux derniers policiers passèrent entre les tables sous le regard curieux des clients en train de déjeuner. Davey disparut. Les agents atteignirent la porte quelques secondes après qu'elle se fût refermée.

Ressors, se dit Nora. *Sors de là et viens par ici.*

Des parents corpulents et trois adolescents encore plus gras se dirigeaient vers l'entrée. Davey s'y profila juste au moment où ils l'atteignaient, et s'effaça pour les laisser passer. Sa femme revint vers lui. Quand toute la famille se fut engouffrée dans l'hôtel, il continua de tenir la porte pour deux hommes en costume de ville, dont l'un portait des lunettes noires, puis il haussa les épaules et mit les mains dans les poches. Nora sentit son souffle se bloquer. Elle recula d'un pas. Les compagnons de Davey étaient Mr Hashim et Mr Shull.

Discutant tels de vieux amis, tous trois s'approchaient des marches.

Trop choquée pour assimiler ce qu'elle venait de voir, Nora fit demi-tour. À six mètres d'elle s'étendait un parking desservant les boutiques voisines. Si elle y pénétrait sans attirer l'attention, elle pourrait traverser un magasin et se rendre chez Helen Day.

Elle regarda par-dessus son épaule. Mr Shull désignait l'hôtel du pouce et s'entretenait avec Mr Hashim, qui se tourna vers elle. Elle sentit son cœur cogner contre ses côtes. Il lui sembla que ses genoux allaient se dérober sous elle. Nora dépassa des affiches aux couleurs passées représentant de charmants vieux bâtiments et des arbres en tenue automnale, dans la vitrine d'un office du tourisme désert. Un grand panneau noir et blanc FERMÉ, tacheté de brun par le soleil, était scotché sur la porte, à l'intérieur. La fugitive franchit l'entrée du parking et risqua un nouveau coup d'œil derrière elle.

Davey et Mr Shull se dirigeaient vers la rue principale. Le second énumérait plusieurs points en comptant sur ses doigts, tandis que le premier hochait la tête.

Salopard, pourriture, comment as-tu pu me faire ça ?

Un bras s'enroula autour de son cou. Le choc et la terreur lui serrèrent le cœur, mais le membre qui lui comprimait la gorge changea son hurlement en croassement. Son agresseur la fit ployer en arrière et l'attira dans le parking.

82

— J'adore nos retrouvailles, dit Dick Dart. C'est important de garder le contact avec les vieux amis, vous ne trouvez pas ? (Nora tirait sur le bras qui l'étranglait. Ses pieds raclaient l'asphalte sale.) Surtout ceux qui ont su vous toucher.

Elle tenta de donner un coup de pied au meurtrier, et perdit l'équilibre. Il la ceintura de l'autre bras, la souleva de terre, et l'emporta au plus profond du parking.

— Vous allez adorer la voiture, déclara-t-il. Dès que je l'ai vue, j'ai compris qu'il était temps de récupérer ma petite Nora-chou — et si vous n'arrêtez pas de gesticuler, je vous tranche la gorge sur-le-champ, espèce de conne. (Il lui lâcha la taille, et elle se retrouva collée à lui, une pointe acérée contre le cou.) C'est ça que vous voulez ?

Elle secoua la tête du demi-centimètre que lui autorisait l'étreinte du meurtrier. Un grondement sec sortit de sa gorge.

— Je n'ai pas de rancune, entendit-elle Dart annoncer, à travers l'afflux de sang qui lui faisait bourdonner les oreilles Je comprends votre détresse, votre désorientation. Jésus, Marie, Joseph ! Vous êtes humaine, après tout. Je parie qu'en ce moment, vous aimeriez bien pouvoir respirer. (Elle fit de son mieux pour acquiescer.) On va s'occuper de ça dès qu'on sera hors de vue.

Il la porta entre deux camionnettes, s'arrêta contre un mur. Son bras cessa de comprimer la gorge de Nora, laquelle n'eut le temps d'inspirer qu'une bouffée d'air brûlant avant qu'il ne resserre son étreinte.

— Voilà. Une autre vous ferait plaisir ?

Appuyé au mur, Dart la tenait courbée sur son genou plié, si bien qu'elle avait les jambes ballantes : si elle se débattait, elle tomberait par terre. Elle acquiesça, et la pression du bras se desserra le temps d'une autre inspiration désespérée.

Tournant la tête, Nora observa son ravisseur du coin de l'œil. Il lui souriait, les yeux brillants de plaisir, sous la visière d'une casquette en popeline noire qui révélait un bandage au-dessus de l'oreille. Elle apercevait à peine la lame luisante, à l'endroit où cette dernière rejoignait le manche du couteau.

— Vous m'avez manqué aussi, avoua Dart. Pour vous le prouver, je vais vous laisser respirer. (Il baissa le bras.) Nous allons être bien sage, maintenant, n'est-ce pas ? (Elle hocha la tête, tout en gonflant ses poumons avec avidité.) Ce cher Davey vous a balancée, c'est bien ça ? Quelle aventure, pour ce garçon, de se balader en compagnie des grands méchants du FBI ! J'ai l'impression qu'il est très copain avec celui aux lunettes noires. (Il attira Nora plus haut sur sa jambe et lui referma à nouveau le bras autour du cou, un peu moins étroitement que la première fois.) Ça y est ? Nous avons surmonté votre joie ? Nous nous sommes habituée à l'enthousiasmante réapparition de notre vieil ami ? Nous sommes bien convaincue que toute manifestation bruyante aura pour résultat une opération artisanale de la trachée artère ? (Elle fit tout son possible pour répondre « oui » et y parvint presque.) Je vais vous prouver quelque chose.

Il se redressa, la déposa à terre et la lâcha. Ils se tenaient l'un derrière l'autre, dans l'espace d'un mètre qui séparait une camionnette brune cabossée d'une bleue encore plus cabossée, sur laquelle étaient peints les mots : MACMEL, PLOMBERIE & CHAUFFAGE. Au bout du tunnel formé par les deux véhicules s'étendait le parking goudronné, jonché de papiers de bonbons froissés et de mégots. Étonnée d'être encore en vie, Nora se retourna.

Dart était adossé au mur de l'office du tourisme, une jambe repliée, les bras croisés sur la poitrine. Sa casquette était enfoncée jusqu'à ses yeux étincelants. Un léger duvet couvrait ses joues et son menton. Dans la main droite, il tenait le couteau allemand à manche en bois de cerf qu'il avait acheté à Fairfield.

— Vous voyez ?

— Je vois quoi ?

Elle avait les mains tremblantes, et, au creux de son estomac, quelque chose tremblait également.

— Vous ne vous enfuyez pas.

— Si j'essayais, vous me tueriez.

— C'est une des raisons. Mais je représente aussi votre meilleure chance de vous sortir de ce bordel. Je vous fais peur, mais vous vous dites que je m'intéresse trop à vous pour vous tuer sous l'effet d'un sentiment aussi stupide que le désir de vengeance. En outre, vous êtes furieuse contre Davey. Tant que je vous paraîtrai calme et raisonnable, vous préférerez tenter votre chance avec moi plutôt que de laisser cette mauviette assister à votre arrestation. (Nora ouvrit de grands yeux : il n'était pas loin d'avoir raison.) La différence entre lui et moi, c'est que moi, je vous respecte. Vais-je perdre la tête sous prétexte que vous avez agi intelligemment quand j'ai baissé ma garde ? Pas du tout. Vous m'avez fait mal, mais pas tant que ça. Il s'avère que j'ai réellement le crâne solide. Il va falloir que je prenne plus de précautions avec vous, mais on a encore des choses à faire ensemble. Faisons-les.

— Très bien, acquiesça Nora, qui tentait de réfléchir vite, sainement. Tout ce que vous voudrez.

— J'imagine que vous vous êtes maquillée de votre mieux, mais le résultat est ridicule. On dirait que vous avez étalé ça à la truelle.

— Vous allez me tirer de là, oui ou non ?

Dart se décolla du mur, l'empoigna par un bras et la fit sortir d'entre les camionnettes. Deux agents en uniforme passaient devant l'entrée du parking.

— Grâce à vous, j'ai fait l'acquisition de cette magnifique œuvre d'art. (Elle se détourna des policiers pour découvrir l'antiquité du dandy tyrannique.) On va même pouvoir la conserver un moment. (Il guida sa captive jusqu'à la portière du conducteur, et l'aida à monter sur le marchepied.) Vous savez utiliser une boîte de vitesses manuelle ?

— Oui.

— Vous êtes vraiment la femme idéale, soupira Dart.

Il contourna la voiture en petites foulées. Nora observa les sièges et le tapis de sol. Elle fut soulagée de ne pas y trouver de taches de sang.

LIVRE IX

LE VAL DU MONT

... Le val du cœur, où est enfoui le grand secret.

83

— Doucement, doucement. C'est une authentique Duesie, traitez-la avec respect.

— Une douzie ?

Dart roula de grands yeux. Nora quitta la place de stationnement en marche arrière, passa la première, et roula vers la sortie donnant sur King Street.

— Une Duesie. Une Duesenberg, une des meilleures bagnoles jamais fabriquées. Une aristocrate. J'adore la manière dont ces trésors me tombent littéralement entre les mains quand vous êtes avec moi.

Davey et les deux agents du FBI se tenaient devant l'hôtel, au centre d'un groupe de policiers en uniforme. Certains de ces derniers contemplèrent la Duesenberg, tandis que Nora obliquait vers la rue principale.

— Ils sont tellement occupés à reluquer la voiture qu'ils ne prêtent pas la moindre attention à ceux qui sont dedans.

Par habitude, elle tourna à droite en arrivant au carrefour. Deux jeunes femmes en âge d'être étudiantes, qui traversaient Gothic Street, les regardèrent passer, un sourire aux lèvres. Dart avait raison : les gens remarquaient la voiture, pas ses passagers.

— Vous avez eu le temps de réfléchir, de voir à quoi ressemble le monde sans moi, donc il vous faut juste un peu de supervision cohérente, et on retrouvera la bonne piste. Où avez-vous appris à utiliser une boîte manuelle ? La plupart des femmes savent à peine que ça existe.

— J'ai appris à conduire avec un vieux pick-up. (Dart, appuyé contre une portière décorée d'acajou, souriait d'un air affecté et caressait le revolver pris à l'agent LeDonne.) Comment vous êtes-vous procuré cette voiture ?

— Grâce à la Magie Nora. Sans cette preuve de votre don pour me faciliter les choses, j'aurais peut-être traité votre rébellion avec nettement plus de sévérité, mais dès que je vous retrouve, je récolte la Duesie. Kismet. Quoique j'aie un moment envisagé la MG de votre copain. C'est un ancien flic ?

— C'est un ancien beaucoup de choses. (Elle jeta un nouveau coup d'œil à son sourire en coin, refusant de lui laisser voir son désarroi.) Y compris flic. C'était le majordome des Peupliers.

— Un serviteur dévoué, apprécia Dart. Profondément attaché à la bien-aimée de son jeune seigneur. Quelque mésalliance romantique, peut-être ?

— Non.

Il haussa les sourcils et sourit plus franchement. Un flot de piétons passa devant la voiture, sans la quitter des yeux.

— Hier soir, j'ai posé quelques questions aux citoyens du coin. Un amateur de MG, qui vous avait vus tous les deux, m'a désigné l'hôtel, et j'y ai trouvé le véhicule en question. Je prévoyais de m'occuper de votre ami ce matin, quand il reviendrait vous prendre, mais vous êtes sortie et vous avez eu votre altercation avec les précédents occupants de la Duesie. Alors là, je me suis dit qu'ils étaient sous l'effet de cette bonne vieille magie noire. Mettez-moi au parfum, Nora-chou : qu'est-ce que vous leur avez raconté ?

— J'ai dit au type que j'espérais que sa femme le tuerait dans son lit, une de ces nuits.

Dart éclata de son rire hideux, et tapa du bout des doigts contre le canon du pistolet pour faire mine d'applaudir.

— Vous avez touché un nerf sensible, ô être magique, vous avez touché un nerf sensible. Ils avaient à peine atteint le croisement que la vieille biscotte l'agonissait d'injures. Quand vous vous êtes planquée devant le cinéma, j'ai traversé la rue et je les ai suivis d'instinct — il faut toujours suivre son instinct. Au bout de trois mètres, Douglas Fairbanks s'est rangé sur le bas-côté pour engueuler mémère. Elle est sortie, et elle est partie à pied. Doug l'a suivie, tellement furieux qu'il en a oublié ses clefs. Il s'est mis à trotter, en lui hurlant dessus, et puis boum ! il s'est effondré, les bras en croix, sur le trottoir. Encore une victime d'un mariage inconsidéré. Je suis monté dans la Duesie, et je me suis tiré en passant juste devant l'attroupement qui s'était formé. Et vous savez quoi ? Je crois bien que la biscotte m'a vu. Je parie que ç'a été un des moments les plus jouissifs de sa vie. Quand Douglas Fairbanks va se réveiller à l'hosto, il va jeter un coup d'œil aux cadrans posés au pied de son lit, aux tubes qui sortiront de tous ses orifices, et il va demander : *Où est passée ma voiture ?* Et la biscotte va répondre : *J'étais vraiment trop inquiète à ton sujet pour m'occuper de la Duesie.* Cette bagnole, c'est l'élément le plus important de son existence, à ce vieux crabe, mais pourra-t-il reprocher à sa femme de l'avoir laissé voler ? Il aura envie de lui arracher le cœur et de le faire rôtir au-dessus d'un feu de joie, mais au lieu de ça, il sera obligé de montrer de la reconnaissance. (Dart sourit.) Il m'arrive de douter de moi-même. Parfois, je me demande si ce n'est pas moi qui ai tort, et tous les autres qui ont raison. Et puis il se passe quelque chose comme ça, et je sais que je peux dormir sur mes deux oreilles. Les hommes ne sont que des chiens, mais les femmes sont des lionnes. (Sa main franchit une distance bien plus grande qu'elle ne l'eût fait dans n'importe quelle autre voiture pour se poser sur le genou de Nora.) Vous, vous êtes encore un lionceau, mais un lionceau extrêmement doué, et vous faites des bonds colossaux vers l'âge adulte. Quand nous avons commencé notre odyssée, vous n'en saviez pas assez pour tenir cinq minutes. Et au bout de vingt-quatre heures aux pieds du grand Dick Dart, vous trouvez le moyen de contacter le Dr Foil et Everett Tidy.

Nora s'arrêta à un stop devant le campus Smith de State Street. Les habituels sacs à dos et blue jeans lancèrent à la voiture les habituels regards appréciateurs.

— Je me disais qu'on allait quitter le Massachusetts pour un jour ou deux, se trouver un petit motel quelque part dans le Maine. C'est l'endroit le plus sûr de toute l'Amérique. La moitié des habitants du coin n'ont même pas encore entendu parler de la télévision. Ils continuent à se demander si le machin censé se poser sur la lune a réellement fonctionné. (Dart ouvrit la boîte à gants.) Il doit y avoir des cartes, là-dedans. Les connards qui mettent des médailles sur leur bagnole se baladent toujours avec une tonne de cartes. Encore gagné, Dick, on savait qu'on pouvait compter sur toi.

L'Université Smith défilait derrière lui. Nora jeta un coup d'œil dans Green Street et vit Jeffrey courir sur le trottoir pour rejoindre sa voiture.

— Est-ce que vous accepteriez d'envisager une autre possibilité ?

Dart se tourna vers elle, tout en examinant les cartes.

— Vous trouvez le Maine un peu trop primitif ? J'ai une meilleure idée : le Canada. Pas besoin de passeports : les douaniers sont juste là pour faire signe de passer. Ah, nos charmants cousins du Nord ! Ce sont les gens les plus discrets du monde. Vous savez ce que dit un Canadien, quand on s'apprête à le descendre ? « Je peux aller faire pipi, avant ? »

— J'ai réservé une chambre dans un des cottages de Shorelands.

— Shorelands ? (Il se laissa aller en arrière contre le dossier de son siège en cuir.) Idée tout à fait séduisante. Poursuite de notre quête originale. J'imagine que la réservation a été faite sous un nom convenablement neutre ?

— Mrs Norma Desmond.

— Excellent. Je peux devenir Norman Desmond. Mon personnage prend forme en moi alors même que nous parlons. Norm, époux de Norm. Avocat de jour, fanatique de la parole écrite de nuit. Toutes mes discussions avec mes vieilles chéries vont m'être très utiles. Je pourrai toujours balancer quelques vers de temps en temps, pour trouer le cul des gardiens de la culture. Et ça n'aura pas besoin d'être Emily, je peux citer un tas d'autres crétins. Keats, Shelley, Gray — tous les grands.

— Vraiment ?

— Je vous l'ai dit : quand j'ai lu quelque chose, ça reste gravé pour l'éternité. Ça m'a permis de gagner un ou deux paris dans les bars, mais au bout d'un moment, plus personne n'a voulu parier que je n'étais pas capable de réciter en entier « Pour l'Alouette. » Vous voulez l'entendre ?

— Pas réellement.

— Tant mieux. C'est nul. Vous comptiez aller là-bas toute seule ?

— Jeffrey devait me déposer.

Il hocha la tête.

— Rangez-vous le long du trottoir, que je regarde par où on doit aller. (Elle obéit. Dart choisit une carte dans la pile et la déplia.) Bon, Lenox est là, et nous ici. Pas de problème. On retourne en ville, on prend la 9 jusqu'à Pittsfield, et ensuite la 7. En chemin, vous pourrez me raconter ce que vous avez obtenu de Mark Foil et d'Everett Tidy. Mais avant, expliquez-moi donc pourquoi vous avez décidé de visiter cette colonie littéraire en perdition. Il y a des documents cachés sous un plancher ? Le premier jet du *Voyage dans la nuit*, par Katherine Mannheim, planqué dans le tronc d'un arbre creux ?

— Je veux voir l'endroit où ils se sont tous rencontrés.

— Et ?

— Avoir une meilleure idée de la disposition des lieux.

— Pour reconstituer leurs allées et venues, un truc comme ça ? Quoi d'autre ?

Nora se rappela les garçons qui avaient aménagé la terrasse dans la lumière jaune citron du matin. Elle se rappela Helen Day.

— Je voulais essayer de discuter avec les femmes de chambre.

— Là, je ne vous suis pas.

— Une partie du personnel d'autrefois est toujours là-bas. L'autre soir, j'ai réalisé que les domestiques savent tout. Comme les types dont vous m'avez parlé, ceux qui travaillent au Yacht Club.

— Je suis profondément flatté, mais la vieille sorcière qui a changé les draps d'Hugo Driver il y a cinquante-cinq ans a peu de chance de savoir ce qu'il a ou non écrit, même si elle est encore en vie.

— Ce n'est pas Katherine Mannheim qui a écrit *Le Voyage dans la nuit*. Ce n'est plus du tout le propos.

— Alors, pourquoi Alden Chancel n'a-t-il pas dit aux deux vieilles de se coller leur procès dans le cul ? Il aurait pu envoyer chier leur avocat dès le début, et pourtant, il a mis Dart & Morris sur le coup. S'il n'a rien à craindre, pourquoi refiler du fric au cabinet ?

Nora se rappela ce qu'elle avait ressenti en voyant Davey sur la terrasse de l'hôtel, en compagnie de ses nouveaux amis, Mr Hashim et Mr Shull. Dart allait adorer ce qu'elle s'apprêtait à lui dire.

— Alden ne veut pas qu'on mette en doute l'authenticité des œuvres de Driver. C'est un point sensible.

Il devint immédiatement attentif.

— Allez-y, dites-moi tout.

— Les romans d'horreur ne sont pas les seuls livres écrits par Daisy pour le compte de son mari sous un faux nom. Son premier pseudonyme était Hugo Driver.

Il cligna des yeux puis éclata de rire.

— C'est ce vieux sac à gnôle qui a pondu *Le Voyage dans la nuit* ? (L'espace une seconde, il devint l'individu charmant qu'il eût pu être s'il n'avait pas été Dick Dart.) Pas étonnant qu'Alden se soit débarrassé du manuscrit. Mais non, c'est impossible. Elle est trop jeune. Vous vous gourez de cheval, minou.

— Elle n'a pas écrit celui-là, corrigea Nora. Seulement les deux autres.

Dart ouvrit la bouche comme pour protester, puis il la considéra avec un étonnement mêlé d'admiration.

— Bravo. Ils sont sortis dans les années soixante. Comment avez-vous découvert ça ?

— On ne peut pas s'en rendre compte avant de comparer les livres de Driver avec les romans d'horreur, mais une fois qu'on l'a fait, ça devient évident. Daisy a un certain nombre d'expressions bien à elle, qu'elle n'arrête pas d'utiliser. Seulement, comme personne n'a jamais eu la moindre raison de lire Driver en parallèle avec Morning et Teatime, personne n'a jamais rien remarqué.

Dart eut un large sourire.

— Je déteste la poésie, mais j'adore ce genre de justice poétique. Dès qu'on commence à mettre Hugo Driver en question, toute la fortune d'Alden est menacée. C'est pour ça qu'il s'est adressé à mon vieux. (Il se tapota les lèvres du canon de son revolver.) Si c'est Driver qui a écrit *Le Voyage dans la nuit*, pourquoi a-t-il abandonné les droits à Lincoln Chancel ?

— Je pense qu'il s'est passé à Shorelands une chose qu'ils étaient tous les deux seuls à connaître. Quand ils sont revenus, ils étaient associés. Chancel a accueilli Driver aux Peupliers, une ou deux fois. En temps ordinaire, il n'aurait pas daigné cracher sur un minable de ce genre-là, même s'il lui rapportait beaucoup d'argent.

— Donc, Driver savait quelque chose sur lui.

— Ou bien il savait quelque chose sur Driver, et il ne voulait pas le laisser l'oublier.

— Ça ne peut être qu'une seule chose, apprécia Dart. Dites-la moi. Si vous tombez juste, je vous rendrai un énorme service.

— Hugo Driver a tué Katherine Mannheim. Il ne l'a peut-être pas fait exprès, mais il l'a tuée tout de même, et Lincoln Chancel le savait. Il l'a aidé à cacher le cadavre dans les bois, et à partir de là, l'autre s'est retrouvé à sa merci.

Dart hocha la tête.

— À individu désespéré, actes désespérés. Pourquoi ? Qu'est-ce qui s'est passé ?

— Un jour, Bill Tidy a vu Driver tourner autour du sac de Katherine. Notre grand auteur y a peut-être trouvé des notes, et il a compris que tout ce qui lui manquait pour sortir de son trou, c'était le reste de l'histoire. Driver était un voleur : il a laissé parler son naturel et il a volé les idées de sa collègue. Peut-être qu'il s'est introduit dans la Maison de Pain d'Épice pour chercher d'autres éléments, et que Katherine l'y a surpris. Elle lui a fait une remarque acerbe — elle était très douée pour ça : vous ne l'auriez pas aimée du tout. Peut-être qu'il l'a frappée. Quoi qu'il en soit, elle est morte. Driver n'avait pas assez de cran pour tuer de sang-froid, comme Lincoln Chancel. (Une autre pensée vint à Nora.) C'est fatalement quelque chose comme ça. Elle n'aurait jamais invité Driver dans la Maison de Pain d'Épice, mais il y est pourtant entré, car pour son livre, il s'est servi d'une photo qu'elle avait laissée sur son bureau.

Dart sourit au toit de la voiture et fredonna quelques mesures de « *Too Marvelous for Words*[1] ». Son sourire s'élargit.

— Faites demi-tour et rejoignez la 9. Je viens d'avoir un trait de génie.

— Vous n'aviez pas parlé de me rendre service ?

— Je crois que si. Et ça va être très important pour vous. (Nora contempla son visage joyeux.) Si jamais il arrive un moment où je n'ai d'autre choix que de vous tuer, je le ferai rapidement. Ça n'est pas dans mes habitudes, ce sera un grand sacrifice, mais je vous garantis que vous ne souffrirez pas.

— Vous êtes vraiment un type extraordinaire, Dick.

— Je me mets en quatre pour mes amis.

84

Lorsqu'ils arrivèrent à Pittsfield, Dart empoigna Nora par un bras et la guida à travers une série de boutiques pour acheter du matériel de rasage,

1. Trop merveilleux pour être décrit. *(N.d.T.)*

une brosse à dents, une cravate en soie voyante, et des chaussettes. Une fois en dehors de la ville, il lui ordonna de s'arrêter dans une station service, et la traîna dans les toilettes des hommes. Nora détourna le regard tandis qu'il remplissait un urinoir d'un jet fin et prolongé.

— Si les bagnoles marchaient à la pisse, je serais un vrai gisement national.

Dart ôta sa casquette. Il se pencha au-dessus du lavabo pour examiner le bandage noué autour de sa tête.

— Coupez-moi ça.

Nora trouva les ciseaux et les referma sous la première épaisseur de tissu. Elle ne tarda pas à dérouler une longue bande blanche.

— Qui est-ce qui vous a soigné ?

Il lui lança un coup d'œil ironique et las.

Quand le bandage fut totalement enlevé, Dart inclina la tête, et se tâta le cuir chevelu en s'examinant dans le miroir.

— Que sont quelques bosses pour un esprit aventureux, hein ? Encore que sur le moment, ça m'ait fait un mal de chien. Je me rappelle distinctement la douleur. Les éclairs lumineux derrière mes yeux. Ç'a été la deuxième plus belle migraine de ma vie.

— C'était quoi, la première ?

Il baissa la main, et ses yeux soudain dépourvus d'expression croisèrent ceux de Nora dans le miroir. Au sein des minuscules toilettes surchauffées, elle se sentit glacée.

— Popsie Jennings. Cette vieille pute ne m'a pas raté, avec son chenet. C'est encore plus sensible que n'importe lequel de vos coups à vous. (Il détourna le regard et effleura l'arrière de son crâne.) Il faut que je me rase, que je me brosse les dents et que je me fasse beau pour Shorelands. Comment je m'appelle, déjà ?

Il fallut à sa compagne un moment pour comprendre ce qu'il voulait dire.

— Norm. Norm Desmond.

Il lui sourit et sortit rasoir et mousse d'un sac en papier.

— Ce soir, Mrs Desmond va accorder à Mr Desmond un plaisir conjugal particulièrement profond. Au moins deux fois. Il va falloir payer votre dette. (Il prit un peu de mousse à raser au creux de la main et l'étala sur ses joues.) On va vraiment bien s'amuser, à Shorelands. Ça va être une grande joie pour nous deux. (Il se rinça les doigts, et commença à se passer le rasoir sur la joue droite.) Vous voulez discuter avec les vieilles, c'est ça ? Gagner leur confiance et leur soutirer des renseignements ?

— Exact.

— Et si on jouait le coup plus brutalement ? Si on foutait une trouille de tous les diables à une ancêtre pour qu'elle crache tout ce qu'elle sait ? Vous l'avez fait à Natalie Weil, refaites-le.

Nora le regardait. Contrairement à tous les hommes qu'elle avait connus, il dégageait une surface de la mousse, puis repassait la lame au même endroit, dans l'autre sens, se rasant en fait deux fois de suite.

— Vous voulez que je kidnappe une des femmes de chambre ?

— Que vous la ligotiez, que vous la tabassiez, ce que vous voulez. Vous la faites sortir de la maison, monter en voiture, elle raconte ce qu'elle a à raconter, et ensuite, je la bute. Ça peut être intéressant. Avec une vieille dame, il y a de quoi s'amuser. (Il écarta les bras, projetant de la mousse sur le carrelage du mur.) Je me décerne le Prix Dick Dart des Hautes Études de Réflexion Tortueuse. Je vous servirai de soutien logistique. Je vous apporterai toute l'aide dont vous aurez besoin. (Il acheva de se raser les joues, passa le rasoir sous le robinet, puis s'attaqua à son cou.) Ensuite, il faudra se faire confiance. Ce sera juste vous et moi, chérie : le duo d'enfer. Après le premier, les flics n'en ont rien à foutre du nombre de meurtres qu'on commet. Même dans les États où il y a encore la peine de mort, on ne ressuscite pas les gens pour les exécuter une deuxième fois. Ça prouve bien à quel point le monde est pourri, le peu de valeur qu'on accorde à la vie.

Comme pour ses joues, il passait le rasoir sur les zones recouvertes de mousse, changeait de direction et rasait une deuxième fois la même surface. Enfin, il se rinça à l'eau froide, tendit la main vers des serviettes en papier.

— Comment est-ce que vous nous voyez finir, si je puis poser cette question ? demanda-t-elle.

Il s'essuya la figure, jeta les serviettes chiffonnées par terre, et parut méditer un instant, avant de sortir du sac en papier la brosse à dents neuve. Il éventra l'emballage et le jeta.

— Dentifrice.

Nora fouilla dans son sac à main et en tira le tube demandé.

— Alors ?

— Un barrage. Un million de flics, et nous en face. Si on arrive au Canada, on pourra peut-être tenir un an. L'essentiel est de ne pas se laisser arrêter, quelles que soient les circonstances. On s'est évadé d'une prison, on ne va pas se retrouver dans une autre. Vivre libres ou mourir.

Il se pencha pour se brosser les dents.

85

Lorsqu'ils atteignirent la plaque en bronze SHORELANDS TRUST, ils passèrent entre des piliers de pierre couverts de ronces pour pénétrer dans une véritable jungle.

— Les tam-tams ! entonna Dart. Ces maudits tam-tams ! Ils ne s'arrêteront donc jamais, Carruthers ?

Le chemin, bordé d'arbres des deux côtés, tournait à droite et disparaissait. Après le virage, Nora constata qu'il se divisait devant un panneau indicateur en bois, planté sur le bas-côté herbu. Une de ses branches partait vers la gauche, l'autre vers la droite, pour mener à un pré boueux. Comme ils approchaient du panneau, les indications en devinrent lisibles : LE MANOIR, LA MAISON DE PAIN D'ÉPICE, LE POT DE MIEL, LA POIVRIÈRE, RAIPONCE, LA MAISON DU TRÈFLE, LE VALLON DE MONTY & LES PILIERS DU CHANT, LE CHAMP DE BRUME. Toutes ces destinations se trouvaient réparties sur la gauche. Les mots PARKING DES VISITEURS faisaient référence au terrain détrempé.

Nora sortit de la partie boisée et tourna à droite. Un homme en vêtements de travail kaki s'arracha à une chaise de jardin, près d'une caravane garée sur une plate-forme en ciment, et s'avança, admirant la voiture.

— Dieu tout puissant, c'est une vraie merveille ! s'exclama-t-il.

Il avait les joues creusées de rides profondes et de petits yeux brillants. Dart poussa un hennissement.

— On en est content, répondit Nora, en jetant un regard noir à son compagnon.

Le gardien recula d'un pas et s'humecta les lèvres.

— On n'en fait plus des comme ça, de nos jours.

— Oh, bon diou, papy, ça, c'est ben vrai, lança Dart.

Il s'attira un bref regard, puis on décida de faire comme s'il n'avait pas été là.

— Si c'est juste pour visiter, madame, il y a un droit d'entrée de dix dollars. Si vous passez la nuit, garez-vous sur le parking. Vous pourrez vous présenter au Manoir dès que j'aurai trouvé votre nom sur la liste.

— Nous sommes là pour la nuit. Mr et Mrs Desmond.

— J'en ai pour un instant.

Après avoir jeté un dernier long regard à la voiture, le gardien rentra dans la caravane.

— Il a fait un peu de taule, mais pas pour des choses intéressantes, déclara Dart.

— Qu'est-ce que vous en savez ?

— Attendez.

L'homme ressortit de la caravane, tenant une planchette porte-papiers, munie d'un stylo pendu à une cordelette. Il la passa par la vitre et désigna un cadre blanc au bas d'un formulaire.

— Signez ici, Mrs Desmond. Je vous souhaite un bon séjour.

Dart se pencha en avant avec un sourire pervers.

— Pourquoi est-ce qu'on vous a bouclé, grand-père ?

— Pardon ?

— Vous avez suriné un type dans un bar, ou bien c'était pour avoir volé des briques sur un chantier ?

Nora rendit la planchette à son propriétaire.

— Je vous prie d'excuser mon époux. Il se prend pour un comique.

— Tous les comiques ne sont pas drôles.

Le visage du gardien s'était figé et toute lumière avait disparu de son regard. Il récupéra son bien, retourna à grands pas vers la caravane, s'y engouffra, et claqua la porte.

— Ça va peut-être vous surprendre, remarqua Nora, mais vous avez un côté désagréable.

— Et maintenant ? Vous voulez parier que je ne suis pas capable de réciter la totalité de « Pour l'Alouette » ?

Le sol gargouillait sous les larges pneus de la Duesenberg.

— Non.

— Même pas un mot sur trois, avec quelques aménagements pour la sonorité ?

— Non plus.

Elle se gara au fond du parking, sur la droite.

— Dommage. C'est nettement mieux à ma manière. (Il récita.) *Toi, oiseau étais / Paradis plein profusion non prémédité / toujours de toi un feu / Profond et immobile et chanté.* Il y a des tas de manières d'être un génie. Je vais me sentir chez moi, ici.

Nora traversait le pré, enjambant les parties boueuses.

— Je ne suis pas sûre que conserver cette voiture soit un trait de génie.

Dart la suivait de près.

— Quand vous aurez fait votre petit numéro de kidnapping, on en libérera une autre. En attendant, il n'y a pas un endroit au monde où la Duesie soit plus en sécurité. Venir ici était une idée brillante.

Elle contourna un bourbier, et réalisa avec horreur qu'elle avait emmené ce dément sur un terrain de jeu privé. Toutefois, quand le trust avait décidé de louer les cottages, on avait dû installer des téléphones. Dart ne pourrait pas la surveiller en permanence, et il ne pensait même plus y être contraint. Ils étaient associés. À la première occasion, elle appellerait la police locale et s'enfuirait dans les bois.

Le chemin qui menait au cœur de Shorelands était parsemé de flaques longues et fines. Ses parties les plus hautes luisaient d'humidité. Il avait plu pendant la nuit. Si trottoirs et routes avaient séché au soleil, ce n'était pas le cas de la terre battue. Nora leva les yeux. De lourds nuages traversaient un ciel moucheté.

— Ça va être bon pour nous deux, dit Dart.

— Vous n'imaginez pas ce que je ressens, approuva-t-elle.

Ses talons, quoique assez plats, enfonçaient dans la terre, aussi emprunta-t-elle une partie empierrée du chemin. Sur les côtés, les arbres paraissaient se resserrer autour des visiteurs. Dart se mit à fredonner *Mountain Greenery*[1].

1. Verdure de montagne. *(N.d.T.)*

Sortant de la forêt, ils arrivèrent en vue d'une cour gravillonnée, cerclée d'un muret de pierre que surmontaient des dalles en ciment. Un chemin blanc, qui circulait entre deux pelouses peu étendues, menait aux quatre larges marches permettant l'accès à un long bâtiment, lui aussi en pierre, pourvu de trois rangées de fenêtres aux encadrements en ciment. L'eau qui s'écoulait de certains appuis leur faisait comme une barbe. Toutes les deux fenêtres, à partir des extrémités, la façade subissait un décrochement, si bien que l'édifice semblait étendre ses ailes de part et d'autre de l'entrée. D'un côté, un ouvrier juché sur une grande échelle décollait de la peinture craquelée, tandis qu'un autre, au rez-de-chaussée, réparait un rebord de fenêtre fendu. Dick Dart prit le bras de Nora et l'entraîna sur le chemin du Manoir.

86

Des visiteurs aux cheveux blancs flânaient dans une boutique de souvenirs, en face d'une porte noire marquée RÉSERVÉ AU PERSONNEL. Au-delà, un escalier de marbre assez bas menait à un large et haut corridor, couleur pêche, que rompaient des demi-colonnes en plâtre luisantes. Dans un grand fumoir, de l'autre côté du couloir, une vingtaine de personnes, en grande partie des femmes, écoutaient un guide invisible. Des portes vitrées ouvraient sur une terrasse. Dart entraîna Nora en haut des marches. Au bout du corridor, sur la gauche, des touristes qui suivaient une petite femme âgée sortirent d'une pièce située à l'avant du Manoir pour pénétrer dans celle d'en face. Sur la droite, un escalier incurvé à la cage ornée de tableaux montait au premier étage. Nora songea à crier à l'aide. Les mots se formèrent dans sa gorge, puis elle réalisa que si elle les prononçait, Dart sortirait son revolver et tuerait le plus de monde possible. Le groupe du fumoir le quitta à pas traînants, franchissant une arche à la suite de son guide, derrière une cheminée.

Dart inclina la tête pour admirer les palmettes et les arabesques en plâtre dessinées sur le plafond voûté.

— Au diable le barrage et la mort violente. On va se tenir à carreau un moment, et ensuite, je ferai cracher un ou deux millions de dollars à mon vieux. On ira au Canada, et on s'achètera une baraque dans ce genre-là. J'y ajouterai un ou deux escaliers dérobés, une salle de cinéma de première bourre, un grand four à gaz à la cave. On donnera un bal.

La petite femme aux cheveux blancs arriva dans la grande pièce en compagnie de son groupe, et étendit les bras.

— Vous vous trouvez dans le fameux fumoir où les invités de

Miss Weatherall se réunissaient pour converser en buvant un cocktail, avant le dîner. Si vous vous désolez de ne pouvoir les entendre, je puis vous répéter une des choses qui se sont dites dans cette pièce. T.S. Eliot s'est tourné vers Miss Weatherall et lui a murmuré : « Je dois vous avouer, ma chère... »

— Ce gros snob de T.S. Eliot est resté ici à peine deux jours, et tout ce qu'il a fait, c'est se plaindre de son indigestion, intervint Dart d'une voix forte.

La plupart des touristes qui écoutaient le guide se retournèrent vers lui.

— « L'éducation de la terre et l'ennuyeux printemps, nous, la terre, la neige, la vie, les courges. » C'est « La Terre Gaste », un mot sur trois, avec quelques aménagements pour l'effet poétique. « Nous, la douche ; nous allâmes solaire. Café Hofgarten, ». Nettement plus percutant, vous ne trouvez pas ? Mon « Prufrock » est encore meilleur.

Le guide tentait de diriger son groupe vers la pièce suivante.

— Vous pouvez faire ça avec n'importe quoi ? s'enquit Nora.

— N'importe quoi. « Aller, et l'étendue, le patient dessus ; Laisser passer marmonnements, hôtels turbulents, restaurants, insidieux coquillages. Mener un... Oh, demander ! »

— Seriez-vous poète ? interrogea une voix derrière eux.

Une femme de grande taille, proche de la trentaine, au visage constellé de taches de rousseur et aux cheveux d'un blond ardent tombant sur les épaules, se tenait au sommet de l'escalier. Elle portait un tailleur blanc cassé très simple, et avait l'air charmante.

Dart lui sourit.

— Je suis très gêné. Oui, j'espère pouvoir dire que je suis poète.

Elle s'approcha, et leur tendit une main elle aussi couverte de taches de rousseur.

— Mr et Mrs Desmond ?

Dart lui prit la main entre les deux siennes.

— Je répondrai si vous me dites votre nom à vous.

— Marian Cullinan. Je suis chargée de l'accueil des clients, entre autres choses. Tony m'a prévenue que vous arriviez. Je suis désolée d'être en retard, mais j'ai beaucoup de travail. (Dart la relâcha.) Vous n'avez pas eu de mal à nous trouver, j'espère.

— Aucun, ronronna-t-il.

— Bien. Je vous supplie de ne pas vous sentir gêné que nous vous ayons inspiré des pensées relatives à vos travaux. Nous espérons produire cet effet-là sur tous les écrivains qui nous rendent visite. Vous êtes publié, Mr Desmond ?

— J'ai le plaisir de l'être régulièrement.

— Merveilleux, apprécia Marian. Où ça ? Votre nom devrait me dire quelque chose. je m'efforce de garder la trace des gens tels que vous pour nos séminaires de lecture.

Dart jeta un coup d'œil à Nora avant d'offrir à son interlocutrice un visage timide et modeste.

— Ici et là.

— Vous ne vous en tirerez pas comme ça. Je m'intéresse à la poésie contemporaine. Je parie que votre femme va me dire où vous avez placé vos œuvres.

Nora s'efforça de se rappeler les titres des magazines aperçus sur la table basse de Mark Foil.

— Voyons. Il en publié pas mal dans *Avec*, et *Conjonctions*. Et *Lingo*.

— Eh bien ! (La jeune femme considéra Dick Dart avec un intérêt et un respect accrus.) Je suis impressionnée. Je pensais bien que vous étiez un poète du langage. J'adorerais vous poser un millier de questions, mais je ne veux pas être impolie.

— Ça pourrait être agréable, dit Dart. Les poètes n'attirent pas tant que ça l'attention, dans l'ensemble.

— Ici, si. Je vais m'assurer que vous receviez le traitement V.I.P. Quand de bons auteurs nous font l'honneur de nous rendre visite, il nous plaît de pousser notre hospitalité un peu plus loin qu'avec le client moyen.

— Est-ce que ce n'est pas charmant ? demanda-t-il à Nora, les yeux étincelants.

— C'est absolument merveilleux, enchaîna Marian. Je pourrai vous montrer les archives photographiques de Miss Weatherall, ses papiers privés — tout ce qui vous intéressera, et ce soir, il faut que vous dîniez avec Mrs Nolan — Margaret Nolan, la directrice du trust —, et moi dans la salle à manger. Ce serait un tel plaisir, pour nous. Le repas serait grandiose : pour nos invités littérateurs, nous reproduisons toujours un des menus originaux de Shorelands. Margaret et moi adorons avoir l'occasion de recréer son ancienne atmosphère. Est-ce que ça vous tenterait ?

— Nous en serions honorés, assura Dart.

— Margaret va être ravie. (On eût dit que la jeune femme avait envie de le serrer contre elle.) Allons donc nous occuper de remplir les papiers, pour que je puisse commencer à tout organiser. Vous voulez bien me suivre dans mon bureau ?

— Nous nous remettons entre vos petites mains grêlées, acquiesça-t-il.

Elle lui jeta un regard incertain, avant de décider que ce trait était hilarant.

— Autrefois, mes taches de rousseur me complexaient, mais je n'y pense plus. J'avoue tout de même que, parfois, j'aimerais les cacher, si j'arrivais à trouver un cosmétique qui convienne.

— Je pourrai vous aider, affirma Dart. Ce n'est vraiment pas un problème.

— Vous êtes sérieux ?

Il haussa les épaules et acquiesça. La jeune femme se tourna vers Nora.

— Il est tout à fait sérieux, confirma cette dernière.

— Les artistes sont tellement... *extraordinaires*. Tellement... *inattendus*.

— Je suis un peu plus conscient de mon côté féminin que la plupart des hommes, admit Dart.

Marian leur fit franchir la porte marquée RÉSERVÉ AU PERSONNEL, puis longer un couloir jusqu'à une autre porte, dépourvue d'inscription : celle d'un minuscule bureau, dont la fenêtre donnait sur l'avant du bâtiment. La photographie d'un jeune soldat en uniforme était punaisée sur un tableau d'affichage. La maîtresse des lieux passa derrière sa table de travail, pêcha un formulaire dans le tiroir du haut et sourit à Dart.

— Puisque c'est sans doute vous qui allez remplir ceci, Mr Desmond, asseyez-vous donc. J'aimerais avoir deux chaises à vous offrir, mais comme vous le voyez, ce n'est pas le cas. Je manque de place.

Dart examina le formulaire. Souriant, il ramassa un stylo sur le bureau et commença à écrire. Marian se tourna vers Nora, radieuse.

— À présent que je sais qui vous êtes, je suis enchantée que nous vous logions, vous et Mr Desmond, à la Poivrière. C'est là qu'a dormi Robert Frost quand Miss Weatherall l'a invité, en 1932.

— C'est aussi là que demeuraient Merrick Favor et Austryn Fain en 1938, déclara Nora.

Marian releva le menton, et ses cheveux se déportèrent vers sa nuque. Si Mr Desmond, le grand poète, appréciait les taches de rousseur, elle comptait lui en offrir une bonne vue.

— Ces noms-là ne me disent rien.

— Mon épouse s'intéresse tout particulièrement à l'année 1938.

Dart sourit, comme pour suggérer que toute épouse avait ses lubies, et la jeune femme lui répondit de même, exprimant une indulgente compréhension.

— Nous verrons ce que nous pourrons faire pour vous. (Elle lut ce qu'avait écrit Dart sur le formulaire.) Oh, comme c'est mignon ! Vous vous appelez Norma et Norman.

— Encore la poésie du langage qui fait des siennes.

Elle sourit et agita la tête, séductrice. Norman Desmond était à mourir de rire.

— Il y a une visite guidée qui commence dans quarante minutes, ce qui devrait vous laisser plus que le temps de vous installer. Ensuite, je vous montrerai les pièces normalement interdites aux visiteurs. Nous ne sommes pas un véritable hôtel, si bien que nous ne pouvons pas assurer de service de chambre, mais si vous avez des besoins particuliers, je ferai de mon mieux.

Dart lança un regard malicieux à sa prétendue épouse.

— Il va falloir qu'on lui dise, Norm.

Nora n'avait aucune idée de ce qu'il pensait devoir dire à Marian Cullinan.

— Il semble bien.

— Pour tout vous avouer, nous n'avons pas nos bagages. On nous les a volés ce matin, dans la voiture, sur le parking d'un restauroute. Tout ce qu'on a, c'est nos vêtements, et le contenu du sac de Norma.

Marian prit l'air désolé.

— Mais c'est terrible ! (Elle arracha une feuille d'un bloc jaune.) Je vais demander à Tony d'aller en ville, acheter des brosses à dents, du dentifrice, et tout ce qu'il vous faut. Un rasoir ? De la mousse à raser ? Dites-moi de quoi vous avez besoin.

— Nous disposons heureusement de toutes les affaires de toilette nécessaires, mais il y a une ou deux autres choses que je serais ravi d'avoir.

— N'hésitez pas.

— Nous avons l'habitude de boire un verre, le soir. Est-ce que votre employé pourrait nous dénicher une bouteille de vodka Absolut ? Et un seau à glace, si possible.

— Ça m'a l'air raisonnable, acquiesça la jeune femme en prenant note. Autre chose ?

— J'aimerais encore deux choses, mais j'ai peur que vous trouviez ça bizarre.

Elle mit son stylo en position.

— Quatre mètres de corde à linge et un rouleau de chatterton.

Elle releva les yeux pour voir s'il s'agissait là d'une autre plaisanterie.

— Ça n'a pas besoin d'être de la corde à linge, corrigea Dart. N'importe quelle ficelle lisse d'environ cinq millimètres de diamètre fera l'affaire.

— Nous aimons rendre service. (Marian consigna sa requête.) Nous avons beaucoup de rouleaux de ficelle dans la salle de bains, au bout du couloir. Les ouvriers les y entreposent, alors que je leur ai demandé mille et mille fois de...

— Trop rugueux, coupa-t-il.

— Est-ce que je peux vous demander... ?

— Accessoires médicaux. Réparations.

— Je ne suis pas sûre de...

Dart se tapota le genou droit.

— Ce n'est hélas pas la jambe que j'avais en naissant.

— Je vous prie de m'excuser. Je pense que tout devrait être dans votre chambre quand vous aurez terminé la visite guidée. (Elle parut à nouveau désolée.) À moins qu'il ne vous faille quelque chose tout de suite.

— Rien ne presse, mais l'articulation a pas mal travaillé, aujourd'hui, et elle est un peu lâche. Tout à l'heure, je voudrais la resserrer.

— Nous serons ravis de vous aider. Et vous, Mrs Desmond ? Y a-t-il quelque chose que je puisse faire pour vous ? J'espère que je peux vous appeler Norma. (Elle observa Nora avec plus d'attention.) Vous ne vous sentez pas bien ?

— Est-ce que certaines des personnes qui travaillaient à Shorelands dans les années trente sont encore là ? Si c'est le cas, j'aimerais leur parler.

Un sourire éclatant.

— Lily Melville n'a pas bougé d'ici. À l'époque, elle était femme de chambre. Quand le trust a été créé, Elle nous a tellement aidés que nous l'avons engagée. Vous avez dû la voir mener un groupe dans le fumoir.

— Cheveux blancs ? demanda Dart. Un mètre cinquante-cinq ? Imitation Geoffrey Beene rose, perles de culture ?

— Mais oui. (Marian était ravie.) Norman, vous êtes vraiment étonnant.

— Délicieuse vieille dame, assura-t-il.

— Elle va être ravie de vous rencontrer, mais ne lui dites surtout pas que vous savez que son ensemble n'est pas un vrai Geoffrey Beene.

Dart leva la main comme pour prêter serment. Nora interrompit leur échange.

— Est-ce que Lily Melville est la seule personne qui reste de cette époque-là ?

— Une autre ancienne femme de chambre, Agnes Brotherhood, est toujours avec nous. Elle n'est pas très en forme, ces derniers temps, mais vous pourrez peut-être lui parler.

— J'en serais enchantée.

— Hugo Driver, s'exclama Marian en tendant le doigt vers elle. Je savais bien qu'il s'était passé quelque chose, en 1938. Alors, vous êtes une fan d'Hugo Driver ! (Elle eut un sourire qui n'était pas totalement plaisant.) On en voit moins qu'on ne pourrait le croire. En général, ils ne ressemblent pas tellement aux lecteurs ordinaires.

— Je ne suis pas seulement fan de Driver, précisa Nora. Je le suis aussi de Bill Tidy, de Creeley Monk et de Katherine Mannheim.

La jeune femme lui jeta un regard incrédule.

— Groupe fascinant, intervint Dart. La classe 38. Ça passionne complètement Norma.

— Vous êtes sur un projet d'étude ?

— D'après Norma, *Le Voyage dans la nuit* n'existerait pas sans Shorelands. Cette expérience a été essentielle.

— C'est extrêmement intéressant. (Marian s'éloigna du bureau et se croisa les mains devant le menton.) De toute façon, nous devrions exploiter plus que ça la popularité de Driver. Si nous pouvons prouver que Shorelands et les gens dont vous parlez ont été essentiels au *Voyage dans la nuit*, c'est un bon moyen d'y arriver. (Elle caressa sa mâchoire parfaite et regarda par la fenêtre, pensive.) Je vois déjà l'article du *Sunday Times*.

Oui, on aura certainement un article dans la rubrique livres. Si c'est le cas, on pourra organiser des week-ends Hugo Driver. Pourquoi pas un congrès annuel ? Ça peut marcher. Il faudra que j'en parle à Margaret, mais je suis sûre qu'elle verra le potentiel de la chose. Pour ne rien vous cacher, les visiteurs se raréfient, depuis un moment, et un projet pareil pourrait nous faire beaucoup de bien.

— Je suis sûre que Leonard Gimmel et Teddy Brunhoven seraient ravis de collaborer, dit Nora. (Marian se tourna vers elle et haussa les sourcils.) Des spécialistes de Driver.

— Avec un peu de chance, tout pourrait être prêt au printemps. Nous parlerons de ça à Margaret pendant le dîner, d'accord ? Bien. Le prix de votre chambre est de quatre-vingt-seize dollars et vingt cents, taxe comprise. Si vous voulez bien me donner votre carte de crédit, vous pouvez aller tout droit à la Poivrière.

— Toujours utiliser du liquide, répliqua Dart. Payer au fur et à mesure.

— Voilà qui est rafraîchissant.

Elle le regarda sortir son portefeuille, et s'émerveilla du nombre de billets qu'il contenait. Après avoir ouvert une caisse pour lui rendre la monnaie, elle lui remit deux clefs attachées à de petites planchettes marquées LA POIVRIÈRE.

— Vous retrouverez Lily à l'entrée du fumoir, et je vous attendrai à la fin de la visite guidée. Je pense que nous allons tous bien nous amuser durant votre séjour.

— C'est exactement mon intention, confirma Dart.

87

— Il y a longtemps que j'aurais dû me faire poète. Sans la présence de mon épouse, j'aurais pu trombonner notre nouvelle amie directement sur son bureau.

— Vous lui avez fait une grosse impression, admit Nora.

— Je parie que la Doulce Marian a des taches de rousseur sous les aisselles. Il est sûr qu'elle en a sur les seins. Vous croyez qu'elle en a aussi en dessous ?

— Elle en a probablement sur la plante des pieds.

Après avoir quitté le Manoir, ils avaient pris le chemin oblique qui s'enfonçait dans les bois, à l'angle du muret. De grands chênes mêlés de bouleaux et d'érables poussaient des deux côtés du sentier. Un panneau, dans une brèche du mur, indiquait LA MAISON DE PAIN D'ÉPICE, LA POIVRIÈRE, RAIPONCE.

— N'est-ce pas merveilleux, la manière dont tout se met en place quand nous sommes ensemble ? On arrive comme de vulgaires crétins, et deux minutes plus tard, on est des V.I.P., on a le champ libre dans la maison, et pour couronner le tout, on nous prépare un des dîners historiques de Shorelands. Vous savez pourquoi ?

— Marian vous trouve tout à fait à son goût.

— Ce n'est pas pour ça. Il y a au maximum quatre ou cinq personnes qui travaillent à plein temps dans cette grande baraque. Soir après soir, elles mangent de la soupe et des sandwichs dans la cuisine en se plaignant que les affaires vont mal. Pour peu qu'elles tombent sur quelqu'un qu'elles peuvent faire semblant de prendre pour un V.I.P., ça leur donne l'occasion d'organiser un repas correct. Ces gens-là s'ennuient profondément. Quant à nous, nous allons apprendre combien il y a d'occupants dans la maison, où sont leurs chambres, tout fouiller. Ça ne pourrait pas se passer mieux.

Un autre panneau en bois apparut sur la gauche du chemin. Une flèche brune désignait un deuxième sentier étroit. La direction indiquée était celle de LA MAISON DE PAIN D'ÉPICES. Nora regarda par-dessus son épaule.

— Ça m'ennuie que vous ayez demandé la ficelle et le chatterton. Vous n'en avez pas besoin.

— Au contraire. Je vais en avoir besoin deux fois.

Ils atteignirent le panneau. Nora se tourna vers la gauche et distingua vaguement un bâtiment en bois sombre, dissimulé parmi les arbres. Une fenêtre étincelait dans la lumière grise.

— Deux fois ?

La bouche de Dart se releva sous l'effet d'une contraction nerveuse.

— Dans votre cas, on pourra sans doute se passer de chatterton, mais pour notre chère vieille dame, c'est une autre histoire. Les liens, ça fait toujours son petit effet. Laquelle vous tente, Lily ou Agnes ? (Nora ne répondit pas.) Moi, je dirais bien Agnes. Un soupçon d'invalidité, donc moins de résistance. Je ne pense qu'à vous, ma chérie.

— C'est bien gentil de votre part.

— Dépêchons-nous d'arriver à ce cher vieux Moulin à Poivre, ou Salière, ou je ne sais quoi.

Sans un mot, Nora se détourna de la Maison de Pain d'Épice, où Katherine Mannheim avait probablement rendu l'âme en luttant contre Hugo Driver, et se remit en route. Dart lui tapota l'épaule. Elle réprima son envie d'éviter le contact.

— Vous vous en tirerez très bien.

Il lui ébouriffa les cheveux sur la nuque.

Le sentier contournait un rocher tapissé de mousse, aussi gros qu'un éléphant. En face, deux panneaux plantés à l'orée des arbres indiquaient que RAIPONCE se trouvait derrière le pont de bois qui enjambait un petit cours d'eau, alors que LA POIVRIÈRE s'élevait au bout d'une piste étroite menant au cœur de la forêt, sur la droite.

Dart franchit habilement une section boueuse de plus d'un mètre de long, atterrit sur une pierre plate, puis sauta sur le bas-côté herbu. Il fit s'entrechoquer les lourdes clefs.

— *Home, sweet home !*

Nora avança encore un peu de son côté du chemin, puis trouva une série de pierres et de surfaces sèches qui lui permirent de traverser.

La piste, pentue, passait entre des sapins aux aiguilles luisantes. Un petit cottage en rondins se profila progressivement au fond d'une clairière. Un auvent, excroissance d'un toit à bardeaux, surmontait une véranda. Une cheminée en pierre s'élevait sur le côté du bâtiment, et de grandes fenêtres à quatre carreaux s'inscrivaient de part et d'autre de la porte. À l'arrière, un élément ajouté sur le tard tentait d'harmoniser des planches industrielles et les rondins d'origine. Aucun fil téléphonique ne rejoignait le toit.

— Vous entendez le banjo ? railla Dart. On nous a collés dans une cabane de bouseux.

— Cet endroit a été construit à la main par deux ou trois personnes, répliqua Nora. Et elles ont fait du bon travail.

Il l'entraîna en haut des deux marches menant à la véranda.

— Avec vos valeurs simples du Midwest, vous me donnez l'impression d'être décadent. Entrez donc.

Ils pénétrèrent dans une pièce sombre, à chaque bout de laquelle se trouvaient un lit à deux places et un bureau en pin, poussés contre les murs. Au centre, un fauteuil et un canapé marron flanquaient une table basse. Le long de la paroi du fond, des placards voisinaient avec un plan de travail, des prises électriques et un évier posé sous une fenêtre carrée. De lourdes presses à vêtements occupaient deux angles de la pièce. Le tablier de la cheminée s'encastrait dans le plancher. Dart verrouilla la porte derrière eux, et manœuvra un interrupteur commandant un plafonnier à la lueur tamisée ainsi que les lampes posées sur les tables de chevet.

— Putain ! C'est une vraie niche à chien. (Il alla jusqu'au coin-cuisine, ouvrit puis referma les placards.) Et naturellement, pas de bar.

— Vous n'allez pas avoir une bouteille ?

— Si on n'a pas le choix, autant vivre en Russie. Combien de temps il nous reste ? Vingt-cinq minutes ?

— À peu près, confirma Nora, ravie que ce fût insuffisant pour ce que Dart considérait comme une expérience sexuelle satisfaisante.

— Vous croyez qu'il y a une salle de bains, dans ce taudis ?

Elle désigna une porte inscrite dans le mur du fond.

— Par là.

— Allons-y. Prenez votre sac. (Elle lui jeta un regard curieux.) Il faut que je vous remaquille. Je ne supporte pas de voir comment vous avez saccagé mon travail.

88

La petite femme aux cheveux blancs sautilla jusqu'en haut des marches et s'avança d'un pas vif. Énergique, chaleureuse, elle semblait connaître déjà plusieurs membres du groupe qu'elle devait guider.

— Bonjour, bonjour.

Deux hommes d'environ soixante ans, en veston et cravate, la saluèrent par son nom. L'un avait des cheveux gris coupés en brosse, l'autre était chauve. Le sourire de la vieille femme se figea un instant lorsqu'elle remarqua Dart.

— Nous y voilà, dit-elle. En général, je ne m'occupe pas de deux groupes de suite, mais on m'a prévenue que nous avions parmi nous un jeune poète prometteur qui m'a demandée spécifiquement. Je suis donc ravie d'être avec vous. (Elle se tourna en souriant vers un jeune homme aux cheveux noirs qui ressemblait à un acteur de série télévisée, un des Edmund et des Dmitri de Daisy.) Vous êtes Mr Desmond ?

— Non, répondit Edmund/Dmitri, interloqué.

— Je crains que ce ne soit moi, intervint Dart.

— Ah, je comprends, à présent, déclara la vieille femme. Vous avez des opinions bien tranchées, ce qui est tout naturel. De temps à autre, Mr Desmond, n'hésitez pas à nous faire partager vos réflexions.

— J'en serai honoré.

Elle sourit à l'ensemble du groupe.

— Mr Norman Desmond, le poète, nous donnera son point de vue au cours de la visite. Je suis sûre que ce sera très intéressant, mais je vous avertis que ses idées sont parfois sujettes à controverse.

— Mes pauvres petites idées à moi ? plaisanta Dart en se pressant la main sur la poitrine.

Plusieurs membres du groupe pouffèrent.

— Je tiens aussi à vous informer que deux autres créateurs, deux de nos vieux amis, sont avec nous aujourd'hui. Frank Neary et Frank Tidball. Nous les appelons les deux Frank, et c'est un toujours un plaisir de les revoir.

Les deux vieillards murmurèrent quelques remerciements, un peu gênés. Il semblait à Nora qu'elle connaissait ces noms-là. Frank Neary et

Frank Tidball, les deux Frank, des créateurs ? Elle ne se rappelait pourtant pas les avoir jamais rencontrés.

— Vous vous demandez peut-être comment la vieille dame que vous avez devant vous en a appris autant sur Shorelands. Je m'appelle Lily Melville, et j'ai passé la plus grande partie de ma vie dans ce superbe endroit. J'ai bien de la chance.

Lily Melville faisait partie de ces gens capables de répéter quelque chose pour la millième fois avec la même fraîcheur que si c'était la première. Elle raconta qu'elle avait été engagée comme bonne à tout faire en 1931, alors qu'elle n'était encore qu'une enfant, par Georgina Weatherall. C'était la crise. La situation financière de sa famille l'avait obligée à quitter l'école, mais Shorelands lui avait dispensé une merveilleuse éducation. Durant deux ans, elle avait travaillé en cuisine et servi à table, ce qui lui avait permis d'entendre certains des écrivains les plus célèbres et les plus distingués du monde. Ensuite, chargée des cottages, elle avait entretenu un contact encore plus étroit avec les invités. Miss Weatherall, à l'approche de la cinquantaine, s'était hélas trouvée bien diminuée, et avait cessé de recevoir. Durant les années qui avaient suivi son départ de Shorelands, Miss Melville avait souvent été contactée par des auteurs, professeurs et associations désireux de profiter de ses souvenirs. Peu après l'acquisition de la propriété par le trust, en 1980, elle avait été engagée au sein du personnel résident.

— Nous allons commencer la visite par deux de mes endroits préférés, le salon et la bibliothèque privée de Miss Weatherall. Y a-t-il des questions avant que nous ne nous mettions en route ?

Dick Dart leva la main.

— Déjà, Mr Desmond ?

— Est-ce que le très joli ensemble que vous portez ne serait pas un Geoffrey Beene ?

— Vous êtes adorable. Oui, tout à fait.

— Et me tromperais-je en pensant avoir surpris une bouffée de ce délicieux parfum, Mitsouko, tandis que vous vous présentiez avec tant d'éloquence ?

— Joignez-vous donc à moi tandis que nous emmenons notre groupe au fumoir, Mr Desmond.

Dart contourna le reste de visiteurs, prit le bras de la vieille femme, et tous deux précédèrent Nora et les autres dans le couloir.

Ils avaient visité le salon, la bibliothèque, le fumoir et la célèbre salle à manger, où une table en bois poli s'étendait sous des reproductions de tableaux ayant appartenu à Georgina ou rappelant ceux de sa collection. Comme les livres, les tableaux avaient été vendus depuis beau temps. Ils avaient exploré la terrasse, puis descendu les marches pour admirer le Manoir depuis la pelouse. Lily s'exprimait avec l'aisance que confère une longue pratique. Elle évoquait les nombreuses manies de son ex-patronne, qu'elle décrivait comme de charmantes excentricités de mécène, et elle encourageait les remarques tour à tour étonnantes, impertinentes, respectueuses ou comiques du poète Norman Desmond — lequel l'escortait maintenant à travers une longue pelouse, en direction des restes du célèbre parc, dont le trust n'avait pas eu les moyens d'assurer la restauration.

Nora suivait les deux Frank en se demandant à nouveau pourquoi leurs noms lui paraissaient familiers. Leurs visages, en tout cas, ne l'étaient pas. Sans avoir tout à fait l'air de professeurs d'université, ils possédaient une réserve studieuse de vieux lettrés, et semblaient aussi proches, aussi involontairement refermés sur eux-mêmes qu'un vieux couple ou des collaborateurs de longue date. Certains des commentaires de Dart les avaient amusés, et celui qui était coiffé en brosse brûlait visiblement de faire une remarque au sujet de l'intéressant époux de Mrs Desmond.

Les voilà, tes téléphones, songea Nora. *Tu peux leur demander d'appeler la police. Mais comment les convaincre ?*

— Votre mari est un homme étonnant, déclara la brosse. Vous devez être très fière de lui.

— Pourrais-je vous parler un instant ? demanda-t-elle. Il faut que je vous dise quelque chose.

— Au fait, moi, c'est Frank Neary, et voici Frank Tidball. (Les deux hommes lui tendirent la main, qu'elle serra avec impatience.) Nous avons bien souvent suivi la visite de Lily, et elle trouve toujours quelque chose de nouveau.

Tidball sourit.

— Cela dit, elle n'avait encore jamais rien trouvé du calibre de votre mari.

Dart et Lily s'étaient arrêtés en vue de plusieurs éminences envahies par la végétation et faisant autrefois partie du parc. Devant eux, un piédestal déserté occupait le centre d'un bassin. Lily riait des propos de son compagnon.

— On ne peut pas être poète sans avoir l'esprit indépendant, remarqua Neary. Chez nous, à Rhinebeck, en amont de l'Hudson, nous sommes entourés d'écrivains et de poètes.

Nora lança un regard désespéré à travers la pelouse. Dart, tout en continuant de s'entretenir avec Lily, marchait rapidement vers les touristes qui venaient à sa rencontre — sa prétendue épouse et les deux Frank un peu à l'écart des autres.

— Vous ne vouliez pas nous dire quelque chose ? demanda Neary.

— J'ai besoin d'aide. (Dart approchait, un sourire inquiétant aux lèvres.) Vous voulez bien me tenir le bras ? J'ai un caillou dans la chaussure.

— Certainement.

Neary se porta sans hésiter au côté de Nora, et lui prit le coude. Elle leva la jambe droite, ôta sa chaussure et la retourna.

— Voilà, fit-elle, comme les deux hommes observaient poliment la chute d'un caillou imaginaire. Merci. (Le vieillard la lâcha ; elle jeta un coup d'œil au meurtrier, qui souriait toujours, et se rappela enfin où elle avait entendu le nom des deux Frank.) Vous devez être le Neary et le Tidball qui conçoivent les recueils de mots croisés de Chancel House.

— Mon Dieu, Frank ! s'exclama Neary. Mrs Desmond connaît nos mots croisés !

— C'est extraordinaire, Frank.

Nora, l'air ravi, se tourna vers Dart qui, ayant remarqué le ton de la conversation, avait ralenti l'allure.

— Vous appréciez nos travaux ?

— Vous êtes géniaux, tous les deux, affirma-t-elle. Vos noms auraient dû me frapper dès que je les ai entendus. (Son mari d'occasion arrivait à portée de voix.) J'adore vos mots croisés. Ils sont tellement subtils. (Un commentaire de Davey lui revint à l'esprit.) Vous utilisez les thèmes de manière tellement fine.

— Enfin quelqu'un qui nous comprend ! s'exclama Neary. Qui comprend que les mots croisés ne doivent pas seulement être des mots croisés.

Dart posa la main sur l'épaule de Nora.

— Mots croisés ?

— Oh, Norman, fit-elle en levant les yeux avec ce qu'elle espérait être la tendresse d'une bonne épouse. Ce sont Mr Neary et Mr Tidball, ici présents, qui créent les mots croisés de Chancel House.

— Non ? s'étonna Dart, qui entra immédiatement dans son rôle. Pas ceux qui t'empêchent de te coucher le soir, parce que tu cherches « aromate pour fumoir », en huit lettres ?

— N'est-ce pas merveilleux ?

— Je suis sûr que vous avez beaucoup de choses à vous dire, tous les trois, mais on devrait rattraper les autres. (Il sourit aux deux Frank.) J'avoue que je me demandais de quoi vous parliez. Vous avez un directeur littéraire, à Chancel House ?

— Oui, mais nos travaux n'ont pas tellement besoin d'être remaniés. Davey nous fait une suggestion, de temps en temps. C'est un brave garçon.

Tous quatre rejoignirent le reste du groupe. Lily annonça qu'après être passés au bord de l'étang, ils visiteraient la Maison de Miel, terme de la visite guidée officielle. Quiconque désirerait voir le Champ de Brume, les Piliers du Chant et Raiponce serait libre de le faire.

— Vous venez souvent ici, messieurs ? interrogea Dart.

Neary et Tidball, s'exprimant tour à tour, à raison d'une phrase chacun, expliquèrent à leurs nouveaux amis qu'ils tentaient de se rendre à Shorelands une fois par an.

— Il y a cinq ans, on a passé la nuit dans Raiponce, surtout pour pouvoir visiter le Manoir à une heure où il ne débordait pas de touristes. Ç'a été extrêmement agréable. Agnes Brotherhood est une mine d'anecdotes.

— Quel genre ?

Neary et Tidball échangèrent un coup d'œil. Tous deux sourirent.

— Il y a une grande différence entre Lily et Agnes, reprit le premier. Agnes n'a jamais tellement aimé Georgina, et à l'époque, elle ne se privait pas de dire pourquoi. Frank et moi avons entendu des choses qui ne figureront jamais dans les livres d'histoire.

Lily avait pris la parole, juchée sur le muret en pierre qui entourait l'étang. Frank Neary porta un doigt à ses lèvres.

Après avoir raconté deux anecdotes quelque peu osées à propos des rencontres fortuites dans le plus simple appareil entre écrivains de sexe opposé, la vieille femme sauta du muret et déclara que leur dernière étape, la Maison de Miel, l'unique cottage à avoir été restauré dans son état original, constituait une conclusion idéale à la visite.

Un sentier de pierre envahi par la végétation partait de l'étang et s'enfonçait entre les arbres. À l'arrière du groupe, le faux couple marchait juste derrière les auteurs de mots croisés, tandis que les autres visiteurs, deux par deux, suivaient l'ensemble rose de Lily. Le ciel s'était couvert.

— Il va peut-être pleuvoir, remarqua Dart.

— À coup sûr, acquiesça Tidball. Et même un peu plus tôt que prévu, ce qui est une bonne chose pour nos hôtesses. La pluie décourage très nettement les touristes. Shorelands devient un vrai bourbier. Si ça doit arriver, il faut mieux que ce soit maintenant que pendant le week-end.

— Décourager les touristes ? répéta Neary. Et comment ! La pluie a le même effet sur eux que ce type dont on parle dans le journal, Dart, avait sur ses victimes.

Lily et le couple qui la suivait arrivèrent sur le pont de bois jeté au-dessus du cours d'eau sinuant à travers la moitié nord de la propriété. Leurs chaussures claquaient sur les planches, *tic, tac, tic, tac*, comme les sabots des trois petites chèvres du conte.

— Vous avez entendu du nouveau à propos de ce cher Dart ? demanda le prétendu Norman Desmond. Quelle histoire ! On n'a pas bien compris ce qui s'est passé. Ce type a été accusé de meurtre, mais jamais écroué. Et qu'est-ce que la bonne femme foutait au poste de police ? C'est louche. Ils sont encore en cavale ?

— Oui, confirma Neary. D'après la radio, Dart est à Northampton, c'est-à-dire pas loin d'ici. (Ses yeux s'étaient agrandis, et son regard était devenu sérieux.) Je suis d'accord : il y a quelque chose de louche, là-dessous. Frank et moi avons un vague rapport avec la fille. (Il se pencha devant Nora pour se rapprocher de Dart.) Vous parliez de notre directeur littéraire, Davey Chancel. Eh bien, c'est sa femme. Et si vous voulez mon avis, elle avait une liaison avec ce Dart.

— C'est effectivement probable, admit ce dernier. Qu'est-ce que vous savez d'elle, hormis que c'est l'épouse de votre directeur ?

Les autres avaient traversé le pont. Les deux Frank, suivis de près par Nora et Dart, s'y avancèrent, *Tic, tac, tic, tac.*

— Nous avons entendu des rumeurs, dit Tidball.

— Continuez. Ça me passionne.

— Apparemment, elle est psychologiquement instable. À notre avis, ils étaient de mèche. Quand il a été arrêté, elle est allée au poste de police, et elle a organisé son propre enlèvement, entre guillemets, pour le faire sortir. Elle est sans doute plus dangereuse que lui.

Neary éclata de rire et, la seconde d'après, Nora l'imita.

Ils suivirent les autres touristes en direction d'un cottage niché entre les arbres. Lily se posta le dos à la porte.

— Sacrée saga, hein ? fit Dart.

— J'ai hâte de voir le film, ajouta Nora.

Lily leva la main comme pour prêter serment.

— Ici, à Shorelands, nous sommes très fiers de ce que vous allez voir maintenant. Tout a commencé il y a quatre ans, quand notre directrice, Margaret Nolan, nous a déclaré au dîner : « Pourquoi ne pas permettre aux visiteurs de retrouver dans un des cottages le monde créé par Georgina Weatherall ? Pourquoi ne pas recréer le passé que nous célébrons ? » Nous sommes toutes tombées amoureuses de ce rêve, et pendant un an, nous avons rassemblé archives et documents, afin de reconstituer un intérieur typique de cottage, entre, disons 1920 et 1935. Nous avons fait vœu de ne rien négliger. Permettez-moi de vous dire que quand on s'attaque à un projet comme celui-là, on s'aperçoit très vite de tout ce qu'on ignore. (À l'exception de Nora et de Dart, tout le monde eut un rire poli.) Vous vous demandez pourquoi nous avons choisi la Maison de Miel. Je vais être franche avec vous : nous devions tenir compte du coût de l'opération, et il s'agit d'un des plus petits bâtiments. La dernière rénovation intégrale datait de 1939, et la tâche qui nous attendait était énorme. Avec l'aide des archives de Georgina Weatherall, nous avons recouvert les murs d'un isolant spécial, obtenu chez le fabriquant d'autrefois. La production en avait été arrêtée en 1948, mais il en restait quelques rouleaux au fond de l'usine, et nous les avons tous achetés. Nous avons appris que la peinture d'origine provenait d'une société ayant cessé toute activité en 1935, si bien que nous avions presque perdu l'espoir d'en retrouver, quand on nous a rapporté qu'un droguiste de Boston en possédait encore une soixantaine de litres, de la couleur et de la marque en question. Les donations n'ont cessé d'affluer, et il y a environ un an et demi, tout a été terminé.

« Cela va sans doute de soi, mais je dois vous recommander de ne rien toucher à l'intérieur. La Maison de Miel est un véritable musée. Je vous prie de lui témoigner le respect qu'il mérite, afin de permettre à d'autres de contempler cette restauration durant de longues années. C'est bien compris ? »

— Absolument ! s'exclama Dart par-dessus le murmure d'approbation du groupe.

Lily sourit, se tourna vers la porte, tira une clef massive de sa poche, et regarda par-dessus son épaule.

— C'est mon moment favori.

Elle ouvrit, s'effaça, et demanda au couple qui la suivait d'allumer la lumière.

Le jeune homme entra le premier, suivi d'autres membres du groupe. Des murmures admiratifs parvinrent à ceux qui étaient encore dehors.

— Ils font tous ça, commenta Lily. Dès que la lumière s'allume, c'est toujours des *oh !* et des *ah !* Allez-y, Norman, entrez. Vous n'allez pas en croire vos yeux.

Dart lui tapota l'épaule et franchit le seuil à la suite de Nora.

89

Toutes les surfaces concevables avaient été couvertes de sujets en porcelaine, de tabatières, de vases anciens, de chandeliers ouvragés garnis de bougies, et de nombreux autres objets auxquels Nora conférait instinctivement le titre de bibelots. Des tableaux aux cadres dorés et des miroirs noyés dans des volutes étaient pendus en désordre sur les murs aubergine.

Lily s'adressa au groupe.

— Je vous laisse profiter librement de cette splendide recréation. N'hésitez pas à me poser toutes les questions qui vous viennent à l'esprit. (Comme les touristes se dispersaient pour explorer le cottage, elle s'approcha des Frank avec une fierté de propriétaire.) Est-ce que ce n'est pas merveilleux ?

— J'ignorais totalement que les invités résidaient dans une telle splendeur, remarqua Nora.

— Rien n'était trop beau pour ceux qui venaient ici, confirma Lily. Pour Miss Weatherall, ils représentaient l'aristocratie culturelle. Mr Yeats, par exemple. (Elle désigna la photographie d'un homme portant un pince-nez, sur le mur du fond.) C'était un parfait gentleman. Miss Weatherall adorait sa conversation.

— Un auteur du nom de Creeley Monk a aussi séjourné ici, remarqua Nora.

— Creeley Monk ? Je ne crois pas me souvenir...

— En 1938.

Les yeux de Lily reflétèrent sa désapprobation.

— Nous préférons parler de nos triomphes. Et nous en avons un exemple ici, juste à côté de vous. Frank et Frank sont publiés par Chancel House, une maison qui est justement née cet été-là, quand Mr Driver a rencontré Mr Lincoln Chancel. Alors, ça, c'était un vrai gentleman.

— J'en déduis que ça n'a pas été un si mauvais été que ça, dit Nora. (La vieille femme eut un haussement d'épaules distingué.) Est-ce que c'est une reconstitution précise de ce qu'était cet endroit dans les années trente ?

— Non, pas du tout, répondit Lily, sans paraître gênée de contredire ses déclarations précédentes. Nous voulions représenter toute la propriété, pas un unique cottage. Quand on rassemble tout, comme ça, on retrouve réellement l'atmosphère de l'époque.

Un homme qui voulait apparemment l'interroger au sujet d'une série de livres de poche lui fit signe, et elle s'éclipsa vivement.

— 1938 n'est pas leur année favorite, remarqua Tidball.

— Je me demande si vous ne sauriez pas quelque chose au sujet d'une poétesse nommée Katherine Mannheim, dit Nora. (Tidball leva les yeux au ciel et joignit les mains.) On dirait bien que si.

Dart les observait, indulgent, ravi de sentir des complications approcher.

Les deux Frank échangèrent un bref regard.

— Attendons la fin de la visite, conseilla Neary. Vous comptez aller voir le Champ de Brume et les Piliers du Chant ?

— Quand on n'a pas vu les Piliers du Chant, on n'a pas vu Shorelands, affirma Dart.

Une demi-heure plus tard, tous quatre traînaient à la suite des autres sur le chemin qui traversait les bois. Dart marchait si près derrière Nora, qu'il semblait presque l'engloutir.

— D'où viennent ces noms de contes de fées ? demanda-t-il d'une voix forte.

— De Georgina, répondit Neary, qui menait leur petit groupe. Quand son père était propriétaire du domaine, le seul cottage qui avait un nom, c'était la Maison de Miel, parce que le vieux jardinier qui l'occupait s'appelait Miel. Au moment où elle a pris possession des lieux, par legs anticipé, tout s'est retrouvé baptisé. (Il se retourna et sourit à ses compagnons.) La conception romantique que Georgina avait d'elle-même s'étendait à la propriété. Ces gens-là ont tendance a être de vrais dictateurs.

Frank Neary était intelligent. Dart ne pourrait pas garder l'œil sur Nora pendant tout l'après-midi, et elle n'aurait besoin que de quelques secondes.

— Et c'est là que votre poétesse a eu tout faux, dit Neary. On tient ça d'Agnes Brotherhood, il faut donc se rappeler qu'elle n'aimait guère Georgina. Lily, elle, lui vouait un véritable culte, et elle détestait Katherine Mannheim, qui n'accordait pas à son hôtesse le respect qu'elle méritait. D'après Agnes, la jeune femme a vu clair dès le premier jour en Georgina, qui l'a prise en grippe.

— Il paraît qu'elle était jalouse, ajouta Tidball. Mais c'est un sujet qui semblait encore rendre Agnes nerveuse.

Le sentier contournait un pré par la gauche, puis disparaissait entre les arbres, là où on apercevait vaguement plusieurs grandes pierres grises dressées.

— Et voilà : le fameux Champ de Brume.

— Champ de brume, répéta Nora. Pourquoi est-ce que ça me dit quelque chose ?

— Vous écrivez tous les jours, Mr Desmond ? demanda Tidball.

— C'est le seul moyen de faire quelque chose. Je me lève à six heures et je gribouille une ode avant d'aller au bureau. Le soir, je m'y replonge de neuf à onze. Et faites-moi plaisir, je vous en prie : appelez-moi Norman.

Ils se remirent en route.

— Vous faites partie d'une communauté de poètes ?

— Nous, les poètes du langage, aimons à nous réunir dans un charmant petit estaminet, chez Gilhoolie.

— Comment définiriez-vous la poésie du langage ?

— Exactement comme on pourrait s'y attendre, répliqua Dart. C'est du langage, autant de langage que possible.

— Vous avez déjà lu la poésie de Katherine Mannheim ? demanda Neary.

— Je ne touche pas à ça.

Son interlocuteur lui lança un regard étonné.

— Pourquoi Agnes pensait-elle que Georgina était jalouse de Katherine Mannheim ? s'enquit Nora.

— Georgina avait l'habitude d'attirer toute l'attention. Surtout celle des hommes. Et au lieu de ça, voilà qu'ils bavaient tous devant cette jolie petite nana. Compte tenu de sa personnalité, il lui a bien fallu deux semaines pour comprendre ce qui se passait. C'est Lily Melville qui le lui a expliqué.

— Elle aurait dû virer cette petite garce sur-le-champ, déclara Dart.

Neary parut surpris des mots qu'il avait employés.

— Elle a fini par s'y décider, mais elle ne voulait pas le faire de manière à ternir sa réputation. Elle s'inquiétait pour ses finances, et renvoyer une invitée risquait de passer pour un signal de détresse. Voilà les Piliers du Chant et le Vallon de Monty. Impressionnants, n'est-ce pas ?

À quelque distance du chemin, six grands rochers aux extrémités plates avaient été disposés en cercle autour d'une clairière naturelle. Les autres membres du groupe de Lily s'en retournaient déjà vers le chemin. Une femme d'une soixantaine d'année, vêtue d'un survêtement turquoise, s'approcha des retardataires et se présenta sous le nom de Dorothea Bach, professeur d'anglais à la retraite. Elle voulait tout savoir de la poésie de Mr Desmond.

— Mes odes et mes élégies m'ont tout d'abord été inspirées par mon propre professeur d'anglais, au lycée.

Il commença à débiter des fadaises qui firent frissonner Dorothea jusque dans ses chaussures de sport bleues. Fasciné, Tidball se rapprocha.

Nora se hâta de rejoindre Neary, qui se dirigeait vers le premier rocher. Il se tourna vers elle avec un sourire conciliant, s'excusant d'avance de ce qu'il allait dire.

— À entendre parler votre mari, on croirait qu'il n'y connaît strictement rien en poésie.

— J'ai besoin de votre aide ?

— Encore un caillou imaginaire ?

Il lui tendit le bras.

— Non, je...

Dart caressa la nuque de Nora.

— Désolé d'interrompre cet entretien privé, mais je n'aurais pas pu supporter cette bonne femme une seconde de plus.

Neary tourna vers Nora un regard interrogateur. Elle secoua la tête.

Ils passèrent entre les Piliers pour gagner le centre de la clairière.

— Chaque fois que je viens ici, j'ai envie de remonter le temps jusqu'à un des glorieux étés, et d'écouter les conversations qui s'y déroulaient. J'en ai la chair de poule. Ici même, étaient assis de grands écrivains, qui parlaient de leurs œuvres en chantier. Vous n'auriez pas aimé y être ?

— Ça devait être fendard, remarqua Dart.

— Vous êtes un sacré numéro, Norman, constata Neary.

— Je ne suis qu'un humble travailleur du vignoble.

— Dans l'ensemble, je dirais que l'humilité n'est pas votre qualité principale.

— Vous devriez peut-être nous laisser, les gars, lâcha Dart. Au bout d'un moment, les vieilles tantouzes finissent par me courir.

Frank Tidball donna l'impression d'avoir reçu un pavé sur le crâne. Quant à Frank Neary, il se trouva en proie à une fureur mêlée de lassitude, à laquelle il était de toute évidence habitué.

— C'est bon. Ce type-là est un malade mental, et il me fait peur.

— Vous avez bien raison d'avoir peur, appuya Dart, qui étincelait de plaisir.

Neary ne recula pas.

— Au revoir, Mrs Desmond. Je vous souhaite bonne chance.

Dart se moqua de lui : sa moindre parole était ridicule.

— Je sais que mon mari vous a offensé, Frank, insista Nora, mais que vouliez-vous dire à propos des ennuis d'argent de Georgina ? Ça pourrait être très important pour moi.

Ces problèmes financiers représentaient un indice pour son enquête, un indice trop important pour qu'elle le laissât échapper.

— Je n'ai strictement rien contre vous, Mrs Desmond.

Le vieillard lança un regard méprisant à Dart, qui esquissa un pas vers lui, un rictus aux lèvres. Neary refusa de se laisser intimider.

— Les fonds de Georgina ne suffisaient pas à payer tous les domestiques, pas plus que la nourriture et les alcools destinés aux invités. Son père lui a longtemps passé ses caprices, mais en 1938, il a fini par perdre patience. Il lui a coupé les vivres, ou à tout le moins, il a nettement diminué sa pension — je ne sais plus trop. Elle en était presque hystérique.

— Lily Melville dit qu'elle a tout fait rénover l'année suivante, objecta Nora.

— Son père a dû craquer. Je crois qu'elle finissait toujours par obtenir de lui ce qu'elle voulait.

— C'était le Dindon de la Garce, plaisanta Dart.

— J'ai assez vu ce dingue, déclara Neary. Fichons le camp.

Tidball contemplait fixement Dick Dart. Neary lui toucha le coude comme pour le réveiller, si bien qu'il tourna les talons et se dirigea vers l'orée de la clairière. Son compagnon le suivit sans se retourner. Quand ils passèrent entre les Piliers et se dirigèrent vers le chemin, ils avaient un peu l'air de s'enfuir.

— Retournons à la maison pour retrouver cette chère Grêlée. Je viens d'avoir une idée. Vous devinez ce que c'est ?

Avant d'avoir le temps de dire au meurtrier qu'elle ne lisait pas dans ses pensées, Nora lut dans ses pensées.

— Vous voulez Marian Cullinan.

Il lui tapota le sommet du crâne.

— Il est peut-être temps pour moi de renoncer aux femmes plus âgées. Et la Doulce Marian présente deux avantages importants.

Elle s'avança sur l'herbe piétinée en direction des rochers.

— Qui sont ?

— D'une part, vous ne l'aimez pas. C'est le même coup qu'avec la belle Natalie : elle veut vous piquer votre homme. Il faut punir cette truie. C'est du moins ce que vous avez envie de faire.

— Et le deuxième avantage ?

— Marian possède certainement une jolie voiture.

La tête basse, marchant un peu plus vite que nécessaire, Neary et Tidball avaient déjà presque traversé la moitié du champ. Dart les regarda d'un air indulgent cheminer à travers les hautes herbes.

— La nuit nous réserve bien des plaisirs, chérie.

90

Le visage enthousiaste de Marian Cullinan apparut à sa fenêtre dès qu'ils approchèrent du Manoir. Lorsqu'ils entrèrent, elle vint à leur rencontre, et s'adressa à Dart avec une admiration théâtrale.

— Norman, vous avez tapé dans l'œil de Lily. Elle veut que vous l'accompagniez dans toutes ses visites guidées.

— C'est entièrement réciproque. Elle me rappelle certaines de mes plus chères amies.

— Pour le charme, il n'a vraiment pas son pareil, hein, Mrs Desmond ?

— En effet, reconnut Nora. (Cette idiote, qui s'ennuyait au point de faire des avances aux hommes mariés, représentait sans doute son dernier espoir de faire venir la police à Shorelands.) Mais je vous en prie, appelez-moi Norma.

— Merci beaucoup.

— Vous pourriez peut-être vous joindre à nous pour boire un verre dans cette bonne vieille Salière après le dîner, proposa Dart. Il y a tellement à dire, tellement de sujets à explorer.

Les taches de rousseur de Marian dérivèrent sous l'effet d'une moue affectée.

— Ça dépendra de la paperasse que j'arrive à abattre. J'avais une assistante, à une époque, mais la restauration de la Maison de Miel a englouti la plus grande partie de notre budget. (L'essentiel de son enthousiasme débordant lui revint.) Et bien entendu, nous sommes très fières du résultat. Vous n'avez pas trouvé ça magnifique ?

— Comment faire autrement ? dit Dart. Vous viendrez, ce soir, Marian, ou faudra-t-il vous enlever ?

— Vous me rendriez service. (Elle soupira et mima l'épuisement.) Aimeriez-vous voir l'étage ?

Nora demanda s'ils pouvaient parler à Agnes Brotherhood.

Marian ferma les yeux et se posa la main sur le front.

— J'avais complètement oublié ça. Il faut que j'aille voir comment elle va. Si nous montions ?

— Est-ce que le traitement de V.I.P. irait jusqu'à un sandwich, avant que nous ne commencions à explorer le passé ? s'enquit le meurtrier.

— Un sandwich ? Maintenant ?

— Les circonstances m'ont privé de mon habituel copieux petit déjeuner. Je serais capable de dévorer les Girl Scouts avec leurs biscuits.

Marian éclata de rire.

— En ce cas, on ferait mieux de s'occuper de vous. Et vous, Norma ?

Nora assura qu'elle pouvait attendre le dîner.

Dart lui enserra le poignet, réduisant à néant ses espoirs de trouver un téléphone pendant qu'il dévorait les Girls Scouts locales.

— Norman Desmond n'a jamais été pris en défaut d'appétit.

— C'est évident, ponctua Marian. Voyons un peu ce que la cuisine peut vous offrir. (Une porte dépourvue d'inscription, à droite de l'escalier de marbre, ouvrait sur une volée de marches métalliques escarpée.) Est-ce que vous pourrez descendre, avec votre... ?

Elle se toucha le genou.

— Aucun problème.

Elle s'engagea dans l'escalier.

— Ça vous ennuierait que je vous demande comment...

— Au Vietnam. Une mine. Votre frère y était, non ?

Marian se retourna vers Dart.

— Comment le savez-vous ?

— Cette jolie photo sur votre panneau d'affichage. Je suppose qu'il a été tué en service. J'espère que vous accepterez mes condoléances, même après tout ce temps. En tant qu'ancien officier, je regrette chaque soldat perdu au cours de ce tragique conflit.

— Merci. Vous avez l'air bien jeune pour avoir été officier au Vietnam.

Il eut un petit rire sec.

— On m'a dit que j'étais un des plus jeunes officiers à servir là-bas, sinon le plus jeune. (Il sourit.) En vérité, nous étions tous des enfants, jusqu'au dernier.

Nora eut envie de le pousser dans l'escalier.

— Je vais vous faire le meilleur sandwich que vous ayez jamais mangé, déclara Marian.

— J'ai la nette impression que vous avez fréquenté une école de filles catholique. Ne me dites pas que je me trompe.

— Qu'est-ce qui vous fait penser ça ?

Elle lui lança un sourire de femme n'ayant jamais entendu un compliment qu'elle n'avait pas apprécié, et recommença à descendre des marches, qui claquaient sous ses pas.

— Deux types d'individus sortent des écoles catholiques. Certains sont sincères, travailleurs, intelligents et polis. Ils ont les manières les plus distinguées qui soient. Les autres sont anticonformistes, intellectuels et bohèmes. Intelligents également. Ils ont tendance à être un peu rebelles.

Au bas de l'escalier, Marian attendit que ses compagnons la rejoignent dans une grande cuisine au sol carrelé de rouge, pourvue d'un long billot de boucher, de placards à portes en verre et d'une cuisinière à gaz. Elle souriait à demi, aguicheuse.

— Et j'appartiens à quelle catégorie ?

— À la meilleure de toutes. La combinaison des deux.

— Je ne m'étonne plus que Lily ait apprécié la visite guidée. (Elle ouvrit un placard, en sortit une assiette et un verre, puis s'approcha du réfrigérateur.) Le dîner va être très spécial, donc je préfère vous en laisser la surprise, mais il y a un peu de rosbif. Je pourrais vous en faire un sandwich, avec du pain complet. Ça vous tente ?

— Miam miam. Vous avez de la moutarde, de la mayonnaise, ou peut-être une ou deux tranches de fromage suisse pour aller avec ?

— Je pense.

Elle se pencha pour explorer une étagère basse, offrant à Dart une bonne vue de son derrière.

— De la soupe ?

Elle éclata de rire et regarda Nora.

— Voilà un homme qui sait ce qu'il veut. Minestrone ou gaspacho ?

— Minestrone. Le gaspacho, ce n'est pas de la soupe.

Marian commença à sortir la nourriture du réfrigérateur. Dart explorait la cuisine.

— Norma peut vous donner un coup de main.

— Quand on a été officier, c'est pour la vie... remarqua l'intéressée.

Marian lui indiqua l'emplacement de l'ouvre-boîte. Nora s'empara d'une casserole et y versa la soupe. Après l'avoir posée sur le feu, elle releva la tête et croisa le regard de Dart. Il jeta un coup d'œil à son sac, qu'elle avait posé sur le plan de travail, puis revint à elle, et enfin se tourna vers le mur, derrière Marian. Les poignées d'une bonne dizaine de couteaux dépassaient d'un ratelier en bois. Il sourit.

La jeune femme sortit un reste de laitue, qu'elle posa sur le plan de travail.

— Les hommes sont étonnants, déclara-t-elle. Où mettent-ils tout ça ?

— Norman stocke tout dans sa jambe artificielle, plaisanta Nora.

Debout derrière leur compagne, elle contempla le râtelier et haussa les épaules : elle ne pouvait pas voler un couteau sans attirer l'attention de Marian.

— Est-ce que ce frigo renfermerait un peu de bière ? demanda Dart, qui déshabillait presque cette dernière du regard.

— C'est fort possible.

— Je n'aime pas m'imposer dans les frigos inconnus. Et si nous explorions ensemble les millésimes ?

La jeune femme jeta un coup à Nora, qui remuait la soupe. Elle posa son couteau et se rapprocha du réfrigérateur. Dart lui souriait en se frottant les mains.

— *« Ouvrez votre très massive cassette, ô très redoutable madame Ware »* déclama-t-il, citant une œuvre que Nora n'identifia pas.

— Je connais ! s'exclama Marian. Ça sort du *Voyage dans la nuit*, le passage juste avant la fin, quand Pépin rencontre madame Lyno-Wyno Ware. Il parle de cette manière parce que, euh...

— Parce que la Porteuse de Tasse lui a dit qu'il le fallait, car sinon, on ne lui dirait pas la vérité.

— Oui ! Il est déçu en voyant que la cassette n'est qu'une boîte en métal, mais quand madame Ware l'ouvre, il s'aperçoit que dedans, il y a autant de place que dans son ancienne maison. Madame Ware lui explique... quelque chose à propos d'un livre, de l'esprit... (Elle claqua des doigts à deux reprises.) Ils sont plus grands à l'intérieur.

— *« Ma cassette, comme le cœur ou un sac à main de femme, est plus grande à l'intérieur qu'à l'extérieur. Même un petit Pépin a naguère été enfermé au sein d'une graine. »*

Nora s'était éloignée de la cuisinière. Elle se trouvait à présent presque à portée du râtelier à couteaux.

— Voilà ! C'est ça ! (Marian pivota et tendit vers elle un doigt fin, couvert de taches de rousseur.) Vous voyez ? Je ne suis pas tout à fait ignorante en ce qui concerne Hugo Driver. Nous pouvons travailler ensemble.

— Allons, Marian, s'impatienta le faux poète. Ouvrez la massive cassette, voulez-vous ? (La jeune femme tourna le dos à Nora et ouvrit le réfrigérateur avec de grands gestes affectés) Accroupissez-vous. Vous pouvez vous accroupir ?

— Aussi bien que n'importe qui. (Elle se baissa au niveau des étagères encombrées ; son genou rencontra celui de Dart.) Voilà la bière.

— Je ne la vois pas.

Elle se pencha pour désigner les bouteilles, lui frôlant le bras avec son sein dans la manœuvre.

— Vous aimez la Corona ? demanda-t-elle.

Il jeta un coup d'œil par-dessus sa tête. Nora sortit la première lame du ratelier.

— Dans mes moments de faiblesse.

Dart contempla le lourd couteau à découper, eut un hochement de tête imperceptible, puis fixa à nouveau le râtelier.

— Et qu'est-ce que vous pensez de la Budweiser ?

La jeune femme s'appuya plus fermement contre lui.

— Je crois que je préfère l'allure de celle d'à côté. (Nora s'empara d'un hachoir. Dart plissa les yeux.) Oui, voilà une forme exquise. Sortez-la donc, que je puisse l'examiner.

Marian tendit la main, ce qui la rapprocha encore de son voisin.

— La bouteille de Grolsch est vraiment jolie, n'est-ce pas ?

Nora porta couteau et hachoir jusqu'au plan de travail. Tandis que les deux autres admiraient différentes sortes de canettes, elle les glissa dans son sac, puis elle retourna remuer la soupe au moment où ses compagnons se relevaient. Marian lui adressa un sourire incertain. Elle avait un peu rougi au-dessus des pommettes.

Nora versa la soupe dans un bol. La jeune femme sortit une cuiller et un décapsuleur d'un tiroir.

Dart leva la bouteille de Grolsch et but une longue gorgée.

Sa prétendue épouse, reprenant son sac à main, alla le poser sur une chaise, près d'un téléphone mural.

— Ne fais pas bande à part, chérie. Viens nous rejoindre.

Elle considéra son sac. Dart lui tournait toujours le dos.

— Vous nous abandonnez ? demanda Marian en souriant, tandis qu'elle disposait bœuf, fromage et laitue sur une tranche de pain de mie.

Dart fit signe à Nora de s'approcher. Abandonnant son fantasme de lui planter un couteau à découper dans le dos, elle obtempéra et lui donna une petite tape sous l'omoplate gauche.

— Alors, heureux ?

Il chanta le premier vers de *Sometimes, I'm happy* [1], et repoussa le bol vide.

— Envoyez la viande.

— Je n'imaginais pas que vous étiez capable de citer Hugo Driver, lui déclara Marian.

Il répondit quelque chose d'inintelligible, la bouche pleine ; une autre citation du *Voyage dans la nuit*, semblait-il.

— Il ne faut pas le pousser, prévint Nora.

— Vous croyez que nous pourrions le convaincre de réciter certains de ses poèmes pendant le dîner ?

Dart marmonna un « Onk ! » joyeux à travers son sandwich. Ses yeux étincelaient.

Forcée de s'adresser directement à sa rivale, la jeune femme se rabattit sur les lieux communs.

— Quelle partie de la visite guidée avez-vous le plus appréciée ?

— Est-ce que je peux vous poser quelques questions au sujet des restaurations ?

— C'est pratiquement une obsession, pour nous. Lily a dû vous dire à quel point nous avons travaillé dur pour remettre en état la Maison de Miel. Je pourrais vous raconter un tas d'histoires d'horreur.

— Je ne pensais pas seulement à la Maison de Miel.

— Le Manoir est un problème plus intéressant, je vous l'accorde. Aussi géniale qu'ait été Georgina, elle n'a cessé de décliner, et vers la fin, elle s'est quasiment cloîtrée dans une pièce du premier étage. Ce qui signifie qu'il y avait une centaine de fuites dans le toit et que l'eau avait causé des dégâts monstrueux partout. Comme vous l'avez sans doute remarqué en arrivant, nous avons encore des ouvriers. Le grand œuvre à venir sera la restauration du parc. Un travail de Titan.

— Est-ce que les jardiniers d'autrefois sont encore là ?

— Non. Georgina avait été obligée de tous les licencier, à part leur superviseur, Monty Chandler. Vous avez vu les Piliers du Chant et le Vallon de Monty ?

1. Parfois, je suis heureux. *(N.d.T.)*

— Oui.

— Et vous avez entendu les pierres chanter ?

— Elles chantent ? s'étonna Nora.

— Quand il y a du vent, elles font de la musique. C'est très étrange.

— Je suppose que Monty Chandler est mort.

— Deux ans avant Georgina. C'est une autre des raisons pour lesquelles tout est parti à vau-l'eau. Monty était aussi charpentier, homme à tout faire et vigile. Avant son arrivée, il y avait des problèmes avec les braconniers et d'autres gens qui s'introduisaient dans les cottages, mais il leur a fait peur à tous. Quand il n'était pas occupé à surveiller le parc, il réparait le toit, et tout ce qui avait besoin de l'être. C'est pourquoi Georgina a pu tenir aussi longtemps sans engager d'ouvriers. Je sais qu'elle a dépensé beaucoup d'argent pour remettre la propriété en état quand son père la lui a léguée, mais il n'y a pas eu besoin de nouveaux travaux avant la fin des années trente.

— J'ai cru comprendre qu'à ce moment-là, elle avait des ennuis financiers, insista Nora.

Des pas résonnèrent sur les marches métalliques.

— Margaret et Lily viennent préparer le dîner. On ferait mieux de monter au premier.

De lourds souliers marron à lacets, que surmontaient des chevilles gonflées, apparurent dans l'escalier, suivies par une longue robe en coton bleu marine boutonnée sur le devant, un bras épais, puis un visage sérieux, large de joues et de front, et des cheveux gris maintenus par un foulard lui aussi bleu marine, étroitement noué. Margaret Nolan atteignit le bas des degrés et s'immobilisa, la main sur la rampe, observant les trois personnes présentes avec une curiosité marquée d'une légère irritation. Pardessus son épaule, Lily Melville sourit à Dart.

— Nos invités d'honneur s'intéressent à la cuisine, Marian ?

— L'un d'eux était très nettement intéressé par un en-cas.

Margaret inspecta ledit invité d'honneur d'un regard ferme.

— À voir Mr Desmond, je pense que cela n'affectera pas ses performances durant le dîner. (Elle s'approcha, la respiration sifflante.) Margaret Nolan. (Elle tendit une main large et ferme à Dart.) C'est moi qui dirige cette maison de fous. Nous sommes ravies de votre compagnie, Mr Desmond, quoique j'avoue n'avoir jamais lu vos œuvres. Marian me dit qu'elles sont passionnantes.

— On fait ce qu'on peut, on ne peut pas faire plus, ironisa le faux poète.

Margaret se tourna vers Nora comme si elle avait choisi d'ignorer cette remarque. Elle lui donna une poignée de main sèche et rapide.

— Mrs Desmond. Bienvenue à Shorelands. La Poivrière vous convient ?

— C'est très bien.

— Je suis ravie de l'entendre. Cela dit, si nous voulons être dans les temps, il faut que nous nous y mettions. J'espère que vous nous excuserez.

— Certainement, acquiesça Nora.

Là, juste devant elle, haute d'un mètre soixante, pesant quatre-vingts kilos, affectée d'un essoufflement chronique, exsudant l'esprit de décision, le bon sens et la force de caractère, se trouvait la réponse qu'elle cherchait. Cette femme-là comprendrait la situation et trouverait le moyen de résoudre le problème en trois secondes chrono. Il lui faudrait deux fois moins d'explications qu'à Frank Neary et dix fois moins qu'à Marian Cullinan. Mais comment la prendre à part ? Après le dîner, Nora se proposerait pour rapporter les assiettes à la cuisine — quelque chose, n'importe quoi — afin de se retrouver seule avec Margaret Nolan et lui murmurer : « C'est Dick Dart. Appelez la police. »

— Très bien, en ce cas... (Margaret eut un sourire aussi rapide que sa poignée de main.) Lily ?

L'interpellée trottina jusqu'à deux tabliers blancs pendus à une patère, de l'autre côté du téléphone mural. Elle les décrocha, fit volte-face, et s'arrêta devant la chaise.

— Est-ce que ce n'est pas votre sac, Mrs Desmond ?

— Oh, si, excusez-moi.

Nora fit un pas dans sa direction, mais Margaret lui posa la main sur le bras pour la retenir.

— Apportez-le lui, Lily.

La vieille femme souleva le sac.

— Qu'est-ce que vous avez, là-dedans ? Un coup de poing américain ?

— Je ne me sépare jamais de ma collection d'armes, déclara Nora.

— Nous devrions monter et les laisser à leurs miracles, intervint Marian.

— Où est ce fichu couteau à découper ? s'enquit Margaret. Il n'est quand même pas parti tout seul.

— Je suis très curieux, avoua Dart. Qu'allez-vous donc nous préparer, charmantes dames ?

Levant les yeux vers lui telle une institutrice confrontée à un élève impertinent, elle se détourna du râtelier et enfila son tablier.

— Nous allons réaliser un des repas favoris d'Ezra Pound.

— Georgina aimait beaucoup Ezra, n'est-ce pas ?

— Oui, en effet.

— La politique réaliste, approuva le faux poète. Pas le charabia sur l'égalité dont nous abreuvent nos gouvernants pendant qu'il piquent dans la caisse. Je suis de leur côté. Il faut appeler une botte ferrée une botte ferrée, n'est-ce pas ? (Lily et Margaret le fixaient avec stupeur. Il leva une main.) Pas de panique. Ce qui convenait à Ez me convient aussi.

Souriant aux deux femmes figées derrière le billot, il entraîna Nora vers l'escalier.

91

Marian claqua la porte.

— Vous ne comprenez pas que je pourrais perdre mon emploi, Norman ?

— Promesse solennelle, la rassura Dart. Avant qu'on ait fini le dessert, elles me supplieront de revenir.

— Mais vous avez pratiquement traité Georgina Weatherall de nazie !

— Est-ce que la vieille n'était pas un peu fascinée par la majesté du Reich ? Ça ne fait pas d'elle un monstre.

Marian secoua la tête et vérifia que nul n'entendait leur conversation.

— Vous ne pouvez pas dire ce genre de choses devant Margaret, Norman.

— Essayez de l'en empêcher, soupira Nora.

— Je comprends, acquiesça Dart. Servante divine des divins beaux-arts. Aristocrate naturelle. Le problème, c'est que je supporte pas ce genre de femme.

Marian se calma assez pour admettre :

— Nous n'aimons guère le reconnaître, mais je suis sûre que Georgina Weatherall pouvait être assez difficile.

— Pas elle : madame la directrice. Ces femmes-là pourraient aussi bien se laisser pousser la barbe et fumer le cigare. Je vous promets néanmoins une soirée extraordinairement distrayante. (Il lui posa un doigt sous le menton.) J'ai envie que vous vous amusiez. À condition, bien sûr, que vous passiez boire ce dernier verre.

— Ah, cet homme, soupira Marian. On ne peut pas rester fâché contre lui.

Des portraits bordaient le large escalier.

— Celui-là était dans la chambre de Georgina.

Marian désignait une huile représentant un homme âgé, en costume trois-pièces, assis dans un fauteuil en cuir. Il avait une sèche physionomie de fanatique, dominée par un gros nez et un menton proéminent.

— George Weatherall.

— *Mon cœur appartient à Papa*, chantait Marilyn.

Marian sourit à Dart du haut de l'escalier, puis guida les faux époux le long d'un couloir plus sombre et plus étroit que celui du rez-de-chaussée. Malgré les jaquettes de livres encadrées et les photographies du Manoir à différents stades de sa restauration, le premier étage était plus utilitaire. Ils avaient quitté l'aspect public de Shorelands pour pénétrer dans son intimité.

— Pourquoi ne visite-t-on pas sa chambre ? demanda Nora.

— Attendez de la voir. Ce n'est pas le souvenir que les visiteurs veulent emporter.

— Je croyais que vous recherchiez la vérité historique.

— La vérité toute nue est trop brutale pour le public. De toute façon, plus je travaille ici, plus je me demande si la vérité historique n'est pas un mythe. Et je ne peux pas dire que ce soit très utile quand on s'adresse à un peintre qui veut savoir la nuance exacte de pourpre à mettre sur les murs.

— D'après Lily, vous avez trouvé une grande quantité de la peinture originale, s'étonna Nora.

— On avait bien la peinture originale, mais il nous en aurait fallu deux fois plus, et elle s'était solidifiée. Un vrai cauchemar. On a fini par mélanger tout ce qu'on a pu sauver avec de la peinture neuve.

— Comment saviez-vous quelle teinte employer ?

— Grâce à la chambre de Georgina.

— En fait, la Maison de Miel a été décorée à la manière du Manoir ?

— Personne ne sait vraiment à quoi ressemblait l'intérieur des cottages. (Marian désigna les portes qui ouvraient dans le couloir.) Les deux pièces de gauche sont la chambre et le bureau de Margaret, et elle ne voudrait pas que nous y entrions. Autrefois, Georgina Weatherall réservait tout cet étage à son usage personnel. Emma Brotherhood, la sœur d'Agnes, sa femme de chambre personnelle, occupait cette première pièce. La seconde servait de garde-robe et de dressing, et elle communique avec la salle de bains — la troisième porte, juste en face de la chambre de Georgina. À côté se trouvait le petit boudoir où cette dernière faisait son courrier et composait ses menus. À présent, c'est là que nous entreposons les dons que nous ne pouvons pas utiliser. (La jeune femme sourit à Dart.) Derrière cette porte-là, de l'autre côté de l'escalier, il y a celui qui monte au deuxième. J'occupe les deux pièces juste en haut des marches, Lily les deux d'à côté. La secrétaire de Margaret, qui est en vacances cette semaine, a la chambre voisine de celle de Lily. Tout le reste de l'étage est vide. Cette salle-là, sur la droite, dont nous nous servons pour nos réunions, c'était celle où Georgina recevait ses invités de marque. (Elle ouvrit la porte d'une petite pièce dominée par une longue table.) C'était là qu'elle se plaignait, qu'elle bavardait, et qu'on lui remettait des recommandations pour de jeunes écrivains. Là aussi que Lily ou Agnes lui communiquaient tout ce qu'elle devait savoir.

— KGB, remarqua Dart. Oreilles aux trous de serrures.

— Il y a eu une voleuse, ici, une fois, vous savez.

— Vous m'étonnez, mentit Nora.

— Une jeune femme s'est enfuie avec un dessin de valeur, juste avant qu'on la mette à la porte. Vous vous imaginez ? Il valait une fortune. C'était un Rembrandt, ou un Rubens, je ne sais plus.

— Ni l'un ni l'autre, corrigea Nora. C'était une œuvre d'un artiste appelé Redon.

— Un nom commençant par un R, en tout cas, admit Marian. La chambre de Georgina est juste à côté. Durant les deux dernières années de sa vie, elle ne l'a pratiquement pas quittée. On y fait le ménage deux fois par semaine, mais nous-mêmes, nous n'y entrons jamais. Personnellement, je la trouve un peu lugubre.

Elle les fit pénétrer dans une obscurité où de vagues éclats lumineux, jetés par du verre ou du métal, ainsi qu'une sensation de présences invisibles, suggéraient un spectaculaire capharnaüm.

— Georgina n'ouvrait jamais ses rideaux, si bien que nous les laissons fermés. J'ai toujours un peu de mal à trouver la lumière, parce que l'interrupteur est derrière le... Ah, voilà !

La pièce leur apparut par couches successives. Une profusion délirante de soieries, de tapisseries passées, de tapis orientaux usés et de guirlandes de dentelle pendaient du lit à baldaquin, sur le dossier des fauteuils, ou aux murs trop chargés, s'enroulant autour d'une myriade de pendules ouvragées, de miroirs, de dessins encadrés et de photographies d'une femme dont les traits, réplique de ceux de son père, étaient adoucis par un maquillage généreux et la masse informe de cheveux bruns qui les entourait. Un bureau victorien, impressionnant de laideur, était enfoui sous un monceau de papiers, d'animaux en porcelaine et d'encriers en verre. Un gramophone muni d'un pavillon en cloche reposait sur une table en or moulu. D'autres tables basses, drapées de dentelle, soutenaient des piles de livres, des brosses à cheveux en argent et bien d'autres choses encore.

La pièce rappelait la Maison de Miel, en plus chaotique. Une seconde plus tard, Nora réalisait que c'était l'inverse : la Maison de Miel était une version plus présentable de la chambre. Comme ses yeux s'habituaient au désordre, elle se rendit véritablement compte de l'état dans lequel cette dernière se trouvait. D'anciennes taches d'humidité avaient changé le pourpre en un rose délavé. Les tissus étendus sur les meubles étaient déchirés, décolorés, et le baldaquin n'était plus que dentelle en lambeaux. D'autres taches marquaient le plafond blanc. Près du lit, devant un anachronique coffre-fort en métal, muni d'un cadran à bouton, on apercevait des fils bruns à travers les motifs du tapis.

— Je ferais mieux d'aller voir si Agnes peut recevoir du monde, déclara Marian en disparaissant.

C'était là l'authentique Shorelands, la seule pièce du domaine où la véritable histoire apparaissait encore. Dissimulée au centre du Manoir, elle abritait un secret honteux, mais trop important pour être effacé. Georgina Weatherall, dont les plus grandes qualités avaient été la richesse, la vanité et l'illusion, s'était levée jour après jour pour s'admirer dans ses miroirs, se brosser les cheveux sans jamais parvenir à les coiffer correctement, et appliquer des couches de fard sur son visage, jusqu'à ce que la glace lui assurât qu'elle possédait la prestance d'une reine de conte de fées. Si elle remarquait un défaut, elle le submergeait de fond de teint et de kohl, tout comme elle enfouissait les taches de ses murs et les déchirures de ses dentelles sous des épaisseurs de tissu.

Monty Chandler n'avait jamais pénétré dans cette pièce pour y réparer les dégâts des eaux. Seules y étaient admises la maîtresse des lieux et sa femme de chambre. La domestique avait adoré Georgina, laquelle avait tellement besoin d'amour qu'elle croyait en voir chez des gens qui la tournaient en dérision. Cette monolithique tyrannie était ce qu'on désignait sous le nom de « conception romantique d'elle-même ».

On pouvait presque respecter Georgina Weatherall. C'était une femme imbue de sa personne, et si Nora l'avait croisée dans une réception, elle se fût enfuie de la zone dépourvue d'air que créent toujours autour d'eux ce genre d'individus. Pourtant, l'hôtesse de Shorelands avait travaillé héroïquement au service de ses illusions. En elle, et peut-être pour la première fois, Lincoln Chancel avait rencontré son égale.

— Merveille des merveilles, annonça Marian en ouvrant la porte. Si vous le désirez, vous pouvez dire un mot à Agnes.

92

— Je sais qu'elle est vraiment malade, mais l'inactivité la rend capricieuse, et quand Agnes est capricieuse, elle en fait un peu trop. Je ne peux pas vous promettre plus de deux minutes. (Marian marqua une pause.) Ce sera sans doute suffisant, de toute façon.

Une voix irritée s'éleva de l'autre côté de la porte.

— Vous parlez de moi ?

— Et si vous nous laissiez seuls avec elle ? suggéra Nora. Je sais que vous avez du travail.

— Je ne devrais pas. (La jeune femme regarda des deux côtés du couloir.) Vous risquez d'avoir besoin d'aide pour vous échapper.

— On s'en sortira.

— Peut-être juste pour une fois. Margaret ne...

Elle se mordit la lèvre inférieure.

Margaret ne veut pas qu'Agnes reste seule avec des inconnus ?

— On n'aura pas besoin de le dire à Margaret.

— Très bien. Si je termine mon travail, je pourrai venir boire ce verre avec vous. (Elle frappa et ouvrit la porte.) Les voilà, Agnes. Je reviendrai plus tard.

— Apportez-moi des magazines. Vous savez ce que j'aime.

Marian s'écarta, et Nora et Dart s'encadrèrent dans la porte.

La vieille femme alitée n'était guère plus épaisse qu'une allumette. Sa chevelure raide, teinte en noir, séparée par le milieu, retombait de chaque côté de son visage creusé, évoquant une perruque de poupée. Ses yeux étaient brillants, alertes — et soupçonneux. Elle avait inséré un doigt aussi fin qu'une brindille dans le livre qu'elle tenait, comme pour examiner ses visiteurs avant de décider du temps qu'elle devait accorder.

Marian les présenta et s'éclipsa.

— Entrez. Fermez la porte. (Le faux couple s'approcha du lit.) Je suis étonnée qu'elle soit partie. À la manière dont elles me traitent toutes, on croirait que je suis un chien enragé. (Elle examina Dart.) Alors, vous êtes le type qui se prétend poète, Norman Desmond ?

— Et vous, vous êtes le monument historique, Agnes Brotherhood.

Elle lui fit subir un examen attentif.

— Vous n'avez pas tellement l'air d'un poète.

— De quoi ai-je l'air, alors ?

— D'un avocat qui passe beaucoup de temps dans les bars. Votre nom devrait me dire quelque chose ?

— Je n'irais pas jusque-là, concéda Dart, amusé.

— Ne faites pas semblant d'être modeste. Il n'y a pas une once de modestie en vous. (Agnes se tourna vers Nora.) Je me trompe ?

— Nullement.

— Marian ne perdrait pas son temps avec vous si vous étiez un anonyme. Vous avez publié beaucoup de livres ?

— Hélas, non.

— Qui est votre éditeur ?

— Chancel House.

Agnes Brotherhood agita la main devant son visage comme pour chasser une mauvaise odeur.

— Vous en changeriez vite si vous aviez eu le malheur de rencontrer le fondateur de la boîte.

— Homme hors du commun, approuva Dart. Vilenie personnifiée.

— Autant que vous restiez un moment. Approchez les chaises du lit.

Elle désigna deux chaises pliantes posées contre le mur, et glissa un marque-page dans son livre : l'édition Modern Library de Thoreau.

Agnes remarqua l'intérêt qu'y portait Nora.

— Je relis *Walden* une fois par an. Vous aimez *Walden*, Mr Desmond ?

Dart releva le menton et récita :

— « Quand j'ai écrit les pages qui suivent, ou du moins la plupart d'entre elles, je vivais seul dans la forêt, à deux kilomètres du premier voisin, dans une maison que j'avais bâtie moi-même, » et ainsi de suite. Est-ce que ça répond à votre question ?

— Voyons la fin de la phrase.

— « ... sur la berge du lac Walden, à Concord, Massachusetts, et je gagnais ma vie par le seul labeur de mes mains. »

— Je crois que ce n'est pas tout à fait ça, mais c'est joli tout de même. Alors, de quoi voulez-vous que je vous parle ? De la grande hôtesse et des nobles invités ? Des petits déjeuners de D.H. Lawrence ? Ce genre de trucs ?

Dart jeta un coup d'œil à Nora.

— Vous ne révériez pas autant la grande hôtesse que Lily Melville, n'est-ce pas ? s'enquit-elle.

— Je la connaissais trop bien, répliqua sèchement Agnes. J'avais un travail et je le faisais. Lily, elle, avait une *cause*, l'adoration de Georgina Weatherall. Il m'arrivait de me moquer d'elle, et elle avait horreur de ça.

— Vous vous moquiez de Georgina ?

— De Lily. Personne ne se moquait de Georgina. Elle avait ses qualités, mais le sens de l'humour n'en faisait pas partie. Si on voulait s'amuser à ses dépens, il fallait le faire derrière son dos, et il y en a beaucoup qui ne s'en privaient pas, mais ce n'est pas le genre de choses qu'on vous répétera aujourd'hui. Vous avez suivi la visite guidée de Lily ? (Nora répondit que oui.) Avec elle, on a droit à une véritable exploration du sanctuaire. Quand la maîtresse est tombée malade et qu'elle a perdu la boule, c'est Lily qui est devenue l'experte ès Shorelands devant tous ces groupes. (Agnes éclata de rire.) Il est nettement plus rigolo de rencontrer des gens sans que la Grêlée soit là pour écouter. Elle ne manquait jamais d'interroger les touristes que je guidais pour savoir si je n'avais rien dit de gênant. Ah ! Comme si je ne connaissais pas mon travail. J'en sais plus qu'elles, c'est ça qui les ennuie. Je sais des choses qu'elles ignorent.

— C'est pour ça qu'elles vous gardent, remarqua Dart.

Agnes le considéra avec irritation.

— J'ai consacré ma vie à Shorelands. Ça, au moins, elles le savent. (Elle désigna un pichet et un verre posés sur l'appui de la fenêtre.) Vous pourriez m'apporter un verre d'eau ? Je n'arrête pas de leur dire qu'il me faut une table roulante, comme dans les hôpitaux, mais vous croyez qu'elles m'écouteraient ? Et ça fait des jours !

— Est-ce que je peux vous demander ce qui ne va pas ? s'enquit Dart. Vous êtes malade ?

— Ma maladie s'appelle la vieillesse. Plus quelques autres dérèglements.

Il jeta un coup d'œil au fond du pichet.

— Vide.

— Allez donc le remplir à la salle de bains, s'il vous plaît.

— C'est que... commença Dart d'une voix traînante. Puis-je faire ça, chérie ? Oserai-je vous laisser seules ? Je ne voudrais pas rater quelque chose.

— Je te raconterai, assura Nora.

Il agita le doigt vers elle en guise d'avertissement, puis sortit avec le pichet. Agnes fixait sa compagne de ses yeux brillants, encore soupçonneux. Quand les pas de Dart eurent traversé le couloir, Nora se pencha vers elle.

— Vous avez un téléphone ?

La vieille femme secoua la tête.

— Vous avez déjà entendu parler d'un nommé Dick Dart ?

Agnes fit à nouveau signe que non. De l'autre côté du couloir, de l'eau coulait dans un récipient.

— Est-ce que vous avez accès à un téléphone ?

— Il y en a trois ou quatre dans le bureau de la directrice.

— Dès que nous serons partis, allez-y, et appelez la police. (L'eau cessa de couler.) Dites que Dick Dart est à Shorelands. C'est extrêmement important, Agnes, c'est une question de vie ou de mort. (Des pas quittèrent la salle de bains.) Je vous en prie.

Dart entra dans la pièce comme un ouragan. Un peu d'eau s'échappa du pichet.

— Rempli à ras bord. De quoi avez-vous parlé, mes chéries ?

— De ma santé, dit Agnes. Présente et future.

Elle tourna vers lui un regard perplexe, visiblement alarmé.

— Quels sont vos problèmes de santé, chère amie ? (Il lui versa de l'eau.) La déshydratation ? (Comme elle tendait la main vers le verre, il le lui retira, éclata de rire, puis lui permit de le prendre.) Petite plaisanterie.

— L'arythmie. C'est moins grave que le nom ne pourrait le faire croire. (Elle but deux gorgées et lui rendit le verre.) Posez-le par terre, près de mon lit. Je serai sur pied d'ici un jour ou deux. Je suis encore capable de guider un groupe aussi bien que Lily Melville.

— Bien sûr, nettement mieux que cette vieille idiote, approuva Dart. (Il s'assit, croisa les jambes et tapota Nora dans le dos.) Je t'ai manqué, mon amour ?

— Horriblement, affirma-t-elle.

Agnes le fixait comme si elle avait tenté de mémoriser ses traits.

— Comment s'appellent vos livres, Mr Desmond ?

Il regarda le plafond en souriant.

— Le premier s'intitule *En comptant les cadavres*. Le second *Impressions chirurgicales*.

Les mains de la vieille femme frémirent.

— Qu'est-ce qui vous intéresse, Mrs Desmond ? Vous n'êtes pas venus pour m'entendre me plaindre.

— L'été 1938. (Agnes se figea.) Tout ce qui s'est passé cet été-là, mais particulièrement une poétesse : Katherine Mannheim.

La vieille femme la contemplait avec encore plus d'attention qu'elle n'en avait accordé à Dart. Nora eût été incapable de dire ce qu'elle pensait ou ressentait.

— Je m'intéresse aussi aux rénovations qui ont été effectuées l'année suivante.

— Qui êtes-vous ? Qu'est-ce que vous voulez ?

La voix d'Agnes tremblait.

— Tout cela, à titre personnel.

— Qu'est-ce que c'est que cette histoire ? demanda-t-elle en regardant tour à tour ses deux visiteurs.

— Histoire, lâcha Dart. Illumination du passé. Ce qu'est censée représenter la Maison de Miel. (Il sourit.) Honnêtement, est-ce que ça a jamais ressemblé à la boutique d'antiquités qu'on a visitée aujourd'hui ?

La vieille femme demeura silencieuse un instant.

— J'ai visité les cottages chaque jour de ma vie, et le seul qui ait jamais été vraiment encombré, c'est Raiponce, à l'époque de Mr Lincoln Chancel, et c'est lui qui avait tout apporté. Si nos chambres d'hôtes avaient ressemblé à ça, une bonne partie de ces nobles individus se seraient enfuis avec tout ce qu'ils auraient pu fourrer dans leurs valises. Les responsables du trust s'en moquent, dès l'instant que c'est joli. (Elle se tourna vers Nora.) Dans l'ensemble, cet endroit a toujours été plaisant et correct, je ne dirai pas le contraire. Et soyez sûre que je ne répéterai pas ce que je pense à un policier.

— Qui a parlé de policiers ? s'enquit Dart.

— Personne, dit Nora, qui tentait de communiquer en silence avec Agnes, mais ne lisait dans ses yeux que l'anxiété.

— Je ne comprends pas ce qui se passe, se lamenta la malade.

Sa visiteuse se pencha en avant.

— Tout ce dont je veux vous parler, c'est de cet été-là, d'accord ? (La panique guettait la vieille femme.) Ensuite, vous ferez ce que vous jugerez bon, tout ce que vous voudrez. (Elle attendit l'espace d'un battement de cœur ; Dart se tourna vers elle.) Vous pourrez appeler Margaret. Appeler qui vous voudrez. Vous comprenez ?

Les yeux noirs semblèrent perdre un peu de leur désorientation.

— Oui, mais je ne sais pas quoi dire.

Nora se rappela sa conversation avec Helen Day.

— Je sais que c'est difficile. Laissez-moi vous exposer ce que je crois. Je crois que vous ne voulez pas être déloyale, mais qu'en même temps vous détenez un secret. Ce n'est pas très joli, et des gens tels que Marian Cullinan et Margaret Nolan ne voudraient pas que ça se répande. Mais elles ne sont même pas au courant, n'est-ce pas ?

— Elles sont arrivées trop tard, confirma Agnes, qui la considérait avec un mélange d'étonnement et de suspicion.

— Lily en sait une partie, mais pas autant que vous, c'est ça ? (La malade acquiesça.) Et voilà qu'arrivent deux personnes que vous n'avez encore jamais vues. Je pense que vous avez envie de vous libérer de cette histoire, mais que vous ne voyez pas bien pourquoi vous devriez nous en parler à nous. Je réagirais de la même manière. Mais je m'intéresse à ce qui est arrivé cette année-là, et je suis pratiquement la seule. Je ne suis ni flic ni journaliste, et je ne compte pas écrire de livre sur le sujet. (Agnes lança à Dart un regard brûlant.) Lui, il se moque complètement du sort de Katherine Mannheim.

Pour montrer l'indifférence que lui inspirait la disparition des poétesses, l'intéressé feignit un bâillement.

— Je suis peut-être la seule personne que vous rencontrerez jamais à prendre cette histoire assez à cœur pour en parler à des gens qui ont connu Bill Tidy et Creeley Monk.

— Les pauvres, soupira Agnes. Mr Tidy était un brave homme, d'une grande honnêteté, et j'aimais bien aussi Mr Monk, parce qu'il me faisait rire comme personne. Je m'en fiche que ç'ait été un...

— Un pédé ? suggéra Dart. Une tapette ? Une tante ?

Elle lui lança un regard méprisant.

— Il y a de nombreuses manières d'être quelqu'un de bien. (Elle se retourna vers son interlocutrice.) Ces deux-là ne savaient rien du tout. Ils étaient là, point final. Même s'ils avaient entendu quelque chose, ils n'y auraient pas prêté attention.

Nora se rappela une des choses que lui avait dites Everett Tidy.

— Le soir de la disparition de Katherine Mannheim, Bill Tidy a cru entendre des braconniers.

Agnes secoua la tête.

— Il n'y avait pas un braconnier, à cent kilomètres à la ronde, qui se serait risqué à Shorelands, pas à cette époque-là. Monty Chandler en avait criblé un de chevrotine et pris un autre dans un piège à loup. Il l'avait laissé jeûner pendant deux jours. Ensuite, on n'a plus jamais vu de braconnier.

— C'était donc autre chose.

La vieille femme resserra sa robe de chambre autour de sa gorge.

— Il faut croire.

Nora poursuivit, presque contre sa volonté.

— J'ai quelques idées. Je pourrais vous les dévoiler, et vous me diriez si je me trompe ?

Agnes plissa les yeux, puis hocha la tête.

— Je pourrais faire ça. (Elle prit une profonde inspiration, puis la relâcha.) Après tout ce temps... Cette fille avait une sœur cadette. Il y avait sa photo sur le bureau. Elle est venue ici. C'était une charmante jeune femme. Si elle vit encore, elle mérite de savoir la vérité.

Elle lança un regard vacillant, presque effrayé, à Nora, qui tentait d'avoir l'air de savoir où elle voulait en venir.

— Je ne crois pas que Katherine Mannheim se soit enfuie de Shorelands. Je crois qu'elle est morte. Je me trompe ?

— Non.

La lèvre supérieure de la malade se mit à trembler.

— Et je crois qu'Hugo Driver a eu quelque chose à voir avec sa mort. Je me trompe ?

— Qu'est-ce que vous voulez dire ?

— Elle a trouvé Driver dans la Maison de Pain d'Épice, en train de fouiller dans ses papiers ? Ils se sont battus ?

— Non ! C'est complètement faux.

Cette fois, c'était le menton de la vieille femme qui tremblait. Nora sentit s'évaporer son imitation d'autorité confiante. Sa principale théorie venait d'être réduite à néant.

— Elle est morte, cette nuit-là, reprit-elle pourtant. Il a bien fallu cacher son cadavre. (Une larme coula de l'œil droit d'Agnes.) Elle est enterrée quelque part dans la propriété ? (Un hochement de tête.) Vous savez où ?

— Non, et j'en suis heureuse. J'ai mes visites guidées. Je ne pourrais pas aller à l'endroit où ils l'ont mise.

— Hugo Driver et Lincoln Chancel ?

— Ces deux-là ne faisaient rien l'un sans l'autre.

— Et c'est pour ça que vous détestez encore Chancel ?

Agnes secoua la tête avec une véhémence surprenante.

— Je l'ai détesté dès le début. Ce type-là croyait avoir le droit de tripoter les domestiques. Il croyait pouvoir faire tout ce qu'il voulait, et réparer les dégâts avec du fric.

— Il vous en a offert ?

— Je lui ai dit qu'il n'avait pas choisi la bonne cible pour ses saloperies. Il s'est moqué de moi, mais après, il a gardé ses mains pour lui.

Aussi intéressante que fût cette digression, Nora voulait en revenir au sujet principal. Elle tenta une nouvelle approche.

— Georgina savait que Katherine Mannheim n'avait pas disparu, n'est-ce pas ? Quand elle a emmené tout le monde à la Maison de Pain d'Épice, après le dîner du lendemain, elle savait déjà que son invitée était morte ?

— Ça m'ennuie de le reconnaître, mais c'est exact.

— Elle savait avant même d'essayer de l'ouvrir que la porte n'était pas fermée à clef.

— Je n'y étais pas, dit Agnes sur un ton misérable. Mais oui, elle le savait.

— Et vous, comment le saviez-vous ? Vous faisiez le ménage dans la Maison de Pain d'Épice ?

La vieille femme acquiesça.

— Quand j'y suis allée, ce matin-là, la porte n'était pas fermée, et il n'y avait personne. Je me suis dit que Miss Mannheim était allée se promener dans les jardins. À midi, j'ai posé son panier-repas devant sa porte, parce que c'était comme ça qu'on faisait, mais il y était encore le lendemain matin.

— Vous ne saviez pas qu'elle ne reviendrait jamais.

— Comment l'aurais-je su ? La maîtresse m'a dit qu'elle s'était enfuie. Qu'elle avait « fait le mur ». Ça m'a tout de même paru bizarre. Surtout après... après ce qui était arrivé.

Une étincelle de compréhension jaillit en Nora. La raison pour laquelle Georgina Weatherall avait su que son indésirable invitée était partie avant d'entrer dans la Maison de Pain d'Épice se trouvait juste devant elle, et se précisait un peu plus à chaque seconde.

— Est-ce que vous lui avez dit quelque chose, Agnes ? Est-ce que vous avez vu quelque chose qui vous a choquée, et est-ce que vous lui en avez parlé ?

— Je n'aurais jamais dû faire ça.

La vieille femme demeura un instant très digne, puis une nouvelle flèche d'émotion la traversa, et elle se mit à pleurer.

Dart, parfaitement à l'aise, tordit les lèvres en un sourire.

Nora tenta de deviner ce qu'avait vu Agnes, et se rappela que Creeley Monk avait surpris Driver et Lincoln Chancel dans le parc, pendant la nuit.

— Dites-moi si je me trompe. Vous faisiez des promenades nocturnes ? (La malade lui lança un regard apeuré et acquiesça.) La nuit où Katherine Mannheim est morte, vous êtes sortie. Vous avez remonté le chemin qui mène à la Maison de Pain d'Épice. (Agnes leva la tête, lui jeta un autre coup d'œil effrayé.) Ils transportaient le cadavre ? C'est ça que vous avez vu ?

— *Non ! Non !* (Elle se couvrit les yeux de ses mains.) Sinon, vous comprenez bien que j'aurais compris tout de suite. J'ai vu... il faut que ce soit vous qui me le disiez.

— Lincoln Chancel, devina Nora. (Une bonne partie de ce qui n'avait pas encore été dit se mit en place.) Vous avez vu Lincoln Chancel quitter la Maison de Pain d'Épice. Mon Dieu : il l'a tuée !

Dick Dart retira les mains de sa nuque et se pencha en avant, le visage animé par une joie malfaisante.

— Il retournait chercher Driver dans Raiponce, continua celle qui jouait son épouse. C'est bien ça, n'est-ce pas ? Vous l'avez vu dans la forêt, mais vous ne saviez pas ce qu'il y faisait.

Agnes se força à prendre une profonde inspiration.

— Il courait ! Je l'ai entendu, mais je ne savais pas que c'était lui. J'ai cru à un animal. Je me trouvais près du gros rocher, au bord du chemin. À l'époque, il y avait des ours, dans les bois. On en voit encore, de temps en temps. Je me suis cachée derrière le rocher et le bruit s'est rapproché. Ensuite j'ai entendu un juron, et j'ai reconnu la voix de Mr Chancel. J'ai jeté un coup d'œil. Et le voilà qui surgit du chemin, et qui court comme un dératé en direction de Raiponce. Il est passé sur le pont : *boum ! boum ! boum !* J'avais une peur de tous les diables. J'aurais préféré un ours ! J'aurais dû...

Elle releva les genoux et enfouit son visage dans les couvertures. Nora s'assit sur le lit et la prit dans ses bras.

— Ah, la solidarité féminine, railla Dart.

— Vous pensez que vous auriez dû aller au cottage, compléta Nora. (La vieille femme soupira.) Mais vous avez eu peur. Et vous avez eu raison. Ils auraient pu vous surprendre.

— Je sais ! (Agnes se laissa aller contre sa compagne et prit une nouvelle longue inspiration.) Je suis retournée vers le Manoir, et puis je me suis dit qu'il fallait quand même que j'aille voir si Miss Mannheim allait bien, mais j'ai entendu Mr Chancel et Mr Driver arriver de Raiponce, alors je suis retournée derrière mon rocher. Ils ont traversé le pont, *boum ! boum ! boum !* et puis ils ont pris le chemin de la Maison de Pain d'Épice. (Elle s'écarta et s'essuya le visage à l'aide d'un drap.) Vous pouvez vous rasseoir.

— Vous êtes sûre ?

Elle refusa une nouvelle étreinte. Quand Nora reprit sa place, elle se laissa tomber sur son oreiller.

— J'ai couru jusqu'au Manoir, je suis montée, et j'ai trouvé la maîtresse dans le couloir. Qu'est-ce qu'il se passe, Agnes ? qu'elle me demande. Pourquoi courez-vous ainsi en plein milieu de la nuit ? J'exige une explication. Alors, je lui explique. Agnes Brotherhood, elle me répond, vous allez me laisser régler ça. Elle a mis son grand chapeau rouge, et elle est sortie. Elle l'adorait, ce chapeau, mais c'était le truc le plus ridicule que j'aie jamais vu.

Elle leva les yeux au ciel.

— Vous avez attendu qu'elle revienne ? demanda Nora.

— J'ai attendu et attendu. Au bout d'un bon moment, elle est venue dans ma chambre, et elle m'a dit : Agnes, Miss Mannheim est une de ces filles qui ont besoin de compagnie masculine quand elles se sentent tristes. Mr Chancel a choisi de se mettre à l'abri du scandale. Il faut oublier toute cette affaire, qu'elle m'a dit.

— Et vous avez essayé.

La vieille femme hocha la tête d'un air malheureux.

— J'ai demandé si Miss Mannheim avait un problème, et elle m'a répondu : ces filles-là n'ont *jamais* de problème. (Dart eut un grognement approbateur. Agnes lui lança un regard furieux.) Je ne dis pas qu'il n'y en a pas, des comme ça, mais Miss Mannheim était quelqu'un de bien.

— Le lendemain, vous avez dû croire qu'elle s'était enfuie.

— J'ai cru qu'elle était *partie*. Il y a une grande différence entre partir et s'enfuir. Miss Mannheim ne se serait enfuie devant rien.

Elle resserra à nouveau sa robe de chambre, et lança à Nora un regard de défi mêlé de frustration. Elle avait raconté son histoire, mais il y avait un grand vide au centre du récit.

Un coup à la porte coupa ce qu'elle eût pu ajouter. Marian Cullinan passa la tête dans la pièce.

— Vous ne devez pas vous ennuyer pour rester aussi longtemps.

— Meilleur moment de la visite, confirma Dart. Fantastiques anecdotes du bon vieux temps.

— Merveilleux !

Elle s'approcha du lit. Nora regarda Agnes pour savoir si elle se rappelait ce qu'elle était censée faire, et la vieille femme hocha imperceptiblement la tête. Marian s'avança entre elles.

— Vous connaissez les règles, Agnes. Je parie que votre tension bat tous les records.

— Je veux dire quelque chose à Mrs Desmond.

— Une toute petite chose, et ensuite, il faudra que j'emmène ces charmantes personnes.

La malade tendit la main vers celle de Nora.

— Il faut que vous entendiez le reste.

Marian éclata de rire.

— Vous voulez lui raconter votre vie ? Je suis sûre que Mrs Desmond reviendra vous voir.

— Ce soir, dit Agnes en serrant la main de Nora.

— C'est impossible, objecta la jeune femme avec impatience. Il faut penser à votre santé.

— Vous n'êtes pas mon médecin.

— Eh bien, sur ces bonnes paroles... (Marian sourit à Nora.) Nous y allons ?

Elle fit sortir les visiteurs, avec un coup d'œil complice à Dart et un sourire peiné à l'adresse de sa prétendue épouse.

— J'espère que ça n'a pas été trop dur.

— Vous plaisantez, s'exclama le faux poète. C'était mieux que *Psychose*.

Marian secoua la tête et se dirigea vers l'escalier.

— Je ne sais pas comment lui apprendre qu'elle ne pourra plus assurer de visites guidées. Je veux dire : vous l'avez vue ? Personne n'aurait envie de la suivre à travers toute la propriété.

Derrière eux, une porte s'ouvrit en cliquetant.

— Quoi, encore ? soupira la jeune femme.

Serrant son peignoir autour d'elle, Agnes sortait de sa chambre à pas lents. Marian mit les mains sur les hanches.

— Je le vois, mais je n'y crois pas.

— Dernières cartouches, dit Dart.

Elle se hâta de rejoindre la malade et lui murmura quelque chose. Agnes tenta encore péniblement d'avancer, mais sans douceur, on la força à pivoter et à rentrer dans sa chambre. Elle lança à Nora un regard où se lisait une humiliation. Quelques secondes plus tard, Marian ressortait et fermait la porte à clef.

— Franchement, j'ai déjà eu des difficultés avec Agnes, mais je n'avais encore jamais été obligée de l'enfermer. Elle dit qu'elle doit aller dans le bureau, vous vous imaginez ?

— Ce n'est peut-être pas la peine de l'enfermer, remarqua Nora. Et si elle a besoin d'aller aux toilettes ?

— Elle peut se retenir jusqu'à ce qu'on lui apporte son dîner. Margaret est déjà dans tous ses états à cause des bottes ferrées de Norman. Je crois qu'après le dîner, j'en aurai vraiment besoin, de ce verre. (Marian les entraîna à nouveau vers l'escalier.) Je ne sais pas trop quoi vous proposer. Vous avez sans doute envie de retourner à la Poivrière ou de vous balader dans Lenox, mais on dirait qu'un orage se prépare, et dans ces cas-là, les chemins sont de vrais bourbiers. Descendons voir où en est le temps.

Une rafale de vent se brisa sur le bâtiment. Quelque part, en contrebas, des fenêtres vibrèrent.

— Quand on parle du loup, remarqua Marian.

La pluie frappa la façade comme des chevrotines, s'en écarta une seconde, puis revint en une vague continue, plus puissante.

La lumière du fumoir était allumée. Par les fenêtres, on voyait un ciel noir déverser des torrents d'eau sur des pelouses détrempées.

— Au moins, la dernière visite s'est terminée avant que toute une bande d'avocats amateurs demande à se faire rembourser. (Dans le lointain, les arbres se courbaient sous le vent.) C'est une sacrée tempête. (Elle se tourna vers Dart.) Qu'est-ce que vous voulez faire ? On a des parapluies, mais ils ne tiendraient pas une seconde face à ça. Vous pourriez courir jusqu'à la Poivrière pendant une accalmie, seulement vous seriez couverts de boue avant d'arriver.

— De la merde, lâcha Dart. J'ai horreur de me mouiller et la boue me rend dingue.

Au-delà de la pelouse inondée, les arbres tendaient leurs bras vers le ciel.

— On dirait bien que vous êtes coincés ici jusqu'à la fin du dîner. On pourrait sans doute vous trouver des bottes, Norma, mais pour Norman, je ne sais pas. (Marian se frotta le front.) Je demanderai à Tony d'apporter un ciré et une paire de bottes à lui après le dîner. Norma prendra un de mes imperméables. Et ne vous inquiétez pas s'il y a une panne de courant. Nous avons des tonnes de bougies. D'autre part, notre compagnie d'électricité a beau être aux mains d'une bande de bouseux, ils s'arrangent toujours pour remettre le courant environ une heure après la fin de l'orage. Je vous ai promis un dîner très spécial, vous ne serez pas déçus.

— Super.

— Qu'est-ce qui vous tenterait ? J'ai encore un peu de travail à faire dans mon bureau, et ensuite, il faudra que j'aide à la cuisine, alors, vous allez être plus ou moins livrés à vous-mêmes.

— J'aimerais retourner voir Agnes, dit Nora.

— Ça devra attendre un autre jour. (Trois petits traits encadrés par des parenthèses retournées apparurent sur le front de Marian, puis s'effacèrent.) Vous ne vous intéressiez pas aux papiers de Georgina ?

— J'adorerais les voir.

Les archives se trouvaient fatalement dans le bureau du premier étage, et il faudrait bien que Dart aille aux toilettes, à un moment ou à un autre.

— Est-ce qu'un assoiffé pourrait avoir un verre ? s'enquit-il.

— Absolument, dit Marian. Venez avec moi : je vais m'occuper de vous.

Renvoyant ses cheveux en arrière, elle les précéda dans le couloir principal, descendit l'escalier de marbre, et se retourna vers Nora.

— Vous ne voulez pas voir les archives ?

— Elles ne sont pas à l'étage ?

— Elles y étaient, mais un jour, deux écrivains se sont introduits dans le bureau de Margaret. Ensuite, on a tout mis dans la pièce qu'occupait ma secrétaire, à l'époque où j'en avais une.

La jeune femme mena les visiteurs jusqu'à une pièce minuscule, dépourvue de fenêtre, meublée d'un bureau, d'une chaise d'école et d'étagères métalliques à demi couvertes de registres reliés, de fichiers de correspondance et de cartons marqués PHOTOS.

— Je vous apporte votre verre tout de suite, Norman. Vodka, c'est bien ça ? *On the rocks* ?

— J'en rêve.

S'il y avait jamais eu un téléphone dans ce réduit, il avait disparu depuis beau temps, avec la secrétaire de Marian.

93

Dix minutes plus tard, Dart répéta la première chose qu'il avait dite après le départ de Marian. Vautré sur une chaise, les pieds sur une étagère, il remuait du doigt les glaçons au fond de ce qui restait de sa vodka.

— Cette histoire était encore plus chiante que les merdes de Jane Austen.

Nora referma un registre et en prit un autre sur la pile, devant elle. Durant les années vingt et le début des années trente, Georgina avait dépensé beaucoup d'argent en champagne, par l'intermédiaire d'un bootlegger nommé Selden — lequel, après l'abrogation de la loi Volstead, en 1933, avait apparemment ouvert un magasin de vins et de spiritueux. Les registres, modèles de précision en une matière, étaient chaotiques dans la plupart des autres. D'une écriture qui, d'abord droite et gothique, dégénérait au fil des années en pattes de mouches, Georgina consignait le moindre dollar encaissé ou dépensé, mais elle ne faisait aucune distinction entre ses frais personnels et ceux du domaine. Une facture de cinq dollars pour un nouveau stylo-plume en suivait une autre, relative à une dépense de trois cents dollars en bulbes de tulipes. La maîtresse des lieux n'était pas non plus très à cheval sur les dates.

— Soit Agnes a vu Chancel sur le chemin, soit elle a tout inventé, un soir, après avoir siroté trop d'*amontillado*, mais on n'en sera jamais sûr. Vous savez pourquoi ? Shorelands est le Roach Motel de la réalité. La vérité y entre mais n'en ressort jamais, pour une raison qui s'appelle Georgina. Vous croyez vraiment que la mère Weatherall était capable, même avant d'échanger le sherry pour la morphine, de consigner un rapport exact des événements d'une journée ?

— À en juger par l'état de ses comptes, pas vraiment.

— Tous ces romanciers devaient se sentir chez eux. Cet endroit tout entier est une fiction. (Dart éclata de rire, ravi de son mot d'esprit.) Même son nom est mensonger. Ça s'appelle Shorelands et ça n'est même pas au bord de la mer[1]. Le vieux George croyait sa fille belle, géniale et universellement adorée, alors qu'en fait, c'était une idiote chevaline, habillée comme un clown, qui faisait faire leur numéro aux autres en leur offrant le gîte et le couvert. Avoir des écrivains célèbres pour lui faire la cour lui donnait le sentiment illusoire de son importance. Comme elle était incapable de supporter la réalité, elle faisait mine de croire que les cabanes en ruine de ses domestiques étaient des « cottages ». Elle leur a donné tous ces noms à la con. « Je te baptise Maison de Pain d'Épice, je te baptise Raiponce, et tant que j'y suis, je crois que je vais baptiser le marigot, là-bas, Champ de Brume ». Ça vous dit quelque chose ? D'ici deux minutes, on va voir débarquer une gamine en tablier, qui poursuit un lapin en retard pour prendre le thé.

— Je crois que c'est moi, la gamine, soupira Nora.

— Et voilà. Pourquoi Agnes serait-elle différente ? Elle a passé toute sa vie dans cette fabrique d'illusions. Elle n'a aucune idée de ce qui est réellement arrivé à cette fille.

— Je pense que si, objecta Nora, et ce que vous avez dit tout à l'heure m'a donné une idée.

Dart paru une nouvelle fois satisfait de lui-même.

— Je n'y crois pas une seconde, mais comment l'a-t-elle appris, à votre avis ?

1. *Shore* : rive, bord de mer, plage. *(N.d.T.)*

— C'est Georgina qui lui a révélé ce qui est arrivé à Katherine.

— Chapeau pour la logique. La grande dame avouant à une domestique qu'elle a aidé à dissimuler un meurtre. Si c'était bien un meurtre, ce dont je doute également.

— Vous avez entendu Agnes.

— Agnes est clouée au lit, pendant que sa rivale de toujours, Lily Melville, gambade partout en racontant des craques aux touristes. Elle est toute seule dans sa chambre, avec David Henry Thoreau, et elle est persuadée que lui aussi est un menteur.

— On a effectivement besoin d'une bonne dose de réalité, ici, admit Nora.

— Vers onze heures ou minuit, cette nuit, on va en avoir plus qu'on ne pourra en supporter. À part ça, vous avez trouvé quelque chose dans ces bouquins ?

— Pas encore.

Elle prit un autre registre sur la pile. Les écritures commençaient en juin d'une année non spécifiée : le reçu d'un chèque de cinq cents dollars émis par G.W., probablement le père de Georgina, suivi d'une dépense de quarante-cinq dollars et quatre-vingt *cents* en matériel de jardin. La note suivante disait : « 18 juin, $75 —, Selden Liq. Veuve Clicquot. » Le registre était donc postérieur à 1933. L'écriture commençait tout juste de se détériorer.

— Comme vous êtes méticuleuse, Nora-chou.

Dart se pencha vers les étagères et en sortit une des boîtes marquées PHOTOS. Tandis qu'il commençait à y fouiller, Nora tourna les pages. Elle en parcourut encore trois ou quatre sans trouver mention de sommes supérieures à quelques milliers de dollars.

— Agnes n'était pas mal, à l'époque, remarqua Dart. Pas étonnant que Chancel l'ait pelotée.

Il tendit à sa compagne une petite photographie en noir et blanc, sur laquelle elle découvrit une jeune Agnes Brotherhood au visage harmonieux, dont les seins proéminents tendaient l'uniforme noir. La femme de chambre avait sans nul doute été obligée de chasser bien des mains masculines. Nora repassa le cliché à Dart, et à l'instant où il le prit, elle comprit comment Katherine Mannheim était morte. Elle l'avait toujours su sans s'en rendre compte : sa propre vie lui donnait la réponse.

Ébranlée, elle tourna quelques pages au hasard, voyant à peine les inscriptions cryptiques. Une caisse de gin et deux bouteilles de vermouth provenant du magasin ouvert par l'ancien bootlegger de Georgina. « Meds., $28,95. Disc. $55,65. Bte. Mu., $2,00. Mann & Ware, phots., $65. »

— Atendez une seconde, fit Nora. Est-ce qu'une partie de ces photos a été prise par des photographes professionnels ?

— Et comment ! Les photos de groupe.

Dart fouilla dans la boîte et en sortit un cliché 24 x 36 de l'habituel groupe d'hommes en costume et cravate, entourant une impériale Georgina. Au dos, était imprimé le texte : « Patrick Mann & Lyman Ware, Portraits de Qualité, Studios Mann-Ware, 26 Main Street, Lenox, Massachusetts. »

Patrick Mann, Paddy Mann, Paddi Mann.

Lyman Ware, madame Lyno-Wyno Ware, Lena Ware.

Shorelands, *Le Voyage dans la nuit*, Davey Chancel.

Deux photographes qui immortalisaient chaque année le groupe d'invités, deux personnages fictifs, une fan de Driver, déséquilibrée, qui avait poursuivi Davey.

— J'entends une petite abeille bourdonner, tout là-haut, plaisanta Dart.

Elle lui rendit la photo. Une fille qui s'appelait Patricia Mann, Patty Mann, s'était immergée dans le monde de Driver, et était devenue Lena Ware, puis Paddi Mann. Son entrée dans l'univers des fans fous de l'écrivain était en partie due à une pure coïncidence : son nom était aussi celui d'un photographe de Lenox.

Nora se souvint alors que Paddi Mann était la nièce de Katherine Mannheim : les rumeurs familiales l'avaient poussée encore plus profondément dans le monde de Driver. Convaincue que la sœur anticonformiste de son père avait écrit son roman fétiche, elle avait par deux fois tenté de la sortir de l'oubli, allant jusqu'à s'habiller comme elle.

Nora feuilleta le registre. Un nom et un chiffre lui sautèrent soudain aux yeux : « Reçu de L. Chancel : $50.000. »

— Lincoln Chancel lui a donné cinquante mille dollars.

Dart la rejoignit pour étudier l'inscription.

— Il n'y a pas de date. Ça ne prouve certainement pas qu'elle l'a fait chanter. Personne n'aurait pu faire chanter ce vieux salaud.

Nora tourna encore quelques pages.

— Voilà les rénovations. Regardez : cinq cents dollars à un couvreur, deux cents à un peintre. Environ une semaine plus tard, le même peintre en a encaissé deux cents de plus. Mille cinq cents à un maçon. Six cents à B. Smithson, électricien. Encore le peintre. Et tout en bas de la page, le maçon en touche encore mille. Ça n'arrête pas.

— Le vieux scorpion éclusait pas mal de Veuve, non ?

— De veuve ?

— De Veuve Clicquot, espèce d'*ignoramus*. Bon, d'accord, Chancel lui a refilé du fric et elle s'en est servi pour réparer la baraque. Il aimait l'argent, mais ce n'était pas un avare. Il a claqué la moitié de tout ce qu'il a gagné. « Tiens, Georgina, vieux sac à gnôle, voilà cinquante biftons, remets un peu d'ordre dans tes murs et paye-toi deux caisses de Veuve par la même occasion. » C'est ça, qui s'est passé.

— Lincoln Chancel a offert cinquante mille dollars à une femme qu'il devait mépriser ? À une époque où ça représentait quelque chose comme trois ou quatre cent mille dollars d'aujourd'hui ?

— Il était tout sauf mesquin. En plus, il avait deux raisons de se montrer généreux avec Georgina : il voulait la gagner à sa cause politique ; et il avait rencontré Driver grâce à elle. Je parie qu'il avait une bonne idée de ce qu'allait lui rapporter *Le Voyage dans la nuit*. Cinquante mille dollars, c'était de la petite monnaie.

Nora sourit au meurtrier.

— Vous n'avez pas envie de croire que votre héros était victime d'un chantage.

— C'était bel et bien un héros, approuva-t-il. Plus j'en apprends sur ce type, plus il me plaît. Croyez-moi : si quelqu'un avait essayé de le faire chanter, il aurait empoigné sa tronçonneuse.

Il adorait les monstres parce qu'il en était un lui-même, mais sur ce point précis, il avait raison : extorquer de l'argent à Lincoln Chancel n'aurait pas été une sinécure. Quelqu'un frappa à la porte.

— Un deuxième verre, crut deviner Dart. J'adore cette femme.

Marian Cullinan passa la tête à l'intérieur.

— Navrée de vous interrompre, Norma, mais on vous demande au téléphone. Un certain Mr Deodato. (Le faux poète la contempla d'un air las.) Je vais rester ici jusqu'à ce que vous ayez fini.

94

Dart referma la porte de bureau de Marian et murmura :

— Pas de bêtises, d'accord ?

Il désigna le téléphone en souriant. Quand Nora prit le combiné, il se posta auprès d'elle et approcha la tête de la sienne.

— Jeffrey ? fit Nora. C'est gentil de m'appeler.

— On peut dire ça comme ça. J'ai déjà essayé, mais une bonne femme m'a dit que vous étiez en pleine visite guidée. Pourquoi ne m'avez-vous pas téléphoné ?

— Il n'y a pas tellement de téléphones, ici, et j'ai été très occupée. Je suis désolée que vous vous soyez inquiété.

— Vous vous attendiez à quoi ? Bref, j'ai fait l'essentiel du chemin pour vous rejoindre avant d'être bloqué par la pluie. Comment êtes-vous allée à Shorelands ?

— Ça n'a pas d'importance. Quand j'ai vu tous ces policiers, à l'hôtel, je suis sortie par la porte de derrière, et je suis tombée sur un ami qui m'a emmenée. Je m'excuse de ne pas avoir pu vous contacter. Où êtes-vous ?

— Dans une station-service, à la sortie de Lenox. *A priori*, je vais être obligé d'y rester une heure ou deux. Écoutez, Nora : j'ai des choses importantes à vous dire.

— Vous avez dû croiser les flics.

— Qu'est-ce qui vous fait penser ça ? J'ai passé presque toute la journée au poste. J'ai bien cru qu'ils allaient m'arrêter, mais ils ont fini par me laisser partir.

— J'ai vu Davey juste avant de m'en aller. Est-ce qu'il a rencontré votre mère ?

— C'est une des choses dont je veux vous parler. Il est allé chez elle avec les deux agents du FBI. Ç'a été une scène d'anthologie. Il a craqué et s'est mis à pleurer. Même ma mère a été émue. D'après ce qu'elle m'a raconté, rien ne va plus à Westerholm, depuis ce matin. Davey a rapporté à son père ce que vous lui avez dit hier soir, et il s'est fait jeter dehors. Il est complètement démoli. Il veut que vous reveniez. Comme je ne savais pas ce que vous en penseriez, j'ai préféré vous appeler, plutôt que lui, après avoir discuté avec ma mère. J'aurais voulu vous le dire en personne, mais la route est bloquée par l'inondation.

— Plutôt que lui ? Pourquoi auriez-vous appelé Davey ?

— Pour lui apprendre que vous étiez peut-être à Shorelands. Ou bien, ce que je craignais, que Dick Dart avait réussi à remettre la main sur vous.

— Je ne comprends pas.

— C'est parce que vous ne connaissez pas le reste de mes nouvelles. Quand j'arriverai à Shorelands, je suppose que vous voudrez retourner à Northampton. Ou alors, je vous ramènerai dans le Connecticut, si vous préférez.

Dart tira son couteau de sa ceinture et l'agita devant le visage de Nora.

— Du calme, Jeffrey. Il faut que je passe la nuit ici, et je ne veux pas que vous veniez avant demain. Je suis désolée, mais c'est comme ça. Comment pourrais-je retourner dans le Connecticut, de toute manière ?

— Eh bien, c'est assez bizarre, mais tout est arrangé, répondit le majordome. Vous n'êtes plus recherchée.

Elle sentit le regard de Dart peser sur elle.

— Qu'est-ce qui s'est passé ? Et comment le savez-vous ?

— Ma mère. Personne n'a encore tout à fait compris, mais un des agents du FBI a affirmé que Natalie Weil s'était rétractée. Elle a dit aux flics que, finalement, vous ne l'aviez pas kidnappée.

— On ne m'accuse plus de rien ?

— Pour autant que je le sache. Tout est très embrouillé, mais je crois qu'elle a expliqué qu'elle s'était trompée, ou quelque chose comme ça, et qu'elle était désolée de vous avoir impliquée.

Le regard de Dart se fit dur, soupçonneux.

— Je n'y comprends rien, avoua Nora.

— J'ai l'impression que Mrs Weil a stupéfié pas mal de monde, mais en ce qui vous concerne, c'est une bonne nouvelle. Tout ce que veulent les flics, à présent, c'est vous parler de Dick Dart. Aussi incroyable que ça paraisse, il est sorti de Northampton en volant une Duesenberg de collection.

— Non ? Vraiment ?

— Pourquoi ne pourrais-je pas passer vous prendre le plus tôt possible, et vous emmener où vous voulez ?

— Je sais que ce n'est pas très commode pour vous, mais je veux rester ici pour terminer ce que j'ai commencé.

— Je dois attendre la fin de l'orage dans la station-service, et ensuite, repartir pour Northampton ?

Jeffrey paraissait totalement abasourdi.

— J'aimerais qu'il y ait un meilleur moyen.

— Moi aussi. Vous voulez bien m'appeler demain ? Je devrais être chez ma mère à partir de huit heures du matin.

— Je vous appellerai.

— Est-ce que je préviens Davey que vous allez bien ?

— Non, je vous en prie.

— Vous devez être sur une piste très intéressante pour vouloir rester là-bas.

— Je sais que vous méritez mieux que ça. Vous êtes mon ami, Jeffrey.

— Ai-je gagné le droit de vous donner un conseil ?

— Largement.

— Quittez-le. Il ne sera jamais autre chose que ce qu'il est en ce moment, et ça n'est pas assez bien pour vous.

— Au revoir, Jeffrey.

Dart reposa le combiné.

— J'ai l'impression que vous lui avez brisé le cœur. Jeffrey voulait passer la nuit avec ma Nora-chou à moi. Mais parlons d'un sujet plus important. Natalie s'est rétractée. Vous ne l'aviez pas kidnappée, cette petite pute, finalement. (Ses mains tracèrent des cercles près de ses tempes.) La malédiction de Shorelands continue de frapper. On patauge dans les mensonges. (Il promena la pointe du couteau sous le menton de Nora.) Aidez-moi à m'en sortir.

— Je ne l'explique pas. (Elle leva la tête, et Dart la piqua légèrement, fendant la peau sans la couper tout à fait.) Vous l'avez entendu : personne ne comprend rien à ce que dit Natalie.

— Faites un petit effort.

— Elle est sous calmants depuis plusieurs jours. Je crois qu'elle ne se rappelle même pas ce qui est arrivé. En plus, elle se drogue. Davey m'a dit que les flics ont trouvé de la cocaïne chez elle.

— Quelle aventurière !

— Elle ne se rappelle peut-être pas ce que j'ai fait, ou alors elle a une bonne raison de mentir. Je n'en sais rien et je m'en fiche. Moi, j'allais la tuer.

Il lui caressa la joue.

— Ces menaces de visites inattendues me rendent nerveux. Laissez-moi vous expliquer ce que je veux faire cette nuit. Tout va bien se passer. Papa a un nouveau plan.

95

Un peu après dix-huit heures, Marian revint les prévenir que le dîner serait prêt quelques minutes plus tard. Elle avait mis un rouge à lèvres rose pâle et s'était souligné les yeux d'un trait de crayon. Une fine chaîne en or tombait sur sa clavicule à la manière d'un serpent apprivoisé.

— J'espère que vous avez encore faim, lança-t-elle à Dart, lequel s'ennuyait, et était contrarié de ne pas s'être vu offrir un deuxième verre.

— J'ai toujours faim. J'ai aussi tendance à avoir soif.

— Est-ce que c'est un appel du pied ? Margaret a ouvert une bouteille, et je pense que vous apprécierez son choix.

— Une seule ? (Il tendit son verre.) Et si vous garantissiez notre bonne humeur en vous arrangeant pour qu'au moins une bouteille de plus accompagne le repas ?

La jeune femme prit le verre avec un sourire un peu forcé et passa derrière Nora.

— Vous avez appris des choses intéressantes ?

Nora avait trouvé la trace de deux autres paiements effectués par Lincoln Chancel, un de trente mille dollars et l'autre de vingt mille. Les deux avaient été suivis de commandes à couturiers, modistes et fabricants de tissus, ainsi qu'à l'éternel Selden. Après avoir dépensé l'essentiel des premiers cinquante mille dollars pour Shorelands, Georgina s'était réservé les seconds.

— Je progresse.

— Si vous voulez, vous pourrez revenir après le dîner.

Cette suggestion s'accordait parfaitement avec les nouveaux projets de Dart pour la nuit.

— Merci, se força à répondre Nora. C'est une offre dont je profiterai peut-être.

— J'ai intérêt à m'occuper de votre assoiffé de mari, sinon il ne sera pas de bonne humeur.

— Bien vu, approuva Dart. Et à propos d'humeur, où en est celle de Lady Margaret ? Est-ce qu'elle a rebondi ?

— Margaret ne rebondit pas, dit Marian, mais je pense que nous avons encore l'espoir de passer une soirée civilisée.

— Ennuyeux. Vautrons-nous dans la fange.

— Je ferais mieux de me dépêcher, avec ce verre.

Le lustre était éteint. La seule illumination de la pièce provenait d'appliques et de bougies posées dans de grands chandeliers en argent. Cinq assiettes en porcelaine bleu et or ouvragée avaient été disposées sur la table. Les flammes se reflétaient sur les chauffe-plats en plaqué argent et les fenêtres sombres. Une pluie invisible martelait la pelouse. Margaret Nolan et Lily Melville se tournèrent vers Dart et Nora, l'une avec une expression bienveillante, quoique assez neutre, l'autre avec un sourire ravi. La vieille femme dansait sur place, les mains croisées devant elle.

— Cet orage est monstrueux, soupira-t-elle. Encore heureux qu'il n'ait pas commencé pendant la visite guidée !

— La pluie a été inventée par les suppôts de Satan, plaisanta le meurtrier.

— Les orages me font peur, surtout le tonnerre et les éclairs. J'ai toujours l'impression qu'il va arriver quelque chose de terrible.

— Il ne se passera rien de terrible ce soir, affirma Margaret en s'approchant des arrivants. À part la panne de courant habituelle, et nous avons tout ce qu'il faut pour la pallier. Nous allons passer une excellente soirée. N'est-ce pas, Mr Desmond ?

— Mais certainement.

Elle se tourna vers Nora.

— Marian dit que vous avez exploré nos vieux registres dans le cadre d'un projet en rapport avec Hugo Driver. J'espère que vous nous ferez profiter de vos lumières.

Margaret était prête à ignorer les provocations de Dart en raison de l'affluence que pourraient susciter des congrès sur Driver. Nora se demanda ce qu'elle pouvait lui confier de l'influence de Shorelands sur *Le Voyage dans la nuit*.

— Où est passée Marian ? Nous nous attendions à la voir arriver avec vous.

— Elle prépare une libation, répondit Dart.

Margaret haussa les sourcils.

— Nous avons un bon châteauneuf pour l'entrée, et quelque chose que je considère comme exceptionnel, un château talbot 1970, pour le plat. Qu'avez-vous prié Marian de vous apporter ?

— Une double-vodka. Pour remplacer celle qu'elle a oubliée.

— Vous êtes un poète de la vieille école, Mr Desmond. Et vous, Mrs Desmond ? Un verre de vin blanc ? Il est très correct.

— De l'eau minérale, s'il vous plaît, demanda Nora.

Margaret s'approcha des bouteilles, tandis que Marian entrait à la hâte, avec un verre plein.

— J'espère que ça ne vous ennuiera pas, Margaret, dit-elle en le donnant à Dart, mais Norman avait l'impression que la bouteille de talbot ne suffirait pas, alors j'ai jeté un coup d'œil, et j'ai ouvert un beaujolais. Il est sur le plan de travail, à la cuisine.

Margaret Nolan médita cette déclaration, qui contenait un détail non formulé : la deuxième bouteille coûtait dix fois moins cher que la première. Elle jeta au faux poète un coup d'œil évaluateur. Il se para d'une expression d'innocence angélique et avala la moitié de sa vodka.

— Très bien raisonné, Marian. Tout ce que notre invité ne boira pas pourra aller au vinaigre. Je vous en prie, servez-vous.

La jeune femme se versa un verre de vin blanc.

— J'ai appelé Tony. Je lui ai demandé d'apporter un imper, pour Norman, et de le laisser dans l'entrée. Le téléphone risque d'être coupé, et il faudra bien que ce pauvre homme retourne à la Poivrière. Je prêterai quelque chose à Norma.

— Encore une décision intelligente, approuva la directrice. Puisque vous appelez nos hôtes par leur prénom, je pense que nous devrions tous en faire autant. Cela vous convient-il ?

— Tout à fait, Maggie.

Dart porta son verre à ses lèvres et engloutit le reste de sa vodka

Avec une parfaite courtoisie, Margaret leur indiqua leurs places : elle-même au bout de la table, Norman à sa droite, Norma en face de lui, Marian près de Norman, Lily de Norma.

— Je vous en prie : approchez-vous du buffet et servez-vous l'entrée. Quand nous serons installés, je vous parlerai du repas, ainsi que de certains aspects de cette pièce merveilleuse qui sont laissés de côté pendant la visite officielle. Vous voulez bien commencer, Lily ?

La vieille femme trottina jusqu'au buffet. Elle retira le couvercle d'un plat ovale, posé près d'un panier empli de petits pains. De chaque côté d'un pâle monticule de fromage en lamelles, reposaient des poivrons cuits, pelés et tranchés, rouges à gauche, verts à droite, flanqués d'olives noires et surmontés d'anchois. Des œufs durs coupés en quatre avaient été disposés aux deux bouts du plat. Une odeur d'ail et d'huile montait des poivrons. Lily prit une petite assiette au sommet d'une pile et la montra à Dart.

— C'est la porcelaine personnelle de Georgina. Du Wedgwood.

— Le modèle « Florentine », approuva Dart. Un de mes préférés.

— Vous savez vraiment tout, Norman.

— Même les bêtes ont la capacité d'apprendre.

La vieille femme se servit de minuscules portions des deux sortes de poivrons, quelques olives et un unique morceau d'œuf dur. Dart prit la moitié des poivrons rouges en ignorant les verts, la plupart des olives, la moitié des œufs et du fromage, et ne laissa que trois anchois. Au sommet de l'ensemble, il déposa un pain de dix centimètres de long. Les autres le suivirent, choisissant parmi ce qui restait.

Le faux poète s'assit, adressa un clin d'œil à Lily, et emplit son verre du vin blanc pris dans le seau à glace.

Margaret prit place à table et considéra longuement l'assiette de son voisin.

— Miss Weatherall appelait ça son « plateau méditerranéen ». Monty Chandler cultivait les poivrons et un tas d'autres choses dans un petit jardin près du Manoir.

Tandis qu'elle parlait, Dart engloutit les poivrons, dévora les œufs durs, chargea les tranches de fromage sur de gros morceaux de pain, et les malaxa avec ardeur. Comme elle se taisait, il prit une bouchée de pain, puis une gorgée de vin pour l'humidifier, et claqua des lèvres.

— Bizarre, ce fromage.

— Syrien, lui apprit la directrice, qui le regardait manger avec gravité. Nous l'achetons dans une épicerie fine, mais Miss Weatherall le commandait à un importateur de New York. Rien n'était trop bon pour ses invités. (Dart agita la bouteille.) Oui, s'il vous plaît.

Il lui versa un demi-verre, puis remplit celui de Marian.

Une rafale de vent frappa la maison à l'instar d'une main géante. Lily froissa sa serviette entre ses mains.

— Allons, Lily, vous avez survécu à des centaines de nos orages, lui reprocha Margaret. Celui-là n'est pas aussi fort qu'il en a l'air, puisqu'on a encore de l'électricité.

À cet instant, les appliques s'éteignirent. Les flammes des bougies se reflétèrent plus intensément sur les vitres sombres, et une nouvelle fois, le vent fit vibrer les fenêtres.

— J'ai parlé trop tôt, remarqua la directrice. Mais ce n'est pas une raison, Lily : arrêtez de trembler comme ça. Vous savez bien que la lumière va revenir.

— Je sais.

La veille femme glissa les mains entre les cuisses et baissa la tête.

— Mangez.

Lily se contraignit à porter une olive à sa bouche.

— Vous devriez peut-être monter une bougie à Agnes, Marian. Elle a déjà dîné ?

— Si on peut appeler ça dîner. Ne vous en faites pas, je m'en occupe. Et je vais rapporter d'autres bougies, pour qu'on voie ce qu'on a dans l'assiette.

— Vous voulez bien vérifier aussi le téléphone ? (Margaret se tourna vers Dart.) Le problème, quand on habite ce genre d'endroit, c'est que si le courant saute, la moitié du temps, le téléphone est coupé aussi. Ils sont trop pingres pour enterrer les lignes.

— C'est le problème de la démocratie, remarqua le faux poète. On n'est pas gouverné par les gens qu'il faudrait.

Margaret lui jeta un regard indulgent.

— Oh, c'est vrai : vous partagez le goût de Georgina pour les dirigeants à poigne, n'est-ce pas ?

Lily releva la tête, un instant distraite de sa terreur.

— J'y ai réfléchi. C'est vrai. La maîtresse disait que les nations fortes devaient être dirigées par des hommes forts. C'est pour ça qu'elle aimait bien M. Chancel. Ça, c'était un homme puissant, disait-elle. Il aurait fallu quelqu'un comme lui pour nous gouverner.

Dart lui adressa un large sourire.

— Bravo, Lily, vous avez retrouvé le monde des vivants. Je suis tout à fait d'accord avec votre maîtresse. Lincoln Chancel aurait fait un excellent président. Il nous faut un homme capable de tenir les rênes. J'ose dire que je pourrais moi-même m'en tirer fort bien.

— Vraiment ? fit la directrice.

Il s'appropria le reste du vin blanc.

— La peine de mort pour quiconque aurait la stupidité de se faire prendre en train de commettre un crime. Et sur-le-champ : une bonne piqûre dans le bras pour assainir la race. Des exécutions publiques, télévisées en direct. On retransmet bien les procès. Montrons ce qui se passe après. Abolition de l'impôt sur le revenu, histoire que les gens compétents arrêtent de payer pour les autres. Gérer les écoles à la méthode commerciale. Plutôt que des notes, donner des récompenses en espèces, subventionnées par les industriels. Et ainsi de suite. Maintenant qu'on s'est occupé de la salade, on pourrait peut-être plonger sous les couvercles que je vois là-bas ?

— Il m'apparaît qu'une conversation comme celle-ci, empreinte d'une fantaisie débridée, doit ressembler à celles qui se déroulaient ici du vivant de Georgina Weatherall, remarqua Margaret. Ce n'est pas votre avis, Lily ?

— Oh, si, approuva la vieille femme. À entendre parler certains de ces messieurs, on aurait cru qu'ils avaient complètement perdu la tête.

— Un des tableaux que vous voyez était bel et bien ici à cette époque-là. Avec le portrait de son père, dans l'escalier, c'est tout ce qui reste de la collection de Georgina. Vous devinez duquel il s'agit ?

— De celui-là.

Nora désignait le portrait d'une femme dont le visage familier se dessinait sous un chapeau rouge ayant la taille et la forme d'une citrouille de comice agricole.

— Exact. Miss Weatherall, bien sûr. Je trouve que cette peinture fait ressortir toute sa force de caractère.

Marian revint, portant un bougeoir dans chaque main et un autre coincé contre chacun de ses flancs.

— Vous pouvez enlever les assiettes à hors-d'œuvre et me passer les autres pour que je puisse servir le plat, Marian ? Comment va cette pauvre Agnes ?

— Elle est surexcitée, et je ne comprends pas pourquoi. (La jeune femme commença à ramasser les assiettes.) Le téléphone est coupé. Je suppose que la ligne sera rétablie demain matin.

— J'aimerais beaucoup revoir Agnes, intervint Nora.

Margaret souleva un couvercle en argent, révélant ce qui évoquait une grande miche de pain. Des particules vertes en parsemaient la croûte.

— Je suis sûre que Lily et moi pouvons vous être aussi utiles. Qu'est-ce que c'est, votre projet. Un livre ?

— Un jour, peut-être. Je m'intéresse à une certaine période de l'histoire de Shorelands.

La directrice commença à découper la miche. Après deux coups de couteau rapides, elle déposa une petite portion sur la première assiette de la pile. De fines tranches de viande brune, nappées d'une sauce épaisse, apparurent sous l'enveloppe pâtissière. Margaret y ajouta les petits pois sortant de l'autre plat.

— Il y a des biscuits au babeurre dans le panier. Vous voulez bien passer ça à Lily, Norma ?

Dart jeta un coup d'œil soupçonneux à la garniture.

— Qu'est-ce que c'est que ce machin ?

— Tourte au poireau et au lapin, avec petits pois au beurre. Le lapin est en sauce au *beurre manié*, et je suis sûre d'avoir retiré toutes les feuilles de laurier.

— On mange un *lapin*[1] ?

— Et un gros. On a eu de la chance de le trouver. (Elle servit une autre assiette.) Autrefois, Monty Chandler en prenait trois ou quatre par semaine, n'est-ce pas, Lily ?

— C'est exact, répondit la vieille femme en se penchant pour humer son assiette.

— Vous voulez bien apporter le talbot, Marian ?

Comme Margaret emplissait les dernières assiettes, Marian versa du vin dans quatre verres.

Dès qu'elles furent assises, Dart prit une bouchée de son plat et mastiqua quelques instants d'un air soupçonneux.

— Ça a plutôt bon goût pour de la vermine.

La directrice se tourna vers Nora.

1. Beaucoup d'Américains considèrent le lapin comme un animal familier. En manger est pour eux un acte barbare. *(N.d.T.)*

— Je crois savoir que vos recherches se concentrent sur Hugo Driver, Norma.

Nora aurait aimé être capable d'apprécier à sa juste valeur ce qui était un des meilleurs repas de sa vie.

— Oui, mais je m'intéresse aussi aux autres écrivains présents le même été. Merrick Favor, Creeley Monk, Bill Tidy et Katherine Mannheim.

Lily Melville fit la grimace en regardant son assiette.

— Ils sont plutôt obscurs. Vous vous souvenez d'eux, Lily ?

— Et comment ! Mr Monk était un être détestable. Mr Favor était aussi beau qu'un acteur de cinéma. Mr Tidy se sentait comme un poisson hors de l'eau et ne se mêlait pas aux autres. Il n'aimait pas la maîtresse, mais à tout le moins, il ne le montrait pas. Pas comme *elle*. *Elle*, elle ne se gênait pas. (La vieille femme lança à Nora un regard brûlant.) Elle a abusé la maîtresse et Agnes, mais pas moi. Quoi qu'il lui soit arrivé, à celle-là, c'était mieux que ce qu'elle méritait.

La haine qui vibrait dans sa voix, soignement préservée pendant des dizaines d'années, était celle de Georgina. Là aussi, résidait le véritable Shorelands.

Margaret avait également remarqué ce sentiment, mais n'avait aucune idée de son origine.

— Je ne vous avais encore jamais entendu parler ainsi de qui que ce soit, Lily. Qu'a donc fait cette personne ?

— Elle a insulté la maîtresse. Ensuite, elle s'est enfuie, et en volant quelque chose.

La compréhension se fit jour sur le visage de la directrice.

— Ah, c'est l'invitée qui a organisé sa mystérieuse disparition. Est-ce qu'elle n'a pas volé un Rembrandt ?

— Un Redon, corrigea Nora.

— À vous donner la nausée, renchérit Lily. Une femme toute noire, avec une tête d'oiseau. Et dégoûtante, avec ça : on lui voyait les parties intimes. Ça me faisait penser à *elle* et ça, c'est la vérité.

— Nous devrions peut-être oublier cette malheureuse personne et nous concentrer sur Driver, Norma. D'après Marian, vous pensez que Shorelands a inspiré *Le Voyage dans la nuit*. Vous pourriez m'expliquer en quoi ?

Nora fut heureuse d'avoir tout juste pris une bouchée de tourte au lapin, car cela lui donnait un moment de répit. Il lui fallait inventer quelque chose. Prince Soir était une caricature de Monty Chandler ? La Maison de Pain d'Épice le modèle de la cabane de la Porteuse de Tasse ?

Une rafale hurla derrière les fenêtres.

Un peu plus tôt, pendant la visite guidée, elle avait senti... à demi senti... elle s'était rappelé...

— On devrait aller voir les Piliers du Chant, déclara Marian. Vous imaginez le bruit qu'ils doivent faire, en ce moment ?

Lily frissona.

Une porte s'ouvrit dans l'esprit de Nora, qui comprit exactement ce qu'avait voulu dire Paddi Mann.

— Les Piliers du Chant sont un bon exemple de la manière dont Driver a utilisé Shorelands, affirma-t-elle. (Dart reposa sa fourchette et lui sourit.) Il a emprunté plusieurs aspects de la propriété pour son livre. Personne ne s'en est aperçu, parce que la plupart des fans de Driver vivent dans un monde à part. D'un autre côté, c'est un écrivain qui n'a jamais tellement attiré les universitaires, et les gens qui connaissent le mieux Shorelands, comme vous, ne pensent pas très souvent à lui.

— Je n'y pensais jamais, admit Margaret, mais je crois que je vais rattraper le temps perdu. Qu'est-ce que nous n'avons pas remarqué, à votre avis ?

— Les noms, répondit Nora. Marian vient de parler des Piliers du Chant. Driver les a mis dans *Le Voyage dans la nuit*, et il les a appelés les Pierres de Layr. Layr, le chant. Il a transformé le Champ de Brume en Champ de Vapeur. Quant au Val du Mont...

— Le Val du Mont, le Vallon de Monty. (La directrice la regardait fixement.) Seigneur, mais c'est vrai. C'est merveilleux. Pensez à tous les gens qui vouent un culte à ce livre. Resservez-vous du vin, Norman. Votre femme vous en a donné le droit. Marian, allez chercher cette bouteille de beaujolais, et apportez aussi le champagne qui est au réfrigérateur. Nous étions censés célébrer Georgina Weatherall, et, par tous les diables ! c'est ce que nous allons faire.

La jeune femme se leva.

— Vous voyez ce que je voulais dire en parlant de congrès Driver.

— Je vois plus que ça. Je vois une *semaine* Driver. Je vois des T-shirts Hugo Driver s'arracher dans la boutique de souvenirs. Dans quel cottage était logé ce noble individu durant son séjour ici ?

— Raiponce.

Lily marmonna quelque chose que Nora ne comprit pas.

— Donnez-moi trois semaines, et je transforme Raiponce en un sanctuaire Hugo Driver. Nous allons en faire le centre de l'univers Driver.

— Il n'était pas noble, murmura la vieille femme.

— Il l'est maintenant, Lily. C'est une occasion en or. Et vous, vous êtes l'une des rares personnes vivantes à avoir connu le grand Hugo Driver. Tout ce que vous pouvez vous rappeler à son sujet vaut son pesant d'or. Était-il désordonné ? On pourra balancer des chaussettes et des feuilles de papier froissé dans la pièce. Est-ce qu'il buvait trop ? On posera une bouteille de bourbon sur le bureau. (Lily avala une gorgée de vin, maussade.) Allons, dites-moi. Qu'est-ce qui n'allait pas, chez lui ?

— Tout.

— Ça ne peut pas être vrai.

— Vous n'y étiez pas. (Elle regarda Margaret avec un soupçon de défi.) Il était sournois. Désagréable avec les domestiques. Et c'était un voleur.

Marian réapparut, chargée de bouteilles et d'un deuxième seau à glace.

— Qui était un voleur ?

— On risque d'avoir à réhabiliter Mr Driver un peu plus que nos sommités habituelles, l'informa Margaret.

— Vous saviez qu'il volait ? demanda Nora à Lily.

— Bien sûr que je le savais. Il a prit des bibelots en argent dans cette pièce même. Un cendrier en marbre dans le fumoir. Deux taies d'oreiller et une paire de draps dans Raiponce. Des livres dans la bibliothèque. Et il volait aussi les autres invités. Mr Favor a perdu un stylo-plume tout neuf. Cet homme était une vraie calamité, voilà ce que c'était.

Le bouchon du Veuve Clicquot s'échappa avec une détonation satisfaisante.

— Nous devrions peut-être reconsidérer notre position sur Mr Driver, remarqua Marian.

— Vous plaisantez ? On va polir cet individu jusqu'à ce qu'il brille comme de l'or, oui ! Et si vous ne voulez pas vous en charger, on demandera à Agnes de s'en occuper.

— Elle refusera. (Lily acheva son verre de vin.) La moitié de ce que je viens de vous dire, c'est d'elle que je le tiens. Je veux du champagne, moi aussi.

— Qu'a-t-il volé d'autre, Lily ? demanda Nora. (La vieille femme regarda un emplacement sur le mur, au-dessus de la tête de son interlocutrice, puis poussa sa flûte vers Marian.) Le dessin, n'est-ce pas ? Le Redon disparu. Celui que vous n'aimiez pas.

Lily lui lança un coup d'œil malheureux.

— Je ne vous l'ai pas dit. Je n'en avais pas le droit, et je ne l'ai pas fait.

Margaret but une gorgée de champagne. Son regard empli d'une grande perplexité passait de l'ancienne femme de chambre à Nora.

— Il y a deux minutes, vous disiez que c'était cette Mannheim qui avait volé le tableau.

— C'est ce que j'étais censée dire.

— Qui vous l'avait ordonné ?

Lily but à nouveau un peu de champagne et ferma la bouche. Ce fut Nora qui répondit :

— La maîtresse, bien sûr. (La vieille femme la considérait presque avec crainte. Dart eut un petit rire joyeux et se resservit de la tourte au lapin.) Elle le savait, parce qu'elle avait vu le tableau dans Raiponce, le soir où Miss Mannheim a disparu. (Lily hocha la tête.) Quand vous en a-t-elle parlé ? Et pourquoi ? Vous devez lui avoir demandé si c'était Hugo Driver, et non Miss Mannheim, qui avait volé le tableau.

Nouveau hochement de tête.

— C'était pendant qu'elle était malade.

— À l'époque où il n'y avait plus d'invités, et où elle ne quittait presque plus sa chambre. Agnes Brotherhood passait beaucoup de temps avec elle...

— Ce n'était pas juste, déclara Lily. Agnes ne l'a jamais aimée comme moi. C'était sa sœur, Emma, qui servait de femme de chambre à la maîtresse, mais quand Emma est morte, Miss Georgina a voulu Agnes. Elle ne la connaissait pas vraiment : c'est juste que les deux sœurs se ressemblaient. Moi, je me serais mieux occupée d'elle. J'ai essayé, d'ailleurs, mais il n'y en avait que pour Agnes, Agnes, Agnes.

— Alors, c'est Agnes qui vous a parlé du tableau la première ?

Margaret, le menton dans les mains, suivait les questions et les réponses à la manière d'un spectateur de match de tennis.

— Elle est sortie de la chambre de la maîtresse, et quand j'ai vu la tête qu'elle faisait, j'ai voulu savoir ce qui n'allait pas, parce qu'elle avait l'air bouleversée. Elle a voulu me chasser, mais je lui ai demandé si Miss Georgina avait un problème. « Rien qu'on puisse arranger, » elle a dit. J'ai continué de l'interroger, je ne l'ai pas laissée en paix, et elle a fini par se poser la main sur les yeux et par avouer : « J'avais raison, pour Miss Mannheim. Pendant tout ce temps, j'ai eu raison. » Quoi ? Cette espèce de petite grue, qui se moquait de la maîtresse et qui avait volé le dessin ? « Ce n'est pas elle, » a répondu Agnes. « C'est Mr Driver. » Elle s'est mise à rire, mais ce n'était pas vraiment un rire, et elle a dit que si je ne la croyais pas, je n'avais qu'à monter demander à la maîtresse.

— Et vous l'avez fait, supposa Nora.

Lily acheva son verre et frissonna.

— Je suis entrée, je me suis assise auprès d'elle, et je lui ai touché les cheveux. Elle m'a dit : « J'imagine qu'Agnes n'a pas pu s'empêcher de bavarder. » C'était comme avant sa maladie : elle avait les yeux pleins de vie. Je lui ai dit qu'Agnes m'avait menti, et je lui ai raconté. Alors, elle m'a coupé, et elle a dit : « Non, Agnes n'a pas menti. C'est Mr Driver qui a pris le dessin. » Elle le savait parce qu'elle l'avait vu dans sa chambre, dans Raiponce. « Pourquoi êtes-vous allée dans sa chambre ? » j'ai demandé, et elle m'a répondu : « Je me conduisais en digne fille de mon père. On pourrait même dire que je me conduisais comme Lincoln Chancel. » « Vous n'auriez pas dû le laisser le prendre, » je lui ai-je reproché, et elle a répondu : « Mr Chancel a payé cent fois le prix de cet affreux gribouillis. Appelez Agnes. » C'est ce que j'ai fait. Le lendemain, la maîtresse m'a dit qu'elle n'avait plus les moyens de payer mes pages et qu'elle allait devoir me renvoyer, mais que je ne devais jamais raconter à personne qui avait vraiment volé le dessin. Et je ne l'ai jamais fait, pas même aujourd'hui.

— Vous ne l'avez pas dit : j'ai deviné, approuva Nora.

— Seigneur, soupira Margaret. C'est une histoire bien étrange, mais je ne vois là rien d'embarrassant pour nous. Et vous, Marian ?

— Mr Chancel a acheté le dessin, acquiesça l'interpellée. Hugo Driver l'a emprunté avant que le paiement soit effectué, voilà tout.

— J'adore ça, déclara Dart.

— Si les héritiers de Driver acceptaient de nous prêter le croquis, nous pourrions l'accrocher dans Raiponce et l'intégrer à toute l'histoire du *Voyage dans la nuit*. (Margaret lança à Lily un regard emprunt de tendresse et de sévérité.) Je sais que vous n'aimiez pas l'individu, mais c'est un problème que nous avons déjà rencontré. Marian, vous et moi pourrons inventer tout un tas d'anecdotes amusantes sur Mr Driver. Ça va être une véritable aubaine pour le Shorelands Trust. Encore du champagne, Norman ? Et comme dessert, nous avons des petits vacherins. Des délicieuses meringues fourrées à la crème glacée et nappées de coulis de fruit. Merveille des merveilles, Mr Baxter, le pâtissier de Lenox, avait justement des meringues fraîches, ce matin, et Miss Weatherall adorait les vacherins.

— Je suis partant, opina Dart.

— Vous voulez bien vous en occuper, Marian ?

La jeune femme quitta une nouvelle fois la pièce. En passant derrière le faux poète, elle lui tapota le dos.

— Je ne me sens pas bien, déclara Lily, dès qu'elle eut refermé la porte.

— La journée a été longue, admit Margaret. Nous vous garderons du dessert.

L'ancienne femme de chambre se leva, vacillante. Dart bondit de sa chaise pour lui ouvrir la porte et l'embrasser sur la joue quand elle sortit. Lorsqu'il se rassit, Margaret lui sourit.

— Lily a eu quelques problèmes ce soir, mais elle fera son travail aussi bien que d'habitude pendant les célébrations Driver. Moi, je ne vois pas ce qui pourrait nous empêcher de réussir. Et vous ?

— À part une intervention divine, approuva Dart en remplissant son verre de vin.

Marian revint avec un plateau de petits vacherins et une deuxième bouteille de champagne.

— Malgré les jérémiades de Lily, j'ai l'impression que nous avons quelque chose à fêter. J'espère que ça ne vous ennuie pas, Margaret.

— Pas pour moi, mais ne vous gênez pas, répondit la directrice. (Pourtant, quand les desserts eurent été distribués, et que la jeune femme fit un tour de table pour verser du champagne, elle permit qu'on remplît une dernière fois son verre.) Je me demandais si vous auriez la gentillesse de réciter un de vos poèmes, Mr Desmond. Vous entendre serait un honneur.

Dart but une grande gorgée de champagne, avala une bouchée de glace et de meringue, se rinça à nouveau le gosier, puis bondit sur ses pieds.

— J'ai composé ce poème dans la voiture, tandis que nous roulions vers ce paradis des arts littéraires. J'espère qu'il vous touchera toutes d'une manière ou d'une autre. Il s'intitule : « Dans De ».

Adieu, bonheur — monde est, sont,
concupiscent mort eux mais aucun
son puis-je, malade, dois —
Seigneur, pitié nous !

Hommes, pas fortune, impossible
toi physique, doit tous pour es
le plein va je malade dois —
Seigneur, pitié nous !

Beauté mais fleur
rides dévore tombe les Reines
mourut et poussière referma l'œil ;
suis-je mouru ?
Prends de !

Force dans tombe nourrit épées Hector,
pas avec terre la retient.
Viens !
le fait, je,
malade, dois —
Seigneur, pitié nous !

Son regard fit le tour de la table.

— Qu'est-ce que vous en pensez ?

— Je n'ai jamais rien entendu de pareil, avoua Margaret. La syntaxe est tordue, mais le sens est parfaitement clair. Un homme implore la pitié alors qu'il ne s'attend pas à en recevoir. Ce que je trouve le plus remarquable, c'est que ce poème me semble étrangement familier, alors que je le découvre.

— Ceux de Norman font souvent cet effet-là, assura Nora.

— On dirait une œuvre réduite à son essence profonde, continua la directrice. Vous avez parlé à Norman de nos séminaires de poésie, Marian ?

— Pas encore, mais le moment est bien choisi. Est-ce que vous accepteriez de revenir pour une lecture, Norman ?

Une nouvelle fois, la jeune femme venait sans le savoir de favoriser les projets de Dart pour la nuit. Il fit mine de réfléchir à la question.

— Il faudra voir ça ce soir. Le seul problème, c'est que j'ai besoin de mon agenda et qu'il est dans la chambre. Mais si vous décidez que vous avez envie d'un dernier verre, vous n'aurez qu'à passer un peu plus tard.

— Pour que mon agenda discute avec le vôtre ? Oui, je pourrais tout à fait faire ça.

— Ah, les jeunes, soupira Margaret. Vous allez parler de tout un tas de choses pendant des heures, alors que moi, je vais m'endormir dès que je serai au lit. Mais avant, Marian, j'aurai besoin de vous à la cuisine.

— Je vais vous aider, proposa Nora. C'est le moins que je puisse faire.

— Certainement pas, trancha la directrice. Marian et moi pouvons nous occuper de tout en une demi-heure. N'importe qui d'autre ne ferait que nous gêner.

— Il n'est que sept heures et demie, chère Margaret, lui fit remarquer Dart. Vous n'allez tout de même pas aller vous coucher juste après la vaisselle ?

— J'aimerais le pouvoir, mais j'ai encore au moins une heure de travail qui m'attend dans mon bureau. Venez, Marian, emportons les couverts et mettons-nous à l'ouvrage.

Dart jeta un coup d'œil à Nora, qui déclara :

— Je voudrais encore un peu éplucher les archives et les photos, Marian, mais j'aimerais d'abord me reposer un peu. Vous croyez que vous pourriez me donner une clef ? Comme ça, vous n'auriez pas besoin de vous interrompre à tout bout de champ pour m'ouvrir.

— Il n'y a qu'à laisser la porte ouverte, proposa Margaret. Ici, on ne risque rien. Quand comptez-vous revenir ?

— Peut-être vers neuf heures. L'orage devrait être terminé. Je pourrai m'avancer un peu dans mon travail pendant que Marian et Norman tenteront d'accorder leurs emplois du temps.

— Oh ? (La jeune femme jeta un coup d'œil à Dart.) Ça me convient. Je laisserai la lumière allumée en bas, et je viendrai à la Poivrière vers neuf heures. C'est bon, pour vous ?

— Parfait, acquiesça Dart. Vous n'aviez pas parlé de vêtements de pluie ?

— Je m'en occupe tout de suite.

Marian quitta la pièce, tandis que Nora aidait Margaret à empiler les assiettes. Bientôt, elle revint avec des bottes Wellington vertes, un ciré rouge luisant à boutons-pression, et un chapeau à large bord assorti.

— Ma panoplie de pompier. Ne vous inquiétez pas : j'ai un tas d'autres impers pour arriver là-bas sans me mouiller. Quant à vous, Norman, les affaires de Tony sont juste devant la porte.

Nora ôta ses chaussures et enfila les bottes montantes ; Marian avait de grands pieds. Elle passa le ciré et le ferma. Le faux poète reposa son verre vide.

— Très seyant.

Le bruit de la pluie était plus fort à l'avant du Manoir. Dart examina d'un air dégoûté l'imperméable jaune taché de Tony. Il essuya l'envers de la capuche à l'aide de son mouchoir avant de la poser sur son crâne. Constatant qu'il ne pouvait pas enfiler les bottes en gardant ses chaussures, il ôta ces dernières et les glissa dans une poche de l'imper.

— J'aimerais presque mieux me mouiller, marmonna-t-il.

— Attendez ! les rappela Marian.

Elle apparut derrière eux, en haut de l'escalier de marbre, avec le sac de Nora et quatre bougies neuves.

— Vous trouverez des allumettes sur la cheminée. Bonne chance.

96

Derrière la porte s'étendait un monde de ténèbres délavées. De l'eau glacée se glissa sous le col de Nora et lui coula dans le dos. La pluie crépitait comme des coups de feu sur le chapeau rigide. Dart empoigna sa compagne par le poignet et s'élança à travers la cour gravillonnée. Quand ils atteignirent le chemin, Nora glissa dans la boue, et serait tombée s'il ne l'avait retenue sans douceur, avant de l'entraîner à nouveau. De l'eau leur dégoulinait dans les manches. Des deux côtés du sentier, les arbres gémissaient, s'agitaient follement. Des voix hallucinées les entouraient.

Rien n'y avait fait : elle avait été incapable de s'entretenir seule à seule avec une de ses alliées potentielles. Dart allait tuer Marian Cullinan et s'amuser pendant deux heures à la disséquer, en attendant que les autres femmes s'endorment. Ensuite, il traînerait sa prétendue épouse au Manoir, où il comptait bien la regarder assassiner Agnes Brotherhood. Comme il le lui avait dit, le génie était la capacité de s'adapter aux changements sans perdre de vue son but.

— Il faut se rendre à l'évidence, avait-il remarqué. On est coincé ici pour la nuit, donc plus question d'enlèvement. Il va falloir se les faire toutes — y compris les trois vieilles belles. Puisqu'on me traite de tueur en série, je peux aussi bien m'éclater un peu en me conduisant comme tel. D'abord, on va dire à tout le monde que vous comptez revenir ici toute seule. Une fois qu'on en aura fini avec la Grêlée, on reviendra visiter les chambres qu'on nous a si gentiment indiquées. Il n'y a ni alarme ni téléphone. Sécurité, aisance, confort. Dès qu'on a terminé, on se tape un bon petit déjeuner dans la cuisine, des steaks et des œufs, et on s'en va avec la bagnole de la Grêlée.

Nora courait pliée en deux, tentant d'égaler l'allure de son compagnon, ne voyant que la pluie qui dégoulinait du bord de son chapeau rouge et la boue qui lui montait jusqu'aux chevilles. Dart exerça une brusque traction sur sa main, et elle lâcha son sac, qui roula à terre. Le hachoir, le couteau à découper et d'autres objets s'en échappèrent. Le meurtrier hurla quelque chose d'inaudible, mais sur un ton sans équivoque. Il la tira en arrière, avant de se pencher pour remettre dans le Gucci ce qui s'en était échappé. Sur leur droite, une branche se cassa et tomba au sol. Dart catapulta le sac contre la poitrine de Nora. Il la fit pivoter, et la propulsa en direction du panneau LA POIVRIÈRE, du chemin escarpé. Glissant, elle retomba en arrière, contre lui. Il la poussa à nouveau. La pluie la frappait au visage telle une grêle d'épingles. Lorsqu'elle tenta d'avancer, son pied droit glissa à moitié hors de sa botte. Dart lui enserra la taille et la souleva de terre. La botte tomba dans la boue. Il l'écarta d'un coup de pied, et porta sa compagne jusqu'au bout du chemin.

L'ayant reposée sur la véranda, il défit les boutons-pression de son imperméable pour chercher la clef dans la poche de sa veste. La pluie tambourinait sur le toit. Un gémissement inquiétant montait du sous-bois. *Encore l'Enfer*, se dit Nora. *Aussi souvent qu'on y aille, c'est toujours nouveau*. Des flaques sombres se formaient autour d'eux. Un film humide lui recouvrait le visage. Son compagnon lui avait meurtri les côtes. Il ouvrit la porte et lui fit signe d'entrer.

Le ciré de Dart atterrit par terre. Nora déposa le sac et pêcha les bougies dans les poches de son imperméable. Le meurtrier les lui prit des mains, ferma la porte, et, par gestes, lui intima de s'écarter de son chemin. Elle pendit les affaires de Marian à une patère, près du seuil, avant d'ôter la botte qui lui restait.

— Accrochez les ordures qu'on m'a fait porter et trouvez-moi les allumettes. Ensuite, mettez votre sac dans la baignoire et revenez m'aider à enlever ces bottes répugnantes.

— Que je mette mon sac dans la baignoire ?

— Vous avez envie de bousiller un Gucci ? Il faut que je le nettoie et que j'essaie de le sécher.

Nora emporta le sac dégoulinant à travers la pièce obscure, et entra dans la salle de bains. S'y trouvait-il une fenêtre ? Une autre porte ? Un rectangle noir luisant s'encadrait dans le mur du fond. Elle s'en approcha jusqu'à ce que ses jambes heurtent la baignoire, sur laquelle elle monta. Lâchant le sac, elle passa les mains au sommet de la fenêtre. Ses doigts trouvèrent un loquet de laiton — qui refusa de jouer.

— Qu'est-ce que vous branlez ? cria Dart.

— Je pose le sac.

Elle tenta à nouveau de manipuler le loquet, mais il était littéralement figé.

— Revenez ici.

Un pilier d'obscurité qui se découpait sur un fond d'obscurité moins épaisse lui fit signe de s'approcher de la cheminée. À tâtons, elle avança un pied après l'autre, et parvint à traverser la pièce.

Dart, apparemment nyctalope, la dirigea vers le foyer et lui indiqua les allumettes, puis il lui ordonna d'avancer de quinze pas, de tourner à gauche, et de continuer jusqu'à ce qu'elle le rencontre.

Il lui arracha les allumettes, alluma une bougie, et s'éloigna. Nora ne distinguait rien d'autre que la flamme. Ayant mis la bougie dans un chandelier trouvé sur le rebord de la fenêtre, il en alluma deux autres et les apparia aux bougeoirs posés sur la table, au centre de la pièce. La ficelle et le chatterton reposaient auprès d'un seau à glace et d'un litre d'Absolut. Il avala deux gorgées de vodka, prit une inspiration rapide. Des empreintes de bottes boueuses parsemaient le sol, tels des repères de cours de danse.

— Avec l'orage, on se croirait à l'intérieur d'une grosse caisse. (Il se laissa tomber sur une chaise et tendit la jambe.) Allez-y. (Nora s'empara de la botte crottée.) Tirez ! (Ses mains glissèrent.) Déshabillez-vous.

— Que je me déshabille ?

— Comme ça, vous pourrez appuyer mon pied contre votre hanche pour vous aider. On ne va pas quand même pas salir vos fringues.

Pendant qu'elle se dévêtait, il l'envoya chercher un verre dans le coin cuisine. Il souffla à l'intérieur, le tint à la flamme pour l'examiner, puis y jeta une poignée de glace pilée quasi fondue, prise dans le seau. Avant de boire, il dessina un cercle dans l'air à l'aide du verre. Nora s'approcha du lit et acheva d'enlever ses vêtements.

— Pendez-moi tout ça. Il faut qu'on reste présentable jusqu'à ce qu'on puisse se procurer autre chose. (Il la suivait des yeux.) Très bien, revenez, et ce coup-ci, mettez-y un peu d'ardeur.

Elle appuya la jambe qu'il lui tendait contre son côté. Il avait le pantalon trempé. Une odeur de laine humide s'échappait de lui. Elle retint son souffle, lui empoigna le genou de la main gauche, poussa sur le talon, et la botte s'enleva.

— Alléluia ! (Dart but une gorgée de vodka.) Une de partie, une qui reste.

Quand la deuxième botte capitula, Nora tituba un peu, et sentit une chaleur par trop familière l'envahir. Un vertige, une suée soudaine au visage, le besoin impérieux de s'asseoir.

— Oh, non, soupira-t-elle.

— La boue, ça se lave, lâcha Dart, avant de faire l'effort de la regarder. Oh, merde, des bouffées de chaleur. Dieu que c'est laid ! Allez vous doucher et allongez-vous.

Elle passa dans la salle de bains, et s'aspergea le visage, avant d'effacer les traces de boue qui maculaient son flanc.

Lorsqu'elle en ressortit, son compagnon lui désigna le lit.

— Ah, les femmes. Vous êtes bien toutes esclaves de votre corps. (Elle eut vaguement conscience du nouveau regard dégoûté qu'il lui jetait.) Un sac Gucci à sept cents dollars couvert de boue. Me voilà encore à faire votre travail pour vous. (Il se versa à nouveau de la vodka.) Et naturellement, toute la glace a fondu.

Nora regarda le plafond s'obscurcir, tandis que Dart emportait une bougie dans la salle de bains.

Son corps la brûlait. L'eau coulait. Le meurtrier parlait tout seul, ronchonnait, s'apitoyait sur lui-même. Elle s'épongea le front. Sa température monta encore. Insecte, où es-tu, petit insecte ? Que seraient des bouffées de chaleurs sans un peu de formication ? Allons-nous formiquer ? Allez, essayons d'attraper la queue de la peluche. Dick Dart est dégoûté par la biologie féminine : il n'y a qu'à lui déballer tout le cirque de la ménopause. Avec un grand F. Avec un grand O. Avec un grand R. Formication, je chante tes louanges. Les bouleversements qui agitaient Nora faisaient osciller le lit d'avant en arrière. Un bruissement d'ailes membraneuses et un bourdonnement joyeux s'élevaient au-delà de la cheminée. Arrière, démons ! je ne veux pas de vous en ce moment. Elle s'essuya le visage avec un coin de drap, qui se retrouva trempé.

Dart passa la tête par la porte de la salle de bains, et annonça que si elle n'était pas prête pour l'arrivée de la Grêlée, elle allait le sentir passer. *Je le sens déjà passer, merci bien.*

Après s'être donné libre cours pendant trois ou quatre minutes, les bouffées de chaleur s'apaisèrent, ne laissant derrière elles que l'habituelle sensation d'épuisement. De la salle de bains montaient des clapotis accompagnés de grommellements dartiens. Nora se rappela que son compagnon avait rangé le revolver dans le tiroir du bureau. Surprise, surprise ! Elle s'essuya vaguement en se passant les mains sur le corps, puis s'assit au bord du lit. Le bruit de l'eau qui coulait et des exclamations contrariées témoignaient que Mr Dart était absorbé par sa tâche. Malgré son ignorance des armes à feu, elle parviendrait certainement à se servir de celle-là si elle pouvait mettre la main dessus. Elle s'avança en silence vers le milieu de la pièce, et se rendit compte que le tiroir était ouvert. Six petits pas sur la pointe des pieds l'amenèrent devant le bureau. Lorsqu'elle passa la main dans le tiroir, elle ne sentit que du bois. Qu'est-ce qu'il y a, Dick ? On ne me fait pas confiance ?

Elle gagna la porte, enfila son imperméable et le boutonna. Dans l'autre pièce, les manches relevées jusqu'aux coudes, Dart était penché au-dessus de la baignoire, au fond de laquelle était posée une bougie. Des ombres vacillantes s'agittaient sur les murs. De la teinture noire provenant des cheveux du meurtrier avait taché son col de chemise. Une épaisse ligne boueuse partait du centre de la baignoire pour rejoindre la bonde, et des billets humides séchaient sur le rebord. Le hachoir et le couteau, couverts de boue, reposaient près du sac. Diverses bouteilles, brosses et autres cosmétiques, déjà lavés, avaient été déposés sur l'abattant des toilettes.

Dart considéra le ciré avec répugnance.

— Filez-moi une serviette. Une des petites.

Elle la lui donna, et il la passa sous le robinet ouvert.

— Allez essuyer la boue, par terre, avant que ça sèche.

— Aperçu, capitaine.

Nora emporta la serviette dans la chambre et élimina les empreintes brunâtres. Lorsqu'elle revint, Dart examinait le sac humide.

— Il devrait s'en tirer, finalement. (Il le lui tendit.) Séchez-le le mieux possible. Arrachez les pages d'un de vos bouquins, fourrez une serviette dans le sac, et glissez le papier entre le tissu et le cuir. N'oubliez pas les coins. Faites ça ici, que je puisse vérifier que vous ne salopez pas le boulot.

Elle apporta les livres de poche dans la salle de bains, et les posa par terre, près de toilettes, avant d'essuyer le sac à l'aide d'une serviette.

— Épongez autant d'eau que possible. Passez bien dans les coins du bas.

Nora obéit, tandis que Dart rinçait sous l'eau chaude le linge qu'elle avait utilisé comme serpillière, le frottait au savon. Il commença ensuite à laver le hachoir.

— Vous mémorisez tout ce que vous lisez et vous n'oubliez jamais rien ?

Il s'appuya contre la baignoire en soupirant.

— Je vous l'ai déjà dit : je ne mémorise rien du tout. Une fois que j'ai lu une page, elle reste là-dedans toute seule. Si je veux la voir, je n'ai qu'à la regarder, comme une photo. Tous les bouquins que j'ai été forcé de lire à cause de mes vieilles dames, je pourrais les réciter à l'envers, si je voulais. Faites voir ça. (Il s'essuya les doigt avec la serviette de Nora, puis les passa sur la doublure du sac.) Mettez du papier toilette, là-dedans. Ça vous dirait d'entendre l'intégralité d'*Orgueil et Préjugés* à l'envers ? Austen Jane par ? C'est presque aussi mauvais que la version normale.

Elle bourra de papier-toilette les angles du sac, puis commença à arracher des pages du *Voyage dans la nuit*.

Dart passa le hachoir sous l'eau chaude, le savonna à nouveau.

— Comment croyez-vous que j'aie réussi mes examens de droit ? On me citait un procès, n'importe lequel, je pouvais réciter la totalité des débats. Si ça avait suffi, j'aurais eu vingt sur vingt de moyenne.

— Étonnant.

Elle plaqua les premières pages contre la doublure de soie.

— Vous ne pouvez pas savoir à quel point j'étais soulagé quand on me confiait quelqu'un comme Marjorie West. Soixante-douze ans, aussi riche que la reine d'Angleterre, sans avoir lu un seul bouquin de toute sa vie. Quatre maris décédés, et jamais aussi heureuse que quand elle parlait de sexe. La femme idéale.

Nora avait croisé Marjorie West, dont le domaine de Mount Avenue était encore plus grandiose que les Peupliers, et qui était elle-même un véritable monument — abondamment restauré, en particulier le visage. Elle se rendit compte qu'elle n'avait pas envie de penser aux relations de

Dart et de la vieille femme. À l'heure qu'il était, Marjorie ne devait d'ailleurs guère avoir envie d'y songer non plus. Nora arracha encore une vingtaine de pages du *Voyage dans la nuit.*

— Alors, vous pourriez aussi réciter ce livre-là ?

— Vous m'avez déjà entendu le faire.

Il posa le hachoir sur le tapis de bain et s'empara du couteau à découper.

— Parlez moi de la très massive cassette, celle qui est plus grande à l'intérieur qu'à l'extérieur.

— Vous avez le bouquin à portée de main.

— Je ne peux pas lire, il fait trop sombre. À quoi ressemble la cassette ?

Dart fit la moue en constatant qu'une grande quantité de boue s'accrochait encore à la lame.

— À quoi elle ressemble, de l'extérieur ? Il faut que je vous récite toute la phrase pour que vous ressentiez l'atmosphère. « *Avec bien des regards féroces et terrifiants, bien des coups de coude douloureux dans les côtes, bien des ajustements de son énorme chapeau, Madame Lyno-Wyno Ware conduisit Pépin à travers les couloirs de son manoir hanté par les araignées, jusqu'à une porte marquée* TOTALEMENT PRIVÉ, *puis dans une pièce lugubre, devant une autre porte marquée* TOTALEMENT INTÉGRALEMENT PRIVÉ, *puis dans une pièce encore plus lugubre, devant une porte marquée* TOTALEMENT INTÉGRALEMENT INDUBITABLEMENT PRIVÉ, *laquelle s'ouvrait sur la plus lugubre de toutes les pièces. Là, elle tendit son bras revêtu d'étoffes criardes pour désigner un coffre-fort en plomb, d'à peine trente centimètres de haut, dissimulé sous un canapé élimé.* » C'est tout : « un coffre-fort en plomb d'à peine trente centimètres de haut ». Le reste concerne la déception de Pépin, qui se dit que cette petite chose ne peut-être la célèbre très massive cassette, mais il ravale son chagrin, il persiste, il dit les mots qu'il faut, et tout se termine bien. Enfin, si on veut.

Il rinça le couteau, l'inspecta de près, et passa le tissu savonneux dans les creux du manche.

— C'est la clef d'or qui l'amène à Mrs Lyno-Wyno Ware ?

— Mensonge ? Non. Pourquoi, nulle part. (Dart s'empara de son verre d'une main dégoulinante et acheva la vodka.) La vérité, seule, compte, on ne peut mentir à Mrs Lyno-Wyno Ware, pas question. (Il regarda sa compagne achever de glisser du papier dans le sac, frémissant d'impatience.) Ça ira comme ça. Filez de l'autre côté, pour me resservir à boire.

Quand elle revint, Dart but une gorgée, posa son verre, et essuya méthodiquement couteau et hachoir. Une rougeur foncée marquait ses pommettes.

— Nettoyez-moi cette baignoire. Et ne traînez pas. J'ai un tas de choses à faire. Il faut se préparer à l'arrivée de la Doulce Marian.

Elle s'agenouilla. Quelques pièces de vingt-cinq et de dix *cents* luisaient au milieu du liquide brun. Brusquement, le tonnerre de la pluie sur le toit redoubla. La fenêtre qui surmontait la baignoire se gondola un instant vers l'intérieur, et le cottage tout entier oscilla.

Nora sortit de la salle de bains. Dart contemplait le plafond.

— J'ai cru qu'on allait tout prendre sur la tête. Posez le sac sur la table et apportez-moi la ficelle. On n'a pas besoin du chatterton, n'est-ce pas ?

Elle se dessaisit du sac.

— Imper !

Dart ôta sa cravate et l'étala sur l'épaule de son costume. Nora déboutonna le ciré rouge, le pendit, puis s'avança vers son compagnon avec la ficelle, le cœur battant au même rythme que le roulement de tambour qui martelait le toit.

— Pas totalement impossible que j'aie exagéré, avec la vodka.

Il se concentra afin d'accrocher sa chemise à un cintre.

Alignés avec sa méticulosité habituelle, les couteaux reposaient sous l'oreiller, sur la gauche du lit.

— Ficelle.

Elle se rapprocha assez pour lui donner le rouleau. Dart se débarrassa de son caleçon.

— Asseyez-vous.

Il tira le couteau à découper de sous l'oreiller, trancha deux morceaux de ficelle d'un peu plus d'un mètre, et tituba jusqu'au bord du lit.

— Mains. (Avec de grandes difficultés, il parvint à lui entraver poignets et chevilles.) Petite sieste. La fête n'est pas terminée.

Nora se trémoussa pour s'allonger, et regarda le meurtrier tenter d'aligner à nouveau le couteau avec le hachoir sous son oreiller. Il s'étendit, ferma les yeux, puis tourna la tête de côté, paraissant méditer sur un point troublant. La ficelle mordait la peau de sa compagne.

— Qu'est-ce que vous en avez à foutre, de la très massive cassette, au fait ?

Le vent et la pluie prenaient d'assaut les fenêtres du coin cuisine.

— J'aime vous entendre réciter, affirma-t-elle.

— Bien. Ne vous en faites pas : je me réveillerai à temps.

Quelques secondes plus tard, il était endormi.

97

La lumière d'une bougie créait une flaque liquide et mouvante sur le sol. De l'autre côté de la table, une lueur plus pâle filtrait par la porte de la salle de bains. Tout le reste n'était qu'obscurité. Dick Dart commença à émettre de légers ronflements sifflants, à peine audibles à travers le martèlement de la pluie. Les mains de Nora s'engourdissaient. Ivre, pressé, Dart avait plus serré ses nœuds que la fois précédente, et la ficelle coupait la circulation de sa captive. Elle serra les poings, plia les doigts, fit jouer les poignets. Des picotements déplaisants commençaient à lui envahir les pieds. Les yeux rivés à la flaque de lumière qui évoluait sur le sol lisse, elle explora le nœud du bout des doigts.

Dart ayant réitéré ce que son père onirique appelait une « erreur stupide », Nora pouvait combattre la ficelle sans s'immobiliser les mains. Si elle parvenait à trouver une des extrémités, à la faire passer sous le brin le plus proche, puis autour de son poignet, et enfin sous le brin suivant, l'ensemble s'effondrerait. Cependant, chaque fois qu'elle suivait un brin des doigts, il disparaissait au sein de la boucle. La première fois qu'elle avait échappé à ce nœud, elle n'avait eu qu'une seule main attachée — et devant elle. Avec les deux liées derrière le dos, il lui fallait trouver l'extrémité de la ficelle du bout des doigts.

Son épaule lui faisait mal, et ses poignets commençaient aussi à la torturer. Ses pieds poursuivaient leur douloureuse descente dans le néant. Elle leva les yeux, concentrée, et se rendit compte que l'image jaune persistante de la bougie l'aveuglait. Si elle voulait voir quelque chose, il lui faudrait totalement se détourner de la lumière.

En gémissant, elle remonta les genoux et se tourna sur le dos. Un cercle rouge flamboyant masquait le plafond. D'une nouvelle torsion, elle se plaça face à Dart, dont le souffle se bloqua dans la gorge, avant d'en émerger sous la forme d'un ronflement tonitruant. Nora tenta d'écarter les mains, ce qui augmenta la douleur. Une nouvelle fois, elle serra les poings, déplia et étira les doigts, tourna les poignets. Il y avait un peu de jeu, finalement. Les picotements de ses mains commencèrent à s'apaiser.

De combien de temps disposait-elle ? Même la Doulce Marian n'était pas assez en manque pour s'aventurer sous un tel déluge dans le but de coucher avec Norman Desmond, mais la vanité de Dart ignorait les orages. Il s'attendait à voir arriver une Grêlée impatiente environ vingt minutes plus tard, et, même ivre, il était probablement capable de s'éveiller à temps.

Nora replia les mains, passa le bout des doigts sur l'écheveau de ficelle et ne sentit que des brins emmêlés. Elle se retourna sur l'autre flanc, et se rapprocha du bord du lit. Bientôt, elle s'y asseyait. Ses pieds, en touchant le sol, ne lui communiquèrent que de douloureux picotements. Elle explora à nouveau le nœud en vain. Il lui fallait augmenter la surface de ficelle accessible, et le seul moyen d'y parvenir était de rapprocher l'ensemble de ses mains.

Peut-être pourrait-elle se servir du bouton de porte à cet effet, si elle parvenait à le glisser entre ses poignets. Elle tapa des pieds par terre. Une flèche rouge la brûla des orteils aux genoux.

Tu n'as plus beaucoup de temps, ma fille.

Du pouce et de l'index, Nora tira sur un brin de ficelle — qui bougea. Son cœur fit un bond dans sa poitrine, son pouls s'accéléra. Quelque chose voletait au-dessus de sa tête. Comme elle tentait d'extirper du nœud la section mobile, l'espoir et la terreur mêlés lui chauffèrent les entrailles à blanc. Elle perdit sa prise. Un autre être imaginaire bavardait sur le plan de travail de la cuisine. Elle tenta de retrouver le brin perdu, mais ne rencontra que des boucles emmêlées.

Bouge-toi !

Nora planta ses pieds brûlants au sol et se leva, en se mordant la langue pour retenir un cri de douleur. Elle eut soudain le sentiment d'être une tour formée de plusieurs blocs indépendants, son bassin s'effondrant d'un côté, ses genoux de l'autre. Elle se reçut sur la hanche, puis sur l'épaule. Tandis que Dart éructait, toussait, et se remettait à ronfler, elle attendit d'être habituée à ses nouvelles douleurs. Une paire d'yeux rouges luisants, joyeux, la regardait depuis le seuil de la salle de bains. *Connasse.* Alors qu'elle envisageait de s'asseoir, elle remarqua qu'à dix centimètres au-dessus d'elle, une barre en bois reliait la tête au pied du lit. Voilà qui lui rendrait sans doute le même service qu'un bouton de porte.

Elle plia les genoux, et se redressa d'un coup de reins. Un grognement lui échappa. Ses pieds, écrasés sous ses cuisses, la brûlaient toujours. Assise, elle recula petit à petit, jusqu'à ce que ses avant-bras rencontrent la barre, dont elle se rapprocha encore un peu, avant d'y appuyer ses entraves. Elle tira ensuite vers le bas, tenta de saisir le brin desserré. Rien. Une nouvelle traction lui arracha un soupir, mais le nœud glissa d'un demi-centimètre, et ses doigts trouvèrent enfin ce qu'ils cherchaient. La sueur lui inondait le front. Un léger bruit aigu montait de sa gorge de son propre chef, semblait-il. Le brin de ficelle céda devant ses efforts et se libéra de l'écheveau.

Fermant les yeux, elle le fit passer autour de son poignet. Les liens se desserrèrent. Quand elle agita les mains, ils s'effondrèrent. Nora extirpa ses pieds de sous ses cuisses. Haletante, elle se pencha pour explorer le nœud qui lui maintenait les chevilles. Une poussée, une traction, un passage sous une boucle, et elle fut libre.

Elle s'écarta du lit à quatre pattes, puis posa un pied à plat sur le sol. Ledit pied n'en avait aucune envie, mais ce n'était pas lui qui commandait : il ferait ce qu'on lui dirait. Nora se mit debout, fit un pas à titre d'expérience, et parvint à ne pas s'écrouler. L'orage, qui s'était calmé au moment où elle remarquait la barre du lit, explosa à nouveau.

Où Dart avait-il mis le revolver ? Elle ne se rappelait pas l'avoir vu le ranger ; l'arme devait donc toujours se trouver dans la poche de sa veste. Nora boitilla vers le placard. Le sang qui se remettait à circuler dans ses pieds lui décochait des coups de poignard ou de masse, mais ses chevilles tinrent bon. À tâtons, elle avança jusqu'au costume de Dart, chercha une poche, et y glissa la main. Seules, s'y trouvaient les clefs, qu'elle sortit, avant d'explorer l'autre poche — vide.

Serrant le trousseau dans la main gauche, elle s'approcha du lit. Dart avait rangé les couteaux sous son oreiller. Pourquoi pas aussi le revolver ? Il claqua des lèvres. Nora tendit une main tremblante, la glissa sous la taie, et sentit un manche en bois. Un autre se trouvait juste à côté. Millimètre par millimètre, ses doigts frémissants les attirèrent à elle. Comme le dormeur soupirait et roulait sur le flanc, elle partit à la recherche du revolver, toucha du métal.

— Hein ? s'exclama Dart, en portant la main à l'endroit où eût dû se trouver sa compagne

Trop effrayée pour réfléchir, cette dernière empoigna le couteau à découper et le lui abattit sur le dos. Un instant, la peau résista, puis la lame s'enfonça. Le blessé eut un sursaut violent, arrachant le couteau des mains de Nora, laquelle passa à nouveau la main sous l'oreiller. Ses doigts se refermèrent sur un cylindre métallique. Dart se retourna et se jeta sur elle. Le revolver en main, elle s'écarta d'un bond et courut à l'autre bout de la pièce.

Près du pied du lit, le meurtrier titubait.

— Ne bougez pas ! cria-t-elle. J'ai votre arme. (Elle chercha le cran de sûreté dont lui avait parlé Dan Harwich, mais elle voyait à peine ce qu'elle faisait.) Je peux vous abattre sur place !

— Vous m'avez poignardé ! hurla-t-il.

Nora s'accroupit derrière l'autre lit, et promena le pouce autour du barillet. Cette saloperie n'était-elle pas censée se trouver là ? Le pistolet que lui avait donné Harwich n'était pas muni d'un barillet ; cela faisait-il une différence ?

Dart s'immobilisa en atteignant la table. Elle fut abasourdie de l'entendre rire. Il secoua la tête, puis rit à nouveau. Quoique cela ne pût être qu'une impression, avec l'obscurité, il sembla à Nora qu'il la regardait dans les yeux.

— Je dois admettre que ça fait mal. (Il tordit le cou pour observer le couteau planté dans son dos.) Je croyais que nous avions dépassé ce genre de conneries. (Il s'examina une nouvelle fois, poussa un soupir, et tendit la main vers le manche.) Je risque d'avoir besoin d'une infirmière. (Il ferma les yeux en arrachant la lame.) Ne vous imaginez pas que je vais vous pardonner ça. C'est ce qu'on appelle une rupture de contrat caractérisée.

— Taisez-vous et asseyez-vous, ordonna Nora. Je vais vous ligoter. Si vous êtes encore vivant demain matin, je vous emmènerai à l'hôpital. Avec une escorte de police.

— C'est bien gentil de votre part. Mais comme vous avez essayé de me tuer, deux fois en comptant Springfield, j'ai tendance à croire qu'en fait, ma Nora-chou n'a pas le grand méchant revolver. Si vous l'aviez, vous seriez déjà en train de me tirer dessus.

Il pressa la main sur sa blessure, jeta le couteau dans l'obscurité, et se remit en marche.

— Arrêtez ! cria Nora.

— Pourquoi est-ce que je n'entends rien ?

Il avança encore d'un pas.

Nora n'avait pas trouvé le cran de sûreté. En proie au désespoir et à la panique, elle pressa tout de même la détente, certaine que rien ne se produirait. L'explosion lui projeta la main en arrière et s'accompagna d'un jet de flammes, ainsi que d'un rugissement assourdissant.

Dart s'évanouit dans l'obscurité. Elle visa l'endroit où elle estimait qu'il se trouvait, et tira. Le revolver tressauta à nouveau. Quand elle appuya une troisième fois sur la détente, le recul dévia l'arme vers le plafond. Refermant la main gauche sur son poignet droit, Nora pointa le canon vers le fond du cottage, qu'elle balaya rapidement. Une image mentale très nette de Dick Dart en train de ramper vers elle la fit reculer jusqu'au mur.

Acculée, elle se glissa sous le lit. À une distance inimaginable, des bougies qu'elle ne voyait pas brûlaient sur une table qu'elle ne voyait pas plus. Tandis qu'elle se mettait à ramper, elle aussi, elle se rendit compte qu'elle avait laissé tomber les clefs. De l'autre côté du lit, elle quitta sa cachette et s'assit.

Une ombre colossale se dressa à quelques pas de là et plongea vers elle. Nora serra les dents, enserra à nouveau son poignet droit de la main gauche, et tira sans viser. Elle enfonça la détente progressivement, et non d'un coup sec, ce qui faisait aussi partie des leçons de Dan Harwich. Des flammes de couleur sale jaillirent du canon, qui se releva brutalement. L'ombre disparut. Nora entendit un corps s'effondrer sur le plancher, mais elle ne le vit pas.

Elle s'allongea à nouveau sous le lit, s'attendant à ce que les lattes du plancher se mettent à vibrer, à ce qu'une main se tende vers elle. Rien ne se produisit. Comme elle se rapprochait du bord du lit, sa main rencontra un liquide tiède. Elle abandonna son abri, et avança à quatre pattes. Une forme sombre était allongée non loin de là.

L'arme pointée droit devant elle, Nora contourna Dart à distance. Comme il ne bougeait pas, elle se rapprocha. Un filet de sang luisant s'écoulait de la tête du blessé, sur le front duquel elle appliqua le canon du revolver. Durant ce qui lui sembla être une éternité, elle conserva le doigt sur la détente, l'en écarta, puis l'y reposa. La seule idée de toucher cet homme lui retournait l'estomac.

Elle se remit sur ses pieds, se souvint d'aller ramasser les clefs, et enfila l'imperméable de Marian Cullinan — surprise de n'éprouver qu'une acceptation passive de la situation. Les démons s'étaient enfuis. Seul demeurait une sorte d'engourdissement. Le reste viendrait plus tard.

Les oreilles sifflantes, elle fourra le revolver dans la poche du ciré, et enfila les bottes en caoutchouc de Tony. Elle fit jouer la clef dans la serrure. Lorsqu'elle ouvrit la porte, la tempête la lui arracha des mains et l'envoya claquer contre la façade. Shorelands, ou le Massachusetts tout entier, peut-être, évoquait le centre d'une cascade. Un instant, Nora songea à attendre la fin de l'orage, puis elle réalisa que les bougies finiraient par s'éteindre et qu'il lui faudrait passer le reste de la nuit dans l'obscurité, avec Dart.

Elle se coiffa vivement du chapeau de Marian. Son sang gela dans ses veines lorsqu'elle entendit s'élever une toux sifflante. Une forme indistincte se redressa à genoux, retomba, puis se traîna sur quelques centimètres. Nora ressortit maladroitement l'arme de sa poche. La silhouette se ramassa sur elle-même, puis se jeta en avant, à la manière d'un ver. Le revolver vomit un nouveau jet de flammes. L'explosion projeta en hauteur la main de la tireuse, et quelque chose percuta les placards du coin-cuisine. Le ver cessa de bouger.

L'instant d'après, Nora était sous la véranda, tournée vers la cascade, sans le moindre souvenir d'avoir passé la porte. Elle rangea l'arme dans sa poche et se mit à courir.

98

Ses pieds glissèrent, et un poing de vent la jeta à terre. Une vase glacée se referma autour de ses jambes, s'insinua sous son ciré. Nora tenta de se relever, mais le sol se dérobait sous ses mains, si bien que durant un long moment, elle rampa dans la boue détrempée. Enfin, elle sentit sous ses doigts des touffes d'herbe, composées d'une moitié de boue, mais tout de même d'une moitié végétale. Elle se redressa avec peine, et chancela sous l'effet d'une nouvelle vague de pluie interminable, poussée par la tempête.

Quelques minutes plus tard, elle cessa miraculeusement d'être aveugle et sourde. Des chênes au tronc massif encadraient son champ de vision. À quelques pas d'elle, le déluge assaillait le cours d'eau paresseux qui avait été un chemin. Le vent avait jeté la fugitive dans le sous-bois, où un plafond de feuilles et de branches arrêtait la pluie. Elle sentait son souffle lui échapper par saccades douloureuses, son cœur cogner dans sa poitrine. Derrière elle, les arbres gémissaient. Elle prit la direction du Manoir, mais se figea après le premier pas. Le bâtiment ne s'élevait-il pas sur sa droite, et non sur sa gauche ? Elle fit un autre pas dans ce qui lui parut être la mauvaise direction dès qu'elle l'eut choisie. Au-dessus de sa tête, une branche craqua, avant de s'abattre à trois mètres d'elle. Plus loin, une autre se détacha également, tomba à terre. Quand Nora se retourna, elle constata qu'elle ne s'était qu'à peine éloignée du cottage.

Une faible luminosité dessinait l'encadrement de la porte. Soudain, une silhouette mâle imposante se profila dans l'ouverture. Des reflets jaunes brillèrent sur une lame. La fugitive recula, heurta un arbre, et poussa un petit cri. L'homme bondit à bas de la véranda et disparut dans l'obscurité. Nora plongea dans le sous-bois.

Courant dans ce qu'elle espérait être la direction du Manoir, elle trébuchait sur des branches cassées, se cognait à des arbres invisibles. De gros rochers bondissaient sur elle, des pièges dégoulinants se dressaient au-dessus de sa tête, des bras végétaux la giflaient au front et s'enfonçaient dans ses côtes. Elle avançait en se protégeant le visage des deux mains. De temps à autre, son pied ne trouvait que le vide, et elle glissait le long d'une pente, se rattrapait à une branche. Elle trébucha sur des cailloux, sur des racines. L'arme, dans sa poche, lui meurtrissait la cuisse, et les pierres sur lesquelles elle tombait meurtrissaient le reste de son corps. Elle ne savait pas quelle distance elle avait parcourue, ni si elle allait dans la bonne direction. Le pire était la certitude que Dick Dart, qui aurait dû être mort mais qui ne l'était pas, la suivait de près, la traquait en écoutant le bruit de ses pas.

Elle en avait la certitude parce qu'elle l'entendait, elle aussi. Une ou deux minutes après s'être enfuie en le voyant bondir hors de la véranda, elle l'avait entendu jurer quand il avait heurté une branche. Lorsqu'elle-même avait trébuché sur une grosse pierre, et atterri au beau milieu d'un buisson, elle avait entendu s'élever un rire gras, ténu mais bien distinct, qui lui avait semblé résonner tout autour d'elle. Dart ne l'avait pas vue, mais malgré les milliers de bruits qui résonnaient dans la forêt, il avait perçu sa chute, sa lutte avec le buisson, et compris ce que cela signifiait. Il entendait probablement le clapotis des bottes de sa proie dans la boue. Nora courait les bras levés, avec derrière elle le bruit fantôme de son poursuivant qui se frayait un chemin à travers le bois.

Quelques minutes plus tard, il lui parvenait toujours, par-dessus le roulement de tonnerre de plus en plus puissant de la cascade. À force de se faufiler entre des obstacles presque invisibles, elle vit enfin l'origine de ce fracas. De l'autre côté d'un bouquet d'arbres, un rideau liquide se déversait dans une rivière noire. La fugitive était arrivée devant un autre chemin, ce qui lui confirmait qu'elle avait pris la mauvaise direction : les sentiers menaient aux cottages, et il n'y avait aucun cottage en droite ligne entre la Poivrière et le Manoir. Les pas de Dart se rapprochaient de plus en plus.

Nora parvint aux arbres qui bordaient le chemin, baissa la tête, et s'engagea sous le déluge. Conservant son équilibre avec peine, elle se mit à patauger. Ses bottes, qui s'enfonçaient dans la boue, lui glissaient des pieds. Au bout de quelques instants, le sol devint plus ferme, et un nouveau rideau d'arbres apparut. Le barrage liquide s'atténua, devenant une pluie violente.

La fugitive regarda en arrière. Il lui sembla voir une forme pâle apparaître et disparaître dans le sous-bois, de l'autre côté du chemin inondé. Elle s'enfonça dans un bouquet de chênes, et commença à dévaler une pente légère. La terre se ramollit, puis s'effondra sous ses pieds. D'instinct, elle s'accroupit, et se pencha en avant pour maintenir en position son centre de gravité. Elle glissa à toute vitesse entre les arbres, zigzaguant pour éviter les rochers, se déportant tour à tour à droite et à gauche afin de demeurer debout — ce qu'elle parvint à faire jusqu'à ce qu'une branche la frappe à la cheville et la projette contre un tronc. Des étincelles jaillirent devant ses yeux, mais elle n'en continua pas moins de descendre, plus lentement. Lorsqu'elle s'immobilisa enfin, le chapeau de Marian avait disparu, une douleur intermittente palpitait sous son crâne, et la moitié inférieure de sa jambe droite était immergée. Son pied sortit de l'eau quand elle se redressa péniblement à genoux.

Nora se retrouvait en terrain découvert, et l'orage commençait à s'apaiser. Tandis qu'elle dévalait la pente, le vent était un peu tombé. Étourdie, épuisée, elle leva la jambe pour vider l'eau que contenait sa botte. Tous ses muscles lui faisaient mal ; sa tête la torturait. Le ciel s'éclaircissait. La tempête prenait fin encore plus vite qu'elle n'avait commencé.

Devant elle passait un cours d'eau large de deux mètres, à la surface mouchetée par la pluie, au flux rapide. Un cours d'eau ? Nora se demanda un instant jusqu'où elle était allée, puis elle réalisa que c'était là le ruisseau qui traversait la propriété, grossi par l'orage, tiré de son lit. Derrière elle, un morceau de bois de grande taille craqua, siffla, puis céda à la gravité. Dart gagnait du terrain. Elle devait l'éviter jusqu'à ce qu'elle retrouve le Manoir.

Pourquoi ne pouvait-il pas tout simplement se vider de son sang, comme les gens normaux ?

Nora s'avança dans l'eau. Les semelles de ses bottes rencontrèrent des pierres glissantes. La pluie se changea en une simple bruine. Le vent qui ridait la surface du ruisseau plaquait le ciré au corps de la fugitive. Une masse compacte de grands nuages laineux traversait le ciel. Stupéfaite, elle prit conscience du fait qu'il était à peine plus de vingt et une heures, un soir du mois d'août. Au-dessus de l'orage, le soleil n'était pas encore tout à fait couché. Elle se hissa sur la berge opposée et pataugea jusqu'à un nouveau sous-bois, où elle se dissimula.

Un rire s'éleva par-dessus le clapotis de la pluie et le sifflement des feuilles.

À travers les troncs serrés, Nora distingua ce qu'elle prit tout d'abord pour une brume grisâtre. Lorsqu'elle s'avança, cette dernière se changea en un pré laissé à l'abandon, où le vent frais courbait les hautes herbes. À l'autre bout, s'élevaient des voix hurlantes, qui montaient des gammes chromatiques, y introduisaient des dissonances, se mêlaient au point le plus aigu, puis se brisaient, avant de s'unir à nouveau — se divisant et s'assemblant en un chant éternel, dépourvu de silences ou de répétitions.

Un chant ?

Durant une seconde plus grande à intérieur qu'à l'extérieur, telle la très massive cassette, Nora remonta le temps, et s'éveilla au son d'une musique étrange, dans une chambre de Crooked Mile Road, à Westerholm, Connecticut, cherchant un pistolet disparu depuis beau temps. Ensuite, elle revint à la réalité. Au lieu de se diriger vers le sud, elle avait filé presque plein ouest. Le pré qui s'étendait devant elle était le Champ de Brume, et les voix provenaient des Piliers du Chant de Monty Chandler. N'ayant plus la possibilité de se cacher, elle tira le revolver et fit volte face. Elle balaya à plusieurs reprises du regard toute l'orée de la forêt, l'arme tenue à bout de bras. Son poursuivant ne se montra pas. Nora fit quelques pas sur la droite, puis sur la gauche, puis à nouveau sur la droite, décidée à l'attendre.

Brusquement, elle comprit ce qu'il avait fait : il l'avait mi-suivie mi-traquée de l'autre côté du ruisseau, dans l'espoir qu'elle se terre au fond d'un trou en attendant qu'il la dépasse. Pendant ce temps-là, il regagnait le Manoir.

— Mon Dieu ! s'exclama-t-elle.

Elle commença à courir le long du pré, en direction d'un point, dans la forêt, où elle pourrait retraverser le ruisseau, couper par la Maison de Miel et rejoindre elle aussi le Manoir. Au bout de quelques instants, elle s'arrêta pour ôter ses bottes trop grandes, puis reprit sa course, avec le sol qui gargouillait sous ses pieds nus.

Une silhouette pâle émergea du sous-bois, à l'autre bout du Champ de Brume. Nora se figea. Le revolver faillit échapper à sa main couverte de boue. Peut-être était-il vide, peut-être pas. S'il ne l'était pas, peut-être fonctionnerait-il, peut-être pas. La silhouette s'approchait. Nora leva l'arme. L'arrivant l'appela par son nom, et se changea en un Jeffrey Deodato trempé.

99

Nora laissa retomber son bras. Jeffrey avait perdu sa casquette Eton. Son imperméable, parsemé de taches et de zébrures boueuses, lui collait au corps à la manière d'un chiffon mouillé. Il avait également de la boue sur le visage. Puisque c'était Jeffrey, peut-être s'agissait-il d'un camouflage délibéré. Il s'approcha assez pour qu'elle voie son expression. Visiblement, elle avait l'air nettement moins pimpante que lui.

— Vous êtes venu, finalement, remarqua-t-elle.

— Ça m'a paru être une bonne idée. (Il baissa les yeux sur le revolver.) Merci de ne pas avoir tiré. Où est Dart ?

Il semblait avoir appris beaucoup de choses depuis leur conversation téléphonique.

— Je l'ai tué, répondit-elle, mais ça n'a pas marché. (Elle leva l'arme et la regarda.) De toute façon, je crois qu'il n'y a plus de balles, là-dedans.

Jeffrey la lui prit avec délicatesse.

— Alors, vous lui avez échappé ?

— Au début, oui. Mais je crois qu'au bout d'un moment, il s'est contenté de m'éloigner. Il voulait se débarrasser de moi pour s'occuper des femmes du Manoir. Ensuite, il serait revenu pour s'amuser à me traquer. On ne peut pas rester là à discuter, Jeffrey, il faut qu'on se bouge.

Il ouvrit le barillet.

— Il vous reste une balle, mais elle n'est pas bien placée, à moins que vous n'ayez envie de vous tirer dans la jambe. (Il corrigea le défaut, referma le revolver, et en présenta la crosse à sa compagne.) Allons chercher un téléphone.

Nora remit l'arme dans sa poche avec une impatience sauvage.

— Le téléphone est coupé. (Elle regarda frénétiquement autour d'elle.) Il faut retourner au Manoir.

Jeffrey l'examinait toujours. Le spectacle qu'elle offrait n'inspirait à l'évidence guère confiance en ses capacités d'affronter Dick Dart. Elle baissa les yeux sur son ciré déchiqueté et ses jambes sales. On eût dit un oursin arraché à un marigot.

— Le Manoir ? répéta l'ancien majordome.

Elle le prit par la manche et l'entraîna vers la forêt.

— Sinon, il va assassiner tout le monde. Venez, si vous voulez. Sinon, j'y vais toute seule.

Jeffrey décida de lui obéir.

— On ira plus vite en restant au bord du chemin. (Elle commença à protester, mais il la coupa.) Je vais vous montrer. Tout ce que je veux savoir, c'est où se trouve le Manoir.

— Par là.

Elle tendit la main en direction des bois.

Et lui, insupportable, partit en petites foulées dans celle par laquelle il était arrivé. Elle courut à sa suite.

— On va dans le mauvais sens !

— Pas du tout, répondit-il sans se troubler.

— Vous êtes perdu, Jeffrey.

— Non, plus maintenant.

Au bout du pré, il désigna la bande de terre humide mais solide qui s'étendait juste devant les arbres. Il avait raison. Le chemin s'était changé en soupe. Cependant, on pouvait l'arpenter sans trop s'enliser. Les dernières lueurs du soleil commencèrent à s'éteindre, et Nora se rappela ce qu'on ressentait en marchant dans une forêt, la nuit.

— D'accord ?

— Allons-y, opina-t-elle.

Ils se mirent en route au petit trot, tellement près des arbres qu'elle sentait des racines sous ses pieds nus.

— Je vais trop vite pour vous ? demanda Jeffrey.

— Je peux courir aussi bien que vous, répliqua-t-elle. Qu'est-ce que vous avez fait, après notre discussion ?

En attendant la fin de l'orage dans la station-service, il s'était senti de plus en plus mal à l'aise. Les explications de Nora quant à la manière dont elle avait rejoint Shorelands, ainsi que les raisons qu'elle avait évoquées pour le renvoyer à Northampton lui paraissaient bien minces, son attitude peu naturelle. Il avait réussi à pousser la MG le long des routes inondées, et vu la Duesenberg sur le parking, à l'entrée du domaine. Tony, qui montait tout juste dans son camion, lui avait ordonné de s'en aller. Où est Mrs Desmond ? avait demandé Jeffrey. Si vous êtes un copain de ce connard de Desmond, vous pouvez aller vous faire foutre, avait dit Tony. Son toit fuyait, il avait tout juste le temps d'aller chez sa sœur, à Lenox, et il se moquait de ce qui arriverait à Jeffrey. Ce dernier l'avait imploré d'appeler la police, mais Tony avait répondu qu'il en aurait été incapable, même s'il l'avait voulu, car le téléphone était coupé. Où était la Poivrière ? Le gardien avait insulté le visiteur et s'en était allé. Jeffrey était parti à pied dans la tempête. Il avait dépassé le Manoir, pris le chemin, trouvé la Poivrière vide, et s'était enfoncé dans la forêt. Quelque temps plus tard, il avait réalisé qu'il ne savait plus du tout où il était. Quand l'orage avait diminué, il s'était retrouvé au bord d'un pré. À quelque distance de lui, sur sa droite, il avait aperçu un épouvantail couvert de boue. Un épouvantail qui pointait une arme sur lui.

— On dirait que Tony n'a pas tellement apprécié Dick Dart, remarqua-t-il. Qu'est-ce qui se passe, au Manoir ?

Devant eux, le pont menant à la Maison de Miel s'élevait au-dessus d'une surface mouvante. Nora sortit du sous-bois dégoulinant et pataugea dans le ruisseau en crue. Son compagnon demeura à sa hauteur. Le bas de son imperméable flottait derrière lui.

— J'aimerais bien le savoir. Il y a quatre femmes, là-bas. Marian Cullinan, qui travaille pour le trust, Margaret Nolan, la directrice, et deux guides qui étaient déjà là dans l'ancien temps. (De l'autre côté du cours d'eau, ils se remirent à trotter vers les chênes.) Tout ce que je sais, c'est qu'il veut les tuer. Un psychopathe normal s'introduirait dans leurs chambres pour se les faire une par une, mais Dart veut organiser une grande fête. Il en a rêvé toute l'après midi.

— Une grande fête ?

Au bout du large chemin qui séparait les rangées de chênes, Nora apercevait le bord de l'étang.

— Il adore parler et avoir un public. Il veut les réunir et se payer du bon temps. L'idée de les obliger à regarder, pendant qu'il les tuera l'une après l'autre, l'éclate complètement.

— Ça m'ennuie de le dire, mais est-ce qu'il ne va pas plutôt essayer d'en finir le plus vite possible pour pouvoir s'en aller ?

— Dart se sent protégé par des forces supérieures. Il est persuadé qu'il pourra toujours s'enfuir, aussi tard qu'il s'y prenne.

Jeffrey médita cette information tandis qu'ils se dirigeaient vers l'étang et le terrain découvert.

— De combien de temps a-t-il déjà disposé ?

— J'ai perdu la notion du temps avec le sens de l'orientation. (Elle tenta d'estimer la durée de sa fuite à travers bois.) Au début, il me courait vraiment après. Il était furieux. Je lui ai donné un coup de couteau, et puis je lui ai tiré dessus.

— Vous l'avez touché ? Où ça ?

— Il était allongé sur le ventre, alors tout ce que j'ai vu, c'est le sang qui lui coulait de la tête. Il avait l'air on ne peut plus mort, mais je n'ai pas regardé la blessure. Je lui aurais bien pris le pouls, seulement l'idée de le toucher me répugnait. Je suppose que je l'ai juste éraflé. Merde. Enfin, bon, je me suis enfuie, et quelque chose comme une minute plus tard, il s'est relevé, et il m'a poursuivie. Attendez un peu. J'ai quelque chose à faire.

Elle courut jusqu'à l'étang, y plongea ses mains boueuses, et les nettoya, avant de le rejoindre.

— Je ne veux pas que cette saleté de flingue me glisse entre les doigts.

Jeffrey s'engagea sur la pelouse glissante.

— Est-ce qu'il a pu disposer d'une demi-heure ?

Nora s'immobilisa. Elle contempla ses mains humides, et réalisa que Dart leur avait laissé plus de temps qu'elle ne l'avait cru.

— Moins que ça. Il a dû me poursuivre au moins dix minutes, avant de changer d'idée. Il a attendu d'être sûr que je le croie derrière moi, et ensuite, il est reparti vers la baraque. C'était il y a quelque chose comme vingt minutes. Il a dû lui en falloir dix ou quinze pour atteindre le Manoir, mais il ne s'est pas mis au travail tout de suite.

Jeffrey se gratta le front, y laissant une trace de boue qui accentua l'effet camouflage.

— Pourquoi ?

Elle leva les mains qu'elle venait de laver dans l'étang.

— C'est un des mecs les plus soigneux de la terre. La première chose qu'il aura faite, en arrivant au sec, c'est se nettoyer. Il y a une salle de bains, dans un petit couloir, au rez-de-chaussée. Il a peut-être même pris une douche. Tout le monde dort à l'étage : il avait largement le temps de se préparer pour sa fête.

— Ce n'est pas une blague ?

— Nous parlons d'un homme qui devient dingue quand il passe une journée sans se brosser les dents. S'il n'est pas présentable, ça va lui gâcher la moitié de son plaisir.

Visiblement, Jeffrey décida de la croire.

— J'espère qu'il n'a pas d'autre revolver.

— Non. Mais la dernière fois que je l'ai vu, il avait un hachoir à la main. Et la cuisine est pleine de couteaux.

Ils regardèrent le Manoir, au bout de la pelouse. La nuit était à présent tombée. Les marches de pierre incurvées qui menaient à la terrasse étaient à peine visibles. Au-delà, les portes-fenêtres du fumoir restaient illuminées. Comme l'avait prédit Marian, le courant avait été rétabli étonnamment vite.

Nora leva les yeux. Toutes les fenêtres du premier étage étaient noires, mais dans le coin supérieur gauche de la maison, il y avait de la lumière à celles de Lily et de Marian.

— Dart aime beaucoup les couteaux, ajouta-t-elle.

Jeffrey désigna les fenêtres du fumoir.

— Vous croyez que c'est là qu'il veut rassembler ces dames ?

— Il est d'humeur à sortir le grand jeu. Il va se servir de la plus belle pièce de la maison, et c'est celle-là.

— Si c'est vrai, on va pouvoir voir ce qui se passe.

Jeffrey déboutonna son imperméable, l'ôta, et le laissa tomber sur l'herbe. Il se remit à courir, en petites foulées. Nora le suivit. À mi-chemin, ils ralentirent l'allure et se plièrent en deux.

Ils parvinrent ensemble à l'escalier de la terrasse et s'accroupirent au bas du premier degré. Ils échangèrent un coup d'œil, arrivèrent à un accord muet, et montèrent côte à côte, toujours courbés. À quatre marches du sommet, ils purent regarder par la première porte-fenêtre du fumoir. Nora ne distingua que le bord d'un tapis blanc, le plancher et les pieds cylindriques polis d'une table. Elle se rapprocha de son compagnon, mais ne vit qu'une plus grande surface de tapis.

Jeffrey monta encore deux marches et se pencha au-dessus de la terrasse. Se retournant vers Nora, il secoua la tête pour lui intimer l'ordre de l'attendre, puis il s'allongea à plat ventre, commença à ramper. Elle arriva à sa hauteur, et observa les semelles de ses chaussures s'éloigner sur les carreaux humides. Lorsqu'elles furent à six mètres d'elle, elle se mit elle aussi à ramper, s'écorchant les genoux et les orteils. Les boutons métalliques du ciré émettaient des grincements aigus contre la pierre, aussi se redressa-t-elle à quatre pattes. Jeffrey progressait à une vitesse étonnante.

Il atteignit la porte-fenêtre. De l'eau coulait des gouttières en un flot régulier.

Pour la première fois, Nora prit conscience du silence profond qui environnait le son des gouttes frappant le sol, de la délicieuse fraîcheur des odeurs imprégnant l'air. Même les rudes dalles, sous son visage, dégageaient un parfum vibrant, fort, vivant.

L'ancien majordome s'allongea sous la baie vitrée. Elle l'imita, approchant le visage du sien, leva la tête et regarda dans le fumoir.

Lily Melville, en chemise de nuit bleue, était attachée sur une chaise, au centre de la pièce. Un morceau de ficelle s'étendait de ses chevilles à ses poignets, liés derrière le dossier. Elle avait la tête baissée sur la poitrine, et ses épaules tremblaient. Face à la fenêtre, Margaret Nolan, pareillement entravée, et toujours vêtue de la robe qu'elle portait au dîner, lui parlait, mais la vieille femme ne semblait pas l'entendre.

Margaret regarda par-dessus son épaule. Nora s'écarta un peu de Jeffrey pour observer le passage qui donnait dans le couloir. Une Marian Cullinan hystérique, poussée en avant par Dick Dart, venait d'y apparaître. À la voir, on aurait dit qu'elle tentait de faire des pompes sur le bras qui lui enserrait la gorge. De l'autre main, Dart lui tenait un long couteau contre le flanc. Il avait l'air enchanté.

100

Pour sa soirée poétique, Marian avait revêtu une robe noire sans manches, décolletée. Dart, nu, était d'une irréprochable propreté. Ses cheveux tout juste lavés, un peu ébourriffés, couvraient une bande de gaze ensanglantée, collée sur sa tempe à l'aide de sparadrap. Il laissa tomber Marian sur une chaise, face à Lily Melville, se porta à son côté, et se pencha. Elle se jeta en avant. Sans même se donner la peine de la regarder, il lui referma la main gauche sur la gorge, et la fit tomber au sol. Le hurlement de la jeune femme traversa la porte-fenêtre. Nora sentit ses muscles se crisper.

Dart posa son couteau et tendit la main hors de vue. Marian se débattait, tentait de le frapper. Il la releva par la peau du cou, comme un chaton.

— Qu'est-ce qu'on fait ? chuchota Nora à Jeffrey.

— J'y réfléchis, renvoya-t-il sur le même ton.

Secouant la tête, Dart souleva Marian jusqu'à ce que les pieds de la jeune femme quittent le sol. Il la laissa alors tomber et la rattrapa par la taille, lui emprisonnant les bras. Tandis qu'elle continuait de se débattre, la main droite du meurtrier revint en vue, tenant un rouleau de ficelle. Il porta à nouveau sa victime jusqu'à la chaise et l'y assit avec violence.

Elle poussa un nouveau hurlement.

Margaret se tourna vers Dart et déclara quelque chose sur un ton étonnamment mesuré. Sans lui prêter attention, il s'agenouilla derrière Marian, lui enroula à deux reprises la ficelle autour du torse, et relâcha son étreinte. Elle bondit sur ses pieds et tenta de s'enfuir avec la chaise. Dart la rattrapa et passa la ficelle autour de ses épaules, puis sous son siège, devant lequel il se posta alors. Quand sa prisonnière voulut lui donner un coup de pied, il lui empoigna les chevilles, les entrava et renvoya la ficelle derrière la chaise. Il la sectionna et la noua dans le dos de la jeune femme. Margaret lui parla à nouveau. Ce qu'il répondit la fit grimacer.

— Il est fort, cet enfoiré, murmura Jeffrey.

Marian regimba à deux reprises, puis abandonna ses efforts.

Le meurtrier remit la chaise en place, et, le front plissé, examina tour à tour les trois femmes en se frottant le menton. Marian et Lily étaient assises face à face, de chaque côté de Margaret, à quelques pas devant elle. Dart prit place entre elles et recula vers la terrasse. Sans cesser de les observer, il manipula avec précautions le tampon de gaze qu'il avait réussi à poser sur sa blessure, dans son dos. Il eut un sursaut, et une tache rouge, au centre du pansement, s'assombrit, s'élargit.

Jeffrey inclina la tête vers Nora.

— Il n'y avait pas une autre femme ?

Elle désigna les étages.

— Au lit, malade.

Dart se pavana devant ses trois prisonnières, mesurant l'effet qu'il avait produit. Elles ne le quittaient pas des yeux, Marian d'un air sombre, Margaret avec une concentration profonde, évoquant celle du forcené. Quant à Lily, même sa nuque exprimait terreur et incompréhension. La jeune femme renvoya ses cheveux en arrière, et prononça une phrase que Nora lut sur ses lèvres : *Vous m'avez fait mal.* Dart passa derrière Lily, la fit légèrement pivoter vers la porte-fenêtre et lui tapota les cheveux. La directrice serra les dents quand il tira sa chaise en arrière, sur quelques centimètres. Marian reprit la parole : *Pourquoi faites-vous ça, Norman ?*

Margaret articula quelques mots. Marian se tendit, et toute émotion déserta son visage.

Dart, dont le vrai nom venait d'être prononcé, écarta les bras et se tourna de droite et de gauche pour recevoir d'imaginaires applaudissements.

— Qu'est-ce qu'on attend ? chuchota Nora.

— Qu'il nous dise quoi faire.

Le meurtrier s'approcha souplement de Marian et l'embrassa sur la joue. Tout en lui parlant, il passa derrière elle et lui pressa la main. Il lui caressa les bras, les cheveux, puis lui glissa un doigt sous le menton. Margaret le regardait faire, imperturbable. La jeune femme ferma les yeux et se mit à trembler. Sur son visage, les taches de rousseur flamboyaient. Sans cesser de s'adresser à elle, Dart la contourna à nouveau, et l'embrassa. Elle renvoya la tête en arrière, s'attirant une gifle d'une telle force que le coup s'entendit à travers les vitres. Il l'embrassa à nouveau. Lorsqu'il s'écarta, la marque rouge de ses doigts éclipsait les taches de rousseur sur la joue de sa victime.

Levant les mains, comme pour dire : *Je suis quelqu'un de raisonnable*, il s'éloigna d'elle et s'adressa à ses trois prisonnières. Souriant, il désigna Marian et interrogea ses deux aînées. Margaret demeura impassible, tandis que Lily secouait la tête. Dart se posa la main sur le cœur, l'air blessé. Il bondit vers la vieille femme et lui souleva le menton. Nora le vit prononcer les mots : *Je vous aime, Lily chérie.* Il trottina ensuite jusqu'à Margaret, et lui posa une question. La réponse fut un *non* très net. Il recula, feignant l'incrédulité. Jamais il ne s'était autant amusé de toute sa vie. Un certain temps, il marcha de long en large, en proie à quelque débat intérieur hypothétique. Il secoua tristement la tête, s'approcha du couteau posé par terre, fit mine d'être surpris de le voir, et le ramassa avec une joie émerveillée.

Nora interrogea Jeffrey du regard. Il secoua la tête.

Dart marcha dans leur direction. D'abord sa tête, puis tout son corps, au-dessus des genoux, disparurent derrière la table. L'ancien majordome effleura la main de sa compagne : *Ne bougez pas.* Elle eut un signe de tête vers la gauche. *Le revolver* ? Jeffrey fit un imperceptible mouvement de dénégation : *Pas maintenant.* Les jambes du meurtrier exécutèrent un demi-tour, et ses pieds commencèrent à s'éloigner. Quand le reste de sa personne réapparut aux deux témoins, il ne tenait plus le couteau. Claquant des doigts, il se volatilisa. Les yeux de Margaret bougèrent, et Marian tordit le cou pour le regarder s'en aller. Leurs visages rendirent compte de son retour. Lorsqu'il arriva en vue, bondissant, il était armé du hachoir. Il l'exhiba devant les trois femmes, trancha l'air, puis s'approcha à nouveau de la table.

Jeffrey parvint à s'aplatir en dessous du niveau du seuil de la porte-fenêtre. Nora croisa les bras au-dessus de sa tête, retint son souffle. Lorsqu'elle risqua un coup d'œil par la vitre, les mollets poilus de Dart apparaissaient toujours sous la table. Il alignait ses outils. Un de ses pieds se tourna de côté quand il pivota vers ses prisonnières. L'une d'elles avait dû lui poser une question.

— Ma petite femme ? répondit-il, assez près de la porte-fenêtre pour que Nora l'entende. La dernière fois que je l'ai vue, mon ex-compagne s'enfuyait à toutes jambes dans la grande forêt préhistorique. En ce moment, elle est tapie dans un buisson, et elle attend que je renonce à la traquer. (Il s'approcha de l'ouverture.) *Nor-ma ! Nor-ma !* Rentre à la maison, chérie, on commence tout juste à s'amuser. Tu m'entends ? (Il se tourna vers ses victimes et baissa la voix.) Si ça se trouve, elle se cache sur la terrasse ! Voyons voir !

Le cœur de Nora cessa de battre. Elle se sentit gelée. À son côté, Jeffrey se ramassait sur lui-même pour bondir.

Si Dart franchissait la porte-fenêtre, son pied se poserait à environ dix centimètres du coude de celle qu'il appelait encore son épouse. Elle releva le menton, jeta un coup d'œil à l'intérieur, et son cœur se remit à battre avec un énorme sursaut. Le meurtrier s'éloignait en direction des autres baies vitrées. Quelques secondes plus tard, il disparut à sa vue. Au bout de la terrasse, une poignée grinça et une porte-fenêtre s'ouvrit. Tout cela faisait partie de la représentation, du spectacle qu'il offrait à ses prisonnières. De fort bonne humeur, il leur donnait la preuve de leur vulnérabilité. Il se pencha à l'extérieur, et rugit :

— *Norma ! Norma ! Mrs Desmond !*

Il dut se retourner vers le fumoir.

— Vous entendez quelque chose, Marian ?

— Non, répondit l'interpellée d'une voix faible.

Dart était toujours penché par l'ouverture.

— Vous savez qui c'est, n'est-ce pas ?

— La femme que vous avez kidnappée.

— Nora Chancel, ajouta Margaret Nolan.

Il eut un léger soupir moqueur, comme s'il s'était lamenté de la trahison de Nora.

— Vous avez commis une grave erreur, Mr Dart, déclara la directrice. Vous l'avez laissée s'enfuir. Essayez de comprendre ce que je veux vous dire : Mrs Chancel n'est pas prostrée au milieu de la forêt. Elle est partie chercher de l'aide. Vous devriez vous en aller tout de suite. Vous pouvez encore retourner à la Poivière, vous habiller, et prendre une voiture. Si vous perdez du temps avec nous, vous serez certainement capturé par la police. Vous vous en rendez bien compte ?

— Capturé ? répéta Dart. Merveilleux mot. Évocateur des bêtes de la jungle.

— Nous ne vous demandons pas de nous détacher. Mais si vous voulez rester en liberté, vous devez quitter Shorelands sans tarder. Mrs Chancel est probablement déjà en compagnie de Tony.

Après un long moment de silence, un hibou ulula de l'autre côté de l'étang. Des gouttes s'abattaient encore sur les dalles. Dart poussa un hennissement. Nora lui jeta un coup d'œil rapide. Il souriait, la tête levée vers le ciel.

— Quel souci. Si Nora-chou allait voir votre réhabilité, il se pointerait pour vérifier son histoire. Tony ne me poserait pas de problème. Mais vous savez ce qui va se passer, en fait ? Nora va venir ici. C'est gravé dans la pierre. Elle connaît bien mes petites habitudes. Elle ne pourra pas s'en empêcher. Elle sera incapable de vous abandonner, c'est impossible.

— C'et stupide, intervint Marian. Sauvez votre peau. Partez tout de suite. Vous n'avez même pas le temps d'aller vous habiller.

— Ça vous plaît que je sois nu, Marian, n'est-ce pas ? J'avoue que ça me plaît aussi. J'adore quand l'air frais caresse mon corps. Ça m'excite. Et comme vous allez vous en rendre compte, j'adore être excité. Est-ce que vous avez des taches de rousseur sur la plante des pieds, Marian ?

Durant quelques secondes, elle resta silencieuse. Dart attendit.

— Non.

— Dommage. Et si nous vérifiions qu'elle n'est pas encore là ? Je lui ai promis une soirée inoubliable : je veux tenir ma promesse. (Il cria le nom de Nora, se posa une main en pavillon autour de l'oreille, cria à nouveau.) Pas de réponse, les filles. Il va falloir qu'on continue sans elle. Ne vous en faites pas : son arrivée ne gâchera pas notre plaisir.

Il rentra dans la pièce et la porte-fenêtre se referma en grinçant.

Jeffrey désigna le bord de la terrasse d'un signe de tête. Il se mit aussitôt à ramper sur les dalles, dans un silence absolu. Excerçant un effort surhumain, Nora se remit à quatre pattes et le suivit.

L'ancien majordome contourna le pilier qui s'élevait en haut des marches, et attendit. Lorsque sa compagne le rejoignit, il la précéda dans l'escalier, puis se mit à couvert derrière le muret de la terrasse. Tourné vers la pelouse obscure, il appuya la tête contre la pierre.

— Il est toujours comme ça ?

— À peu près, confirma Nora. Qu'est-ce qu'on fait ?

— On a tout le temps. Il est en train de s'échauffer. (Il sourit.) Vous savez, pour peu qu'on ne soit pas trop regardant sur l'identité de ses victimes, Dart aurait fait un excellent soldat de commando. Il possède une force et une rapidité incroyable, il est capable de continuer d'avancer après avoir encaissé une douleur incroyable, il anticipe bien les situations, et l'adversité lui fait donner le meilleur de lui-même. Si on peut dire.

— Vous voulez me faire admirer Dick Dart ?

— Pas du tout. Je me contente de le décrire. Si je le sous-estime, je n'ai pas la moindre chance contre lui. J'imagine qu'il n'a pas toujours été tel que nous venons de le voir ?

— Être arrêté pour meurtre l'a libéré. Il n'a plus besoin de cacher ce qu'il est réellement.

L'ancien majordome eut un nouveau sourire.

— C'est de *s'évader* qui l'a libéré. Après ça, toutes les règles normales se sont trouvées annulées. C'est un être neuf, dans un monde neuf, qui étire ses ailes, qui se découvre. (Cette remarque était d'une telle justesse que Nora contint son impatience.) Il ne va pas commencer à faire réellement du mal à ces femmes avant une demi-heure. Il s'amuse trop. Il va attendre que vous vous montriez. Savez-vous si la porte d'entrée est fermée à clef ?

— Elle ne l'est pas.

— Bien. (Jeffrey leva les yeux dans le vague, et s'essuya le front.) Est-ce qu'il sait que vous le savez ?

— Oui.

— C'est donc par là qu'il pense vous voir arriver. (Il s'avança vers la pelouse et contempla les étages du Manoir.) On va préparer une petite surprise à Mr Dart. (Il explora du regard l'arrière du bâtiment.) Les portes-fenêtres n'étaient pas verrouillées non plus. Et il y en a une autre, au fond de la pièce où il est allé chercher le hachoir.

— La salle à manger.

— Je parie que toutes les portes sont ouvertes. Les occupantes du Manoir se croient protégées par leur isolement et par Tony. Il n'y a probablement jamais eu de cambriolage, ici. Vous dites qu'il y a encore une femme dans la maison, une sorte d'invalide ?

— Agnes Brotherhood.

— À quel étage ?

— Au premier.

— Très bien. Pendant que je vous cherchais, j'ai vu une échelle appuyée contre le mur, dans la cour. Sans doute oubliée par des ouvriers. Je vais entrer par une fenêtre du haut. Une fois que j'y serai, je ferai du bruit, et Dart croira qu'Agnes s'apprête à se joindre à la fête. Il sera enchanté. Vous, vous retournez là-bas et vous vous postez au bout du fumoir. Dès que vous le verrez sortir, allez dans la salle à manger et restez-y !

— Très bien.

— Il va falloir ouvrir grand les oreilles, mais restez cachée dans la salle à manger jusqu'à ce que vous soyez sûre de prendre Dart par surprise. Il ne vous attendra pas par là. Et il ne s'attendra pas à me voir non plus. Si je suis de taille, je le mettrai hors de combat. Sinon, il m'emmènera au fumoir, et c'est à ce moment-là que vous sortirez.

— Vous devriez prendre le revolver.

— Non, gardez-le. (Jeffrey leva une jambe, délaça sa chaussure, l'ôta, et la posa près du mur. Il procéda de même avec l'autre.) Il ne vous reste qu'une balle. Ne la gâchez pas. (Il lui tapota de l'index le centre du front.) Et logez-la-lui ici. Ce type est en acier trempé.

— Je sais, acquiesça Nora.

Mais son compagnon s'éloignait déjà dans l'obscurité.

101

Le ciré de Marian lui paraissait encombrant, ridicule. Elle sortit le revolver de la poche, arracha les boutons, et fit glisser sur ses épaules le vêtement, qui chut lourdement à terre. En dehors du bas de ses jambes, lavé par le ruisseau, tout le devant de son corps était noir de boue. Nora assura son arme au creux de sa main et remonta l'escalier de la terrasse. Sur la pointe des pieds, elle courut se poster contre le bâtiment, près de la deuxième porte-fenêtre. Lorsqu'elle avança un peu la tête, elle découvrit les trois quarts du fumoir. Le dos de Marian Cullinan lui masquait en partie Lily Melville. Margaret Nolan, entièrement visible, faisait face à un Dick Dart qui ne l'était que trop. Une bouteille de champagne dans une main, son pénis à demi érigé dans l'autre, il s'adressait à la directrice, lui relatant sans nul doute les nombreuses extases qu'il avait procurées à de vieilles femmes. Elle le regardait sans ciller.

Pour la première fois, Nora commença à douter des raisons pour lesquelles Agnes ne se trouvait pas avec les autres. Dart ne l'aurait pas laissée dans sa chambre sous prétexte qu'elle était trop faible pour quitter le lit. Peut-être l'avait-il attachée dans un angle de la pièce que l'observatrice ne voyait pas, comme une araignée fait des provisions de nourriture dans sa toile. S'il l'avait emmenée au rez-de-chaussée, il se méfierait dès qu'il entendrait du bruit, et Jeffrey serait encore plus en danger.

Dart but une gorgée de champagne au goulot et offrit la bouteille à Lily. Comme elle ne réagissait pas, il se posta devant elle. Nora eut l'impression qu'il la forçait à boire. Il adressa un commentaire à Margaret. Bien sûr. C'était celle qu'il détestait le plus : il faisait son numéro pour elle. S'approchant de Marian, il inclina la bouteille tel un sommelier, pour en faire admirer l'étiquette, puis la porta aux lèvres de la jeune femme. Tout ce que disait ou faisait cette dernière évoquait l'incrédulité et le désespoir. Dart recula, pouffa, et traversa la pièce pour ramasser le couteau sur la table. Il expliqua ce qu'il serait forcé de faire si elle ne buvait pas un coup avec lui, et renouvela sa tentative. Elle dut lui permettre de lui verser un peu de liquide dans la bouche, car il sourit d'un air satisfait. Il s'intéressa alors à Margaret, qui ouvrit la bouche, maussade, et se laissa abreuver.

Le meurtrier but à son tour, avant de se retourner vers Marian. Il avança les hanches pour lui offrir le concombre. Non ? Il posa la bouteille par terre et prononça quelques mots, tout en désignant le couteau, puis son pénis. Sans cesser de discourir, il se manipula avec vigueur, et l'obéissante cucurbitacée se dressa. Satisfait, il la montra aux deux autres femmes. Lily avait fermé les yeux. Margaret accorda à peine un coup d'œil au membre érigé. Retournant à Marian, Dart désigna à nouveau le couteau et le concombre. La nuque de la jeune femme ne permit pas de deviner sa réponse. Il se porta à son côté et lui frotta la chose contre la joue, puis il jeta un coup d'œil à Margaret, dont le visage se figea totalement. Lily osa entrouvrir les paupières, et les referma instantanément.

Que faisait donc Jeffrey ? Il admirait la chambre à coucher de Georgina ?

Dart recula, leva le couteau, et manipula la ficelle qui liait Marian à sa chaise. Après en avoir sélectionné un brin, il passa la lame en dessous, le trancha, et le noua d'une autre manière. Le bras droit de la jeune femme se retrouva libre jusqu'au coude. C'était un échange de bons procédés : tu es gentille avec moi, je serai gentil avec toi.

Tout en se masturbant, le meurtrier alla se planter en face de Margaret. Il lui agita son sexe devant les yeux, et réédita la pantomime jouée pour Marian. À force de manipulations, le pénis grandit encore de deux centimètres. Sans cesser de le pétrir, de le caresser, une expression rêveuse au fond des yeux, Dart l'amena sous le nez de Margaret, pour le lui faire admirer. De sa main libre, il effleura les cheveux de la directrice.

D'un coup, il tourna la tête.

Les bras et les jambes de Nora se tendirent. Le meurtrier adressa quelques mots à Marian, qui secoua la tête. Il alla se poster d'un bond à l'entrée de la pièce, le dos au mur. La jeune femme se tourna vers Margaret, qui l'interrogea du regard. Ils avaient tous entendu du bruit, et nul n'en avait déduit qu'Agnes Brotherhood descendait au rez-de-chaussée. Nora fixait le passage désert. Dart se posa un doigt sur les lèvres. Quelques secondes s'écoulèrent en silence. Les trois femmes se trémoussaient sur leurs chaises.

Le meurtrier se lécha les lèvres et continua de surveiller l'entrée, prêt à bondir.

Le corps de l'observatrice décida pour elle. Sans réfléchir, elle se porta devant la porte-fenêtre, et en abaissa la poignée. Dart se tourna vers elle, surpris, choqué, furieux. Il avança d'un pas, les lèvres retroussées. Nora ouvrit les battants d'une saccade, posa un pied dans le fumoir — et se pétrifia quand Jeffrey y bondit littéralement. L'ancien majordome exécuta un saut périlleux, se remit sur ses pieds derrière Marian, et, penché en avant, les bras légèrement écartés, entama aussitôt un mouvement tournant en direction de Dart.

Le regard du meurtrier passait de l'un à l'autre des arrivants.

— Pour qui tu te prends, Superman ? (Il s'éloigna du mur.) Mesdames, saluez, je vous en prie, Jeffrey, le majordome. Si le chou crotté ne m'avait pas distrait, tu serais déjà mort Jeffrey.

— Tirez, Norma ! cria Marian. Tirez !

— La ferme, rétorqua Nora.

Elle se rapprocha de Lily, qui la contemplait avec une expression de pure terreur.

— *Mais tirez donc, Norma !* hurla Marian.

— Elle tire comme un pied, chérie, lui apprit Dart, et le flingue est vide.

Déjà pleinement adapté au retournement de situation, il retrouvait sa confiance et sa bonne humeur. Il n'avait à s'occuper que d'un homme désarmé, et de Nora, qui tirait comme un pied, particulièrement avec une arme déchargée. Les probabilités étaient pour lui. Jeffrey se rapprochait toujours de lui.

— Amène-toi, majordome, lança Dart.

L'interpellé n'avait pas même regardé Nora depuis qu'il s'était propulsé dans la pièce, tellement concentré sur son adversaire qu'il ne paraissait pas avoir entendu les exclamations de Marian. Il avançait en crabe, lentement, avec des gestes précis. Le meurtrier roula des yeux amusés : Jeffrey ne constituait pas une menace sérieuse. Dart écarta les bras, haussa les épaules, et s'adressa à Nora.

— Il faut que je vous dise la triste vérité, ma chérie. Je vous ai menti. Ils ne sont pas jolis, vos nichons. Trop petits. Trop plats.

Il se retourna vers l'ancien majordome, et son sourire s'élargit.

— Ça vous arrive de vous habiller en femme, Dick ? demanda Nora.

Le sourire de Dart disparut, et il marcha vers son adversaire avec l'air d'un homme qui doit vaquer à une occupation fastidieuse quoique nécessaire.

Lily leva des yeux apeurés.

— C'est bien vous, Mrs Desmond ?

— C'est moi, Lily, répondit Nora en lui touchant l'épaule.

Elle visait le meurtrier avec le revolver, mais n'avait aucune certitude d'être capable de le toucher. Les deux hommes se rapprochaient l'un de l'autre.

— Je vois d'ici votre placard, Dick, reprit-elle. Dedans, il y a deux robes, que personne n'a jamais vues, à part vous.

Dart poussa un grognement et se détendit. Jeffrey parut littéralement flotter en arrière. Son adversaire parcourut un peu plus d'un mètre sans toucher le sol, puis atterrit sur le ventre. La seconde d'après, il sautait sur ses pieds et s'accroupissait.

— Très bien : maintenant, on sait que tu es vif, dit-il, avant de se préparer à charger.

Jeffrey bondit à droite, puis à gauche, si rapidement qu'il parut à peine avoir bougé. Il se posta directement derrière Margaret qui, contrairement aux deux autres prisonnières, regardait la fausse Norma Desmond. Les yeux de la directrice dérivèrent en direction de la porte-fenêtre, puis se posèrent à nouveau sur Nora. Cette dernière regarda derrière elle et comprit. Courant à la table, elle s'empara du hachoir.

— Vous êtes malade ! hurla Marian. Vous avez un flingue !

Dart se déplaça un peu sur la droite, l'ancien majordome d'autant sur la gauche, image miroir.

La jeune femme cria une nouvelle fois à Nora de tirer.

Le meurtrier donna un grand coup de couteau à l'endroit où se trouvait Jeffrey l'instant d'avant, puis pivota et chargea. Plutôt que de reculer, son adversaire se déporta de côté, l'empoigna par le bras, le fit passer par-dessus sa hanche, et l'envoya rouler sur le tapis, à un mètre de Marian. Nora se rappela que, parmi une dizaine d'autres métiers improbables, il avait exercé celui de professeur de karaté.

Dart grimaça, mais se releva presque aussi vite que la première fois.

— Super, grinça-t-il. Les arts martiaux, c'est pour les pédés. C'est comme ça qu'on se bat quand on ne sait pas vraiment se battre.

Il se rua en avant, abattant son couteau. Jeffrey recula d'un bond agile. À deux mètres de Dart, il regarda Nora par-dessus la tête de Marian, et lui parla avec les yeux. Prenant le hachoir de la main droite, elle trancha les ficelles qui couraient dans le dos de Margaret.

— À moi, maintenant ! s'écria la jeune femme.

La directrice tenta de se redresser. Les liens qui lui maintenaient le torse tombèrent, mais elle avait toujours les poignets entravés.

— *Moi* ! hurla Marian.

Nora posa le revolver, et s'agenouilla pour faire passer le hachoir entre les poignets de Margaret. Lily poussa un grand cri. Un corps s'abattit sur le sol. Dart se releva à genoux. Son couteau était taché de sang. Jeffrey recula vers le couloir. Une estafilade sanglante de trente centimètres de long courait sur son torse. À son expression, on eût juré qu'il était en train d'écouter de la musique. Il s'envola littéralement, empoigna le meurtrier par le bras, et le projeta à nouveau au sol. Plutôt que d'attendre que son adversaire se relève et charge à nouveau, il le suivit d'un mouvement souple, ininterrompu. Avec la soudaineté de l'éclair, Dart se retourna et planta le couteau entre les côtes de l'ancien majordome.

Pendant plusieurs secondes interminables, tandis que Nora tentait de se convaincre qu'elle se trompait, qu'elle n'avait pas vu ce qu'elle avait vu, les deux hommes demeurèrent figés. Enfin, une tache écarlate s'épanouit au milieu de la chemise mouillée de Jeffrey, qui retomba mollement sur Dart. Nora se remit sur ses pieds en vacillant.

Marian exigeait d'un ton suraigu qu'on la libère.

Le meurtrier exhala un soupir de triomphe et repoussa son adversaire, qui pressa une main contre sa blessure, mais ne fit pas autrement mine de bouger.

Dart s'assit, recula pour démêler ses jambes de celles de Jeffrey. Nora fit un pas vers lui. L'ancien majordome poussa un grognement — le premier son qu'il émettait depuis son arrivée dans la pièce. Son intense concentration ne l'avait pas quitté. Marian, elle, lançait des cris stridents ininterrompus. Terrorisée, Nora appuya le hachoir contre son épaule et s'avança vers les deux hommes.

Dart se remit aisément sur ses pieds et pivota pour lui faire face.

— Non, vraiment, Nora...

Joueur, ironique, il tendit brusquement vers elle son bras armé. C'était impossible, elle n'y arriverait pas : il était trop rapide. Le couteau bondit à nouveau, en une deuxième parodie de coup, et celui qui le maniait s'avança en souriant. Nora recula, sans lâcher le hachoir, tout en sachant qu'elle ne pourrait frapper avant d'avoir été poignardée. Dart s'amusait tellement qu'il rayonnait.

— J'en attendais un peu plus de votre part, remarqua-t-il.

Brusquement, ses yeux s'agrandirent, et il s'abattit à plat ventre devant elle à une vitesse étonnante, surréaliste.

Elle baissa les yeux. Les bras autour des chevilles du meurtrier, dont il pressait les talons contre son torse, Jeffrey tirait de toutes ses forces.

Durant la seconde de grâce qu'il lui apportait, elle courut à Dart, leva le hachoir et l'abattit sur une des touffes de poils qui lui poussaient dans le dos. La large lame s'enfonça de quatre ou cinq centimètres. Du sang jaillit. Le blessé s'ébroua à la manière d'un cheval, contraignant Nora à lâcher la poignée de l'ustensile.

— Je croyais qu'on était potes, siffla-t-il.

D'un coup de pied, il s'arracha à l'étreinte de Jeffrey et se traîna vers elle. Il émit un nouveau sifflement, se redressa sur les coudes, et continua sa progression. Elle recula. Il leva sur elle des yeux où brillait un plaisir ironique.

— Je ne comprends pas pourquoi vous me rejetez toujours.

Nora heurta du talon le canon du revolver.

Alors que les cris de Marian s'enflaient encore, elle referma les mains sur la crosse de l'arme et avança de deux pas, les yeux vides. S'accroupissant, elle appuya le canon sur le front de Dart.

— Allez, mignonne, l'encouragea-t-il, tirez. Montrez à notre public que le spectacle doit continuer.

Nora pressa la détente. Le chien retomba avec un claquement métallique. Le meurtrier eut un petit rire essoufflé, et lui empoigna l'avant-bras.

— Et c'est parti !

Au moment où il lui abaissait la main, elle tira à nouveau. Le revolver fut projeté en hauteur par la puissance de l'explosion, et la dernière balle fora un trou dans l'œil amusé de Dart, lui traversant le cerveau avant de lui faire exploser l'arrière du crâne. Une brume gris-rouge alla éclabousser le mur du fond. *Une balle dans la tête vaut mieux qu'une balle dans le ventre.* Même Dan Harwich avait raison, parfois. Nora sentait les doigts du mort frémir sur son bras. Vaguement, comme d'une pièce lointaine, elle entendait hurler Marian Cullinan.

102

Une heure plus tard, le monde extérieur envahit la vie de Nora, d'abord sous la forme des nombreux policiers qui lui servirent du café, la bombardèrent de questions, et écrivirent tout ce qu'elle leur dit, puis sous celle des journalistes de la presse écrite ou de la télévision, encore plus nombreux et encore plus indiscrets, qui durant une période brève mais détestable la poursuivirent partout où elle allait, afin de publier comme des faits leurs inventions, et de diffuser sur les ondes des simplifications, des distorsions ou de pures contre-vérités — un processus qui, comme toujours, ne cessa de s'amplifier. Si elle l'avait voulu, Nora aurait pu passer dans des dizaines de *talk shows* ou d'émissions de ragots, vendre son histoire à une société de production et avoir sa photo sur les couvertures de ces magazines qui vulgarisent ce qui est déjà vulgaire. Elle n'en fit rien, sans plus envisager ces démarches qu'elle ne devait s'interroger ensuite sur les seize propositions de mariage qui lui parviendraient par la poste. Quand Nora arriverait sur la scène publique, avec les exagérations et les réductions que cette dernière devait apporter à son histoire, elle ne se reconnaîtrait pas elle-même, au point que les photographies publiées dans les journaux lui sembleraient celles de quelqu'un d'autre. Jeffrey Deodato, qui devait jouir d'une célébrité temporaire un peu moins longue que la sienne, déclina lui aussi de participer à la falsification publique de son existence.

Une fois que Nora eut rempli ses laborieuses obligations envers la force publique de plusieurs villes, elle ne désirait plus qu'un peu de temps pour remettre de l'ordre dans sa vie. Ça, et aussi accomplir trois démarches bien précises. Elle accomplit les trois.

Ce long processus instructif, toutefois, ne commença que quarante minutes après qu'elle eut mis à mort Dick Dart, quand le monde se rua à sa rencontre et l'emporta. Dans l'intervalle, Nora libéra les deux autres femmes, et laissa Margaret Nolan réconforter Lily Melville, pour prendre la main de Jeffrey et tenter d'estimer la gravité de sa blessure. Visiblement à la torture, mais saignant moins qu'elle ne l'avait cru, il lui déclara :

— À moins de mourir de honte, je devrais survivre.

Marian Cullinan se retira dans sa chambre, mais la raisonnable Margaret se porta volontaire pour conduire Jeffrey à l'hôpital. Elle usa de sa forte personnalité et dissuada Nora de l'accompagner. Elle tenterait d'appeler la police de Lenox depuis l'hôpital. Si le téléphone ne marchait pas, elle se rendrait au poste en sortant de l'établissement. Elle courut au parking et revint avec sa voiture. Titubant, soutenu par les deux femmes, Jeffrey parvint à rejoindre la porte et à franchir l'allée. Tandis qu'elle l'aidait à s'installer sur son siège, Nora se rappela de demander à Margaret ce qui était arrivé à Agnes Brotherhood.

— Oh, Seigneur, elle est toujours enfermée dans sa chambre. Elle doit être complètement hystérique.

La directrice révéla à sa compagne l'endroit où elle rangeait la clef, dans son bureau, puis elle lui suggéra de se laver et d'enfiler des vêtements avant l'arrivée de la police.

Nora avait oublié qu'elle était nue depuis qu'elle avait ôté le ciré de Marian, devant la terrasse.

Tandis que Margaret partait à toute vitesse pour Lenox, elle s'en retourna vers le Manoir et Agnes — laquelle avait échappé aux attentions de Dick Dart parce qu'il avait été incapable de pénétrer dans sa chambre.

Nora passa devant le fumoir sans regarder le cadavre. Les clefs, toutes étiquetées, se trouvaient bien dans le tiroir de gauche du bureau. Elle enfila le grand imperméable bleu de la directrice et gagna la chambre d'Agnes.

Il lui sembla que la silhouette menue allongée sur le lit dormait, mais à peine eut-elle fait deux pas dans la pièce qu'Agnes déclara :

— Qu'est-ce qui vous a pris si longtemps, Marian ? Je n'aime pas être enfermée, et je ne vous aime pas, vous non plus.

— Ce n'est pas Marian, annonça Nora. Je suis la femme que vous avez vue cette après-midi. Vous vous rappelez ? Nous avons parlé de Katherine Mannheim.

Un froufrou de gestes énervés monta des couvertures, et la forme indistincte de la vieille femme, se redressa.

— Ils vous ont laissée revenir ? Ou alors, vous êtes là en douce ? C'est vous qui avez essayé d'entrer, tout à l'heure ?

Agnes n'avait aucune idée de ce qui s'était déroulé au rez-de-chaussée.

— Non, c'était quelqu'un d'autre.

— En tout cas, vous êtes là, et j'ai compris que vous aviez raison. Je veux que vous sachiez. Je veux vous dire la vérité.

— Dites-la moi.

Nora heurta une chaise, sur laquelle elle s'assit.

— Il l'a violée, reprit Agnes. Cet homme terrible, ce sale type l'a violée, et elle est morte d'une crise cardiaque.

— Lincoln Chancel a violé Katherine Mannheim ?

Nora ne révéla pas qu'elle avait déjà deviné au moins ça.

— Vous ne me croyez pas ?

— Je vous crois tout à fait.

Elle ferma les yeux et se laissa aller contre le dossier de sa chaise.

— Il l'a violée et elle est morte, reprit la vieille femme. Ensuite, il est allé chercher l'autre, l'autre horrible. C'est ce que j'ai vu.

— Oui, acquiesça Nora. (Sa propre voix lui semblait provenir de très loin.) Vous avez prévenu la maîtresse, elle s'est rendue à la Maison de

Pain d'Épice, et elle les a vus avec le cadavre. Mais vous n'avez appris ce qu'elle avait fait que très longtemps après.

— Je n'aurais pas pu rester, si j'avais su. Elle ne m'en a parlé qu'à l'époque où elle était malade, et où elle prenait ce médicament qui n'avait aucun effet, sinon de la rendre encore plus malade.

— Vous lui avez posé la question ? Vous vouliez savoir la vérité, n'est-ce pas ?

Agnes se mit à pleurer, réprimant ses reniflements.

— Oui, je voulais savoir. Et elle s'est fait un plaisir de tout me raconter. Elle détestait toujours Miss Mannheim.

— Mr Chancel a donné de l'argent à la maîtresse. Beaucoup d'argent.

— Il lui donnait tout ce qu'elle voulait. Il était obligé. Elle aurait pu les envoyer tous les deux en prison. Elle avait des preuves.

Nora renvoya la tête en arrière, et souffla la question qu'il lui fallait poser.

— Quel genre de preuves avait-elle, Agnes ?

— La note, la lettre, comme vous voulez. Celle qu'elle a obligé Mr Driver à écrire.

— Dites-moi tout.

— C'était dans la Maison de Pain d'Épice. La maîtresse a obligé Mr Driver à consigner par écrit tout ce qu'ils avaient fait et ce qu'ils allaient encore faire. Mr Chancel a voulu l'en empêcher, mais la maîtresse a dit que sinon, elle retournerait au Manoir pour appeler la police. Elle savait qu'il ne la tuerait pas, même s'il en avait envie, parce qu'elle s'impliquait autant qu'eux. Mr Chancel a quand même refusé de se confesser par écrit, mais Mr Driver l'a fait. Pour elle, une seule lettre en valait bien deux. Elle leur a montré où enterrer cette pauvre fille, et elle l'a noté sur le papier, de sa main. C'est de cette manière qu'elle s'impliquait.

Nora parvint à exprimer ce qu'elle devinait.

— Et elle a mis la note dans son coffre, celui qui était sous son lit, n'est-ce pas ?

— Il y est toujours, confirma Agnes. Il m'est arrivé d'avoir envie de lire la lettre, mais si je l'avais fait, j'aurais appris où ils l'avaient enterrée, et je ne voulais pas.

— Vous savez ouvrir le coffre ?

— Je l'ai ouvert des milliers de fois quand je m'occupais d'elle. Elle y enfermait ses bijoux. Je les en sortais quand elle avait envie de les porter. Vous voulez le voir ?

— Oui, acquiesça Nora en ouvrant les yeux et en se redressant. Vous pourrez marcher jusque là ?

— Je peux marcher jusqu'à la lune si on me laisse assez de temps. (Agnes tendit la main et la referma sur le poignet de sa compagne.) Pourquoi avez-vous la peau aussi rèche ?

— Je suis couverte de boue.

— Une jeune femme comme vous, ça devrait se laver.

Elle se laissa tomber à bas du lit et se dirigea d'un pas traînant vers la porte, sans lâcher Nora. Quand elles arrivèrent à la lumière, elle découvrit l'état de sa visiteuse avec une désapprobation choquée.

— Qu'est-ce qui vous est arrivé ? Vous avez l'air d'une sauvage.

— Je suis tombée, répondit Nora.

— Pourquoi portez-vous l'imper de Margaret ?

— C'est une longue histoire.

— Je n'ai jamais rien vu de pareil, soupira Agnes, avant de se mettre en marche dans le long couloir.

Elle alluma dans la chambre de Georgina Weatherall, et demanda à Nora d'apporter une chaise en face du lit. Là, elle tourna le cadran du coffre-fort.

— J'aurai oublié jusqu'à mon nom que je me rappellerai encore cette combinaison. (Elle ouvrit la porte, avança la main, et sortit une longue enveloppe, autrefois crème mais jaunie par le temps, qu'elle donna à sa compagne.) Prenez ça. Sortez-la de cette maison. Il faut que j'aille aux toilettes, maintenant. Vous voulez bien m'aider ?

Nora attendit devant la porte de la salle de bains qu'Agnes eût terminé, puis la reconduisit à sa chambre. Comme elle l'aidait à se remettre au lit, elle lui annonça qu'il y avait eu quelques problèmes, au rez-de-chaussée. La police allait venir, mais tout se passerait bien. Marian, Lily et Margaret n'avaient aucun mal. Toutefois, les policiers voudraient certainement lui parler. Elle n'aurait qu'à dire qu'elle était enfermée dans sa chambre, et ils s'en iraient.

— J'aimerais autant que vous ne parliez pas de la lettre que vous m'avez donnée, ajouta Nora, mais bien sûr, vous êtes libre.

— Je n'ai aucune intention d'en parler, affirma Agnes, surtout à des policiers. Vous feriez mieux de vous laver et d'enfiler des vrais vêtements, si vous ne voulez pas qu'un tas d'hommes vous reluquent. Sans compter que vous semez de la boue dans toute la maison.

Nora se doucha aussi brièvement que possible, se sécha, et trotta, enveloppe en main, jusqu'à la chambre de Margaret. Quelques minutes plus tard, vêtue d'un ample vêtement noir qui dissimulait une longue enveloppe dans une de ses poches, elle redescendit. Marian, installée à la table de la salle à manger, sursauta à son entrée. Elle s'était changée et avait remis du rouge à lèvres.

— Je sais que je dois vous remercier, dit la jeune femme. Vous et votre ami m'avez sauvé la vie. Où est passé tout le monde ? Et *lui*, où est-il passé ? Est-ce que la police est en route ?

— Fichez-moi la paix, soupira Nora.

Elle gagna une chaise à l'autre bout de la table et s'assit sans regarder Marian. Un courant d'émotions trop complexe pour être identifié comme du soulagement, du choc, de la colère, du chagrin ou de la désolation, la traversait. Elle se mit à pleurer.

— Vous ne devriez pas pleurer, déclara sa compagne. Vous avez été formidable.

— Vous ne savez vraiment rien de rien, rétorqua Nora.

Devant le bâtiment montèrent des sirènes et le bruit de véhicules qui arrivaient sur les gravillons de la cour, apportant les bruyantes attentions du monde extérieur.

UN JOUR, À LA FIN DU MOIS D'AOÛT

Un jour, à la fin du mois d'août, une femme qui n'était plus perdue, et qui demandait aux gens de l'appeler Nora Curlew plutôt que Nora Chancel, franchit en voiture les grilles de Mount Avenue, sans s'être annoncée, et remonta l'allée sinueuse menant aux Peupliers. Comme elle l'avait prévu, après avoir été chassé par son père, Davey s'était vu implorer de revenir, et il habitait à nouveau l'ancien appartement où avait vécu Jeffrey Deodato, au-dessus du garage. Seule dans la maison de Crooked Mile Road, Nora avait passé la semaine précédente à répondre au téléphone et à repousser les assauts de cameramen, preneurs de son et journalistes désireux de s'entretenir avec celle qui avait tué Dick Dart. Elle s'était aussi occupée des inévitables bouleversements de sa vie privée. Même après qu'elle lui eut dit qu'elle voulait divorcer, Davey lui avait proposé de revenir vivre avec elle, mais elle avait refusé. Elle avait également refusé une invitation à partager l'appartement au-dessus du garage, où son mari s'était instantanément senti à l'aise. *Tu as dit au FBI où j'étais*, avait-elle accusé, ce à quoi il avait répondu : *J'essayais de t'aider.* Elle lui avait rétorqué : *Entre nous, c'est fini. C'est le genre d'aide dont je peux me passer.* Peu après cette conversation, elle avait appelé Jeffrey qui, sorti de l'hôpital, passait sa convalescence chez sa mère, pour lui dire qu'elle irait le voir bientôt.

Alden Chancel, dont l'attitude envers Nora avait changé du tout au tout, avait tenté d'encourager une réconciliation en proposant de faire construire une maison séparée, de mini-Peupliers, en quelque sorte, à l'intérieur de la propriété, mais elle avait également repoussé cette offre. Elle avait déjà emballé la plupart des objets, peu nombreux, qu'elle désirait conserver, et elle voulait aller quelque part où le moins de gens possible sauraient qui elle était et ce qu'elle avait fait. Son rôle public l'exaspérait. Une nouvelle éruption de journalistes n'allait pas tarder, et à ce moment-là, elle voulait être loin. En attendant, elle avait trois courses à faire. Voir Alden était la première.

Maria lui adressa un sourire radieux :

— Miss Nora ! Mr Davey est dans son appartement.

Quelques jours après son licenciement, Maria avait été réengagée. Les poursuites contre Chancel House avaient été abandonnées, et Alden ne craignait plus les révélations concernant Katherine Mannheim.

— Je ne suis pas venue pour Davey, Maria, et je vous prie de ne pas l'avertir que je suis là. Je veux parler à Mr Chancel. Il est à la maison ?

Maria acquiesça.

— Entrez, il sera ravi de vous voir. Je vais le chercher.

Elle se dirigea vers l'escalier. Nora entra dans le salon et s'assit sur un des longs canapés.

Quelques minutes plus tard, irradiant le charme, la joie et l'affabilité, Alden la rejoignit. Il portait un des ses ensembles d'amiral du Yacht Club : pantalon blanc, blazer bleu croisé et chemise blanche. Elle se leva et lui sourit.

— Nora ! Quand Maria m'a dit que vous étiez ici, j'ai été enchanté. Ça signifie que nous allons pouvoir oublier nos difficultés et commencer à resserrer nos liens. Davey et moi avons besoin d'une femme, dans cette maison, et vous êtes la seule qui convienne.

Il l'embrassa sur la joue.

Une semaine plus tôt, après lui avoir annoncé qu'elle en avait plus qu'assez de ses insultes, de ses mensonges et de ses maîtresses, Daisy avait quitté les Peupliers pour prendre une suite au Carlyle Hotel, à New York, d'où elle refusait de bouger. Elle refusait aussi de parler à Alden ou de le rencontrer. Elle était sortie de sa dépression et de son immersion dans les séries télévisées, avec la résolution d'échapper à sa captivité et de retravailler son livre. Durant l'un de ses coups de téléphone implorants, Davey avait dit à Nora que sa mère voulait « revivre », qu'elle affirmait qu'il l'avait « libérée » en apprenant la vérité sur sa naissance. Il était totalement abasourdi par cette révolte. Pas Nora.

— C'est gentil de votre part, Alden, dit-elle.

— Est-ce que j'appelle mon fils, ou est-ce qu'on commence à discuter entre nous ? Je pense que ce serait utile, mais dès que vous désirerez la présence de Davey, vous n'aurez qu'à demander.

Alden était impressionné par le potentiel commercial de l'aventure Shorelands. Nora savait par Davey qu'il était prêt à lui verser une avance substantielle sur un récit à la première personne de ses pérégrinations avec Dick Dart. Plus tard, on trouverait un nègre. Cette idée de « crime vrai » lui faisait battre le cœur, *tip, tap, tip, tap*, exactement comme l'avait dit Daisy. Mais la principale raison de l'amabilité d'Alden était ce qu'avait appris Nora durant sa nuit à Northampton. Il ne voulait pas voir rendues publiques les circonstances de la naissance de son fils, ni l'origine des deux romans posthumes d'Hugo Driver.

— Je pense que pour l'instant, nous pouvons rester tous les deux, approuva-t-elle.

— J'adore avoir affaire à de bons négociateurs, j'adore ça. Croyez-moi, Nora, nous allons arriver à un arrangement que vous trouverez très satisfaisant. Nous avons eu des différends, vous et moi, mais c'est terminé. À partir de maintenant, nous sommes conscients de nos positions.

— Je suis parfaitement d'accord.

Alden lui effleura le bras.

— J'espère que vous savez que je vous ai toujours considérée comme une femme extrêmement intéressante. J'aimerais vous connaître mieux, et je veux aussi que vous me compreniez mieux. Nous avons beaucoup de choses en commun. Vous voulez un verre ?

— Pas maintenant.

— Allons dans la bibliothèque et passons aux choses sérieuses. Je dois vous dire, Nora, que j'attendais ce moment avec impatience.

— Vraiment.

Il lui prit le bras.

— Nous sommes une famille. Nous devons tous prendre soin les uns des autres.

Dans la bibliothèque, il lui fit signe de s'asseoir sur le canapé en cuir où Davey et elle avaient reçu son ultimatum. Lui-même prit place dans le fauteuil qu'il avait occupé cette nuit-là, et croisa les mains sur les genoux.

— J'apprécie beaucoup la manière dont, jusqu'ici, vous avez traité les journalistes. Vous avez fait monter la curiosité, mais il est temps, je pense, que nous donnions une conférence de presse. Ni vous ni moi n'avons besoin d'agent, n'est-ce-pas ?

— Bien sûr que non.

— Je connais les meilleurs architectes de la région de New York. On va bâtir une baraque tellement belle que celle de Crooked Mile Road fera figure de masure. Mais c'est un projet à long terme. On pourra s'en occuper plus tard. Je suppose que vous avez réfléchi à l'à-valoir pour le livre. Dites un chiffre : je risque de vous surprendre.

— Je n'écrirai pas de livre, Alden, et je ne veux pas de maison.

Il croisa les bras, porta la main à son menton, et tenta de rester poli tout en se demandant combien d'argent elle voulait.

— Davey et moi voulons que cette situation se résolve de manière satisfaisante pour nous trois.

— Je ne suis pas venue négocier.

Il lui sourit.

— Et si vous me disiez ce que vous voulez, que j'étudie la question ?

— Je ne désire qu'une seule chose.

Il étendit les bras.

— Si c'est dans mes possibilités, considérez qu'elle est vôtre.

— Je veux voir le manuscrit du *Voyage dans la nuit.*

Alden la fixa pendant environ trois secondes de trop.

— Bon Dieu, Davey m'a déjà demandé ça il y a dix ans, et ce machin est perdu. J'aimerais bien savoir où il est.

— Vous mentez, affirma Nora. Votre père ne jetait jamais rien. Il n'y a qu'à voir le grenier de cette maison et les archives, au bureau. Même si ça n'avait pas été le cas, il aurait conservé ce manuscrit-là. C'était la base de son plus grand succès. Tout ce que je veux, c'est le feuilleter.

— Je suis désolé que vous pensiez que je vous mens, répondit son beau-père. Mais si vous n'êtes venue que pour ça, j'imagine que cette conversation est terminée.

Il se leva.

— Si vous ne me le montrez pas, je raconterai des choses que vous n'aimeriez pas savoir ébruitées.

Il lui lança un regard exaspéré et se rassit.

— Je ne comprends pas ce que vous croyez avoir à y gagner. Même si je l'avais, vous n'en tireriez strictement rien. À quoi bon ?

— Je veux savoir la vérité.

— C'est pour ça que vous êtes là ? Pour savoir la vérité sur *Le Voyage dans la nuit*. C'est Hugo Driver qui l'a écrit. Tout le monde le croit, et tout le monde a raison.

— Ce n'est qu'une partie de la vérité.

— Apparemment, vos aventures vous ont nettement plus secouée que vous ne vous en rendez compte. Si vous voulez revenir d'ici un jour ou deux pour parler affaires, vous serez la bienvenue, mais pour le moment, nous n'avons plus rien à nous dire.

— Écoutez-moi, Alden. Je sais que vous avez ce manuscrit, quelque part. Un jour, Davey est venu vous apporter une idée qui vous aurait permis de faire encore plus de fric avec le roman, et vous ne vous êtes même pas donné la peine de le chercher. Davey, oui, mais pas vous. Vous saviez où il était : simplement, vous ne vouliez pas qu'il le lise. Maintenant, c'est moi qui veux le lire. Je n'en parlerai pas à âme qui vive. Je veux juste savoir si j'ai raison.

— Raison sur quoi ?

— Je crois que Driver a volé l'essentiel de l'histoire à Katherine Mannheim.

Alden se leva et la contempla avec commisération. Juste au moment où elle aurait pu virer de bord et s'intégrer à l'équipe, elle se révélait être une minable. Quel dommage !

— Laissez-moi vous dire une bonne chose, Nora. Vous croyez connaître certains faits qui pourraient me nuire. Il est vrai que je préférerais ne pas les voir divulguer au grand jour, parce qu'ils me procureraient une publicité dont je me passerais volontiers, mais ça ne me tuerait pas. Allez-y : faites ce que vous pensez devoir faire.

Nora tira de son sac une feuille de papier pliée.

— Lisez ça. C'est la copie d'une lettre que vous aurez sans doute envie de garder secrète.

Alden soupira, et s'approcha d'elle pour prendre le papier. Il s'ennuyait, elle avait laissé passer sa chance de se montrer raisonnable, mais comme il était gentleman, il allait lui accorder une dernière lubie. Sortant ses lunettes de la poche de sa veste, il les chaussa, et déplia la feuille en regagnant sa place. Nora suivit cette comédie avec un plaisir considérable. Son beau-père lut la première phrase, et se figea. Il la relut, puis il arracha ses lunettes et se tourna vers elle.

— Lisez tout, l'encouragea-t-elle.

Jusqu'à cet instant, elle s'était demandé s'il savait déjà. Le choc et la désolation qui émergeaient sous sa performance d'acteur prouvaient que tel n'était pas le cas. Elle en vint presque à le plaindre.

Alden passa derrière son fauteuil, s'appuya sur le dossier et lut la confession d'Hugo Driver, ainsi que le post-scriptum ajouté par Georgina Weatherall. Il les lut intégralement, puis il les relut. Enfin, il releva les yeux vers sa belle-fille.

— Où avez-vous eu ça ?

— Est-ce vraiment important ?

— C'est un faux.

— Non. Mais même si c'en était un, avez-vous envie que cette histoire soit publiée ? Tenez-vous à ce que les gens se posent des questions sur votre père, Hugo Driver et Katherine Mannheim ?

Alden replia la lettre et la glissa dans une de ses poches, rangea ses lunettes dans une autre. Il se dissimulait toujours derrière son fauteuil.

— À titre d'hypothèse, supposons que j'aie bien le manuscrit du *Voyage dans la nuit*. Supposons que je satisfasse votre curiosité. Que feriez-vous ?

— Je partirais heureuse.

— Essayons un autre scénario. Si je vous proposais deux cent mille dollars contre l'original de ce faux, simplement pour protéger la réputation de mon père, vous accepteriez ?

— Non.

— Trois cent mille ?

Nora éclata de rire.

— Mais vous ne comprenez donc pas que je ne veux pas d'argent, Alden ? Montrez-moi le manuscrit, et je m'en irai. Vous ne me reverrez jamais.

— Vous voulez juste le voir ?

— Je veux le voir.

Alden acquiesça.

— Très bien. Nous sommes tous les deux des personnes honorables. Je vous assure que je n'avais aucune idée que... je croyais réellement que Katherine Mannheim s'était enfuie de là-bas. Vous m'avez fait une promesse, moi je vous fais celle-là. (Il se reprit.) Je maintiens cependant qu'il s'agit d'un faux. Mon père avait un code d'honneur bien à lui, mais ce n'était pas un violeur.

— Nous savons tous les deux que c'en était un, renvoya Nora, mais je m'en moque. C'est de l'histoire ancienne.

Son beau-père sortit de derrière sa barricade.

— Qu'il l'ait été ou non, c'est de l'histoire ancienne, oui.

Il longea une bibliothèque, et fit pivoter une section d'étagère mobile, au niveau de ses yeux, pour révéler un coffre mural, encore une très massive cassette, plus grande à l'intérieur qu'à l'extérieur. Il en composa la combinaison, l'ouvrit, et en sortit une boîte en cuir vert avec plus de respect que Nora ne l'eût cru capable d'en montrer pour quoi que ce fût.

Elle s'approcha de lui, et aperçut ce qui ressemblait au bas d'un cadre, sur l'étagère inférieure du coffre.

— Qu'est-ce que c'est que ça ?

— Un dessin que mon père a fauché.

Alden le sortit et le lui montra, avant de le remettre en place.

— Ne me demandez pas ce que c'est ni d'où ça vient. Tout ce que je sais, c'est que quand Daisy et moi avons emménagé aux Peupliers, il me l'a montré et m'a dit de le laisser là, de l'oublier. Je pense que c'est un tableau volé. Quelqu'un a dû le lui donner pour payer une dette.

— On dirait un Odilon Redon, remarqua Nora.

— Possible. C'est bien ?

— Pas mal.

Elle emporta la boîte sur le canapé, et regarda à l'intérieur. Un petit carnet à couverture marbrée reposait sur un grand nombre de feuillets tapés à la machine. Elle l'ouvrit. La signature de Katherine Mannheim était apposée au verso de la couverture. La jeune femme avait écrit sur la première feuille : *Le Voyage dans la nuit, roman ?* Nora tourna page après page emplies de notes sur Pépin Petit. C'était l'embryon du roman de Driver, volé dans le sac de la poétesse. *Qui vole mes ordures vole des ordures.* Nora posa le carnet de côté et sortit le manuscrit de la boîte. Il semblait bien petit, pour avoir affecté autant de vies. L'ouvrant au hasard, elle constata que quelqu'un avait tracé une ligne dans la marge, et inscrit d'une écriture agressive : *carnet Mannheim, p. 32*. Elle passa à une autre page et lut, de la même main : *Mannheim, p. 40-43*. Lincoln Chancel avait exigé de se faire remettre le carnet volé, conservé le manuscrit, et inscrit sur ce dernier tout ce que son auteur avait dérobé à Katherine Mannheim. Si jamais Driver le ruinait, il ruinerait Driver.

— Vous voyez, dit Alden, c'est bien Driver qui a écrit le roman. La famille Mannheim n'a pas l'ombre d'une chance. Il a emprunté quelques idées, c'est tout. Tous les écrivains font ça.

Nora remit manuscrit et carnet dans la boîte.

— Je vous suis reconnaissante, Alden.

— Je ne vois toujours pas en quoi c'était si important.

— Je voulais juste savoir le fin mot de l'histoire, assura-t-elle. Dans un jour ou deux, je vais partir m'installer quelque temps dans le Massachusetts. Je ne sais pas où j'irai après, mais vous n'aurez pas à vous inquiéter de moi.

Alden lui déclara qu'il dirait au revoir à Davey pour elle.

— C'est déjà fait, répondit-elle.

La deuxième course de Nora l'emmena au bureau de poste. Elle tira d'une enveloppe adressée au *New York Times* une lettre décrivant la dette d'Hugo Driver envers la poétesse Katherine Mannheim, la mort de cette dernière, et son enterrement à quelques mètres de ce qu'on appelait le Vallon de Monty, dans la forêt de Shorelands. En guise de post-scriptum, elle ajouta d'une main pressée la note suivante : « Le carnet de notes original de Katherine Mannheim et le manuscrit d'Hugo Driver, avec en marge les notes de Lincoln Chancel faisant référence à des passages spécifiques du carnet, se trouvent dans un coffre-fort mural de la bibliothèque d'Alden Chancel, à son domicile de Westerholm, Connecticut. » Ayant tenu sa promesse de ne parler à personne de toute cette affaire, elle replia la lettre, y glissa une autre photocopie des aveux de Driver, et la remit dans l'enveloppe, qu'elle scella, avant de l'envoyer à New York en recommandé.

Sa troisième course l'emmena dans Redcoat Road. La maison de Natalie Weil avait toujours besoin d'être repeinte, mais les rubans jaunes de la police en avaient été retirés. Nora s'arrêta devant le garage, se rendit à la porte, et appuya sur la sonnette. Une voix féminine agréable répondit et des pas dévalèrent l'escalier. Dès que Natalie la reconnut, elle tenta de claquer le battant, mais sa visiteuse força le passage, la faisant reculer vers les marches.

— Je veux vous parler, déclara-t-elle.

— Ça ne m'étonne pas, admit Natalie. (Elle paraissait à la fois gênée et chagrinée, ce qui ne déplaisait pas à Nora.) Je sais ce que vous ressentez, seulement il y a trois nouvelles listes qui viennent d'arriver, et il faut que je prouve à mon patron que je sais toujours faire mon travail. En plus, j'ai un petit problème avec la police, une histoire de drogue, mais ça n'ira nulle part, alors on s'en fout. Vous montez boire une bière ?

— Vous êtes plus calme que je ne m'y attendais.

— Des fois on gagne, des fois on perd. Moi, je vais boire une bière, même si vous n'en voulez pas.

Nora monta l'escalier et attendit Natalie. Malgré son uniforme des week-ends à Westerholm, chemise en jean délavé et short kaki, cette dernière paraissait méfiante, sur la défensive. Elle n'était pas aussi vieille qu'elle l'avait paru sur le canapé de Barbara Widdoes, mais elle l'était plus que dans le souvenir de sa visiteuse. Elle ouvrit son réfrigérateur, en sortit une bouteille de Corona, et la décapsula.

— Allez, asseyez-vous. On se connaît depuis assez longtemps. Qu'est-ce que ça peut faire de baiser avec le mari d'une vieille amie ? Je ne peux pas vous en vouloir d'être furieuse contre moi, mais ce n'était vraiment pas grand-chose, si vous voulez la vérité.

— Oui, dit Nora, qui s'assit à table, en face d'elle. C'est exactement ce que je veux.

— Comme tout le monde. (Natalie but une gorgée de bière et reposa la bouteille. Elle avait les yeux gonflés.) Pour l'instant, je suis encore dans l'immobilier. Vous savez ce que ça veut dire ? On vend des rêves. La vérité, c'est ce qu'on en fait. C'est pas vrai ?

— Un tas de gens en sont persuadés.

Les photographies sado-maso avaient été retirées du tableau en liège. Les aimants du réfrigérateur avaient disparu également.

Natalie but une autre gorgée de Corona.

— Qu'est-ce que ça vous fait, d'être célèbre ? C'est chouette ? Moi, ça ne me déplairait pas.

— Ce n'est pas chouette.

— Mais vous avez tué Dick Dart. Vous avez descendu ce salopard. (La bière qui reposait devant elle n'était pas sa première.) Ça va, vous et Davey ?

— Il est retourné chez son père, et moi, je quitte la ville. Donc, oui, je suppose que ça va.

— Bon Dieu, il retourne dans le giron d'Alden. (Natalie tordit la bouche en un demi-sourire.) J'ai appris que Daisy s'était barrée. Il était temps. Ce type ne vaut rien et il n'a jamais rien valu. Je veux dire qu'on fait tous des erreurs, mais qu'Alden est la pire que j'aie jamais faite. Allez, parlons d'autre chose.

— Parlons de ça, au contraire, objecta Nora. Après tout, Alden et vous m'avez causé beaucoup d'ennuis. Quand le merveilleux Dick Dart m'a enlevée, j'étais sur le point d'être arrêtée.

— Personne n'est parfait. Ça vous fait peut-être une belle jambe, mais je suis désolée, Nora. (Natalie avait peine à la regarder.) Parfois, on agit pour de mauvaises raisons. C'est ce qu'on appelle de sales boulots. On est coincé, et on accepte des trucs qu'on ne ferait pas normalement. Je n'ai jamais eu envie de vous causer des ennuis... Je vous aime bien. Je vous ai toujours trouvée sympa. Tout ça, c'était l'idée d'Alden. C'était juste des affaires.

— Et les affaires sont les affaires, ajouta Nora.

Natalie fit la moue.

— Vous savez combien il s'est vendu de maisons, ici, l'année dernière ? Tout juste dix-neuf. Et pas précisément dans ma catégorie. Moi, je récolte le gratin du bas de la pile, comme votre baraque, sans vouloir vous vexer. Le patron ne me confie pas des propriétés à deux millions de dollars. (Elle but un peu et posa la bouteille.) Alden est un salaud, mais il faut lui reconnaître une chose : il ne lésine pas sur le fric. Et puis, je vous ai blanchie, non ?

— Si, mais vous avez bien failli me faire arrêter pour kidnapping.

Elle but une autre gorgée de Corona.

— On n'avait jamais prévu d'aller si loin, Nora. Alden voulait juste remuer un peu Davey. Il était furieux. On ne pouvait pas prévoir cette histoire avec Dick Dart. Personne ne pouvait prévoir ça.

— Parlez-moi un peu du sang, dans votre chambre ?

Natalie eut un sourire de conspiratrice.

— Une des brillantes idées d'Alden. Il voulait que ça fasse du bruit, qu'on associe cette histoire avec les meurtres. Secouer un peu la cocotier, quoi. Il a acheté du sang de porc à un charcutier, et il a salopé ma chambre. Mais tout va bien, maintenant, non ? J'ai joué mon petit rôle, c'est terminé, quelle différence ça fait ?

— Si vous ne le savez pas, je ne réussirai jamais à vous l'expliquer, soupira Nora. (Natalie détourna la tête.) Natalie. (L'interpellée la regarda à nouveau.) Vous me dégoûtez. Alden vous a achetée, et vous avez bousillé ma vie.

— Elle ne vous plaisait pas, votre vie, de toute façon. Comment est-ce qu'elle aurait pu vous plaire, alors que vous étiez mariée à ce bébé ?

— Combien vous a-t-il payée ?

— Pas grand-chose, compte tenu de ce qui va probablement m'arriver, dit Natalie. À moins que ça vous ennuie, j'aimerais que vous sortiez de chez moi. Je crois que nous en avons terminé. Si vous voulez mon avis, je vous ai rendu service. Vous vous en tirez nettement mieux que moi.

— Je n'étais pas volontaire, répliqua Nora. On m'a engagée de force.

Une voiture qu'elle ne connaissait pas était arrêtée devant son garage. Pensant qu'elle appartenait à un nouveau journaliste ou à un des inconnus qui l'avaient demandée en mariage, elle continua presque jusqu'au bout de Crooked Mile Road, jusqu'à ce qu'elle vît Holly Fenn descendre du véhicule et s'approcher de la porte d'entrée. Nora s'engagea dans son allée. Il lui adressa un signe de la main, et rebroussa chemin. Elle s'arrêta près de la voiture de l'inspecteur, sortit, et alla à sa rencontre. Il avait de grosses poches sous les yeux, besoin de se faire couper les cheveux, et il portait la cravate la plus laide qu'elle eût jamais vue. Il était formidable.

— Vous voilà ! la salua-t-il. J'ai appelé une ou deux fois, mais je n'ai eu que votre répondeur.

— Je ne réponds pas tant que ça au téléphone.

— Ça ne m'étonne pas. Comme je voulais vous voir, je me suis dit que j'allais prendre le risque de passer. (Il rentra le menton, fourra les mains dans ses poches et la regarda par-dessous ses sourcils. Une étincelle d'émotion passa entre eux.) J'ai quelque chose à vous raconter, mais je voulais essentiellement savoir comment vous alliez.

— Comment me trouvez-vous ?

— Comme ça, ça a l'air d'aller pas mal. J'aime bien votre nouvelle coiffure. C'est mignon.

— Merci, mais vous mentez. Vous préfériez mes cheveux avant, et moi aussi. Je vais les laisser repousser.

Fenn acquiesça gravement, comme si la question avait été de première importance.

— Bien. Vous réussissez à retrouver les pièces de votre vie ?

— J'envoie tout balader, donc je suppose que oui. Ce n'est pas la même vie, c'est tout. Ça vous dirait, un café ou quelque chose comme ça, Holly ?

— J'aimerais bien, mais j'ai un rendez-vous dans cinq minutes. Je me suis dit que vous méritiez de savoir ce que j'ai appris à propos de cette ancienne crèche de Post Road. Il m'est venu à l'esprit que j'ignorais qui en était propriétaire. J'ai cherché. C'est un New-Yorkais du nom de Gerald Ambrose. Je l'ai appelé, et il m'a révélé qu'un citoyen de Westerholm la lui avait louée pour tout l'été.

— Vous êtes un bon flic, Holly, apprécia Nora.

— Ouais, peut-être, mais j'ai tendance à être un peu lent. Si j'avais pensé à ça plus tôt, je vous aurais évité un tas d'ennuis.

Elle lui sourit.

— Je ne vous en veux pas. Qui a loué le bâtiment ?

Il lui rendit son sourire.

— Vous le savez déjà, ou c'est juste une impression ?

— J'ai ma petite idée, mais dites toujours.

— Le citoyen qui a loué le local est un grand éditeur. Il a déclaré à Ambrose qu'il avait besoin d'un entrepôt temporaire pour ses surplus de stock. Vous êtes en bons termes avec votre beau-père ?

— Mon futur ex-beau-père, et nous avons derrière nous une longue histoire de mépris mutuel. (Elle se rappela Alden Chancel lui caressant le bras, lui disant qu'il aimerait la connaître mieux.) Si vous passiez voir Natalie Weil, elle vous raconterait probablement une histoire intéressante, Holly. Je sors de chez elle et, dans l'ensemble, elle se contente de tuer le temps en attendant que son univers s'effondre.

Fenn lissa son épaisse moustache et acquiesça, prenant note de la remarque tout en jetant un regard admiratif à Nora.

— Votre amie nous a joué une belle comédie.

— Elle a même abusé Slim et Slam.

Les yeux de l'inspecteur étincelaient.

— J'imagine que quelques billets ont changé de mains.

— Pas assez, d'après Natalie.

Fenn sourit, tourné vers l'allée, s'étonnant de la propension des êtres humains à commettre de graves erreurs.

— Et vous dites que je suis un bon flic ?

— Je crois que dans l'ensemble, vous êtes bon, oui, confirma Nora. Vous ne m'avez pas laissé tomber.

— Ouais, enfin, j'ai essayé. (Il lui lança un coup d'œil pitoyable, où se lisaient à la fois sa compassion pour ce qu'elle avait subi et sa colère de n'avoir pu le lui épargner.) Il faut que je m'en aille.

— Si vous êtes obligé.

Elle le raccompagna à sa voiture.

— Ça ne me regarde sans doute pas, mais vous avez bien dit que vous quittiez votre mari ?

— Je l'ai déjà quitté.

Fenn détourna le regard.

— Vous allez rester ici ?

— Je vais passer un moment à Northampton. Travailler une ou deux semaines chez une amie qui est traiteur. Je veux m'écarter du téléphone, me vider la tête. Ensuite, qui sait ?

L'inspecteur hocha sa large tête ébouriffée, prenant bonne note.

— Quand j'en aurai fini avec Mrs Weil et votre futur ex-beau-père, vous croyez que je pourrais revenir ici et vous emmener boire un café, ou quelque chose ?

— Est-ce que vous me demanderiez un rendez-vous, Holly ?

— Je suis trop vieux pour ça, protesta-t-il.

— Moi aussi. Alors, revenez donc plus tard. Ce ne sera pas un rendez-vous : on se contentera de passer un moment ensemble. Je veux connaître le résultat de votre visite à Alden, et puis vous pourrez me racontez vos anecdotes préférées de la guerre.

Fenn lui sourit avec l'ensemble de son visage.

— Je vous promets de ne pas demander à entendre les vôtres.

— Et de ne pas me raconter de mensonges.

— Je serais incapable de vous mentir.

— Alors, c'est dit, conclut Nora.

— Eh bien, d'accord.

Il monta au volant, lui adressa un clin d'œil à travers le pare-brise, et passa la marche arrière. Quelques secondes plus tard, il avait disparu.

TABLE

Cet ouvrage a été composé par
Nord Compo (Villeneuve-d'Ascq)
et imprimé sur presse Cameron
par **Bussière Camedan Imprimeries**
à Saint-Amand-Montrond (Cher)
pour le compte de la Librairie Plon

Achevé d'imprimer le 27 avril 1998

N° d'édition : 12937. — N° d'impression : 982424/1.
Dépôt légal : avril 1998.
Imprimé en France

ok Inter 5/98